Flora Rheta Schreiber, in New York geboren, ist Professorin am John Jay College of Criminal Justice. 1985 erhielt sie für den »Mörder« von der American Society of Journalists and Authors die Auszeichnung »Autorin des Jahres«.

Flora Rheta Schreiber

DER MÖRDER

Ein erschütternder Tatsachenbericht

Aus dem Amerikanischen von
Odette Anne Brändli

GOLDMANN VERLAG

Ungekürzte Ausgabe

Titel der Originalausgabe: The Shoemaker
Originalverlag: Simon and Schuster, New York

Umwelthinweis:
Alle bedruckten Materialien dieses Taschenbuches
sind chlorfrei und umweltschonend.
Das Papier enthält Recycling-Anteile.

Der Goldmann Verlag
ist ein Unternehmen der Verlagsgruppe Bertelsmann

Made in Germany · 2. Auflage · 7/93

Umschlagentwurf: Design Team München
Umschlagfoto: Digiacomo / The Image Bank, München
Druck: Elsnerdruck, Berlin
Verlagsnummer: 8922
MV · Herstellung: Heidrun Nawrot
ISBN 3-442-08922-0

Für John Shapiro,
mein Alter ego
auf dieser dunklen Odyssee

Inhaltsverzeichnis

Vorwort

Als ich *Sybil* schrieb, unternahm ich eine erstaunliche Reise mit einer Frau, die von sechzehn verschiedenen Persönlichkeiten besessen war. Mit dreieinhalb Jahren hörte sie auf, *eine* Person zu sein, mit 42 wurde sie wieder zu einem ganzen Menschen. Dies geschah erst nach elf Jahren Psychoanalyse. «Sie können sich kaum vorstellen», erzählte mir die geheilte Sybil, «was es heißt, am Morgen mit dem Wissen aufzuwachen, endlich einen ganzen Tag sich selbst zu sein!»*

Mit Joseph Kallinger, der Hauptperson dieses Buchs, habe ich erneut eine psychologische Reise unternommen – eine sechsjährige Reise in sein Leben, seine Gedankenwelt, seine Verbrechen. Obwohl er keine mehrfach gespaltene Persönlichkeit aufwies, war auch er besessen.

Als Kallinger, ein 38jähriger Schuhmacher aus Philadelphia, und sein damals dreizehnjähriger Sohn Michael am 17. Januar 1975 verhaftet wurden, reagierte man mit Entsetzen und Erschütterung auf die Vater-Sohn-Partnerschaft. Schrecken herrschte angesichts der Tatsache, daß das Duo im Lauf von sieben Wochen (beginnend am 22. November 1974) in fünf Vorortshäuser in Pennsylvania, New Jersey und Maryland eingebrochen war. Grauen verbreitete sich, als man erfuhr, was beim letzten Einbruch vorgefallen war.

Bei diesem letzten Einbruch, in einer kleinen Stadt in New Jersey, fesselten Vater und Sohn acht Menschen, und Kallinger ermordete eine Frau. Der Mord war gräßlich, brutal und blutig.

* Flora Rheta Schreiber, Sybil, München 1977.

Er geschah nicht, wie allgemein angenommen wurde, weil das Opfer sich weigerte, mit Kallinger geschlechtlich zu verkehren. Was sich tatsächlich ereignete, wird auf den folgenden Seiten erzählt.

Die Schlagzeilen während des Mordprozesses lauteten: DER UNHEIMLICHE KALLINGER - KALLINGER VOLL ZURECHNUNGSFÄHIG, ZWEI PSYCHIATER BEZEUGEN ES - ZWEI PSYCHIATER SAGEN VOR DEN GESCHWORENEN AUS: KALLINGER GEISTESGESTÖRT - STAATSANWALT HÄLT KALLINGER FÜR EINEN MÖRDER, DER GEISTESGESTÖRTHEIT VORTÄUSCHT - KALLINGER WAR VOM SEX BESESSEN - KALLINGER MACHT SELBSTMORDVERSUCH - KALLINGER DES MORDES FÜR SCHULDIG BEFUNDEN - KALLINGER BIS 2021 IM ZUCHTHAUS.

Ich traf zum ersten Mal mit Kallinger am 19. Juli 1976 zusammen. Er war im Bergen County-Gefängnis und wartete auf seinen Mordprozeß. Dort hörte ich während achtundvierzig Stunden, in denen ich ihn besuchte, das Murmeln unsichtbarer Gespenster und erhielt die ersten Hinweise auf das Wesen seiner Besessenheit. Am 14. Oktober 1976 wurde er wegen Mordes zu «lebenslänglich» verurteilt und anschließend ins Camden County-Zuchthaus überführt, wo er auf einen weiteren Prozeß wegen des ersten der bekanntgewordenen Einbrüche wartete. In einem Brief, den er mir am 17. April 1977 von Camden aus schrieb, machte er mich erneut auf eine Angst aufmerksam, von der er mir bereits im Gefängnis von Bergen erzählt hatte. Er hatte fürchterliche Angst, weil er immer wieder den Kontakt mit der Realität verlor; wenn er wieder aus der andern Welt zurückkehrte, wurde er sich bewußt, daß etwas Erschreckendes mit ihm geschehen war. In seinem Brief, den er mir an das New York City's John Jay College of Criminal Justice* schickte, stand folgendes:

«Bitte kommen Sie, um mir hier im Camden County-Gefängnis zu helfen. Ich brauche Hilfe, um mein Selbst zu finden, und ich fühle mich nur wohl, wenn ich mit Ihnen von Angesicht zu

* Nebst meiner Tätigkeit als Professorin am John Jay College bin ich Direktorin für Öffentlichkeitsarbeit und Assistentin des Präsidenten.

Angesicht reden kann, wie wir dies so lange im Bergen County-Gefängnis getan haben. Ich vertraue Ihnen, und nach unseren Gesprächen ging es mir jedesmal besser.

Wenn wir meine Gedanken klären können, so daß ich in der Lage bin, zwischen Visionen und Wirklichkeit zu unterscheiden, wäre dies nicht nur für mich wichtig, sondern es wäre auch von größter Bedeutung, daß ich es dem Gericht hier mitteilen könnte.

Das Vertrauen ist wichtig für mich. Und ich muß die Wahrheit kennen, sonst ist das Leben für mich nicht mehr lebenswert. Ich traue nur Ihnen.

Ich weiß, daß Sie nicht Ärztin sind, aber Sie haben die Erfahrung einer lebenslangen Arbeit mit dem Leben, und Sie haben auf vielen Gebieten der Psychiatrie recherchiert und darüber geschrieben.

Wenn wir uns jede Woche für mehrere Stunden unter vier Augen sehen könnten, bin ich sicher, daß ich mich genauer erinnern werde, und dann habe ich das Gefühl, daß dieser Prozeß in Camden County gerecht und korrekt verlaufen wird.»

Zwei Monate nachdem ich diesen Brief erhalten hatte, führte ich täglich lange Gespräche mit Kallinger; sein anfängliches Murmeln floß allmählich in einen Strom der Erinnerung über. Unsere Beziehung wuchs, und sein Vertrauen vertiefte sich. Er begann sich an das zu erinnern, was bis anhin in seinem Unterbewußtsein vergraben gewesen war; und als er sich erinnerte, enthüllte er mir Gräßliches. Diese Enthüllungen sind in diesem Buch festgehalten.

Er faszinierte mich. Er konnte sehr gut verbalisieren, hatte ein analytisches Denkvermögen, war charmant, intelligent und poetisch. Er war ein außergewöhnlich sensibler Mensch, aber er war eben auch ein Mörder, der keinen Unterschied sah zwischen seinen Visionen und der Wirklichkeit, zwischen den Phantomen, die ihn verfolgten, und den Leuten, von denen er glaubte, sie wollten ihn zerstören. Er war voller Widersprüche.

Als ich in Joes Gedankenwelt eindrang, bemerkte ich, daß ich mich streckenweise auf dem gleichen Terrain befand, das ich mit Sybil betreten hatte. Bei Joe wie auch bei Sybil erkundete ich ein abnormes psychologisches Verhalten und ein außergewöhnliches Muster in ihrer Entwicklung. Beide waren Opfer von Kindsmißhandlungen und destruktivem Verhalten der Eltern. Beiden wurde das Kindern zustehende Recht auf Selbstverwirklichung verweigert. Sybil schützte sich vor diesen Problemen, indem sie zur mehrfach gespaltenen Persönlichkeit wurde und sich mit jeder ihrer Persönlichkeiten gegen ein bestimmtes Trauma verteidigte. Eine dieser Persönlichkeiten, Peggy Lou, kümmerte sich um Sybils Wut. Joe verfügte über keinen solchen Abwehrmechanismus. Er fraß die Wut in sich hinein und explodierte dann. Er wurde geistesgestört, und die Wut war eine der Wurzeln seiner Geistesgestörtheit.

Dieses Buch handelt von Verbrechen, aber hauptsächlich geht es dabei um die Erforschung des Wahnsinns. Es ist der erste Einblick, das heißt der Blick in das Innere eines psychotischen Mörders, eines Mannes, dessen Psychose ihn zum Morden treibt.

Ein psychotischer Mörder ist sehr verschieden von einem psychopathischen Mörder. Letzterer tötet für Geld oder aus Lust am Töten, der erstere wegen seiner Psychose. Joseph Kallinger wäre nie zum Mörder geworden, wenn er nicht psychotisch gewesen wäre; doch gerade deswegen konnte er nicht anders handeln. Damit soll nicht gesagt sein, daß alle Psychotiker Mörder sind, sondern daß Mord die unausweichliche Folge von Kallingers Psychose war.

Während vieler tausend Gesprächsstunden, über eine Zeitspanne von sechs Jahren verteilt, habe ich mit Kallinger Ursprung und Entwicklung sowohl seiner Psychose als auch seiner Verbrechen aufgedeckt. Dieses Zurückverfolgen, diese Rekonstruktion wurde zudem von einem weltberühmten Psychiater, der Kallinger als Privatpatienten untersuchte, ausgewertet. Außerdem wurden selbstverständlich noch andere Arten der Nachforschung betrieben.

Die folgenden Seiten erzählen eine Geschichte und erforschen den Wahnsinn. Aber sie liefern auch eine dokumentarisch belegte Erklärung für das kriminelle Verhalten eines Mannes. Der Fall Joseph Kallinger ist bereits zu einem Meilenstein in der Psychiatrie geworden. Aus diesem Grund wurde ich von der *American Academy of Psychoanalysis* gebeten, an ihrer Konferenz vom Mai 1982 in Toronto einen Vortrag über Kallinger zu halten.

Der Vortrag erregte großes Aufsehen und war von außerordentlichem wissenschaftlichen Interesse, weil ich die Genese der Morde auf Kindsmißhandlung zurückführte: auf einen spezifischen Vorfall in der Kindheit, der sowohl der Ursprung einer Psychose als auch der Verbrechen war, die mit der Psychose untrennbar verknüpft waren. Die Verbrechen waren genauso symptomatisch für die Psychose wie ein bestimmter Hautausschlag für Masern oder eine bestimmte Art des Hustens für Keuchhusten. Weil die Verbrechen aus dieser Psychose erwuchsen, wären drei Menschen noch am Leben, wenn ein psychiatrisches Eingreifen zur rechten Zeit erfolgt wäre.

Joe selbst forderte mich dazu heraus, nach dem zu suchen, was ihn zum Mörder gemacht hatte. Er tat dies an einem außerordentlich heißen Tag im August 1977. Wir saßen uns an einem kleinen Holztisch im leeren Krankensaal des Camden County-Gefängnisses gegenüber. Wir schwitzten beide stark. Er blickte mich mit gespannter Aufmerksamkeit an und sagte:

«Flora, was ist es, das den Menschen ausmacht? Das ist die Frage, die mich beschäftigt. Nun, anscheinend hat irgend etwas in mir diese Frage gestellt, und ich frage mich, wie gesund ich geistig bin. Ja. Ja. Manchmal rede ich ganz normal, aber plötzlich, ohne Warnung, steigt etwas anderes wie ein Schatten in mir auf, nur daß es verborgener und tödlicher ist. Was ist der Auslöser? Ja, das ist die Frage, Flora: Finden Sie die Antwort, und Sie haben den Mann und können ihn auf dem Papier lebendig werden lassen, vom freundlichen Schuster in der Nachbarschaft bis hin zur lebenden Zeitbombe, die sich so vollkommen verborgen hält, daß nicht einmal das ausgeklügeltste Aufspürgerät sie ausfindig machen kann.»

Wie im Fall von Sybil fand ich den Auslöser in der Kindheit. In einer Kindheit, die von außergewöhnlichen emotionalen Entbehrungen gekennzeichnet und in der die Zerstörung von Anfang an angelegt war.

Flora Rheta Schreiber
New York City
4. Juli 1982

Erstes Buch

Kindheit

1

Der Dämon im Vogel

1. September 1943. Joe stand in der Tür seines Krankenzimmers und beobachtete, wie schwarzgekleidete Nonnen und Krankenschwestern mit blassen Gesichtern und sanftem Lächeln durch den Flur des Krankenhauses gingen. Er war sechs Jahre und neun Monate alt. In der Erinnerung hörte er die Stimmen seiner Adoptiveltern:

«Dummkopf! Wir bringen dich wieder zurück!» sagte Anna Kallinger, seine Adoptivmutter. Stephen Kallinger, sein Adoptivvater, ein Schuhmacher, blickte von der Arbeit auf. Er hielt das Messer mit dem grünen Griff in der Hand, nickte und murmelte vor sich hin: «Ja, Joseph!»

Die Drohung, man würde ihn ins Waisenhaus zurückbringen, gehörte genauso zu Joes Alltag bei den Kallingers wie sein Schlafzimmer, seine Kleidung und der Geruch des Essens, das seine Adoptivmutter kochte. Anna und Stephen hatten Joe in ihr Zuhause mitgenommen, sie hatten ihn adoptiert - ja! Sie hatten ihn *gerettet*, wie sie oft sagten, doch ebenso oft drohten sie ihm, ihn wieder zurückzubringen.

Joe stand in der Tür des Krankenzimmers und dachte über das Waisenhaus nach. Über den Rand seines Kinderbettchens hatten ihn damals Augenpaare angestarrt, die er zwischen den schwarzen Hauben der Nonnen oder unter lustigen, mit Blumen verzierten Hüten wahrgenommen hatte. Verschwommen wie in einem Traum, erinnerte sich Joe an die steile, hohe Treppe, die zu einer Drehtür hinaufführte; dahinter lagen die langen, düsteren Flure, in denen die Nonnen wie schwarze Vögel leicht und geräuschlos hin und her gingen. Eines Tages hatten

Stephen Kallinger und seine Frau Anna sich über das Kinderbett gebeugt und Joe ausgewählt.

Das weiße Krankenhaushemd fiel Joe von den Schultern bis zu den Knöcheln. Er fand, daß es wie ein Kostüm für Halloween aussah, dem Fest am Abend vor Allerheiligen. Am 11. Dezember würde Joe sieben Jahre alt werden, aber er hatte sich noch nie für Halloween verkleidet. Seine Adoptiveltern hatten ihm nie erlaubt, sich den andern Kindern anzuschließen. Staunend und sehnsüchtig hatte Joe durch die Fenster der Schusterwerkstatt der Kallingers die mit Leintüchern und Masken verkleideten Kinder betrachtet, die durch die Straßen von Kensington rannten, an den Haustüren klingelten und, wenn sie keine Gabe erhielten, den Leuten einen Schabernack spielten.

Joe hatte von seiner Adoptivmutter Anna erfahren, daß ihm im St. Mary's Hospital, das nur wenige Häuserblocks entfernt war, die Hernie operiert werden sollte. Joe wußte nicht, was eine Hernie war - er fand, es klinge wie ein Mädchenname - aber er wußte, daß er sich nun im Krankenhaus befand und nicht wieder im Waisenhaus.

Eine Krankenschwester führte ihn ins Bett zurück. Sie maß ihm die Temperatur und sagte: «Gute Nacht, Joe, schlaf gut.» Die Stille im Krankenhaus war ebenso bedrückend und angsteinflößend wie die Nacht im Waisenhaus. Joe erinnerte sich, daß sein Adoptivvater Stephen ihm gesagt hatte, Dr. Daly werde bei der Operation ein Messer verwenden, um seine Hernie zu «reparieren», und nun mußte er an das Messer mit dem grünen Griff denken, das sein Adoptivvater für das Zuschneiden der Schuhsohlen gebrauchte.

Er fragte sich, ob Dr. Dalys Messer einen grünen Griff habe und ob das Messer ihn töten würde. Die Frauen, die im Laden der Kallingers herumklatschten, erzählten oft von Leuten, die im Krankenhaus gestorben waren. Falls er morgen wirklich sterben sollte, würde seine Seele bei den Schmetterlingen weiterleben. Die ersten Schmetterlinge hatte er im Wochenend- und Ferienhäuschen der Kallingers auf dem Land gesehen. Damals hatte Joe beschlossen, daß Schmetterlinge das Schönste im Leben waren und daß er zu ihnen gehörte.

Joe erwachte aus der Narkose. Er war überrascht, daß er noch am Leben war und sich im Krankenhauszimmer befand. Dr. Dalys Messer hatte ihn also nicht getötet. Später am Tag kam Dr. Daly vorbei, um nach Joe zu sehen. Joe wollte ihn fragen, warum er nicht tot war, aber er getraute sich nicht. Der Arzt sagte ihm, daß er eine fünfzehn Zentimeter lange Inzision in der linken Leistengegend habe. «Was ist eine Inzision?» wollte Joe wissen. «Ein fünfzehn Zentimeter langer Schnitt», antwortete der Arzt mit großen, glänzenden Augen. Das Messer, das das zustande gebracht hatte, muß magische Kräfte haben, dachte Joe und sah zu, wie Dr. Daly seine Instrumente wieder in der schwarzen Tasche verstaute.

Joe blieb sechzehn Tage im St. Mary's Hospital. Am letzten Morgen half eine weißgekleidete Krankenschwester Joe beim Anziehen. Er fühlte sich etwas schwach, und so stützte ihn die Krankenschwester mit der einen Hand, während sie ihm mit der andern in die Kleider half. Joe setzte sich auf einen Stuhl, während die Krankenschwester ihm die orthopädischen Schuhe anzog; er hatte verkrüppelte Zehen.

Ein Krankenwärter schob Joe in einem Rollstuhl den Korridor hinunter und in den Aufzug hinein. Beim Ausgang stand Joes Adoptivmutter, Anna Kallinger. Sie trug ihren pfannkuchenförmigen Strohhut, ein gemustertes Kleid, einen dünnen, braunen Mantel und schwarze Schuhe mit niedrigen Absätzen. Ernst und aufrecht wartete sie, bis der Wärter Joe zu ihr hingerollt hatte, dann drehte sie sich abrupt um und verließ das Krankenhaus, gefolgt vom Wärter und Joe im Rollstuhl.

Während der kurzen Taxifahrt bis zur Hausnummer 2723 in der North Front Street, wo die Kallingers wohnten, sprach Anna kein Wort. Joe saß ganz in der Ecke. Er klammerte sich an einen Handriemen und sah Anna an. Der Rand ihres Pfannkuchen-Strohhuts wippte bei der Fahrt auf und ab und warf Schatten auf ihr hartes, eckiges Gesicht. Unter dem Goldrand ihrer Brille starrten die Augen eindringlich geradeaus. Die Gläser waren makellos sauber. Anna verzog die Mundwinkel leicht nach unten und warf Joe einen mißfälligen Blick zu.

In den sechzehn Tagen, während denen Joe weg gewesen war, war es im Haus der Kallingers ruhig geblieben. Der Gedanke, Joe wieder bei sich zu haben, machte Anna wütend, aber das war ihrem gleichgültigen Gesichtsausdruck nicht anzumerken. Joe spürte, daß sie sich nicht über seine Heimkehr freute.

Stephen Kallinger arbeitete unterdessen an seiner Werkbank, wobei er einen Fuß auf die Querlatte des Stuhls, auf dem er saß, abstützte. Er wußte, daß Joe heute aus dem Krankenhaus entlassen wurde und wartete nervös auf die Heimkehr seiner Frau und seines Adoptivsohns.

Als Anna und Joe den Laden betraten, wandte sich Stephen um und blickte sie über den Rand seiner kleinen, rechteckigen Goldrandbrille an, die auf die Nasenspitze hinuntergerutscht war. Er ließ sich schwungvoll vom Stuhl gleiten; die kräftigen, schmutzigen Hände hielten einen Schuh und ein Messer. Es war das Messer mit dem grünen Griff, das in Joes Erinnerung im Krankenhaus aufgetaucht war. Griff und Klinge waren je zehn Zentimeter lang. Die Klinge, die zum Zuschneiden von Absätzen und Sohlen verwendet wurde, war am Ende so gebogen, daß sie wie eine menschliche Lippe aussah.

Obwohl nur ein Meter fünfundfünfzig groß und von gedrungenem Körperbau (Anna war zwei Zentimeter größer), war Stephen in seinen Bewegungen lebhaft und behend. Er hatte schwarzes Haar, graue Augen und einen breiten Mund mit dünnen, zusammengekniffenen Lippen.

Anna warf einen Seitenblick auf Joe und zwinkerte ihrem Mann zu.

«Also machen wir's jetzt», sagte Stephen. Er fuchtelte nervös mit dem Messer und sagte: «Ich komm' in einer Minute.»

Stephen beobachtete Joe, als Anna ihn mit der einen Hand am Oberarm packte, mit der andern seinen kleinen Koffer ergriff und Joe zur Wohnzimmertür führte. Stephens Gesichtsausdruck verhärtete sich; er war entschlossen. Es mußte heute geschehen – jetzt!

Joe warf Anna einen finsteren Blick zu, als sie die mit einem Netzvorhang versehene Salontür öffnete, und riß sich los. Sie ging ohne Joe geradewegs ins Wohnzimmer und in die angrenzenden Wohnräume, die von Anna und Stephen «hinten» genannt wurden.

Stephen war immer noch dabei, Schuhsohlen mit dem Messer

mit dem grünen Griff zu schneiden. Joe starrte auf die Klinge, die von Stephen flink durch das Leder gezogen wurde. «Möchtest du einmal Sohlen zuschneiden wie dein Vater, Joseph?» fragte Stephen. «Bald werde ich es dir beibringen. Wenn du ein guter Junge bist und später ein guter Mann werden willst, wirst du es lernen. Wenn nicht, dann ...» Er blickte Joe über den Rand seiner Brillengläser streng an und ging leise vor sich hinlachend wieder zur Werkbank. Joe sah, wie die Lederstückchen von der scharfen Klinge zu Boden fielen. Er fragte sich, ob seine Haut ebenso heruntergefallen war, als Dr. Daly den langen Schnitt in seinen Körper gemacht hatte. Das Messer seines Stiefvaters war hier im Laden, in der Wirklichkeit, ebenso bedrohlich, wie es im Krankenhaus in seiner Phantasie gewesen war. Es wurde Joe zum ersten Mal klar, daß Erwachsene Messer gebrauchten, und zwar nicht nur, um Leder zuzuschneiden, sondern auch um einem Jungen damit ins Fleisch zu schneiden.

«Komm herein, Joseph! Schnell!»

Joe schlenderte ins Wohnzimmer. Anna zog ihm hastig Jacke und Pullover aus. Dann rannte Joe auf die Treppe los, doch Anna hielt ihn auf. «Bleib hier unten», befahl sie. «Dein Vater und ich möchten dir was sagen.» Dann fügte sie hinzu: «Du darfst nicht rennen, sonst reißt die Narbe auf, und du mußt wieder ins Krankenhaus zurück. Ach! Was für ein Kind!»

Joe stand am Fußende der Treppe; neben ihm an der Wand hingen Nachbildungen von Gemälden, die Jesus und die Jungfrau Maria darstellten. Anna eilte an ihm vorbei. Als sie mit Pullover, Jacke und Koffer die Treppe zu seinem Zimmer hochging, betrachtete er ihren kräftigen, stämmigen Körper, der in dem knöchellangen, gemusterten Kleid steckte. Sie setzte die dicken Beine energisch auf, und die schwarzen Schuhe mit den niedrigen Absätzen dröhnten laut auf der Treppe.

Dann hörte Joe andere Fußtritte hinter sich, wie ein Stakkato; er wandte sich um und sah seinen Adoptivvater auf sich zukommen. Stephen hatte den Laden kurz einem Angestellten, Caesar, überlassen. Er kaute auf einer Zigarre herum und hielt einen Kinderstuhl aus Ahorn in der Hand. Was hat er mit *meinem* Stuhl vor? fragte sich Joe. «Ahnie! Ich bin hier. Kommst du runter?»

«Ja. Sofort.» Sie tauchte am obern Ende der Treppe auf. Flink kam sie herunter und stieß ein kurzes, rauhes Lachen aus, das Joe erschreckte.

Stephen Kallinger betätigte einen Lichtschalter; der Kronleuchter leuchtete auf. Dann stellte er Joes Kinderstuhl direkt darunter. «Setz dich, Joseph», sagte Stephen.

Joe saß auf seinem Kinderstuhl und schaute ängstlich zu seinen Adoptiveltern hoch. Anna und Stephen blickten eindringlich durch ihre blankpolierten Brillengläser auf ihn hinunter.

«Joseph, du mußt gut zuhören», sagte Stephen. «Wir müssen dir etwas Wichtiges mitteilen.»

Anna sagte: «Dr. Daly hat im Krankenhaus etwas mit dir gemacht, er –»

«Er hat deine Hernie ‹repariert›», unterbrach sie Stephen, «aber er hat ebenfalls . . .» Er hielt einen Augenblick inne. Dann beugte er sich hinunter und sagte mit leiser Stimme dicht bei Joes Ohr: « . . .dein ‹Vögelchen› repariert.»

Im Haus der Kallingers wurde das Wort «Vogel» als Euphemismus für Penis gebraucht.

«Was ist denn mit meinem Vögelchen?» fragte Joe.

«Bevor Dr. Daly es repariert hat, lebte ein Dämon in deinem Vögelchen», erwiderte Anna.

«Was ist ein Dämon?»

«Ein böser Geist», sagte Stephen.

«Er arbeitet für den Teufel, nicht für Jesus», sagte Anna düster.

«Und der war in meinem Vögelchen? Was machte er dort?»

Joe legte die Hand auf sein Geschlecht, doch Anna schlug sie ihm weg.

«Der Dämon macht, daß dein Vogel steif wird», erklärte Stephen, «er macht ihn steif und abstehend, so daß du böse Sachen mit ihm machen mußt. Wenn du dann stirbst, gehört deine Seele dem Teufel.»

«Dr. Daly hat den Dämon ausgetrieben, Joseph», sagte Anna. «Er hat etwas mit deinem Vogel gemacht, damit er *niemals* groß wird. Dämonen können nicht in Vögeln leben, die nicht groß werden; dein Vogel wird also nie steif werden, kapiert?»

«Aber – aber, was hat Dr. Daly denn mit meinem Vögelchen *gemacht*?»

«Das ist ein Geheimnis, Joseph», antwortete Stephen lächelnd, nahm einige Strähnen von Joes Haar zwischen die Finger und zerrte daran.

«Ja!» rief Anna, «ein Geheimnis. Aber du wirst nie einen Dämon in deinem Vogel haben, denn dein Vogel wird immer klein, klein, klein, klein, klein bleiben!»

Stephen legte ihr sanft die Hand auf die Schulter, um sie zu beruhigen. Ihr Atem ging schwer, und ihre Augen hatten einen glasigen Blick. Joe fragte sich, ob sie krank sei; vielleicht würde sie sterben? Ob ihre Seele wohl zum Teufel gehen würde?

«Sind denn eure Vögel nicht gewachsen?» fragte Joe.

Stephen wurde wütend. «Fragen! Immer diese Fragen!» Dann fuhr er mit leiser, rauher Stimme fort: «Nun hör mal zu! In unserer alten Heimat hat der Priester deine Mutter und mich vom Dämon befreit. Aber in *diesem* Land – ja, in *diesem* Land», wiederholte er verächtlich, «mußten wir Dr. Daly bitten, es bei dir zu tun. Dr. Daly hat dich vom Bösen erlöst.»

«Mom, sieht dein Vogel gleich aus wie der von Dad?»

Als Joe aufschaute, sah er wieder in den beiden blankpolierten Brillengläsern von Anna zwei kleine Wasserbecken, in denen sich Licht und Wut spiegelten; ihre Pupillen waren wie Eisscheiben, die ihn wie ein Gefängnis in seine Angst einsperrten.

«Der Vogel eines Mädchens ist anders als der eines Jungen», fuhr sie ihn an. Sie stemmte die Hände in die Hüften und trat ganz dicht an Joe heran. «Paß auf!» sagte sie. «Dein Vogel wird nicht steif werden, weil der Dämon nicht mehr drin ist. Dort unten wird es bei dir immer weich sein. Du wirst also ein guter Junge, ein guter Mann werden. Du wirst nie in Schwierigkeiten geraten. Du wirst nie ein Mädchen in Schwierigkeiten bringen. Jetzt nicht und auch nicht, wenn du ein Mann bist.» Anna setzte sich aufs Sofa und lehnte zurück. Sie schwitzte.

Stephen wandte sich zu seiner Frau um und sagte: «Jetzt werden wir keine Schwierigkeiten mit ihm haben. Nicht so wie andere Leute mit ihren Kindern. Nicht wahr, Joseph?» fügte er hinzu und drehte sich abrupt nach Joe um.

«Kann ich jetzt gehen?» fragte Joe.

«Ja, du kannst gehen», sagte Anna. Sie tupfte ihr Gesicht leicht mit einem kleinen Taschentuch ab, stand vom Sofa auf und ging langsam in die Küche hinüber.

«Geh auf dein Zimmer, Joseph», sagte Stephen. «Du bist krank. Du mußt jetzt eine Zeitlang vorsichtig sein. Deine Mutter wird dich rufen, wenn das Abendessen fertig ist.»

Als Joe nach oben ging, blieb er auf der Treppe vor dem rechteckigen Spiegel an der Wand stehen. Wie immer fuhr er mit den Fingerspitzen über das kühle Glas und staunte, weshalb die Hand im Spiegel seiner Hand folgen konnte. Es war die andere Welt, still und klar, und er dachte sich: Ich kann in den Spiegel hineingehen, und sie werden mich niemals finden. Dann erschrak er und wollte wegrennen, zog sich jedoch voller Furcht zum Treppengeländer zurück. Er sah im Spiegel, wie mitten im Wohnzimmer ein riesiges Krummesser schwebte, von dessen Spitze sein Penis herunterhing.

Voller Entsetzen legte er die Hand auf sein Geschlecht, und das Bild im Spiegel verschwand. Ein Schmerzensstich in der Gegend der Narbe brachte ihn aus der Phantasiewelt in die Wirklichkeit zurück.

In seinem Zimmer saß er reglos auf dem Bett. Er wünschte sich, er wäre ein Schmetterling und könnte zu seiner Schmetterlingsfamilie aufs Land fliegen. Obwohl es noch früh war, kniete er neben dem Bett nieder und versuchte seine Gebete auf Deutsch aufzusagen, so wie Anna und Stephen es ihm beigebracht hatten. Aber die Gebete fielen ihm nicht mehr ein. Er konnte sich an kein einziges Wort erinnern. Als hätte er die Muttersprache seiner Adoptiveltern wegen der lieblosen Worte, die sie eben im Wohnzimmer auf Englisch zu ihm gesagt hatten, endgültig abgelehnt. Sie waren wütend darüber, daß er wieder bei ihnen war; sie erzählten ihm seltsame Dinge über seinen «Vogel» und schickten ihn auf sein Zimmer. Er blickte zum Fenster hinaus und dachte wieder an die Schmetterlinge.

In den folgenden Jahren erinnerte sich Joe bloß an vier Worte aus dem Vokabular, das ihm Stephen und Anna Kallinger beigebracht hatten. Eins davon war das neutrale *Dankeschön*, das zweite war *Coloffel*, Annas eigene Wortschöpfung für einen großen Holzlöffel, eines der Geräte, das zu Joes Bestrafung verwendet wurde. Das dritte Wort war *Quatsch*, und das vierte *Wanderlust*, das Joes Wunsch, fortzufliegen, ausdrückte.

Stephen und Anna wußten natürlich, daß Dr. Daly nichts mit

Joes Penis gemacht hatte. Aber sie hatten übermäßig stark auf die normale sexuelle Neugier des fünfjährigen Joe reagiert sowie auf ein weiteres Ereignis zwei Wochen vor der Operation, das sie fälschlicherweise als sexuell interpretiert hatten, und daher wollten sie, daß er impotent aufwachsen würde. Um dieses Ziel zu erreichen, hatten sie ihre groteske Geschichte erfunden. Die Folgen der von ihnen inszenierten Szene sollten gräßlich und tragisch sein.

2

Das abgeschobene Kind

Am Tag, als Joe aus dem St. Mary's Hospital entlassen wurde, zerstörten seine Adoptiveltern mit der symbolischen Kastration seine Fähigkeit, sich normal zu entwickeln. Während Joes Pubertät und Adoleszenz erzählten sie ihm oft vom Dämon, von weichen, kleinen Penissen und vom Gutsein. Sie deformierten somit weiterhin seinen sexuellen Instinkt, obwohl es ihnen nicht gelang, ihn ganz abzutöten, wie sie gehofft hatten. Die «Vogel» - Szene im Wohnzimmer und die fortwährenden Angriffe der Adoptiveltern auf seine Sexualität waren der Ursprung von Joes späterem Wahnsinn.

Es kommt selten vor, daß der Ursprung einer Psychose auf ein bestimmtes Erlebnis zurückgeführt werden kann. Doch im Fall von Joe Kallinger ist eindeutig die symbolische Kastration im Wohnzimmer - verschärft durch den vorhergehenden und den darauffolgenden Zerstörungsprozeß - das entscheidende Erlebnis gewesen. Ein weiterer Prozeß, der Joe noch verletzlicher für das machte, was ihm die Kallingers antaten, hatte bereits eingesetzt, als er sich noch im Mutterleib befand.

Joes richtige Mutter, Judith Renner, war in Montreal geboren worden. Ihre Eltern waren Juden der Mittelklasse, österreichischer und englischer Abstammung. Judith wurde 1918, als sie drei Jahre alt war, in die Vereinigten Staaten gebracht.

Während der Kinderlähmungsepidemie von 1916 erkrankte Judith an spinaler Kinderlähmung, die zu einer Senkung des linken Fußes führte; sie war jedoch nicht so stark behindert, daß sie hätte Krücken benützen müssen, doch hinkte sie leicht beim

Gehen. Ihre Eltern ließen sich scheiden, als sie noch klein war, und sie und ihre Brüder wurden in ein Kinderheim gesteckt. Mit zwölf Jahren riß sie aus und ging in ein Krankenhaus, um sich den linken Fuß operieren zu lassen. Da sie jedoch noch nicht volljährig war, konnte sie sich nicht selbst einliefern; sie rief deshalb ihre Mutter an, die daraufhin ins Krankenhaus kam und für sie unterzeichnete. Nach der Operation weigerte sie sich, ins Kinderheim zurückzukehren, und lebte bei ihrer Mutter. Die Erinnerung daran, daß sie als Kind aus dem Heim geflohen war, vermochte sie jedoch nicht daran zu hindern, sich für ein Heim für ihr ungeborenes Kind umzusehen.

Judith Renner Scurti hatte kastanienbraunes Haar, war ungefähr einssechzig groß und eine attraktive, wenn auch etwas plumpe Frau. Sie schämte sich ihres Kindes, das zwar ein Kind der Liebe, aber unehelich war, was in jener Zeit – 1936 – sehr viel mehr Anstoß erregte als heute. Judith hatte ebenfalls Angst, weil sie verheiratet war, aber nicht mit Tony Patelli, dem Vater ihres ungeborenen Kindes.

Judith war noch nicht ganz neunzehn gewesen, als sie im August 1934 James Scurti geheiratet hatte. Da er römisch-katholisch und sie jüdisch war, heirateten sie vor dem Friedensrichter. Scurti arbeitete nicht viel, und Judith, die Mitglied der Internationalen Gewerkschaft für Damenbekleidung war, bediente eine Nähmaschine in einer Fabrik. Ihrer Ehe mit Scurti entsprang im September 1935 eine Tochter, Muriel. Drei Monate später, nachdem sie nur sechzehn Monate mit Scurti gelebt hatte, verließ sie ihn.

Als Judith Tony Patelli kennenlernte, lebte sie mit Muriel bei ihrer Mutter, Sarah Renner, zusammen mit ihren Brüdern David und Irving. Tony war wie James Scurti römisch-katholisch und als Sohn italienischer Eltern in den Vereinigten Staaten geboren. Im Gegensatz zu Scurti war Tony jemand, mit dem sich Judith amüsieren konnte. Er war Dekorateur und künstlerisch begabt. Sie liebten beide das Theater und einander. Judith hoffte, sie könne sich von Scurti scheiden lassen und Tony heiraten, aber Tony brach die Beziehung ab, als sie ihm mitteilte, daß sie schwanger war. In der Folge befürchtete Judith, daß Scurti das Sorgerecht für Muriel haben wolle, wenn sie das Kind aus ihrer

Beziehung mit Tony bei sich behielte. Sie wollte den Eindringling, der die Sicherheit ihres ehelich geborenen Kindes bedrohte, loswerden, ging einen Monat vor der Niederkunft ihrem jüdischen Glauben zum Trotz zu einer katholischen Kindervermittlungsstelle und bat darum, das ungeborene Kind zu plazieren. Man sagte ihr, daß sie nach der Geburt wiederkommen solle.

★

Am 11. Dezember 1936 schenkte Judith, die fünf Tage später einundzwanzig Jahre alt werden sollte, im Philadelphia's Northern Liberties Hospital einem gesunden Knaben von knapp vier Kilo das Leben. Muriels Geburt war schwierig gewesen, doch mit diesem zweiten Kind, das sie Joseph nannte, verlief alles problemlos. Im Krankenhaus war er unter dem Namen Renner bekannt, doch auf dem Geburtsschein stand, daß er Joseph Scurti hieß und der Sohn von James Scurti und Judith Renner Scurti war.

Als Joseph sechs Tage alt war, schickte Judith Lillian Rogers, die einzige Person aus ihrem Freundeskreis, die über Josephs Existenz Bescheid wußte, zur katholischen Vermittlungsstelle, um Josephs Geburt mitzuteilen. Als jedoch zwei Tage später ein Vertreter der Agentur ins Krankenhaus kam, um Josephs Plazierung in die Wege zu leiten, weigerte sich Judith, ihn aufzugeben. «Er ist ein großartiges Baby», sagte sie, «ich möchte mich nicht von ihm trennen.»

Am folgenden Tag verließ Judith das Krankenhaus und ging mit ihrem Sohn zu Lillian Rogers. Drei Wochen lang stillte sie Joseph in Lillians Wohnung, sprach beruhigende Worte, sang ihm Lieder vor und herzte ihn. Sie tat alles, was eine liebende Mutter tun sollte, und schenkte ihm eine glückselige erste Kindheit. Sie tat es, weil sie wußte, daß er es bald nicht mehr so gut haben würde.

Nach diesen drei Wochen nahm Judith ihre Arbeit wieder auf. Sie brachte Joseph in einen privaten Kinderhort und sah ihn einmal pro Woche, wenn sie die fünf Dollar, die für den wöchentlichen Unterhalt verlangt wurden, bezahlte. Die Glückseligkeit der ersten Kindertage schlug um in Trennungsangst, die durch den Gegensatz von drei Wochen extremer Nähe und plötzlichem Verlust der Mutter noch verstärkt wurde. Diese Angst war der Ursprung der späteren intensiven und sich kumulierenden Wut.

Judith konnte nicht mehr regelmäßig arbeiten und war deshalb nicht in der Lage, für Josephs Unterhalt aufzukommen. Sie überlegte sich, ob sie Joseph zu ihrer Mutter bringen sollte, entschied sich jedoch dagegen. Sie hatte immer noch Angst, Muriel zu verlieren, wenn sie zu Joseph stehen würde. Sich selbst sagte sie, daß sie Joseph nicht nach Hause nehmen könne, weil ihre Mutter sich ja bereits um Muriel kümmerte. Es war schwieriger, Jungen aufzuziehen als Mädchen, und ihre Mutter hatte ein schwaches Herz. Es wäre ihrer Mutter gegenüber nicht fair gewesen. Joseph, der Eindringling, kam bei Judith immer noch an letzter Stelle.

Judith wandte sich an einen Priester. Sie versprach, Joseph taufen zu lassen, wenn der Priester ihm einen Platz im St. Vincent's Hospital, einem katholischen Waisenhaus, besorgen würde. Joe war bereits dem für Knaben traditionellen jüdischen Initiationsritual unterzogen worden. Die Konversion vom jüdischen zum katholischen Glauben war ein Teil der Verwirrung und Instabilität, in der Joe seine Säuglingszeit verbrachte.

Als Joseph drei Monate und neun Tage alt war, wurde er aus dem Kinderhort in jenes Haus mit der Drehtür und der steilen Treppe gebracht, an das er sich so lebhaft erinnerte, als er mit der Bruchoperation im St. Mary's Hospital lag. Eine schwarzgekleidete Nonne, die ihn an jenem ersten Tag im St. Vincent's Waisenhaus sah, bemerkte, daß er «ein intelligentes, gesund aussehendes Kind mit stark jüdischem Aussehen ist, das eine gute Veranlagung zu haben scheint».

Zu Beginn lehnte es Judith ab, daß die katholische Kindervermittlungsstelle Joseph in ihre Liste für potentielle Adoptionen aufnahm. Sie wollte sich von Scurti scheiden lassen, sich einen neuen Ehemann suchen und ihrem Sohn ein Heim geben. Als Joseph im Kinderhort war, hatte sie ihre Beziehung mit Tony, Josephs Vater, wiederaufgenommen und hoffte, daß Tony ihr neuer Ehemann werden würde. Doch als sie auf eine Heirat drängte, gestand ihr Tony, er sei verheiratet und habe eine Familie.

Im Dezember 1937 merkte Judith, daß eine baldige Heirat so gut wie aussichtslos war, und sie glaubte nicht mehr daran, ihrem Sohn ein Heim geben zu können. Sie bat die katholische Kindervermittlungsstelle, Joseph, der damals ein Jahr alt war, in die Liste für potentielle Adoptionen aufzunehmen. Das Waisenhaus St. Vincent machte der Agentur folgende Mitteilung: Ein sehr hübsches Kind, stämmig, pausbäckig, dunkles Haar und dunkle Augen, ist gesund und scheint für eine Adoption geeignet.

Es kam des öfteren vor, daß Judith die 3.50 Dollar für Josephs wöchentlichen Unterhalt nicht bezahlte. Als er vierzehn Monate alt war, teilte sie dem Waisenhaus schließlich mit, daß sie nicht mehr bezahlen könne und ein entsprechendes Gesuch einreichen werde. Damit das Gesuch jedoch Gültigkeit hatte, mußte sie Namen und Anschrift von Josephs Vater bekanntgeben. Als sie sich weigerte, dies zu tun, wurde ihr mitgeteilt, sie müsse Joseph nach Hause nehmen. Sie willigte ein, änderte ihre Meinung jedoch ein paar Tage später. Der Gedanke daran, öffentlich zu Joseph zu stehen, hatte ihre alten Ängste wiederaufleben lassen. Zudem war ihre Mutter der Ansicht, daß die Katholiken sich nun, da Joseph ja katholisch war, um ihn kümmern sollten. Judith bezahlte wieder einen kleineren Betrag, und Joseph blieb noch knapp zehn Monate, nachdem sein Name in die Adoptionsliste aufgenommen worden war, in St. Vincent's.

Am 15. Oktober 1938 atmete Judith erleichtert auf, als ihr mitgeteilt wurde, daß «eine sehr nette Familie» sich für Joseph entschieden habe und das Problem des Unterhalts deshalb für sie gelöst sei.

Stephen und Anna Kallinger – die «sehr nette Familie» – hatten sich bereits das erste Mal, als sie in das Kinderbettchen geschaut hatten, für Joseph entschieden. Sein rabenschwarzes Haar hätte demjenigen von Stephen nicht ähnlicher sein können, wenn sie Vater und Sohn gewesen wären. Stephen wollte ihn aus Eitelkeit haben. Das Kind erfüllte auch Annas Kriterien: Es war bereits trocken, konnte gehen und sprechen und war, gemäß den Aussagen des Waisenhauses, gesund.

Ursprünglich hatte Anna ein Mädchen adoptieren wollen, und später sagte sie Joseph, daß er für sie von Anfang an eine Enttäuschung gewesen sei, allein deshalb, weil er kein Mädchen war. Anna dominierte zwar gewöhnlich ihren Mann, hatte jedoch seinem Wunsch nach einem Sohn nachgegeben. Sie sah ein, daß es klug war, einen Sohn zu adoptieren, dem Stephen später das Schusterhandwerk beibringen konnte und der das Geschäft, für das sie beide so hart gearbeitet hatten, einmal übernehmen würde.

Die Kallingers hatten sich in Philadelphia kennengelernt, waren jedoch Emigranten des österreichisch-ungarischen Kaiserreichs. Anna stammte aus der Stadt Bocksdorf im Burgenland, Österreich; Stephen aus dem Bezirk Unter-Petersdorf, Ödenburg, Ungarn. Er kam 1921, im Alter von 23 Jahren, in die Vereinigten Staaten, und Anna im Jahre 1925, im Alter von 28. Stephen erhielt am 17. August 1928 und Anna am 2. Dezember 1930 das amerikanische Bürgerrecht.

Sie waren aus verschiedenen Gründen ausgewandert. Anna, weil in ihrer Familie Not und Elend herrschten. Ihr Vater, Michael Reichl, der im Baugewerbe gearbeitet hatte, war von einem Gerüst gefallen und an den Folgen einer Kopfverletzung gestorben. Nach seinem Tod nahm Annas Mutter Arbeit auf einem Bauernhof an und gab ihren zwei Jahre alten Sohn zu Pflegeeltern. Die zwölfjährige Tochter - die spätere Anna Kallinger - mußte in einer Fabrik arbeiten.

Für Anna, die kaum lesen und schreiben konnte, war das Leben in Österreich hart und hoffnungslos. Sie glaubte, die Vereinigten Staaten seien das Land, wo Milch und Honig fließe. Bis zu ihrer Heirat, eineinhalb Jahre nach ihrer Ankunft in Amerika, arbeitete sie in einem Restaurant in Philadelphia als Kellnerin und in der Küche.

Stephen wanderte aus, weil sein Vetter, Henry Kallinger, ihm Arbeit und Unterkunft angeboten hatte. In der notariell beglaubigten Niederschrift vom 10. Juni 1921 hatte Henry Kallinger ausgesagt, daß er unter Asthma leide und deshalb froh wäre, wenn Stephen, «ein erfahrener, zuverlässiger und vertrauenswürdiger Schuster», ihm in seinem Geschäft helfen könnte.

Die Kallingers, die am 2. Oktober 1926 in der römisch-katholischen Kirche St. Peter in Philadelphia geheiratet hatten,

hatten 23 Tage, bevor sie Joseph zu sich nahmen, ihren zwölften Hochzeitstag gefeiert.

Die Tatsache, daß Stephen zeugungsunfähig war, war lediglich den Eheleuten und ihrem Hausarzt, Dr. Joseph Daly bekannt. Der Arzt (derselbe, der die Bruchoperation bei Joseph vornehmen würde) hatte ihnen empfohlen, ein Kind zu adoptieren. Da sie jedoch mit dem Aufbau ihrer Schusterwerkstatt, dem Fundament ihrer Existenz voll beschäftigt waren, hatten sie die Angelegenheit immer wieder hinausgeschoben. Schließlich hatten Stephens Angst, ohne Erben alt zu werden, und Annas Angst, sich im Alter nicht auf einen jungen Menschen abstützen zu können, die beiden ins St. Vincent's Waisenhaus geführt. Jetzt, da Anna über vierzig war, und Stephen in zwei Monaten seinen vierzigsten Geburtstag feiern würde, waren sie schließlich Eltern geworden.

Josephs neues Heim war ein zweistöckiges Reihenhaus aus roten Ziegelsteinen an der Kreuzung von North Front und East Sterner Street im Stadtteil Kensington von Philadelphia. Dieser Stadtteil, älter als Philadelphia selber und bereits seit 1655 auf der Landkarte verzeichnet, setzte sich 1938 aus einem Wohn- und einem Industriegebiet zusammen. Es gab einige Mietshäuser, meistens waren die Häuser jedoch eher klein und Wohn- und Geschäftshäuser zugleich, wie zum Beispiel dasjenige der Kallingers. Während der Weltwirtschaftskrise war der Wert der Grundstücke und der Vermögenswert der Mietshäuser massiv gesunken, doch 1938 gab es bereits wieder einen Aufwärtstrend. Sowohl die Frankford-Hochbahn, die 1921 eröffnet worden war, als auch die zunehmende Popularität des Automobils hatten zu einem stetigen Wachstum beigetragen.

Die Umgebung war sauber und gepflegt. Die Einwohner, zur Hauptsache Deutsche, Italiener, Iren oder Amerikaner der ersten Generation, hatten entweder ihr eigenes kleines Geschäft oder arbeiteten in der Industrie der Umgebung. Kensington war früher das Industriezentrum von Philadelphia gewesen und hatte zu den reichsten Gegenden der Welt gehört. Die meisten Einwohner waren stolz darauf, von Kensington zu sein.

Als deutschsprechende Emigranten und Katholiken fühlten

sich die Kallingers hier zu Hause. Sie wurden als Geschäftsinhaber hoch geachtet und waren wohlhabend. Stephen und Anna hätten es sich leisten können, in einer besseren Gegend von Philadelphia zu wohnen oder aus der Stadt zu ziehen. Stephen, ein hervorragender Schuhmacher, der mit mehreren Auszeichnungen geehrt worden war, hatte sich jedoch für Kensington entschieden.

Das rote Reihenhaus, das den Kallingers gehörte und in dem sie ihre Schusterwerkstatt hatten, war ein verlassener und düsterer Ort. Vor Joseph hatte noch nie ein Kind dort gewohnt, und er durfte niemals ein Kind zum Spielen mit ins Haus nehmen. Von Montag früh bis Sonnabend spät gingen viele Leute in dem Laden ein und aus, brachten ihre Schuhe oder holten sie ab, doch niemals betrat jemand den Wohntrakt, nicht einmal am Sonntag. Anna, Stephen und der kleine Joe lebten von der Welt abgeschirmt, hinter ständig geschlossenen Fensterläden; auch die Tür zum Wohntrakt blieb immer geschlossen.

Nach der Geburt im Northern Liberties Hospital hatte Joe drei Wochen mit seiner richtigen Mutter, Judith Renner Scurti, im Haus ihrer Freundin verbracht, zwei Monate und neun Tage in einem privaten Kinderhort und neunzehn Monate im St. Vincent Waisenhaus. Die Kallingers hatten ihn dort abgeholt, als er zweiundzwanzig Monate und vierzehn Tage alt war. Dies war nun das vierte Heim für Joseph, seit er das Krankenhaus, in dem er zur Welt gekommen war, verlassen hatte; Tag für Tag wanderte er hier herum, erkundete sein Schlafzimmer sowie das Wohnzimmer und die Küche im Erdgeschoß.

Neben der Treppe hing ein dreiteiliger, rechteckiger Spiegel an der Wand. Joe amüsierte sich oft, indem er sich im Spiegel betrachtete. Er glaubte, daß der Junge, den er im Spiegel sah, zum Spielen gekommen sei; erst später lernte er, daß dies sein Spiegelbild war. Oft redete er sich ein, mit seinem Spielkameraden im Spiegel den Platz zu wechseln, und glaubte, daß *er* im Spiegel war und sein Spielgefährte vor dem Spiegel stand. Es war derselbe Spiegel, vor dem Joe, im Alter von sechs Jahren und neun Monaten, nachdem man ihm gesagt hatte, daß Dr. Daly sein «Vögelchen repariert» habe, zum ersten Mal eine Halluzination hatte und seinen Penis an der Spitze eines Messers hängend auf sich zuschweben sah. Während der ersten Zeit, die Joe bei den Kallingers verbrachte, war der Spiegel lediglich ein Bestandteil seines reichen Phantasielebens gewesen. Das Bedürfnis nach Phantasien war um so stärker, als Joe keinerlei Gefährten hatte und die Überforderung und Ungewißheit während seiner ersten einundzwanzig Monate bereits zu einem Rückzug auf sich selbst geführt hatten.

Wie schon im Waisenhaus erweckte Joe jedoch weiterhin den Eindruck, daß seine kleine Welt in Ordnung sei. Die katholische Kindervermittlungsstelle schickte einen Sozialarbeiter in das Haus der Kallingers, der in einem Bericht vom 20. Januar 1939 folgendes festhielt: «Joseph ist ein hübscher Junge mit dunklem, gelocktem Haar und klaren, braunen Augen. Er hat zugenommen und scheint in seinem neuen Zuhause sehr glücklich und zufrieden zu sein. Mr. und Mrs. Kallinger haben Joseph beide sehr gern. Sie haben ihm viele hübsche Spielsachen geschenkt und haben auch einen schönen Weihnachtsbaum für ihn hergerichtet. So wurden sie denn auch belohnt, als Joseph am Weihnachtsmorgen herunterkam – und sein Gesicht vor Glück strahlte. Dies machte sie überglücklich.» Der Sozialarbeiter berichtete ebenfalls, Joe habe ein eigenes Zimmer und sei für 1000 Dollar versichert worden.

Nachdem die Kallingers für ihre Probezeit gute Noten bekommen hatten, wollten sie Joseph nun endgültig adoptieren. Das Adoptivverfahren wurde auf den 19. Dezember 1939 beim Municipal Court, dem Gericht der Gemeinde, angesetzt, fand jedoch nicht an jenem Tag statt.

Am Tag zuvor hatten Stephen und Anna im Laden gearbeitet. Der dreijährige Joe saß auf seinem Kinderstuhl aus Ahorn und spielte mit einer Zigarrenschachtel. Das Telephon klingelte, und Gerald A. Gleeson, der Rechtsanwalt der Kallingers, teilte Stephen mit, daß Joes richtige Mutter, Judith Renner, demnächst in ihrem Laden eintreffen werde. Judith Renner sei zwar mit der Adoption einverstanden, wolle jedoch vorher das Heim ihres Kindes sehen. Gleeson hatte Judith Renner Anschrift und Telefonnummer gegeben.

Wutentbrannt hängte Stephen auf. Im Bemühen, Judith Renners Besuch zu verhindern, rief er die katholische Kindervermittlung an. Dort sagte man ihm, daß man nichts tun könne, da ja sein eigener Anwalt die Anschrift bekanntgegeben habe.

Judith traf ein und stellte sich selbst Anna vor, die hinter dem Ladentisch stand; Stephen blickte nicht von seiner Werkbank auf. Die beiden Frauen, eine in den Zwanziger-, die andere in den Vierzigerjahren, waren sehr verschieden.

Judith sprühte vor Energie; sie war attraktiv und trotz ihrer Probleme frohen Mutes. Anna war untersetzt und nicht gerade hübsch; sie führte ein freudloses, streng auf harte Arbeit und Selbstverleugnung ausgerichtetes Leben. Judith war labil und voller Lebenslust; Anna hingegen sauertöpfisch und an eiserne Disziplin gewöhnt. Joseph war nicht im Laden. Als Anna erfahren hatte, daß Judith kommen würde, hatte sie Joseph nach «hinten» gebracht, doch sie erzählte Judith von ihm. Er müsse orthopädische Schuhe tragen, sagte Anna, und er sei «boshaft!» Die normalen Schelmereien eines Dreijährigen hatten Anna zu dieser Schlußfolgerung veranlaßt.

Judith bat darum, Joseph sehen zu dürfen, und Anna führte ihn in den Laden. Joe kannte die Dame mit dem kastanienbraunen Haar nicht und verknüpfte sie natürlich gedanklich auch nicht mit der stillenden Brust, den beruhigenden Worten und Liebkosungen, die er nach den drei Wochen bei Judith hatte entbehren müssen.

Als sie ihn küßte und ihm durchs Haar fuhr, rief Stephen: «Annie, das ist genug.»

Nachdem sich Stephen kurz vorgestellt hatte, fragte er abrupt: «Weshalb sind Sie gekommen, Mrs. ... oder sollte ich sagen *Miss* Renner?»

Judith errötete, gab jedoch keine Antwort. Dann: «Ich möchte das Heim sehen, in dem mein Kind leben wird.»

«Sie haben kein Recht, hierherzukommen», sagte Anna. «Aber da Sie nun mal hier sind, will ich es Ihnen zeigen. Es ist besser als das, was Sie ihm zu bieten hätten.»

Sie gingen durchs Haus. Joseph begleitete sie, und Anna hielt ihn fest an der Hand. Als sie wieder im Laden waren, sagte Judith: «Ein schönes Haus. Ich überlasse Ihnen Joseph, wenn Sie mir 500 Dollar geben.»

«Das ist Erpressung», schrie Stephen. «Verlassen Sie meinen Laden!»

Judith ignorierte diese Bemerkung und fragte unbekümmert: «Kann ich Ihr Telefon benützen?» Stephen gab keine Antwort, und Judith rief die katholische Kindervermittlungsstelle an. «Ich möchte Joseph selbst behalten», sagte sie dem Beamten.

Als sie mit dem Gespräch fertig war, rief Stephen seinen Anwalt, Gerald Gleeson an und sagte: «Wir möchten das Adoptionsverfahren einstellen.» Dann wandte er sich Judith zu und forderte sie erneut auf zu gehen.

«Ich möchte Joseph heute mitnehmen», sagte Judith mit Nachdruck. «Wollen Sie bitte seine Sachen packen.»

Das Telefon klingelte. Eine Vertreterin der Vermittlungsstelle meldete sich und sagte, Gerald Gleeson habe ihr eben mitgeteilt, daß er das Adoptionsverfahren durch das Gericht auf ein späteres Datum ansetzen lassen wolle.

«Wir möchten das Verfahren einstellen», antwortete Stephen, «Judith Renner ist noch hier. Sie möchte Joseph noch heute mitnehmen.»

Darauf teilte ihm die Agentur mit, daß er Joseph unter keinen Umständen Judith überlassen solle. Das Kind befinde sich in der Obhut der Vermittlungsstelle, und falls Judith es haben wolle, dann nur über das Büro.

«Na gut, dann behalten wir Joseph bis nach den Weihnachtsferien, aber dann schicken wir ihn zurück. Auch wenn Judith Renner ihre Meinung ändern sollte und in die Adoption einwilligt, kann sie jetzt, da sie weiß, wo wir wohnen, jederzeit wiederkommen und uns belästigen. Sie könnte uns Joseph schließlich sogar wegnehmen. Meine Frau und ich sind der Meinung, daß es für alle Beteiligten besser ist, wenn wir auf Joseph verzichten.»

Stephen erklärte Judith, weshalb er ihr Joseph nicht sofort mitgeben könne, und sie ging. Zehn Tage später, nach den Weihnachtsfeiertagen, gingen die Kallingers mit Joseph wie abgemacht zur Kindervermittlungsstelle, aber nicht, um ihn zurückzubringen, sondern um mitzuteilen, daß sie ihn immer noch adoptieren wollten.

Judith hatte den Kallingers inzwischen versprochen, daß sie sich aus ihrem und Josephs Leben zurückziehen würde, wenn sie Joseph adoptierten. «Ich werde Sie nie mehr belästigen», versprach sie feierlich bei einem Telefongespräch im Anschluß an ihren Besuch. Sie hatte sich erneut genau so unbeständig und unentschlossen verhalten wie damals, als Joseph noch im St. Vincent Waisenhaus war, und wie auch schon nach der Geburt im Northern Liberties Hospital.

Die Kallingers mochten Judith nicht leiden. Als Joseph ein paar Jahre älter war, erzählten sie ihm, daß seine Mutter versucht hätte, sie zu erpressen, und 500 Dollar für ihn verlangt habe. Sie betonten, daß Joseph ihr damals rechtlich gar nicht gehört habe, so daß sie ihn gar nicht hätten «verkaufen» können. Trotz allem hatten die Kallingers, die ihren zukünftigen Schuhmacher behalten wollten, Judith Glauben geschenkt, als sie versicherte, daß sie sie in Frieden lassen werde. Sie hielt ihr Versprechen!

Am 9. Januar 1940 fand das Adoptionsverfahren im Municipal Court von Philadelphia County statt. Die Kallingers waren angewiesen worden, «den genannten Minderjährigen, Joseph Renner Scurti» mitzunehmen. Nun, da Joseph drei Jahre und einen Monat alt war, betrat er zum ersten Mal einen Gerichtssaal.

Judith war nicht anwesend, aber sie hatte eine Verzichterklärung unterzeichnet, in der sie bestätigte, daß sie Joseph nicht als ihr Kind behalten wollte und ihn zur Adoption freigab. Sie hatte das Dokument mit Mrs. Judith Renner unterzeichnet, und anschließend das Mrs. dreimal durchgestrichen.

Der Richter, Joseph G. Tumolillo, teilte den Anwesenden mit, daß es sich bei dem Kind gemäß Geburtsschein um Joseph Scurti handle, andere Dokumente jedoch, einschließlich der Verzichterklärung, auf den Namen Joseph Renner ausgestellt seien. Der Adoptionsantrag wurde deshalb folgendermaßen abgeändert: «Adoption von Joseph Scurti, auch Joseph Renner genannt.»

Die Verhandlung wurde unter Ausschluß der Öffentlichkeit durchgeführt. Draußen in der Halle wartete ein Mann von mittlerer Statur, mit dunklem Teint, zuvorkommenden Manieren und sauberen und eleganten Kleidern. Er hatte versucht, an der Verhandlung teilzunehmen, doch war es ihm verwehrt worden. Im Gerichtssaal wurde gesagt, daß der Aufenthaltsort von Josephs mutmaßlichem Vater nicht bekannt sei. Doch der Mann, der draußen wartete, war Tony Patelli, Josephs Vater. Er hatte doch sehen wollen, wie der Junge, den er gezeugt hatte, aussah.

Nach der Verhandlung marschierte Joseph, der jetzt Joseph Michael Kallinger hieß, zwischen Stephen und Anna Kallinger aus dem Saal. Sie hatten seinen ursprünglichen Vornamen beibehalten, ihm jedoch noch einen zweiten Vornamen zum Gedächtnis an Annas Vater, Michael Reichl, gegeben.

Tony Patelli blickte dem Jungen nach, bis er außer Sicht war. «Ein prächtiger kleiner Junge», wie er später zu Judith sagte. Tony ging auf die Straße hinaus und sah gerade noch, wie Joseph und seine Adoptiveltern davonfuhren. Sie fuhren zum roten Reihenhaus zurück, das während Josephs Kindheit sein Gefängnis war und das er als Erwachsener zum Gefängnis seiner eigenen Familie machen würde. Von hier aus sollte er am 17. Januar 1975 ins Gefängnis überführt werden, um nie wieder zurückzukehren.

3

Zwei gegen Einen

Die Kallingers besaßen ein einfaches, aus weißen Brettern gezimmertes Wochenendhäuschen mit zwei Zimmern in Neshaminy, Bucks County, Pennsylvania. Das Wochenendhäuschen lag etwa drei Kilometer von dem kleinen Navy-Flughafen Willowgrove entfernt. Knapp fünfzig Meter vom Häuschen weg befand sich eine Quellfassung, die mit Büschen und Unkraut überwachsen war; man bemerkte sie nur, wenn man sie kannte.

Klein-Joe kannte sie. Die Quellfassung auf dem Land war, wie der Spiegel in der Stadt, Bestandteil seiner geheimen Welt. Im Alter von drei, vier, fünf und sogar sechs Jahren lag Joe oft im Gras neben der Quellfassung und spielte mit den Sträuchern und dem Unkraut. Er dachte sich Geschichten über Geister aus, die, wie er sich vorstellte, in der Quelle wohnten; in seinen Tagträumen kamen auch die Schmetterlinge vor, die ihn entzückten, wenn sie im hohen Gras um ihn herumflatterten.

Versunken in seiner Phantasiewelt blickte Joe selten auf die Eingangstür zum Häuschen, vor dem seine Adoptiveltern in ihren hölzernen Liegestühlen dösten. Zwei Generationen (sie hätten fast seine Großeltern sein können) trennten ihn von ihnen; auch waren sie vom Temperament her völlig verschieden.

Joe war ein phantasievolles und sprunghaftes Kind. Seine Adoptiveltern waren von eiskaltem, bleiernem Gemüt und nur dann emotional, wenn sie wütend wurden. Der Temperamentsunterschied zeigte sich in den Gesichtern von Stephen und Joe. Beide hatten schwarzes Haar, was ja auch einer der Gründe gewesen war, weshalb Stephen Joe hatte adoptieren wollen. Dies war jedoch die einzige Ähnlichkeit. Stephen hatte ein viereckiges, kantiges Gesicht mit strengen Zügen, Joes Gesicht hingegen spiegelte eine reiche Gefühlswelt und war fein geschnitten.

Joe wollte die Leute dort auf den Liegestühlen vergessen. Er nannte sie zwar Mom und Dad, fühlte sich aber nicht als ihr Sohn. Und sagten sie ihm und allen andern nicht auch, daß er adoptiert war, daß sie ihn aus dem Waisenhaus herausgeholt und ihm ein Heim gegeben hatten? Sagten sie nicht, daß sie damit eine gute Tat vollbracht hätten, und erinnerten sie ihn nicht ständig daran, was sie alles für ihn taten und daß er es ihnen zurückzahlen müsse?

Die Kallingers wirkten auf Joe so unzertrennlich, als wären sie aneinandergeleimt. Sie waren ein Team, dachte er, und er ein Außenseiter. «Ich hatte nicht das Gefühl», erzählte er mir später, «daß ich zu irgend jemandem gehörte - oder daß jemand zu mir gehörte!»

Für die Kallingers jedoch war Joe kein Außenseiter; um ihre eigenen Bedürfnisse zu befriedigen und ihre Ziele zu erreichen, banden sie dieses Kind an sich. Die Bindung hatte nichts mit *seinen* Bedürfnissen (oder später mit seinen Fähigkeiten) zu tun. Sie hatte auch nichts mit Zuneigung oder emotionaler Nähe zu tun. Die Kallingers küßten Joe nicht, streichelten ihn nicht, liebkosten ihn nicht und spielten nicht mit ihm. Sie berührten ihn nur, wenn sie ihn schlugen oder wenn Anna ihn auf dem Weg in den Kindergarten an der Hand nahm. (Bis zum Alter von dreizehn brachte ihn Anna zur Schule und holte ihn wieder ab.) Sogar schon als Knirps mußte Joe die meiste Zeit über im Laden verbringen, wo er auf seinem Kinderstuhl saß und oft Münzen für Kriegsschuldverschreibungen sammelte. Er legte das Geld in eine von Stephens Zigarrenschachteln. Jedesmal, wenn 18.50 Dollar in der Schachtel waren, kauften die Kallingers damit eine Kriegsschuldverschreibung auf Joes Namen. Sie brachten Joe den Wert des Sparens bei und sagten ihm auch, was sie alles für ihn taten.

Einige Nachbarn nannten ihn Joey, aber die Kallingers riefen ihn immer Joseph. Erst als er erwachsen war, nannten sie ihn Joe. Wenn er sie ärgerte, schalten sie ihn einen Dummkopf. Er mußte unweigerlich annehmen, daß Dummkopf ihr einziger Kosename für ihn war.

«Wir werden ihn streng erziehen», sagte Anna den Leuten, als er zu ihnen kam. «Wie in der alten Heimat. Er wird ein guter Junge werden. Er wird mein sauberes Haus achten und seine Sachen nicht überall herumliegen lassen.»

«Ja, er wird ein Gentleman werden!» sagte Stephen zu den Nachbarn. «Er wird das Handwerk schon früh lernen. Er wird kein Herumtreiber sein, nicht mit den andern Kindern spielen und nicht in Schwierigkeiten geraten. Ich werde aus ihm einen erstklassigen Schuster machen, wie ich es bin, sein Vater.»

Viele Jahre später schilderte Joe mir den Sachverhalt in folgenden Worten: «Es gab keine Kommunikation mit meiner Mutter. Sie wußte einfach nicht, was Gefühle sind. Stephen auch nicht. Außer wenn sie wütend wurden, waren sie wie zwei Eisblöcke.»

Joe fühlte sich mit den Kallingers nicht verbunden, auch nicht, wenn er im Herbst das Laub mit ihnen zusammenharkte; und doch fand er es jedesmal höchst spannend. Er sah aufmerksam zu, wie Stephen vor dem großen, lockeren Laubhügel kniete und ihn sorgfältig am unteren Rand mit einem Streichholz anzündete. Wie in Trance sah Joe den Flammen zu, wie sie wuchsen und sich ausbreiteten, um die Blätter herumzüngelten, sie allmählich in verkohlte, fragile Formen verwandelten, und wie die heißen, roten Funken im Rauch aufstiegen. Das Knistern der gelben Flammen, die im Wind aufloderten und herumtanzten, erregte ihn. Feuer wurde ein Teil seiner geheimen Welt, in der er mit Bildern, Geräuschen und Gegenständen lebte, die er anstelle von Menschen setzte.

Bei der Quellfassung und im benachbarten Wald fand Joe Würmer in der Erde. Hinter dem Häuschen, am Ufer des Flüßchens, wohin ihn sein Adoptivvater zum Fischen mitnahm, sah Joe zu, wie Stephen den Angelhaken durch den sich windenden Wurm stieß. Joe weigerte sich, seinen Haken mit solch einem Köder zu versehen, weil er glaubte, daß Würmer die Geister der Toten seien. Wenn er einem Wurm ein Leid zufügte, so würde ein Toter aus dem Grab steigen, Stephens gekrümmtes Messer mit dem grünen Griff in der knöchernen Hand, und ihn töten.

Im Alter von vier, fünf oder sechs Jahren wollte Joe nicht vernichtet werden. Sein Lebenswille war stark; er wußte nicht, daß die dunklen Mächte der Zerstörung um ihn herum am Werk waren und daß sie am 16. September 1943, dem Tag seiner Entlassung aus dem St. Mary's Hospital noch unbarmherziger auf ihn eindringen würden, um ihn schließlich zu überwältigen.

Da Joe nicht von den Würmern vernichtet werden wollte, fischte er nur Elritzen, die er mit einem Netz und manchmal mit den Händen fing; manchmal befestigte er auch ein aus Hafermehl und Teig geknetetes Kügelchen an seinem Angelhaken und saß, gewöhnlich tagsüber, mit der Angel in der Hand am Flüßchen; manchmal fischte er auch nachts, und die Fische knabberten am groben Köder oder schwammen achtlos dran vorbei.

Als er erwachsen war, faßte Joe seine Erinnerungen an das Flüßchen in einer Idylle zusammen und verlieh somit der dichterischen Sensibilität, über die er bereits als Kind verfügte, eine Stimme:

Rückblende
Die wartende Dunkelheit umfängt Dinge:
das gelegentliche Klingen einer Kuhglocke,
kleine, gelbe Fenster, die wie Augen
in die Tiefen der Dunkelheit spähen;
Insektengebrumm rundherum,
und aus der Ferne die klagenden Laute
dumpfen Hundegebells; das Rauschen von fließendem
Wasser, und Erinnerungen, die zurückrasen
zu den Kindheitstagen auf dem Land,
mit dem seichten kleinen Fluß hinter
dem alten Bungalow, der freudigen Erregung
beim Fischen nachts im Schein
einer Laterne, als ich still im Dunkeln saß
wartend bis ein Fisch anbiß,
mein erster Fisch bei Nacht.

Für Joe waren die Geister, die in der Quelle wohnten, gute Geister, die ihn genau so beschützten wie sein Schutzengel, eine weibliche Gestalt mit kleinen Brüsten und Flügeln, die über ihn wachte. Wenn er sich ihnen anvertraute, fand er Frieden. Vor den Würmern fürchtete er sich, weil sie die Geister der Toten waren.

Hingegen machte es ihn glücklich, in seiner Phantasie mit den Schmetterlingen zu leben. Sie sahen wie Engel aus, dachte er, denn wie diese hatten sie zwei Flügel. Wenn er es sich bei der Quelle bequem machte, durch das hohe Gras stapfte oder im Flüßchen fischte, fand er, daß das Schönste im Leben die Schmetterlinge seien, und da er spürte, daß *sein* dasselbe ist wie zu jemandem zu gehören, glaubte er, zu den Schmetterlingen zu gehören.

«Jeder Mensch hat doch eine Familie, nicht wahr?» sagte mir Joe, als er von seinen Erinnerungen erzählte. «Als ich klein war, dachte ich immer, daß die Schmetterlinge *meine* Familie seien. Ich wußte nicht, wo sie wohnten, aber ich glaubte, daß ich ein Geist sei, der mit ihnen lebte und in sie hineinschlüpfen konnte, so wie andere Kinder glauben, daß sie auf einem Besenstiel auf den Mond fliegen können. Ich war sicher, daß ich schon mal auf der Erde gelebt hatte, und daß ich, währenddem ich auf einen Körper wartete, um auf die Erde zurückzukehren, ein Geist war, der unbehindert aus dem einen in den andern Schmetterling schlüpfen konnte.

Aber ich war der Ansicht», fuhr er fort, «daß ich nirgends zu Hause war, bis Anna und Stephen kamen und diesen Säugling wollten. Und ich glaubte, ich sei durch eine andere Mutter geboren worden und mein Geist, der in verschiedenen Schmetterlingen gewohnt habe, sei in den Körper dieses Babys eingedrungen, und man habe Anna und Stephen losgeschickt, um mich zu holen.»

Da der kleine Joe nirgends verwurzelt war, fand er in dieser Phantasie Trost. In seiner Phantasie hatte seine Mutter, die in der göttlichen Ordnung der Dinge nur eine unwichtige Rolle spielte, ihn nicht verlassen. Sie hatte ihn eigens für den Zweck - den göttlichen Zweck - zur Welt gebracht, daß die Kallingers ihn aufnehmen würden.

Jedesmal, wenn die Kallingers sagten, daß sie stolz auf Joe seien, wurde die Phantasie stärker. In den ersten Jahren waren sie tatsächlich stolz, wenn die Nonnen im St. Boniface-Kindergarten darüber staunten, daß Joseph seine Gebete auf Deutsch aufsagen konnte, daß er «ein ausgezeichnetes Gedächtnis» hatte und daß er «klug» war. Joe wußte, daß die Kallingers sich um so mehr freuten, als St. Boniface eine deutsche Pfarrei war und sie hier am meisten Werbung für ihren Schusterladen machten.

Doch die Phantasie versiegte jedesmal, wenn die Kallingers ihm drohend sagten: «Wir schicken dich dahin zurück, wo wir dich gefunden haben.» Dies war der schwarze Mann der Kallingers, ihr Kinderschreck, mit dem sie dem Kind Angst einjagten. Joe wußte nie, wann diese Waffe angewendet wurde. Sie wurde angewendet, wenn er seinen Spinat nicht aufaß oder wenn er vergaß, seine Gummistiefel auszuziehen, bevor er das Haus betrat. Wenn er dann schrie, weil Anna ihn mit einem hölzernen Löffel auf den Kopf schlug, wiederholte sie die Drohung und schlug ihn erneut. Und erst Stephen! Joe würde sich Zeit seines Lebens daran erinnern, wie Stephen ihn mit dem Messer mit dem grünen Griff bedrohte und sagte: «Wenn du nicht tust, was ich dir sage, schicken wir dich zurück.»

In der Zeit von Joes fünftem Lebensjahr bis kurz vor der Bruchoperation, als er sechs Jahre und neun Monate alt war, fanden drei Ereignisse statt, die den Graben, der ihn von den Kallingers trennte, vertieften. Auch sollten sie seine Phantasie, daß er für die Kallingers bestimmt war, schließlich endgültig zum Versiegen bringen.

Das erste Ereignis fand an einem Nachmittag im Herbst 1941 statt. Anna hatte den fünf Jahre alten Joe vom Kindergarten abgeholt und ihm erlaubt, in der East Sterner Street auf dem Dreirad herumzufahren. Er hörte einige ältere Jungen «ficken» sagen, ein Wort, das er noch nie gehört hatte. Als er mit seinem Dreirad zum Laden der Kallingers zurückfuhr, bemerkte er Stephen hinter dem offenen Fenster.

«Dad», rief Joe, «was heißt ‹ficken›?»

Stephen rannte hinaus, riß Joe vom Dreirad, zerrte ihn in den Laden und dann nach «hinten», wo er ihn mit einem Ledergürtel auspeitschte. Anschließend schlug Anna mit dem Holzlöffel auf ihn ein. Das Kind wurde für eine Woche eingesperrt. Im Verlauf jener Woche wiederholten die Kallingers ihre Bestrafung, sagten Joe, daß er «böse, böse» sei, daß sie in ihrem Haus nur Platz für einen guten Jungen hätten und daß sie ihn zurückschicken müßten. Aber sie erklärten ihm nie, inwiefern er böse gewesen war, und auch nicht, was «ficken» bedeutete.

Drei Wochen später ereignete sich der nächste Zwischenfall. Anna hatte Joe vom Kindergarten abgeholt und ihm ein Glas Milch hingestellt. Nachdem er die Milch ausgetrunken hatte, wollte er hinausgehen. Sie packte ihn an der Schulter und sagte zornig: «Du gehst mir nicht hinaus, Joseph. Nicht, nach dem, was du gestern auf der Gasse getan hast.»

«Was habe ich getan?» fragte Joe.

«Das weißt du ganz genau», erwiderte Anna. «Du hast versucht, einem kleinen Mädchen die Hose runterzuziehen. Sie hat sich das nicht gefallen gelassen, und du bist fortgerannt. Die Nachbarin hat es mir gesagt.» Anna griff zum Holzlöffel. Joe hob die Arme über den Kopf, um sich gegen den Schlag abzuschirmen. Er weinte, und Anna schrie wutentbrannt: «Hör auf zu flennen, oder du wirst bald einen Grund dazu haben. Diesmal schicken wir dich wirklich zurück.»

Anna packte den Besen, ging hinaus und schmetterte die Tür hinter sich zu. Durch das Fenster sah Joe, wie sie mit dem Besen auf zwei Jugendliche losging und schrie: «Ihr habt meinen sauberen Gehsteig verdreckt! Noch einmal, und ich ruf die Polizei!» Sie jagte die Jungen mit dem Besen davon und fegte, als die beiden außer Sicht waren, mit heftigen, zornigen Bewegungen die zwei kleinen Pappbecher, die die Jungen auf ihren sauberen Bürgersteig geschmissen hatten, weg.

Joe sah ihr zu und wünschte sich, daß sie *ihn* wegfegen würde. Er hatte panische Angst, daß sie ihn zurückschickte, und ebenso panische Angst, ihr auf immer ausgeliefert zu sein. Er konnte der wichtigsten Tatsache in seinem Leben nicht aus dem Weg gehen: Da er nicht das eheliche Kind der Kallingers war, wurde er von ihnen bloß geduldet, als wäre er wie ein Wechselbalg in ihr Leben gekommen, und müßte nun Pein und Mühsal eines Wechselbalges ertragen.

Die Phantasie, daß er für die Kallingers bestimmt sei, verschwand endgültig zwei Wochen vor Josephs Bruchoperation. Joe hatte die Tür zum Laden der Kallingers leicht geöffnet und war dann wie angewurzelt vor Angst stehengeblieben.

«Mach die Tür zu», schalt ihn Anna, die im Laden stand.

Joe schloß die Tür und stand plötzlich Anna gegenüber, die hinter dem Ladentisch hervorgekommen war.

«Was ist los mit dir?» fragte sie wütend. «Du bist ganz schmutzig, du siehst ganz blaß aus, und du stinkst.»

«Ich bin über einen Zaun geklettert», erklärte Joe. «Ein rothaariges Mädchen hat mir einen Fußtritt versetzt, mir wurde übel, und ich mußte erbrechen.»

«Einen Fußtritt?» fragte Anna. «Was hast du ihr getan?»

«Nichts», sagte Joe.

«Du bist ein Lügner! Sie hat dir einen Fußtritt versetzt, weil du etwas Böses mit ihr gemacht hast, wie mit dem kleinen Mädchen auf der Gasse. Damals warst du fünf. Jetzt bist du über sechs. Was du jetzt getan hast, muß noch schlimmer gewesen sein. Das weiß ich.»

«Ich hab sie nicht einmal gesehen», wandte Joe ein. «Ehrlich nicht.»

«Geh auf dein Zimmer», befahl Anna. «Du kriegst heute abend nichts zu essen, und morgen früh bringen wir dich zurück.»

In jener Nacht, als Joe verlassen und verzweifelt in seinem dunklen Zimmer war, würgte er die Tränen hinunter, als ein stechender Schmerz durch seine linke Leiste fuhr. Er murmelte vor sich hin: «Ich hasse Mädchen. Ich hasse die Kallingers. Ich hasse alle Menschen. Außer Tommy.»

Tommy, ein Freund aus seiner Phantasiewelt, blieb die ganze Nacht über bei Joe.

Tommy wohnte in Joes Magen, kam durch den Hals und Mund heraus, nahm ihn am Handgelenk und hielt Joes linken Zeigefinger vor den Spiegel. Joe fragte sich manchmal, weshalb er zwar seinen eigenen Finger im Spiegel sah, nicht aber Tommys Hand auf seinem Handgelenk. Aber das machte nichts, Joe wußte, daß Tommy da war. Er hörte zwar Tommys Stimme nicht, wußte jedoch, wann Tommy mit ihm sprach. Wenn Joe sich einsam fühlte, wie dies meistens der Fall war, war Tommy sein Freund. Er spürte dann Tommys Anwesenheit und stellte sich manchmal stundenlang vor den Spiegel, bis Anna ihn wegzerrte. Anna war wütend, weil Joe immer wieder in den Spiegel starrte. Doch heute nacht war es anders: Ohne Joes Magen zu verlassen oder ein Geräusch zu machen, sagte Tommy bloß immer wieder: «Es wird alles gut werden, Joe, alles.»

Am nächsten Morgen fühlte sich Joe jedoch immer noch elend, und die Kallingers brachten ihn nicht zurück, sondern zu Dr. Daly. Obwohl der Arzt eine «linke angeborene Hernie» diagnostizierte, war Anna davon überzeugt, daß der Fußtritt, den das rothaarige Mädchen Joe versetzt hatte, schuld am Bruch war.

Während der sechzehn Tage, die Joe im St. Mary's Hospital verbrachte, bereiteten sich die Kallingers vermutlich auf die symbolische Kastration im Wohnzimmer vor. Sie fühlten sich wohl dazu veranlaßt, weil sie die Ereignisse während Joes fünftem Lebensjahr falsch interpretiert hatten: Seine Frage nach der Bedeutung des Wortes «ficken», sein Versuch, einem kleinen Mädchen die Hose herunterzuziehen, und der letzte Zwischenfall mit dem rothaarigen Mädchen.

Die Kallingers merkten nicht, daß nur der Zwischenfall mit der Hose eine sexuelle Bedeutung hatte. Joe hatte sich aus reiner Neugier nach der Bedeutung des Wortes «ficken» erkundigt, weil dies ein neues Wort für ihn gewesen war. Was das rothaarige Mädchen betraf, so war er das passive Opfer ihrer Aggressivität gewesen. Und selbst der Zwischenfall, dem zwar eine sexuelle Bedeutung zukam, widerspiegelte lediglich die völlig normale Neugier eines kleinen Kindes. Hätten die Kallingers etwas von Kindererziehung verstanden, hätten sie diese Neugier, ja sogar die sexuelle Neugier, als ein normales Phänomen erkennen können. In ihrer Unwissenheit sahen sie Sex, wo er gar nicht vorhanden war. Es mag sein, daß sie die Kastration bewußt inszenierten, um den kleinen Joe vor sexuellen Auswüchsen zu bewahren, auf die er ihrer Meinung nach wegen der drei nicht zusammenhängenden Zwischenfälle zuschlitterte. Unbewußt wollten sie ihn vielleicht zerstören, weil er ihnen ihre Unfähigkeit, ein eigenes Kind zu haben, vor Augen führte. «Benimm dich», schrien sie ihn immer wieder an. Nun hatten sie ihre verbalen Befehle in ein groteskes Agieren umgesetzt.

Nachdem Joe aus dem Krankenhaus entlassen worden war, sorgten die Kallingers dafür, daß sein Gefängnis noch enger wurde. So erlaubten sie ihm zum Beispiel nicht mehr, draußen zu spielen, und er wurde immer grausameren und zahlreicheren Bestrafungen ausgesetzt. Nachdem er seine Phantasie aufgegeben hatte, daß die Kallingers geschickt worden waren, um ihn aus dem Waisenhaus zu holen, wurde Joe weniger fügsam und zusehends rebellischer. Die meiste Zeit über blieb er zwar der gehorsame Roboter der Kallingers, doch brach er immer wieder aus dieser Rolle aus.

Joes Kindheit bei den Kallingers kann deshalb in zwei Abschnitte eingeteilt werden: *Vor* und *nach* der Bruchoperation.

Vor der Operation hatte er das Gefühl, er müsse mit Phantasien kompensieren, «zu niemandem zu gehören». *Nach* der Operation reagierte er auf die emotionalen Entbehrungen und auf die Traumata, denen die Kallingers ihn ausgesetzt hatten und denen sie ihn weiterhin aussetzen würden, mit einer krankhaften Wut, die er meistens gegen sich selbst richtete.

4

Das zornige Kind

Joe stand neben einem kleinen Tisch hinten im Klassenzimmer in St. Boniface. Er war in der ersten Klasse. Auf dem Tisch lag neben einer Kerze ein Missale, ein kleines Buch mit täglich zu verrichtenden Gebeten und Andachtsübungen. Das Missale hatte einen schwarzen Einband, weiße Buchseiten mit Goldschnitt, und der Buchdeckel war mit goldenen Lettern bedruckt. Für Joe war es eine «wunderschöne, schwarzgoldene Bibel.»

Er hob die «Bibel» hoch, umschloß sie mit den Fingern und drückte sie an sich. Dann legte er sie auf den Tisch zurück und marschierte mit seinen Klassenkameraden für die morgendliche Pause auf den Flur hinaus.

Immer wieder wanderten seine Gedanken zum Missale zurück: Er wollte es nicht nur haben, sondern fühlte einen starken Zwang, es zu besitzen. Die Bruchoperation und die darauffolgende lange Rekonvaleszenzzeit hatten ihn in seinen Schulleistungen zurückgeworfen. Jetzt, nachdem er seit drei Wochen wieder in der Schule war, hatte er das Gefühl, daß die Nonnen, die den Unterricht erteilten, ihn nicht mehr «klug» fanden. Er fühlte sich dumm, gedemütigt und wertlos.

Joe fing an, dem Missale magische Kräfte zuzuschreiben; er glaubte, er könne seine «Klugheit» wiedererlangen, wenn er mit diesem Buch betete.

Als die Kinder wieder ins Klassenzimmer zurückgingen, fragte Joe die Lehrerin, wo er das Missale kaufen könne. Als sie ihm antwortete, daß es keine Miniaturgebetsbücher in den Läden zu kaufen gebe, fühlte er sich völlig niedergeschmettert. Aber er wußte, daß er das Missale haben *mußte*, und er versuchte deshalb auf dem Nachhauseweg Anna dahin zu bringen, daß sie bei einem Devotionalienladen an der Front Street stehenblieb.

«Was zieht dich denn dahin?» fragte Anna und packte ihn noch fester bei der Hand.

«Ich möchte schauen, ob sie eine kleine Bibel, die ich haben möchte, verkaufen», erklärte Joe. Er wollte wenigstens *versuchen*, die Bibel zu kaufen.

«Schauen möchtest du?» fuhr ihn Anna an. «Aber du weißt, daß ich dich nach Hause und dann wieder zur Schule bringen muß. Schau dich mal an! Dein Hemd ist schmutzig! Ich muß dich umziehen.»

«Nur eine Minute, bitte», bat Joe und zog Anna näher an den Laden heran. «Laß mich schauen, ob sie das Buch haben.»

«Schauen? Buch? Da hast du Schauen und Buch von mir », brauste Anna auf, kniff Joe in den Arm und zerrte ihn weiter.

Am nächsten Morgen während der Pause nahm Joe das winzige Missale vom kleinen Tisch und hielt es in den Händen. Er öffnete es, blätterte die Seiten mit dem Goldschnitt um und schloß das Buch wieder. Dann schob er es in seine Hosentasche und verließ hinter den andern Kindern das Klassenzimmer.

Nachdem Joe das Missale einmal an sich gebracht hatte, war es *sein* Missale geworden. Er fühlte, daß es auf eine völlig andere Art zu ihm gehörte als das gute Essen, die schönen Kleider und sogar die schönen Spielsachen, die ihm die Kallingers gaben. Sagten sie nicht immer: «Schau, was wir alles für dich tun; wenn du einmal groß bist, wirst du uns alles zurückbezahlen müssen.»

Joe hatte nicht nur aus dem heftigen Wunsch, das kleine Buch zu besitzen, gehandelt, sondern auch aus Wut. Zur augenblicklichen Wut über sein Gefühl der Wertlosigkeit, weil er in der Schule nicht mehr mithalten konnte, war die chronische Wut hinzugekommen, die ihre Wurzeln in den Trennungsängsten der Kindheit hatte und die durch die symbolische Kastration im Wohnzimmer am Tag seiner Entlassung aus dem Krankenhaus, am 16. September 1943, wieder geweckt und verschärft worden war. Jedes Kind in der gleichen psychischen Bedrängnis wie Joe hätte dasselbe tun können. Aber niemand war daran interessiert, die Motive für Joes Diebstahl herauszufinden.

Am folgenden Tag, als die Lehrerin bemerkte, daß das Missale fehlte, beschuldigte sie Joe, es gestohlen zu haben, er hatte sie ja darüber ausgefragt.

«Du bist ein Dieb», sagte die Lehrerin.

«Ein Dieb», sagte Anna, die man zur Schule hatte kommen lassen.

«Ein Dieb», echote Stephen, als Anna Joe nach Hause brachte.

An jenem Abend hörte Joe zufällig, wie Stephen zu Anna sagte: «Schließ das Geld ein. Wir haben einen Dieb im Haus.»

Während der darauffolgenden Woche zwangen die Kallingers Joe, jeden Abend eine Stunde mit bloßen Knien auf einem Streifen rauhen Schmirgelpapier zu knien. Wenn die Stunde um war, suchte Joe im Badezimmer Zuflucht. Nachdem er die brennenden Knie mit Vaseline eingeschmiert hatte, zog er sich auf sein Zimmer zurück, wo er fast jedesmal nach seiner «Bibel» griff. Er kletterte auf einen Stuhl und zog das kleine Buch aus dem obersten Schrankfach; die Kallingers hatten es bei der Durchsuchung seines Zimmers dort oben nicht bemerkt. Manchmal saß er mit dem offenen Missale auf seinen Knien da, und tat so, als ob er darin läse; manchmal schritt er im Zimmer auf und ab, wobei er die «Bibel» fest umklammerte; manchmal auch verwendete er das Missale zum Beten, wie dies seine ursprüngliche Absicht gewesen war, um in der Schule wieder besser zu werden. Aber er kniete sich nie zum Beten hin; die stechenden Schmerzen in seinen Knien waren zu stark, und er wußte, daß er am folgenden Abend wieder auf das Schmirgelpapier würde hinknien müssen.

Wie die Schmetterlinge auf dem Land und der unsichtbare Tommy, war das Missale ebenfalls Joes Freund. Aber Joe wußte, daß es ein gefährlicher Freund war. Bevor er das Missale weggenommen hatte, hatten seine Lehrer ihn für einen guten Jungen gehalten, doch nun sagten sie, er sei ein böser Junge, ein Dieb.

Während Wochen wurde Joe zwischen dem Drang, das Missale zu behalten, und dem Wunsch, es wegzuwerfen, hin und her gerissen. Schließlich warf er es auf dem Weg zur Schule in einen Gully. Doch damit änderte sich nichts.

Joe war nun unentrinnbar in einem endlosen Teufelskreis gefangen, und bei jedem Fluchtversuch vor der Grausamkeit wurde ihm eine Tür nach der andern vor der Nase zugeschlagen. Er wurde nicht wie ein Kind, sondern wie der Roboter eines Schuhmachers behandelt, der, richtig programmiert, eines Tages Schuster sein würde. Vom siebten Altersjahr an mußte Joe nach der Schule, während andere Kinder spielten, Schuhe reparieren, am Sonnabend sogar den halben oder den ganzen Tag. Er entfernte Absätze von Schuhen und füllte Körbe mit Absatzteilen. Auch mußte er Botengänge und andere Arbeiten für die Kallingers erledigen. Nach dem Abendessen bekam er eine Stunde frei für die Schulaufgaben; in der Regel ging sein Arbeitstag erst abends um neun zu Ende.

Joe durfte nichts unternehmen: weder an Kinderfesten dabeisein noch im Sommer zusammen mit den anderen Kindern mit dem Gartenschlauch spielen noch im Winter an Schneeballschlachten mitmachen. Er durfte weder Schlittschuh laufen noch Rad fahren noch ein *Halloween*-Kostüm tragen. Er durfte andere Kinder nicht zu Hause besuchen oder jemanden ins Haus der Kallingers bringen. Als jedoch Joes Klasse an der St. Boniface-Schule eines Nachmittags in den Zoo ging, glaubte der damals achtjährige Joe, die Kallingers würden es ihm dieses eine Mal gestatten, «mit dem Trommelschlag mitzumarschieren», wie er später in einem Gedicht schrieb.

Joe erwähnte den Zoobesuch nicht, als er mit Anna von der Schule nach Hause ging. Doch als sie in den Laden kamen, bat er Stephen um eine 25-Cent-Münze für den Ausflug. Stephen rief Anna, die hinter dem Ladentisch stand, zu, sie solle Joe das Geld aus der Kasse geben. Doch Anna eilte zu ihrem Mann, schüttelte wütend den Kopf und sagte: «Steef, bist du wohl verrückt? Wann soll er seine Arbeit tun?»

«Es ist während den Schulstunden», sagte Stephen.

«Nein», sagte Anna gebieterisch. «Der Besuch im Zoo wird länger dauern als die Schule. Er muß *jetzt* arbeiten.»

Darauf befahl Anna Joe «nach hinten» zu gehen und seinen Lunch zu essen. «Deine Klasse wird in den Zoo gehen», sagte sie zu Joe, «aber *du* wirst arbeiten! Du bist nicht zum Spielen hier. Du bist hier, um Schuhe zu reparieren. Da gibt's nichts zu trödeln. Keine Zeit zu verschwenden. Eines Tages wird dir das Geschäft gehören. Du mußt lernen.»

«Dad hat gesagt, daß ich in den Zoo gehen dürfe, und ich gehe!» entgegnete Joe.

Anna war dermaßen erzürnt über Joes Trotzreaktion, über seinen ersten offenen Widerstand, daß sie ihn am Arm packte und mit der andern Hand nach einem Hammer langte. Es handelte sich um ein kleines, aber schweres Instrument, das dazu verwendet wurde, Nägel durch Schichten von Leder zu treiben. «Zoo?» schrie Anna in Anwesenheit einer Kundin aus der Nachbarschaft, die sich bis ans Lebensende an den Zwischenfall erinnern sollte, und schlug daraufhin Joe viermal mit dem schweren Stahlinstrument auf den Kopf. «In den Zoo willst du? Ich werde dir zeigen, was Zoo ist.»

Nach dem vierten heftigen Schlag gelang es Joe schließlich, sich ihr zu entziehen. Er rieb sich den Kopf, um die Schmerzen zu lindern, und rannte schreiend «nach hinten», wo er sich an den Küchentisch setzte, den Kopf rieb und auf das Blut an seinen Fingern starrte. Um ihn herum schien sich alles zu drehen. Die Decke sah aus, als ob sie ihm auf den Kopf fallen würde. Doch nun richtete sich seine Wut gegen sich selbst; er sprang wie blind vom Stuhl hoch, rannte von einem Zimmer in das andere und schlug seinen Kopf erst gegen die Tischplatte und dann gegen die Küchen- und Wohnzimmerwände. Anna, die aus dem Laden gekommen war, um zu sehen, was los war, rannte ihm mit einem Besen in der Hand hinterher.

«Du wirst mir nie entkommen», schrie sie.

Er rannte die Treppe hoch, Anna hinter ihm her. Als sie ihn eingeholt hatte, sah sie das Blut auf seinen Fingern.

Sie zog ihn ins Badezimmer, entnahm dem Arzneischränkchen Jod und tröpfelte es ihm auf die Kopfwunde. Joe schlug um sich und schrie.

«Immer diese Wutanfälle», beklagte sich Anna. Sobald das Bluten aufgehört hatte, verließ sie das Badezimmer.

Joe saß auf dem Rand der Badewanne und kämpfte mit den Tränen; dabei dachte er nicht bloß an die Schläge mit dem Hammer, sondern auch an andere Bestrafungen. Er erinnerte sich lebhaft an die vielen Male, da Stephen ihn mit einer selbstgefertigten Klopfpeitsche aus Leder und Schnürbändern gezüchtigt hatte.

Dabei pflegte Stephen, der zwei dicke Schuhsohlen aneinandergepreßt in der Hand hielt, hinter Joe herzujagen, der jedesmal auf sein Zimmer rannte und sich unter dem Bett versteckte. Stephen, der ihm dicht auf den Fersen war, zog die Matratze und die Sprungfedermatratze hoch und langte nach Joe, der sich in der Ecke des Betts auf dem Boden an die Wand duckte. Stephen ließ die Peitsche auf seinen Rücken, die Arme, den Kopf, überallhin niedersausen.

Als Joe an jenem Abend mit Kopfschmerzen im Bett lag, wollte er in Annas und Stephens Schlafzimmer hinübergehen, bei ihnen sein und versuchen, mit ihnen zu reden. Er wollte ihnen sagen, daß ihm der Kopf weh tat. Wenn er ein guter Junge war und hart im Laden arbeitete, würden sie ihn vielleicht das nächste Mal mit seiner Klasse in den Zoo gehen lassen. Aber er wußte, daß dies sinnlos war. Soweit er sich zurückerinnern konnte, war es ihm niemals erlaubt gewesen, nachts ihr Schlafzimmer zu betreten. Tagsüber machte es ihnen nichts aus, wenn er den Kopf durch die offene Tür streckte, hineinging und sich umsah, natürlich unter der Bedingung, daß er nichts in Unordnung brachte. Nachts war es ihm verboten, einzutreten. Ein oder zweimal hatte er einen Versuch unternommen, nachdem man ihm gesagt hatte, daß das Schlafzimmer *verboten* sei. Sie hatten ihn hinausgejagt, zurück in sein Zimmer, zurück in die Dunkelheit. Sie ließen ihn nicht zu sich ins Schlafzimmer hinein, genau so, wie er während der Fahrt zum Neshaminy-Häuschen und zurück ganz für sich allein auf dem Rücksitz des Plymouth sitzen mußte, wo er doch lieber vorne bei ihnen gesessen hätte. Als er so im Bett lag, fragte er sich, was sie wohl dort drinnen taten, welche magischen Dinge nachts geschahen, die er nicht sehen durfte.

Dann schlief Joe ein. Er träumte, wie er das Schlafzimmer der Kallingers betrat. Sie lagen auf ihren Betten, hatten das Gesicht von ihm abgewandt und trugen ihre Brillen. Wenn sie ihn erwischten, würden sie ihn bestrafen. Durch die makellos sauberen Brillengläser würde der glühend heiße Wutstrahl kommen und ihn verbrennen.

Darauf verließ er geräuschlos das Schlafzimmer und ging barfuß den langen Flur hinunter bis zur Tür des Zimmers, das von den Kallingers «das leere Zimmer» genannt wurde, weil niemand darin schlief. In diesem Zimmer befanden sich Stephens Schaufensterdekorationen sowie Annas Obst- und Gemüsekonserven. Joe schob den Riegel beiseite und öffnete die Tür. Da ihm der Zugang zum «leeren Zimmer» von jeher verwehrt gewesen war, betrat er das Zimmer nun wie ein triumphierender Eroberer.

Er öffnete den Wandschrank. Dort, wo sonst die Wand war, befand sich nun ein Fenster mit halbmondförmigen Gittern. Er wandte sich zur Schranktür zurück, die sich nach seinem Eintreten geschlossen hatte. Er preßte sich gegen die Tür. Sie ging wieder auf, aber das «leere Zimmer» war verschwunden. An seiner Stelle befand sich nun ein sonnenbeschienenes Dach, das mit den benachbarten Dächern zu einem einzigen Riesendach verschmolz.

Auf dem riesigen Dach waren Leute in Swimming-pools, standen grüppchenweise herum, redeten und lachten. Zum ersten Mal seit acht Jahren freundete sich Joe mit Menschen an, aber er wußte, daß er sie niemals mit ins Haus seiner Adoptiveltern nehmen konnte.

Plötzlich war die Sonne weg. Die miteinander verbundenen Dächer begannen sich zu verbiegen und zu schwanken, und große Risse erschienen an der Oberfläche. Ein großer, haariger Mann versuchte durch ein Fenster des Hauses der Kallingers herauszukommen.

«Nicht springen!» schrie Joe. «Nicht springen!»

Doch der große, haarige Mann sprang durch das offene Fenster, überschlug sich wieder und wieder in der Luft und wurde immer kleiner, bis er verschwand.

Dann verschwanden auch die Leute, Joes neue Freunde. Joe fühlte sich elend und betrübt. Die miteinander verbundenen Dächer schwankten heftig und spalteten sich. Joe versuchte, ins Haus zurückzugelangen, um seine Adoptiveltern davor zu warnen, daß die Welt in Stücke ging. In diesem Augenblick wachte er auf.

Joe erinnerte sich noch viele Jahre lang an den Traum. 35 Jahre später erzählte er ihn mir. Eine schmerzvolle Erinnerung, denn der Traum repräsentierte seinen psychischen Schmerz. Der Traum drückte Joes Bewußtheit aus, daß er von der Vertraulichkeit zwischen den beiden Kallingers in ihrem eigenen Haus, das er sein Heim nannte, weil er kein anderes hatte, ausgeschlossen war. Das Schwanken und Spalten der untereinander verbundenen Dächer war Ausdruck der Unsicherheit des Kindes in bezug auf seine eigene Identität. Joe wußte buchstäblich nicht, wer er war, denn Staatsangehörigkeit, Religion und Abstammung seiner leiblichen Eltern waren ihm nicht bekannt.

Das «leere Zimmer» im Traum symbolisierte sein heftiges Verlangen nach dem, was ihm in seinem wirklichen Leben vorenthalten worden war. Die Wand des Schranks, die verschwunden war, repräsentierte seinen Wunsch, die Gefängnismauern im Haus der Kallingers zu durchbrechen. Die halbmondförmigen Gitter vor dem Fenster hatten etwas mit Joes leiblicher Mutter und den Kallingers zu tun. Die Form des Halbmonds, die von der Seite her gesehen einer Frauenbrust gleicht, drückte die Trennung des Kindes von seiner leiblichen Mutter aus. Die Gitter selbst symbolisierten das Gefangensein im Haus der Kallingers. Die untereinander verbundenen Dächer und die Leute brachten seinen Wunsch nach Freiheit und Dazugehörigkeit zum Ausdruck, seinen Wunsch, Freunde zu haben und wie alle andern zu sein.

Der große, haarige Mann war vielleicht eine Umgestaltung seiner Adoptiveltern in eine Traumfigur, die Joes ambivalente Gefühle ihnen gegenüber darstellte. Obwohl er den haarigen Mann angefleht hatte, nicht zu springen, hatten Joes Angst- und Haßgefühle den Mann zum Verschwinden gebracht. Das Haus, in das Joe zurückkehren wollte, gehörte seinen Adoptiveltern und war das einzige Zuhause, das er hatte. Deshalb mußte er die Kallingers vor der Gefahr warnen, obwohl er sie symbolisch durch das Verschwinden des haarigen Mannes, in den er sie verwandelt hatte, zerstört hatte.

Zwei Wochen später befand sich der achtjährige Joe auf einem Botengang für die Kallingers. Bevor er wieder zum Laden zurückkehrte, blieb er bei einer Baustelle, vier Blocks von den Kallingers entfernt, stehen. Auf der Baustelle befanden sich drei große, runde, leere Öltanks, die für Joe in der Stadt das bedeuteten, was ihm das Quellfassungshäuschen auf dem Land war. Oft wenn er Botengänge erledigen mußte, kam er hierher zu den Tanks, die er Löcher nannte. Die «Löcher» waren für ihn ein Symbol für Flucht und Sicherheit.

Er kletterte jeweils eine zwei Meter hohe Leiter hinauf, ging über die Tanks zu einer andern Leiter hinüber und stieg in das Innere des Tanks hinab. Dann saß er auf dem Boden des Tanks, betrachtete den Himmel, die vorbeiziehenden Wolken oder folgte mit dem Blick einem Vogel, der in den Luftströmungen auf und ab tanzte, bis dieser außer Sichtweite war. Er redete mit den Geistern, die seiner Meinung nach den Tank bewohnten, und fühlte sich ruhig.

An jenem Sommernachmittag des Jahres 1944, als die Welt sich im Krieg befand, war es auch mit dem Frieden im Tankheiligtum zu Ende. Als der achtjährige Joe von der Leiter auf den Boden des Tanks trat, entdeckte er, daß er nicht allein war. Drei Jungen, die er vom Sehen kannte, waren da. Sie waren wesentlich älter als er, und er fühlte sich deswegen schwach und sehr klein. Joe wollte, daß die Jungen weggingen, seine Privatsphäre war verletzt, und die Geister im Tank würden einen Groll gegen die fremden Eindringlinge hegen.

Die Jungen führten seltsame Bewegungen mit den Körpern aus, Bewegungen, die Joe noch nie zuvor bei jemandem gesehen hatte. Da er auf sexuellem Gebiet natürlich noch völlig unerfahren war, konnte er nicht wissen daß der eine Junge eine Fellatio ausführte und der dritte Junge, der ihnen dabei zusah, masturbierte. Joe stellte fest, daß der Junge, dessen Hand sich vor seiner offenen Hose rasch vor und zurück bewegte, seltsam lächelte, und daß der Junge, der vor seinem vor ihm knienden Kumpanen stand, mit dem Unterkörper langsame, stoßende Bewegungen vollführte.

Der Junge, der masturbierte, wandte den Kopf in Joes Richtung und hörte plötzlich auf. «Nanu», sagte er, «dort drüben steht der Junge vom Schuhmacher.» Der Junge, der am Boden kniete, warf den Kopf herum, wischte sich den Mund mit dem Handrükken und drehte sich dann ganz auf den Knien herum, um sich das Kind, das bei der Leiter am andern Ende des Tanks stand, anzusehen. Dann sprang er auf die Füße, rannte zu Joe hinüber, packte ihn am Hemd und schleppte ihn quer durch den Tank zu seinen beiden Freunden.

Der Junge, der masturbiert hatte, entnahm seiner Tasche ein schmales Messer. Mit der anderen Hand packte er Joe am Haar und preßte das Messer gegen Joes Kehle. «Wenn du schreist, stech ich zu», sagte er, «kapiert?» Er drückte Joe das Messer noch fester gegen die Haut und fuhr fort: «Wir werden dir die Hose runterziehen, und dieser Junge hier wird dir einen blasen. Wenn du auch nur das geringste Geräusch machst, bist du tot, verstanden?» Sie zogen Joe die Hose herunter und drückten ihn rücklings auf den Boden. Dann kniete sich der Junge, der ihn quer durch den Tank geschleppt hatte, neben ihn und nahm Joes Glied in den Mund. Seine beiden Freunde sahen zu; in der einen Hand hielt jeder ein Messer, und mit der andern masturbierten sie.

★

Vom Tank ging Joe zum Schuhmacherladen zurück. Während er die Absätze von den Schuhen entfernte und die alten Absatzsohlen in den Flickkorb warf, fühlte er sich krank und schmutzig. Er mußte immer wieder an das denken, was die Jungen im Tank miteinander gemacht hatten. Er fragte sich, ob es wohl dasselbe sein mochte, was Mütter und Väter miteinander taten.

Abgesehen davon, daß man ihm gesagt hatte, daß Sex schlecht, schmutzig und eine Sünde sei, war er sexuell niemals aufgeklärt worden. Sex, so hatte man ihm gesagt, hätte etwas mit einem Dämon zu tun; wenn der Dämon vertrieben sei, geriete man nie in Schwierigkeiten. Joe war sehr verwirrt.

Sex, das heißt Schwierigkeiten, dachte er sich. Im Tank bin ich in Schwierigkeiten geraten. Aber Dr. Daly hat doch den Dämon aus meinem Vögelchen vertrieben. Wenn der Dämon nicht mehr da ist, kann ich nicht in Schwierigkeiten geraten. Aber ich habe Unannehmlichkeiten gehabt. Das ist alles höchst mysteriös. Mütter und Väter tun etwas miteinander. Sind das Schwierigkeiten?

Im Tank war Joe zum ersten Mal schweigend Zeuge sexueller

Erfahrungen anderer gewesen, und in demselben Tank war er, während man ihm ein Messer an die Kehle hielt, ins sexuelle Leben eingeführt worden.

In der Nacht stellte sich Joe ohne zu wissen, was er eigentlich erwartete, auf einen Stuhl und spähte durch das Oberlicht ins Schlafzimmer seiner Adoptiveltern. Er konnte nichts hören, aber er sah die Kallingers, jeden für sich allein, in einem Bett liegen. Sie lagen ganz still, und er wußte nicht, ob sie schliefen.

Als er einige Tage später wieder durch das Oberlicht spähte, sah er die Kallingers wieder allein in ihren Betten. Doch diesmal unterhielten sie sich über die Geschäfte des heutigen Tages und über das, was morgen zu erledigen war. Dann redeten sie von all dem Geld, das sie für Joe ausgaben, wie sehr sie hofften, daß es nicht vergeudet sein würde. Er war nicht erfreut, hören zu müssen, daß man ihn als Geldverschwendung in Betracht zog. Er ging in sein Schlafzimmer zurück und legte sich ins Bett.

Jedes Kind - und jeder Erwachsene - wäre entsetzt, wenn man ihm ein Messer an die Kehle setzte. Für Joe jedoch war die Szene besonders belastet durch all die Messer aus seiner Vergangenheit: das Messer mit dem grünen Griff, mit dem das Leder im Laden der Kallingers zugeschnitten wurde; das Messer, das Dr. Daly verwendet hatte, um einen kleinen Jungen zu operieren und - angeblich - den Dämon aus dem «Vogel» auszutreiben; das Messer mit Joes Penis im Spiegel nach der symbolischen Kastration im Wohnzimmer. Doch während all diese Messer noch Produkte aus Joes Phantasiewelt waren, so gehörte das Messer, das man ihm im Tank an die Kehle gesetzt hatte, zur schrecklichen Realität. Später würde Joe diese Wirklichkeit in seine Phantasiewelt einbauen, die wiederum seine Wirklichkeit beeinflussen sollte.

Wie die symbolische Kastration im Wohnzimmer war auch die Szene im Tank für Joes Entwicklung entscheidend. Für Joe waren die Jungen im Tank, genau wie Dr. Daly, Riesen, die ihn unter Kontrolle hatten. Deshalb verknüpfte er Sex mit Gewalt, besonders mit Messern, und sowohl Sex als auch Gewalt mit Macht.

Andere Kinder mögen ähnliche Erfahrungen durchmachen,

ohne schweren psychischen Schaden zu erleiden. Im Fall von Joe wurde das Erlebnis der oralen Vergewaltigung im Tank durch seine früheren Erfahrungen noch belastender. Schon damals litt er infolge der symbolischen Kastration unter einem schweren Trauma, das zur Matrix seiner Erwachsenenpsychose wurde. Nun kam bei Joe zum Tankereignis und zum Trauma noch die unfreiwillige Absonderung von andern Menschen hinzu sowie sein fragiles Identitätsgefühl, das sich im Traum mit dem schwankenden Dach offenbart hatte. Hinzu kamen auch die emotionale und kulturelle Sterilität seiner Kindheit im Haus der Kallingers und das sexuelle Schamgefühl, das die Kallingers ihm – abgesehen von den wiederholten Exorzismen des Dämons aus dem «Vogel» – eingeflößt hatten.

Am Donnerstag, dem 11. Dezember 1945 hatte Joe seinen neunten Geburtstag. Er war groß für sein Alter, schlank und hübsch. Sein rundes pausbäckiges Gesicht war nun lang und schmal geworden. Die Augen blickten traurig, seine Miene war manchmal finster und verdrießlich.

An jenem Morgen, als er mit Anna zur St. Boniface-Kirche und -Schule ging, sang Joe sanft vor sich hin: «Happy birthday to me; happy birthday, dear Joe.» («Alles Gute zu meinem Geburtstag; alles Gute, lieber Joe.»)

«Was ist denn das für ein Unsinn, den du da vor dich hinmurmelst?» fragte Anna, als sie von der Lehigh Avenue in die Masher Street einbogen.

«Heute habe ich Geburtstag», erwiderte Joe ganz ruhig. Er blieb stehen.

Anna schüttelte ihn unwirsch an der Hand und sagte: «Laß den Unsinn! Hör mal gut zu. Ich hab' dir was zu sagen: Du gehorchst deiner Mutter nicht. Ich hab' dir doch gesagt, du sollest dieses häßliche Ding nicht in mein Fenster hängen.»

«Es ist nicht häßlich. Es ist ein hübscher Weihnachtsbaum. Ich hab' ihn ganz allein gemacht. Er sei aus Pappmaché, sagte die Schwester in der Schule.»

«Nun, jetzt hängt er nicht mehr im Fenster. Ich hab' ihn heruntergenommen», sagte Anna.

«Wo ist er?» fragte Joe mit angespannter Stimme, wobei er von einem Bein aufs andere trat und Annas Hand heftig schüttelte. «Andere Kinder haben auch Sachen in ihren Fenstern hängen.»

«Beeil dich!»

Wiederum blieb Joe stehen. Anna zerrte ihn an der Hand, aber er rührte sich nicht. «Wo ist er?» fragte er erneut, diesmal mit hoher, kreischender Stimme.

«Ich hab' ihn weggelegt, aber wenn du dich weiter so benimmst, dann werde ich ihn verbrennen. Komm jetzt! Benimm dich!»

«Das kannst du nicht tun», bettelte Joe und weigerte sich immer noch weiterzugehen. «Er gehört mir. Er gehört mir!»

«Ich tue, was ich will, kapiert, du Dummkopf? Und *du* wirst auch tun, was ich will. Geh weiter, Joseph, oder ich verbrenne dich ebenfalls!»

«Ich werde jetzt nach Hause gehen und meinen Baum retten», schrie Joseph und versuchte, sich aus Annas eisernem Griff zu befreien.

«Daß du mir hier ja keinen Wutanfall kriegst», sagte Anna keuchend. «Ein Schulschwänzer, ein Dieb! Das ist es, was du bist. Und ein verrückter Junge! Ich wünschte, ich hätte dich nie in mein Haus genommen.»

«Das wünschte ich mir auch!» entgegnete Joe mit fester Stimme.

Durch die makellos sauberen Brillengläser von Anna hindurch sah Joe, wie ihre Augen vor Wut einen stahlharten Blick annahmen. «Ach so!» sagte sie. «Wir werden dich zurückschicken; ein Glück, wenn wir dich endlich los sind!»

«Heute habe ich Geburtstag», fuhr Joe fort, «und du hast mir kein Geschenk gemacht. Du hast mir *nie* ein Geschenk gemacht.»

«Du hast jeden Tag Geburtstag. Dein Vater und ich, wir machen dir die ganze Zeit über Geschenke: ein schönes Zimmer, in dem du schlafen kannst, bessere Kleider als die andern Kinder – die Schwestern haben uns gebeten, ihnen deine abgetragenen Kleider für die armen Kinder zu geben. Im Sommer und an Sonntagen bist du auf dem Land, wirst wie ein Prinz im Plymouth herumkutschiert. Und als du klein warst, haben wir dir haufenweise Spielzeug geschenkt, das kannst du mir glauben.

Und das alles zählt also für dich nicht. Ein Geschenk? Du bist ein schlechter Junge, ein habgieriger Junge. Ich sag's dir jetzt zum allerletzten Mal: Geburtstag hin oder her, ein Geschenk gibt es nicht! Kapiert? Komm jetzt! Marsch!»

Nach der Morgenmesse wurden die Kinder im Gänsemarsch von den Schwestern durch eine Seitentür aus der Kirche geführt, dann gingen sie quer über den Vorplatz ins Schulgebäude und schwärmten grüppchenweise in ihre Klassenzimmer aus.

Joe hatte in der Kirche zu Gott gebetet, seinen Blick jedoch unablässig auf das Gesicht der Statue der Jungfrau Maria gerichtet. Er war todsicher, daß *Sie* seinen Weihnachtsbaum aus Pappmaché niemals aus dem Fenster genommen hätte, wo er ihn am Tag zuvor nach der Schule hingehängt hatte. Doch Ihr steinernes Gesicht hatte ihm keinerlei Antwort gegeben und Ihre Kleider aus Stein - der lange Mantel mit dem Kleid darunter, das wie bei Anna bis zu den Knöcheln reichte - waren starr; Joe hatte beinahe erwartet, daß Sie aus Ihrer Nische heruntersteigen und ihm sagen würde, daß Anna seinen Weihnachtsbaum wieder ins Fenster zurückhängen und daß man ihn nicht zurück nach St. Vincent schicken werde.

Joe begab sich sofort an seinen Platz hinten im Klassenzimmer. Es saß mit gesenktem Blick und den Händen in den Taschen da. Mit der rechten Hand umklammerte er ein Federmesser, das er in einer Mülltonne gefunden hatte. Wie üblich würde er also kein Geburtstagsgeschenk bekommen; sein Weihnachtsbaum würde verbrannt werden, und man würde ihn ins Waisenhaus zurückschicken. Er war voller Zorn und verstand kein Wort von dem, was die Schwester der Klasse erklärte; er dachte, dies sei sein letzter Vormittag in der St. Boniface-Schule. Er zitterte vor Wut am ganzen Körper und wünschte sich, daß ihn ja niemand frage, was los sei. Was könnte er sagen? Er durfte nicht schlecht über seine Mutter reden. Das tat ein braver kleiner Junge nicht! Wie oft hatten die Schwestern ihm *das* eingebleut? Er hatte versucht, die Kallingers zu respektieren, er wollte ihnen gegenüber loyal sein, aber wozu? Er umklammerte das Federmesser in der Tasche zusehends heftiger, während die Wut an ihm nagte, ihn innerlich zermürbte und er das Gefühl hatte, entzweigerissen zu werden. Und die Kinder hier in St. Boniface! Er sah sich im Klassenzimmer um und haßte jedes Gesicht, das er sah. Sie machten sich lustig über ihn, weil er, wie sie es nannten, ein behütetes Muttersöhnchen war: zu sauber, zu adrett, wie ein kleiner Prinz gekleidet, immer noch mit kurzen Hosen, wo doch die andern Kinder in seinem Alter schon längst lange trugen.

Dies waren die Gedanken, die Joe in rasender Geschwindigkeit durch den Kopf fuhren, als er plötzlich seinen Namen aufrufen hörte. Das bedeutete, daß nun er an der Reihe war und den Aufsatz, den er zu Hause geschrieben hatte, nach vorn zum Pult der Schwester bringen mußte. Er war froh, daß das Zittern aufgehört hatte, aber er spürte immer noch, wie ihn die Wut im Innern zwackte.

Während die Schwester seinen Aufsatz las und korrigierte, stand er neben ihrem Pult und starrte auf den Schlüssel zur Kindergarderobe, der in einer Ecke des Schreibtischschoners lag. Da er wußte, daß die Schwester ihre Aufmerksamkeit auf seinen Aufsatz und nicht auf ihn richtete, streckte er die Hand nach dem Schlüssel aus und steckte ihn in die Tasche.

Nach der Englischstunde teilte die Schwester den Kindern mit, daß sie die nächsten Stunden damit verbringen werde, die Schulbibliothek für Weihnachten zu schmücken. Als die Kinder aus dem Klassenzimmer gingen, war Joe darauf bedacht, der letzte in der Reihe zu sein.

Zuerst ging er mit den andern in Richtung Treppenhaus, dann stahl er sich aus der Reihe fort und kehrte ins leere Klassenzimmer zurück. Er nahm den Garderobenschlüssel aus der Tasche, öffnete die Garderobentür und ging hinein.

Haßerfüllt starrte er auf die an den Haken aufgehängten Mäntel. Die Mäntel gehörten Kindern, die das, was sie *gemacht* hatten, in *ihre* Fenster hängen durften, die Geburtstagsgeschenke bekamen und die sich nicht selbst «Happy Birthday» vorsingen mußten. Sie durften auch mit ihrer Klasse in den Zoo gehen. Und sie wurden auch nicht dauernd hinter Mauern eingesperrt, Mauern, die dann in Träumen auftauchten.

Die Mäntel waren wie die Kinder, denen sie gehörten, Bestandteile von liebenden Familien, und sie wurden nicht wie Gegenstände, die man in der Mülltonne fand, einfach beiseite geschoben. Joe fühlte sich den Dingen in den Mülltonnen verwandt, weil sie wie er fortgeschmissen wurden. Wenn er solche Gegenstände sammelte, suchte er nach einer Identität und sah sich selbst in der Rolle eines Adoptivvaters, der einen Schatz fand. Nie würde er einem solchen Schatz ein Leid antun. Nie!

Aber die Mäntel! Er zog das Federmesser aus der Tasche, schlitzte dann die Taschen von zwei Mänteln auf und schnitt bei drei anderen die Knöpfe ab. Er schloß die Garderobe ab, legte den Schlüssel auf das Pult der Lehrerin zurück und rannte wie der Teufel aus dem Schulzimmer. Er war der letzte in der Reihe als die Klasse im Gänsemarsch in die Bibliothek hinüberging. Nachdem er seiner Wut in einem ersten Akt der Zerstörung ein Ventil gegeben hatte, fühlte er sich ruhig.

Dadurch, daß er die Mäntel aufgeschlitzt und das Missale gestohlen hatte, war Joe sich bewußt geworden, daß er, wie er es später mir gegenüber formulierte, «etwas Unrechtes tat». Beide Male hatte er aus einer Wut heraus gehandelt. Beim Missale war es die Wut über sein Gefühl der Wertlosigkeit gewesen. Beim Mäntel-Aufschlitzen ging es um die Wut eines Außenseiters auf diejenigen, die dazu gehörten, um die Wut eines nicht geliebten Kindes auf Kinder, die geliebt wurden. In beiden Fällen war die Wut sowohl unmittelbar ausgelöst worden als auch angestaut gewesen: zu dem spontanen Zwang, etwas Unrechtes tun zu müssen, war die Wut hinzugekommen, die ihren Ursprung in der Trennungsangst der Kindheit gehabt hatte und die durch die symbolische Kastration nach der Bruchoperation neu entfacht und verschärft worden war.

Joe hatte dieses «Bewußtsein, etwas Unrechtes zu tun», nicht mehr, bis er elf Jahre alt geworden war. Mittlerweile übte er nicht mehr nur kleine Handlangerdienste, sondern anspruchsvolle Arbeiten aus. Er saß auf einem Stuhl, einen Flickkorb neben und eine hölzerne Platte vor sich, auf die er ein großes Stück Leder legte. Dann setzte er eine Stahlstanze auf das Lederstück, hieb mit einem Holzhammer auf die Stanze und schnitt die Absatzsohlen für Herrenschuhe aus. Er mußte den Korb mit Sohlen füllen. Als einzigen Lohn für seine Arbeit erhielt er, wenn der Korb voll war, Geld fürs Kino.

An Samstagnachmittagen nämlich durfte Joe, dem immer

noch nicht allein auszugehen erlaubt war, es sei denn für Botengänge, allein ins Kino gehen. Da er kein Taschengeld bekam, durfte er nur hingehen, wenn er sich den Eintritt ins Kino verdient hatte, indem er am Samstagvormittag die Absatzsohlen im Laden der Kallingers ausstanzte. Er saß auf seinem Stuhl und arbeitete verbissen, um rechtzeitig für die Filmvorführung fertig zu sein.

Manchmal, wenn der Vormittag schon beinah um und der Korb noch nicht voll war, stopfte er zuunterst in den Korb Zeitungen und warf dann die Absatzsohlen darüber. Da Joe wußte, daß Stephen zu beschäftigt war, um etwas zu merken, ging er anschließend ungestört ins Kino. Während der Woche nahm er den Korb mit in den Keller und leerte die Sohlen in den dafür bestimmten Behälter. Die List wurde nie aufgedeckt, doch mit der Zeit fand Joe keinen Gefallen mehr daran, allein ins Kino zu gehen, wo doch die andern Jungen in Gruppen kamen. Joe, dem es nie erlaubt gewesen war, Freunde zu haben, konnte die Jungen nur dazu überreden, mit ihm ins Kino zu gehen, wenn er ihren Eintritt bezahlte. Doch mit dem Absatzgeschäft verdiente er nur gerade genug, um seine eigene Kinokarte bezahlen zu können. Als er sich darüber klar wurde, hatte Joe zum dritten Mal das «bewußte Gefühl, etwas Unrechtes zu tun.»

Einmal an einem Samstagmorgen, als die Kallingers im Laden waren und Joe noch oben auf seinem Zimmer, ging er in ihr Schlafzimmer und öffnete den Schrank, wo sie Rollen mit 5-, 10- und 25-Centstücken aufbewahrten. Er nahm eine Rolle mit 25-Centstücken und schob die andern wieder in das Fach zurück. An jenem Tag, als Joe einem der Jungen aus der Nachbarschaft das Kino bezahlte, war er für die andern ein toller Kerl. Nach diesem ersten Erfolg fuhr er fort, die Kinder zu «bestechen», damit sie mit ihm ins Kino kamen. Er fing damit an, mehr Geld, als er wirklich für den Tag benötigte, aus dem Schrank zu nehmen, und legte den «Überschuß» unter einen lockeren, grasumwachsenen Pflasterstein neben einem Zaun auf der andern Seite der East Sterner Street. Dies gab ihm ein Gefühl der Sicherheit.

Was auch immer die Kallingers tun würden, wenn sie entdeckten, daß die Münzen fehlten, Joe fand, daß der Preis sich lohne, weil er dafür an Samstagnachmittagen nicht allein war.

Eines frühen Morgens – es war ein Mittwoch im Januar 1947 – wußte Joe in dem Augenblick, als er die Küche betrat, um zu frühstücken, daß man ihm auf die Schliche gekommen war. Anna war gerade dabei, Speck zu braten, und Stephen, der sein Englisch aufpoliert hatte, las Zeitung, den «Philadelphia Inquirer». Als die Kallingers Joe erblickten, verfinsterte sich Stephens Miene und Anna, die die Bratpfanne über die Flamme hielt, knurrte: «Dieb!»

«Du bringst schon wieder Schande über uns», sagte Stephen und ließ die Zeitung sinken.

Joe, der verlegen zwischen Anna beim Herd und Stephen am Tisch stand, sagte nichts.

«Wir geben dir alles», sagte Anna, «aber du stiehlst Geld aus unserem Schrank. Du nimmst unser sauer verdientes Geld.»

«Ich habe das Geld im Schrank gezählt, bevor ich zum Frühstück runterkam», erklärte Stephen. «Dabei habe ich festgestellt, daß einige Rollen fehlen. Was glaubst du, wie ich mich gefühlt habe? Beschämt! Und weshalb? Weil ich einen Dieb in meinem Haus hab'. Ich befürchte, daß ich nichts Wertvolles mehr hier herumliegen lassen darf. Als du damals das Missale in der St. Boniface-Schule gestohlen hast, hab' ich deiner Mutter gesagt, sie solle alles verschließen. Aber sie hat nicht auf mich gehört, und nun haben wir die Bescherung.»

«Vor vier Jahren, Joseph», sagte Anna, «haben wir dich aus dem Krankenhaus geholt. Wir haben dir gesagt, daß ein guter Junge aus dir werden wird . . .»

«Wir hatten Angst, daß du, wenn du älter würdest, mit deinem Vögelchen krumme Sachen anstellen könntest», sagte Stephen. «Wir haben Dr. Daly gebeten, den Dämon auszutreiben. Er tat es, aber . . .»

«Aber», sagte Anna, «wir haben nicht daran gedacht, dem Arzt zu sagen, daß er auch *diese* böse Eigenschaft austreiben soll, und nun . . .»

«Das war ein Fehler von uns, Joseph», sagte Stephen. «Wir hätten auch das tun sollen. Aber wir konnten doch nicht träumen, daß du uns auch einmal unser Geld rauben würdest! Erst das Missale und nun dies! Mein Gott! Was wirst du als nächstes anstellen? Dr. Daly hat zwar den Dämon aus deinem Vögelchen ausgetrieben, aber du hast immer noch einen Dämon in dir. Einen Dämon, der dich zum Dieb macht! Was hast du zu deiner Verteidigung zu sagen, du kleiner Musterknabe, du?»

Joe, der steif dastand, sagte immer noch nichts.

Anna entfernte sich vom Herd und stellte sich dicht neben Stephen. «Steef», flüsterte sie ihm ins Ohr, «wir müssen den Dämon aus seinen Fingern austreiben.»

«Ja, Annie, das ist es, was wir tun müssen», entgegnete Stephen.

Joe, der gehört hatte, was Anna Stephen zugeflüstert hatte und eine Gefahr für sich witterte, rannte auf die Tür los, doch bevor er sie erreichte, hatte ihn Stephen bereits an der Schulter gepackt, ihn herumgedreht und ihn mit festem Griff zum Herd gezerrt.

Anna wartete; sie hatte die Bratpfanne mit dem Speck beiseite geschoben, die Flamme jedoch brennen lassen. Nun drehte sie sie sogar noch höher.

«Es ist soweit», sagte Anna zu Stephen, als wäre sie eine Krankenschwester, die dem Arzt ein Instrument reicht.

«Ja, sehr schön, Annie», antwortete Stephen.

Mit der linken Hand packte Stephen Joes linkes und mit der rechten Joes rechtes Handgelenk. Er stand dicht hinter Joe, zermalmte ihm beinahe die Handgelenkknochen, brachte die Fingerspitzen von Joes rechter Hand langsam über das Gasfeuer und drückte sie dann in die Flamme. Joe schrie und Stephen sprach mit feierlicher Stimme: «Dies wird den Dämon Dieb in den Fingern, die stehlen, verbrennen.»

Dann schob Stephen Joes linke Fingerspitzen in die Flamme und zog sie wieder zurück. Der Schmerz war groß. Darauf tauchte er wieder die Fingerspitzen der rechten Hand in die Flamme. Joe schrie erneut und wand sich. Wieder intonierte Stephen seinen Vers: «Dies wird den Dämon Dieb in den Fingern, die stehlen, verbrennen.»

Als Stephen mit der Bestrafung fertig war, stellte Anna die Flamme mit einer flinken Handbewegung äußerst befriedigt ab. «Das hast du gut gemacht, Steef», sagte sie mit vor Bewunderung glühendem Gesicht.

Stephen ließ Joe los. Dieser rannte zur Tür, die ins Wohnzimmer führte; in seinen Fingerspitzen raste der Schmerz.

«Und wohin willst du jetzt gehen?» fragte Anna.

«Nirgendwohin», antwortete Joe keuchend und schluchzend. Er biß die Zähne vor Schmerz zusammen und hielt die Hände mit nach oben gerichteten Handflächen und gekrümmten Fingern weg vom Körper. Er zitterte am ganzen Leib. Er stand da, sah Anna an und wartete auf ihre Anweisungen.

«Hast du deine Aufgaben gemacht?» fragte Anna.

«Meine Finger tun schrecklich weh», sagte Joe mit sanfter Stimme.

«Natürlich. Du mußt für deine große Sünde leiden», antwortete Anna.

Joe ging zum Ausguß. Er drehte den Kaltwasserhahn auf, aber Anna stieß ihn zur Seite und drehte den Hahn wieder zu.

«Du bekommst weder Wasser noch Salbe. Du mußt den Schmerz in deinem Körper und in deiner Seele spüren. Dann wird Gott dir vielleicht vergeben. Du mußt die heilige Jungfrau Maria bitten, sich für dich einzusetzen», sagte Anna.

Doch noch stärker als die Schmerzen der Austreibung des «Dämons Dieb» war Joes sehnsüchtiges Verlangen, an Samstagnachmittagen nicht allein zu sein. Jedesmal, wenn der Münzvorrat in seiner improvisierten Bank erschöpft war, kehrte Joe zum Schrank der Kallingers zurück. Die Einsamkeit, in die die Kallingers ihn gezwungen hatten, war so groß, daß er weiterhin Münzen stahl und dafür die Schmerzen der Fingerverbrennungen aushielt.

Sechs Mal verbrannten die Kallingers Joes Finger. Manchmal war es Anna, die Joes Fingerspitzen in die Flamme hielt, aber meistens war es Stephen. Die Flamme war nicht sehr hoch, und die Fingerspitzen wurden nur kurz hinein gehalten. Doch über jener Flamme wurde zusätzlich zu den andern Bestrafungen und Demütigungen, welche die Kallingers Joe auferlegten, ein Mensch mit großem Potential zerstört.

Als Joe schließlich zwölf Jahre alt geworden war, hatte er kein Interesse mehr daran, die Kinder aus der Nachbarschaft mit dem Geld, das er den Kallingers stahl, zu bestechen, damit sie ihn an Samstagnachmittagen ins Kino begleiteten.

Durch seine Gelddiebstähle versuchte Joe auf verzweifelte Art und Weise, seine Einsamkeit zu lindern. Aber er bestrafte damit auch die Kallingers, indem er der Wut über die Demütigungen, denen sie ihn aussetzten, Ausdruck verlieh. Sie hatten Joes Delikte herbeigeführt, weil sie ihm das Recht, sich selbst zu finden und zu sein, aberkannten, weil sie ihn nicht spielen und das Leben genießen ließen.

Zweites Buch

Der Traum von einer Familie

5

Die geheime Welt

Joe war zwölf Jahre, als er eines Abends spät auf seinem Bett kniete; die Lampe auf dem Schreibtisch brannte noch. Er hatte bereits den Schlafanzug an. In der linken Hand hielt er das Messer mit dem grünen Griff. Joe drückte die Spitze gegen die geblümte Tapete des Schlafzimmers und drehte das Messer langsam immer wieder von rechts nach links. Mit seinen dunklen Augen beobachtete er, wie kleine Fetzen Tapete und winzige Stücke Mörtel auf das Bett fielen. Von Zeit zu Zeit hielt er inne und lauschte. Alles war still. Er bohrte die Messerklinge tiefer in die Wand hinein und spürte, wie sein Körper von einem merkwürdigen und herrlichen Machtgefühl erfaßt wurde.

Joe fragte sich, ob dieses Machtgefühl vom Messer mit dem grünen Griff oder von seiner linken Hand herrührte. Unten im Laden, wo Stephen das Messer zum Lederschneiden gebrauchte, hatte er eigentlich Angst vor dem Ding gehabt, doch jetzt, als der Laden geschlossen war, ängstigte Joe sich nicht mehr vor dem Messer. Er hatte es aus dem Laden mitgenommen, um dieses Loch in seine Schlafzimmerwand zu bohren, und würde es am Morgen wieder mit hinunternehmen; da gab es also nichts zu befürchten. Was das Machtgefühl betraf, so beschloß er schließlich, daß es sowohl vom Messer als auch von seiner linken Hand herrührte. Er konnte nicht wissen, daß er später mit der linken Hand zustechen würde, daß sie die Hand der Zerstörung werden sollte.

Das Loch, das Joe in die Wand gebohrt hatte, wurde wie die Quellfassung in Neshaminy und der Tank in Kensington zu einem Teil seiner geheimen Welt. Im Gegensatz zu den beiden letztgenannten würde er das Loch jedoch nicht dazu verwenden, um mit den Geistern zu reden oder Phantasien über Schmetterlinge zu spinnen. Joe hatte das Loch zum vergnüglichen Zweck der Masturbation geschaffen und um seinen Penis, dessen er sich schämte, symbolisch zu verstecken.

Joe zog die Messerklinge aus dem Loch. Um sicher zu sein, daß es auch die richtige Größe aufwies, steckte er den Daumen hinein. Dann knipste er die Schreibtischlampe aus und legte sich aufs Bett. Er fuhr mit der Hand durch den Hosenschlitz des Schlafanzugs, legte die Finger der linken Hand um seinen anschwellenden Penis und masturbierte. Er wurde erregt, setzte sich auf die Knie und steckte den Penis in das Loch. Nach wenigen Stößen hatte er einen Orgasmus.

Eine Weile lag Joe auf dem Bett und fühlte sich ruhig und friedlich. Doch dann überwältigten ihn Traurigkeit, Schuld- und Schamgefühle. Von seiner katholischen Erziehung her wußte er, daß er «sich auf unkeusche Art berührt hatte».

Er war bestürzt und verwirrt. Da lag er nun neben dem Loch, in dem sein erigierter Penis ihm soviel Freude bereitet hatte, wo doch sein kleiner, vom Dämon befreiter Penis aus ihm einen guten Jungen hätte machen sollen. Er hatte das Steifwerden seines Gliedes und den anschließenden Orgasmus genossen. Er wußte nun, daß der angeblich ausgetriebene Dämon immer noch da war.

Das Loch in der Wand blieb kein Geheimnis. Stephen entdeckte es, schlug Joe mit der Peitsche und verputzte die Wand wieder. Dies ereignete sich mehrere Male; Stephen wußte jedoch nicht, daß das Loch ein Hinweis darauf war, daß sein Plan, Joes «Vogel» daran zu hindern, jemals steif zu werden, gescheitert war.

Teils glaubte Joe, was Anna und Stephen ihm vor sechs Jahren über seinen «Vogel» gesagt und seither ständig wiederholt hatten, besonders in der letzten Zeit, und teils glaubte er es nicht. Er war davon überzeugt, daß man den Dämon nicht aus seinem Penis ausgetrieben hatte. Doch sein Penis war, wie vorhergesagt, wirklich klein geblieben.

In Tat und Wahrheit war Joes Penis nicht abnormal klein, aber im Vergleich zu denjenigen der älteren Jungen, die er auf der

Toilette der Schule gesehen hatte, war er klein genug, um die Wahnidee des zu kleinen Penis, die Anna und Stephen ihm eingeimpft hatten, aufrecht zu erhalten.

Von Zeit zu Zeit starrte Joe traumverloren auf das Loch in der Wand und gab sich Phantasien hin. Sie kreisten oft um Messer: das Messer mit dem grünen Griff; das Messer, das er nicht gesehen hatte und mit dem man seinen «Vogel in Ordnung» gebracht hatte; das Messer mit dem Penis, das im Spiegel im Wohnzimmer aufgetaucht war, und das Messer im Tank, diese unheimliche Wirklichkeit, die seine erste sexuelle Erfahrung geprägt hatte.

«In der Zeit, in der sich normale Dinge hätten entwickeln sollen», erklärte mir Joe Jahre später, «entwickelte sich dieses *andere.*» Dieses *andere* war die Zeit der Pubertät, in der der Gebrauch eines Messers untrennbar mit seiner Sexualität verknüpft wurde. Um den Masturbationsgenuß zu erhöhen, legte er ein echtes Messer neben sich aufs Bett in der Nähe des Lochs. Auch nahm er Pornoheftchen aufs Zimmer, die er aus Mülltonnen herausgefischt hatte.

In Wirklichkeit fühlte sich Joe von strammen, gesunden Frauen einerseits sexuell erregt, andererseits hatte er Angst vor ihnen. Als eine junge Frau mit großem Busen einmal im Kino mit ihm geflirtet hatte, rannte er buchstäblich davon. Da er sich nicht als «Macho» fühlte, wagte er es nicht, mit andern Machos um ihre Gunst zu werben. Er glaubte, daß sie ihn, wie alle andern, auslachen würde. Die nackten, großbusigen Frauen auf den Fotos erregten ihn sexuell, ohne daß er vor ihnen Angst zu haben brauchte.

Mit der Zeit dienten Messer und Fotos nicht mehr bloß als Beiwerk zur Steigerung seiner sexuellen Lust, sondern Joe erreichte den Höhepunkt nur noch, wenn er zuerst auf einem der Fotos ein Loch in den Busen oder den Magen einer Frau geschnitten hatte. Wenn er die Brust oder den Magen durchbohrte, fühlte er sich äußerst potent. Das Messer hatte ihm die Macht zurückgegeben, die ihm Dr. Dalys Messer genommen hatte.

In Augenblicken der Wut durchbohrte Joe die Penisse auf den Fotos. Auch mit diesem Akt nahm er Rache am Messer des Chrirurgen.

Joe war sich darüber im klaren, daß er durch seine Handlungen in die Hölle kam. Er stellte sich die Hölle nicht als einen Ort auf der Erde, sondern als einen Geisteszustand vor, obwohl er diesen Unterschied damals noch nicht auszudrücken vermochte.

Die Hölle war für ihn ein großes Loch in der Erde (erneut hatte ein Loch in Joes Phantasiewelt Bedeutung erlangt), in das alle Sünder nach ihrem Tod hineingeworfen und von Geistern, die keine menschliche Gestalt aufwiesen, gefoltert wurden. Joe stellte sich vor, daß diejenigen mit den kleineren Sünden sich in der Umgebung des Lochausgangs und die größeren Sünder sich auf dem Boden des Lochs aufhielten. Es gab viele Feuer in der Hölle; die Sünder brannten, aber sie verbrannten nicht.

Auch war die Hölle ein Berg, so hoch, daß man ihn weit über den Horizont hinaus sehen konnte. Der Berg bestand aus Leibern von Männern und Frauen, ineinander verflochtenen Gliedern, Torsos und Köpfen, die Todesangst ausdrückten. Sie waren mitten im Geschlechtsverkehr oder beim Masturbieren gestorben; nach ihrem Tod waren ihnen Penisse und Brüste mit flammenden Messern von unsichtbaren Dämonen abgeschnitten worden, die in alle Ewigkeit um den Berg herum kreisten; einzig ihre brennenden Messer waren zu sehen, die gelegentlich hinuntertauchten, um den Penis oder die Brüste eines Neuankömmlings abzuschneiden; mit jedem neuen Sünder wuchs der Berg. Die Frauen hatten gähnende, blutige Löcher in den Bäuchen. Und dieser riesige Berg von Menschen, die in ihrem Leben durch Sex gesündigt hatten, gab Seufzer, Stöhnen und Klagelaute von sich - bis in alle Ewigkeit.

Die Hölle war auch der Ort, wo kleine, gedrungene Teufel männlichen und weiblichen Geschlechts eine merkwürdige Sprache, ähnlich derjenigen seiner Adoptiveltern, redeten und kleine Jungen und Mädchen jagten, die beim Geschlechtsverkehr oder beim Masturbieren in ihrem Bett erwischt worden waren. In dieser Hölle gab es fünfjährige Jungen, die kleinen Mädchen die Hose heruntergezogen hatten und zwölfjährige Jungen, die masturbierend Fotos von Frauen aufgeschlitzt hatten. Joe glaubte, daß sowohl die Leute auf den Fotos als auch er in die Hölle gehörten und stellte sich vor, wie die kleinen, gedrungenen Teufel mit ihrer kehligen, unverständlichen Sprache

Joe Kallinger nicht nur wegen seiner sündigen Taten, sondern auch wegen seiner sündigen Gedanken bestrafen würden.

Unter der Last der Schuldgefühle hatte Joe mehr denn je das Gefühl, daß «er zu niemandem gehöre». Kompensierend sagte er sich, daß er «Gottes Kind», «besser als andere» und «seiner Zeit voraus» sei. Der Abwehrmechanismus war evident: Joe fand, er sei seiner Zeit voraus, weil er kein Kind seiner Zeit war; dies war eine Erklärung für seine Entfremdung und Einsamkeit. Oft dachte er an den Schutzengel seiner Kindheit, eine weibliche Gestalt mit kleinen Brüsten, die ihn, wie er hoffte, immer noch beschützte. Er betete zu diesem Engel, damit er ihn vor der Verdammnis rette. Er bat den Engel auch um Hilfe, um seine Eltern, die er nie gekannt hatte, zu finden.

Joe hatte seine leibliche Mutter einmal in der Schuhmacherwerkstatt der Kallingers gesehen, aber er erinnerte sich nicht mehr daran. Er wußte auch nicht, daß sie immer schon nur eine kurze Busstrecke vom Haus der Kallingers entfernt gewohnt hatte. In seiner Phantasie stellte er sich jedoch vor, daß sie an der Ecke Girard/Montgomery Avenue wohne, und ging eines Nachmittags, als die Kallingers ihn im Kino wähnten, dorthin.

Als er an der Straßenecke stand, dachte er zuerst nicht an seine Mutter, sondern an die Kallingers. Er erinnerte sich, wie er versucht hatte, ihnen näherzukommen, indem er Kleinigkeiten tat, um ihnen eine Freude zu bereiten. Er hatte viele Stunden im Keller damit zugebracht, aus alten Schachteln eine Kommode zu basteln, in der Stephen kleine Gegenstände aufbewahren konnte. Zum letzten Muttertag hatte Joe Anna eine Grünpflanze in einem Blumentopf geschenkt. Er hatte das Kinogeld für dieses Geschenk zusammengespart. Doch Anna hatte bloß verärgert gesagt: «Warum hast du bloß Geld dafür ausgegeben? Die Pflanze wird ohnehin bloß verdorren.»

Die Distanz, die Joe gespürt hatte, als er damals bei der Quellfassung in seine Phantasiewelt gereist war, während die Kallingers in ihren Liegestühlen dösten, war nicht überbrückbar. Joe hatte stets anderswo Gesellschaft gesucht. Bei den Schmetterlingen hatte er sie gefunden und auch bei alten Straßenbahnfahrkarten, weggeworfenen Elektromotoren von Staubsaugern, Geschirrspülmaschinen und andern Geräten. Er war davon überzeugt, daß seine leiblichen Eltern ihn weggeschmissen hatten. Die Straßenbahnkarten und alten Motoren hatte man auch weggeschmissen. Er fühlte, daß sie und er einander ähnlich waren. Jedesmal, wenn Anna ihn mit den alten Fahrkarten erwischte, zerriß sie sie.

Er hatte alte Fahrkarten aus Rinnsteinen oder sonst irgendwo aufgelesen, denn er wollte ebenso viele besitzen wie ein Wagenführer. Ja, er wollte selbst Wagenführer werden, damit die Leute dorthin gehen mußten, wo er sie hinfuhr.

Obwohl seine leiblichen Eltern ihn in die Verlassenheit getrieben hatten, weil er das Verbrechen begangen hatte, auf die Welt gekommen zu sein, empfand er sie als seine wahren Eltern. Er konnte ihnen zwar nicht verzeihen, betrauerte jedoch ihren Verlust und fühlte sich ihnen zugehörig. Er wünschte sich, daß sie ihn als ihren Sohn anerkennen und lieben würden.

In den Gedichten, die Joe später als Erwachsener schrieb, drückte er die Gefühle über seine unerreichbaren Eltern aus. Er klagte, daß «es niemanden gab, der ihm gezeigt hatte, wie man sieht und hört»; er verglich sich selbst mit dem «Schnee, wunderschön anzusehen, aber unerwünscht und zur Seite gefegt». Er wünschte sich einen Bruder und eine Schwester; hinter diesem Wunsch verbarg sich die heftige Sehnsucht danach, «sich lebendig zu fühlen, gebraucht zu werden, gewollt zu sein, einer liebenden Familie anzugehören.»

In jenem Sommer verspürte Joe das alte Verlangen, den lieblosen Kallingers zu entkommen, und sei es auch nur für eine Weile. Er war nie von zu Hause fortgerannt und tat es auch jetzt nicht. Er hatte aber seine Adoptiveltern dazu überreden können, ihn für einige Wochen in ein Ferienlager zu schicken. An einem heißen, sonnigen Morgen Anfang Juli 1949 marschierte Joe also mit einem Segeltuchsack zum Lighthouse, einem Freizeitzentrum in der Nachbarschaft, dem das Downington Camp in einem Vorort Philadelphias unterstand.

Er fühlte sich in Kensington seit Jahren unglücklich und war von der fixen Idee besessen, daß er in einem Vorort glücklicher wäre. Er war davon überzeugt, daß er in einem Vorort nicht mehr einsam wäre.

Auf dem Weg zum Lighthouse erinnerte sich Joe an ein Erlebnis im Diamond Square Park, wo er als Zehnjähriger schikaniert worden war. Es war an einem warmen Frühlingstag gewesen; die Kinder hatten schulfrei und Joe wartete in kurzen Hosen (die andern Knaben in seinem Alter trugen längst lange Hosen) am Parkeingang auf Anna. Drei Teenagers verhöhnten ihn wegen seiner Kniehose, warfen ihn zu Boden und nannten ihn «Muttersöhnchen». Einer der Teenager gab ihm einen Tritt in den Magen. Entsetzt lag Joe am Boden und sah Anna herannahen.

Kaum war sie eingetroffen, zerstoben die drei Teenagers in alle Himmelsrichtungen. Joe hätte keinen Kampf mit ihnen aufgenommen; er kämpfte nie, wenn er angegriffen wurde. «Brave kleine Jungen kämpfen nicht», hatte Anna immer gesagt. Doch in der letzten Zeit hatte sie auch «Hasenfuß» und «Memme» zu ihm gesagt, da er sich nicht wehrte. Er fühlte, wie er in einer Falle saß. Dies war sein Leben. Was er auch tat, er konnte es seinen Eltern nie recht machen!

Der Extrabus wartete, als Joe beim Lighthouse ankam. Er ging nach hinten und setzte sich. Als der Bus in Downington Camp einfuhr, stieg er als letzter aus.

Während die Lagerleiter Grüppchen für die Hütten zusammenstellten, stand Joe abseits. Er suchte nach vertrauten Gesichtern und bemerkte einige bekannte aus Kensington. Da war noch das Gesicht eines Lagerleiters, das Joe zwar irgendwie bekannt vorkam, mit dem er aber doch nichts anzufangen wußte, es verunsicherte ihn. Plötzlich erkannte er in diesem den Jungen, der ihm vor vier Jahren im Tank «einen geblasen» hatte. Joe war beschämt und voller Widerwillen und zutiefst erleichtert, als er feststellte, daß sein Leiter ein anderer Junge war.

In den frühen Morgenstunden, als alle andern noch schliefen, verließ Joe seine Hütte und wanderte allein durch den Wald. Er begann, Schildkröten zu sammeln, die er am Fuße der Bäume oder unter Steinen fand. Er fragte sich, was wohl besser wäre: mit den Schmetterlingen davonzufliegen, wie er sich das als Kind immer vorgestellt hatte, oder in einen Panzer hineinzukriechen wie eine Schildkröte.

Joes Leiter forderte ihn auf, beim Scheibenschießen am Schießstand mitzumachen, aber Joe hatte noch nie ein Gewehr in den Händen gehalten und lehnte ab. Eines Montagmorgens in der zweiten Lagerwoche willigte er jedoch ein. Er schoß zwei Runden. Vor der dritten Runde hielt er ein und entfernte, auf dem Bauch liegend und das Gewehr im Anschlag, mit der linken Hand das Zielfernrohr; es war dieselbe Hand, deren Macht er gefühlt hatte, als er zum ersten Mal das Loch in die Schlafzimmerwand gebohrt hatte. Er steckte das Zielfernrohr in die Tasche und zog das Hemd darüber, damit es nicht auffiel. Als die andern Kinder den Schießstand verließen, um sich wieder in die Hütten zu begeben, ging Joe nicht mit, sondern schlich in das hohe Gebüsch neben dem Schießstand.

Im Schutz der Sträucher nahm er das Zielfernrohr aus der Tasche und hielt es liebevoll in der Hand, wie er es vor langer Zeit mit dem Missale gemacht hatte. Dann nahm er das Gerät auseinander. Alte Motoren waren seine Leidenschaft, doch als er nun die Einzelteile des Fernrohrs betrachtete, fand er diesen neuen Mechanismus noch weitaus faszinierender. Er behielt die Linse für sich und warf die übrigen Bestandteile ins Gras.

Joe blickte durch die Linse auf seine Hand, und durch die Vergrößerung fühlte er ein Kraftgefühl in sich aufsteigen. Nahm er die Linse weg, fühlte er sich wieder schwach und hilflos. Doch kaum hielt er die Hand unter die Linse, fühlte er sich wieder mächtig. Er wäre am liebsten für immer hier geblieben, hinter den Sträuchern verborgen und die Vergrößerung seiner linken Hand betrachtend. Als aber der Gong zum Mittagessen rief, steckte er die Linse in die Tasche und begab sich eilends in den Eßsaal.

Bei den Nachmittagsspielen und -beschäftigungen hielt sich Joe wie immer abseits. Die Linse befand sich in seiner linken Hosentasche. Er streichelte sie mit dem Daumen, bis die glatte, leicht gekrümmte Oberfläche vom Schweiß seiner Hand ganz feucht geworden war. Kraft durchrieselte seinen Körper, genau wie in der Nacht, als er zum ersten Mal das Loch in die Schlafzimmerwand gebohrt hatte. Er fühlte sich den andern überlegen; der Haß, der Neid und das Gefühl der Einsamkeit, mit denen er ihnen immer beim Spiel zugesehen hatte, wichen nun einem Gefühl der Verachtung. Ganz in seiner Nähe spielte eine Mannschaft Baseball, eine andere Volleyball. Sie verschwendeten ihre

Zeit. Er hingegen wußte Bescheid über Dinge, von denen seine Kameraden im Lager, die Lagerleiter und vermutlich die ganze restliche Welt nichts wußten. Während er die Linse nun fest mit dem linken Daumen, dem Zeige- und Mittelfinger umklammerte (den Fingern, mit denen er masturbierte) glaubte er, eine Quelle magischer Kraft entdeckt zu haben, die ihn unbesiegbar machte: Wenn er die Linse über die linke Hand hielt, konnte er sich selbst in einen Riesen verwandeln.

An jenem Abend während des Essens erfuhren sie, daß eines der Zielfernrohre fehlte. Man durchsuchte das ganze Lager, aber das Fernrohr war nicht auffindbar.

Am nächsten Morgen ging Joe alleine von seiner Hütte den schmutzigen Pfad entlang zum Schwimmbecken. Er war noch nie in einem Schwimmbad gewesen und konnte nicht schwimmen. Er hatte sich im Lager geweigert, am Schwimmunterricht teilzunehmen, und stand nun allein im seichten Wasser des Beckens, während die andern schwammen und herumplanschten. Die Sommersonne brannte auf seinen unbedeckten Kopf, und er hätte sich gern angezogen und in den Schatten gelegt. Am Rand des Schwimmbeckens entledigte er sich hastig seiner nassen Kniehose, um die weißen Leinenshorts überzuziehen. Als er die Kniehose auszog, hörte er die Linse des Zielfernrohrs zu Boden fallen und unmittelbar darauf die strenge Stimme seines Leiters: «Woher hast du diese Linse?»

«Sie gehört mir», sagte Joe mit sanfter Stimme. Er richtete seinen Blick auf die am Boden liegende Linse. Sie war naß, und die Sonne brach die Tropfen, die sich auf ihrer Oberfläche angesammelt hatten. Er hatte vergessen, daß er die Linse aus den Shorts genommen und in die Kniehose getan hatte. Der Leiter bedrängte ihn mit Fragen, doch Joe bestand darauf, daß die Linse ihm gehöre. In seinen Wahnvorstellungen überschritt Joe die Grenzen der Wirklichkeit, um sich jeden Gegenstand anzueignen, der eine besondere Bedeutung für ihn erlangt hatte. Wie das Missale in der Schule gehörte nun das Vergrößerungsglas, das er aus dem Zielfernrohr entfernt hatte, auch ihm. Joe glaubte, daß ihm das Vergrößerungsglas Kräfte verlieh, die ihn über die andern Menschen im Lager erhoben, die ihm ein Gefühl der Macht und Sicherheit verliehen.

Mit einem ausdruckslosen Blick, der ihm – wie der Panzer der Schildkröten – Schutz gab, ging Joe unterwürfig hinter dem Lagerleiter her in das Büro des Direktors. Dort gestand Joe, die Linse gestohlen zu haben, weil «sie die Dinge größer mache». Dann führte er den Leiter und den Direktor zu den Sträuchern und zeigte die Einzelteile des demontierten Zielfernrohrs.

Die Kallingers hatten das Ferienlager für zwei Wochen bezahlt, jedoch hinzugefügt, Joe könne weitere zwei Wochen bleiben, wenn es ihm gefalle. Doch jetzt gab es keine Wahl mehr. Der Direktor teilte Joe mit, daß er nach Ablauf der zwei Wochen gehen müsse.

Joe hatte das Zielfernrohr zerstört, und Zerstörung war ihm nun ein zwanghaftes Bedürfnis geworden. Die Qual, die er im Tank ausgestanden hatte, als man ihm ein echtes Messer an die Kehle gesetzt hatte, verfolgte ihn und drängte auf Vergeltung. Er hatte bereits ein Gefühl der Macht in seiner linken Hand gespürt, und die Vergrößerung unter der Linse verstärkte dieses Machtgefühl. Später würde die linke Hand, die Hand der Macht, zur Mörderhand werden. Doch der Impuls, mit dem Messer zuzustechen, jemanden zu quälen, rührte von einem einzigen Erlebnis her: der symbolischen Kastration während der Bruchoperation. Mit jenem Ereignis hatte sein Phantasieleben als Quelle des Tötungsdrangs eingesetzt. Er mußte sich selbst die Macht – sexueller und anderer Art – wiedergeben, die das Skalpell ihm seiner Meinung nach damals weggenommen hatte.

Zehn Tage, nachdem Joe aus dem Downington Camp nach Hause gekommen war, stieg er, ein Krummesser in der Tasche, an einem Samstagnachmittag in einen Bus. Er hatte, wie er glaubte, die «Stimme des Dämons» vernommen, der ihm befohlen hatte, hinauszugehen und jemanden zu verletzen. Obwohl der Dämon nicht mehr in ihm sein sollte, schien er immer noch da zu sein. Mit dem Messer lebte Joe die Phantasie aus, die Macht wieder zurückzugewinnen, deren er durch Dr. Dalys Messer angeblich beraubt worden war.

Joe sah sich durch das Busfenster nach einem Opfer um. Etwa anderthalb Kilometer vom Wochenendhäuschen der Kallingers in Neshaminy entfernt bemerkte er einen Jungen etwa in seinem

Alter, der einen Feldweg entlangging. Joe stieg aus dem Bus, lehnte sich an eine alte Eiche und wartete auf sein Opfer.

Er hielt den Jungen mit einem fröhlichen «Hallo!» an, plauderte liebenswürdig mit ihm und lockte ihn dann unter dem Vorwand, fischen zu gehen, zum Fluß.

Die beiden Jungen überquerten die Hauptstraße und gelangten zu einem aufgeschütteten Damm. Sie wanderten den Damm entlang, stießen dabei Zweige und verstreutes welkes Laub mit den Schuhen fort.

«Wo hast du denn Angel und Schnurrolle?» fragte ihn der Junge, der Willie hieß, als sie am Fluß ankamen. Joe hatte ihm gesagt, daß er sein Angelzeug am Fluß habe. «Wir könnten doch jetzt fischen.» Er erhielt keine Antwort, und so plapperte Willie weiter drauflos. «Na komm schon, holen wir deine Angel und dein Zeug und fangen wir an zu fischen.» Joe gab immer noch keine Antwort. Nur das Geräusch des Verkehrs auf der Hauptstraße war zu hören. «Das Zeug ist nicht hier», sagte Willie. «Ich weiß, daß es nicht hier ist. Was soll das?»

Die beiden Jungen starrten einander an, und Joe umklammerte das Messer in der Tasche. Dann sagte er kalt, wobei er das Messer auf den Jungen richtete: «Laß die Hose runter, Willie.»

«He, Joe! Du machst 'nen Witz», sagte Willie mit zugeschnürter Kehle, gebannt auf die Messerspitze blickend. «Wir sind zum Fischen hierher gekommen.»

«Fischen? Fischen willst du?» lärmte Joe. «Ich werd' dir zeigen, was fischen ist.» Unbewußt ahmte er Anna Kallinger nach: «Zoo? In den Zoo willst du? Ich werde dir zeigen, was Zoo ist.»

Joe hob die Spitze des Messers etwas höher, und Willie ließ entsetzt die Hose fallen.

«Auch die Unterhose!» befahl ihm Joe und rückte mit dem Messer noch näher an Willie heran.

«Mein Gott, Joe, was tust du denn?»

«Ach, immer diese Fragerei», entgegnete Joe wütend. Es klang wie Stephen Kallinger, der Joes Fragen immer abgeblockt hatte.

Willie zitterte, war zu verängstigt, um davonzurennen, und gehorchte. Joe fühlte sich mächtig, weil er Gehorsam hatte erzwingen können, und als er den schlaffen Penis des Jungen erblickte, stieg ein Gefühl der freudigen Erregung darüber in ihm auf, daß er seinem Opfer das antun würde, was Dr. Daly mit ihm gemacht hatte.

Doch statt das Messer in Willies Leiste zu rammen, steckte Joe es in die Tasche zurück und flüchtete darauf über die Felder in den Wald. Der Penis des andern Jungen und sein eigener Penis waren in Joes Phantasie zu einem einzigen Penis geworden: nicht zum Objekt von Haß und Kastration, sondern von Selbstliebe und Erhaltung. Der Penis gehörte der ganzen Menschheit an, und ihn zu zerstören hieß, die ganze Menschheit einschließlich Joe Kallinger zu zerstören.

Joe rannte ununterbrochen, bis er auf dem Rasen vor dem Häuschen der Kallingers, das etwa anderthalb Kilometer vom Ort des Grauens entfernt war, zusammenbrach.

«Mein Gott, wenn ich den Jungen getötet hätte?» dachte Joe. «Er hat mir nichts getan. Ich werde das nie wieder tun. Nie!»

Dann dachte Joe: «Ich habe es nicht unter Kontrolle. Es hat mich unter Kontrolle.»

Er wußte nicht, was «es» war, und wußte nicht, daß er zum ersten Mal aggressive Gefühle mit dem Gebrauch des Messers verknüpft hatte. Er fühlte sich wie eine «lebensgroße Marionette», denn eine Kraft außerhalb seiner selbst schien ihn im Griff zu haben, als ob ein Puppenspieler ihn als seine Marionette manipulieren würde. Das gleiche Gefühl sollte Joe später als Erwachsener haben, wenn er in den Klauen des Destruktionszwangs gefangen war.

Joe wurde nun von einem Gefühl des Untergangs erfaßt. Er hatte seine Zukunft nicht unter Kontrolle, konnte sie nicht beeinflussen. In jenem Augenblick sah Joe Kallinger, den nur noch fünf Monate von seinem dreizehnten Geburtstag trennten, sein Leben in Zerstörung und Desaster enden. Die Welt seiner Kindheit, die Welt der Schmetterlinge, Elritzen und der seichten Quelle waren verschwunden. Er erhob sich, ging langsam zur Quelle hinüber und warf das Messer in den Brunnen.

Joe hatte seine erste Schreckenstat vollbracht; in der Pubertät, «in der sich normale Dinge hätten ereignen sollen», wie er sich ausdrückte, «entwickelte sich dieses andere.» Das Messer war von nun an eng mit Gefühlen der Aggression verknüpft.

Doch Joe machte sich nichts aus den üblichen Ventilen für jugendliche Aggressionen wie den Keilereien, Balgereien und Raufereien der Jungen im Diamond Park. Dadurch, daß er andere mit einem Messer bedrohte, wandte er sich einer Form der Aggression zu, die sowohl seiner Kindheitsangst vor Messern wie auch seiner Überzeugung entsprang, mittels eines Messers Macht erlangen zu können. Mit der Bedrohung des Jungen am Fluß verschaffte Joe sich die Macht wieder, die Dr. Dalys Messer ihm genommen hatte. Wenn er mit dem Messer andere in Schrecken versetzte, rächte er sich indirekt an den Jungen im Tank, die ihn mit Messern verführt und wehrlos gemacht hatten. Joe, selbst Opfer, wurde zum Täter und rächte sich so an der Welt, die ihn gedemütigt und gequält hatte.

In den folgenden Monaten ließ Joe seinen Vergeltungsdrang noch an drei weiteren Opfern aus. Jedes Mal kam er sich dabei wieder wie eine Marionette vor, doch nun wußte er, daß der Puppenspieler ein Dämon war, den er zwar nie sah, dessen Stimme er jedoch hörte. Jedes Mal hielt er die Waffe in der linken Hand, der Mörderhand. Bei allen drei Ereignissen jagte Joe seinen Opfern einen Schrecken ein, ergriff jedoch wie beim ersten Mal die Flucht, bevor er ihnen eine Körperverletzung zufügte.

Das zweite Opfer war ein Mädchen, das Joe nach einer zweiten Fahrt mit dem Bus in die Vororte verfolgte. Dieses Mal war die Waffe kein Messer, sondern eine messerförmige Glasscherbe als Symbol dafür.

Die beiden andern Opfer waren Knaben, die Joe mit dem Messer unter der Silver Bridge nicht weit vom Haus der Kallingers in Kensington bedrohte. Beim ersten wiederholte Joe die Szene, die sich mit dem Jungen am Fluß ereignet hatte. Doch beim zweiten der Silver Bridge-Opfer inszenierte Joe zum Teil erneut das, was er selbst als Opfer vor fast fünf Jahren im Tank erlebt hatte.

Joe hatte in seiner Phantasie die Messer sowohl mit Aggression als auch mit Sexualität verknüpft. Aber es war nicht der Sex, der ihn interessierte, als er, das Messer in der Hand, den Penis des Jungen in seinen Mund nahm, als wolle er ihm «einen blasen». Joe hörte, wie der «Dämon» sagte: «Beiß ihn ab!» und biß den Jungen in den Penis. Dann wurde er von Panik ergriffen und rannte nach Hause. Das Zubeißen war ein Teil von Joes Wunsch, sein Opfer zu kastrieren, drückte jedoch ebenfalls Joes Ängste über seine eigene «Kastration» aus. Die Szene mit dem zweiten Jungen war auch das erste Anzeichen eines kannibalistischen Komplexes, der in seinem späteren Leben noch eine große und tragische Rolle spielen sollte.

Joe hatte in der Zeit zwischen dem zwölften und dreizehnten Lebensjahr in verbrecherischer Weise vier aggressive Handlungen begangen. In den darauffolgenden zwanzig Jahren beging er kein einziges Verbrechen mehr. Der kriminelle Aspekt seiner Psychose hatte sich gleichsam in ein Versteck zurückgezogen.

Nach dem zweiten Ereignis unter der Silver Bridge hätte Joe sich verzweifelt gern jemandem anvertraut. Aber es gab niemanden, nicht einmal mehr den Spiegel im Wohnzimmer, den Anna heruntergenommen hatte, um Joe zu bestrafen. «Es ist das Ganz-Allein-Sein, das in den Wahnsinn treibt», kritzelte Joe auf einen Notizblock.

Am 11. Dezember 1949, seinem dreizehnten Geburtstag, ergab sich für Joe die Gelegenheit einer kurzen Unterbrechung seines schrecklichen Alleinseins. Die Leiterin des Weihnachtsspiels der YWCA, der Christlichen Vereinigung Junger Frauen, eine Kundin der Kallingers, hatte Stephen gebeten, Joe beim Spiel versuchsweise mitmachen zu lassen. Stephen sagte zu. «Es wird gut für das Geschäft sein», sagte er zu Anna.

Joe hatte noch nie ein Theaterstück gesehen, geschweige denn je in einem mitgewirkt. Doch er bewarb sich um eine Rolle in Dickens «Ein Weihnachtslied» und bekam die Rolle von Scrooge, die Hauptrolle. Noch nie zuvor hatte er den Laden der Kallingers allein verlassen dürfen, es sei denn für Botengänge oder fürs Kino am Samstagnachmittag. Doch nun ging er fast jeden Abend zu den Proben der YWCA.

Auf der Bühne war er nicht Joe Kallinger, sondern Ebenezer Scrooge. Voller Freude bemühte er sich, den richtigen kratzenden und knurrenden Tonfall für die Rolle hinzukriegen. Mit Entzücken lernte er den Text von Dickens auswendig und machte ihn sich instinktiv zu eigen; schweigend wiederholte er die Textzeilen immer wieder, und zwar nicht nur auf seinem Zimmer, sondern auch morgens auf dem Weg zur Schule und abends, wenn er zur YWCA ging.

Auf der Bühne ergötzte sich Joe daran, daß sein Gesicht geschminkt worden war; diese Maske verlieh ihm das Gefühl, eine neue und ausgeglichene Person zu sein, die Emotionen freisetzen konnte, wozu er sonst kaum fähig war. Seine Kostüme, einschließlich eines alten Winterüberziehers, führten ihn mitten ins 19. Jahrhundert zurück und rückten die Schmerzen der Gegenwart in den Hintergrund. Die Tatsache, daß er jemand anders in einer Welt der Illusionen war, ließ die Wahnideen und Ängste seines täglichen Lebens zur Ruhe kommen.

Am Tag der Aufführung, kurz vor Weihnachten, ging Joe mit einer Ungezwungenheit über die Bühne, die er draußen im Leben nie gekannt hatte. Dies war eine Transformation, die ebenso wirklich war wie diejenige am Tag, als er den Jungen draußen am Fluß mit dem Messer bedroht hatte. Doch diese Verwandlung fand nicht auf der Ebene von Wahnsinn und Verbrechen, sondern von Ganzheit und ästhetischer Schönheit statt.

Bei jedem Schritt, den er auf der Bühne vollzog, wußte Joe, daß er das Publikum in seinem Bann hielt. Das Publikum ging mit ihm, als er nach schwerem Kettengerassel und dem Knarren einer plötzlich auffliegenden Kellertür brüllte: «Es ist alles Schwindel!» Joe, der sich wie Scrooge als einsames Kind fühlte, schluchzte und vergoß endlich die Tränen, die er seit seiner Kindheit nicht zu weinen sich getraut hatte. In jenem Augenblick hörte er, wie eine Frau in der ersten Reihe ihrem Mann neben ihr zuflüsterte: «Das Kind hat wirklich Talent!»

Nachdem der Vorhang gefallen war, wurde «Scrooge» von einem Publikum von etwa dreihundert Personen immer wieder vor den Vorhang geholt. Zum ersten Mal erlebte Joe das erregende Gefühl von Anerkennung und Beifall. Er war adoptiert worden, um Schuster zu werden, doch nun hatte er das Gefühl, seinen wahren Beruf gefunden zu haben.

Die Kallingers hatten das Stück nicht gesehen. Stephen hatte der Leiterin einen Brief geschrieben und darin erklärt, daß Anna und er zwar gerne kämen, aber dies leider nicht möglich sei, weil ihr Laden samstags wie an allen andern Tagen außer sonntags erst spät schließe.

Am nächsten Morgen, einem Sonntag, teilte ein euphorischer Joe den Kallingers beim Frühstück mit, daß die Leiterin der Weihnachtsaufführung ihn dazu ermutigt hatte, Schauspieler zu werden. «Das ist es, was ich werden möchte», sagte Joe.

«Unsinn!» sagte Stephen und hieb mit dem Kaffeelöffel auf den Tisch.

«Er ist verrückt!» schrie Anna.

Sie wandte sich Joe zu und sagte: «Schauspieler? Schauspieler willst du werden? Ich werd's dir zeigen ... Stephen, weshalb hat man uns in St. Vincent nicht gesagt, daß unser kleiner Joseph ein Schauspieler ist?»

Anna zwinkerte Stephen heftig mit den Augen zu und sagte dann befehlend zu Joe: «Na denn, spiel! Hier! Sofort! Dein Vater und ich werden zuschauen. Nun Joseph! Spiel!»

Joe erhob sich vom Stuhl, stellte sich auf eine Kiste und blickte sein Publikum an. Er fühlte die Ungezwungenheit und die Kraft nicht mehr, die er am Samstagabend auf der Bühne erlebt hatte. Die Regisseurin hatte Joe zur Belohnung für seinen guten Auftritt ein Exemplar von Shakespeares «Hamlet» geschenkt, und er hatte einen von Hamlets Monologen auswendig gelernt.

«O welch ein Schurk und nied'rer Sklav bin ich!» sagte Joe und blickte dabei Anna und Stephen fest ins Gesicht. Dann stockte er.

«Mein Gott, ist das alles? Wieso hörst du denn auf?» keifte Anna.

«Was soll dieser Quatsch?» fragte Stephen, «über Schurken und Sklaven. Erfindest du das, Joseph?»

«Nein, es war ...» versuchte Joe zu erklären.

«Steef, wir dürfen nicht unterbrechen. Weiter Joseph, die ganze Welt wartet auf deine Worte.»

Joe begann von neuem: «O welch ein Schurk und nied'rer Sklav bin ich!»

«Schon wieder die Sklaven», murmelte Stephen.

«Scht, Steef.» Anna zwinkerte ihrem Mann zu.

«Ist's nicht monströs», fuhr Joe fort.

«Ach, er ist wohl Professor!» rief Stephen wütend. «Kein Schauspieler. Pfui! Immer diese großen Worte in letzter Zeit.

Was heißt monstrus?» Stephen blickte erst Joe, dann Anna an; in seinen Augen spiegelte sich vorgetäuschte Bewunderung und Befremden.

Anna kicherte. «Vielleicht ist unser Joseph ein Schauspieler mit Bildung? Ja, Joseph?» Sie steckte den Finger in ein Glas Wasser und schnipste einige Tropfen gegen Joe.

Joe hatte die nächste Zeile vergessen. Er erstarrte und stand hilflos auf der Kiste. Er wünschte sich, er wäre eine Schildkröte.

«Ein Schauspieler?» spottete Anna. «Du bist keiner.»

«Es ist besser, wenn du aus deinem Wolkenkuckucksheim herunterkommst. Das ist etwas für Schauspieler», sagte Stephen.

«Steig von der Kiste herunter!» befahl Anna. Joe gehorchte.

«Mit der Hilfe Gottes und deiner Eltern», sagte Stephen und erhob sich von seinem Stuhl am Küchentisch, «wird ein - Schuhmacher aus dir!»

Er schnalzte mit den Fingern und blickte Joe mit finsterer Miene an. «Aber wenn du nicht Schuster werden willst, dann wirst du ein Nichtsnutz, kapiert?»

«Aber ich bin doch gut», entgegnete Joe. «Die Regisseurin sagte, daß ich ein guter Schauspieler werden könne. Ich könnte zum Film gehen. Ich könnte viel Geld verdienen.»

Einige Wochen später stattete die Regisseurin den Kallingers einen Besuch ab und bat sie darum, Joe bei der Frühlingsaufführung mitmachen zu lassen. Sie empfahl ihnen auch ernsthaft, Joe nach seinem Schulabschluß an eine Schauspielschule zu schikken.

«Einmal ist genug», antwortete Anna kühl.

«Sie sind eine wunderbare Frau, und wir schätzen es, daß Sie soviel Interesse für unsern Sohn zeigen», warf Stephen ein, «aber unser kleiner Joe ist sehr mit der Schule und dem Laden beschäftigt. Vielleicht nächstes Jahr. Aber nicht jetzt, Sie verstehen das sicher.»

Die Regisseurin versuchte es noch mehrere Male im Lauf der nächsten Jahre, doch sie wurde jedesmal höflich abgewiesen.

Auf der Bühne war Joe brillant und konzentriert. Aber wenn er nicht auf der Bühne stand, war er völlig konfus. Er wurde immer wieder von der düsteren Vorahnung verfolgt, daß sein Leben in einer Katastrophe enden würde. Er füllte sich wertlos und wurde von nagenden Zweifeln an seiner Männlichkeit geplagt. Mit der Zeit versank Joes Wunsch, Schauspieler zu werden, in die Welt seiner Sehnsüchte.

Joe hatte den Weg eines Schuhmachers zu gehen. Seit seinem siebten Lebensjahr war er im Laden Mädchen für alles gewesen. Nun, mit dreizehn, wurde er zum Schusterlehrling befördert und fing an, den Zweck zu erfüllen, für den die Kallingers ihn adoptiert hatten.

Die Kinobesuche am Samstagnachmittag wurden bald zu einem Bestandteil von Joes Geheimwelt. Er starrte auf die Filmschauspieler und wußte, daß er niemals erreichen würde, was sie hatten. Seine Frustration war so stark, daß sie fast physische Präsenz annahm. Er streckte die Hand aus, um danach zu greifen, zog sie aber verzweifelt wieder zurück und starrte auf die quälenden Schatten auf der Leinwand. Diese Schauspieler, selbstbewußt, triumphierend, stellten eine Beleidigung seines frustrierten Wunsches dar. Niemals würde er ihre Erfüllung in seiner Welt der Illusion teilen können. Joe hatte den Eindruck, daß sie einen Grabgesang auf seinen verlorenen Traum sängen.

Auf der Leinwand fand Joe auch die Erfüllung seiner Rachegelüste. Liebesszenen hingegen machten ihn nervös; noch nervöser wurde er, wenn er die Jungen und Mädchen im Zuschauerraum sah, wie sie sich an den Händen hielten und sich küßten.

Bevor Joe das Loch in die Schlafzimmerwand gebohrt hatte, erklärte er sich solche Intimitäten, wie er sie mit Befremden bei den Paaren im Kino sah, damit, daß diese Jungen anders waren als er: Niemand hatte ihnen den Dämon aus ihrem «Vogel» ausgetrieben, und ihre «Vögel» waren auch nicht klein gemacht worden wie der seinige. Doch nun genügte ihm diese Erklärung nicht mehr, denn er war überzeugt, daß der Dämon noch immer in ihm drin steckte. Wenn er nämlich den Paaren im Kino beim Küssen zusah, spürte er das warme Anschwellen seines «Vogels» und einen Kloß im Hals.

Dann fragte er sich oft, ob Stephen und Anna im Laden daheim seinen steifen «Vogel» sehen konnten; er fragte sich auch, ob sie vielleicht genau in jenem Augenblick Pläne schmiedeten, ihn zu Dr. Daly zurückzuschicken, der dieses Mal bei der Austreibung des Dämons erfolgreicher sein würde. Joe überlegte sich auch, was genau Dr. Daly mit ihm vor sieben Jahren gemacht haben könnte und was er das nächste Mal mit ihm machen würde.

Hatte der Arzt damals selbst gewußt, was er tun mußte, oder hatten ihm die Kallingers geholfen, während Joe bewußtlos auf dem Operationstisch lag? Obwohl die Kallingers am Tag seiner Operation im Laden geblieben waren, glaubte Joe gesehen zu haben, wie sie, mit Masken und langen, weißen Schürzen bekleidet, Dr. Daly Anweisungen erteilten, als dieser das Messer in Joes Leiste stach.

Es war Joe nicht bewußt, daß die Kallingers unmöglich zugleich im Laden sein und ihn im Kino sehen konnten. Er war im Wahn gefangen, daß die Kallingers, die ihn beherrschten, allgegenwärtig, allwissend und allmächtig waren.

An einem Samstagnachmittag im Frühjahr 1950 sah Joe im Kino ein dünnes, flachbrüstiges und linkisches Mädchen mit einem mageren Gesicht. Die junge Frau setzte sich drei Plätze weiter rechts von ihm hin und wiegte sanft ein Baby in den Armen. Einmal drehte sie sich schnell in Joes Richtung, und er konnte sehen, daß ihre Mundwinkel nach unten gezogen waren, als würde irgendeine Unzufriedenheit an ihr nagen. Ihre schmalen Schultern unter der dünnen, bedruckten Bluse und ihr hungriges Gesicht appellierten an Joes Beschützerinstinkt.

Er lehnte sich in seinem Sessel nach vorn und flüsterte: «Tag.» Sie wandte sich ihm zu und flüsterte ebenfalls: «Tag.» Er war nervös, aber ihre flachen Brüste und ihr zerbrechliches Aussehen ermutigten ihn. Er lud sie ein, nachher mit ihm draußen eine Limonade zu trinken.

Zehn Minuten später verließen Joe und die flachbrüstige, junge Frau zusammen das Kino. Sie sagte, sie heisse Hilda Bishop und das Baby, das nun Joe trug, sei nicht ihr eigenes. Als sie das Baby gehütet habe, sei es ihr langweilig geworden, und so habe sie es mit ins Kino genommen.

Nachdem sie das kleine Kind nach Hause gebracht hatten, suchten sie ein Restaurant. Joe fragte sich, ob ihn die Kallingers vom Laden aus wieder beobachteten. Falls sie dies täten, würde er zu Hause ein Gezeter zu hören kriegen. Aber das kümmerte ihn nicht mehr. Hilda hatte ihn mit ihrem hungrigen Blick und den eingefallenen Wangen herausgefordert, ihr zu helfen. Er fühlte sich stark und wollte sie beschützen.

★

Die samstagnachmittägliche Menschenmenge, hauptsächlich Jugendliche, drängte sich eben an die Tische und in die Nischen des lärmigen Restaurants, als sich Joe und Hilda zu einer Nische begaben. Noch nie zuvor war Joe mit einem Mädchen in einem Restaurant gewesen. Es war nicht schwierig gewesen, sie im Kino zu grüßen, aber nun war alles anders. Schwindel erfaßte ihn, und seine Hände zitterten; er hatte Angst, Hilda würde ihn auslachen, wenn er sich linkisch benehmen oder etwas Falsches sagen würde. Er lächelte ihr zu. Sie beobachtete ihn mit etwas zur Seite geneigtem Kopf.

Hilda hatte dünnes, braunes Haar. Die Haut über den Kinnbakken war straff; unterhalb der Backenknochen hatte sie dunkle Abdrücke, als ob eine kräftige Hand sich um ihr Gesicht gelegt hätte. Ihre Lippen entblößten beim Lachen fleckige, verfärbte Zähne. Joe, der am Tisch nahe bei ihr saß, roch einen mit einem Mittel gegen Mundgeruch vermischten Verwesungsgeruch. Sie hatte lange, dünne Arme, und als sie sich bückte, um die Schnalle der Sandale enger zu machen, sah Joe, daß ihre Finger knochig und die Fingernägel abgebissen waren.

«Was wollt ihr, Kinder?» Der Kellner reichte ihnen die Speisekarte.

Joe sah, wie sich die Knochen über dem tiefgeschnittenen Kragen von Hildas Bluse scharf abhoben, und so sagte er zum Kellner: «Meine Freundin nimmt ein Steak, durchgebraten, und Kartoffelbrei. Und auch einige fritierte Zwiebelringe. Und – ich möchte einen Hamburger, durchgebraten. Und bringen Sie bitte zwei große Cola.»

«Ich komm' vor Hunger fast um», sagte Hilda, nachdem der Kellner gegangen war.

«Ich auch. Aber ich kann nicht so viel essen, denn ich muß zum Abendessen zu Hause sein. Ich würde mein Fett bekommen, wenn ich zu spät käme.»

«Scheint, als seien deine Eltern ziemlich streng», sagte Hilda.

«Die meiste Zeit über sind sie noch schlimmer! Außer daß ich einmal in der Woche allein ins Kino durfte, ließen sie mich, bis ich zwölf war, überhaupt nichts unternehmen. Und wir reden fast überhaupt nichts. Es ist schrecklich still bei uns – außer wenn sie mich anschreien.»

«Diese Schwierigkeiten habe ich nicht», antwortete Hilda. «Ich kann fortgehen oder zu Hause bleiben, ohne daß sich jemand darum kümmert. Mom ist die meiste Zeit über in einer Bar und trinkt, oder dann bringt sie irgendeinen Kerl heim; und Grandma und Grampa – nun, er arbeitet den ganzen Tag auf dem Straßenverkehrsamt, und sie kümmert sich nicht darum, was ich mache. Aber bei uns ist es nie ruhig; irgend jemand nörgelt immer lauthals wegen irgend etwas, und auch das Radio läuft dauernd.»

«Hast du keine Geschwister?» fragte Joe.

«Nein, ich bin Einzelkind.»

«Ich auch», antwortete Joe.

Joe betrachtete eine Fliege, die dem Rand einer offenen Zukkerdose entlangkroch. Er dachte an den Tank und an das, was die großen Burschen mit ihm dort drinnen gemacht hatten.

Sie aßen hastig. Hilda, die mit übereinander geschlagenen Beinen dasaß, schwenkte den kleinen Finger in der Luft, wenn sie die gehäufte Gabel zum Mund führte. Nachdem sie fertig gegessen hatten und auf Eis und eine weitere Cola warteten, fragte Joe:

«Ist deine Mom deine richtige Mutter?»

«Na klar! Deine Mutter nicht?»

«Nein. Ich bin adoptiert worden. Ich hab meine richtigen Eltern nie gesehen. Ich weiß überhaupt nichts von ihnen.»

«Das ist traurig. Meine Mutter und mein Vater haben sich getrennt. Vor langer Zeit. Ich kann mich nicht mehr an ihn erinnern. Ich war noch ganz klein, als er eines morgens aufstand, das Haus verließ und nie mehr zurückkam.»

«Du hast wenigstens noch deine Mutter», sagte Joe wehmütig.

Sanft legte Hilda ihre Hand auf die von Joe. «Es tut mir leid für dich, daß du keine richtigen Eltern hast.»

«Ich glaube, es wäre gar nicht so schlimm, wenn die, die ich habe, nicht immer so wütend auf mich wären, mich nicht immer schlagen würden und endlich zuhörten, wenn ich etwas sagen will. Ich wollte einmal Schauspieler werden, aber sie haben's mir verboten.»

«Schauspieler? Mein Gott, wirklich?» Sie schaute Joe angespannt an. Dann nahm sie einen gehäuften Löffel Eis und sah Joe wieder mit großen Augen an.

«Ich hab' in jenem Weihnachtsstück bei der YWCA mitgespielt, und die Regisseurin hat mir gesagt, daß ich wirklich gut sei und daß ich Schauspieler werden und zum Film oder so was gehen solle, und dort würde ich auch viel Geld verdienen. Es hat mir Spaß gemacht. Aber meine Eltern – nun, die haben mich ausgelacht und gesagt, daß ich Schuhmacher wie mein Vater werden müsse.»

Joe hatte noch nie auf diese Art über seine Adoptiveltern gesprochen. Er war immer noch dem Wahn verfallen, daß Anna und Stephen gleichzeitig im Laden sein und ihm nachspüren konnten, was er an einem andern Ort tat. Er war sicher, daß sie mit besonderen Ohren hörten, was er diesem Mädchen im Restaurant alles erzählte. Nun fürchtete er sich, denn der Mut, den er noch vor einer Stunde auf der Straße gefühlt hatte, war verflogen. Er stellte sich Anna vor, wie sie zu ihm sagte: «Dummkopf! In der Hölle wirst du bestraft werden!» Und er sah den Berg von Menschen, die verdammt worden waren und nach ihrem Tod die Qualen der flammenden Messer erleiden mußten, die von unsichtbaren Teufeln getragen wurden.

«In welche Schule gehst du?» fragte Joe.

Hilda zögerte und sagte dann: «Carroll. Es ist so eine Schule, wo sie dich ein Handwerk lehren, wie zum Beispiel Mechaniker oder Näherin. Und in was für eine Schule gehst du?»

«Visitation Elementary», antwortete Joe.

«Bist du gut?»

«Ja, manchmal. Manchmal nicht. Die Lehrer sagen, daß meine Leistungen unterschiedlich seien. Weißt du, ich bin launisch.»

«Es ist nicht schlimm, launisch zu sein», sagte Hilda. «Meine Mutter ist launisch. Entweder kichert sie und ist lustig, oder sie ist betrunken und macht irgendwelche Sachen kaputt.»

Joe dachte an sein Schlafzimmer und an die bösen Dinge, die

er Frauen antun wollte, wenn sein «Vogel» steif wurde und er ihn in das Loch in der Wand steckte. Er sah sein Messer vor sich, wie es aufschlitzte, zerfleischte und wie Blut floß. Langsam verflüchtigte sich das Bild, und er konnte Hilda wieder sehen.

Vor dem roten Backsteinhaus in der Palethorpe Street, wo Hilda wohnte, hielten sich die beiden an den Händen und planten ihr nächstes Rendez-vous. Eigentlich hätte er sie gern geküßt, aber alte Ängste hielten ihn davon ab. Als er gerade gehen wollte, sagte sie: «Du hast mir das Gefühl gegeben, jemand zu sein. Das hat noch nie jemand getan.»

Während Monaten trafen Joe und Hilda einander immer wieder, bis ein Kunde den Kallingers mitteilte, daß Joe mit einem irischen Mädchen ging, mit Hilda Bishop. Die Kallingers holten Informationen über Hilda ein.

«Sie kommt aus einer zerrütteten Familie», teilte Anna Joe mit. «Ihre Familie ist arm. Ihre Mutter treibt sich in Bars herum. Wir erlauben dir nicht, dieses Mädchen weiterhin zu sehen. Du wirst dieses Mädchen nie mehr sehen.»

Joe stand vom Tisch auf und ging auf die Tür zu. Stephen folgte ihm. «Hör mal, Joseph», sagte Stephen, «gib dieses Mädchen auf. Wozu brauchst du überhaupt eine Freundin? Erinnerst du dich daran, was wir dir über deinen «Vogel» gesagt haben? Wir haben es dir oft genug gesagt.»

Joe gab keine Antwort. Er hätte Stephen gern gesagt, daß Dr. Daly den «Vogel» zwar klein gemacht, aber sonst nichts erreicht habe; daß der «Vogel» steif wurde und der Dämon noch im «Vogel» und in Joe Kallinger war! Doch er getraute sich nicht, Stephen dies alles zu erzählen. Er ging zum Tisch zurück, aß sein Frühstück und traf Hilda weiterhin.

Samstags sahen sie sich Ausstellungen im Franklin Institute an, gingen ins Kino oder zusammen einkaufen. Es kam Joe gelegen, daß die Kallingers seit kurzer Zeit einen Foxterrier namens Sporty besaßen. Indem er sich anerbot, mit Sporty spazierenzugehen, gelang es ihm auch unter der Woche, abends außer Haus zu gehen. Hilda wartete jeweils am anderen Ende der Front Street vor einer alten Fabrik auf Joe. Manchmal machten sie mit Sporty, der zwischen ihnen herumtänzelte, einen Spaziergang. Doch wenn ihnen sogar die Anwesenheit eines Foxterriers zu aufdringlich erschien, banden sie den Hund mit der Leine an einen Pfahl und holten ihn nach dem Spaziergang wieder ab. Sie hielten sich an den Händen, küßten sich auf die Wange oder vorsichtig auf die Lippen und ließen es etwas mehr als ein Jahr dabei bewenden.

An einem lauen Septemberabend im Jahr 1951 schlug Joe jedoch vor, daß sie bis zur Fabrik auf der Lehigh Avenue spazieren könnten. Als sie dort ankamen, sagte er mit einem Lächeln: «Nun, ich nehme an, daß wir weit genug von zu Hause fort sind!» Sie standen gerade einen Meter abseits der Straße auf dem unbeleuchteten Promenadenweg, der zur Fabrik führte. Über ihnen war nur der Himmel. Joe nahm Hilda in die Arme und hielt sie eng umschlungen. Sie zog ihr Höschen aus, er öffnete seine Hose. Sie liebkosten einander, und der «Vogel» wurde steif. Dann liebten sie sich und hatten beide einen Orgasmus.

Es gab kein Blut, und Joe freute sich. Der Anblick von echtem Blut hätte Schuldgefühle in ihm ausgelöst. Obwohl er beschlossen hatte, seine Gedanken rein zu halten, wußte er, daß nur die Phantasie, Frauen auf den Photos aufzuschlitzen und zu zerfleischen, ihn potent gemacht hatte. Hilda wußte von ihm bloß, daß er ein zärtlicher, feuriger und leidenschaftlicher Liebhaber war. «Es hat sich gelohnt, darauf zu warten», sagte sie.

In der Zeit seines Erfolgs mit Hilda war Joe auch im Laden der Kallingers erfolgreich. Als Stephen mit dem Unterricht angefangen hatte, war Joe ein fähiger Schüler gewesen; jetzt führte er bereits selbst Schuhreparaturen aus. Er war zwar voll immatrikulierter Student an der Jones Junior High School, hatte jedoch eine Teilzeit-Arbeitsgenehmigung und wurde auch für seine Arbeit entlöhnt. Die Kallingers waren wegen der Arbeitsgenehmigung rechtlich gezwungen, ihn zu entlöhnen. Sie sahen darin durchaus einen praktischen Sinn und hielten es für Joes Erziehung wesentlich, daß er mit Geld umgehen lernte.

Abgesehen davon bezahlte Joe mit seinem Lohn einen Teil der Miete und Kost, wie dies seine Adoptiveltern verlangt hatten.

Joe hatte an zwei Abenden pro Woche frei und verbrachte sie mit Hilda. Sie gingen des öfteren zum Promenadenweg bei der Fabrik. Doch als Joe in die Northeast High School eingetreten war, fanden ihre Rendez-vous auf dem Schulhof statt. Meistens setzten sie sich auf eine Bank und redeten miteinander. Dann begaben sie sich in die hintere Ecke des Schulhofs, wo die Wagen, die tagsüber von den Studenten in den Automechanikerklassen benützt wurden, geparkt waren. Hinter Reihen von Autos, allen fremden Blicken entzogen, war Joe weiterhin der zärtliche und leidenschaftliche Liebhaber von Hilda. Und sein Aphrodisiakum waren weiterhin die wilden, von seinem Verhalten so kraß verschiedenen Vorstellungen, auf denen seine Potenz beruhte.

Um die Potenz, die das Messer von Dr. Daly ihm angeblich geraubt hatte, wiederherzustellen, mußte Joe sich vorstellen, wie er selbst mit dem Messer schnitt, genauso, wie es der Chirurg angeblich während der Operation getan hatte.

Die «schlechten Gedanken», wie er sie nannte, erregten Joe, waren aber nicht gegen Hilda gerichtet. Er wollte sie nicht verletzen, und sie kam in seinen Phantasien nicht vor. Doch wenn er die Phantasien bewußt verdrängte, wie er es manchmal versuchte, blieb sein Penis schlaff und leblos. Damit er leidenschaftlich und potent sein konnte, mußte er die Wiederherstellungsphantasien einschalten.

Als Joe fünfzehn Jahre alt war – es war die Zeit seiner Erfolge mit Hilda und im Laden –, kam es zu neuen Schrecken und Ängsten. Er fing an, sein Lieblingsradioprogramm, «The Shadow» (Der Schatten), mit dem zu assoziieren, was in Wirklichkeit mit ihm geschah. Der Schatten im Programm verschwand und tauchte wieder auf, und Joe hatte den Eindruck, daß der Joe Kallinger, den er kannte, ebenfalls verschwand. Im Spiegel konnte er nämlich feststellen, daß sein Aussehen und sein Gesichtsausdruck sich verändert hatten.

Noch etwas Wichtiges geschah. Joe wurde später als Erwachsener von Verdrehungen und Verrenkungen seines Körpers geplagt. Diese Bewegungen setzten jetzt zum ersten Mal ein. Manchmal rückte sein Kopf plötzlich von einer Seite zur andern, besonders wenn er lachte. Sein Lachen hatte sich ebenfalls verändert und war ganz anders als dasjenige, das er an sich gekannt hatte.

Dieses neue Lachen war dröhnend, brüllend und zischend. Es strömte ohne äußeren Anlaß aus ihm hervor und war von Magenkrämpfen begleitet. Wenn ihn dieses Lachen übermannte, spürte Joe, wie sich ein breites Lächeln über sein ganzes Gesicht ausbreitete, welches er nicht mehr unter Kontrolle hatte. Manchmal, wenn er sich im Spiegel betrachtete, sah er, wie das Lächeln sich in ein Grinsen verwandelte.

Joe versuchte, diesem Lachen entgegenzuwirken, doch es kam tief aus seinem Innern, und er war machtlos dagegen. Er versuchte das Lachen zu dämpfen, indem er die Hand vor den Mund hielt, aber das Lachen ging weiter. Es wurde ihm klar, daß das Lachen einen eigenen Willen und eine eigene Persönlichkeit aufwies. Genauso wie er sich damals auf einer seiner Busfahrten und unter der Silver Bridge als Marionette des «Dämons» gefühlt hatte, fühlte er sich nun als eine Marionette des Lachens. Er fragte sich, ob das Lachen ein Teil des «Dämons» war und ob der «Dämon» ihn, Joe Kallinger, ebenfalls in etwas anderes verwandeln könnte.

Joes Schuhreparaturarbeiten wurden von all diesen Vorgängen nicht beeinträchtigt. Er war ein Perfektionist, und die Kunden verlangten nach ihm. Im Alter von fünfzehn Jahren war er bereits Fachmann für orthopädische Arbeiten.

Eines Nachmittags, als Joe an der Werkbank stand, blickte er auf und sah ein helles Licht. Im Zentrum dieses Lichts befand sich eine Gestalt, die bei ihm den Eindruck der Anwesenheit Gottes erweckte. Er hörte, wie eine tiefe, klangvolle Stimme in befehlendem Ton sagte:

«Joe Kallinger, du bist ein besonderer Mensch und mußt eine besondere Aufgabe übernehmen. Durch deine orthopädischen Fähigkeiten linderst du bereits Schmerzen in den Füßen. Die Füße sind der Schlüssel zum Gehirn. Dein Auftrag ist es, das Gehirn durch die Füße zu kontrollieren. Das ist es, was ich, Gott des Universums, dir zu tun befehle. Du wirst diese Methode anwenden, um dich selbst und die ganze Menschheit zu heilen. Du mußt heilen und retten!»

Das weiße Licht verschwand und damit auch die Gestalt Gottes, doch das Gefühl der Beglückung, das Joe angesichts Gottes überwältigt hatte, dauerte noch an, sogar nachdem er sich wieder den Schuhreparaturen zugewendet hatte.

Der Befehl, sich selbst zu heilen, hatte Joe in Verwirrung

gestürzt. Er machte sich Sorgen wegen seiner merkwürdigen Bewegungen und des seltsamen Lachens, aber er wollte sich nicht eingestehen, daß mit ihm etwas nicht in Ordnung sei und er daran etwas zu ändern habe. Doch der Befehl, sich zu heilen, stellte für ihn eine Herausforderung dar. Vielleicht, dachte er, würde es ihm gelingen, die Bewegungen und das Lachen zum Verschwinden zu bringen. – Er wußte nicht, daß er geisteskrank war.

Der zweite Befehl, die Menschheit zu retten, war nicht minder unwiderstehlich. Er würde mit den Amerikanern beginnen, aber mit der Zeit könnte er vielleicht alle Männer, Frauen und Kinder der Erde heilen. «Daß eine Gottheit unsere Zwecke formt», wußte er aus «Hamlet». Dann dachte er mit Ironie, aber ohne Bitterkeit: Ich habe nie zu jemandem gehört, ich bin nie ein Teil von jemandem gewesen, aber nun werde *ich* alle heilen.

Im Bann dieser Wahnideen und der Halluzination, Gott gesehen zu haben, machte sich Joe unverzüglich an das erste seiner mehr als 40000 orthopädischen Experimente, die er zwischen 1951 und 1972, vom 15. bis zum 36. Lebensjahr ausführen würde.

Für sein erstes Experiment verwendete Joe ein Schuster- oder Krummesser, um aus Leder oder Gummi Ferseneinlagen herzustellen. Die Einlagen waren 1.6 bis 6.4 mm hoch. Er benutzte sich selbst als Versuchskaninchen und legte in seinen Schuh eine der vorbereiteten Ferseneinlagen, welche an der Außenseite des Schuhes höher zu liegen kam als auf der Innenseite, wo sie auf die normale Absatzhöhe abfiel. Dies bewirkte eine völlig andere Fußstellung, womit sich bei Joe ein entspanntes Gefühl in Beinen und Rückgrat einstellte.

Davon ausgehend entwickelte er die Theorie, daß die Einlage die Körperhaltung verändere und die neue Körperhaltung chemische Veränderungen im Gehirn bewirke und diese chemischen Veränderungen ihrerseits zur geistigen und emotionalen Heilung führten, so wie Gott es ihm aufgetragen hatte.

Joe arbeitete während der Freizeit an seinen Experimenten im Laden und dies manchmal schon, bevor der Laden geöffnet hatte. Er sprach aber mit niemandem darüber. Die Experimente gehörten zu seiner Geheimwelt und waren der Ersatz für Tommy und die Schmetterlinge.

Doch das, was in seiner Geheimwelt stattfand, brachte Joes dröhnendes Lachen nicht zum Schweigen. Joe hatte Angst vor diesem Lachen und Angst vor sich selber. Auch die Kallingers hatten Joes veränderten Gesichtsausdruck, seine merkwürdig spastischen Körperbewegungen und die Zuckungen seines Kopfes bemerkt. Sie hatten sein dröhnendes Lachen gehört und die andern, neuen und beunruhigenden Anzeichen an Joe entdeckt. Er strahlte neuerdings auch eine gewisse Kälte aus, die ihn stark veränderte.

Eines Abends entdeckte Joe, daß die Kallingers im oberen Stockwerk ein Schloß an ihrer Schlafzimmertür hatten anbringen lassen, welches merkwürdigerweise nur von innen geöffnet werden konnte.

Joe dachte zuerst, daß sie das Schloß aus Angst vor Dieben installiert hatten. Doch er zweifelte an dieser Erklärung, als er feststellte, daß sie das Schloß nur gebrauchten, wenn sie sich selbst im Schlafzimmer befanden. Als er durch die angelehnte Tür sah, daß sie nun auch noch einen Baseballschläger nahe bei der Tür stehen hatten, fühlte er Schweiß auf seine Stirn treten, denn er wußte nun, daß Schläger und Schloß sich dort befanden, weil seine Adoptiveltern Angst vor ihm hatten!

Er wußte nicht, warum. Er hatte sie nie geschlagen, nie auch nur die Hand gegen sie erhoben, nicht einmal, als sie ihm die Finger verbrannt oder ihn geschlagen hatten, und auch nicht, wenn er außer sich vor Wut geraten war. Sie wußten doch nichts von den Busfahrten oder dem, was sich unter der Brücke ereignet hatte. Ja, sie wußten nicht einmal etwas vom Scheibenschießen im Downington Camp. Und abgesehen davon gehörte all das der Vergangenheit an. Wußten sie etwas von den Aufschlitzphantasien, die er für sein Sexualleben benötigte? Unmöglich. Er konnte nicht begreifen, weshalb sie Angst vor ihm hatten.

Als er die Kallingers fragte, weshalb sie sich vor ihm verbarrikadiert hätten, sagten sie ihm bloß, was er bereits selbst bei sich hatte feststellen können:

«Du hast einen merkwürdigen Gesichtsausdruck. Du machst seltsame Bewegungen und verrenkst dich dabei wie eine Schlange.»

«Du schmierst Lippenstift auf die Wände, die Fenster und den

Spiegel», sagte Anna. «Du schließt dich im Badezimmer oder in deinem Zimmer ein und redest mit dir selbst oder lachst so verrückt und laut, daß man das Gefühl hat, das Haus müsse einstürzen.»

«Du bist anders als alle Menschen, die wir sonst kennen», sagte Stephen. «Du bist kalt. Wir kennen dich nicht mehr.» Und dann, als direkte Antwort auf die Frage nach dem Grund für den Baseballschläger und das Schloß, sagte er mit einem verzerrten, beunruhigten Lächeln: «Wir können nicht wissen, was du noch anstellst.»

Die Kallingers hatten ihr Schlafzimmer vor Joe verbarrikadiert, weil sie ihn offensichtlich als gefährlich betrachteten. Das Verhalten, vor dem sie sich fürchteten, war jedoch nicht ein Zeichen dafür, daß Joe gewalttätig gewesen wäre, sondern ein Anzeichen einer Geisteskrankheit. Dies wäre der Zeitpunkt gewesen, wo man für Joe psychiatrische Hilfe hätte in Anspruch nehmen müssen. Er war zwischen fünfzehn und sechzehn, ein Alter, in dem sich eine solche Hilfe als wirksam erwiesen hätte.

Einige Tage nach dem Gespräch mit Anna und Stephen zog Joe in ein großes möbliertes Zimmer im zweiten Stock eines dreistöckigen Reihenhauses an der Kreuzung von Sixth und Somerset Street um. Die Miete belief sich auf $ 12 pro Woche, genauso viel, wie er, seitdem er Lohn empfing, für sein Zimmer bei den Kallingers bezahlt hatte. Das neue Zimmer befand sich ganz in der Nähe des Hauses, in dem Hilda mit ihrer Familie wohnte, und war sechs Häuserblocks vom Laden der Kallingers entfernt, wo Joe noch immer arbeitete.

Stephen wußte, daß Joe ein ausgezeichneter Schuhmacher war, der seine eigene Kundschaft hatte, und er wollte ihn nicht verlieren. Obwohl Anna sich bei den Nachbarn beklagte – «Joe ist weggegangen. Er ist davongerannt. Er verdient sein Geld bei uns und zahlt es Fremden» – arbeitete Joe weiterhin im Laden, den er eines Tages erben sollte; dazu hatte man ihn ja adoptiert.

Wenn Joe nicht im Laden oder in der Northeast High School war, so war er bei Hilda. Er hatte nie Fahrrad fahren oder Schlittschuh laufen dürfen, doch mit Hilda ging er Rollschuh laufen. Sie liebten sich im Haus, wo sie als Babysitter arbeitete, denn er wollte sie wegen der Nachbarn nicht mit auf sein Zimmer nehmen. Oft stattete er den Bishops einen Besuch ab; er hatte jetzt zum ersten Mal in seinem Leben Freunde. Er lernte Billard und Poker spielen; begann um Geld zu spielen und zu trinken. Der Alkohol machte ihn zwar schläfrig, verdrießlich und krank, aber nun gehörte er endlich zu einem Kreis. Nie zuvor, außer in der Rolle von Scrooge, hatte er sich jemandem oder etwas zugehörig gefühlt.

Sieben Tage nach seinem sechzehnten Geburtstag verließ Joe die Northeast High School. Gemäß den Schulakten tat er dies, weil er «eine volle Stelle gefunden hatte». Sein Arbeitgeber war Stephen Kallinger, der nicht wußte, daß Joe ganztags arbeiten wollte, um Hilda heiraten zu können. Doch Stephen und Anna hörten von Joes neuem Leben mit Hildas Familie, und im April 1953 erfuhren sie durch ein Gerücht, daß Joe heiraten wolle.

Die Kallingers hatten Joe wahrscheinlich ohne Protest ausziehen lassen, weil sie Angst vor ihm hatten. Doch die jüngste Trotzhandlung konnten sie nicht tolerieren. Nicht nur, daß er sich ihrem Befehl, Hilda Bishop nicht mehr zu treffen, widersetzt hatte, sondern er hatte sich vielmehr ihrer Entschlossenheit, «einen guten Jungen und einen guten Mann» aus ihm zu machen, widersetzt. Der Mythos über den «Vogel» war nicht erfolgreich gewesen. Sie hatten das Schloß an ihrer Schlafzimmertür wegen Joes merkwürdigem Benehmen anbringen lassen, welches sie nicht als Geisteskrankheit sondern als Bösartigkeit einstuften. Jetzt, da Joe beschlossen hatte zu heiraten, reichte Anna am 18. April 1953 eine Klage wegen Schwererziehbarkeit gegen ihn ein. Joe war damals sechzehn Jahre und vier Monate alt.

Die Klage lautete darauf, daß Joe undiszipliniert und eigenwillig sei, daß er kaum ein Verpflichtungsgefühl seinen Eltern oder der Gemeinschaft gegenüber kenne und daß er sich mit fragwürdigen Personen einlasse. Wahrscheinlich warfen sie ihm mangelndes Verpflichtungsgefühl vor, weil er sich ihnen widersetzt und beschlossen hatte zu heiraten. Die fragwürdigen Personen waren zweifellos Hilda, ihre Familie und die Freunde der Familie.

Die Klage wurde jedoch abgewiesen mit der Begründung, daß Anna Kallinger kein einziges Beispiel einer Gewaltanwendung oder eines Vergehens anführen konnte. Dies war zumindest die offizielle Erklärung. 1972 bemerkte William Iezzi, der Ermittlungsbeamte für den Philadelphia Court of Common Pleas, das erstinstanzliche Gericht für Zivil- und Strafsachen, im Zusammenhang mit einem andern Fall:

«Wie aus den Akten des Family Court, der Gerichtsabteilung für ehe- und familienrechtliche Angelegenheiten, hervorgeht, waren die Eltern des Betreffenden (Joe Kallinger) unfähig, ihm die konstruktive, einsichtsvolle Leitung, Orientierung und Disziplin zu vermitteln, die er benötigt hätte.»

Wie die meisten Menschen verwechselten die Kallingers Geisteskrankheit, oder zumindest deren Symptome, mit Gefährlichkeit. Sie behandelten einen kranken Jungen als einen schlechten Jungen. Ein Fehler der Wahrnehmung und des Verständnisses, den noch andere Autoritätspersonen begehen sollten.

Joe war als gesundes, 22 Monate altes Baby zu den Kallingers gekommen. In ihrem Haus wurde der Keim seiner Erwachsenenschizophrenie gelegt. Als er das Haus im Alter von fünfzehn Jahren verließ, keimte der Same bereits, und es manifestierten sich die ersten Anzeichen einer schweren paranoiden Schizophrenie. Die Unsicherheit und Wut, die von seiner Verlassenheit herrührten, hatten ihn besonders verletzlich gemacht, aber es waren weder die ersten 22 Monate in Joes Leben noch irgendein genetischer Schaden, die seine Psychose verursachten. Auch wenn die Unsicherheit und Wut dieser ersten 22 Monate oder eine genetische Schädigung eine Psychose in ihm ausgelöst hätten, so wäre es nach Meinung von Dr. Silvano Arieti, einem hervorragenden Psychoanalytiker und Schizophrenieforscher, der Joe Kallinger 1980 und 1981 untersucht hatte, «eine milde Form der Schizophrenie» gewesen. Entscheidend für den Schweregrad der Krankheit und ihre besondere Ausdrucksform war das, was die Adoptiveltern Joe Kallinger angetan hatten. Oder, wie Dr. Arieti, der zusätzlich zu seinen Untersuchungen dieses Buch und Joes Krankengeschichte durchsah, es formulierte:

«Der Fall von Joseph Kallinger ist insofern ungewöhnlich, als daß die Schizophreniesymptome unmittelbar zu fürchterlichen, sadistischen Verbrechen geführt haben und ein bestimmtes Kindheitserlebnis die Ursache sowohl des geringen Selbstwertgefühls, das zur Schizophrenie führte, als auch der Art der sadistischen Handlungen war. Der Patient war voller Feindseligkeit, Wut und Vergeltungssucht wegen der Dinge, die – wie seine Adoptiveltern vorgaben – mit seinem Geschlechtsteil («dem Vogel») gemacht worden waren.»*

Die Merkmale der Schizophrenie sind Wahnideen, Halluzinationen und ein durch diese Symptome hervorgerufenes Verhalten. Als Jugendlicher war Joe hinsichtlich der angeblichen «Kastration» in einem Wahn befangen; dies war sein grundlegendes, heftiges Trauma. Ebenso wurde er von einem Wahn verfolgt, wenn er zum Beispiel vor Frauen mit großen Brüsten und vor «Macho»-Männern die Flucht ergriff, wenn er Brüste und Penisse auf Photographien mit dem Messer zerschnitt und als er den Jungen am Fluß kastrieren wollte. Seine Vorstellung, daß die Kallingers ihm nachspionierten und in der Lage sein sollten, alles zu sehen, was er tat, unabhängig davon, wo er sich befand und wie weit weg es von ihnen sein mochte, war ebenfalls eine Wahnidee.

Sein großartiger Plan, die Menschheit mit seinen orthopädischen Experimenten zu retten, war ein Größenwahn, um sein Gefühl der Wertlosigkeit zu kompensieren. Der Plan war ein Teil seiner sich entwickelnden Psychose: paranoide Schizophrenie. Diese Psychose ist unter anderem durch einen Rückzug aus der Realität gekennzeichnet, sowie, wie oben erwähnt, durch Wahnideen und Halluzinationen.

Auch als Joe Gott sah und reden hörte und jedesmal, wenn er die Stimme des Dämons hörte, handelte es sich um halluzinatorische Erfahrungen, wenn nicht sogar um echte Halluzinationen. Auch das Kindheitsbild von Joe, in dem er seinen Penis am Messer im Wohnzimmerspiegel sah, war halluzinatorisch. Joes Phantasien, besonders die Kompensationsphantasien mit Messern, die Teil des schweren, durch das «Vogel»-Erlebnis provozierten Traumas waren, waren Vorboten der Schizophrenie; ebenso die ersten kleinen Anzeichen eines kannibalistischen

* Aus dem Arieti-Bericht, der nach den zwei Untersuchungen von Joe Kallinger geschrieben wurde und der nochmals in einem andern Artikel zitiert wird, den ich zusammen mit Dr. Arieti geschrieben habe. Er wurde im «Journal of the American Academy of Psychoanalysis», Vol. 9, No. 2 (1981) veröffentlicht.

Gefühls und die Erfahrung, von einer äußeren Kraft beherrscht zu werden, sei es von einem «es», das ihn manipulierte und ihm sein Verhalten aufzwang, als wäre er eine Marionette, oder auch von dem aus dem Bauch aufsteigenden schrecklichen Lachen, das eine eigene Persönlichkeit und einen eigenen Willen zu haben schien. Wohl deuteten die Gesichtsverzerrungen und die unwillkürlichen Körperbewegungen darauf hin, daß Joe geisteskrank war, aber dabei handelte es sich nicht um Schizophreniesymptome.

Früher pflegte man gern zu sagen, daß Geisteskranke und Verbrecher das sind, was sie sind, weil sie einen «schlechten Kern» geerbt hätten. In Joes Fall ist es jedoch offensichtlich, daß der «schlechte Kern» nicht angeboren, sondern anerzogen worden war. Joe war psychisch und emotional schwer angeschlagen. Er war seiner Menschenwürde beraubt und so behandelt worden, daß er sich wertlos vorkam. Es gab keinen normalen Ausweg für ihn. Als Kind und Jugendlicher spielte er das Opfer in einem nie endenden Drama der Grausamkeit. In der Illusion der Kindheitsphantasie und später auf der Bühne fand er für eine gewisse Zeit einen heilsamen Zufluchtsort. Als er aber aus der Phantasiewelt mit den imaginären Begleitern herauswuchs und ihm das Theaterspielen verwehrt wurde, zog er sich tiefer in die Psychose zurück, die seiner Erfahrung auf der Bühne vorausgegangen war.

Ohne Einwilligung der Kallingers und Hilda Bishops Mutter stiegen Joe und Hilda in einen Bus und fuhren nach Elkton, Maryland, wo sie im Büro eines Friedensrichters mit unbekannten Trauzeugen heirateten. Dann gingen sie nach Philadelphia zurück und zogen in eine kleine Wohnung, die sie in Kensington gemietet hatten.

Joe, der immer ein Außenseiter gewesen war, war nun, wie er dachte, auf dem Weg, das zu erreichen, was er sich immer am sehnlichsten gewünscht hatte: «Einer großen und liebevollen Familie anzugehören.»

6

Zeit der Liebe

«Da sind wir!» sagte Hilda, als der Bus von Elkton, Maryland in Philadelphia einfuhr.

«Hilda», sagte Joe, als er durch das Fenster des Taxis hinausschaute, das sie zu ihrer Wohnung brachte, «ich habe das Gefühl, als hätte sich die ganze Stadt verändert.» Die Straßen, die frisch und hoffnungsvoll aussahen, glänzten, als ob ein Regenschauer die Stadt mit reinigendem Wasser gewaschen hätte. Die Änderung hatte sich in Joe selbst vollzogen, schmerzliche Erinnerungen waren weggewaschen worden. Tief atmete er die durch das offene Fenster des Taxis einströmende Luft ein und murmelte: «Zeit der Liebe.»

Als er mit Hilda durch den Flur ins Wohnzimmer ging, sah für Joe alles wie im Traum aus. Vor seiner Heirat hatte er nur in den Träumen das Gefühl gehabt, er sei eins mit dem Rest der Menschheit und er sei gleich wie alle andern. Nun war der Traum Wirklichkeit geworden.

In der Küche füllte Hilda eine Vase mit Wasser und ordnete die Blumen an – neun langstielige, blutrote Rosen von Joe. Er küßte seine Frau auf die Wange. «Entzückend», sagte er und bewunderte gleichzeitig seine Frau und die Rosen. «Ich weiß nicht, was schöner ist, du oder die Blumen.»

«Ich», antwortete sie schnell und kicherte.

Sie saßen händchenhaltend auf dem Sofa. Joe schenkte zwei Gläser Whisky ein, den er am Abend zuvor nach Hause gebracht hatte. Hilda schaltete das Radio ein. Tanzmusik. Sie stand auf, machte Tanzschritte und schnelle Drehungen und sah Joe mit glänzenden, scheu einladenden Augen an.

Sie setzte sich auf seinen Schoß und biß sanft in sein Ohr. «Joe, wollen wir uns nicht lieben?» flüsterte sie und schmiegte sich an ihn.

Joe hielt die Augen während des Verkehrs geschlossen. Danach öffnete er sie wieder und starrte auf Hildas Körper. Er hatte sie noch nie nackt gesehen und war erleichtert, daß seine Verstümmelungsphantasien nicht Realität geworden waren und seine Frau unverletzt war. Er hatte verzweifelt versucht, diese Phantasien wenigstens in dieser Nacht zu unterdrücken, aber sie waren da, wie schon in der Vergangenheit; ein Fluch, dachte er, der ihn im Bann hielt.

Trotz dieser Phantasien war Joe entschlossen, die sechzehn Jahre der Qual zu vergessen und ein gutes Leben zu führen. Aber als er am nächsten Tag von der Arbeit nach Hause kam, traf er Hilda auf dem Sofa liegend an. Sie hatte ein Glas Whisky in der Hand und sah fern. Joe spürte, wie ihn ein Gefühl der Furcht durchdrang, und er schauderte. Er fand die Wohnung genau gleich vor, wie er sie verlassen hatte. Pappschachteln mit Gegenständen von Hilda waren noch nicht ausgepackt worden. Das schmutzige Geschirr vom Vorabend stand immer noch ungewaschen im Abwaschbecken; das Bett war nicht gemacht, und Hildas Kleider lagen über Stühlen, dem Sofa und dem Tischende verstreut herum.

Hilda stand auf, küßte Joe und sagte: «Komm, wir gehen auswärts essen.» Joe sagte nichts dazu, daß die Wohnung wie ein Schlachtfeld aussah, aber sein Traum von einem makellos aufgeräumten Haus am Stadtrand - mit funkelnden Fensterscheiben, einer blitzsauberen Küche, einem Fußboden, auf dem man hätte essen können -, in dem Hilda und er und viele Kinder mit tadellos sauberen Kleidern und frischgewaschenem Haar leben würden, geriet für diesen Augenblick ins Wanken.

Die Wohnung wurde zu einengend, als daß sie Joes wachsendem Traum hätte genügen können, und nach drei Monaten zogen die jungen Kallingers in ein Haus. Es war zweistöckig, hatte drei Schlafzimmer und lag an der Masher Street in Kensington. Stephen und Anna hatten das Haus auf ihren eigenen Namen gekauft. Joe tätigte monatliche Hypothekarzahlungen an seine Adoptiveltern, aber er hatte das Gefühl, das Haus gehöre ihm – ein Schloß, in dem er mit siebzehn Jahren der König war; er wußte, daß seine Adoptiveltern keine Macht mehr über ihn hatten.

Joe war überrascht, wie seine Eltern ihn und seine Frau behandelten. Er hatte ihr Haus verlassen, nachdem sie aus Angst vor seinen Grimassen, den schlangenähnlichen Bewegungen und dem aus dem Bauch kommenden Lachen ihr Zimmer vor ihm verbarrikadiert hatten. Sie hatten außergewöhnliche Maßnahmen ergriffen, um ihren Adoptivsohn impotent zu machen. Nachdem sie bemerkt hatten, daß er sich mit Hilda traf, hatten sie ihm verboten, sie weiterhin zu sehen, aber nun hießen sie Hilda in ihrem Haus, in das sonst nie Gäste kamen, willkommen.

Als er sich die Gefühle, die er beim Einzug in das Haus an der Masher Street hatte, wieder in Erinnerung rief, sagte mir Joe: «Ich konnte mich glücklich preisen. Im Haus von Stephen und Anna war ich ein einsamer Junge, aber in meinem Haus konnte ich die ganze Welt zu Gast haben.»

«Ich hatte das Gefühl», fuhr Joe fort, «daß ich nicht mehr der Junge war, der in die Dunkelheit geworfen worden war. Ich war siebzehn, und eine neue Sonne war aufgegangen, die mich nun beschien: Ich war sicher, daß ich nie mehr irgendeine leichtsinnige Tat begehen würde. Kein brüllendes Lachen stieg mehr aus meinem Bauch hoch; auch wand und drehte sich mein Körper nicht mehr wie eine Schlange. Ja, ich konnte mich wirklich glücklich preisen, denn die Vergangenheit war nur noch ein schwacher Schatten. Ich war überzeugt, daß ich dem Schicksal entronnen war, das ich einstmals vor Augen gehabt hatte; daß mein Leben nun nicht in einer Katastrophe enden würde.»

Der allgegenwärtigen Dunkelheit der Vergangenheit entwichen, fand nun Joe seinen Platz in der hell glänzenden Gegenwart. Er sorgte angemessen für Hilda und sich selbst, hatte ihr schöne Kleider gekauft und ihre Zähne flicken lassen. Seine Frau und er hatten zu den Möbeln, die sie von der Wohnung mitgenommen hatten, neue hinzugekauft. Sie hatten Freude am Rollschuhlaufen und gingen gern in Museen. Er hörte ihr geduldig zu, wenn sie sich darüber beschwerte, daß er kein guter Tänzer sei. Er nahm sogar ein paar Tanzstunden, aber spürte bald, daß seine Füße dem Rhythmus der Musik nicht gehorchten.

Joe betrachtete sich als besseren Schuhmacher als sein Adoptivvater, obwohl Stephen in ganz Philadelphia als ausgezeichneter Handwerker bekannt war. Von den Leuten, die ihre Schuhe in den Laden der Kallingers brachten, hatte Joe seine eigene Kundschaft. Sie mochten sein warmes, freundliches Lächeln und schätzten seine überragende Fertigkeit in der Verarbeitung von Leder und Gummi. Joe träumte davon, in der Innenstadt von Philadelphia, in New York und in andern großen Städten eine Kette von Schuhreparaturwerkstätten zu eröffnen. Dann würde er sich das Haus am Stadtrand leisten können, das er schon immer gewollt hatte. Er würde einen Cadillac fahren und seine Kinder vielleicht sogar in eine Privatschule schicken. Hilda und die Kinder würden vornehm wohnen und ihren Gatten und Vater bewundern. Als Kind war er mißhandelt worde, aber seine Kinder wollte er mit Verständnis und Liebe erziehen. Wenn nötig, würde er sie zurechtweisen, aber nie würde er die Hand gegen sie erheben.

Joe, der eifrig darauf bedacht war, seine Pläne zu verwirklichen, ließ in Schuhmacherkreisen verlauten, daß er sich nach einem neuen Arbeitsplatz umsah. Als ihm ein Akkordarbeiter sagte, daß in der Frank Grandee-Schusterwerkstatt an der Girard Avenue eine Stelle frei sei, ging er während einer Mittagspause dorthin. Grandee bot ihm mehr Lohn an, als er von Stephen Kallinger erhielt. Stephen lehnte es ab, ihm gleichviel zu zahlen, und so wechselte Joe die Stelle. «Geh anderswo arbeiten», hatte ihm Stephen gesagt, «und sammle Erfahrungen. Aber versprich mir, daß du deinen eigenen Laden nicht in dieser Gegend eröffnest. Ich will nicht, daß du mein Konkurrent wirst. Vergiß nicht, daß mein Laden für dich bestimmt ist. Es ist dein Erbe.»

Für Joe war die Arbeit im Grandee Laden nur ein kleiner Schritt auf die Zeit zu, wo er genug Geld haben würde, um seine eigene Ladenkette zu eröffnen. Auch wollte er sich in kultivierte Kreise emporarbeiten. Um dieses Ziel zu erreichen, fand er, daß er den Highschool-Abschluß machen und, wenn möglich, danach die Universität besuchen sollte. Als erstes schrieb er sich für einen Kurs in amerikanischer Literatur an der Abendschule ein. Melville, Whitman, Dickinson und vor allem Poe faszinierten Joe. Er spürte, daß die Dunkelheit von Poe in krassem

Gegensatz zu seinem jetzigen Leben stand, aber sie rief Erinnerungen an die Vergangenheit, die er zum Schweigen gebracht hatte, wach.

Am 9. August 1954, am Tag, da Hilda ein Mädchen gebar, dachte Joe nicht an seine Vergangenheit und war sich auch der Ironie nicht bewußt, daß seine Tochter im gleichen Krankenhaus geboren wurde, wo er, wie seine Adoptiveltern ihm gesagt hatten, impotent gemacht worden war. Als er sein Kind im Bettchen auf der Geburtsabteilung betrachtete, durchflutete ihn ein ozeanisches Gefühl, als ob er neue Welten erschaffen und Gottes Platz im Universum einnehmen könnte. Als aber Hilda mit dem Baby (sie tauften es Anna nach Joes Adoptivmutter) nach Hause kam, fühlte Joe manchmal, daß das dünne Mädchen, von dem er geglaubt hatte, es würde ihn von der Dunkelheit der Vergangenheit befreien, ihn in eine neue Dunkelheit einschloß.

Bestürzt stellte Joe fest, daß seiner Frau anscheinend jeglicher mütterliche Instinkt abging. Hilda weigerte sich zum Beispiel, das Kind zu stillen. Wenn Joe am Abend nach Hause kam, fand er das Baby oft ohne Windeln: Körper und Bettlaken naß und mit Kot verschmiert. Das Haus war noch verwahrloster und Hilda noch unsteter als vor Annies Geburt. Joe sagte mir, daß bei ihr immer etwas los sein mußte. Ab und zu ließen Joe und Hilda einen Babysitter kommen, um zusammen auszugehen, aber häufiger ging Hilda allein aus, und Joe hütete das Kind. Er erzählte mir, daß Hilda meistens sagte, sie gehe zu ihrer Mutter oder besuche mit ihr eine Bar.

In der Vergangenheit hatte Joe, der seinen Traum von einer vollkommenen Ehe hatte aufrechterhalten wollen, seinen Ärger Hilda gegenüber unterdrückt. Ihre Art, mit dem Kind umzugehen, erbitterte ihn masslos, und seine alten Hassgefühle stiegen wieder hoch.

In der ganzen Zeit ihrer Ehe empörte sich Joe über Hildas liederliche Art, den Haushalt zu besorgen, und ihre schlechten Kochkünste. Außerdem verwirrte ihn Hildas Mutter. Vor der Heirat hatte ihn Mrs. Bishop in ihrem Haus mit herzlicher Freundlichkeit empfangen, aber nach der Hochzeit hatte sie ihm zu spüren gegeben, daß er nicht willkommen war. Sie nahm Hilda auch gern in Bars mit, während Joe zu Hause blieb. Er kritisierte

Hilda deswegen nicht, denn er wußte, daß sie gern in Bars ging und er und Hilda zu jung waren, um ohne die Begleitung eines Erwachsenen eine Bar zu besuchen.

Joe und Hilda stritten sich über Religionsfragen. Kurz nach ihrer zivilen Hochzeit traute sie ein Priester unter der Bedingung, daß Hilda, die nicht katholisch war, Unterricht nehmen und konvertieren würde. Sie hielt sich jedoch nicht daran, und als Joe sich darüber beklagte, antwortete sie bloß: «Leck mich am Arsch!»

Im Mai 1955 wurde Hilda wieder schwanger, und Joe hoffte, das Kind würde die Ehe retten. Er war zutiefst erschüttert, als Hilda Geld von ihm für eine Abtreibung verlangte. Eine Abtreibung würde seinen Traum von einer intakten Familie zerstören. Er war der Ansicht, daß Abtreibung Mord sei. Obwohl seine Phantasien beim Geschlechtsverkehr destruktiv waren, betrachtete er die Zerstörung von Leben, sogar von fötalem Leben, als etwas Böses. Um potent zu sein, mußte er während dem Beischlaf ein Messer neben sich haben. Die Gedanken und das Messer waren jedoch ein Teil seines Phantasielebens, und das Phantasieleben hatte nichts mit seinen moralischen Wertvorstellungen und namentlich mit seiner Achtung vor dem Leben zu tun. Der Zwang zu töten, der später aus den Phantasien entstehen sollte, hatte sich zu diesem Zeitpunkt noch nicht entwickelt.

Eisig sah er Hilda an und sagte: «Du wirst nie Geld von mir bekommen, um unser Kind zu ermorden.»

«Wenn ich genug Geld hätte, würde ich die Abtreibung ohne deine Einwilligung machen», antwortete sie.

«Benimm dich! Du treibst das Kind nicht ab», sagte er mit entschlossener Miene. («Benimm dich!» Diesen Befehl wiederholte Joe oft. Der Satz war ihm in seiner Kindheit gesagt worden, und er äußerte ihn Hilda gegenüber und würde ihn in späteren Jahren immer wieder sagen.)

«Du bist verrückt», entgegnete sie. «Du hast kein Recht darauf, Vater zu sein. Ich hab' es nicht gewußt, als ich dich heiratete. Aber verdammt noch mal, ich weiß es jetzt, ja, jetzt weiß ich es.»

Verrückt? Joe selbst hatte nicht das Gefühl, geisteskrank zu sein, obwohl er im Alter von dreizehn geglaubt hatte, sein Leben würde in der Katastrophe enden und er mit fünfzehn alarmierende Veränderungen an sich festgestellt hatte. Er fragte sich, warum Hilda ihm gegenüber nun die gleichen Gefühle hatte wie seine Adoptiveltern, als diese das Schloß an ihrer Schlafzimmertür angebracht und ihm gesagt hatten, daß er ihnen wegen seiner merkwürdigen Grimassen, der absonderlichen Gebärden und schlangenähnlichen Bewegungen fremd geworden war.

Nie zuvor hatte Hilda ihm gesagt, daß er verrückt sei. Sie hatte ihm jedoch gesagt, er habe zwei Persönlichkeiten. Die eine war der Bursche, der wunderbar zu ihr war und ihr alles gab. Die andere Persönlichkeit hatte sie als Tyrannen beschrieben, der sie dominieren wollte und ihr mit seinen ungestümen Wutanfällen und seinen unheimlichen Fratzen Angst einflößte.

Joe fragte sich, warum Hilda ihn geheiratet hatte, wenn er wirklich so unheimlich war. Aber er versuchte sich selbst zu versichern, daß er weder verrückt noch absonderlich sei; daß diese Ausdrücke für Hilda nur leere Worte waren, die sie achtlos ausgesprochen hatte. Er gestand sich selbst ein, daß die destruktiven Phantasien, die er beim Geschlechtsverkehr hatte, absonderlich, ja vielleicht verrückt waren. Aber davon wußte Hilda nichts. Was konnte sie wohl unter verrückt verstanden haben? Die Phantasien hatten weder seine Liebe zu ihr gestört, noch hatten sie ihn daran gehindert, ein (in seinen Augen) guter Liebhaber zu sein. Doch als sie sich wegen der Abtreibung stritten, hatte Hilda gezischt: «Mit dir macht Sex keinen Spaß! Dein Penis ist zu klein!»

«Wieso hast du mir das nicht schon früher gesagt?» antwortete Joe wütend.

«Ich wollte dich nicht verletzen.»

Joes Adoptiveltern hatten ihm gesagt, sein Penis würde nicht wachsen. Nun bestätigte Hilda, daß er wirklich nicht gewachsen war. Auf der rationalen Ebene fand es Joe absurd, daß sie nach all den Jahren des Verkehrs mit ihm sich jetzt zum ersten Mal über seinen kleinen Penis lustig machte. Auf der emotionalen Ebene hingegen glaubte er ihr und war davon überzeugt, sie habe seinen Penis schon immer zu klein gefunden, ihm aber nie etwas sagen wollen. Sie hatte die alten Ängste, durch die Erfindung des «Vogels» erzeugt, erneut geweckt. Wieder einmal hatte ihn die Wahnidee befallen, er besitze keine sexuelle Macht. Zugleich fühlte er sich wertlos. Die Dunkelheit der Vergangenheit vermischte sich mit der neuen Dunkelheit der Gegenwart.

Jeden Abend hoffte Joe beim Zubettgehen, er würde nicht wegen seines kleinen Glieds bestraft werden. Dadurch, daß sich Hilda über seinen Penis lustig gemacht hatte, schlüpfte Hilda in die Rolle von Anna Kallinger, die ihm gesagt hatte, daß sein Penis nicht wachsen würde, und die ihm erniedrigende und körperlich schmerzhafte Bestrafungen zugefügt hatte. Joe hatte sich vor seiner Adoptivmutter gefürchtet; nun fürchtete er sich vor seiner Frau, die die Rolle der strafenden Mutter übernommen hatte. Obwohl Hilda in Joes Wahnwelt nicht in Anna verwandelt wurde, hatte er in Augenblicken der Angst doch das Gefühl, Hilda müsse Englisch mit einem deutschen Akzent sprechen oder die Flüche mit ‹Dummkopf› beginnen oder beenden.

Im September 1955 wurde die Ehe, von der Joe geglaubt hatte, sie sei im Himmel geschlossen worden, zur Hölle. Jedesmal, wenn Hilda ihm sagte: «Geh zum Teufel!» hatte er das Gefühl, er würde sich auf dem Berg der Verdammten winden und brüllen, den Körper vor Schrecken und Schmerzen gekrümmt.

«Ich war sicher, die Vergangenheit besiegt zu haben, sie in Grund und Boden gestampft zu haben», sagte mir Joe. «Als sich aber die Ehe verschlechterte, konnte ich hin und wieder das aus dem Bauch aufsteigende Lachen hören und spürte, wie sich mein Körper wie eine Schlange bewegte. Ich versuchte, dies vor Hilda zu verheimlichen, weiß aber nicht, ob es mir wirklich gelang. Dann kam noch etwas anderes hinzu: Ich zweifelte nicht nur an meiner Potenz, sondern begann Hildas Körper auf die gleiche Weise zu sehen, wie ich die Photographien nackter Frauen angeschaut hatte, wenn ich im Loch in der Schlafzimmerwand im Haus meiner Adoptiveltern masturbierte. Ich wollte Hilda wirklich nicht verletzen und vor allem unser ungeborenes Kind nicht. Glücklicherweise verschwanden die Vorstellungen genauso rasch, wie sie gekommen waren, und ich war innerlich wachsam gegenüber den schlechten Zeichen. Im Laden hatte ich an meinen orthopädischen Experimenten - meinem Auftrag, die Menschheit zu retten - weitergearbeitet. Nun arbeitete ich auch an den Experimenten, um mich selbst zu kurieren.»

Joe begann Hilda zu befehlen, sich als bessere Mutter und

Hausfrau zu zeigen. Sie lachte ihn nur aus und sagte ihm, wohin er gehen und was er mit sich selbst und seinem kleinen Penis anfangen könne. Überdies sei er verrückt, hätte kein Recht, Vater zu sein, und sie ließe sich von ihm nichts befehlen!

Eines Nachts, nachdem sie nach einem Streit im Bett lagen, sprang Hilda plötzlich auf und sagte Joe, sie könne es nicht ertragen, neben ihm zu schlafen. Sie sagte, er erinnere sie an einen Horrorfilm, mit seinem verzerrten und entstellten Gesicht. «Leck mich am Arsch, Joe. Ich möchte dir nicht in einer dunklen Straße begegnen, wenn es blitzt.» Hilda packte Kissen und Decke und verließ das Schlafzimmer. Joe versuchte nicht, sie zurückzuhalten.

Am 12. Januar 1956 gebar Hilda im St. Mary's Hospital einen Knaben. Sie tauften ihn Stephen nach Joes Adoptivvater. Genau wie zum Zeitpunkt, als er das erste Mal von dieser Schwangerschaft gehört hatte, verfiel Joe einem magischen Denken, und er phantasierte, daß das von Hilda nicht gewollte Kind wieder Glück in die Ehe bringen würde. Joe war nur zweimal in seinem Leben glücklich gewesen: als er Scrooge spielte und während dem ersten Ehejahr mit Hilda.

Ab und zu kam Anna Kallinger bei Joe und Hilda vorbei, um die zwei Enkelkinder zu sehen. Sie teilte Joe wiederholt mit, daß Hilda oft bis am Mittag schlief und die Kinder ohne Essen und in verschmutzten Windeln liegen ließ. Auch Nachbarn war dies aufgefallen. Anna machte Joe darauf aufmerksam, daß Hilda den Kindern nur Erdnüsse und Sprudelwasser gab. Sie hatten keine Milch oder sonstige gehaltvolle Nahrung im Haus.

Am Abend nach seiner Unterhaltung mit Anna kam Joe für einen Kampf mit seiner Frau gerüstet nach Hause. Die Eheleute schrien sich noch mehr an. Nächtelang lagen sie sich in den Haaren. Ihr Leben war zum Krieg geworden. Die Nachbarn an der Masher Street hatten Mitleid mit den Kindern der Kallingers, aber kaum jemand hatte Mitgefühl mit Hilda oder Joe.

Joe hatte geglaubt, daß er wie alle andern geworden war, aber die Männer an der Masher Street konnten ihn nicht leiden, «weil er mit niemandem Umgang pflegte». Sie betrachteten ihn als «Einzelgänger und Spinner». Die Frauen der Masher Street konnten Hilda nicht ausstehen, weil ihre Kinder «schmutzig und verwahrlost» waren und Hilda ein «Flittchen» war. Augenbrauen wurden hochgezogen und ein Geraune begann, wenn Hilda zu einer in der Nähe gelegenen Fabrik ging – was sie des öfteren tat –, um den Arbeitern, die im Freien zu Mittag aßen, schöne Augen zu machen.

Ende September 1956 kam Joe eines Abends von der Arbeit nach Hause und traf die zweijährige Annie an, die im Wohnzimmer allein mit Bauklötzen spielte, und den acht Monate alten Stephen, der im Kinderschlafzimmer unbeaufsichtigt in seinem Bettchen lag. Außer dem Geklapper von Annies Bauklötzen war es still im Haus. Joe rannte von Zimmer zu Zimmer, aber Hilda war verschwunden.

Während einiger Minuten stand Joe vor dem Haus und rief den Namen seiner Frau. Nichts. Vielleicht, dachte er verbittert, ist sie in den Laden gegangen, um Erdnüsse und Sprudel zu kaufen.

Der Abend zog sich dahin. Joe, der im Wohnzimmer auf und ab ging und sich fragte, wie lange er noch auf Hilda warten müsse, erinnerte sich an die vielen Nächte, in denen morgens um zwei oder drei Uhr ein Auto vorfuhr und Türen zugeschlagen wurden. Dann, wie Joe sagte, «kam Hilda hineingetorkelt, knallte die Haustür zu, warf die Kleider auf den Boden und versuchte nicht einmal, nüchtern genug zu werden, um noch schnell nach den Kindern sehen zu können.»

Es war spät geworden, und Hilda war noch immer nicht nach Hause gekommen. Er wußte nicht, was er als nächstes tun sollte. Dann ging er in den Laden und kaufte Milch, frisches Brot und Käse und eilte nach Hause. Dort fütterte er Annie und Stevie und brachte sie zu Bett. Von Hilda war immer noch nichts zu sehen.

Am Morgen, als Hilda immer noch nicht zurück war, suchte Joe einige der Nachbarn auf, um mit ihnen zu reden. Sie beklagten sich über den Radau, den er und Hilda fortwährend veranstalteten, und sagten ihm, Hilda sei am vorangegangenen Nachmittag mit einem Mann fortgegangen. Er bedankte sich bei den Nachbarn und ging voller Selbstvorwürfe ins Haus zurück. «Ich hatte guten Grund, mich über die Art und Weise zu ärgern, wie meine Frau die Sachen erledigte», sagte mir Joe mehr als zwanzig Jahre später, «aber das war sicher nicht allein ihre Schuld.

Meine Frau liebte mich nicht mehr, und ich glaube, daß es hauptsächlich daran gelegen hat, daß sie jemanden gefunden hatte, der ihr sexuell mehr bieten konnte als ich.»

Zwei Tage nach Hildas Verschwinden bemerkte Joe, daß Stevies Bauch aufgedunsen war, während seine Brust eingefallen schien. Ein Arzt sagte, daß Stevie an Unterernährung leide. Joe hatte das Wort zwar noch nie gehört, aber es wurde ihm anhand der Erklärung des Arztes klar, daß dies geschehen war, weil Stevie mit Sprudel anstatt Milch ernährt worden war. Der Arzt verschrieb Stevie ein Medikament, gab ihm einige Spritzen und kam regelmäßig zur Kontrolle.

An dem Abend, als Joe feststellte, daß Hilda ihn verlassen hatte, nahm er sich vor, während einiger Tage nicht zur Arbeit zu gehen und sich zu überlegen, was mit den Kindern geschehen sollte. Eine Nachbarin anerbot sich jedoch, die Kinder zu hüten, während Joe bei der Arbeit war. Ungefähr eine Woche, nachdem Hilda ihn verlassen hatte, brachte Joe Annie und Stevie in einen Vorort von Norristown, Pennsylvania zu einer Familie, die Kinder bei sich aufnahm. An den Wochenenden holte er Annie und Stevie von dem schönen Bauernhof, wo sie lebten, ab und nahm sie mit nach Hause, wo er sich um sie kümmerte und Stevies medikamentöse Behandlung fortsetzte. Hilda war nicht zurückgekehrt, und Joe entschloß sich, sie zu suchen.

Von Hildas Freunden erfuhr er, daß sie mit ihrem Liebhaber, Hans Ibler, in dessen Wagen wohne. Joe, der Iblers Autokennzeichen ausfindig machen konnte, durchkämmte jeden Tag nach der Arbeit ganz Philadelphia und suchte den Wagen, in dem Hilda und Ibler angeblich wohnten. Immer wieder mußte er denken, daß Hildas Freunde vielleicht nur ihren Spaß daran hatten, ihn zu beobachten, wie er in der Stadt herumrannte und einen Wagen suchte, in dem niemand wohnte.

Nach zweiwöchigem rastlosem Suchen fand Joe Iblers Wagen. Er war an einem abgeschiedenen Ort in der Nähe eines Friedhofs geparkt. Joe blickte über den Zaun auf die Gedenktafeln und Grabsteine und dann auf Iblers Wagen. Er konnte es nicht verstehen. Er versicherte sich selbst, daß er kein so schlechter Gatte und Vater gewesen sein konnte, daß seine Frau ihn und die Kinder wegen eines nicht seßhaften Mannes verlassen hatte, der ihr nichts Besseres als ein Leben in einem Wagen bieten konnte.

Um das Auto herum und im Unkraut lagen Papierteller, Bierflaschen, Reste von Lebensmitteln, Plastikutensilien und andere Spuren von Hildas Art des Haushaltens. Als Joe den Abfall betrachtete, sah er, daß sich Hilda kein bißchen geändert hatte. Er ging leise auf das Auto zu und schaute durch das geschlossene hintere Seitenfenster. Hilda lag ausgestreckt auf der Hinterbank. Sie trug einen bedruckten Rock und eine Bluse, die ihr Joe gekauft hatte. Der Vordersitz war leer. Ibler war nicht da.

Hilda schoß auf. «Mein Gott, Joe», schrie sie durch das geschlossene Fenster, «mach, daß du fortkommst. Hau ab! Wie hast du herausgefunden, wo ich bin?» Durch das geschlossene Fenster hindurch schrie Joe zurück, daß Annie nach ihrer Mutter schrie und Stevie krank war. Er versprach ihr, daß es keine weiteren Streitereien mehr geben würde. Er versprach ihr, daß alles wieder so schön werden würde, wie es gewesen war, als er ihr den Rosenstrauß geschenkt hatte. Hilda schüttelte den Kopf. Sie sagte mit lauter Stimme: «Ich werde *nie* mehr zu dir zurückkommen. Joe, verstehst du? Ich liebe dich nicht. Du jagst mir Angst ein, denn du bist verrückt. Mach dich aus dem Staub!»

Joe hatte nur eine Erklärung, warum die Ehe auseinandergebrochen war: Hilda hatte ihn verlassen, weil sie einen Mann mit stärkerer Sexualität als Joe gefunden hatte. Natürlich wußte er nichts von Iblers Sexualität. Aber Hildas Hänselei über Joes «Vogel» und ihr Davonlaufen hatten seine Wahnidee vom kleinen Penis wieder hervorgebracht, und Joe war voll von schmerzlichen Gefühlen der Wertlosigkeit. Zwanzig Jahre, nachdem ihn Hilda beim Auto weggewiesen hatte, sollte er Dr. Robert Sadoff, einem der Psychiater der Verteidigung sagen: «Meine Bruchoperation führte wahrscheinlich dazu, daß mich meine Frau verließ.» Diese Wahnidee sollte auch der Nährboden für seine späteren Verbrechen sein.

Beim Auto hatte Hilda ihn mit feindseliger Endgültigkeit abgewiesen. Da Hilda nun für immer fort war, fühlte Joe, daß seine Hoffnung von einer großen Familie vernichtet worden war. Er glaubte nicht, einer Welt gewachsen zu sein, in der es so viele übermächtige Frauen mit großen Brüsten und so wenige nachgiebige mit flachen Brüsten gab. Er mußte Hilda wieder bei sich haben, obwohl er nicht wußte, wie er sie zurückholen konnte. Ohne sie würde sich sein Traum von einer Familie nie durchführen lassen.

Eines Morgens stand Hilda vor Joes Tür. Er war sicher, daß sie nun zurückgekommen sei, aber sie sagte ihm, er könne ja raten, warum sie ihn besuche. Sie war wegen Annie und Stevie gekommen. Die Kinder waren auf dem Bauernhof, aber Joe tat so, als seien sie im Haus.

«Ich laß dich nicht an sie ran», sagte Joe, als er die Tür vor seiner Frau schloß.

Von innen beobachtete Joe, wie Hilda die Fenster in der Tür zertrümmerte. Sie versuchte, ins Haus zu gelangen, aber sie schaffte es nicht. Auf diese Weise zerstörte sie jedoch, selbstverständlich ohne dies zu wissen, Joes Hoffnung von einer Wiedervereinigung.

Da Joe die Hoffnung nun endgültig begraben mußte, fügte er sich bereitwillig dem Wunsch der Kallingers, das Haus an der Masher Street zu verkaufen. Sie taten dies sehr schnell und befahlen Joe, wieder in ihr Haus zu ziehen. Da sein Traum von einer Familie vernichtet und sein Lebenswille gebrochen worden war, leistete Joe dem Befehl demütig Folge und kehrte in das Haus zurück, welches in der Kindheit sein Gefängnis gewesen und aus welchem er ausgerissen und zu Hilda geflüchtet war.

Joe war nun wieder im Schlafzimmer, wo er das Loch in die Wand gebohrt hatte. Sein Adoptivvater hatte sich nicht die Mühe gemacht, es zuzupflastern, seit Joe im Alter von fünfzehn ausgezogen war. Er spürte kein Verlangen, es zu benützen, und erinnerte sich lediglich an seine früheren Phantasien, die eingesetzt hatten, als er zum ersten Mal das Loch zu Masturbationszwecken benützte. Diese Phantasien hatten Joe in seine Ehe mit Hilda hineinbegleitet und ihn nie verlassen.

Joe versuchte, sich auf praktische Angelegenheiten zu konzentrieren. Er wollte z. B. die Kirche dazu bringen, seine Heirat mit Hilda zu annullieren. Nachdem ihn die Visitation Church, in die er regelmäßig zur Messe und Beichte gegangen war, abgewiesen hatte, stellte er beim Zivilgericht einen Antrag auf Scheidung. Das Gericht teilte ihm mit, daß Hilda Kallinger das Recht hatte, die Kinder zweimal wöchentlich zu sehen, obwohl er das Sorgerecht für Anna und Stephen habe. Das bedeutete, daß Joe die Kinder nicht nur an den Wochenenden aus dem Vorort von Norristown abholte, um mit ihnen zusammenzusein, sondern auch zweimal unter der Woche, damit sie ihre Mutter besuchen konnten.

Während der kurzen Begegnungen mit Hilda, wenn Joe ihr die Kinder brachte, war er gelassen. Als er jedoch von der kleinen Annie erfuhr, daß Hilda ihnen befohlen hatte, Hans Ibler «Daddy» zu nennen, war er gar nicht mehr gelassen. Hilda und Ibler waren nun verlobt, und Joe war es klar, daß Hilda versuchen würde, das Sorgerecht für die Kinder, die sie verlassen hatte, zu bekommen.

Joe war so aufgeregt, daß er nicht mehr schlafen konnte, nichts mehr aß und aufhörte zu rauchen. Er war noch nicht 21 und fühlte sich bereits erschöpft wie ein alter Mann. Vor allem während der Arbeit verspürte er starke Schmerzen in den Schläfen. Zuerst halfen Medikamente, aber im August 1957 nützten auch stärkere Dosierungen nichts mehr. Der Arzt - der gleiche Dr. Daly, der Joes Bruch operiert hatte - vermutete eine Gehirnverletzung und wies Joe am 4. September 1957 ins Krankenhaus St. Mary ein.

Im Krankenhaus wurde eine Gehirnverletzung als Ursache der Kopfschmerzen ausgeschlossen, und nach elf Tagen wurde Joe mit der Diagnose «psychopathologische nervöse Störung mit Angstzuständen» entlassen. Gemäß dem «Diagnostic and Statistical Manual of Mental Disorder» (dem Diagnostischen und Statistischen Handbuch der Geisteskrankheiten der Amerikanischen Psychiatrischen Vereinigung) sind psychopathologische Störungen «physische Störungen von vermutlich psychischem Ursprung». Das heißt, daß Joes Kopfschmerzen physische Symptome waren, die aus emotionalen Ursachen resultierten, und daß die Ärzte Joes psychologisches Elend als unmittelbare Folge seiner Familienkrise und dem Verlust der Ehefrau betrachteten.

Zu jener Zeit war es den Ärzten unmöglich, die Spätfolgen von Hildas Weggang vorauszusagen. Der Verlust der Ehefrau, zusätzlich zum frühkindlichen Verlassenwerden, verstärkte jedoch seine Wahnideen und wurde zu einem wichtigen psychologischen Faktor in seiner stärker werdenden Psychose: der Schizophrenie.

Ein Psychiater im Krankenhaus St. Mary erklärte Joe, daß ihn die alleinige Verantwortung für die beiden Kinder über Gebühr beanspruche. Joe gab zu, daß es schwierig war, ein alleinstehender Vater zu sein, aber er wollte Annie und Stevie unter allen Umständen bei sich behalten. Der Psychiater machte ihm jedoch klar, daß dies zu weiteren psychologischen Schwierigkeiten führen würde. Joe, der befürchtete, daß man Hilda das Sorgerecht für die Kinder zusprechen würde, wenn er die Zügel schießen ließe, zögerte noch immer. Er wollte die Kinder Hilda, die sie verlassen hatte, nicht überlassen und auch Hans Ibler nicht, der ja mit der Frau eines andern Mannes fortgegangen war. Joe fühlte sich als der kompetentere Elternteil, denn außer den Taten unter der Silver Bridge und nach den Busfahrten hatte er ein anständiges Leben geführt.

Die Warnung des Psychiaters hatte Joe jedoch davon überzeugt, daß er, seiner Gesundheit zuliebe, einiges ändern mußte, auch wenn er an seinen Kindern festhalten wollte. Er versuchte, seine eigene Belastung abzubauen, indem er Annie und Stevie dem katholischen Kindervermittlungsbüro zur Pflege übergab. Das Büro plazierte die Kinder anschließend in einem von ihm ausgewählten privaten Kinderhort. Die Kosten wurden herabgesetzt, denn Joe mußte nur für die Hälfte des Unterhalts aufkommen, während die andere Hälfte von der Organisation bezahlt wurde. Auch war die Verantwortung nicht mehr so groß, denn er durfte die Kinder für das Wochenende nicht mehr nach Hause nehmen und sie auch nicht mehr auf Besuch zu ihrer Mutter bringen.

Alte Belastungen waren beseitigt worden, aber neue hatten ihre Plätze eingenommen. Joe konnte die quälende Einsamkeit ohne die Kinder am Wochenende nicht ertragen und mit der Freizeit nichts anfangen. Er fühlte sich nicht mehr wie alle andern und litt zu jener Zeit an besonderen Wahnvorstellungen über vollbusige Frauen. Er hatte Angst, auch nur auf sie zuzugehen, denn er glaubte, sie dominierten die Welt.

In seinem Wahnzustand war er überzeugt, daß sie ihn mit ihren übergroßen Brüsten zerstören und ersticken, ihn in schwere

Fleischschichten einwickeln würden, bis er gefangen war – bewegungsunfähig wie ein Käfer in einem Bernstein. Nach den Alpträumen wachte Joe schreiend und um sich schlagend in einem Gewirr von Leintüchern auf, das in den Träumen Horden von Frauen war, die wie Mae West aussahen; sie griffen seinen nackten, entkräfteten Körper an; ihre Brüste waren riesige Keulen, die ihn vernichteten, die Warzen zerschnitten sein Fleisch.

Andererseits gab es in Joes Wahnwelt zu wenig flachbrüstige Frauen, als daß es sich gelohnt hätte, sich mit ihnen zu verabreden. Überdies hoffte er immer noch, daß es ihm irgendwie gelänge, Hilda wieder zurückzuholen.

Joe sagte dem Psychiater im Krankenhaus, daß er nie mehr eine Frau anschauen würde, weil er sich die Finger dermaßen verbrannt hatte. Um die langen, inhaltslosen Stunden zu füllen, verbrachte Joe bald danach wenigstens einen, oft sogar beide Wochenendtage mit Annie und Stevie in ihrem neuen Heim und in jedem weiteren Heim, in welches sie von der katholischen Kindervermittlungsstelle versetzt wurden. Er konnte es nicht ertragen, von ihnen getrennt zu sein, denn sie waren ein Teil von ihm und der einzige noch verbleibende Teil seines zerstörten Traums einer großen Familie.

Joes Scheidung von Hilda war am 3. Januar 1958 ausgesprochen worden. Einige Zeit später lag er an einem Sonntagmorgen auf dem Bett in dem Zimmer, in dem er seine Kindheit und Jugend verbracht hatte, und dachte über die Unglücksfälle nach, die ihm widerfahren waren. Seine Adoptiveltern waren in der Kirche, Joe hatte sich geweigert, mitzugehen: Der Vatikan hatte ihn wegen der Scheidung exkommuniziert. Natürlich hätte ihn niemand daran gehindert, die Kirche seiner Gemeinde zu betreten, aber er blieb zu Hause, weil ihn die Exkommunikation geärgert hatte. Sie traf ihn, als wäre er das vierte Mal verlassen worden: Zuerst hatte ihn seine richtige und dann seine Adoptivmutter so behandelt, daß er sich wertlos und ungeliebt vorkam; dann Hilda, die in seinen Phantasien eine strafende Mutter geworden war, und nun die katholische Kirche. Joe fühlte sich einsam und verlassen.

Joe, der auf dem Bett lag, drehte sich auf die Seite und schaute zum Fenster hinaus. Die Sonntage in Kensington waren ruhig und langweilig. Er dachte an Elizabeth (Betty) Baumgard, die er an einem Freitagnachmittag im Juni 1957 am Bahnhof von Norristown in der Dekalb Street getroffen hatte, während er mit den Kindern auf den Zug nach Philadelphia wartete, um sie für das Wochenende vom privaten Kinderhort mit nach Hause zu nehmen. Er saß auf einer Bank, und die Kinder spielten mit einem großen, roten Ball. Annie warf den Ball Betty, einer großgewachsenen Frau zu, die ein Arbeitskleid und eine Bluse trug. Sie saß mit ihrer Schwester Patsy Joe gegenüber auf einer Bank. Betty warf Annie den Ball wieder zu. Joe lächelte und sagte: «Vielen Dank.» Stevie nahm den Ball von Annie und warf ihn Betty zu, die ihn zurückwarf. Joe lächelte und sagte: «Nochmals vielen Dank.» Sie lachten und begannen dann miteinander zu reden.

Im Zug saß Joe hinter Betty und ihrer Schwester. Annie und Stevie rannten pausenlos den Gang auf und ab. Dann kletterte Annie, den Ball fest in den Armen, Betty auf den Schoß, und Joe hörte, wie Annie sagte: «Sie sind eine nette Frau. Sie dürfen meinen Ball halten.» Joe betrachtete Betty, die mit einer Hand den Ball und mit der andern Annie hielt.

Dieses Mädchen, dachte er bei sich, wäre eine gute Mutter. Aber vergiß es, Joe, du hast dir schon einmal die Finger verbrannt.

Fast die gleiche Szene spielte sich an vielen andern Wochenenden ab. Während der Zeit, in der Joes Kinder in der Nähe von Norristown lebten, traf er Betty jeden Freitagnachmittag am Bahnhof. Sie wohnte in Royersford und fuhr nach Manayunk, ihrem Geburtsort, wo sie die Wochenenden bei ihrer Tante verbrachte. Die Fahrt von Norristown bis Manayunk dauerte nur fünfzehn Minuten, aber Joe ertappte sich dabei, daß er während der Woche auf diese fünfzehn Minuten wartete. Und wenn er am Sonntag die Kinder nach Norristown zurückbrachte, war er selig, wenn er in Manayunk Betty traf, die manchmal mit dem gleichen Zug zurückfuhr, denn so konnte er zusätzliche fünfzehn Minuten mit ihr zusammen sein.

Eines Freitagnachmittags stellte Joe am Bahnhof fest, daß er noch nie mit Betty allein gewesen war, und so bat er ihre Schwester, mit den Kindern zur Toilette zu gehen. Betty, die nun zum ersten Mal mit Joe allein war, fragte ihn über die Mutter von

Annie und Stevie aus. Joe, der keine Einzelheiten über die gescheiterte Ehe und die bevorstehende Scheidung erzählen wollte, antwortete unverzüglich: «Sie ist tot.» Betty, die traurig war, daß die noch so kleinen Kinder schon die Mutter verloren hatten, begann zu weinen. Zu diesem Zeitpunkt beharrte Joe jedoch auf seiner Geschichte.

Joe dachte mit Schmerzen daran, daß die Zugfahrten mit Betty aufgehört hatten, nachdem Annie und Stevie Norristown verlassen hatten, um in einem Kinderhort, der vom Büro der katholischen Kindervermittlungsstelle geleitet wurde, zu leben. In einem Brief an Betty erklärte er ihr, weshalb sie sich nicht mehr im Zug trafen, daß er jedoch hoffe, sie könnten sich weiterhin sehen. Nachdem Betty geantwortet und ihn eingeladen hatte, sie im Haus ihrer Tante in Manayunk zu besuchen, ging er oft dorthin. Er und Betty schrieben sich auch Briefe. Betty ließ die Briefe von ihrer Schwester Patsy schreiben, denn diese war die bessere Briefeschreiberin, und Betty wollte Joe die bestmöglichen Briefe schreiben.

Unbewußt hatte Joe vielleicht von dem Augenblick an, als er zum ersten Mal mit Betty allein gewesen war, um sie geworben, und da er mit den Tatsachen einer gescheiterten Ehe keinen schlechten Eindruck hinterlassen wollte, hatte er ihr gesagt, daß die Mutter seiner Kinder tot sei. Joe hatte das Gefühl, es sei etwas Prophetisches daran, daß der Ball eines Kindes Betty und ihn zusammengeführt hatte. Er begann sich wieder in einem Haus am Stadtrand zu sehen, umgeben von einer Frau, Annie und Stevie und vielen andern Kindern.

Joe spürte auch, daß er nie bereit gewesen wäre, sich für immer von Annie und Stevie zu trennen. Kurz nachdem Hilda an seine Tür gekommen war, um die Kinder von ihm wegzunehmen, hatte sich Joe als orthopädischer Experte mit dem Rang eines Hauptmanns bei der Armee gemeldet. Der Armeeoffizier der Personalabteilung sagte ihm, daß er für diesen Posten qualifiziert sei und unter der Bedingung angenommen werde, daß er die Kinder zur Adoption freigebe und nicht mehr länger für sie verantwortlich sei. Joe weigerte sich jedoch, dies zu tun. Er wollte Annie und Stevie unter allen Umständen ein Heim geben.

Nun, da die Scheidung endgültig war, war Joe froh, daß er

schon während eines Besuchs in Manayunk Betty gesagt hatte, daß die Mutter seiner Kinder nicht tot war. Er war glücklich, daß Betty darauf nicht wütend auf ihn geworden war, weil er sie angelogen hatte, sondern ihn sogar bewunderte, wieviel Zeit er sich für die Kinder nahm und wieviel Geld er für sie ausgab. Nun, da er ihr gesagt hatte, daß er ein geschiedener Mann war und eine Freundschaft mit ihr aufbauen wollte, war sie überglücklich.

Als sie zum ersten Mal miteinander ausgingen, schauten sie sich eine Eisrevue an, und danach verbrachten sie beinahe jeden Abend zusammen. Es verstrichen jedoch fünf Wochen, bevor er sie zum ersten Mal auf die Wange küßte. Als er sie aber bat, ihn zu heiraten, sagte sie, ohne zu zögern, ja. Er schenkte ihr einen diamantenen Freundschaftsring für 80 Dollar und später einen noch teureren Verlobungsring.

Joe war in Betty verliebt, und er wußte, daß auch sie ihn liebte. Wenn er nicht arbeitete oder sich um die Kinder kümmerte, war er immer mit ihr zusammen. Sie küßten sich zwar, aber Sex hatten sie keinen. Er fühlte sich stark zu dieser Frau hingezogen, die 175 groß war - größer als Joe. Sie war dünn, ungelenk und flachbrüstig. Er bewunderte ihre wunderschönen Beine und war glücklich, daß ihre Brüste klein waren.

Hätte sie große Brüste gehabt, hätte er sich vor ihr gefürchtet. Nach seiner Erfahrung mit Hilda dachte er jedoch, daß es gute und böse flachbrüstige Frauen gab. Er zweifelte immer noch an seinen sexuellen Fähigkeiten, aber er wollte mit Betty schlafen, weil er in seinem magischen Denken der festen Überzeugung war, daß die Aussicht auf die Verwirklichung seines Traums von einer Familie seine sexuelle Macht wiederherstellen würde. Als Betty aber Sex vor der Ehe ablehnte, respektierte er ihren Wunsch.

Am 20. April 1958 - drei Monate nach Joes Scheidung - heirateten Joe und Betty in Elkton, Maryland. Er wurde verlegen, als er aufgefordert wurde, sein Alter anzugeben, denn Betty war zwei Jahre älter, und er hatte ihr früher gesagt, sie seien gleich alt. «Betty», sagte er, «geh bitte ein wenig zur Seite, während ich es sage.» Sie kam seiner Aufforderung aber nicht nach und hörte, daß Joe zwei Jahre jünger war als sie. Als sie sich nach draußen begaben, sagte Joe: «Ich wußte, daß du niemanden gewollt hättest, der jünger ist als du. Deshalb habe ich mich für älter ausgegeben.» Er war einundzwanzig Jahre und vier Monate alt.

Dieses Mal wollte sich Joe nicht auch noch kirchlich trauen lassen. Betty war protestantisch, und er war von der katholischen Kirche exkommuniziert worden. Wie bei der ersten Heirat waren auch bei der zweiten sowohl seine als auch ihre Eltern nicht einverstanden. Bettys Eltern waren dagegen, weil ihre Tochter einen Mann heiratete, der schon Kinder hatte. Die Kallingers zeigten ihr Mißfallen, weil sie nach Joes Scheidung gehofft hatten, daß sie ihn nun endlich für sich behalten könnten. Ihre Austreibung des Dämons aus dem «Vogel» war nicht geglückt, aber sie hatten damit gerechnet, daß Joe als Junggeselle sich um sie kümmere, wenn sie einmal alt seien; dies war ja auch einer der Gründe gewesen, weswegen sie ihn adoptiert hatten.

Da Joe seinen Kindern ein Heim bieten konnte, beschloß das Gericht, Annie und Stevie Joe und Betty zu überlassen. Joes Traum von einer Familie war wiederhergestellt, denn Betty und er wollten viele Kinder haben. Aber die Traumata der ersten Ehe verunmöglichten es ihm, die Illusion seines Gesundseins, die er während der Anfangszeit seiner ersten Ehe gehabt hatte, wiederaufleben zu lassen. Psychologisch gesehen begann Joe seine zweite Ehe äußerlich gelassen und optimistisch, innerlich aber unruhig und furchtsam.

7
Kein Ausweg

Joe war betrübt und verletzt. Er und Betty hatten eben geheiratet. Sie saßen im Bus und fuhren nach Philadelphia zurück, als zwei Matrosen, sexy und macho, Betty angrinsten. Sie lachte zurück und sah dann Joe an, der beim Fenster saß. Von der andern Seite des Gangs schauten ihn die Matrosen kalt und herausfordernd an. Er wandte den Blick ab und betrachtete die vorüberziehende Landschaft; der Bus näherte sich Philadelphia. Traurige Erinnerungen stiegen hoch: Demütigung und Folter seitens seiner Eltern während sechzehn Jahren; ihre Augen hatten ihn damals, genau wie jetzt die der Matrosen, spöttisch angeblickt. Seine erste Ehe und der Traum von einer Familie waren gescheitert. Nun zweifelte Joe an Betty: Würde sie ihm treu bleiben, oder würde sie ihn verlassen? Konnte der Traum von einer Familie in der zweiten Ehe erneuert werden?

Zweifel über sich selbst befielen Joe. Seit Hilda aus dem Schlafzimmer an der Masher Street ausgezogen war, hatte er keinen Geschlechtsverkehr mehr gehabt. Als er im leeren Haus allein im großen Bett lag, hatte er Erektionen gehabt, die durch seine Schlächterphantasien hervorgerufen wurden. Die durch diese Phantasien ausgelösten Erektionen hatten ihn vor langer Zeit - lange, bevor er Hilda geheiratet hatte - davon überzeugt, daß der Dämon immer noch in seinem «Vogel» war. Joe fragte sich aber, ob der Dämon, der die Phantasien und damit die Erektionen auslöste, wenn er allein im Bett an der Masher Street lag, ihn auch dann potent machte, wenn eine Frau neben ihm im Bett war; und würden die Phantasien immer noch kommen, ohne die er keine Erektion haben konnte? Er wußte es nicht.

Joe und Betty gingen vom Bus aus direkt in das Haus an der Janney Street, das sie in Kensington gemietet hatten. Sie kochte ein gutes Abendessen, lachte und erzählte Witze. Joe aß genüßlich, pries Bettys Kochkünste, redete über Politik und Liebe. Sie umarmten und küßten einander. Dann wusch Betty das Geschirr und reinigte den Küchentisch. Als sie zum Schlafzimmer hinaufgingen, vergewisserte sich Joe, daß er das Taschenmesser immer noch in der Tasche hatte.

Schon in jener Zeit, als Joe ins Loch in seinem Schlafzimmer masturbierte, hatte er den Zusammenhang zwischen den durch den Dämon hervorgerufenen Phantasien und einem Messer entdeckt. Er brauchte die Phantasien, um zu einer Erektion fähig zu sein. Wenn er aber ein Messer in der linken Hand hielt, so dauerten seine Phantasien, die wiederum seine Lust verstärkten, länger. Voller Freude machte er die Entdeckung, daß er dank den länger dauernden Phantasien mehrere Erektionen haben konnte. Und wenn sein Dämon – die Bezeichnung seiner Adoptiveltern für die widerliche Sexualenergie – nach den mehrmaligen Orgasmen müde wurde, versiegten die Phantasien, und sein Glied erschlaffte, begleitet von einer wohligen Ruhe nach dem Beischlaf oder der Masturbation.

Während Betty sich im Badezimmer befand, ließ Joe das Taschenmesser in ein kleines Bücherregal gleiten, das am oberen Ende des Bettes eingebaut war und Schiebetüren hatte. Als er später auf der linken Seite des Betts neben Betty lag, streichelte er sie mit der rechten Hand, während er mit der linken über ihren Kopf hin äußerst vorsichtig die Schiebetür ungefähr zehn Zentimeter öffnete und das ungeöffnete Messer, ohne es jedoch aus dem Regal zu nehmen, fest umklammerte.

Die Phantasien kamen, und als sie nach seinem ersten Orgasmus nicht versiegten, wußte Joe, daß das Messer und sein Dämon ihre Magie immer noch ausübten. Wenn Joe und Betty miteinander schliefen, lag das Taschenmesser oder sonst ein Messer stets im Bücherregal am Kopfende des Bettes bereit. Betty würde es nie erfahren, denn Joe wollte sie weder verletzen noch erschrecken.

Joes Ängste verflüchtigten sich. Sowohl im Bett als auch sonst war Joe warm und liebenswürdig mit Betty, wie auch sie mit ihm.

Sie war stolz darauf, die Frau eines gut aussehenden, intelligenten Schuhmachers zu sein, der ihr alles gab, was sie wollte. Sie fand Gefallen daran, ihm gute Mahlzeiten vorzusetzen, das Haus in Ordnung zu halten und Annie und Stevie, die nach der Heirat zu ihnen an die Janney Street gezogen waren, eine Mutter zu sein.

Joe war auch ein exzentrischer und anspruchsvoller Ehemann. Er brauchte ein Gefühl der Macht, nicht nur beim Geschlechtsverkehr, sondern auch zu andern Zeiten. Zu Beginn seiner ersten Ehe hatte er sich als König betrachtet, doch hatte Hilda die Herrschaft über ihn gewonnen und ihn entmachtet. Zudem hatte ihre Flucht zu einem andern Mann Joes Jugendtrauma, er sei Macho-Männern unterlegen, verstärkt, und Betty hatte seinen Verdacht erregt, indem sie das Lachen der Matrosen im Bus erwidert hatte. Er gelobte sich, Betty nie fortgehen zu lassen. In seiner Ehe wollte er der absolute Monarch sein, dessen Frau nicht fliehen konnte. Er sah sich als Regenten, der mit Güte und Strenge über sein kleines Reich regierte.

Betty würde alles, was sie brauchte und haben wollte, bekommen, aber er würde sie in den Mauern ihres Hauses einsperren und sie nicht allein ausgehen lassen. So ließ Joe Betty außer in die Pulloverfabrik, wo sie vor der Geburt ihrer Kinder gearbeitet hatte, und zum Einkaufen nirgendwo hingehen, wenn er nicht dabei war. Joe tanzte nicht, und so hörte auch sie damit auf. Das Auto, das sie vor der Heirat gehabt hatte, verkaufte er. Er wollte nicht, daß sie einen Wagen lenkte, weil er selbst nicht fahren konnte und er es, wie auch das Tanzen, nicht lernen würde. Er befürchtete, daß Betty, während er bei der Arbeit war, wegfahren und nie mehr zurückkommen würde. Und dann würden Annie und Stevie wieder allein auf ihn warten.

Joe hatte ein grandioses Bild von sich selbst. Die gleichen Befürchtungen, die bei ihm den Wunsch, ein absoluter Monarch zu sein, auslösten, brachten ihn jedoch auch dazu, daß er sich zurückzog und einsiedlerisch wurde. Dies zeigte sich ganz deutlich, wenn er, Betty und die Kinder das Wochenende bei ihren Eltern verbrachten. Nur ganz selten verließ er sein Zimmer und weigerte sich auch, an wichtigen Familienzusammenkünften teilzunehmen. Bei einem solchen Familientreffen schrie er Betty aus dem Fenster zu: «Warum kommst du nicht herauf und bleibst bei mir?» Als sie nach oben kam, bedankte er sich. Sein Schrei war nicht der eines herrischen Ehemannes, sondern der eines kleinen Jungen gewesen, der sich vor der Verlassenheit fürchtete.

Nach seinem fünfzehnten Lebensjahr hatte Joe keine Halluzination mehr gehabt. Damals war ihm eine Gestalt, von der er meinte, sie sei Gott, erschienen und hatte ihm befohlen, orthopädische Experimente durchzuführen, um sich und die Welt zu heilen. Nun, im Alter von 22, als alles gut zu laufen schien – äußerlich wenigstens –, hatte Joe eine zweite Halluzination.

Joe erzählte mir: «Eine Figur in einem schwarzen Mantel und einem Hexenhut, der ebenfalls schwarz und mit weißen Halbmonden und Sternen versehen war, erschien mir, als ich an der Werkbank stand. Sie deutete auf andere Gestalten neben ihr und sagte mir, ich solle sie genau betrachten.

Das tat ich denn auch. Zu meiner Überraschung waren die anderen Gestalten meine Adoptiveltern und ich, als ich noch ein Kind war. Wir waren in Neshaminy. Ich half ihnen, das Laub zusammenzuharken. Mein Vater entzündete den Laubhaufen mit einem Streichholz. Die Flammen wurden höher und breiteten sich aus. Heiße, rote Funken stiegen im Rauch empor. Die Betrachtung dieser Flammen, an die ich mich aus meiner Kindheit her erinnerte, erregte mich.

Als diese Szene verschwand, tauchte eine andere auf. Die zweite spielte sich in der Küche unseres Hauses an der Front Street ab. Mein Vater – ich war noch immer ein Kind – stand direkt hinter mir. Er packte mich an den Handgelenken, brachte meine rechten Fingerspitzen über den Herd und stieß sie in die Flammen. Ich schrie, und mein Vater sagte: ‹Dies wird den Dämon Dieb in den Fingern, die stehlen, verbrennen.›

Als Erwachsener wurde ich wütend, weil mein Vater mich als Kind gebrannt hatte. Aber die Flamme an und für sich erfreute mein Herz.

Dann verschwand die zweite Szene genau so schnell, wie sie gekommen war. Ich war mit diesem schwarzgekleideten Geschöpf, das Feuer spie, allein. Ich war nicht sicher, ob es der Teufel oder eines der Gespenster des Teufels war. Ich dachte mir, daß es vielleicht der Dämon war, der in meinem ‹Vogel› lebte, oder der Dämon, von dem mein Vater sagte, er würde ihn aus meiner Hand vertreiben, als er mir die Finger verbrannte. Ich wußte es nicht. Ich habe die Dämonen nie gesehen, weder denjenigen, der in meinem ‹Vogel› lebte, noch denjenigen, der mich dazu gebracht hatte, die Münzrollen aus dem Schrank meiner Eltern zu stehlen, als ich noch ein Kind war.

Bevor die schwarze Gestalt, wer es auch immer war, verschwand, sagte sie mir etwas sehr Eigenartiges, aber auch etwas sehr Faszinierendes und Aufregendes. Die Gestalt sagte mir, daß ich zum Mittagessen nach Hause gehen und mein Haus an der Janney Street niederbrennen solle.

Ich folgte ihrem Befehl. Ich weiß nicht, warum. Mein eigenes Haus niederbrennen! Verrückt! Aber, wie ich bereits sagte, aufregend, und Flammen machten mich glücklich. Feuer vermittelte mir das gleiche sexuelle Gefühl, das ich hatte, wenn ich ein Messer in der linken Hand hielt.

Oh, Flora, die Ekstase», fuhr er fort, «die das Feuerlegen für meinen Körper bedeutet! Welche Macht verspüre ich, wenn ich an Feuer denke - alle meine Kostbarkeiten total ruiniert. Oh, was Feuer doch für geistige Bilder hervorbringt! Was für eine Lust, was für eine himmlische Lust!» (Als Joe dies erzählte, hatte er einen seligen Gesichtsausdruck; seine Augen sahen mich an, als würde er eine transzendentale Erfahrung machen.) «Ich sehe die Flammen, und schon ist Feuer nicht mehr nur eine Tagträumerei. Es ist die Wirklichkeit des Himmels auf Erden! Ich liebe das erregende Gefühl der Macht, das mir Feuer vermittelt, wenn ich meinen ganzen Besitz verbrenne. Dieses Phantasiebild ist herrlicher als Sex. Oh, Flora, die Erleichterung, die Seligkeit, die Liebe, die ...!» (In diesem Augenblick hatte Joe stehend einen Orgasmus; er errötete und setzte sich dann schwitzend und schwer atmend auf einen Stuhl.)

Nach ein paar Augenblicken seufzte Joe und lächelte wie ein Kind, das in seiner Unschuld etwas «Unanständiges» getan hat und dabei ertappt wird und das trotz seiner Unanständigkeit immer noch geliebt werden will. Joe fuhr mit sanfter Stimme fort: «Während der Mittagspause ging ich nach Hause. Das Haus war leer und sehr still. Außer meinem Herzen, das vor Erwartung und Erregung schlug, war nichts zu hören. Betty war bei der Arbeit, Annie und Stevie in der Kindertagesstätte, wohin wir sie brachten, wenn Betty und ich bei der Arbeit waren. Sie holte sie abends ab.

Als ich allein im Haus war, sah ich die schwarze Gestalt wieder. Die Flammen, die sie ausspie, waren wunderschön und erregten mich unheimlich. Ein anderer Dämon war in meiner Hand; nicht derjenige, von dem mein Vater gesprochen hatte, als er mir die Finger verbrannte. Dieser Dämon wollte Feuer legen, er wollte mein Haus zerstören, wie ein Kind, das in Wut gerät. Er kannte keine Vorsicht.

Ich ging in den Schuppen, der mit der Hinterseite des Hauses verbunden war. Im Schuppen bewahrten wir die Kleider von uns allen auf. Zudem waren dort noch Koffer, Werkzeug, Farbkübel und Verdünner. Ich zog ein Briefchen Streichhölzer aus der Tasche, entzündete das ganze Briefchen und warf es in den Kübel mit dem Verdünner, den ich zuvor geöffnet hatte. Psch! Die Flammen schossen empor. Ich liebte sie, stand dort und betrachtete sie und geriet in Erregung. Aber ich wußte, daß ich nicht dort bleiben konnte, und lief deshalb aus dem Haus.

Ich blieb bei einem Feuermeldekasten stehen und meldete das Feuer. Dann ging ich wieder in den Laden.

Der Schuppen brannte völlig nieder, das Haus nur teilweise. Einige Kleider und Möbelstücke waren zerstört worden. In dieser Nacht und noch während einiger Wochen danach lebten wir – Betty, die Kinder und ich – bei Bettys Großmutter in Manayunk. Danach zogen wir in ein gemietetes Haus an der Opal Street in Kensington.

Das Feuer an der Janney Street war das erste Feuer, das ich gelegt hatte. Ich bekam 1900 Dollar von der Versicherung, denn niemand – nicht einmal Betty – wußte, wie das Feuer zustande gekommen war. Das Geld entschädigte mich jedoch nicht für die Qual, die ich nach dem Feuer ausstand. Ich bin nicht länger Joe Kallinger», sagte er mit pathetischer Stimme. «Ich bin ein Brandstifter. Aber ich muß zugeben, ich liebe Feuer! Ich habe es aber getan, weil es mir von einer Kraft von außen – vielleicht vom Teufel – befohlen wurde.»

Das Haus an der East Fletcher Street Nr. 2039 in Kensington war noch nicht Joes Traumhaus am Stadtrand. Als er aber gegen Ende des ersten Ehejahres von der Opal Street dorthin zog, fand er, daß dieses zweistöckige Haus aus rotem Ziegelstein seinem Traum sehr nahe kam. Mit den sechs Zimmern, einem Keller, einem Hinterhof und einem Garten war es das schönste Haus, in dem Joe je gelebt hatte.

Seine Adoptiveltern hatten es - wie schon dasjenige, in dem er während der ersten Ehe gewohnt hatte - auf ihren eigenen Namen gekauft. Obwohl Joe die monatliche Hypothek seinen Eltern bezahlte, hatte er dennoch das Gefühl - wie ja auch früher schon -, daß das Haus ihm gehöre.

Nachdem er sich vom Frank Grandee-Schusterladen über den Kent Cleaner bis zur Schusterwerkstatt in Feastville, einem Vorort von Philadelphia, emporgearbeitet hatte, war er in jener Zeit in einer der bekanntesten Schusterwerkstätten von Philadelphia angestellt. In diesem Laden, der von James Mahoney im Untergrunddurchgang von Center City geleitet wurde und ihm auch gehörte, war Joe einer der bestbezahlten Schuhmacher von ganz Philadelphia und hatte auch schon einige Auszeichnungen für seine Arbeit gewonnen. Obwohl er die Idee vom eigenen Laden und der Kette von Schusterwerkstätten noch nicht verwirklicht hatte, hatte Joe sich bereits beträchtlich hinaufgearbeitet.

Wenn Joe am Abend von der Arbeit nach Hause kam, spielte er mit Annie und Stevie, bevor sie ins Bett gingen. Wenn er die Kinder samstags und sonntags im Garten spielen sah, hatte er ein glückseliges Gefühl, daß die Familie nun wieder beisammen war. Dieses Gefühl wurde noch stärker, als Betty am 16. März 1959 im St. Mary's Hospital ein Mädchen gebar. Sie tauften es Mary Jo; Mary nach ihrer Großmutter mütterlicherseits und Jo nach Joe.

Als die Krankenschwester Betty das Baby zum ersten Mal brachte, war Joe bei ihr. «Sie ist so häßlich», rief Betty, als sie ihre Tochter sah.

«Ich werde ihr die ersten Worte, die aus dem Mund ihrer Mutter gekommen sind, später einmal sagen», neckte sie Joe. Wenn er seine kleine Tochter anschaute, durchflutete ihn ein ozeanisches Gefühl; genau wie bei der Geburt von Annie. Er spielte mit Mary Jo und verhätschelte sie.

«Daddy hat mich total verwöhnt und verdorben, als ich klein war», berichtete Mary Jo später.

Joe bemühte sich, die Vergangenheit beiseite zu schieben. Trotz des Feuers, das er in der Janney Street gelegt hatte, glaubte er, daß alles mit ihm in Ordnung sei. Doch am 25. Juli 1959 – Mary Jo war gerade vier Monate alt – brach die Illusion über seine Gesundheit zusammen. Joe litt erneut unter den schweren Schmerzen in den Schläfen, die ja bereits vor 22 Monaten zu seiner Einweisung in das St. Mary's Hospital geführt hatten. Er sagte zu Betty, daß er Dr. Daly konsultieren werde, ging jedoch nie zum Arzt.

Stattdessen fand er sich eines Tages in Hazleton, Pennsylvania, wieder, gut 110 Kilometer nordwestlich von Philadelphia, ohne zu wissen, wo er sich befand oder wie er dorthin gelangt war.

Verwirrt, geistesabwesend, verloren und desorientiert stand Joe auf der Treppe zur St. Gabriels-Kirche in Hazleton. Er versuchte die Verwirrung abzuschütteln, doch die Kirche, die Häuser auf der Straße und die Leute vor dem Treppenaufgang zur Kirche verwandelten sich in Figuren und Gestalten, die sinnlos ineinanderliefen.

Joe kauerte sich auf die Stufen, die zu dieser imposanten neugotischen Kirche hinaufführten, einem rotbraunen Gebäude mit grellbuntem Radfenster über dem Portal. Er war sich und den andern fremd und bemerkte, wie die Passanten gleichgültig einen flüchtigen Seitenblick auf ihn warfen oder einen Augenblick stehenblieben, um ihn anzustarren.

Er hörte sich stöhnen. Dann redete ein Polizist auf ihn ein und fuhr ihn ins Hazleton State Hospital, ganz in der Nähe der Kirche. Am 25. Juli 1959 um 08.20 Uhr wurde er unidentifiziert ins Krankenhaus eingeliefert. Die Diagnose lautete auf Amnesie.

Für die Ärzte und Krankenschwestern war Joe ein anonymer Johnny. Eines Nachts, nachdem er mehrere Tage auf der Psychiatriestation verbracht hatte, murmelte er eine Telefonnummer im Schlaf. Eine Krankenschwester wählte die Nummer und sprach mit Stephen Kallinger, der sich als Vater des Patienten zu erkennen gab. Stephen teilte der Krankenschwester mit, daß er seinen Sohn am Tag der Entlassung vom Krankenhaus abholen werde.

Bevor Joe jedoch entlassen werden konnte, geschah es, daß er eines Nachts, nachdem er sein Gedächtnis wiedergefunden hatte, aufstand, eine Treppe hochging und auf einem nicht benutzten Flur auf einen Schrank stieß. Er schloß die Schranktür hinter sich zu und hoffte zu ersticken. Doch eine Krankenschwester, die Joes leeres Bett bemerkt hatte, entdeckte ihn, bevor er seinen Wunsch zu sterben in die Tat umsetzen konnte. Es war dies Joes erster Selbstmordversuch, den er aus unbewußten Motiven gemacht hatte und der überhaupt keinen Zusammenhang mit seinem gegenwärtigen Leben aufwies. Sein Versuch war vereitelt worden, und bis zum Tag der Entlassung verbrachte er die Zeit angebunden im Bett.

Er wurde neun Tage nach seiner Einweisung ins Krankenhaus wieder entlassen; die endgültige Diagnose der Psychiater lautete: Hysterie mit Konversionssymptomatik. Bei der hysterischen Neurose mit Konversionssymptomatik, wie dieser Zustand heute genannt wird, werden verdrängte psychische Erlebnisse, Ideen, Erinnerungen, Gefühle und Impulse in physische Symptome umgebildet. Dr. Irwin N. Perr, einer von Joes Psychiatern bei der Verteidigung, der siebzehn Jahre später Joes Krankengeschichte vom Hazleton Hospital überprüfte, fand diese Diagnose nicht zutreffend; nach ihm litt Joe eher an einer Dissoziations- als an einer Konversionshysterie. Bei der hysterisch-dissoziativen Neurose, wie dieser Zustand oft genannt wird, treten häufig Änderungen im Bewußtsein oder in der Identität des Patienten ein, die dann zu Symptomen wie der Amnesie führen, unter der Joe in Hazleton litt. Nach Dr. Perr war die Hazleton-Episode eine dissoziative Reaktion eines jungen Erwachsenen, der schlecht auf Belastungssituationen reagierte, ein Verhalten, das künftige Probleme vorausahnen ließ.

Als Joe von einem Pfleger in die Haupthalle des Hazleton-Krankenhauses begleitet wurde, wartete dort Stephen Kallinger auf ihn. Doch zu Hause wartete Betty nicht.

Betty wußte nichts von Joes Amnesie oder von seiner Einlieferung ins Krankenhaus. Sie wußte bloß, daß er am Tag, als er das Haus verlassen hatte, angeblich wegen Kopfschmerzen zu Dr. Daly gehen wollte. Als Joe nicht zurückkam, hatte sie in der Praxis von Dr. Daly angerufen und erfahren, daß Joe gar nicht dagewesen war.

Als Joe am nächsten Morgen immer noch nicht nach Hause gekommen war, nahm Betty die vier Monate alte Mary Jo und ging zu ihren Eltern, die in einem Haus außerhalb der Stadt wohnten.

Betty glaubte, Joe habe sie verlassen. Als Joe feststellte, daß Betty nicht auf ihn wartete, glaubte er, daß sie ihn verlassen habe. Die Unsicherheit, das mangelnde Vertrauen auf beiden Seiten war Teil einer Beziehung, in der Spannungen aufgekommen waren, obwohl die beiden einander noch liebten. Die passive, kindische und gutmütige Betty ließ sich meistens von Joe dominieren. Unter dem Einfluß ihrer Mutter war Betty jedoch in den vier Monaten seit Mary Jos Geburt bereits zweimal zu ihren Eltern zurückgekehrt.

Die Mutter gab zu, daß Joe gut für die Familie sorgte, aber das war auch alles, was sie gut an ihm fand. Sie war von Anfang an gegen die Heirat gewesen und war wütend auf Joe, weil er Bettys Wagen verkauft hatte, sich bei Familientreffen seltsam benahm und sich weigerte, Betty allein aus dem Haus gehen zu lassen. Doch beide Male, als Betty von zu Hause fortgegangen war, war es Joe gelungen, sie innerhalb einer Woche mit einem einzigen Telefongespräch wieder zurückzuholen. Das zweite Mal sagte er ihr, Hilda sei im Haus, um die Kinder zu besuchen. Betty, die auf Hilda eifersüchtig war, eilte nach Hause. Nun, nach der Hazleton-Episode, hatte Betty, die wieder schwanger war, Joe jedoch nicht verlassen, sondern sie hatte sich lediglich an jenen Ort geflüchtet, wo sie sich während seiner Abwesenheit am sichersten fühlte. Als er sie anrief, kam sie unverzüglich nach Hause.

Der Psychiater des Hazleton-Krankenhauses sandte einen Bericht an Dr. Daly, in dem er eine psychiatrische Nachbehandlung von Joe befürwortete. Es wurde jedoch nichts unternommen. Die Kallingers, für die Joe ein böser und nicht ein kranker Junge war, hatten seine emotionalen Probleme nicht erkannt. Betty glaubte, Joe sei gesund, und nicht einmal der Psychiater von Hazleton konnte sie dazu bewegen, ihre Meinung zu ändern. Sie war wütend geworden, als Hilda ihr eindringlich geraten hatte, Joe nicht zu heiraten, weil er «verrückt» sei. Alles, was Joe unternahm, war, seine orthopädischen Experimente zu steigern, um sich selbst zu «kurieren». Er war überzeugt, daß, egal was auch immer mit ihm nicht stimmen mochte, er sich kurieren könne, indem er einen Keil in seinen Schuh legte. Mit dessen Hilfe würde die Neigung seines Fußes korrigiert, so daß die Füße mit den Gehirnfunktionen in Einklang wären. Seine Probleme – und die Probleme der ganzen Welt – würden damit gelöst, daß die Füße in Schuhen steckten, die mit den geeigneten Einlagen versehen waren.

Nachdem er aus Hazleton zurückgekehrt war, fing er an, Bowling zu spielen, um sich zu entspannen. Jeden Morgen vor der Arbeit und während der Mittagspause suchte er eine Kegelbahn auf. Das Kegeln wurde zu einem Zwang; er brachte eine 3,5 m lange und 1,2 m breite Kegelbahn sowie eine Kugel und einen Satz Kegel in das Haus in der East Fletcher Street. Er installierte die Bahn im Eheschlafzimmer; die Bahn verlief von der Mauer, die ihn vom Nachbarhaus trennte, am Bett entlang bis zur gegenüberliegenden Wand.

In den Jahren, die er in der East Fletcher Street verbrachte, pflegte er fast jeden Wochentag von vier Uhr morgens, bis er zur Arbeit gehen mußte, sowie an den meisten Samstagen und Sonntagen zu kegeln. Betty machte das dauernde dumpfe Grollen der Kugel und der Knall, wenn sie auf die Kegel auftraf, nichts aus. Ab und zu fand sie Joe ein bißchen merkwürdig, aber sie nahm ihm seine Exzentrizität nicht übel.

Doch die Nachbarn beklagten sich, klopften an die Mauer und nannten Joe «Idiot», «Schwachkopf» und «verrückt». Ihre Kritik ließ Joe jedoch kalt, und während etwa sechs Jahren gab er sich im Schlafzimmer dem Spaß des Kegelspiels hin.

Joe unterlag ebenfalls dem Zwang aus seiner Kindheit, weggeworfene Gegenstände zu sammeln. «Fahrkarten und defekte Motoren waren in meiner Kindheit die Faszination meines Lebens gewesen», erzählte er mir. «Ich spielte die Rolle von Adoptiveltern für diese Fundgegenstände. Ich suchte nach einer Identität.» Indem er die Motoren von der Müllhalde reparierte, machte er sie sich zu eigen.

In der East Fletcher Street, wo er ein Eigenheim besaß und seine Identität wahrscheinlich mit der Erfüllung seines Traums von einer Familie aufrecht erhielt, war er immer noch auf der Suche nach dem, was andere Leute weggeschmissen hatten.

Bevor die Müllabfuhr den Müll vom Bürgersteig vor den Nachbarhäusern einsammeln konnte, entnahm Joe den Kehrichthaufen «gefundene Schätze», die er auf einen kleinen roten Leiterwagen lud und nach Hause brachte.

Joe nannte sein Zuhause in der East Fletcher Street 2039 «Das Haus der Experimente» und füllte es vom Keller bis unters Dach mit seinen Schätzen: Fernsehgeräte, Lautsprecher, Aktenschränke, Plattenspieler, Waschmaschinen, Klappbetten, elektrische Motoren, Bilderrahmen, Gartengeräte, Zylinderköpfe. Er sammelte ebenfalls verschiedene Gegenstände, auf die er in Trödlerläden und bei Versteigerungen aufmerksam wurde. Er hatte sogar von der Witwe eines Zahnarztes ein Röntgengerät für 175 Dollar erstanden.

Wenn Joe sich durch seinen Haufen zusammengesuchter Trümmer wühlte, hatte er das grandiose Gefühl, ein erfindungsreicher Wissenschaftler zu sein, der das Röntgengerät für seine orthopädischen Experimente verwendete. Er betrachtete sich ebenfalls als einen «Super-Ausbesserer», und in dieser Rolle nahm er manchmal ein Fernsehgerät oder eine Waschmaschine auseinander, um die Röhren oder den Motor zu retten. Methodisch und pedantisch genau etikettierte er jeden Gegenstand im Haus sorgfältig mit «Gerümpel».

«Das Gerümpel gab mir ein schönes Gefühl», erzählte er mir. «Ich wollte ihm ganz nah sein. Dieses Zeug hatte für mich etwas Erregendes. Das Gerümpel vermittelte mir ein Gefühl der Nähe, der Zuneigung und Verbundenheit, das ich bei Menschen nicht finden konnte.»

Eines Abends im Jahr 1963 brachte Joe einen Gegenstand nach Hause, der noch überraschender wirkte als die kaputten Motoren und die Kegelbahn: Er erzählte mir die Geschichte folgendermaßen: «Lassen Sie mich Sie von diesem Stuhl, auf dem Sie sitzen, in eine andere Welt führen. Ich werde Sie in Bettys Schuhe stecken. Einverstanden?» Joe ruderte theatralisch mit den Armen durch die Luft und zeigte dann auf mich. «Nun sind Sie meine Frau. Nein, nicht schlagen, bitte.» Er lachte und ging auf und ab. «Sie hätten zwar völlig recht! Ich habe Sie eben in Bettys Schuhe gesteckt. Wenn Sie bloß wüßten, was sie alles durchzustehen hatte, Sie würden mich zu recht versohlen. Es wäre eine normale weibliche Reaktion.» Er lachte wieder, setzte sich dann und beugte sich ziemlich dicht zu mir hinüber. «Nun sind Sie Betty, und Sie halten das Haus so gut in Ordnung, wie das bei all dem Gerümpel noch möglich ist. Betty ist eine ausgezeichnete Putzfrau, also Flora, Sie befinden sich jetzt in einer schönen und vertrauten Welt, wo sogar jedes Stück Gerümpel seinen bestimmten Platz hat. Sie sind jetzt ganz aufgeregt.

In der darauffolgenden Woche komme ich eines Abends mit einer schweren Schleif- und Poliermaschine, die bei Schuhreparaturen verwendet wird, von der Arbeit nach Hause. Dieses Gerät ist sechs Meter lang und drei Meter breit. Auf der Maschine befinden sich Bürstenräder, um die Schuhe zu polieren, Räder mit Schmirgelpapier sowie Schleifräder, um das Leder für die Absätze zu bearbeiten. Und dazu riesige Motoren, um die Räder anzutreiben. Nun, diese Maschine stelle ich Ihnen ins Wohnzimmer. Ich habe sie auseinandergenommen und werde nun eine Maschine mit Düsenantrieb daraus basteln. Sie ist jetzt drei bis dreieinhalb Meter lang, ja? Ich habe ebenfalls eine Aufdoppelmaschine mitgebracht mit zwei riesigen Rädern auf der Seite. Es ist die schwerste Maschine, die in Schuhwerkstätten verwendet wird. Ich bringe auch Leisten, auf denen der Schuster die Schuhe bearbeitet. Und ein Schneidegerät für Leder. All die andern Objekte, die in einer Schuhreparaturwerkstätte zu finden sind, sind nun hier.

All diese Gegenstände stehen jetzt bei Ihnen im Wohnzimmer. Plötzlich habe ich Sie zerstört, Betty - ich nenne Sie Betty. Ich habe Ihren Schönheitssinn zerstört. Dann beklagen Sie sich ein bißchen bei mir, und ich gehe und kaufe neue Vorhänge. Ich lasse gerade soviel Platz, wie als Durchgang benötigt wird, so daß Sie von der Eingangstür in die Küche gehen können. Aber Betty, nun haben Sie dieses Ungeheuer mitten im Wohnzimmer stehen. Wenn ich von der Arbeit nach Hause komme, verbringe ich den Abend nicht mehr mit Ihnen. Ich begebe mich sofort in die kleine Werkstatt und entwickle meine orthopädische Heiltechnik weiter. Ich finde es nicht fair, an meinem Arbeitsplatz bei Mahoney daran zu arbeiten. Doch kommen wir zu Ihnen als Betty zurück. Sie sitzen in der Falle. Ihr schönes Zuhause! Aber es ist sogar schön mit all meinem Gerümpel darin. Und jetzt zerstört Ihr Mann es. Ich hatte ein normales Zuhause, und nun habe ich es zerstört. Irgendwie, Flora, ist das, was für andere Menschen normal ist, für mich abnormal.»

Die Szene, die er mir geschildert hatte, sowie der Versuch, seine Frau und sich selbst zu porträtieren, umgeben von diesem widersinnigen Gerümpel in einem schön möblierten Heim, hatte mich bewegt. Ich hatte für einen Augenblick das Gefühl, in Bettys Schuhen zu stecken. Meine Zehen hatten sich verkrampft, die Füße taten mir weh, weil sie immer wieder an Joes Gerümpel anstießen, wenn ich versuchte, durch «mein» Haus zu gehen. Aber ich stak auch in Joes Schuhen, spürte die Kraft seines Mitgefühls für Betty, seine Unfähigkeit, normal zu reagieren und das Mitgefühl in die Tat umzusetzen. Ich spürte die Widersprüchlichkeit seines Wesens, die Spaltung seiner Person, die es bewerkstelligte, daß er den Traum von einer Familie in die eine Schublade steckte, und das Gefühl, wertlos und weggeworfen worden zu sein, in eine andere, ohne einen Zusammenhang zwischen den beiden herzustellen.

Etwas später erfuhr ich von einer absurden Szene, die Joe wirklich inszeniert hatte. Er war früher als gewohnt von Mahoney nach Hause gekommen. Betty hatte ihn nicht hereinkommen sehen, und er hatte beschlossen, ihr einen Streich zu spielen. Er ging in den Keller hinunter, nahm einige größere Kohlenstücke in die Hand und schmiß sie eines nach dem andern an die Decke. Er tat dies solange, bis er Schritte auf der Treppe und jemanden sagen hörte: «Hände hoch! Sie sind verhaftet.»

«Nicht schießen, bitte», bat Joe, als er sich umwandte und einen Polizisten erblickte, der einen Revolver auf ihn gerichtet hielt.

«Ich bin es - Joe Kallinger.»

«Ich hatte Angst, Flora», erzählte mir Joe, «und der Polizist war sehr verlegen. Er wohnte in der Nachbarschaft, und wir kannten einander. Wir gingen zusammen in die Wohnung hinauf und lachten über das Mißverständnis.»

Damals wußte Joe nicht, wie gut sein Streich funktioniert hatte. Betty hatte geglaubt, jemand sei eingebrochen, und hatte den Polizisten gerufen.

Die Geschichte wurde zum Witz der Familie, den Joe und

Betty oft und gern erzählten. Sie hatte jedoch einen ernsten Hintergrund in Joes Kindheit. Joe, der als Kind nicht hatte spielen dürfen, fand nun Spaß daran, seiner Frau einen Streich zu spielen. Die in seiner Kindheit angestauten Gefühle der Wut und Frustration fanden nun ein Ventil, indem er die Kohlen an die Decke schmiß. Doch im Streich war auch bereits eine Spur des in Joe keimenden Sadismus: Joe freute sich über den Schrecken, den er seiner Frau eingejagt hatte.

Joe gab sich zusehends seiner «Fletcher Street-Destruktivität» hin, wie er das rückwirkend nannte. In der Küche grub er ein Loch, das angeblich als Luftschutzkeller dienen sollte, in dem er jedoch Gerümpel verstaute. Zu diesem Zweck riß er eine ganze Küchenmauer nieder, die den Raum mit dem Fundament des Gebäudes verband. Das Loch hatte einen Durchmesser von zweieinhalb Metern und ging zweieinhalb Meter über die Stelle hinaus, an der sich die Wand befunden hatte. «Als ich die Mauer niederriß», erzählte mir Joe, «hatte ich das Gefühl, die Welt aus den Angeln zu heben. Wenn mich die Gefühle einmal überwältigt haben, kann ich nichts mehr dagegen tun und muß ihnen freien Lauf lassen. Hinterher fühle ich mich sehr schläfrig.» Das Gefühl war demjenigen ähnlich, das manchmal nach dem Geschlechtsverkehr erlebt wird.

Gegen Ende April 1963 sah Joe erneut Szenen aus der Halluzination jenes Tages, an dem er das Feuer in der Janney Street gelegt hatte. Die beiden Szenen aus der Kindheit erschienen ihm oft: Sein Adoptivvater, der den Laubhügel in Neshaminy entzündet, und die andere Szene, in der er die Finger des kleinen Joe in die Gasflamme hält. Doch die Gestalt mit dem Hexenhut und dem schwarzen Umhang tauchte nicht auf.

Es loderten jedoch Flammen durch die Luft wie diejenigen, die vor vier Jahren aus dem Mund der Gestalt geströmt waren. Auch eine Stimme war da. Manchmal war sie nur in Joes Kopf, und manchmal glaubte er, die Stimme komme von außen. Die Stimme erteilte einen einzigen Befehl: «Steck dein Haus in Brand» - es war derselbe Befehl, den ihm die Gestalt mit dem schwarzen Umhang gegeben hatte.

Doch Joe zögerte. Er war stolz auf sein Haus in der East Fletcher Street 2039. Seit einem halben Jahr war er nun der rechtmäßige Besitzer, denn Stephen Kallinger hatte im Oktober 1962 die Hypothek auf ihn überschrieben. Obwohl er später aus «seinen total ruinierten Schätzen» Befriedigung zog, zögerte er vorerst, sie zu zerstören. Gegen Ende Mai jedoch schwand sein Widerstand, und er konnte dem Befehl der Stimme oder seinem eigenen Verlangen nach der Seligkeit, die er spüren würde, wenn die Flammen seine «Schätze» verzehrten, nicht mehr widerstehen.

Joe erzählte mir, daß er sein Haus in der East Fletcher Street insgesamt viermal anzündete. Zweimal mit vier Tagen Abstand im Mai 1963, das dritte Mal im August 1965 und das vierte Mal im Oktober 1967, nachdem Joe und seine Familie ausgezogen waren. Joe sagte, daß er nur einmal einen Brand in fremdem Besitz gelegt hatte, nämlich im Laden von Mahoney.

Joe wurde nie öffentlich mit dem Brand in Zusammenhang gebracht, doch Richard Kimmel, ein Freund von Mahoney, der später Joes Vorgesetzter wurde, erzählte mir, daß Mahoney zur Zeit der Brandlegung Joes Verhalten merkwürdig fand und ihn der Brandstiftung verdächtigte.

Die ersten drei Feuer, die Joe in seinem Haus in der East Fletcher Street gelegt hatte, wurden als «Unfälle» bezeichnet, doch für den Brand vom Oktober 1967 wurde er angeklagt; Joe kam vor Gericht, und der Fall wurde untersucht. Joe wurde freigesprochen, weil er zum Zeitpunkt dieses Brandes gerade keine Feuerversicherung für sein Haus abgeschlossen hatte. Er konnte also nicht eines Versicherungsbetrugs bezichtigt werden. Gerald Gleeson, der Joes Adoption geleitet hatte und nun Richter geworden war, sowie Harry Comer, ein Vertreter des Staatsanwalts, traten als Leumundszeugen für Joe auf.

Das Feuer, das Joe im August 1965 gelegt hatte, sollte jedoch schwerwiegende Folgen für ihn haben. Joe hatte bei einer Baugesellschaft einen Vertrag unterschrieben, um sein Haus instandstellen zu lassen; dafür sollte sie das gesamte Geld der Versicherung erhalten. Er gab der Gesellschaft die 15000 Dollar, die er von der Versicherung bekam. Die Baugesellschaft verlangte weitere 15000 Dollar, weil sie die hintere Hälfte des Hauses, die aus

Holz gewesen war, durch Klinker ersetzt hatte. Als Joe nicht bezahlte, zitierte ihn die Gesellschaft vor Gericht. Joe übernahm die Verteidigung selbst und verlor den Prozeß. Er mußte der Baugesellschaft die 15000 Dollar sowie die Zinsen zahlen.

«Von diesem Zeitpunkt an», erzählte mir Joe, «wurde mir durch das öffentliche Urteil alles verwehrt; ich hatte keine freie Hand mehr. Ich war abgeschnitten. Es war aus mit der Zukunft. Ich hatte eine Ladenkette eröffnen wollen. Damit war es nun vorbei. Von diesem Zeitpunkt an mußte ich sogar bei einem Hauskauf die Namen meiner Eltern benutzen. Alles, was ich besaß, hätte mir weggenommen werden können.»

Im Hazleton Hospital hatte Joe sich zum ersten Mal in seinem Leben umbringen wollen. Nun tauchte der Selbstmordwunsch wieder auf und wurde sehr stark. Durch das Urteil hatte sich seine keimende Psychose verschlimmert.

Drittes Buch

Abstieg zur Hölle

8

Das Schloß des Schuhmachers

Für Joe als Kind war das Haus seiner Adoptiveltern ein Gefängnis gewesen. Er war dreißig Jahre alt, als er im Februar 1967 mit seiner Familie in jenes Haus zurückkehrte. In jeder Ecke lauerten schlimme Erinnerungen. Wenn er durch die Küche ging, zitterten seine Hände. Er sah die Szene photographisch genau vor sich, bei der man ihm die Hände über der Herdflamme verbrannt hatte. Er zuckte innerlich vor Scham und Frustration zusammen, denn in seinem Geist sah er seine Adoptiveltern am Küchentisch sitzen und ihn verspotten, weil er Schauspieler werden wollte; er sah seine Adoptivmutter Wassertropfen mit dem Daumen und Zeigefinger gegen ihn schnippen. Im Wohnzimmer sah er sich selbst als Kind auf seinem Kinderstuhl sitzen; eingeschüchtert, fragend hatte er seinen Adoptiveltern zugehört, als sie ihm das erste Mal sagten, wie der Dämon aus seinem «Vogel» ausgetrieben worden war. Er sah sich sogar nach dem Spiegel bei der Treppe um, in dem er seinen Penis an einem Messer hängen gesehen hatte, obwohl er wußte, daß er schon längst nicht mehr da hing. Das war seine erste Halluzination gewesen. Solange er in diesem Haus lebte, in das man ihn als Baby von 22 Monaten gebracht hatte, solange würde er von diesen und von anderen Erinnerungen verfolgt werden.

Nach außen hin zeigte er sich an jenem Tag im Februar 1967, als er und seine Familie das Haus an der North Front Street 2723 (auch bekannt als East Sterner Street 100) in Besitz nahm, triumphierend; seit dem Brand in der East Fletcher Street hatten sie bereits mehr als eine Bleibe hinter sich. Stephen Kallinger hatte sich pensionieren lassen, und Joe, der Erbe des Ladens und des

Hauses, war nun der Besitzer. Nach außen gesehen hatte er alles: einen eigenen Laden und sein eigenes Haus, eine Frau und sechs Kinder. Mary Jo war nun acht Jahre alt, der kleine Joseph, den Betty erwartet hatte, als Joe im Hazleton Hospital gewesen war, sieben, Michael Noel fünf und James John drei. Stevie, Joes Sohn aus seiner Ehe mit Hilda, war elfjährig und lebte immer noch bei ihnen.

Annie jedoch war zwei Jahre zuvor gerichtlich Hilda zugesprochen worden. Noch lange nachdem Annie nicht mehr im Haus war, veranlaßte Joe, daß das Bett immer für sie bereitstand, weil er sich vormachte, daß sie zurückkäme. Er kaufte ihr Geschenke, auch wenn sie nicht bei ihm war. Joe bewahrte sie auf und überreichte sie ihr, wenn sie ihn an ihrem Geburtstag oder an Weihnachten besuchte. Doch als sie zwölf Jahre alt geworden war, besuchte sie ihn zum letzten Mal. Sie nannte nun Hans Ibler «Daddy» und wurde jedermann, einschließlich den gemeinsamen Kindern von Hans und Hilda, als ihr erstes Kind vorgestellt.

Der Verlust von Annie schmerzte Joe zutiefst; außerdem beunruhigten ihn die zwei Fehlgeburten, die Betty zwischen Joseph und Michael gehabt hatte, denn wenn er sich in einem normalen Zustand befand, verabscheute Joe die Zerstörung von Leben, auch wenn sie durch die Natur geschah.

Das «Nach-Hause»-Kommen - die Rückkehr in das Haus seiner Kindheit - bewirkte destruktive Gedanken bei Joe. Die Phantasien, die er früher beim Geschlechtsverkehr und beim Masturbieren gehabt hatte, wurden nun in Abständen zu unkontrolliert auftretenden, ungewollten Gedanken. Joe, der von diesen Gedanken und von Erinnerungen an die früheren Quälereien verfolgt wurde, konnte es kaum erwarten, aus dem Haus und in den Laden zu gehen. Das vertraute Brummen des 3 PS-Motors der Schleif- und Poliermaschine übte eine beruhigende und besänftigende Wirkung auf ihn aus.

Manchmal kam es jedoch morgens vor, daß es ihm schwerfiel, in den Laden hinunterzugehen. Während Betty mit den Kindern in der Küche hinter dem Laden das Frühstück einnahm, wanderte Joe im oberen Stockwerk auf und ab und versuchte zu entscheiden, mit welchem orthopädischen Experiment er an diesem Tag anfangen sollte. So wie andere Menschen eine Tasse

Kaffee brauchen, um wach zu werden, brauchte Joe seine Experimente. Er sagte oft, daß die Experimente für ihn wichtiger waren als der Morgen.

Das Auf-und-ab-Wandern war Bestandteil des Experiments. Joe war der Meinung, daß alle orthopädischen Veränderungen sich aus der Praxis und nicht aus der Theorie ergeben sollten.

In den fünfzehn Jahren, seitdem ihm die Gottesgestalt in der Halluzination den Befehl erteilt hatte, sich und die Menschheit zu retten, hatte er theoretisch und praktisch gearbeitet. Nachdem er die Gestalt des Teufels halluziniert hatte, kurz vor und nach dem Brand in der Janney Street, hatte Joe sich erneut dazu gedrängt gefühlt, das richtige Experiment zu finden, um sich selbst zu retten. Nun, da er in das Haus seiner Kindheitsqualen gezogen war, brachte die Umgebung seine Psychose zum Blühen, und er war vom Gedanken besessen, die nötigen Anpassungen des Schuhs rasch durchzuführen. «Ich versuchte mit den Experimenten das Ding zu erobern, das mich eroberte», sagte er.

Wenn er im oberen Stockwerk herumging, beobachtete er seine Bewegungen sorgfältig und genau. Anschliessend nahm er in der Werkstatt die Änderungen vor, die er beim Umhergehen für notwendig befunden hatte. Wenn der Keil, den er in seinen Schuh gelegt hatte, auf der einen Seite etwas zu hoch war, paßte er ihn um die paar Millimeter an, die nötig waren, um den Winkel, in dem sein Fuß im Schuh auflag, zu verändern. Wenn sein Knie durch den Keil in eine Richtung gezwungen wurde, die ihm unbequem erschien, nahm er ebenfalls die nötige Änderung vor. Er rief dann jedesmal Betty, sie solle ihm den Topf mit dem Leim, Einlagen, ein Stück Leder und ein Messer bringen. Betty brachte ihm das nötige Material hinauf, und manchmal sagte sie dabei: «Ich wünschte, ich wäre ein Schuh, dann würdest du mich beachten.»

Perfektionistisch, wie Joe war, schrägte er dann die Spitze oder die Seite der Einlage peinlich genau und pedantisch mit dem Messer ab. Manchmal wachte Joe mitten in der Nacht auf und begann mit einem Experiment. Manchmal zog er sich nachts an und ging spazieren. Bei einem langen Spaziergang prüfte er, ob die Veränderung, die er im Schuh vorgenommen hatte, irgendeine Wirkung auf ihn ausübte, wenn er müde und seine Widerstandskraft gering war. Er hoffte, daß der nächtliche «Marathon» den Beweis erbringen würde, daß mit der Anpassung Müdigkeit überwunden werden konnte und daß auf einen langen Tag ohne weiteres eine lange Nacht und auf eine lange Nacht ein weiterer langer Tag folgen könne. Sein Ziel bestand darin, ein Beharrungsvermögen zu erreichen, das weit über das normale Maß hinausging.

Joe fühlte sich bei diesen Spaziergängen einsam. Um die Einsamkeit etwas zu lindern, beschloß er, seine Kinder mit sich zu nehmen. So kam es, daß von 1967 bis 1972 zuerst jedes einzelne seiner Kinder und dann alle zusammen eines Nachts geweckt wurden, um Joe auf seinem Spaziergang zu begleiten.

Die Kinder ermüdeten zu rasch, als daß er sie für sein Testprogramm hätte einsetzen können, und so mußte er neue Wege finden, um ihr Interesse wachzuhalten. Abfälle waren die Antwort, die Abfälle, die Joe schon als Kind fasziniert hatten. Nun, während er seine Ausdauer prüfte, durchstöberten seine Kinder die Mülltonnen und holten nachts heraus, was andere Leute am Tag fortwarfen. Wenn sie etwas Brauchbares fanden, nahmen sie es auf dem kleinen Leiterwagen, auf dem Joe schon seine Kegelbahn in das Haus an der East Fletcher Street befördert hatte, mit nach Hause. Wenn Joe seinen Kindern beim Durchsuchen der Mülltonnen zusah, waren sie für ihn «der kleine Joe», eine Verkörperung seines inneren Kindes der Vergangenheit. Die Illusion war um so stärker, als die Kinder, besonders Mary Jo, ihrem Vater stark ähnlich sahen.

In der Nacht pflegte Joe auch seine Pläne für das nächste Pferderennen zu machen, denn die Pferderennen waren nun an die Stelle seines Zwangshobbys, des Kegelns, getreten. Er schickte Stevie zur Thirteenth and Market Street, um die Wettformulare zu kaufen. Mit den Formularen in der Hand weckte Joe dann Mary Jo auf, die die Aufgabe hatte, auf die Pferde für das nächste Rennen zu tippen. In der Zeit von ihrem elften bis zu ihrem dreizehnten Lebensjahr saß Mary Jo mit dem Formular an ihrem kleinen Tisch im Wohnzimmer und setzte auf die Pferde.

Doch Joe verließ sich nicht nur auf Mary Jos Wahl. Bevor er sich auf den Weg zur Rennbahn machte, nahm er orthopädische Anpassungen in seinen Schuhen vor. «Wenn man bis dort hinaus gehen kann und dabei einen vollkommen entspannten Körper hat», erklärte er mir in herrischem Ton, «kann man mit den Pferden reden. Man ist auf derselben Ebene. Man fühlt die Pferde denken, und man denkt. Und dann gewinnt man, weil man völlig im Einklang mit den Pferden ist.»

Um die Rennen finanzieren zu können, hielt Joe seine Kinder zum Verkauf von verschiedenen Schuhmachererzeugnissen an. Darunter befanden sich die üblichen Markenprodukte, aber er entwickelte auch eigene Erzeugnisse. Einmal kaufte er mehrere Wagenladungen voll Plastikflaschen und füllte einige Flaschen mit Chemikalien, die zum Ausweiten von Schuhen verwendet werden. Die Kinder verkauften das Mittel zu einem Dollar an den Haustüren.

Haustürverkäufe, Pferderennen, nächtliche Wanderungen auf der Suche nach Abfall - es gab Zeiten, in denen Joe das Gefühl hatte, seine Kinder zu sehr in etwas hineinzutreiben. «Welcher Vater schickt schon seine Kinder mit Segeltuchsäcken los, um an die Türen zu klopfen und um alte Schuhe zu betteln?» Das war eine rhetorische Frage, die er mir später stellte. «Ich hab' es getan. Welcher Vater finanziert sein eigenes Hobby mit der Arbeit seiner Kinder? Ich konnte nicht damit aufhören. Da war dieses Ding in mir; es hatte die Kontrolle über mich. Ich hatte keine Kontrolle über ‹es›.»

Joe sprach dabei nicht von den Halluzinationen, die ihn bereits in ihrer Macht hatten und die noch stärker werden sollten. In diesem Fall meinte er mit «es» den Zwang, beherrschen zu wollen, so wie er in seiner Kindheit beherrscht worden war. Stark und allmächtig zu sein, war seine Art der Kompensation für die Gefühle der Wertlosigkeit, die seine Adoptiveltern ihm eingeflößt hatten.

Als Kind hatte Joe wie ein Erwachsener im Laden mithelfen müssen. Nun mußten seine Kinder für ihn arbeiten. Als Kind war es ihm nicht erlaubt worden, mit den andern Kindern draußen zu spielen oder Freunde mit nach Hause zu nehmen. Als Erwachsener ließ er nun seine Kinder draußen spielen, aber sie durften niemanden mit ins Haus bringen. In dieser Hinsicht hatte die Behandlung, die Joe seiner Familie angedeihen ließ, mehr mit seinen schlimmen Kindheitserinnerungen als mit seinem Traum von trauter Familie zu tun: Er hatte einige seiner Versprechen, die er für sich bei der ersten Heirat abgelegt hatte, nun gebrochen, etwa das, ein guter Vater zu sein.

Doch in anderer Hinsicht war Joe ein guter, anteilnehmender Vater. Seitdem die Familie im Haus der Kallingers wohnte, hatte er die führende Rolle übernommen, und Betty spielte als Elternfigur nur eine Nebenrolle. Es war Joe, der Spiele für seine Kinder erfand, der sich mit ihren Lehrern und den Schulberatern beriet, der sich um die Kinder kümmerte, wenn sie krank waren, und in diesem Sinn war Joe auch eine gute Mutter.

Vor allem aber war Joe ein Vater, der durch seine Kinder seine eigene Kindheit wiedererlebte. Jedes Jahr am 11. Dezember, eine Minute nach Mitternacht – wenn sein Geburtstag anfing – weckte er die ganze Familie für ein Fest, dessen Gastgeber er war. Er hatte diese Feste seit 1962 organisiert. Das Ritual war jedes Jahr dasselbe. Joe führte seine Herde wie ein guter Hirt ins Wohnzimmer, das er mit Kreppapier geschmückt hatte. Er verteilte Papierhüte, Hupen und Karteikarten mit Anweisungen für die Party. Es gab Kuchen, Eis, Kekse und ein kaltes Buffet für alle. Nachdem er gesagt hatte: «Wenn ich kein Fest gebe, denkt ihr nicht an mich», sang er: «Happy birthday to me!» (Aber sie hatten Geschenke für ihn.)

Von außen her betrachtet wirkte diese Szene komisch, dahinter verbarg sich jedoch Tragik; es war eine Erinnerung an die permanenten Entsagungen in Joes Kindheit und insbesondere an seine Reaktion auf seinen neunten Geburtstag, als er mit Anna Kallinger zur St. Boniface-Kirche und -Schule gegangen war und leise vor sich hingesungen hatte: «Happy birthday to me, happy birthday dear Joe.» Seine Adoptiveltern hatten ihm nie ein Geburtstagsgeschenk gemacht oder seinen Geburtstag auch nur zur Kenntnis genommen. «Du hast jeden Tag Geburtstag», hatte Anna ihn gescholten und jeden Gegenstand, den sie und ihr Mann ihrem Adoptivsohn je gegeben hatten, aufgezählt. Joe kämpfte als Ehemann und Vater auf kindliche Art um jene Anerkennung seiner Familie, die ihm damals als Kind versagt gewesen war.

Manchmal waren die Kindheitserinnerungen so überwältigend, daß Joe Mary Jo mitten in der Nacht weckte, um mit ihr darüber zu reden. Ohne die schmerzlichsten und entwürdigendsten Erinnerungen auszugraben, erzählte er seiner Tochter, daß er als Kind nie hatte hinausgehen dürfen, weil Oma und Opa Kallinger ihm nicht erlaubt hatten, draußen zu spielen. Er sagte, daß er statt Spiel und Spaß immer etwas Konstruktives hätte tun müssen. Als er alt genug war, um zu lernen, wie man Schuhe flickte, mußte er von der Schule geradewegs nach Hause kommen und in den Laden gehen, damit Mary Jos Großvater ihm das Handwerk beibringen konnte. Joe erzählte Mary Jo ebenfalls, daß ihre Großeltern nichts von Zuneigung hielten, ihm nie gezeigt hatten, daß sie ihn liebten, und er oft gedacht hatte, daß sie ihn nicht mochten. Joe sagte Mary Jo, daß er gebraucht werden wolle und deshalb eine große Familie wünsche. «Du bist also eine von den vielen, die dazugehören», sagte Joe.

Joe weckte auch Betty nachts auf. Ihre Aufgabe war es, ihm Tee zuzubereiten, manchmal bis an die dreißig Tassen pro Nacht. Betty erzählte mir, daß sie, auch wenn Joe schlief, oft wach lag und darauf lauschte, wie er «im Schlaf kaute und aß». Durch die Mund- und Saugbewegungen wiederholte Joe psychologisch die Trennungsangst, die er erfahren hatte, als er im Alter von einem Monat nicht nur von der Mutterbrust, sondern auch von seiner Mutter getrennt wurde. Die Kau- und Saugbewegungen waren ebenfalls ein Ersatz für andere Befriedigungen, ein Anzeichen von Frustration und psychischem Hunger. Der Mund ist unter anderem ein primitives Mittel, Gegenstände kennenzulernen.* Einer Art primitivem Instinkt zufolge greift ein Kind nach Gegenständen und steckt sie in den Mund. Mit den Mundbewegungen simulierte Joe diesen Tatbestand und regredierte somit in seine frühe Kindheit. Diese Reaktion ist hie und da bei Schizophrenen zu beobachten. In den Jahren, in denen er im Haus der schlechten Erinnerungen wohnte, bewegte sich Joe auf den Anfang seiner schizophrenen Psychose zu.

Betty und die Kinder reagierten auf Joes nächtliche Zwänge wie die Gezeiten auf die Kräfte des Mondes. «Als wir noch kleiner waren», erinnerte sich Mary Jo, «hat Daddy spaßige

* Silvano Arieti, *Interpretation of Schizophrenia*, (rev. ed.), New York: Basic Books, Inc., 1974, pp. 428–429.

Sachen mit uns gemacht, die seltsam waren, doch als wir älter wurden und die Jahre vorbeigingen, machte er noch sonderbarere Dinge, die nicht mehr spaßig waren.»

Die spaßigen Sachen, zum Beispiel die Kinder aufzuwecken, weil er ein neues Spiel für sie erfunden hatte, wurden nach und nach durch seltsame Einfälle ersetzt: Joe begann, die Kinder um Mitternacht oder um zwei, drei, vier Uhr morgens aufzuwecken, weil er beschlossen hatte, daß der Keller gereinigt werden müsse. Dann mußten die Kinder Absätze abstauben, die Schaukästen reinigen oder Lagerinventur machen. Als Kind eines Schuhmachers war Joe ein Vasall gewesen, der die Befehle des Meisters auszuführen hatte. Nun war Joe der Schuhmacher und zwang seinen Vasallen seinen Willen auf.

Die Jahre vergingen, und das Haus, das in Joes Kindheit sein Gefängnis gewesen war, wurde nun zu seiner Festung. Symbolisch gesehen machte er die Festung aber auch zum Gefängnis für Betty, die Kinder und sich selbst. Hier, hinter imaginierten Gefängnismauern, fühlte er sich sicher. Er ließ niemanden ins Haus, weil er niemandem traute (und weil er als Kind niemand hatte mit ins Haus nehmen dürfen). Er hatte Angst, daß ein Außenstehender sich an seine Kinder oder an seine Frau «heranmachen» würde und daß sie aus dem Schloß ausbrechen würden. Er hatte auch Angst, daß ein Außenstehender seine geheimen Experimente entdecken könnte. Das war sein Reich. Er war der König. Und das war der Grund, weshalb dieses Haus das wurde, was der freundliche Schuster «Joe Kallingers Schloß» nannte.

Außerhalb des Schlosses lag Kensington; es war nicht mehr so friedlich hier wie in der Zeit, als Anna Kallinger Joe in diesen Stadtteil gebracht hatte. Obwohl immer noch angesehene Familien, anständige Bürger, in Kensington lebten, lagen Elend und Verfall schon in der Luft.

Die Jahre verstrichen, und Joe sah seinen Kindern vom Laden aus zu, wie sie in die Straßen Kensingtons hinausgingen. Er beneidete sie um ihre Freiheit, wie sie mit wechselnden Gefährten zu verschiedenen Zeiten «herumhingen». Wie die andern gingen sie oft statt zur Schule Frösche fangen oder spielten unter der Silver Bridge. Manchmal machten Stevie, Joey und Michael

«Raubzüge» auf Material, mit dem sie Graffiti herstellen konnten. Wenn Joe den Kindern zusah, lebte er in der Phantasie durch seine Kinder; die Streiche, die sie spielten, wurden zu seinen eigenen.

Joe war ein gespaltener Mensch, ein Mensch, der in Furcht und Schrecken lebte. Anfang 1969 erschien ihm wiederholt der Teufel, der ihm einstmals befohlen hatte, die Brände zu legen. Der Teufel verlangte von Joe, abscheuliche, sadistische Handlungen vorzunehmen.

«Flora», sagte Joe zu mir, «ich hatte dem Teufel gehorcht, als ich die Brände legte. Jetzt widersetzte ich mich. Da die Befehle vom Teufel kamen, hätte ich sie nicht ausführen müssen.»

Ebenfalls anfangs 1969 war Joe «ungewollten Gedanken», wie er das nannte, ausgesetzt. Diese «Gedanken», eine Ausweitung der früheren Phantasien, waren nun echte Halluzinationen, obwohl Joe sie nicht als solche erkannte. Er hörte Stimmen, die von außerhalb zu kommen schienen und für ihn so real waren wie die Stimmen der Menschen um ihn herum. Er sah Bilder in vollen Farben. Als die Halluzinationen stärker wurden, erinnerte sich Joe eines Tages, als er seine Kinder auf dem Weg zur Silver Bridge sah, daß er als Heranwachsender dort seine ersten aggressiven Handlungen begangen hatte. Die Vorahnung, die er als Junge gehabt hatte, wonach sein Leben in einer Katastrophe enden würde, kam ihm nun mit voller Wucht wieder zum Bewußtsein.

Mit zunehmender Angst und steigendem Schrecken brachte Joe überall vor den Kellerfenstern Stahl an und im Erdgeschoß schwere Eisengitter. Das symbolische Gefängnis war nun zu einem wirklichen Gefängnis geworden, zumindest war es nun als solches hergerichtet. Es lag nicht einmal daran, daß er oder Betty Angst vor Einbrechern hätten. Als könne er die zukünftigen Ereignisse vorhersagen, errichtete Joe sein eigenes Gefängnis. Hinter Gittern fühlte er sich sicher. Mit den Gittern bestrafte er sich unbewußt für seine «ungewollten Gedanken».

Immer öfter blickte Joe ängstlich auf das Gebäude auf der andern Seite der East Sterner Street, in dem Harry Comer sein Büro hatte. Comer, Abgeordneter des Distrikts in Harrisburg, war 1967 im Brandstiftungsprozeß als Leumundszeuge aufgetreten und hatte Joe schon als Baby gekannt. Doch Joe war nun in der Wahnvorstellung befangen, daß Comer zusammen mit andern Männern in seinem Büro vom CIA engagiert worden war, um Joe Kallinger nachzuspionieren.

Eines Morgens stand Joe um vier Uhr früh auf und warf Stahlkugeln, wie sie in Spielautomaten zu finden sind, von seinem Fenster aus gegen die großen Spiegelglasfenster von Harry Comers Büro, das direkt gegenüber etwa neun Meter entfernt lag. Eine der Kugeln traf ihr Ziel und zersplitterte die Scheibe. Ohne Betty aufzuwecken, legte sich Joe wieder ins Bett in der Hoffnung, daß Comer infolge des Schadens sein Fenster «zumauern» würde und das Spionieren damit ein Ende habe. Einige Stunden später rief er Comer zu Hause an, um ihn über die kaputte Fensterscheibe zu informieren. Am Nachmittag half er Comer, das Fenster mit Pappe zu verkleiden. Jetzt war es aus mit dem Spionieren, dachte Joe.

Eine Woche später blickte Joe hinüber und sah, daß die Pappe entfernt und durch eine brandneue Scheibe ersetzt worden war. Wiederum glaubte er, daß man ihm nachspionierte. Zwei Monate lang hatte er das Gefühl, daß man jede seiner Bewegungen verfolgte; zwei Monate lang litt er, weil er glaubte, von CIA-Agenten beobachtet zu werden, aber er unternahm nichts.

Eines Morgens jedoch, als er die Spannung nicht mehr ertragen konnte, stand er wieder um vier Uhr auf und trat ans Fenster seines Schlafzimmers. Das Fenster war geöffnet. Diesmal lag eine ganze Serie von Stahlkugeln auf dem Fenstersims bereit. Er nahm eine Kugel in die Hand, zog den Arm zurück und schleuderte die Kugel fort. Doch die Kugel prallte von der Ziegelsteinmauer bei Comers Büro ab und landete mit einem scharfen Knall auf dem Gehsteig. Da er Angst hatte, daß er entweder von Passanten oder von den Agenten in Comers Büro gesehen worden war, zog sich Joe einen Augenblick in die Dunkelheit seines Schlafzimmers zurück. Dann ergriff er eine weitere Stahlkugel und warf sie gegen Comers Fenster. Diesmal hörte er, wie das Glas in Brüche ging und die Scherben klirrend auf den Gehsteig fielen.

Wiederum rief er Comer an, half ihm das Fenster mit Pappe verkleiden und fühlte sich vor den Spionen sicher. Doch die Pappe wurde erneut durch Glas ersetzt, und Joe mußte die

Fensterscheibe ein drittes Mal zerstören. Darauf ließ Comer eine dicke, zweiteilige Fensterscheibe anbringen. Joe gab die Hoffnung auf, die Spione in Comers Büro abhalten zu können, ihn durch das neue Fenster zu beobachten.

Er verkleidete nun die Fenster in seinem Laden mit dunklem Material und verbarg sich dahinter vor den gefürchteten CIA-Agenten, die sich in Comers Büro installiert hatten und ihn über die Straße hinweg bespitzelten. Da die Abschirmung weder Licht noch Luft durchließ, mußte Joe in einem abgeschlossenen Raum bei künstlichem Licht und ohne Belüftung arbeiten. Er atmete die Dämpfe von Leim, Färbemitteln, Verdünner und andern Substanzen ein. Zwar wußte er, daß dies alles seiner Gesundheit schaden und die Arbeit in seinem Laden beinahe unerträglich machen würde, aber die Wahnidee war stärker als der gesunde Menschenverstand. Der Kontrast zwischen seiner fahlen Gesichtsfarbe und dem olivgrünen Arbeitskittel über der schwarzen Hose sowie die durch die Dämpfe hervorgerufene schmerzhafte Reizung von Hals und Nase verliehen ihm das Aussehen eines leidenden Einsiedlers.

Er hatte das Gefühl, daß er unter dem Einfluß einer fremden Macht stand. Wenn der Teufel ihm Befehle erteilte, erkannte Joe diese Macht und gehorchte ihr nicht mehr; doch es war nicht immer der Teufel, dem er sich ausgeliefert fühlte. Da er keinen Namen für diese fremde Macht hatte, die ihn beherrschte, fing Joe an, folgende Sätze zu denken: «Der Kopf befiehlt dir» oder «Hände und Füße tun». Wenn ihm diese Sätze durch den Kopf schossen, hatte Joe das Gefühl, daß das Gehirn in seinem Schädel, die Hände, mit denen er arbeitete, oder die Füße, die ihn trugen, ihm nicht mehr gehörten. Entfremdet und von sich getrennt, fühlte er sich schwach, hilflos und verfolgt. Er war der Gejagte, und die Mächte, die ihn verfolgten, gaben ihm das Gefühl, ein verwundetes Tier zu sein. Er suchte nach einer dunklen Zufluchtsstätte.

In einer Vollmondnacht ging Joe in Richtung East Hagert Street. Er dachte: Beim gleißenden Mondlicht tanzen die Hexen auf den Dächern, und die Dämonen kauern herum und quasseln. Es kann einen Menschen in den Wahnsinn treiben.

Geduckt und mit hochgezogenen Schultern ging Joe weiter. Es herrschte mildes Wetter. Joe trug eine Arbeitshose, ein türkisfarbenes Sporthemd und alte Schuhe.

Er ging geduckt den Hauswänden entlang, schmiegte sich ab und zu in einen Hauseingang, um Passanten aus dem Weg zu gehen, und beeilte sich, in die East Hagert Street 1808 zu kommen, wo er am Nachmittag des 2. April 1969 mit seinen Kindern ein sechs Meter tiefes Loch gegraben hatte. Es war nun acht Uhr abends. Er kehrte allein zurück, um das Loch zum ersten Mal zu benutzen.

Zwei Monate zuvor, am 30. Januar, hatte Joe das Haus an der East Hager Street 1808 im Namen seiner Adoptiveltern gekauft, um es als Warenlager und geheime Zufluchtsstätte für sich selbst zu benutzen.

Während zwei kalter Monate – Februar und März 1969 – trieb Joe seine Kinder dreimal pro Woche in ein großes Zimmer des eiskalten Hauses in der East Hagert Street. Der dreizehnjährige Stevie, die zehnjährige Mary Jo, der neunjährige Joey, der siebenjährige Michael und der fünfjährige Jimmy rissen den Fußboden auf und fingen an, ein Loch in die feuchte Erde zu graben. Joe überwachte die Arbeiten, grub jedoch selber nicht mit.

Als die Kinder schon ziemlich tief gegraben hatten, stützte Joe die Wände des Lochs mit Holzbalken ab, um einen Einsturz zu verhindern. Als sie sechs Meter tief waren, stießen sie auf Wasser. Der neunjährige Joey, der glücklich war, daß das mühselige Unternehmen endlich ein Ende hatte, stieß vor Freude einen obszönen Fluch aus und machte sich über seinen Vater und über das Loch lustig. Joes Gesicht verzerrte sich zu einer Fratze, und er preßte die Lippen zusammen. Wutentbrannt herrschte er Joey an: «Wenn du den Mund nicht hältst, begrabe ich dich in dem Loch!» Joey warf seinem Vater einen tückischen Seitenblick zu und streckte den Mittelfinger in die Luft; die andern Kinder kicherten. Joe beachtete sie nicht und legte eine breite, dicke Holzlatte in das Loch gerade oberhalb des Wasserpegels. Dann ließ er eine sechs Meter lange Leiter in das Loch hinunter, damit man leicht hinauf- und hinuntersteigen konnte.

Nachdem die langwierige und mühselige Aufgabe abgeschlossen war, wies Joe die Kinder aus dem Haus, schloß die Tür ab und steckte den Schlüssel, den einzigen, den er besaß, in die Tasche. Das Betreten des Hauses an der East Hagert Street war für alle außer Joe verboten.

«Jenes Haus an der East Hagert Street», sagte Joe zu mir, «war eine kleine Nische für mich ganz allein, wo niemand mich bedrängen konnte ... wo ich mich dazu trieb, jene Art Mann zu werden, der sich einfach wie ein tödlich verwundetes Tier verkroch, sich einen dunklen Unterschlupf suchte. Das Haus hatte zahlreiche Sünden. Aber ich will nicht eigentlich davon sprechen. In dem Haus wurden zahlreiche Experimente durchgeführt, die ich nicht in der East Fletcher Street zu Ende geführt hatte. Hier war meine private Welt. Wie der *Teich* in Thoreaus *Walden*. Ich kann mich von meinem Kurs über amerikanische Literatur her noch daran erinnern. Genauso kam mir das alte Haus vor. Genauso. Es war wie ein geheimes Nebengebäude meines Schlosses, ein Ort, an dem man sich verstecken konnte. Im Schloß arbeitete ich, nahm die Mahlzeiten ein und umklammerte das Messer, wenn ich mit Betty schlief. Doch in meinem geheimen Nebengebäude suchte ich Zuflucht; dort konnte ich mit all meinen wilden Gedanken und mit meinen – wie ich jetzt weiß – Halluzinationen allein sein. Niemand sonst kam dorthin. Ich allein hatte einen Schlüssel.»

Joes «geheimes Nebengebäude» in der East Hagert Street – oder, wie er es manchmal nach dem Vorgänger nannte, «das Haus des Predigers» – war ein zweistöckiges Holzgebäude. Zwei hohe, holzverkleidete Türflügel aus Stahl führten in einen langen Flur. Am Ende dieses Flurs führte eine weitere Tür in den großen Raum, in dem Joes Kinder das Loch gegraben hatten; in der Decke, sechs Meter über dem ausgetretenen Fußboden, befand sich ein Oberlicht. Der Prediger hatte diesen Raum unmittelbar über dem Hinterhof ans Haus angebaut. Von der rechten Seite des langen Flurs führte eine morsche Treppe zum zweiten Stock. Unter dem eigentlichen Haus, aber nicht unter dem großen Raum, befand sich ein rattenverseuchter Keller.

Vermodert, mit Ungeziefer verseucht und halb baufällig, wurde dieser Schatten eines Hauses zu Joes Zuflucht vor den möglichen Auswirkungen seiner «ungewollten Gedanken», die jetzt zu Halluzinationen geworden waren. Er wollte nicht, daß irgend jemand erfuhr, daß etwas mit ihm nicht stimmte: Er wußte nun instinktiv, daß dies zutraf. Am meisten hatte er Angst davor, daß Betty es merken könnte und sich dann von ihm scheiden ließe. Das mußte er um jeden Preis verhindern. Die Ehe hatte sich wieder gefestigt.

Joe sah auf die Uhr. Es war nun Viertel nach acht, 2. April 1969. Bevor er den linken Türflügel seiner Zufluchtsstätte zum zweiten Mal aufschloß, warf er nochmals einen flüchtigen Blick auf den Vollmond. Dabei kam ihm eine Gedichtzeile, die er irgendwann einmal gehört hatte, wieder in den Sinn: «The moon is a fragment of angry candy.* Doch jetzt sah er nicht wie Zuckerwerk aus. Joe fand, daß er wie ein wütender Schädel aussah, der in einer Alptraum-Milch badete, genau wie seine Gedanken und Visionen. Die Augenhöhlen waren Löcher voller Unheil. Vielleicht war das Universum ein alter Knochenfriedhof; vielleicht waren die Planeten, Sterne und Milchstraßen in Wirklichkeit die glitzernden Knochen von Toten, die von Dämonen in den schwarzen Himmel geschleudert worden waren. Joe schloß die Tür auf und ging durch den langen Flur in den großen Raum.

Knapp einen Meter über dem Boden war ein geräumiger Verschlag an einer Wand des Zimmers angebracht. Darin befanden sich Reste von Holz, alte Zeitungen und beschädigte Ziegelsteine. Unterhalb des Verschlages war das Loch, sechs Meter tief, mit einem Durchmesser von einem Meter zwanzig, das am selben Tag fertiggestellt worden war. Joe hatte über dem Eingang zum Loch und darum herum Schachteln aufgestellt, so daß man es nicht sofort sehen konnte, falls doch jemand hier eindringen würde. Zum ersten Mal war er allein in dem großen Zimmer; er entfernte die Tarnung und stieg die Leiter hinunter.

Er hatte das Gefühl, in die Tiefen seines Kopfes hinabzusteigen. Das Loch war nicht nur ein Teil der Nische, die er sich in diesem alten Haus geschaffen hatte, sondern es war auch der Leib der imaginierten Mutter, die diejenige ersetzte, die ihn vor 33 Jahren geboren hatte.

Beim Hinunterklettern stieg Joe der Geruch von modriger

* Die Zeile aus E.E. Cummings's «The Cambridge Ladies» lautet: «The moon rattles like a fragment of angry candy.» (Der Mond klirrt wie der Splitter eines zornigen Bonbons)

Erde in die Nase, und er spürte die Feuchtigkeit, die ihn umschloß. Dann berührten seine Füße die dicke Holzlatte. Joe wünschte sich, er hätte geradewegs durch den Planeten hindurchgraben können, bis zu einem Ort weit weg auf der andern Seite, wo er mit sich in Frieden leben könnte. Die Dunkelheit des Lochs spendete ihm Trost. Er sah sich selbst als ein Geschöpf der Dunkelheit, einen Mann der Nacht, einen Mann aus dem Untergrund.

«Flora», sagte er zu mir, «ich hatte keine Angst in der Grube, in dem Loch, das ich für mich gegraben hatte, denn Angst hatte für mich keine Bedeutung. Die Gegenwart wurde zum Nichts. Ich lebte nur in der Grube.»

Obwohl er keine Angst vor der Dunkelheit hatte, hatte er eine Kerze mitgenommen. Er nahm sie nun aus der Tasche, steckte sie in den Schlamm zwischen zwei Stützplanken und zündete sie an. Die schwache Flamme flackerte unruhig und zog sich dann wieder zusammen bis auf einen winzigen Lichtpunkt. Feuer erregte ihn immer wieder. Er wußte, daß es ihn auch zerstören konnte. Das Mondlicht strömte gespenstisch durch das Oberlicht herein, und Joe wandte sich angewidert dem Boden zu.

Plötzlich widerhallte eine Woge von gesprochenen Worten um ihn herum; fremd und unfaßbar; sie hörten sich wie ein Gesang an:

> KRISTORAH, KYRIASTORAH KYRIEH MARIA KREH KRASTORAH MARIA KRIASTOH KRIASTORAH MARIA KRIEHSTOH KYRIAH KAYRIEH ALA MARIA KRIEH KYRIASTORAH MARIA KYRIESTOH KYRIASTORAH MARIA KYRIEH ALA MARIA KYRIEH KRIASTORAH MARIA KYRIASTOR KYRIASTOH ALA MARIA KYRIEH ALA MARIA AHKAB KAH MARIA KAH KYRASTORIAH.

Wieder und wieder wurden dieselben Worte wiederholt, aber in verschiedenen Kadenzen und mit verschiedenen Modulationen. Für Joe war es eine Äußerung, die mit nichts, was er je gehört hatte, in Beziehung stand.

Die Stimme war Joe sehr nahe. Er drehte den Körper von

einer Seite zur andern, blickte sich nach allen Seiten um, versuchte, herauszufinden, woher die Stimme kam, vielleicht aus der Wand aus Schlamm und Erde, die ihn umschloß, vielleicht aus dem Boden unter ihm, vielleicht tief aus der Erde. Er hätte leicht die Leiter emporsteigen und fortgehen können, doch er blieb im Loch, vielleicht aus Faszination oder aus Entsetzen und einem seltsamen Staunen über die Laute, die so merkwürdig in seine Einsamkeit eingedrungen waren.

Als er sich so hin und her wand, berührte er die Leiter und bemerkte zum ersten Mal, daß er die Arme wie zu einem Bittgebet ausgebreitet nach oben hielt.

Erstaunt starrte er auf seine ausgebreiteten Arme, fragte sich, ob sie wohl zu ihm gehörten, und ließ sie dann sinken. Er führte den linken Zeigefinger an seine Kehle und spürte Vibrationen. Der Gesang dauerte immer noch an. Joe stellte ebenfalls fest, daß sein Mund offen stand und die Lippen sich bewegten. Schließlich wurde ihm klar, daß die merkwürdigen Laute weder von den Wänden noch von irgendeinem mysteriösen Ort unter der Holzlatte herkamen, sondern aus seinem Innern:

KYRIEH KYRIASTORAH KYRYAH KRIASTOH ALA MARIA KYRYEH KYRIASTORAH KYRYAH KYRIEH KRIASTORAH: Der Gesang schwoll zum Crescendo an. Obwohl Joe den Sinn der Worte immer noch nicht ergründen konnte, hörte er, daß die Stimme in seinem Innern wütend geworden war. Er fragte sich, ob die Stimme auf ihn wütend war! Es erweckte den Anschein, als würde die Stimme ihn ausschelten, als wäre er ein Kind, das etwas verbrochen hatte. Dann schien die Stimme ihn anzuklagen, aber nicht vollbrachter Taten, sondern solcher, zu denen die «ungewollten Gedanken» führen könnten.

Wieder und wieder lauschte Joe dem wilden, verrückten und sich wiederholenden Gesang: KRIASTORAH ALA MARIA KRIASTOH. Dann verstummte die Stimme endlich. Eine erstikkende Stille hing über dem Loch der Dunkelheit. Die Kerze flackerte. Joe überlief ein Schauer.

Wessen Stimme war das? fragte sich Joe. Eine Frage, auf die er die Antwort bereits zu wissen glaubte. Die Stimme hatte zwar mit seiner Zunge gesungen und war aus seinem Körper gekommen, aber Joe war überzeugt, daß es nicht seine Stimme war!

Etwas spricht durch dich, sagte sich Joe, genau wie manchmal eine fremde Macht deine Hände und Füße beherrscht. Er erinnerte sich an die Geister, mit denen er als Kind in Neshaminy und im Tank in Kensington geredet hatte. Redeten die Geister mit ihm? Redeten sie diesmal durch seinen Körper mit ihm und nicht mehr von außen her? Oder versuchte der Dämon in seinem «Vogel», ihm etwas mitzuteilen? Vielleicht war es der Teufel, der durch Joes Knochen, Nerven und Muskeln mit Joe redete. Was hatten die Worte bedeutet? Er fand, daß sie drei Worten ähnelten, die er als Kind in der Kirche gehört hatte: Maria, Kristos und Kyrios. Es war jedoch klar, daß die Stimme wütend gewesen war. Doch wer war hier auf wen wütend? Instinktiv wußte Joe, daß er die Worte wieder hören würde; wer auch immer sie gesungen haben mochte - Geister, der Dämon oder der Teufel -, mußte böse sein, denn Joe war sich während des Gesangs der «ungewollten Gedanken» gewahr geworden. Sein Wahnsinn hatte eine private Sprache erzeugt, deren Worte keinen Sinn und keine Bedeutung ergaben, ein Symptom der paranoiden Schizophrenie.*

Joe kletterte die Leiter hoch zum großen Raum. Das geisterhafte Licht des Mondes tauchte den beschädigten Boden in Silber. Er blickte zum Oberlicht empor und beschloß, es mit einem Tuch abzudecken. Er haßte Mondlicht. Obwohl Joe sich Mühe gab, sich den Befehlen des Teufels, der ihm häufig erschien, zu widersetzen, wußte er, daß er das Loch unter anderem hatte begraben lassen, weil er sich einen Durchgang zur Hölle hatte bahnen wollen.

Als er nach Hause ging, dachte er an die Hölle. Er erinnerte sich, daß man in der Schule großen Wert darauf gelegt hatte, den Kindern den Katechismus beizubringen, und im Katechismus hatte er gelernt, daß die Hölle eine der drei Vergeltungen oder Bestrafungen war, die unverzüglich nach dem Gericht der Seele des Verstorbenen auferlegt wurde. Das Wort Hölle, so hatte er gelernt, bedeutete *gehenna*, was - wie er zu Unrecht glaubte - das Wort für *Loch in der Erde* war. Das neue Loch in der East Hagert

* S. Arieti und F. Schreiber, «Multiple Murders of a Schizophrenic Patient: A Psychodynamic Interpretation», Journal of the American Academy of Psychoanalysis, Vol. 9, No. 2 (1981), pp. 501-529.

Street und das Loch bei der Quellfassung waren Löcher in der Erde. Andere Löcher wie der Tank in Kensington und dasjenige in der Küche in der East Fletcher Street waren für Joe Löcher über der Erde.

Es war still in den Straßen von Kensington. Das Wetter war mild. Als Joe in der East Sterner Street ankam, blickte er zum Mond auf und dann auf sein Haus. Im toten Licht des Mondes sah es knochenfarben aus. Er murmelte: «Dies ist mein Schloß. Möge es vor dem Bösen bewahrt bleiben.»

9

Meuterei auf dem Schloß

Als Joe zum ersten Mal in sein Loch in der East Hagert Street hinuntergestiegen war, bewegte er sich bereits auf den dunklen Pfaden der Psychose. Er wich vor der Welt zurück. Im Wachzustand hatte er oft das Gefühl zu schlafen und zu träumen. Der Traum endete oft in einem Alptraum, und die Leute um ihn herum verwandelten sich in Gestalten, die zu seinem Alptraum gehörten. Die Welt wurde Joes Feind. Der Verfolgungswahn, der damit begonnen hatte, daß Joe glaubte, Harry Comer sei ein Spion, wuchs, und Joe wurde zusehends größenwahnsinniger.

Die Wahnsinnsanfälle waren fürchterlich. Jedesmal, wenn Joe einen Anfall kommen spürte, verzog er sich ins Loch. Im Schein der Kerze führte er ganz bestimmte Rituale durch, wobei er unter anderem masturbierte und defäkierte, denn für das Unterbewußtsein sind Exkrete und Sekrete des Körpers Symbole der Macht.

Während einer dieser Episoden beschloß Joe, der sich als König des Schlosses und allmächtiger Vater sah, sich der Vergehen von dreien seiner Kinder anzunehmen. Er faßte diesen Entschluß unmittelbar nachdem er eine große Menge Fäkalien ausgeschieden hatte; dieser integrierende Bestandteil seines Rituals erfrischte und belebte ihn. Die Vergehen seiner Kinder existierten tatsächlich, doch die Art und Weise, in der Joe sie zurechtweisen wollte, war sadistisch und aus seinem Wahn genährt.

In einer heißen Julinacht des Jahres 1977 erzählte mir Joe von den Bestrafungsmethoden, die er bei diesen drei Kindern angewendet hatte. An einem vernarbten Holztisch im leeren Krankenzimmer des Gefängnisses sitzend, hörte ich Joe zu; sein Gesicht war ernst, und der Schweiß trat ihm auf die Stirn. Seine dunklen Augen blickten durch mich hindurch in die Vergangenheit.

«Erinnern Sie sich, Flora, ich hab' Ihnen doch gesagt, daß ich mein Haus in der Front Street in ein Gefängnis verwandelte. Der Keller hatte drei Fenster, von denen eins auf die Sterner Street und zwei auf die Front Street gingen. Ich hatte über beiden Front Street-Fenstern Läden aus Stahl eingehängt. Über dem Fenster an der Sterner Street hatte ich eine Stahlplatte mit einem Bolzen befestigt. Die Bolzen gingen tief in die Mauer hinein. Ich hatte sie mit Mörtel abgedeckt.»

Joe hielt inne und sah mich an; seine Pupillen waren leer und undurchdringlich.

«Der Keller schien ein höchst geeigneter Ort zu sein, um meine Kinder zu bestrafen und zu bessern. Da ich mit ihnen zusammen im selben Haus wohnte, wo ich arbeitete, bekam ich sie öfter zu Gesicht als früher. Es gab Zeiten, da mir das, was ich sah, arg mißfiel. Ich hatte den Eindruck, daß meine älteren Kinder Stephen, Mary Jo und Joey aufsässig und störrisch waren. Die Jungen wurden in Raufereien verwickelt, wie ich befürchtete, auch in «Sexaffären». Mary Jo schwänzte oft die Schule.

Betty hielt sich aus allem raus. Sie war passiv. Sie wurde nicht mit den Kindern fertig. Ich mußte allein für Disziplin sorgen. Meine älteren Kinder waren eine Qual für mich geworden. Ich wollte sie bessern, aber ich wollte es nicht Bestrafung nennen. Bis dahin hatte ich nie viel von Körperstrafe gehalten.

An einem Junitag im Jahre 1969 war ich im Loch und änderte meine Meinung. Ich habe Ihnen ja schon erzählt, was im Loch geschehen war und weshalb ich meine Ansichten änderte. Ich fühlte mich schwerelos und stark genug, alles zu tun. Zwei Monate zuvor war ich das erste Mal ins Loch in meinem Haus an der East Hagert Street gegangen, um mich selbst zu retten. Nun glaubte ich daran, daß ich meine Kinder im Keller meines Hauses an der Front Street retten könnte.

Ich war sicher, daß meine Erziehungsmethode geeignet war, um meine Pläne zu verwirklichen. Ich wollte meine Kinder umerziehen, wollte, daß sie sich mir anschließen und die Dinge auf die gleiche Art wie ich anpacken würden. Deshalb lagen an einer Stelle auf dem Metalltisch im Keller in einer Reihe ein schwerer Strick, ein sechzig Zentimeter langer Gummischlauch, eine Schachtel mit Nägeln, Lederstreifen und eine selbstgemachte neunschwänzige Katze.»

Vor meinem geistigen Auge sah ich Joes Keller mit den Gestellen mit Ledersohlen, Absätzen, Lederstreifen und andern Dingen. Ich stellte mir vor, daß der Metalltisch ein paar Schritte von den Gestellen entfernt war und darauf Joes «Erziehungsmaterial», wie er es nannte. Im Jahre 1969 waren der dreizehnjährige Stevie, die zehnjährige Mary Jo und der neunjährige Joey seine drei Schüler. Die Ausbildung dauerte bis 1972. Der Unterricht war privat; Stevie, Mary Jo und Joey mußten einzeln in den Keller - die «Folterkammer», wie sie es nannten - gehen, und keines der Kinder war je Zeuge vom «Unterricht», den Joe den andern erteilte.

«Ich schob mir selbst die Schuld zu für das Benehmen der Kinder, die ich bessern mußte», erzählte Joe weiter. «Alles in allem war ich ein nachsichtiger Vater gewesen. Ich mußte streng werden, weil ich nicht wollte, daß die Kinder sich schlecht entwickelten. Meine Absichten waren ernst, Flora, genau so ernst wie bei den Hamstern, die ich 1964 für Experimente in mein Haus an der East Fletcher Street brachte.»

Ich fragte verwirrt: «Waren denn die Tiere für die Kinder?»

«Nein, Flora, es waren keine Spielkameraden für die Kinder», antwortete er grimmig. «Aber sie hatten etwas mit meinen Gefühlen den Kindern gegenüber zu tun.»

«Was haben Sie denn vorhin gemeint, als Sie sagten, sie hätten die Hamster aus ernstgemeinten Absichten heraus gekauft?»

«Ich wollte damit sagen, daß sie eine Menge mit meinen orthopädischen Experimenten zu tun hatten.»

«Wirklich?» fragte ich verblüfft. «Auf welche Art denn?»

«Nun, ich hatte schon über vierzigtausend Experimente gemacht, die meisten davon an mir selber, einige an meiner Frau und an den Kindern. Ich konnte sogar den Briefträger überreden, daß er mich Einlagen in seine Schuhe machen ließ. Aber mit Tieren hatte ich zuvor nie experimentiert.»

«Was haben Sie denn mit ihnen gemacht?»

«Ich wollte kleine Schuhe für ihre Füße machen und kleine Keile, die ich in die Schuhe steckte. Ich stellte mir vor, daß ich auf diese Weise viel erfahren würde.»

«Was für Erfahrungen über Menschenfüße gedachten Sie denn mit Ihren Hamsterexperimenten zu machen?»

«Ich war der Überzeugung, daß starke, gesunde Füße, die durch Keile in den Schuhen ganz ausgeglichen waren, das menschliche Leben verlängerten. Leute mit gesunden Füßen leben länger.»

«Ist das wahr?» fragte ich.

«Auf jeden Fall. Schauen Sie sich die Füße von irgendeinem alten Menschen an, von einem, der achtzig oder neunzig ist. Sie alle haben starke Füße. Flora: Die Füße haben diese Person durch ein langes Leben getragen. Irgendwann möchte ich mal Ihre Füße ohne Schuhe sehen. Ich wette, ich kann ziemlich genau sagen, wie lange Sie leben werden.»

Unwillkürlich schaute ich auf meine Füße, die mich viele tausend Stunden vor Schülern und Studenten getragen hatten. Ich fragte mich, wie meine Chancen wohl stünden.

«Wenn wir etwas mehr Zeit haben, Joe. In Ordnung?»

«In Ordnung. Aber da war noch etwas anderes, das ich anhand der Experimente mit den Hamstern herausfinden wollte. Wenn man gesunde Füße hat, dann ist man auch geistig in guter Verfassung. Die Füße kontrollieren das Gehirn. Das heißt, wenn die Füße ausdauernd und widerstandsfähig sind, so ist man auch intelligent.

Ich wollte Versuche über den Zusammenhang zwischen den Füßen der Hamster und ihren Hirnen anstellen. Wenn sie auf mich hörten und taten, was ich ihnen befahl, dann wüßte ich, daß die Keile in den kleinen Schuhen, die ich gemacht hatte, ihnen guttaten und sie widerstandsfähiger und intelligenter wurden. Dann würden sie mir, ihrem Meister, gehorchen.»

«Glauben Sie, Joe, daß blinder Gehorsam der richtige Maßstab ist, um die Intelligenz eines Organismus zu messen?»

«Schauen Sie, Flora», sagte Joe bestimmt, «ich habe immer gedacht, daß jedes Lebewesen, das gehorsam ist, intelligent ist. Ich glaube, daß meine Kinder intelligent sind; auf jeden Fall haben sie gesunde Füße. Aber sie wollten mir nicht gehorchen.

Ich mußte ihre Intelligenz ans Licht holen, indem ich sie im Keller umerzog. Bei den vier braunen Hamstern war ich der Meister wie bei meinen Kindern. Ich wollte herausfinden, wie intelligent die Hamster waren, indem ich darauf schaute, wie schnell sie mir gehorchten.

Als ich sie ins Haus an der East Fletcher Street brachte», fuhr Joe fort, «sah ich, daß es keinen Weg gab, Schuhe und Keile für meine Hamster zu machen. Sie hatten zu kleine Füße. Aber ich wußte, daß ich den zweiten Teil des Experiments durchführen konnte: Ich würde die Verbindung zwischen Gehorsam und Intelligenz sogar ohne Schuhe herstellen können.

Um sicher zu gehen, daß ich die Hamster nicht verwechselte – sie sahen alle genau gleich aus, alle hatten das gleiche braune Fell und alle waren gleich groß –, befestigte ich an ihrem rechten Hinterbein ein Namensschild. Ich nannte sie Winko, Popsicle, Jellyroll und Humpty Dumpty.

Dann setzte ich sie in einen großen Käfig mit einem kleinen Rad. Ich wußte, daß ich ihre Intelligenz und Ausdauer am besten mit diesem Rad würde prüfen können. Wenn sie intelligent wären, würden sie auf mich hören; wenn sie Ausdauer hätten, würden sie auf mich hören und überleben. Gehorsam ist eine Art von Intelligenz, Überleben eine andere Art. Stimmt's?»

«Joe, wie um Himmels Willen konnten Sie von den Hamstern erwarten, daß sie auf Sie hören würden, wenn sie doch keiner Menschensprache mächtig sind? Haben Sie sie auf Handsignale trainiert?»

«Ich habe Englisch mit ihnen gesprochen, wie jetzt mit Ihnen. Ich habe einen Stuhl neben den Käfig gestellt und mich hingesetzt. Dann habe ich den Hamstern alles gesagt, was ich mit ihnen vorhatte. Ich habe ihnen gesagt, daß es für die Zukunft der Menschheit sehr wichtig sei, daß sie mir Gehorsam leisteten. Ich habe ihnen gesagt, ihre Füße seien zu klein für Schuhe mit Keilen. Aber ich versprach, ihnen kleine Hüte und Anzüge zu nähen – obwohl ich ja gar kein Schneider bin –, wenn sie mir zuhörten und folglich überlebten. Flora, sie haben jedes Wort verstanden, das ich ihnen sagte!»

«Was haben die Hamster ihnen geantwortet?»

«Nichts! Das war die zweite Enttäuschung, die sie mir bereiteten. Erst mußte ich feststellen, daß ich keine Schuhe und Keile für sie anfertigen konnte. Dann konnte ich ihr Interesse für meinen Versuch nicht gewinnen. Sie haben nicht einmal die Ohren gespitzt, als ich ihnen das mit den Hüten und Anzügen sagte. Aber ich wußte, daß sie mich richtig verstanden hatten; sie verstellten sich, um mich zu überrumpeln. Sie hörten nicht zu, wollten es angeblich nicht kapieren!

Ich redete, und sie beachteten mich überhaupt nicht. Der eine hüpfte auf das Rad und brachte es durch die Bewegung seiner Füße auf den kleinen Sprossen zum Drehen. Oder sie knabberten am Essen herum, das ich ihnen in den Käfig gestellt hatte. Ein besonderer Schlaumeier blickte mich die ganze Zeit aus seinen kleinen, braunen Knopfaugen an; dann legten sie sich in eine Ecke und schmollten. Es waren übrigens lauter Männchen. Ich wußte nicht, wie alt sie waren.

Schließlich wurde mir klar, daß ich so nicht weiterkam. Ich hörte auf mit den Erklärungen und fing mit den Versuchen an. Entweder würden sie jetzt auf mich hören oder nicht überleben.

Ich verschaffte mir einen Bleistift mit einem Radiergummi an einem Ende und benutzte das Ende mit dem Radiergummi, um eines der Tierchen - es war Winko - ins Rad zu zwingen. Ich saß auf der Seite, wo das Rad seinen Ausgang hatte, und hielt Winko in ständiger Bewegung, indem ich ihn mit dem Bleistift anstachelte. Ich wollte feststellen, wie lange er das Rad drehen konnte, bevor er zusammenbrach und starb.

Aber eigentlich wollte ich, daß er *lebte*, Flora! Wenn er lebte, dann wäre mein Experiment in dem Sinne erfolgreich gewesen, daß es seine Intelligenz und Ausdauer zum Ausdruck gebracht hätte. Ich stachelte ihn an und befahl ihm zu leben. Ich sagte: ‹Winko, bleib am Leben, was auch immer geschehen mag!›

Ich unterbrach den Versuch, um mir eine Pause zu gönnen. Doch wenn Winko sich zu lange ausruhte, würde er wieder Kräfte sammeln. Das wollte ich verhindern. Das beste war, den Versuch ohne Unterbruch durchzuführen. Aber *ich* brauchte eine kleine Pause. Es war nun zwei Uhr morgens, und ich hatte seit vier Uhr nachmittags mit Winko experimentiert - mit wenigen kurzen Pausen. Ich hatte noch nichts gegessen, weil ich viel zu aufgeregt war.

Ich hatte damals Urlaub, brauchte nicht in Mahoneys Laden zu arbeiten und konnte die ganze Nacht und den ganzen Tag und die nächste ganze Nacht und so weiter am Experiment arbeiten. Ich holte mir ein Sandwich aus der Küche und genehmigte mir ein bis zwei Stunden Schlaf auf dem Sofa im Wohnzimmer. Dann stand ich wieder auf, um das Experiment mit demselben Hamster fortzusetzen.

Dank der Namensschildchen konnte ich feststellen, mit welchem Tier ich gearbeitet hatte. Doch als ich in einer Ruhepause auf dem Sofa döste, beunruhigte mich der Gedanke, daß die Hamster die Schildchen untereinander auswechseln könnten, um mich hinters Licht zu führen und mein Experiment zu vereiteln.

Um drei Uhr früh ging ich wieder zum Käfig und nahm Winko heraus. Ich steckte ihn wieder in das Rad und zwang ihn, es in Drehung zu halten. Er urinierte, vermutlich aus Angst. Also erteilte ich ihm den Befehl, tapfer zu sein und nicht zu pinkeln. Doch Winko wollte nicht auf mich hören, wollte nicht gehorchen. Anderthalb Tage, nachdem ich mit dem Versuch begonnen hatte, brach Winko im Rad zusammen und starb.

Ich fühlte mich fürchterlich. Ich war wie ein Vater zu ihm gewesen. Er hatte nicht auf mich gehört, und nun war er tot. Mich traf keine Schuld, dachte ich. Hätte er mir gehorcht, er hätte das Rad ewig drehen können, Flora, ewig!

Sanft nahm ich den weichen kleinen Körper in die Hände. Er war noch warm. Ich trug ihn in den Hinterhof, grub ein Loch und begrub ihn, ohne sein Grab zu kennzeichnen.

Die drei Freunde von Winko erlitten das gleiche Schicksal: Ich zwang sie nacheinander in das Rad hinein. Sie drehten und drehten das Rad, urinierten und starben.

Ich war für alle vier ein Vater gewesen. Sie hatten mich enttäuscht. Ihre Füße waren zu klein; sie wollten nicht auf mich hören, als ich neben dem Käfig saß und auf sie einredete oder ihnen während des Versuchs Anweisungen erteilte; und obwohl ich ihnen befohlen hatte, am Leben zu bleiben, starben sie unter meinen Händen.

Nach sechs Tagen waren Winko, Popsicle, Jellyroll und Humpty Dumpty im Hinterhof unter vier kleinen Grabhügeln begraben. Ich setzte mich auf die Knie, blieb lange Zeit auf der feuchten Erde neben ihren Gräbern sitzen und betete für ihre Seelen. Ich betete darum, daß sie zumindest auf Gott hören und sich in dem großen, goldenen Käfig hinter den Sternen gut benehmen würden. Amen, Flora!

Dann ging ich ins Haus zurück. Ich sank aufs Sofa und schlief ohne Unterbrechung während achtzehn Stunden.»

Joe holte tief Atem und bedeckte das Gesicht mit den Händen. Obwohl es schrecklich heiß war im Gefängnis, fröstelte er.

«Joe, was hätten Sie getan, wenn Ihr Experiment erfolgreich verlaufen wäre?» fragte ich ihn.

«Ach, Flora, ich hatte große Pläne», antwortete er traurig. «Ich hätte ein riesiges Labor gebaut mit einem großen Rad darin für große Tiere wie Elefanten und Löwen. Dann hätte ich Menschen genommen – Häftlinge aus den Gefängnissen und Verrückte aus den Klapsmühlen – und sie alle Versuche machen lassen. Für die großen Tiere und für die Menschen hätte ich Schuhe und Keile bereitgestellt.

Ich hätte herausgefunden, wie man die Menschen auf ewig am Leben erhalten könnte; *nie* hätte jemand sterben müssen! Das war Gottes Gebot an mich gewesen, als ich fünfzehn war und er mir auftrug, das Experiment mit den Keilen und Schuhen zu machen.

Wenn wir alle Schuhe trügen, die an unsere Füße angepaßt worden wären, gäbe es keine Kriege mehr. Wir wüßten, wie wir miteinander auskommen und die Probleme lösen könnten. Es gäbe keinen Haß mehr, nur Liebe. Keine Krankheiten, keine Verbrechen mehr, niemand mehr, der ins Gefängnis oder ins Irrenhaus eingesperrt werden müßte.

Ich hatte bei mir selbst angefangen, als ich fünfzehn war, und hatte Keile in meine Schuhe gelegt, um die richtige Verbindung zwischen Füßen, Beinen und Gehirn herzustellen, so daß ich mich selbst hätte kurieren können, und das beherrschen, was mich beherrschte. Die Füße beherrschen das Gehirn. Sie sind ein wunderbares Geschenk Gottes an uns. Aber wir haben sie verdorben, Flora, verdorben! Wenn ich Sie bloß in der Welt herumführen und Ihnen die Millionen von kranken, gottlosen Füßen zeigen könnte! Deswegen habe ich mehr als vierzigtausend Experimente durchgeführt – nicht nur, um mich selbst zu heilen, sondern um die Menschheit zu retten!»

Als Joe aus dem langen Schlaf erwachte, war er plötzlich über seine Tat entsetzt. Er hatte bereits leblose Dinge zerstört, doch vor den Hamstern hatte er noch nie ein lebendiges Geschöpf in den Tod geschickt. Als Hilda, seine erste Frau, ihn um Geld gebeten hatte, um eine Abtreibung vorzunehmen, war Joe entsetzt gewesen. Er hatte sich geweigert, ihr das Geld zu geben, ihr befohlen, sich zusammenzunehmen und das Kind auszutragen.

In jenen Tagen hatte Joe das Leben für heilig gehalten; sogar der Tod aus natürlichen Ursachen wie Krankheit, Alter und die zwei Fehlgeburten von Betty waren ihm unnatürlich vorgekommen. Er hielt alles lebensfeindliche für verflucht. Doch jetzt hatte er innerhalb von sechs Tagen vier kleine Hamster getötet, und er wußte, daß der Teufel und all die andern gefallenen Engel darauf warteten, ihn in den Feuerschlund der Hölle zu schleudern.

Mit der Einrichtung der von Stevie, Mary Jo und Joey so bezeichneten «Folterkammer» legte Joe dieselbe Mischung aus Wahn und Sadismus an den Tag, die er beim Experiment mit den Hamstern bewiesen hatte. Bei den Hamstern war er in der Wahnvorstellung befangen, es handle sich um den Wahn der Führungsaufgabe und der Disziplinierung durch eine Elternfigur.

«Bei Stevie, Joey und Mary Jo verbarg ich mich hinter dem Motto: Jetzt sollt ihr euch benehmen lernen. Doch nun ist mir klar, daß Strafmethoden, die Sex mit Sadismus kombinierten, mir große Freude bereiteten. Ich habe Mary Jos nackten Körper mit Nadeln beworfen und Joey mit meiner selbstgefertigten neunschwänzigen Katze ausgepeitscht. Ich habe auch Stevie mißhandelt, obwohl ich mich nicht mehr erinnere, auf welche Art dies geschehen ist.»

Dies war das Eingeständnis, vielleicht das Geständnis eines Mannes, der eine Ahnung von der Bedeutung seiner Vergangenheit bekam, indem er mir davon erzählte.

Zur Zeit, als Joe seinen Kindern die Bestrafungen auferlegte, hatte er natürlich keine Ahnung, was sie bedeuteten. Jedesmal, wenn ein Kind ihn enttäuschte, weil es zum Beispiel beim Hausieren nichts verkauft oder, im Fall von Mary Jo, nicht auf ein Siegerpferd gesetzt hatte, unterzog es Joe seiner besonderen Art der sadistischen «Unterweisung». Die Folterungen wurden auch als Strafe zugemessen für das, was Mary Jo als «Zeugs machen» beschrieb.

Das «Zeugs», das Stevie, Joey und später auch Michael gemeinsam machten, umfaßte Ladendiebstähle, Einbruch in das Haus eines Blinden, Diebstähle von Lastwagen, einen Entreißdiebstahl bei einer älteren Dame. Unter «Zeugs» war auch Ausreißen zu verstehen sowie das Stehlen von Signallichtern und anderen Gegenständen von Güterwagen im Güterbahnhof, das Entwenden von Autobestandteilen, das Anzünden von Geräteschuppen und der verlassenen Fabrik John Bromley Sons. Am 3. Juli 1971 wurde Joey verhaftet, weil er einem Polizisten, der ihm gesagt hatte, er solle damit aufhören, Gerümpel auf die Straße zu werfen, mit Zoten bedacht hatte. Wenn Mary Jo schlechter Laune war, machte sie Möbel kaputt, und oft schwänzte sie die Schule.

Die Kinder schwänzten die Schule oft und zogen die primitive und lebhaftere Erziehung auf der Straße der Herumsitzerei im Klassenzimmer vor. Joey hatte eine richtige Kreuzfahrt durch die verschiedenen Schulen angetreten: von der Sheppard- über die Daniel Boone- zur Douglas-Schule. Die Boone-Schule war für die schlimmsten Kinder der Stadt, und als Joey dort zur Schule ging, war er das schlimmste Kind der schlimmsten Schule von Philadelphia. Als er versuchte, die Entlassung eines Lehrers zu provozieren, ergriff Vater Joe Partei für den Lehrer. Der Lehrer wurde nicht entlassen. Joey ging weniger als drei Wochen zur Boone-Schule, dann schickte man ihn zur Douglas-Schule für geistig behinderte und zurückgebliebene Kinder.

«Zeugs», hieß auch Sex unter den verschiedensten Umständen und auf vielfältige Art. Joe war verzweifelt, weil Mary Jo sich mit älteren Jungen traf und Joey sowohl homosexuelle als auch heterosexuelle Affären hatte.

Eines Nachmittags machten sich der elfjährige Joey und die zwölfjährige Mary Jo daran, vierzehn Jungen auf einem Dach hoch über einem Spielplatz in Kensington gegen Geld «eins zu blasen». Mary Jo stand am Fuß der Treppe, die auf das Dach hinaufführte, und zog von jedem von Joeys Kunden fünfzig Cents ein.

Einige wollten ihr Geld zurückhaben, indem sie geltend machten, daß Joey sie betrogen und ihnen keinen Orgasmus verschafft habe. Aber Joey war außerordentlich geschickt im Verhandeln: Er sagte ihnen, daß der Preis für die ersten zwei Minuten fünfzig Cents betrage und es nicht seine Schuld sei, wenn «ihnen keiner abging». Wenn sie mehr wollten, dann müßten sie für jede zusätzliche Minute fünfundzwanzig Cents bezahlen.

Joe nahm Stevie, Joey oder Mary Jo - nie mehr als ein Kind aufs Mal - erst nach Mitternacht mit in den Keller hinunter. Genau um Mitternacht irgendeines Tages, an dem er beschloß, eines der Mitglieder seiner Mannschaft «umzuerziehen», hatte er eine Halluzination von einer Riesenuhr, die aus der rauchigen, von Blitzen durchbohrten Dunkelheit auftauchte. Jede Stunde auf der Uhr wurde durch die entsprechende arabische Ziffer angezeigt, mit Ausnahme der Ziffer zwölf. An ihrer Stelle saß ein weißer Menschenschädel. Joe lauschte den zwölf langsam fallenden, düsteren Schlägen der Uhr. Als der letzte Schlag verhallte, blickte er auf seine Armbanduhr: eineinhalb Minuten nach zwölf; die Uhr ging immer genau.

Dann verschwand das Bild, und Joe ging die Treppe hoch, durchquerte den Flur, öffnete die Tür des Schlafzimmers des Kindes, das «umerzogen» werden sollte.

«Wenn es mich in meiner rechten Handfläche juckte, so war das ein Zeichen dafür, daß eins der Kinder etwas angestellt hatte», erzählte mir Joe. «Es kam nicht darauf an, Flora, ob das betreffende Kind nun gerade an dem Tag etwas angestellt hatte oder nicht. Ich wußte, daß sie alle drei etwas anstellten, abgesehen davon, daß sie zu Hause ungehorsam waren und schmutzige Reden führten. Sie stellten praktisch jeden Tag etwas an.

Doch der Juckreiz war das Zeichen für ein bestimmtes Kind an einem bestimmten Tag. Ich spürte es jeweils in meiner rechten Handfläche und hörte die Stimme. Die Stimme sagte: Mary Jo. Oder Joey. Oder Stevie. Ich wußte, daß es die Stimme des Teufels war, der mir zur Zeit der Brände in der Janney und der East Fletcher Street erschienen war. Der Teufel trat im Jahre 1969 wieder in Erscheinung. Obwohl er im April desselben

Jahres, als ich zum ersten Mal ins Loch hinunterstieg, nicht anwesend war, hatte seine Stimme mir zwei Monate später befohlen, das Umerziehungsprogramm für meine Kinder zu starten.

Um Mitternacht sah ich die Uhr und den Schädel unter Blitzen aus dem Rauch und der Dunkelheit auftauchen. Es war angsterregend, Flora.

Sobald der Juckreiz auftrat und ich die Stimme hörte, wußte ich, daß ich ‹weg sein› würde. Ich bekam Kopfschmerzen, und dann ‹war ich weg›. Ich wußte, daß es geschah, aber ich hatte es nicht unter Kontrolle. Es war wiederum so, daß ‹es› mich beherrschte.

Ich war dann anders. Mein Denken veränderte sich. Es war überhaupt nicht wie das Denken der andern Menschen. Wenn der Juckreiz auftrat und ich die Stimme hörte, lösten sich meine Gedanken von den sichtbaren Dingen dieser Welt und kreisten um die Welt der unsichtbaren Dinge.

Und das ist das Abenteuer dabei, Flora. Man ist immer noch Joe Kallinger, aber da ist dieses völlig neuartige Denken.»

«Können Sie mir sagen, Joe, was der Juckreiz, die Stimmen, dieses ‹es› ist, das Sie beherrscht?»

«Mmh, ja», entgegnete er mit sanfter Stimme. «Ich glaube, ja. Der Juckreiz, die Stimmen, das ‹es› sind wie – wie, nun äh . . .» Er zögerte, nahm einen Schluck Wasser, faltete die Hände, den Blick in die Ferne gerichtet. «Wie die Geister im Januar, ja, die Geister im Januar.»

Unbeholfen flüsterte er den Satz «Geister im Januar» drei oder vier Mal vor sich hin.

Darauf schwiegen wir beide. Ich hatte noch nichts von «den Geistern im Januar» gehört und drängte ihn nicht zu einer Erinnerung, die ihn so stark zu beunruhigen schien und über die er, dessen war ich sicher, einmal reden würde. Überdies wollte ich nicht, daß er mir die Unberechenbarkeit des Juckens, der Stimmen und des «es» mit den «Geistern im Januar» erklärte. Ich wollte eine konkrete und verständliche Erklärung. Er fuhr fort:

«Ich wurde zu einem eigenen System von Zeichen, zu einer Welt für mich allein. Da war dieser Gesang, der aus meinem Innern kam, im Loch in der East Hagert Street. Und das Zeichen der juckenden rechten Handfläche kam kurz nach der Erfahrung im Loch.

Ich wollte wie alle andern sein», sagte er sehnsuchtsvoll. «Doch was für die andern normal war, war abnormal für mich. Das Abnormale war meine Normalität; Wahnideen waren Wirklichkeit, und die Wirklichkeit war ein Wahn. Ich glaube, ich bin einfach verrückt, nicht, Flora?»

Vor wenigen Augenblicken noch hatte Joe fast zusammenhanglos von den «Geistern im Januar» geredet. Jetzt zeigte er außerordentliche Einsicht. Diese Wechsel überraschten mich immer wieder, aber sie gehörten zur zyklischen Natur seines Wahns. Joe war psychotisch, aber nicht immer blockierte die Psychose Intelligenz und Wahrnehmung. Ich lernte, daß ein verrückter Mensch nicht ständig verrückt ist.

Die Kinder fanden ihn nicht verrückt, obwohl sie natürlich eine starke Veränderung bei ihm festgestellt hatten. Er war nur sporadisch der Vater, von dem Mary Jo gesagt hatte, daß er sie «schrecklich verwöhnte». Die «Umerziehung» hatte zweierlei bewirkt: Die Kinder hatten jetzt immer Angst vor ihm, und manchmal haßten sie ihn. Die Vergehen, die mit der «Umerziehung» hätten ausgemerzt werden sollen, ließen keineswegs nach und wurden sogar noch zahlreicher, denn die Kinder blieben so oft wie möglich außer Hauses.

Der Keim zur Verschlechterung der Beziehung zwischen Vater und Kindern war bereits im Haus der East Fletcher Street gelegt worden. Im Herbst 1964 hatte er Stevie, Mary Jo und Joey aufgetragen, Rosenbüsche, die er gekauft hatte, im Garten zu pflanzen. Fast den ganzen Sommer erfreuten sich Joe und die Kinder am Anblick der karmesinroten Rosen. – Die Rosen in jenem Hinterhof wurden für mich zu Symbolen dessen, was Joe über das Normale gesagt hatte, das von dem «es», in dessen Gewalt er sich befand, ins Abnorme pervertiert worden war und das er nicht hatte definieren können.

Doch eines Nachmittags Anfang August 1965 (bevor Joe den dritten Brand in der East Fletcher Street legte), gingen Joe und die Kinder zwischen den Rosensträuchern spazieren. Joe riß urplötzlich eine Rose ab und zerriß die Blütenblätter in winzige Stückchen. Sein Gesicht war vor Spannung ganz faltig geworden;

er preßte die Lippen zusammen, und die Augen hatten einen harten, grausamen Blick angenommen. Schreiend befahl er den Kindern: «Zerrt die Sträucher aus dem Boden, zerstört die Rosen. Alle, habt ihr verstanden, Kinder?»

Die Kinder blickten ihn gequält an, rührten sich nicht, konnten den Befehl, den er ihnen an den Kopf geworfen hatte, nicht begreifen.

«Zerstört sie, jede einzelne, bis zu den Wurzeln. Und gebt auf die Dornen acht!»

Er kreiste mit langen Schritten durch den Garten und zerquetschte dabei Rosen und Sträucher. Er stieß Stevie und Michael an und warf Mary Jo einen unheilverkündenden Blick zu. «Los, Kinder, tut, was ich sage! Ich bin der König. Diese Blumen sind meine Feinde. Zerstört sie!» Er beobachtete die Kinder, als sie seinem Befehl nachkamen. «Reißt die Blütenblätter aus! Zerreißt sie! Streut die Fetzen auf den Boden!»

Eine Stunde später war der Rosengarten zerstört und verwüstet.

Während drei Wochen im Juli 1971 ließ die Qual etwas nach: Die «Folterkammer» wurde nicht benutzt, und Joe selbst hatte keine Halluzinationen und keine ungewollten Gedanken. Er war auch sexuell potent, ohne daß er zu den alten Messerphantasien oder zu der Berührung eines Messers hätte Zuflucht nehmen müssen. Und er verspürte ein ungewöhnliches Wohlbefinden, fast eine Euphorie.

Diese drei Wochen begannen eines Abends, als Joe gerade dabei war, den Laden zu schließen und Mary Jo auftauchte. Er fand es bemerkenswert, daß sie trotz der «Bestrafungen», die er ihr auferlegte, doch immer wieder zu ihm kam, um mit ihm zu plaudern. Dies bestätigte ihm, daß sie ihn immer noch liebte.

Sie lehnte über den Arbeitstisch und erzählte ihm Dinge, die sie seiner Meinung nach eher mit ihrer Mutter hätte besprechen sollen. Er hörte zu, sagte jedoch nichts. Erinnerungen überwältigten ihn, besonders Erinnerungen an den Trost, den er bei ihr gefunden hatte, als er ihr seine schlimmen Kindheitserinnerungen erzählt hatte.

Sie war erst zwölf Jahre alt, doch als er ihr dunkles Haar und die dunklen Augen betrachtete, das anmutige Madonnengesicht, den biegsamen Körper, der in Jeans und einem T-Shirt steckte, stiegen Gefühle in ihm hoch, die er noch nie empfunden hatte.

Es wurde bereits spät, Zeit, den Laden zu schließen. In der einbrechenden Dunkelheit wirkte Mary Jo auf Joe wie eine Blume.

«Mary Jo», sagte er, «aus dir wird eine wunderschöne Frau werden.»

«Danke, Daddy», antwortete sie.

In der Nacht stellte Joe sich selbst als einen Gärtner vor, der eine Blume hegte, und voller Entzücken sah er, wie die Blüte sich öffnete. In den folgenden drei Wochen erfreute sich das Herz des Gärtners. Ich hatte nichts über den Gärtner und seine Blume gewußt, als ich mich 1976 im Bergen-County-Gefängnis mit Joe über Mary Jo unterhielt. Doch ich spürte, welch intensive Gefühle er für sie empfand.

Einige Tage später suchte ich Betty auf, die eben von einem Gefängnisbesuch zurückkehrte. Als Betty aus dem Wagen stieg, rannte Mary Jo auf sie zu und fragte ganz aufgeregt: «Hast du Daddy gesehen?» Wieder konnte ich feststellen, daß zwischen Vater und Tochter eine starke Bindung bestand. Bei den Gerichtsverhandlungen hatte das Publikum darüber gestaunt, wie Mary Jo, die doch von ihrem Vater mißbraucht worden war, der Presse sagen konnte, sie wünsche sich, ihr Vater komme nach seiner Genesung nach Hause. Die Presse begriff die starke Bindung zwischen Vater und Tochter nicht (und auch nicht die Tatsache, daß Mary Jo wußte, daß ihr Vater sie mißbraucht hatte, weil er geistesgestört war). Und ich verstand die Beziehung auch nicht wirklich, bis Joe mir ein Jahr später im Camden-County-Gefängnis darüber berichtete.

«Im Juli 1971», sagte er, «verbrachten wir in einem Zeitraum von drei Wochen sechs wunderschöne Abende zusammen. Wir unternahmen viel, Flora, gingen aus zum Essen, nur wir beide. Eines Tages kaufte ich ihr eine Halskette, um die Schönheit des vorhergehenden Abends zu feiern; ich kaufte ihr auch andere Geschenke, nicht weil es Weihnachten oder ihr Geburtstag war oder weil sie etwas gebraucht hätte. Ich kaufte sie, weil Mary Jo mir während jenen Wochen etwas Besonderes bedeutete.»

Er hielt inne, sah mich mit ruhigem Blick an, stand auf und machte einige Schritte. Nach einigen Augenblicken, während denen er in der Erinnerung versunken schien, sagte er: «Ich brach die Beziehung ab, als mir klar wurde, daß es nicht weitergehen konnte. Damals wünschte ich mir, sie wäre nicht meine Tochter gewesen. Aber ich konnte sie nicht aus meinem Herzen reißen, so wie ich den Kindern befohlen hatte, die Rosen in der East Fletcher Street auszureißen. Wenn ich jemanden liebe, dann liebe ich sehr tief. Zu tief. Ich nehme es zu ernst, es geht zu tief wie alles andere. Es wird Teil einer Besessenheit. Ich habe das schreckliche Gefühl, daß ich für Mary Jos Leben nicht gut gewesen bin. In diesen drei Wochen habe ich das tiefste Glück erlebt, das ich je gekannt habe.»

Als Joe diese Beziehung abbrach, zerrupfte und zerstörte er auch das beglückende Gefühl, sich wie ein normaler Mann in einer nicht normalen Situation zu fühlen und zu verhalten. Während jener drei Wochen hatte er es nicht nötig gehabt, ein Messer zu umklammern oder Phantasien über Blut und Gewalt zu haben, um seine Potenz aufrechtzuerhalten. In jenem Zeitraum hatte sich seine Persönlichkeit verändert: Er hatte keine rätselhaften Wutanfälle mehr oder das Bedürfnis, seine Kinder zu mißbrauchen oder Zuflucht zu seiner «dunklen Einsiedelei» zu nehmen, dem Loch im Haus an der East Hagert Street. Er war in jenen drei Wochen von den ungewollten Gedanken und Halluzinationen befreit, in deren Bann er die Befehle aus der Hölle zu vernehmen glaubte.

Joes Glück entwuchs der Wahnvorstellung, daß ein Vater sich unbehindert mit seiner Tochter «verabreden» könne, trotz eines Kulturraums, der eine solche Beziehung verbietet. Für einen «normalen» Mann – einen Mann, der nicht psychisch krank ist – weist eine Beziehung mit der Ehefrau oder der Geliebten genau dieselben Wesenszüge auf wie Joes Beziehung zu seiner Tochter. Eine solche Beziehung kann mit der Zustimmung der Gesellschaft wachsen und aufblühen, Joes Beziehung hingegen nicht.

Er brach sie ab. Moralisch gesehen war seine Entscheidung richtig. Doch in einem ganz spezifischen Sinn war diese Entscheidung für ihn nicht richtig. Tragisch daran war, daß mit dem Ende dieses Kapitels in seinem Leben auch das Ende eines

Zeitraums angebrochen war, in dem er weder Halluzinationen noch dem Sadismus verfallen war. Unter dem Einfluß einer einzigen Wahnidee (in bezug auf seine Tochter) war Joe während drei Wochen wirklich glücklich gewesen. Die andern Aspekte seiner Psychose waren vorübergehend in den Hintergrund getreten.

Joe hatte unter der Aufrechterhaltung einer Wahnidee gut funktioniert; nachdem er die Wirklichkeit der sozialen Sitten und Gebräuche wieder eingerichtet hatte, fiel er in sein altes psychotisches und exzentrisches Verhalten zurück. Beim Geschlechtsverkehr mußte er wieder auf seine alten Phantasien von Blut und Gewalt sowie auf das Messer zurückgreifen, um die Phantasien zu unterstützen. Er kehrte auch wieder zu einem Leben zurück, das von Halluzinationen, ungewollten Gedanken und dem Ausagieren sadistischer Impulse beherrscht war.

Um sich zu heilen, arbeitete Joe wie ein Wahnsinniger an den orthopädischen Experimenten und pilgerte noch häufiger als je zuvor in die Einsamkeit des Loches an der East Hagert Street.

Sein Sinn war immer noch auf Mary Jo ausgerichtet, erst sehnsüchtig und zärtlich, doch mit der Zeit kam Wut auf, weil sie sich mit andern Männern traf; Eifersucht flackerte auf. Die Jungen, mit denen sie sich verabredete, wurden seine Feinde, dunkle Gestalten, die ihn verfolgten und noch bedrohlicher waren als die CIA-Agenten, mit denen er in seinem Wahn Harry Comers Büro bevölkert hatte.

Als Joe eines Abends vom Loch an der East Hagert Street nach Hause ging, sah er Mary Jo Hand in Hand mit einem neunzehnjährigen Burschen aus der Nachbarschaft, Freddy Prince. Sie lachten und küßten sich auf die Lippen. Um einer Konfrontation aus dem Weg zu gehen, verzog Joe sich in einen Hauseingang.

Am folgenden Tag fiel Joe auf, daß Mary Jo eine neue Halskette trug.

«Wo ist die Halskette, die ich dir geschenkt habe?» fragte er.

«Ich habe sie, Daddy», sagte sie, «aber diese hier ist neu. Freddy hat sie mir geschenkt.»

Joe riß seiner Tochter die Kette vom Hals.

Vier Tage vor Weihnachten 1971 sah Joe seine Tochter erneut mit Freddy auf der Straße. Wiederum ging er ihnen aus dem

Weg. Zu Hause hielt er seiner Tochter eine Standpauke, weil sie sich mit «älteren Männern» traf, und befahl ihr, Freddy Prince «sausen zu lassen».

Mary Jo wußte wohl, daß Joe etwas gegen ihre Treffen mit Freddy hatte, und zwar nicht weil der Altersunterschied zu groß gewesen wäre, sondern weil «Daddy so handelte, als ob ich seine Geliebte wäre», wie sie mir sagte. «Er war auf jeden Jungen, mit dem ich mich verabredete, eifersüchtig.»

Joe wünschte auch, daß Mary Jo nicht mehr zu den Strongs ginge. Die Strongs, alteingesessene Leute von Kensington, lebten nur wenige Häuserblocks von den Kallingers entfernt und hatten für die Kallinger-Kinder ein offenes Haus. Die Strongs hatten drei Kinder, zwei Söhne und eine Tochter: der 23jährige Johnny, der 19jährige Willie und die 13jährige Susan, Mary Jos beste Freundin. Joe war davon überzeugt, daß Mary Jo und Willie sich liebten.

«Ich hatte keinen Beweis dafür, daß Mary Jo und Willie Strong miteinander schliefen», erzählte mir Joe, «aber ich war dessen absolut sicher. Ich wußte es nicht wirklich, aber ich wußte es.»

Für Joe waren Willie Strong und Freddy Prince Inkarnationen und Ausweitungen von Haßobjekten der Vergangenheit. Sie waren die Jungen, die vor langer Zeit im Kino mit den Mädchen geschäkert hatten, während Joe ganz allein gewesen war. Und sie waren Hans Ibler, der Mann, an den er Hilda, seine erste Frau, verloren hatte.

«Die Strongs waren nicht nur die Quelle meiner Schwierigkeiten mit meiner Tochter, sondern auch mit meinen Söhnen», sagte Joe in einer Mischung aus Wut und Traurigkeit zu mir. «Die Strongs hetzten meine Kinder gegen mich auf.»

Joe schob den Strongs die Schuld in die Schuhe, aber er beschuldigte auch sich selbst, weil er «die Zügel zu locker hielt», wie er es nannte. Er hatte die Zügel angezogen, als er damit angefangen hatte, Mary Jo zur Schule zu bringen und sie dort wieder abzuholen. Er wiederholte, was man als Kind mit ihm getan hatte. Doch indem er seine Tochter gegen seine «Rivalen» abschirmte, verlieh er auch seinen Eifersuchtsgefühlen Ausdruck. Er wollte sichergehen, daß sie die Schule nicht schwänzte, um den Tag im Haus seiner Feinde, den Strongs, zu verbringen.

Neue Wutgefühle schienen sich mit den alten zu vermengen. Der Alltag wurde für Joe zusehends irrealer und wie ein Traum. Manchmal war Joe voll da und reagierte spontan auf die Forderungen des Augenblicks, doch zu andern Zeiten war seine Wahrnehmung der Wirklichkeit völlig durch Wahnideen und Halluzinationen verzerrt. Er war oft schläfrig, und seine Redegewohnheiten fingen an, sich zu verändern; er redete oft mit langen Pausen und erfand neue Wörter und unpassende Reime.

Die Stimmen tauchten jetzt öfter auf als in der Vergangenheit. Joe glaubte, daß sie nicht aus seinem Innern, sondern von der Außenwelt kämen. Er konnte sie nicht von den Menschen, die in der Wirklichkeit mit ihm redeten, unterscheiden. Als er den Bestrafungsraum in seinem Keller eingerichtet hatte, war es die Stimme des Teufels gewesen, die ihn dazu angestachelt hatte. Doch die Stimme hatte sich verändert. Es war nicht mehr die Stimme des Teufels. «Ich wurde von einer Macht manipuliert, Flora», sagte er zu mir. «Ich wußte nicht, was es war. Aber es mußte etwas anderes sein als ich.»

Als Joe am Neujahrstag 1972 im Keller die Inventur seines Lagers machte, blickte er auf und erkannte die große Gestalt im weißen Licht, die ihm vor zwanzig Jahren erschienen war. Damals war Joe fünfzehn Jahre alt gewesen, jetzt war er fünfunddreißig. Die Gestalt sagte nur einen einzigen Satz:

«Joseph, du bist jetzt in *meiner* Gewalt!»

Das Licht löste sich auf, die Gestalt verschwand. «Wenn die Stimmen vom Teufel kamen», sagte Joe, «mußte ich den Befehl nicht immer ausführen. Doch nach 1972 kamen sie von Gott, und ich mußte genau das tun, was man mir sagte.»

Als Joe der Stimme zuhörte, die er in seiner Halluzination Gott zuschrieb, hatte er ein Gefühl der Macht. Er war jetzt in dem Wahn befangen, daß Gott alles, was Joe Kallinger unter Seinem Befehl tat, sanktionierte und heiligte. Nun, da Joe in seinem Wahn Befehle ausführte, die vom Höchsten Wesen, vom Pontifex Maximus des Universums, stammten, wurde das, was für andere Menschen falsch war, für Joe richtig.

Unter der Macht dieses wahnhaften Grundprinzips bestrafte Joe seine Kinder mehr und mehr. Doch die Kinder rebellierten: Mary Jo traf sich weiterhin mit Freddy Prince und ging weiterhin zu den Strongs, wo sie oft über Nacht blieb. Joey lief von zu Hause fort und rief dann jeweils Joe an, um ihn zu bitten, ihn abzuholen. Und Joe holte ihn ab, wo immer Joey sich auch befand, und brachte ihn nach Hause zurück.

Am Samstagnachmittag des 22. Januar 1972 verließen Mary Jo und Joey zusammen das Haus und kehrten in jener Nacht nicht zurück. Als sie am nächsten Morgen immer noch nicht zu Hause waren, erstattete Joe der Polizei keine Meldung, wie er das sonst immer, wenn Joey vermißt wurde, tat. Er wandte sich auch nicht an die Strongs: Schließlich waren sie seine Feinde. Aber er bat auch nicht andere Freunde von Mary Jo oder Joey um Hilfe. Er traute niemandem. Abgesehen davon würde Joe Kallinger, der Befehle von Gott empfing, gewöhnliche Sterbliche nicht um Hilfe bitten. Am Sonntagmorgen um neun Uhr setzte er sich in ein Taxi und fuhr kreuz und quer durch Kensington.

Es war die alte Wanderlust, die ihn vorwärts trieb. Als Kind war er umhergeirrt, weil er nirgends verwurzelt war; später suchte er etwas, dem er sich hätte zugehörig fühlen können. Im Lauf der Zeit hatte er Abfall gesammelt, um eine Elternrolle zu haben, genauso wie er sich später als Elternfigur der vier Hamster gefühlt hatte.

Nun war er auf der Suche nach dem, was ein Teil von ihm war, und er hatte Angst, es verloren zu haben. Als Vater von sechs Kindern hatte er, wie er glaubte, seinen Traum von einer Familie verwirklicht. Doch im Bestrafungsraum im Keller hatte er diesen Traum verzerrt und pervertiert; sein Traumgebäude zeigte demzufolge die ersten Anzeichen des Einstürzens. Daß Mary Jo und Joey nun zusammen fortgelaufen waren, hielt Joe für eine Meuterei in seinem Schloß.

Während das Taxi Kensington durchkämmte, schrieb Joe mit seinem paranoiden Mißtrauen und seiner Eifersucht im Geist ein Drehbuch von Sexszenen, in die er Joey und insbesondere Mary Jo verwickelt glaubte, seitdem sie das Haus am Samstagnachmittag verlassen hatten.

Sie hielten ihn zum Narren! Als Vater hatte er die Pflicht, wie er sich selbst sagte, Mary Jo und Joey zu finden und zu bestrafen, damit sie ihm nie mehr davonliefen.

Joe spürte Schmerzen in den Schläfen. Es war dieselbe Art von

Schmerz, die zu seiner Einlieferung ins St. Mary's Hospital und ins Hazleton State Hospital geführt hatte. In seinen Schläfen pulsierten die Wut und Verzweiflung seines ganzen Lebens. Das Pochen, das an den primitiven Schlag eines Tamtams erinnerte, hatte einen gleichmäßigen, faszinierenden Rhythmus.

«Ich wußte», sagte Joe zu mir, «daß etwas in meinem Innern nicht richtig funktionierte. Es war, als würde mein Verstand sich abschließen und als würde ich von ungewollten Gedanken – abartigen Gedanken, so wie ich das jetzt sehe – beherrscht.

Sobald der Verstand wieder in den Körper zurückgekehrt ist, werden diese Gedanken von ihm aufs heftigste zurückgewiesen. Man hat eine viel größere Sicht als im Normalzustand. Wenn man in dieser engen Ecke ist, haben die eigene Familie, der Beruf, die Versprechen, die man den Kunden gemacht hat, keinerlei Bedeutung mehr. Man rennt davon, um diese andere Welt zu finden. Man befindet sich in einer Sackgasse. Man hat die Orientierung verloren.»

Joe befand sich noch immer in dieser «andern Welt» der Halluzinationen und der Phantasien von Gewalt, als er nach der ergebnislosen Sucherei vom Vormittag nach Hause zurückkehrte. Fast den ganzen Nachmittag ging er nervös auf und ab, doch gegen Abend beschloß er, wieder hinauszugehen. In seinen von Messern beherrschten Halluzinationen und Phantasien, die ein Teil seiner Psychose waren, kam zwar kein Gewehr vor, aber er beschloß trotzdem, die 45er Automatik mit den fünf Schuß, die er aus Sicherheitsgründen immer im Laden dabei hatte, mitzunehmen.

Er steckte die Pistole in seinen Gürtel und zog sich dann den Mantel über. Er hatte vor, die Pistole als taktische Waffe einzusetzen, um den Meuterern, Mary Jo und Joey, Angst einzujagen und sie zur Unterwerfung zu zwingen. Daraufhin bat er die Familienmitglieder, die zu Hause waren – Betty, den elfjährigen Michael und den neunjährigen James – mitzukommen. Im Gegensatz zu den Meuterern hatten sie nicht gegen ihn rebelliert und repräsentierten immer noch seinen Traum von einer Familie. Als das Taxi durch die engen Straßen von Kensington fuhr, fand er Trost in ihrer Gegenwart.

Er hatte die Hoffnung, die Meuterer zu finden und der Familie wieder zuzuführen, beinahe aufgegeben, als er sie durch die Scheibe seines Wagens hindurch bei der Kreuzung Allegheny und Kensington Avenue aus dem Kino kommen sah. Mit Widerwillen stellte er fest, daß Mary Jo und Joey in Begleitung von Susan, Johnny und Willie Strong waren.

Mary Jo, Joey und die drei Strongs schlenderten durch die Kensington Avenue und merkten nicht, daß ihnen ein Taxi folgte. Als sie in die Nähe der Somerset Street kamen, bat Joe den Fahrer, an der Straßenbiegung zu halten. Joe sprang aus dem Taxi. Mary Jo, Joey und die drei Strongs erkannten ihn und liefen weg; Joes Kinder in die eine Richtung, die Strongs in eine andere.

Joe sagte dem Fahrer, er solle Mary Jo und Joey folgen. Er war wütend auf sie, weil sie sich so offensichtlich gegen ihn auflehnten, was für ihn ein klares Zeichen dafür war, daß sie ihn nicht liebten. Wenn sie mich liebten, dachte er, würden sie auf mich zukommen und tun, was ich ihnen sage. Doch er freute sich auch über die offenkundige Angst, die die Kinder vor ihm hatten, denn so würde er sie leichter einfangen können.

Die Kinder drehten sich zweimal um, um festzustellen, ob Joe ihnen folgte. Beim zweiten Mal hieß er den Fahrer neben ihnen anhalten. Joe sprang aus dem Wagen und richtete die Pistole auf seine beiden Kinder. Dann deutete er zweimal mit der Mündung auf die offene Wagentür, als wolle er sagen: «Steigt ein.»

Später erzählte mir Mary Jo: «Daddys Gesichtsausdruck nach zu schließen, mußten wir annehmen, daß er auf uns schießen würde, falls wir nicht taten, was er sagte.»

Joe stieg nach Mary Jo und Joey in den Wagen. Niemand sagte ein Wort. «Ich konnte es kaum glauben», erzählte mir Betty später. «Ich hatte Joe noch nie mit einer Waffe gesehen.»

Zu Hause angekommen, stiegen sie aus. Betty und die Kinder gingen mit ruckartigen, nervösen Schritten ins Haus. Sie spürten die Gefahr.

Als sie alle im Haus waren, sagte Joe zu Betty: «Zieh den Mantel nicht aus. Geh und kaufe einige Pizzas. Nimm Mike und Jimmy mit!»

Die Haustür fiel ins Schloß. Joe starrte Joey und Mary Jo mit kaltem Blick an. Heute abend benötigte er keinen Juckreiz in seiner rechten Handfläche, keine Riesenuhr, die aus der rauchigen Dunkelheit aufstieg, und es mußte auch nicht nach Mitternacht sein. Die Rosen im Hinterhof des Hauses an der East Fletcher Street waren Joes Feinde gewesen. Er hatte sie zerstört. Jetzt waren Mary Jo und Joey seine Feinde. Er hatte kein Interesse mehr daran, ihnen aus Gründen der «Erziehung» Schmerzen zuzufügen. Heute abend verlangte es ihn nach Rache.

«Im selben Augenblick, als ich Mary Jo und Joey mit den Strongs sah», sagte Joe zu mir, «wußte ich, daß meine Kinder zum Feind übergelaufen waren. Flora, ich könnte mich umbringen, wenn ich daran denke, was ich getan habe, nachdem Betty mit unseren beiden jüngeren Söhnen das Haus verlassen hatte. Vielleicht reden Sie jetzt nie wieder ein Wort mit mir? Deshalb habe ich es vermieden, Ihnen die Geschichte zu erzählen, obwohl Sie mich immer wieder danach gefragt haben; vielleicht sollte ich sagen, daß ich Ihnen ‹ausgewichen› bin.

Aber ich will jetzt alles erzählen. Ich kann mich nicht an alle Einzelheiten erinnern. Vieles erscheint mir verschwommen; ich erinnere mich an das Geschehen wie an die Fragmente eines Traums. Aber ich erinnere mich an das Wesentliche. Ich erinnere mich nur zu gut daran. Ich könnte mich umbringen.»

Ich hatte die Geschichte von Mary Jo erfahren. Ich hatte die Aussagen, die Mary Jo und Joey beim Prozeß gemacht hatten, gelesen. Ich hatte die Geschichten in den Zeitungen gelesen. Nun würde ich die Geschichte aus Joes Mund hören.

«Als wir im Taxi saßen», sagte er und setzte sich, «dachte ich mir, vielleicht sollten wir ein Kriegsgericht abhalten. Das Verbrechen, das sie gegen mich begangen hatten, war groß. Doch als wir zu Hause ankamen, erteilte Gott mir Anweisungen. Ich sah dieselbe große Gestalt im weißen Licht, die mir bereits erschienen war, als ich fünfzehn Jahre alt war.

Ich sagte Mary Jo, sie solle auf dem Sofa warten. Ich nahm Joey mit in die Küche, setzte ihn auf einen roten Armstuhl und band ihn mit der rechten Hand am Türgriff des Kühlschranks fest. Um ihm Angst einzujagen, ließ ich ein Fleischmesser auf den Boden fallen. Er schrie und fluchte, aber daran war ich ja gewöhnt. Er liebte seinen Daddy, wenn ich, wie er es nannte, sein ‹Spiel-und-Spaß-Dad› war. Wenn wir zum Beispiel die Fassade seines Schulhauses mit Farbe besprühten oder andere verrückte

Abenteuer zusammen erlebten. Manchmal machte ich ihn zum Schergen meiner kranken Wünsche. Doch sobald ich ihm zeigte, wer der Boß war, beschimpfte er mich. Null Respekt. Nun, ich hatte ihn jetzt angebunden. Er war mein Gefangener. Es gab keine Flucht für ihn. Nun konnte ich Mary Jo meine ganze Aufmerksamkeit widmen. An jenem Abend war sie der *große* Feind.

Sie saß auf dem Sofa und wartete auf mich, genau wie ich es ihr befohlen hatte. Sie war vernünftig genug, einzusehen, daß ein Fluchtversuch nicht klug gewesen wäre. Das gefiel mir. Oh ja, sie war klug. Sowohl Betty als auch ich betrachteten sie als das intelligenteste unserer Kinder. Und sie war schön. Sie kennen sie, Flora, Sie wissen, wie schön sie ist. Auffallend schön. Ja, überaus schön. Aber ich scheine vom Thema abzuweichen.

Nun, ich ging auf sie zu, pflanzte mich vor ihr hin, und da stand ich und blickte in ihr schönes, verängstigtes Gesicht. Rachegefühle durchbohrten mich wie ein elektrischer Strom. Ich liebte meine Tochter, und ich haßte sie. Wir sagten beide kein Wort zueinander. Zwischen uns war totales Schweigen. Ich hörte, wie Joey in der Küche gegen seine Fesseln ankämpfte und sich auf dem Armstuhl wand. Seine Flüche drangen wie Explosionen ins Wohnzimmer. Mary Jo fuhr jedesmal erschreckt hoch, aber ich war unerschütterlich wie des Henkers Schlinge.

In der Hand hielt ich einen Spachtel, den ich mir in der Küche besorgt hatte, sowie ein Seil aus dem Keller. Neben das Sofa stellte ich einen kleinen Gasofen, den ich aus dem Laden geholt hatte.

In meiner Tasche hatte ich das Stellmesser, das ich immer auf mir trug. Es vermittelte mir dasselbe Gefühl der Sicherheit, das ich hatte, wenn ich beim Geschlechtsverkehr ein Messer umklammerte. Sie erinnern sich, daß ich lediglich während der drei herrlichen Wochen mit Mary Jo kein Messer in der Hand oder in der Tasche haben mußte, um mich wohl zu fühlen.

Doch an jenem Abend nahm ich das Stellmesser aus der Tasche und drückte auf den kleinen Knopf am Griff. Die dünne Klinge schnellte hervor, und ich richtete die Spitze des Messers auf Mary Jos Hals. Ich sagte ihr, daß ich sie erstechen würde, wenn sie schrie. Ich befahl ihr, alle Kleider mit Ausnahme des Büstenhalters und des Höschens auszuziehen. Sie gehorchte.

Noch nie zuvor hatte ich so etwas getan, aber meine Stimme klang wie diejenige eines richtigen Verbrechers. Oh ja, als ich klein war, tat ich etwas Ähnliches, nach den Busfahrten, die ich damals unternahm, und unter der Silver Bridge. Doch damals bekam ich kalte Füße, und ich wagte es nicht, noch mehr zu tun.

Mit Mary Jo tat ich etwas Neues. Ich band ihr die Handgelenke auf dem Rücken mit dem Seil zusammen; ich band ihr ebenfalls die Knöchel zusammen. Dann legte ich den Spachtel auf den Gasofen. Ich nehme an, daß es etwa fünf Minuten dauerte, bis er heiß wurde. Ich wartete. Mary Jo wartete. Sie wußte nicht, worauf.

Ich nahm den Spachtel in die Hand; er war heiß. Ein Spachtel ist kein Messer, doch ich hielt ihn in der linken Hand, in derselben Hand, in der ich das Messer beim Geschlechtsverkehr hielt und die später die Mordhand werden sollte.

Ich kniete mich vor meine Tochter hin und lehnte mich gegen sie. Sie duckte sich. Die Stimme Gottes befahl mir, Mary Jo zu verbrennen. Die Stimme hatte mir Befehle erteilt, sobald wir das Haus betreten hatten.

Wir müssen verbrennen, um Neues zu schaffen, verbrennen, um zu läutern. Ich hoffte, daß alle reinen Zellen in Mary Jos Körper wieder hervorkämen, sobald sie den Schmerz fühlte. Ich hoffte, daß sich die ursprüngliche Tugend in ihrem Körper wiederherstellen würde, die Freddy Prince, Willie Strong und vielleicht noch andere aus ihr ausgetrieben hatten.

Wieder lehnte ich mich gegen sie. Ihre Augen hatten einen glasigen Blick. Mit der linken Hand bewegte ich den Spachtel zur Innenseite ihres rechten Oberschenkels. Er war nackt, das Höschen bedeckte ihn nicht. Ich preßte den heißen Spachtel gegen ihr nacktes Fleisch. Ich glaube, sie schrie. In einer Art Singsang sagte ich immer wieder: ‹Du wirst mir nie mehr davonlaufen.›

Als der Sprachtel erkaltet war, nahm ich ihn von ihrem Oberschenkel weg und legte ihn wieder auf den Ofen, um ihn zu erhitzen. Ich ging in die Küche, um mich mit Joey zu befassen. Aber davon später, erst will ich die Geschichte mit Mary Jo zu Ende erzählen.

Als ich wieder zurückkam, preßte ich den heißen Spachtel wieder auf ihren Oberschenkel, an genau derselben Stelle, knapp einen halben Zentimeter von ihrer Vagina entfernt. Mary Jo zitterte heftig. Aber sie hatte Glück, daß ich nicht das tat, was ich ursprünglich vorgehabt hatte.»

Joe hielt inne und trank einen Schluck Wasser.

«Ich weiß nicht, wie oft ich den Spachtel wieder erhitzte und auf ihren Oberschenkel drückte; ich glaube bloß zweimal. Mary Jo sagt, daß es öfter gewesen sei. Doch plötzlich änderte ich meine Absicht. Die Sinnesänderung überfiel mich, als ich einige verbrannte Stückchen Fleisch auf dem kalten Spachtel bemerkte. Ich ging mit dem Spachtel in die Küche, wusch ihn und legte ihn in die Schublade zurück. Dann ging ich zu Mary Jo zurück. Ich sah mir die Wunde an. Auf der Innenseite ihres rechten Oberschenkels hatte sie einen etwa siebeneinhalb bis zehn Zentimeter großen Fleck weißen Fleisches. Ich band ihre Hände und Füße los. Dann ging ich in den Laden, um mich mit orthopädischen Experimenten zu kurieren. Diesmal hatte ich es wirklich nötig.»

Wir schwiegen einige Minuten lang. Dann brachte ich meine Fassungslosigkeit zum Ausdruck.

«Joe, Sie wollten sich rächen. Doch gleichzeitig wollten Sie Mary Jo durch das Verbrennen läutern. Weshalb haben Sie ihren Oberschenkel und nicht einen andern Körperteil verbrannt?»

«Damit sie nicht mehr vögeln würde», antwortete er.

«Sie meinen, sie hätte auf ewig eine Narbe behalten, die ihr peinlich sein würde?»

«So weit in die Zukunft hab' ich nicht gedacht, ich dachte bloß an die unmittelbar bevorstehende Zeit. Die Wunde wäre noch nicht verheilt und würde ihr wehtun. Wenn man Schmerzen hat, kann man nicht vögeln.»

«Aber Sie haben mir gesagt, daß Sie sich nicht genau darüber im klaren waren, was sie mit den Jungen tat, mit denen sie sich traf.»

«Ich habe Ihnen ja erzählt», erwiderte er, «daß ich es nicht wußte, und doch *wußte* ich! Ich habe Ihnen doch gesagt, daß ich mich rächen mußte für das, was sie mir angetan hatte. Sie hatte sich mit dem Feind verschworen.»

«War Eifersucht ins Spiel gekommen?» fragte ich.

«Sehr stark», antwortete er.

«Weshalb haben sie gesagt, daß sie Glück hatte, daß Sie nicht das taten, was Sie ursprünglich beabsichtigt hatten?»

«Ich hatte vorgehabt, ihr den heißen Spachtel in die Vagina zu stecken und ihn ihr in den Bauch zu stoßen. Ich wollte die Schlechtigkeit in ihr ausglühen, damit die Tugend wieder einkehren könnte. Gott erteilte mir den Befehl dazu, als er mir nach der Heimkehr erschien.»

Wir waren beide angespannt. Er schaute mich an, um festzustellen, ob ich wütend auf ihn war. Doch obwohl ich entsetzt war, wußte ich, daß die Handlung, die er gegen seinen Sohn und seine Tochter vollzogen hatte, von seinem psychotisch bedingten Sadismus stammte. Er hatte mir bereits eingestanden, daß es ihm Freude bereitete, jemandem Schmerz zuzufügen.

«Man glaubt an das, was man tut, während man es tut», erklärte er. «Man glaubt, daß es richtig ist. Es ist ein selbständiger Trieb. Es ist eine eigenständige Macht. Es ist, was es zu einem bestimmten Zeitpunkt ist.

Aber ich will Ihnen noch erzählen, was ich mit Joey tat. Genau wie Mary Jo war auch er zum Feind übergelaufen. Doch das, was ich ihm antat, war nicht so dramatisch wie das, was ich Mary Jo antat. Ich entfernte den metallischen Kopf von einem Hammer. Dann schlug ich Joey mit dem hölzernen Griff auf die Hände, ins Gesicht, doch am meisten hieb ich auf seine Knie ein. Bei jedem Schlag sagte ich: ‹Damit du nicht wieder davonläufst!›»

«Wetten wir?» zischte er. «*Ich* stelle die Regeln auf, das wirst du noch merken, du Arsch!» .

Ich war nicht überrascht. Er beschimpfte mich immer. Er tat absichtlich Dinge, um mich zu provozieren und mir auf die Nerven zu gehen. Ich liebte Joey, aber ich hatte auch Angst vor ihm. Ich nahm ihm die Fesseln ab, als ich in die Küche ging, um den Spachtel zu waschen.

«Nun», fuhr Joe fort, «ich band Joey und Mary Jo wieder los. Dann ging ich, wie ich bereits sagte, in den Laden, um mich meinen orthopädischen Experimenten zu widmen.

Ich war erschrocken über das, was ich getan hatte. Und ich war auch erschrocken, weil dies das erste Mal war, daß ich meine Phantasien und Halluzinationen in die Tat umgesetzt hatte. Seit meinem zwölften Jahr hatte ich phantasiert, einer Frau den

Bauch aufzuschlitzen oder die Brüste abzuschneiden. In den letzten Jahren hatte ich auch Phantasien gehabt, in denen ich einer Frau Nadeln in den Leib stach oder sie mit einer Zigarette oder einem heißen Eisen brannte. Mary Jo war eine Frau. Ich hatte sie mit einem heißen Spachtel gebrannt.

Vom Laden ging ich wieder ins Wohnzimmer zurück, um nach Mary Jo und Joey zu sehen. Sie waren oben. Ich rief sie. Sie kamen herunter. Ich gab jedem fünf Dollar in Münzen. Als ich ein Kind war, hatte ich Münzen aus dem Schrank meiner Adoptiveltern gestohlen, um meine Einsamkeit loszuwerden, indem ich Kinder mit dem Geld bestach, mit mir ins Kino zu gehen – ich bezahlte ihnen den Eintritt. Ich vermute, daß ich mit Mary Jo und Joey dasselbe tat: Ich bestach sie, damit sie mir verziehen und vergaßen, was ich ihnen angetan hatte; ich bestach sie, damit sie mich liebten. Na ja, wir schienen wieder Freunde zu sein. Betty hatte angerufen und sich erkundigt, ob sie wieder nach Hause kommen könne. Ich sagte ja. Die ganze Familie setzte sich und aß Pizza. Es war schon spät.

Aber warum hatte mich Betty mit Mary Jo und Joey allein gelassen? Sie hätte sie mir an jenem Abend nicht anvertrauen sollen. Sie hatte die Pistole gesehen, mit der ich die zwei in das Taxi hineingezwungen hatte. Doch sie ließ es zu, daß ich mit ihren Kindern allein blieb. Weshalb konnte Betty mich nicht vor mir selbst schützen und retten?

Doch ich wußte, daß meine orthopädischen Experimente mich auch nicht retten würden. Sie waren ein Mißerfolg. Wären sie nicht mißlungen, hätte ich Mary Jo nicht gebrannt. Und ich versagte, Flora. Als ich mit sechzehn heiratete, zog ich aus, um eine Familie zu gründen. Ich träumte von einer Familie. Der Traum erfüllte sich nicht. Ich versagte.

Als ich fünfzehn war, hatte Gott mich angewiesen zu lernen, wie ich mich selbst und die Menschheit mit meinen orthopädischen Experimenten heilen könnte. Ich hatte versucht, beides zu tun. Aber Er hatte mir auch befohlen, meine Tochter zu brennen. Ich tat es. Dann wußte ich, daß ich die Menschheit nicht retten würde. Wie hätte ich die Menschheit retten können, wenn ich mich selbst nicht retten konnte? In jener Nacht beschloß ich, das zu zerstören, was ich nicht zu retten vermochte.»

10

Der nackte König

Der Aufseher saß an einem großen Schreibtisch, auf dem eine kleine Lampe stand. Auf der andern Seite des hohen Gitters wachte er über die fünfzig Gefangenen, die Kopf an Füßen auf harten, in Reihen angeordneten Pritschen schliefen.

Joe Kallinger richtete sich auf seiner Pritsche auf. Er starrte durch das Drahtgitter auf den Wärter und konnte es einfach nicht fassen. Tagsüber war Joe zu Hause gewesen, der König in seinem turbulenten Schloß. Und nun, in der Nacht, war er einer der Gefangenen im Schlafsaal des *Philadelphia Detention House*, der Strafanstalt von Philadelphia.

Ich bin hier, weil mich niemand liebt, sagte sich Joe. Er schaute auf, in der Hoffnung, daß die strahlende Gestalt des halluzinierten Gottes, die zu ihm gesagt hatte: ‹Nun bist du in *meiner* Gewalt!› ihm hier in der Haftanstalt erscheinen würde, um ihn zu trösten. Doch der Herr zeigte sich Joe nicht. Die einzige Stimme, die er hörte, war die eines Gefangenen, der in seinem unruhigen Schlaf murmelte.

Ich habe niemanden, dachte Joe. Keine Kinder, keine Mutter, keinen Vater, keine Freunde, keine Kunden, keine Arbeitskollegen, keinen Arzt, keinen Priester, keinen Gott! Joe hörte einen Stuhl auf dem Fußboden kratzen. Der Aufseher stand auf, zündete sich eine Zigarette an und ging langsam auf und ab.

Joe kam zu dem Schluß, daß Gott anderweitig beschäftigt war und Ihm Sein Diener, dem Er befohlen hatte, die Menschheit mit seinen orthopädischen Experimenten zu retten, gleichgültig geworden war. Die Experimente waren mißlungen, Joe Kallinger hatte versagt, Gott hatte versagt! Niedergeschlagen legte sich Joe wieder auf die Pritsche. Er bedeckte die Augen mit dem Unterarm; sein Körper wurde von einem heftigen Zittern erfaßt.

«Du wirst mir nie wieder davonlaufen – mir nie davonlaufen – mir nie davonlaufen!» flüsterte Joe. Die Worte wurden in demselben Rhythmus ausgesprochen wie vor einer Woche, als er den heißen Spachtel auf Mary Jos Oberschenkel gepreßt hatte. Die Meuterei auf dem Schloß hatte zu einer Säuberung und Machtverschiebung geführt. Und die Machtverschiebung hatte an diesem Sonntagabend, dem 30. Januar 1972 zu seiner Verhaftung geführt.

Diesmal waren nicht nur Mary Jo und Joey, sondern auch Mike dem Vater davongelaufen. Sie waren zum Polizeiposten des 24. und 25. Distrikts gegangen und hatten ihren Vater wegen Kindesmißhandlung verklagt. Ihretwegen war er verhaftet worden und in diese Anstalt gekommen, in der es nach Desinfektionsmitteln und abgestandenem Schweiß roch. Ja, und nun konnten die drei tun und lassen, was sie wollten, verdammt nochmal! Sein Schloß gehörte nun ihnen.

Die ganze Woche über hatte Joe Mary Jo wie immer zur Schule gebracht und wieder abgeholt und war sogar am Montag, dem 24. Januar, einen Tag, nachdem er sie gebrannt hatte, zu einer Besprechung in die Schule gegangen. Joe hatte Mary Jo während der ganzen Woche kein weiteres Mal bestraft. Und Joey? Nun, Joe mußte sich eingestehen, daß er Joey während der Woche wiederholt am Kühlschrank festgebunden und ihn geschlagen hatte. Joe hatte zuvor noch nie einen der beiden jüngeren Knaben – Mike oder Jimmy – mit in den Keller genommen, aber in dieser Woche hatte er Mike mit einem Gürtel leicht geschlagen.

Joe war entsetzt darüber, daß seine Kinder, besonders Mary Jo, ihn verraten hatten. In Joes gequältem Geist herrschte die Vorstellung, daß seine Tochter ihn nicht nur als Vater, sondern auch als Geliebten abgeschoben hatte. Sie hatte ihn zu einer Institution «zurückgeschickt» – hatte das getan, womit ihm seine Adoptiveltern, als er klein war, immer gedroht hatten. Das Gefühl der Verlassenheit, das er mit sechs Jahren im St. Mary's Krankenhaus gefühlt hatte, spürte er jetzt mit fünfunddreißig wieder in der Haftanstalt von Philadelphia.

Joe konnte nicht schlafen und stand auf. Langsam ging er durch den engen Gang zwischen zwei Pritschenreihen zur Toilette hinten im Schlafsaal. Die Türen standen offen. Obwohl er allein war, spürte er die lähmenden Blicke, von denen - wie ihm schien - eine ungeheure Feindseligkeit ausging. Da er sich beobachtet fühlte und immer noch unter dem Wahn litt, daß er einen zu kleinen Penis habe - was ihn auch daran hinderte, öffentliche Toiletten aufzusuchen -, urinierte er sitzend.

Als er aufstand, wurde ihm übel. Er beugte sich über die Schüssel und erbrach sich vor Frustration und Selbstverachtung. Langsam kam er wieder zu Atem und ging den engen Gang wieder zurück.

Am folgenden Nachmittag döste er auf seiner Pritsche. Als er aufwachte, entdeckte er in der Tasche seines Häftlingskittels eine dicke Rolle Klopapier. Er hatte keine Ahnung, wie die Rolle in seine Tasche gelangt war. Hatte ein anderer Häftling sich einen dummen Spaß erlaubt? Versuchten die Häftlinge sich so aufzuheitern? Mit der Klorolle in der Tasche stand er von der Pritsche auf und ging zum Drahtgitter. Er legte die Fingerspitzen auf die Drähte des Käfigs, in dem er gefangen war. Sanft rüttelte er am Gittergeflecht, und dabei ging ihm der Gedanke durch den Kopf, daß hinter solchen Drähten Hühner und Schweine verwahrt wurden, bis sie schlachtreif waren.

Er stellte sich vor, wie seine Kinder reagieren würden, wenn man ihn zum Tode verurteilte. In seiner Phantasie sah er, wie sie begierig mit den teuflischen Strongs in der Nähe des Hinrichtungsortes warteten. Sie würden ihrer diebischen Freude geräuschvoll Ausdruck verleihen und Lederstreifen und Hammergriffe in die Luft werfen. Mary Jo wäre die Anführerin. Er konnte Joey sehen, wie er triumphierend die Rache genoß; seine boshaften Augen glommen vor Haß und Erregung: «Ich bin frei, ich bin frei, ich bin frei!» sänge er vor sich hin.

Heftiger Schmerz pochte in Joes Stirn. Die Gegenstände auf beiden Seiten des Drahts - der Aufseher, dessen Schreibtisch, die Gesichter der andern Häftlinge, ihre Pritschen - schienen sich wie Luftballons aufzublähen. Das Deckenlicht wechselte von grellem Weiß zu kaltem Blau und dann zu meergrün. Joe wurde von Übelkeit gequält.

Wenige Minuten später nahmen die Gegenstände ihre gewohnten Dimensionen wieder an, und die Übelkeit verschwand. Das Deckenlicht wechselte die Farbe nicht mehr. Joe ging zu seiner Pritsche zurück. Er beobachtete die andern Häftlinge nicht. Der Schmerz wütete immer noch in seinem Kopf, als er sich auf die Pritsche setzte und düster auf die vergitterten Fenster starrte.

Das ist das Ende, dachte er. Alles ist hin. Meine Kinder haben mich verhaften lassen. Mein Geschäft wird geschlossen werden. Ich bin ruiniert, bankrott. Die Kette der Schuhreparaturwerkstätten, die ich trotz des Urteils der Versicherungsgesellschaft nach dem Brand in der Fletcher Street immer noch zu eröffnen hoffte, ist hin; Joey wäre mein Nachfolger geworden und hätte mein Königreich verwalten können. Mary Jo wäre Rechtsanwältin geworden. Wir hätten zusammen in einem Vorort gelebt. Tot. Tot. Alles ist tot. Und verloren!

Er nahm die Rolle Klopapier aus der Tasche, um sich den Schweiß aus dem Gesicht zu wischen. Lange starrte er auf das Papier. Dann steckte er es in die Tasche zurück, wobei er einen langen Streifen aus der Tasche heraushängen ließ. Er zündete ein Streichholz an von einem Briefchen, das er auf dem Boden gefunden hatte. Sorgfältig schützte er die Flamme mit seinen gefalteten Händen und hielt die flackernde gelbe Flamme an den Streifen. Daraufhin zündete er die ganze Rolle an, steckte sie wieder in die Tasche und wartete.

Er fühlte die Hitze auf seiner Haut. Er betete, daß er rasch sterben würde.

«He! Mann, was tun Sie um Himmels Willen?» schrie ihn einer der Häftlinge an. Er packte Joe am Arm, zerrte ihn vom Bett und zertrat dann das Feuer, das einen Teil seines Kittels verbrannt hatte. «Sie wollen sich wohl umbringen, was?»

Ein stämmiger Gefängnisaufseher kam auf Joe zu, der auf dem Boden lag. «Was ist hier los?» fragte er. «Heute ist nicht Weihnachten, Kallinger!»

«Es war ein Unfall», sagte Joe.

«Na klar!» erwiderte der Aufseher sarkastisch und betrachtete den Schaden. «Folgen Sie mir bitte, Kallinger. Sie sind ein Kreuz für den Steuerzahler.»

Joe folgte dem Aufseher, der weiterhin auf ihn einredete, als sie aus dem Käfig gingen:

«Ich glaube, wir müssen Sie woanders unterbringen, damit Sie sich nicht wieder in Schwierigkeiten bringen und wir ein Auge auf Sie werfen können. Los, ab zur Leibesvisitation!»

Der Aufseher nahm in einem kleinen, abgeschlossenen Raum die Durchsuchung vor, fand jedoch außer der abgebrannten Streichholzschachtel nichts. Dann rief er einen Arzt, damit festgestellt werden konnte, ob Joe Brandwunden habe. Doch Joe hatte nur eine kleine oberflächliche Wunde auf dem rechten Bein.

Damit man Joe besser überwachen konnte, steckte man ihn ins erste Bett der ersten Reihe, die dem Schreibtisch des Aufsehers am nächsten stand und sich am äußersten Ende des Schlafsaals befand. Der Aufseher notierte in Joes Akte: «Stark suizidal!»

Joe hatte seinen ersten Selbstmordversuch 1959 im Hazleton State Hospital unternommen. Dies war sein zweiter Versuch. Joe betrachtete ihn als Konsequenz auf den Verrat durch seine Kinder. Aber es war auch der Ausdruck seiner Entscheidung, die er an jenem Abend traf, als er Mary Jo gebrannt hatte. An jenem Abend hatte er beschlossen, das zu zerstören, was er nicht retten konnte.

Vierzig Jahre! Thomas A. White, Joes Anwalt, teilte ihm mit, daß er wegen Kindesmißhandlung bis vierzig Jahre Gefängnis bekommen könne.

Der Wahnsinn, der Joe dazu getrieben hatte, Zuflucht in einem Loch zu suchen, seine Kinder zu mißhandeln und sich selbst umbringen zu wollen, war nicht länger der Feind. An seine Stelle trat – vorübergehend – der Commonwealth of Pennsylvania, das Gericht und der Staatsanwalt sowie die Zeitungen von Philadelphia, die Joe der Kindesmißhandlung bezichtigten. Würde er schuldig gesprochen, so würde er den Rest seines Lebens hinter Schloß und Riegel verbringen. Das Entsetzen vor der Zukunft ließ die Schrecknisse der Vergangenheit verblassen.

Jetzt wollte Joe leben. Er hatte sich in den Kopf gesetzt, einen Freispruch zu erzielen und seine frühere Existenz von den Stigmata reinzuwaschen. Er wollte den Gerichtssaal als freier

Mensch verlassen und in der Zeitung von seinem Freispruch lesen.

Ein Aufseher nahm ihm die Handschellen ab. Joe setzte sich. Auf der andern Seite des Schreibtisches in einem Büro der City Hall saß Dr. Francis H. Hoffman, der Chefpsychiater der Neuropsychiatrischen Abteilung des *Philadelphia Court of Common Pleas*, des erstinstanzlichen Gerichts für Zivil- und Strafsachen. Joe, der nun seit einem Monat in Haft gewesen war und wußte, daß er vor dem Prozeß von einem Psychiater untersucht werden sollte, ahnte, daß er in diesem Büro mit einem seiner Feinde konfrontiert werden würde. Vierzig Jahre hinter Gittern! hämmerte es in Joes Kopf.

«Meine Kinder lügen hundertprozentig», erwiderte Joe. Er war nun wild entschlossen, die Ereignisse vom 23. Januar, die zu seiner Verhaftung am 30. Januar geführt hatten, zu leugnen. Joe fürchtete, daß alles, was er bei dieser psychiatrischen Voruntersuchung sagte, später bei der Gerichtsverhandlung gegen ihn verwendet werden könnte.

«Die Verbrennungen und Schläge?»

«Sind nicht wahr; gelogen! Meine Tochter lügt.»

«Bitte sagen Sie mir, weshalb Sie Ihre Tochter als Lügnerin betrachten. Etwas ausführlicher, bitte.»

«Sie wollen also Beispiele hören?» war Joes rhetorische Gegenfrage. Er beugte sich vor.

«Es gab eine Zeit, in der meine älteste Tochter und mein ältester Sohn, Stephen, immer wieder von zu Hause ausrissen. Daran ist an und für sich nichts Besonderes. Wie auch immer, einmal kamen sie auf folgende Idee: Sie fesselten sich selbst in einer Gefrierkammer im Keller eines leeren Hauses ganz in der Nähe meines Wohnorts. Als die Polizei sie dort fand, beschuldigten sie einige Puertoricaner der Tat. Auf diese Art führten sie die Polizei an der Nase herum und standen in dem ganzen Abenteuer als unschuldige Opfer da. Das ist ihre Vorstellung von Spaß. Damals haben sie gelogen, und sie lügen auch jetzt!»

Dr. Hoffman wußte nichts über Joes Vergangenheit oder über sein Innenleben. Und doch war der Arzt aufgrund dieses kurzen Gesprächs davon überzeugt, wie er später in seinem Bericht schrieb, daß Joe entweder «schwer geistesgestört» war oder daß «seine Kinder zu der Sorte gehörten, die die Salem-Hexenprozesse* ausgelöst hatten». Er fuhr mit seiner Untersuchung fort und sagte: «Teilen Sie uns etwas über Ihren Gesundheitszustand mit, Mr. Kallinger.»

«Ich fühle mich ausgezeichnet», entgegnete Joe. «Ich hatte noch nie das Gefühl, wahnsinnig zu werden. Ich habe auch noch nie Depressionen gehabt. Ich liebe das Leben. Meine Tochter ist es, die Hilfe braucht. Ich bin ein gesunder Mensch.»

Man hatte Joe nicht nach dem Wahnsinn gefragt, aber er hatte seine alte Angst vor dem Wahnsinn geleugnet.

«Hatten Sie jemals das Gefühl, beim Namen gerufen zu werden, um dann feststellen müssen, daß niemand da war?»

«Nie!» entgegnete Joe. Später hielt Dr. Hoffman in seinem Bericht fest, daß Mr. Kallinger - indem er eine Halluzination leugnete, die oft bei normalen Menschen vorkam - eine «paranoide Abwehrhaltung» bezeugt habe.

«Keine Halluzinationen oder Wahnideen?» fragte der Arzt.

«Keine.»

«Sie wurden 1958 in die psychiatrische Abteilung des St. Mary's Hospital eingewiesen, nicht wahr?» bemerkte Dr. Hoffman und warf einen Blick auf den auf seinem Schreibtisch liegenden Bericht.

«Ich war zur Erholung dort», beharrte Joe. «Sie steckten mich in die psychiatrische Abteilung, aber ich habe seither keinen Psychiater gesehen.»

Sogar als Dr. Hoffman fragte, ob Joe jemals unter einem plötzlichen Anfall oder einer Bewußtlosigkeitsattacke gelitten habe, sagte Joe nichts über Hazleton.

Joe redete mit großer Gewandtheit über seine Beziehung zu den Kindern. Er hoffe, daß sich diese Beziehung in Zukunft bessern werde. Erläuternd fügte er hinzu: «Das sind Dinge, die einfach passieren, wenn man Kinder hat.» Und er sagte ausdrücklich: «Ich bin emotional gesund und ein völlig normaler Mensch, außer daß ich als Vater viel zu weich bin.»

* Die Hafenstadt Salem in Massachusetts war bis ins 18. Jahrhundert Schauplatz exzessiver Hexenverfolgungen.

Als ihm der Arzt Fragen über sein Sexualleben stellte, wurde Joe von lähmenden Erinnerungen überwältigt. Er zögerte.

«Können Sie mir etwas über Ihr Sexualleben sagen?» wiederholte der Arzt seine Frage.

«Mein Sexualleben? Da gibt es nichts Besonderes. Ich habe mit sechzehneinhalb geheiratet und bin mit zweiundzwanzig geschieden worden. Ich habe zum zweiten Mal geheiratet und lebe seit dreizehn Jahren mit meiner zweiten Frau zusammen. Glücklich. Keine Probleme. Sie ist eine gute Ehefrau. Ich bin ein guter Ehemann. Sorge für meine Familie. Keine Seitensprünge. Es ist alles in bester Ordnung.»

Joe hatte äußerst signifikante Erinnerungen geheim gehalten. Doch das geübte Ohr des Psychiaters hatte hinter der Eindringlichkeit von Joes Leugnen und hinter seiner paranoiden Abwehrhaltung eine Enthüllung gehört.

Während des Interviews hatte Albert Levitt, ein klinischer Psychologe, die ganze Zeit daneben gesessen und zugehört, sich jedoch nicht am Gespräch beteiligt. Nach dem Gespräch führte er eine Serie von psychometrischen und projektiven Tests durch. Bei den psychometrischen Tests werden die Intelligenz, die geistigen Eigenschaften und Fähigkeiten, sowie die Geschwindigkeit und Präzision der verstandesmäßigen Abläufe gemessen. Die Projektionstests werden als diagnostisches Instrument eingesetzt, wobei das Testmaterial so unstrukturiert ist, daß jede Antwort eine Projektion irgendeines Aspekts der Persönlichkeit und Psychopathologie der Testperson widerspiegelt. Zu den am häufigsten verwendeten Projektionstests gehören der Rorschach-Test und der Thematische Apperzeptionstest (TAT).

Die Testergebnisse zeigten das, was in diesem Buch bereits beschrieben wurde, nämlich daß Joe Probleme hatte, die auf «sexuelle Schwierigkeiten» zurückzuführen waren, und daß es Zeiten gab, in denen er nicht sicher war, ein Mensch wie alle andern zu sein. Albert Levitt äußerte sich zudem noch folgendermaßen: «In bezug auf das weibliche Geschlecht scheint ein gewisses Mißtrauen vorhanden zu sein.»

Das Mißtrauen, das Joe in der Vergangenheit entwickelt hatte, richtete sich nun einerseits gegen Mary Jo, die ihn aus seinem Schloß verbannt hatte, und andererseits gegen Bettys Schwäche.

Betty war warmherzig, gutmütig und liebevoll, aber sie war auch egoistisch, kindisch und passiv. Sie konnte die Kinder nicht zur Disziplin anhalten, und wenn sie krank wurden oder sich verletzten, wurde Betty hysterisch. Oder, wie es Joe vor Gericht formulierte: «Wenn wir uns in den Finger schneiden und bluten, rennt Mom aufgeregt im Kreis herum.» Sie stützte sich auf Joe und sah die Notwendigkeit nicht ein, Joe vor sich selbst zu schützen. Er spielte die führende Rolle in der Familie, teils aus Neigung, teils auch, weil ihn Bettys Passivität dazu zwang.

Die Tests enthüllten, daß Joe nur zu oberflächlichem Kontakt mit andern Menschen fähig war und nicht wußte, wann er auf seine Mitmenschen zugehen und wann er sich vor ihnen zurückziehen mußte; daß er sich unzulänglich und impotent fühlte; daß er unsicher war und unter Spannungszuständen litt. Die Tests ergaben ebenfalls, daß er «krankhafte» Ideen hatte und seine Wahrnehmungsfähigkeit äußerst schwach entwickelt war.

Joe lebte in einer primitiven Welt der Symbole, die – wie zum Beispiel der Teufel – für ihn Wirklichkeit waren. Als Vater hatte er eine primitive Vorstellung der väterlichen Autorität an den Tag gelegt. Die Komponenten des Jungschen kollektiven Unbewußten scheinen bei Joe viel näher an der Oberfläche zu liegen als bei psychopathologisch nicht behinderten Menschen. Die Tatsache, daß er ein Loch tief in die Erde grub, sowie seine Besessenheit in bezug auf Feuer waren primitive Wesensäußerungen. Er war in einer primitiven Weise auch ein Mensch des Untergrunds, ein Mann der Nacht und, wie er sich manchmal nannte, ein Geschöpf der Finsternis. Kurz: Er war ein Anachronismus des zwanzigsten Jahrhunderts.

Die von Dr. Hoffman durchgeführte Untersuchung sowie die Tests von Levitt dauerten insgesamt drei Stunden. Dr. Hoffman, der noch die Meinung eines andern Psychiaters einholen wollte, führte Joe in das Büro von Dr. Alex von Schlichten. Während einer halben Stunde stellte Dr. von Schlichten Joe Fragen zu denselben Themen, die vorher bereits Dr. Hoffman erfaßt hatte. Dr. Hoffman hörte aufmerksam zu. Joe wurde gebeten, den Raum zu verlassen, während die beiden Psychiater sich miteinander unterhielten.

Dr. von Schlichten, der die Arbeit seines Chefs, Dr. Hoffman, prüfen sollte, äußerte ebenfalls die Ansicht, daß die Kindsmißhandlung, derer Joseph Kallinger angeklagt war, wahrscheinlich stattgefunden hatte und daß sie auf seine Geisteskrankheit zurückzuführen sei. Das wichtigste Ergebnis dieser Untersuchung war die Aussage, daß Mr. Kallinger schwer krank war; eine Aussage, die durch die Testergebnisse von Albert Levitt bestätigt wurde. Levitt, dem ein Unterschied zwischen der äußeren und inneren Erscheinungsform von Joe Kallinger aufgefallen war, bemerkte: «Sein offenes Denken scheint zu einer paranoiden und defensiven Form zu tendieren, und er scheint aufgrund einer pathologischen Kondition, möglicherweise einer schweren Geisteskrankheit, zu funktionieren.» Levitt hielt ebenfalls fest, daß bei Mr. Kallingers Zustand «ein Druck aufgebaut wird, der zu einer gefährlichen Handlung führen kann.»

Dr. Hoffman schrieb in seinem Bericht, daß er übereinstimmend mit Dr. von Schlichten zur Schlußfolgerung gelangt sei, daß «Mr. Kallinger gegenwärtig unter einer sich entwickelnden Schizophrenie, wahrscheinlich paranoider Art, leide.»

Jeder der beiden Ärzte wurde vereidigt und unterzeichnete je ein Dokument, ein «Attest», wonach Joseph Kallinger «geistesgestört» war und im Hinblick auf eine «sich entwickelnde Schizophrenie und Gefährlichkeit» untersucht werden sollte.

Im März 1972 waren Hoffman, von Schlichten und Levitt im Wesentlichen zur selben Diagnose gelangt wie später Dr. Silvano Arieti (am 22. Februar 1980 und am 9. März 1981) und Dr. Lewis Robbins (am 11. Dezember 1981, Joes 45. Geburtstag). Sowohl Dr. Arieti als auch Dr. Robbins waren über Joes biographischen Hintergrund informiert. Die Ärzte in der City Hall kannten Joes Vorgeschichte jedoch nicht. Trotzdem waren die Ergebnisse dieselben. Dr. Arieti hielt rückwirkend fest, daß Joe zur Zeit der Untersuchung in der City Hall unter einer manifesten Psychose gelitten hatte: Joe war, bevor er irgendein Verbrechen begangen hatte, einschließlich der Kindesmißhandlung, wegen der er nun auf seinen Prozeß wartete, psychotisch gewesen.

Die City Hall-Ärzte sagten aus, daß Joe nicht vernehmungsfähig sei und daß er sechzig Tage zur Beobachtung und zur genaueren Diagnose in den Hochsicherheitstrakt, den Block F des Holmesburg-Gefängnisses, überwiesen werden sollte.

Der F-Block und die andern Zellenblöcke des Holmesburg-Gefängnisses ragten wie die Arme eines Tintenfisches aus einer geräumigen runden Zentralhalle hervor. Der F-Block, in dem Häftlinge, die unter psychiatrischer Beobachtung stehen, einquartiert sind, ist eine Mischung aus Gefängnis und Irrenanstalt.

Am 6. März, in der ersten Nacht, die Joe im F-Block verbrachte, wurde er gegen 23 Uhr durch einen Schrei geweckt. Als Joe die Augen öffnete, sah er, wie einer seiner beiden Zellengenossen, ein großer und fetter Häftling, etwa 33jährig, mit langem, wirrem, schwarzem Haar, wie ein verrückt gewordener Affe von einer Zellenecke in die andere hopste. Der Mann fuchtelte wild mit den Armen in allen Himmelsrichtungen. Dann lehnte er sich starr vor Angst gegen das Gitter der Zelle, deutete auf die gegenüberliegende Wand und kreischte: «Da ist er wieder!»

«Wer?» fragte Joe die kauernde Gestalt flüsternd.

Joe konnte in der Dunkelheit die ausgestreckten Arme, den fetten Rumpf, der sich gegen das Gitter preßte, und die sprungbereite Haltung des Mannes kaum erkennen.

«Da! Das Fenster! Er kommt durchs Fenster», brummte der Mann.

Joe warf einen Blick auf die Zellenwand. Aber er sah nur den kalten Gefängnisbeton. Dann schaute er kurz auf, wie um sich zu vergewissern, daß das schräge Oberlicht, das einzige Fenster in der Zelle, immer noch vorhanden war.

Joe sah wieder den dicken Mann an. Wie ein zu Tode geängstigtes gefangenes Tier ging er stolpernd aber rasch von einem Ende der Gitterwand zur andern. Die Zelle war bloß 2,70 Meter auf 3,60 Meter groß, mit je zwei übereinandergelagerten Pritschen an den beiden Zellenwänden, dazwischen war nur gerade soviel Raum, wie die Pritschen breit waren; die Bewegungen des fetten Mannes, der bei seinem Hin und Her immer wieder an die Pritschen stieß, vermittelten Joe den Eindruck, in einem Zoo gefangen zu sein.

Joe konnte das Gesicht des fetten Mannes nicht sehen, und er wußte nicht, ob der Häftling, der auf der Pritsche oberhalb des tobenden Mannes lag, wach war.

Der fette Häftling riß sich vom Gitter los und marschierte

durch die ganze Zelle. Seine Worte waren nicht mehr zu verstehen. Joe stellte fest, daß er auf Spanisch tobte. Doch ein Wort, das er immer wieder schneidend und klar ausstieß, war das englisch Wort *bear*, Bär.

Fast jede Nacht fing der junge Puertoricaner in hellem Entsetzen über den Bär zu toben an. Hier haben sie wirklich alles, was man sich vorstellen kann, dachte Joe. Alle Arten von Irren wie diesen Mann, der einen Bären sieht. Alle Arten von Verbrechern. Auch Mörder haben sie hier. Dieser Mann da, der einen Bären sieht, hat sein Baby aus dem Fenster geworfen. Sein eigenes Kind! Wer hätte gedacht, daß Joe Kallinger je mit Mördern in eine Zelle gesteckt würde?

Das Aussehen der Zelle deprimierte Joe ebenfalls. Er mußte sich hinknien, um sich unter einem Wasserhahn, der aus der Zellenwand ragte, zu waschen; unter dem Hahn stand ein Eimer auf dem Boden. Um heißes Wasser zu bekommen, mußte Joe von seiner Zelle zum Duschraum gehen. Ein hölzernes Regal, das an einer der Zellenwände befestigt war, wimmelte von Käfern.

Die Käfer teilten auch das Essen mit den Gefangenen. Joe, der seit jeher Gefallen an Rechtsstreitigkeiten fand, wollte eine Klage bei Gericht einreichen. Er erfuhr jedoch, daß andere Gefangene vor einem Jahr bereits eine Klage gegen Holmesburg eingereicht hatten und daß über den Fall noch nicht entschieden war.

In Holmesburg war Dr. Norman C. Jablon, Chefarzt des Hochsicherheitstrakts, für die Begutachtung von Joes schizophrenem Zustand, seiner Gefährlichkeit und seiner Vernehmungsfähigkeit zuständig. Dr. Jablon hatte seit 1965 Häftlinge sowohl auf ihre Vernehmungsfähigkeit als auch auf ihre psychischen Störungen hin untersucht: Neurose, Psychose oder Persönlichkeitsstörung.

Bei seiner Schlußbeurteilung bezog sich Dr. Jablon auf die Akte, die die Psychologen vom medizinischen Stab über Joe, seine Frau und die Kinder vorbereitet hatten. Dem Arzt standen auch die Berichte der polizeilichen Ermittlung, die Akten des Gerichts für ehe- und familienrechtliche Angelegenheiten, Joes Krankengeschichte einschließlich der Untersuchungsergebnisse von Hoffman, von Schlichten und Levitt zur Verfügung. Wahrscheinlich befand sich unter diesen Unterlagen auch die Akte übers Joes Selbstmordversuch im Gefängnis von Philadelphia.

Aufgrund seiner eigenen Untersuchungen und der Berichte kam Dr. Jablon zur Schlußfolgerung, daß die Prognose für Kallinger schlecht aussah, als gesunder Vater und Ehemann funktionieren zu können. Kallinger war weder seiner Umgebung noch seinen Kindern gewachsen, und gemäß dem Bericht von Charles Gallun, einem Rechtsbeistand, sah es mit Mrs. Kallinger nicht besser aus. «Allem Anschein nach», hatte Gallun Dr. Jablon mitgeteilt, «scheint Mrs. Kallinger als Mutter eher versagt zu haben. Sie ist Mr. Kallinger offensichtlich völlig untertan und übernimmt keine Verantwortung für den Haushalt.» Aus Berichten von Lehrern, Psychologen und Psychiatern ging eindeutig hervor, daß, wie Gallun es zusammenfaßte, «die Mutter ein äußerst schwacher Mensch ist, die sämtliche Verantwortung und Entscheidungen auf ihren Mann abschiebt.»

Dr. Jablon schrieb in seinem Bericht vom 9. Mai 1972: «Es scheint mir ziemlich wichtig, daß Mr. Kallinger, sollte er aus dem Gefängnis entlassen werden, zu einer Eheberatungsstelle geschickt wird. Ich rate ebenfalls dringend, daß aufgrund dessen, was wir über die Familie in Erfahrung gebracht haben, *alle* Familienmitglieder zu einer Beratungsstelle gehen. Es ist zu hoffen, daß das Gericht die notwendigen Mittel zur Verwirklichung dieser Pläne zur Verfügung stellen kann.»

Dr. Jablon hielt in seinem Bericht ebenfalls fest, daß Mr. Kallinger unter einem paranoiden Verhalten mit schizoider Symptomatik litt und daß man «mindestens von einer beginnenden Geistesgestörtheit» oder beinahe von einem psychopathologischen Zustand sprechen könne. Dr. Jablon schrieb ebenfalls, daß Joes emotionale Reaktionen nicht der Situation entsprachen, daß er unangebracht kichere, zu Fluchtreaktionen neige und die Schuld auf andere projiziere.

Nachdem er diese Symptome festgehalten hatte, die auf eine Psychose hindeuteten, diagnostizierte Dr. Jablon Joe als *nicht-psychotisch*; laut Dr. Jablon litt Joe an einer «unzureichenden Persönlichkeitsstruktur», einer Art von «Persönlichkeitsstörung». Trotz der Symptome teilte Dr. Jablon dem Gericht mit:

«Es gibt keinen Grund, weshalb Joseph Kallinger gegenwärtig hospitalisiert oder medizinisch behandelt werden müßte.» Der Arzt erklärte Joe auch als vernehmungsfähig.

«Diagnostisch gesehen», erklärte Dr. Jablon, «ergibt sich für Mr. Kallinger kein ganz klares Bild.» Der Arzt vertrat die Meinung, daß Dr. Hoffman und Dr. von Schlichten ebenfalls nicht sicher gewesen seien; er bezeugte diese Aussage später vor Gericht. Wären die beiden Ärzte sicher gewesen, wendete Dr. Jablon ein, so hätten sie Kallinger als nicht vernehmungsfähig erklärt und die Einweisung in ein staatliches Krankenhaus empfohlen. Statt dessen hatten sie Kallinger für eine weitere Diagnose hierher geschickt.

Vor Gericht erklärte Dr. Jablon ebenfalls, daß er eine weniger ernste Diagnose gestellt habe als Dr. Hoffman und Dr. von Schlichten. «Normalerweise», sagte Dr. Jablon, «fällt die Beurteilung in der City Hall ernster aus als die von Holmesburg.» Der Grund dafür sei, wie er weiter erklärte, daß die Beurteilung, die in der City Hall stattfinde, dem Zeitpunkt der Verhaftung näher stehe, wenn also die Spannungen des Häftlings noch größer seien. Der Tatsache, daß larvierte Symptome in Zeiten psychischer Belastung an die Oberfläche treten, wurde keine besondere Aufmerksamkeit gewidmet. Es wurde ebenfalls nicht bemerkt, daß im Oktober 1972, sieben Monate, nachdem Joe zum ersten Mal in der City Hall untersucht worden war, und fünf Monate nach der Begutachtung durch Jablon, die Herren Hoffman und von Schlichten eine zweite Untersuchung durchführten. Sie kamen nun zu der neuen Schlußfolgerung: «Wir sind weiterhin der Ansicht, daß Joseph Kallinger unter einer schweren Geisteskrankheit leidet.»

Sie empfahlen, Kallinger ins Philadelphia State Hospital einzuweisen, damit sich nicht wieder eine Gemütsverfassung einstelle wie diejenige, die zur Kindsmißhandlung geführt hatte.

«Persönlichkeitsstörung» ist eine anerkannte psychiatrische Diagnose. Obwohl diese Störung nicht so schwerwiegend ist, kann sie doch viele Züge einer Psychose aufweisen. In Joes Fall war diese Diagnose falsch, und zwar nicht nur in bezug auf seine Symptome, sondern auch auf sein alltägliches Verhalten. Obwohl er psychotisch war, traf er die Entscheidungen in der Familie, war er der starke Elternteil und in seiner Arbeit als Schuhmacher höchst effizient. Er war eigentlich das, was die Familientherapeuten «überadäquat» nennen, dominierend, allmächtig in seiner persönlichen Sphäre - ein König der Tat und der Phantasie. Es war nicht Unzulänglichkeit, die ihn dazu trieb, Mary Jos Oberschenkel zu verbrennen oder im Gefängnis einen Selbstmordversuch zu verüben. Diese Handlungen entstammten dem, was Hoffman, von Schlichten und Levitt als den Beginn einer schweren Geisteskrankheit charakterisiert hatten, und der Psychose, die laut Dr. Arieti zwischen 1969 und 1972 voll zum Ausbruch gekommen war.

Joe, der sich dagegen wehrte, die nächsten vierzig Jahre hinter Gittern zu verbringen, hatte zu Dr. Jablon gesagt: «Ich will in mein Geschäft zurück.» Der Arzt hatte ihm darauf entgegnet: «Das ist die richtige Einstellung.» Joe glaubte, Dr. Jablon auf seiner Seite zu haben, und triumphierte, daß die Untersuchungsergebnisse von Holmesburg diejenigen der City Hall in den Schatten stellten. Die Ärzte der City Hall hatten Joe zu Dr. Jablon geschickt, damit eine Diagnose aufgrund einer eingehenderen Beobachtung gemacht werden konnte.

«Ich war ziemlich sicher, daß man mich nicht ins Gefängnis schicken würde», erzählte mir Joe. «Ursprünglich war Richter Robert Williams für meinen Fall vorgesehen, doch es gelang Freunden von mir, daß der Fall vor Richter Edward J. Bradley kam. ‹Mit Bradley kann ich arbeiten›, sagte mir mein Anwalt. Ich wußte, daß der Anwalt mit Bradley zurechtkommen würde, weil Harry Comer mit Michael Bradley, einem mächtigen Vertreter der Demokratischen Partei und dem Vater des Richters, zurechtkam.

Eine Woche vor dem Bericht von Dr. Jablon vom 9. Mai 1972 besuchte mich mein Anwalt im F-Block. Er teilte mir mit, daß es zu einer Terminverzögerung für das Gericht kommen werde, was sich jedoch zu meinem Vorteil auswirken werde. Er versicherte mir, daß ich vor dem Ende der Schulferien wieder in meinem Laden stehen würde und die Saison noch ausnützen könnte.»

Es ist nicht klar, was sich wirklich ereignete. Deborah Glass, Vertreterin der Staatsanwaltschaft für diesen Fall, teilte mir mit, man habe sie gewarnt, der Fall sei «so etwas wie eine heiße Kartoffel, und Richter Bradley sei geneigt, diesen Mann (Kallinger) gegen Kaution freizulassen.» Richter Bradley weigerte sich, Erklärungen in dieser Angelegenheit abzugeben, auch wurde ich von der Gerichtsverwaltung daran gehindert, ein Gespräch mit Dr. Alex von Schlichten und Albert Levitt zu führen. Obwohl sie sich gerne mit mir unterhalten hätten, hatten sie keine andere Wahl, als sich der Entscheidung der Verwaltung zu beugen.

Falls Harry Comer sich irgendwie für Joe eingesetzt hatte, so können wir annehmen, daß ihre langjährige Freundschaft der Grund dafür gewesen ist. Comers Büro befand sich gerade gegenüber von Joes Laden und Haus, und Comer kannte Joe seit der Zeit, da ihn Anna Kallinger aus dem Waisenhaus geholt hatte. Comer war im Brandstiftungsprozeß, in dem Joe freigesprochen worden war, Leumundszeuge gewesen. Joe, der in seinem Laden Plakate von Comer hängen hatte, rührte die Werbetrommel für den Politiker und half ihm bei seinen Kampagnen. Die beiden Männer leisteten einander Hilfe.

Am Dienstagvormittag, dem 6. Juni 1972, saß Joe in einem kleinen Zimmer im sechsten Stock der City Hall und wartete auf die Eröffnung seines Prozesses. Am Ende des Korridors mit der hohen Decke konnte er drei Gestalten hintereinander kommen sehen. Die erste hatte einen stolzen, arroganten Gang, die zweite kam anmutig daher, und die dritte war biegsam und geschmeidig. Joe erkannte Joey, Mary Jo und Mike.

Wenige Minuten später standen seine Kinder vor der offenen Tür und spähten in das Zimmer. Joe lächelte ihnen zu, aber sie erwiderten sein Lächeln nicht. Sie flüsterten untereinander, kicherten, und Joe hatte den Eindruck, daß sie, als sie seine Handschellen bemerkten, sich ins Fäustchen lachten. Dreimal kehrten sie zurück, um den König, den sie entthront hatten, anzustarren und zu verspotten.

«Ich hatte das Gefühl, daß ich nicht der Gefangene des Staats, sondern der Gefangene meiner Kinder war», sagte Joe zu mir. «Ich hatte sie mit der Zeit als Götter betrachtet, als absolute Götter. Sie hatten Macht über mich. Ich hatte Angst vor ihnen.»

Zehn Minuten, nachdem Joe seine Kinder gesehen hatte, begann der Prozeß.

Joe plädierte auf Freispruch und verzichtete auf eine Gerichtsverhandlung unter Mitwirkung von Geschworenen. Richter Bradley erinnerte ihn daran, daß er das Recht auf ein Geschworenengericht habe, und sagte ihm, daß er es immer noch in Anspruch nehmen könne, doch Joe entgegnete: «Euer Ehren, ich möchte mich Ihnen anvertrauen.»

Harry Comer trat als Leumundszeuge auf und bezeugte Joes «ausgezeichneten Ruf» und die Tatsache, daß die Kallinger-Kinder die Nachbarschaft «permanent in Aufruhr versetzten» Er erinnerte daran, daß er Kallinger oft geraten hatte, seinen Laden anderswo zu eröffnen, «weil er dauernd durch die Kinder und durch andere in seiner Arbeit unterbrochen wurde.»

Als Zeugen des Staates Pennsylvania äußerten sich Mary Jo, Joseph jr. und Michael Kallinger zu den bereits beschriebenen Ereignissen. Der Richter befand, daß Kallinger, was Mary Jo anbetraf, der Grausamkeit einem Kind gegenüber sowie schwerer Tätlichkeiten schuldig war, jedoch nicht schwerer Tätlichkeiten mit der Absicht der Verstümmelung. Was Joseph jr. betraf, so hatte sich Kallinger der Grausamkeit und nicht der schweren Grausamkeit schuldig gemacht, sowie Tätlichkeiten und nicht schwerer Tätlichkeiten mit der Absicht der Verstümmelung, wie die Klage lautete. Die Klagen von Michael Kallinger wurden abgewiesen.

Joe war in den meisten Punkten schuldig befunden worden. Doch Richter Bradley gab folgende Erklärung ab: «Wir wollen zu diesem Zeitpunkt die bestmögliche Lösung für den Fall finden.»

Der Richter sagte, daß es ihm nicht um die Bestrafung von Kallinger gehe, sondern daß es herauszufinden gelte, was für alle Mitglieder der Kallinger-Familie die beste Lösung sei.

Der Richter wies darauf hin, daß Kallinger niemanden außerhalb der Familie bedroht habe und «die ganze Familienbeziehung» wesentlich wichtiger sei als die Frage, ob Kallinger nun ins Gefängnis gehöre oder nicht. Der Richter sagte ebenfalls, daß er die Möglichkeit, Kallinger nach Hause zu schicken, zuversichtlicher ins Auge fassen könne, wenn Joseph jr. und Michael nicht dort seien. (Mary Jo wohnte jetzt bei ihren Großeltern mütterlicherseits.) Aber bevor er sich dazu entscheiden wollte, Kallingers Kaution herabzusetzen oder ihn zu verurteilen, erteilte der

Richter dem Büro der Staatsanwaltschaft den Auftrag, über das Fürsorgeamt ausführliche Erkundigungen über die Familie Kallinger einzuholen.

Die am Tag von Joes Verhaftung festgesetzte Kaution belief sich auf 75 000 Dollar für alle Klagegründe. In Pennsylvania kann ein Angeklagter die Abwendung der Untersuchungshaft erwirken, indem er 10 Prozent der Kautionssumme bezahlt. Doch da Joe die 7 500 Dollar nicht hatte auftreiben können, war er in die Haftanstalt von Philadelphia eingewiesen worden. Jetzt kehrte er nach Holmesburg zurück, um «die bestmögliche Lösung» abzuwarten.

Am 24. August 1972 fand die Hauptverhandlung bezüglich der Kaution statt. Das von Richter Bradley angeordnete Ermittlungsverfahren war ergebnislos geblieben. Man hatte der falschen Behörde den Auftrag gegeben, und es waren die falschen Personen vorgeladen worden. Der Fall Kallinger war nicht an die Kinderfürsorgestelle, sondern an das Wohlfahrtsamt gelangt. Ob die Angelegenheit mit oder ohne Absicht so verlaufen war, sei dahingestellt: Jedenfalls wollte die Staatsanwaltschaft Kallinger im Gefängnis sehen. Genau wie Joes Adoptiveltern betrachtete auch die Staatsanwaltschaft Joe nicht als «krank», sondern als «böse».

Als Richter Bradley am 6. Juni 1972 bei der Gerichtsverhandlung sagte, daß Kallinger nur seine Familie gefährdet hatte, erhob James Bryant, ein Vertreter der Staatsanwaltschaft Einwand. Er berief sich auf einen Fall von Grausamkeit gegenüber dem Kind Pasquale Munio. Der Junge hatte Apfelsinenschalen in Joes Schuhreparaturwerkstätte geworfen. Joe war dem Jungen mit einer Pistole nachgerannt. Der Fall, der im Mai 1971 vor Richter Glancey vor dem Gericht der Stadt Philadelphia hätte aufgerollt werden sollen, war zurückgezogen worden, weil die Mutter von Pasquale, die die Klage eingereicht hatte, nicht zur Vernehmung erschienen war.

Richter Bradley verfügte nicht über die Daten, die seiner Meinung nach notwendig waren, um über die Kaution oder das Urteil zu entscheiden. Er verschob das Urteil; nicht jedoch die Verhandlung bezüglich der Kaution. Deborah Glass, die Vertreterin des Staatsanwalts, die Joe eine «wandelnde Zeitbombe» nannte, sprach sich gegen die Herabsetzung der Kautionssumme aus. Der Richter fragte Betty Kallinger, ob sie wünsche, daß die Kaution herabgesetzt werde, damit ihr Mann nach Hause komme. Nachdem sie ja gesagt hatte, setzte Richter Bradley die Kaution auf 5000 Dollar herab, allerdings unter der Bedingung, daß Joe während der Zeit, in der er gegen Kaution entlassen war, von einem Bewährungshelfer überwacht würde.

Am 17. Januar 1973, nachdem Joe fünf Monate gegen Kaution frei und zu Hause war, mußte er zur Urteilsverkündung. Was den Anklagepunkt von Joseph jr. betraf, so wurde von einer Strafe abgesehen. Für die Verbrennung, die er Mary Jo am Oberschenkel zugefügt hatte, erhielt Joe vier Jahre mit psychiatrischer Bewährung. Er wurde aufgefordert, sich beim Community Mental Health Center im Episcopal Hospital zu melden. Nach einem fünf Minuten dauernden Gespräch sagte man Joe, daß mit ihm alles in Ordnung sei. Joe teilte dies seinem Bewährungshelfer mit, der vom Mental Health Center auf Anfrage dieselbe Antwort erhielt. Das war das Ende der psychiatrischen Beratung für Joe, aber er blieb weiterhin auf Bewährung.

Für Joe, der psychotisch und darum gefährlich war, hätte die «bestmögliche Lösung» in einer Einlieferung in eine psychiatrische Klinik bestanden. Dr. Hoffman und Dr. von Schlichten, die, während Joe auf Bewährung war, eine psychiatrische Voruntersuchung durchgeführt hatten, bestätigten ihre erste Diagnose. Das Mental Health Center wurde nie von dieser Diagnose unterrichtet. Die beiden Psychiater hatten insbesondere vorgeschlagen, daß man Joe ins Philadelphia State Mental Hospital einweisen solle. Richter Bradley hätte sich auf diesen Bericht stützen können und nicht auf Dr. Jablons Diagnose, in der Joe als nichtpsychotisch erklärt wurde.

Richter Bradley sagte: «... abgesehen von den Taten, für die Mr. Kallinger nun vor Gericht steht, ist es für seine Kinder irgendwie besser, wenn er zu Hause ist, für ihren Unterhalt sorgt und eine gewisse Überwachungsfunktion ihnen gegenüber erfüllt, die sonst ganz wegfallen würde. Es stellt sich nun die Frage, ob verfügt werden soll, daß Mr. Kallinger von zu Hause fortkommt, oder ob man es ihm gestatten soll, zu Hause zu bleiben? Wie ich bereits ausgeführt habe, bin ich nicht überzeugt, daß es für die allgemeine Situation der Kinder besser ist, wenn Mr. Kallinger nicht mehr dort wohnt. Es steht außer Zweifel, daß er finanziell gesehen gut für die Familie sorgt. Ohne ihn wäre die Familie ganz ohne Unterstützung, und bestimmt würden dann die Kinder weniger überwacht. Ich gelange deshalb zur Schlußfolgerung, daß verfügt werden muß, daß Mr. Kallinger zu Hause bleiben und für den Lebensunterhalt seiner Familie aufkommen und für sie sorgen kann.»

Immer dann in Joes Leben, wenn eine psychiatrische Intervention möglich gewesen wäre, kam es nicht dazu. Als er fünfzehn Jahre alt war und die Schlangenbewegungen, das unheimliche Bauchlachen und weitere Symptome seiner Geisteskrankheit zum ersten Mal auftauchten, reichte Anna Kallinger eine Klage wegen Schwererziehbarkeit ein, statt Joe zu einem Psychiater zu bringen. Als Joe im Alter von 22 Jahren in die psychiatrische Abteilung des St. Mary's Hospital eingewiesen wurde, bemerkten die Psychiater die Anzeichen einer schweren Geisteskrankheit nicht. Im Hazleton State Hospital, wo Joe unter einer Amnesie litt und einen Suizidversuch unternahm, empfahlen die Ärzte eine Nachbehandlung, doch weder Joe noch irgendeine ihm nahestehende Person unternahmen diesbezüglich Schritte. Als die Ärzte der City Hall zum zweiten Mal eine schwere Psychose diagnostizierten und eine Hospitalisierung empfahlen, geschah wiederum nichts.

Sowohl 1972 als auch 1973 standen die Chancen für Joe, geheilt zu werden oder zumindest die Psychose mit Medikamenten und einer Therapie unter Kontrolle zu bringen, relativ gut. Doch er konnte diese Chance nicht wahrnehmen, weil Richter Bradley dem zweiten Bericht von Hoffman, von Schlichten und Levitt, in welchem eine Hospitalisierung für Joe empfohlen wurde, keinerlei Beachtung schenkte und sich statt dessen auf den Bericht von Dr. Jablon abstützte, der besagte, es liege «kein Grund zur Annahme vor, daß (Joseph Kallinger) gegenwärtig aus psychiatrischen Gründen hospitalisiert oder ambulant behandelt werden muß.» Dr. Jablon befürwortete eine Familientherapie für

Joe und seine Familie, wenn er aus dem Gefängnis entlassen werden sollte.

Die Konsequenzen, die sich aus der Tatsache ergaben, daß Dr. Jablon sich gegen eine Hospitalisierung oder eine ambulante medizinische Behandlung ausgesprochen hatte, waren um so tragischer, als er selbst in seinem Bericht vom 9. Mai 1972 einige Symptome einer schweren Psychopathologie festgehalten hatte. Bei seiner Diagnose einer «inadäquaten Persönlichkeit» erwähnte Dr. Jablon Symptome, die psychotisch oder mindestens präpsychotisch waren, wie zum Beispiel sprunghaftes und autistisches Denken.

Zusätzlich zur Diagnose machte er noch die Feststellung, daß «seine (Joseph Kallingers) Tendenz zum Rückzug und seine Unfähigkeit, Feindseligkeit auszudrücken, auch dort, wo sie angebracht wäre, ein schizoides Element vermuten lassen. Sein übermäßig ausweichendes Verhalten und sein Mißtrauen lassen auf ein gewisses paranoides Verhalten schließen.» Und Dr. Jablon schrieb weiter: «Die Prognosen für diesen Patienten, als emotional gesunder Vater und Ehemann zu funktionieren, stehen schlecht.»

Die Diagnose von Dr. Jablon, wonach Joe nicht psychotisch war und an einer Persönlichkeitsstörung litt, war maßgebend dafür, daß später beigezogene Psychiater und auch die Staatsanwälte sich immer wieder auf diese Diagnose abstützten. 1976 und 1977 wiederholte und vertrat Dr. Jablon öffentlich diese ursprüngliche Diagnose, wonach Joe ein Soziopath sei.

«Flora», sagte Joe zu mir und warf mir einen traurigen Blick über den vernarbten Holztisch im Camden County Gefängnis zu, «in Holmesburg geschah etwas ganz tief in meinem Innern. Damals war mir noch nicht bewußt, was es war, und ich wußte nicht, wie weit es gehen würde.»

11

Die absoluten Götter

«Der Aufseher begleitete mich bis zum Haupteingang des Gefängnisses, wo Betty auf mich wartete. Die Sonne schien grell und heiß, greller und heißer, als ich sie in Erinnerung hatte. Ich mag die Sonne nicht besonders, Flora, zu hell für einen Untergrundmenschen wie mich, aber im Gefängnis ist es düster, und durch die vergitterten Fenster strömt nur wenig Tageslicht herein. Dazu kommt die innere Dunkelheit, mit der der Häftling lebt. Als ob seine Seele mit den Kleidern und persönlichen Effekten beiseite gelegt worden wäre.

An jenem Morgen des 26. August 1972 war Betty zur City Hall gegangen, um die zehn Prozent der 5000 Dollar zu bezahlen, auf die Richter Bradley die ursprüngliche Kaution von 75000 Dollar herabgesetzt hatte. Betty mußte also lediglich 500 Dollar zahlen, und dann konnte sie mich am Nachmittag mit nach Hause nehmen.

Das Tor öffnete sich. Ich schüttelte dem Aufseher die Hand, und er wünschte mir alles Gute. Er lächelte, und plötzlich sah er wie ein Mensch aus und nicht mehr wie ein Gefängnisaufseher – es war das erste Mal in den fast sieben Monaten, glaube ich, daß ich wieder einen Menschen lächeln sah.

Meine eigenen Kleider fühlten sich merkwürdig auf meinem Körper an, als Betty und ich einander umarmten. Ich hatte auch vergessen, wie sich Frauenkleider und die weiche, reine Haut einer Frau unter meinen Händen anfühlten. Meine Hände hatten Käfer totgeschlagen, schmutzige Wasserhähne aufgedreht, kratzende Laken über meinen Körper auf der harten Matratze gezogen – im Knast gibt es nichts Liebliches und nichts Weibliches.

Betty und ich nahmen den Bus nach Hause. Die weichen Sitze und die sanft schaukelnden Bewegungen, die mich vom Gefängnis wegbrachten, taten mir wohl. Ich drückte die Hand meiner Frau. Ich war wieder «auf der Straße». Ich war frei!

War ich wirklich frei? Während der Fahrt betrachtete ich Menschen, die in Läden hineingingen und sie wieder verließen, Menschen, die ihren Geschäften nachgingen. Das war angenehm. Doch dann dachte ich an mein Geschäft, meine Schuhreparaturwerkstatt, und die Freude gerann zur Angst.

Ich war nur gegen Kaution freigelassen worden. Ich hatte davon geträumt, daß ich als ein von jeglicher Schuld freigesprochener Mann den Gerichtssaal von Richter Bradley verlassen würde, aber das war nicht geschehen. In den Zeitungen stand, daß man mich in den meisten Punkten der Anklage für schuldig befunden hatte. Ich war ein Verbrecher!

Ich konnte es nicht fassen. Ich - ein Verbrecher? Ich war 36 Jahre alt. Ich war nicht vorbestraft. Ich war nicht wie die Männer im Gefängnis. Ihre Leben bestanden aus Verbrechen, nein, Verbrechen waren ihr Leben!

Ich mußte mir etwas einfallen lassen, das mich vom Makel der Schuld befreien würde, sonst würden die Kunden ausbleiben und ich wäre ruiniert. Niemand will schließlich mit einem Verbrecher Geschäfte betreiben. Abgesehen davon konnte ich jederzeit wieder in den Knast gesperrt werden, wenn ich mir etwas zuschulden kommen ließ oder meine Kinder erneut Klage gegen mich erhoben.

Betty ging noch am selben Tag ins Haus ihrer Eltern zurück, wie sie es Richter Bradley versprochen hatte. Auch Mary Jo lebte dort; Joey, Mike und Jimmy blieben bis zum Schulbeginn ebenfalls dort. Ich war wütend, weil ich in den ersten anderthalb Wochen nach meiner Rückkehr aus dem Gefängnis allein zu Hause sein sollte. Aber ich konnte nichts daran ändern.

Ich saß in meinem Laden und dachte viel darüber nach, wie ich mein Geschäft wieder ins Rollen bringen könnte. Und ich machte mich wieder mit meinem Werkzeug und mit den Maschinen vertraut. Ich hatte nicht vergessen, wie man sie benützte, die alte Fertigkeit saß immer noch in den Fingern, und ich genoß es, mein Werkzeug zu berühren; es war wie alte Freunde, die man neu kennenlernt. Ich schaltete die Schleif- und Poliermaschine ein, lehnte zurück und hörte einfach ihrer Musik zu, einer Musik, die ich fast sieben Monate lang nicht mehr gehört hatte: das Wimmern des Elektromotors, das Zischen des Antriebriemens ... Die Musik der Gefängnisse ist mit nichts auf der Welt zu vergleichen: Der Klang von Chaos und ewiger Nacht, Aufseher, die Befehle herausschreien, Flüstern und Schreie aus Alpträumen, Flatter- und Knistergeräusche in den kalten Steinmauern, dumpfes Aufschlagen von Fäusten auf die Körper der Häftlinge, Türen, die mit einem Knall ins Schloß fallen.

In meinem Laden fand ich alles wieder so vor, wie ich es verlassen hatte, außer daß keine Schuhe von Kunden da waren. Ohne sie war mein Laden wie ein Mund ohne Zähne. Im Gefängnis hatte ich einen Werbebrief für einen Abhol- und Lieferdienst geschrieben, den ich auf die Beine stellen wollte. Ich schickte fünfhundert Abzüge des Briefs an die Büros von Anwälten, Richtern und Rechtsdiensten in der ganzen Stadt. Im Brief stand, daß der Kallinger Schnell-Abhol-und-Lieferdienst Schuhe am selben Tag abholen und geflickt zurückbringen würde.

Als ich nach Hause kam, waren bereits einige Aufträge eingegangen, und ich schöpfte Hoffnung. Am Anfang müßte Betty die Schuhe abholen und zurückbringen, doch dann wollte ich mir einen kleinen Lieferwagen mit Chauffeur beschaffen. Aber ich machte mir ziemlich Sorgen über das Geschäft, denn es ist nicht dasselbe, ob die Aufträge hereintröpfeln oder hereinfließen. Schauen Sie, Flora, ich war ein Verbrecher, also überlegte ich mir ernsthaft, wie ich das Stigma loswerden könnte.»

Joe beschloß, daß ein umfassender Plan zu diesem Zweck nötig sei. Der Plan würde gute Erfolgschancen haben, dachte Joe, wenn er Joey, Michael und Mary Jo daran beteiligen würde; er hatte sie zu «absoluten Göttern» ernannt, weil sie erfolgreich gegen den König des Schlosses revoltiert und ihn ins Gefängnis gesteckt hatten.

Joe fühlte sich vom Thron gestoßen, als er allein im Wohnzimmer seines Schlosses saß und Betty wieder in das Haus ihrer Eltern gefahren war. Er hatte Angst davor, wie Joey und Mike sich bei ihrer Rückkehr ihm gegenüber benehmen würden.

Zudem war er wütend auf Joey. Als er in Holmesburg saß, hatte er nämlich anonyme Briefe erhalten, wonach Joey einen Raubzug durch das Warenhaus an der East Hagert Street veranstaltet haben sollte.

Joe sah seine Adoptivmutter, die jetzt 75 Jahre alt war, hereinkommen. Als er das Schuhgeschäft und das Haus in der East Sterner/North Front Street übernommen hatte, waren Anna und Stephen in das Haus nebenan umgezogen.

Joe hatte weiterhin engen Kontakt mit den Kallingers gepflegt; der Einfluß, den sie auf ihn ausübten, war jedoch zusehends schwächer geworden. Sie hatten ihn adoptiert, damit er ihr Geschäft übernehme und sich um sie kümmere, wenn sie alt waren. Beide Ziele hatten sie erreicht. Das Geschäft gehörte nun Joe, und Stephen half Joe nach seiner Pensionierung des öfteren im Laden aus. Joe und Betty pflegten die Kallingers, wenn sie krank waren, und bemühten sich auch sonst um sie. Stephen war 1971 gestorben; Joe hatte ihm in der Todesstunde die Füße massiert, um sein Leben zu verlängern.

Immer wenn Joe und Betty Streit hatten, ergriff Anna Joes Partei, und Stephen stellte sich auf Bettys Seite. Als Joe und Betty die vier Monate alte Mary Jo nach Boston in ein Krankenhaus brachten, weil etwas mit ihrem Ohr nicht in Ordnung war, kümmerte sich Anna um Annie und Stevie, Joes Kinder aus erster Ehe. Als sie hörte, daß Joe sich eventuell in Boston niederlassen wollte, fiel sie in Ohnmacht. Nachdem Stephen sie wiederbelebt hatte, rief er Joe an und bat ihn, nach Hause zu kommen, und Joe fuhr zurück. Somit erfüllte sich der zweite Zweck der Adoption. Joes Kinder aus erster Ehe waren nach seinen Adoptiveltern benannt worden, und aus diesem Grund war Anna in sie vernarrt. Den Kindern aus Joes Ehe mit Betty stand sie wesentlich kühler gegenüber.

Am Tag als Joe in Holmesburg entlassen wurde, redete sie mit ihm. Sie schüttelte den Kopf, schnalzte mit der Zunge und erklärte, es sei eine große Schande, daß ein Vater seine Kinder in dieser verrückten Welt nicht einmal mehr bestrafen könne, ohne deswegen ins Gefängnis gesteckt zu werden. In ihrer Heimat, fuhr sie fort und fuchtelte dabei mit dem Zeigefinger in der Luft herum, wäre so etwas nie passiert. Dort brachte man Eltern noch

Respekt und Ehrfurcht entgegen, doch hier, in diesem gottverlassenen Land, täten die Kinder, was sie wollten.

Mary Jo hatte Anna Kallinger, als Joe im Gefängnis saß, ihre Narbe gezeigt. Wütend hatte Anna zu ihrer Enkelin gesagt: «Ach, das ist ja gar nichts. Wegen einer solch lächerlichen Hautschürfung schickst du deinen Vater ins Gefängnis? Ich nehme an, daß du dir nun Sorgen machst, die Jungens könnten dich deswegen nicht mehr mögen, nicht wahr? Dein Vater hätte dir den andern Oberschenkel auch noch verbrennen sollen. Du bist ein sehr schlechtes Mädchen; deinem Vater so was anzutun, der dich liebt und hart für dich gearbeitet hat! Verstehst du mich, du kleine Schlampe?»

Joe Kallingers Schnell-Abhol-und-Lieferdienst fing an zu gedeihen; jede Woche gingen einige Bestellungen ein, doch die meisten der ehemaligen Kunden von Joe kehrten nicht mehr zurück. So gut er als Schuhmacher auch war, er war doch ein Verbrecher, und dies wirkte sich negativ auf sein Geschäft aus. Joe blickte auf die Regale, wo er die zu reparierenden Schuhe stapelte. Sie waren fast leer. Er mußte seinen Plan *jetzt* verwirklichen!

Nach dem Abendessen rief er Mike und Joey, die inzwischen nach Hause zurückgekehrt waren, zu sich in den Laden.

«Setzt euch, Jungens», sagte er mit einem einladenden Lächeln.

Joey warf seinem Vater einen mißtrauischen Blick zu. Mike murmelte etwas Unverständliches. Joey war drahtiger und kleiner als sein Bruder, und er hatte auch dunkleres Haar. Mike hatte vorstehende Zähne, aber ansonsten sah er seinem Bruder ziemlich ähnlich. Und doch ähnelte Joey seinem Vater mehr als Mike, obwohl beide Jungen sandfarbenes Haar hatten; Joes Haar hingegen war pechschwarz.

Joe stellte fest, daß die beiden dünner geworden waren. Zuviel billiges Essen vor dem Fernseher, dachte er. Es fiel ihm ebenfalls auf, daß ihre Kleider alt und abgetragen, ihre Turnschuhe abgewetzt und schmutzig waren.

In den Tagen vor seinem Gefängnisaufenthalt hätte Joe einfach einen Befehl erteilt, und seine Kinder hätten aufgehorcht und ihn ausgeführt. Doch seit der Meuterei auf dem Schloß hatte er seine Autorität als Vater eingebüßt. Er wußte, daß er diese «absoluten Götter» besänftigen mußte, daß er sie herumkriegen mußte, damit sie nicht gegen ihn, sondern für ihn arbeiteten. Er wußte, daß sie ihn ins Gefängnis zurückschicken konnten.

«Was gibt's?» fragte Joey.

«Ja, was gibt's?» echote Mike.

«Wir haben zu tun. Schieß los, Mann!» befahl Joey.

«Ja, schieß los!» verlangte Mike.

Es würde nicht einfach sein, dachte Joe und betrachtete seine beiden Söhne, aber er mußte es versuchen. Die Zukunft würde sonst in einer Katastrophe enden.

«Seht mal, Jungens . . .»

«Wir sehen», sagte Joey und Mike wie aus einem Mund und starrten mit getäuschter Aufmerksamkeit auf einen Fleck auf Joes Hemd.

Joe blickte an sich herunter und lachte gezwungen. «Nein, ich meine natürlich nicht mein Hemd, ich meine, nun, ja, es ist viel zwischen uns los gewesen, nicht?»

«Stimmt!» erwiderte Joey. Er zeichnete Ringe mit dem Zigarettenrauch. Mike nickte wichtigtuerisch und saugte an seinen vorstehenden Zähnen.

«Aber *ich* sage», fuhr Joe hartnäckig fort, «vergebt und vergeßt. Ich weiß, daß ihr euren Daddy liebt . . .» Joe wartete auf eine Antwort, aber Joey und Mike schwiegen.

«. . .daß ihr mich liebt», insistierte Joe, «und euer Daddy liebt *euch*. So sollte es auch sein in einer Familie.»

Joey und Mike schwiegen.

«Ich möchte euch um etwas bitten; ich möchte, daß ihr Jungens und auch Mary Jo etwas tut. Es ist zum Besten der Kallinger-Familie.»

Joey, der meistens unruhig und nervös war, stand auf. Er ging im Laden auf und ab und sah seinen Vater unentwegt an.

«Nun, worum geht es?» fragte Joey.

Joe legte die Hand auf Joeys knochige Schulter, und Joey blieb stehen. Joe blickte in das magere Gesicht, in die argwöhnischen, mißtrauischen Augen.

«Nun, folgendes, Jungens», sagte er. «Es gibt nur eine Möglichkeit, das Geschäft wieder soweit zu bringen, wie es war, bevor ich nach Holmesburg geschickt wurde, als ich noch gut verdiente und wir Steaks essen und Milch trinken konnten und nicht wie jetzt vom Essen der Wohlfahrt leben mußten. Es gibt nur einen Weg zurück zu den guten alten Tagen, und das heißt, daß ich von den Anklagen, für die ich in fünf Monaten verurteilt werden soll, freigesprochen werde. Die Leute treiben nicht gern Geschäfte mit einem Kerl wie mir, der eines Verbrechens schuldig befunden wurde. Wie gesagt, ich muß meinem Namen reinwaschen.»

Joey und Mike sahen einander an.

«Was hat das mit uns zu tun?» fragte Mike.

«Ich bitte euch, Joey und Mike - und auch eure Schwester, ihr könnt bei Großvater anrufen und sie fragen - ich bitte euch drei Kinder, noch einmal zum Gericht zu gehen und zu sagen, daß die Kindesmißhandlungen, deren ihr mich beschuldigt habt und für die ich verurteilt worden bin, nicht wahr sind!»

«Was schaut dabei für uns heraus?» fragte Joey.

«Viel!» entgegnete Joe. «Gutes Essen, schöne Kleider, gute Restaurants, Kino, Ausflüge am Wochenende, Taschengeld und was ihr wollt. Seht euch meine Regale an! So gut wie leer, nicht wahr? Kaum ein Paar Schuhe. Wenn keine Schuhe mehr zur Reparatur abgegeben werden, dann werden wir für den Rest unseres Lebens von der Fürsorge abhängig sein, und ihr könnt den Wind um Dollarnoten und Vergnügen anflehen, denn euer Vater wird nicht mehr für euch sorgen können - wenn das Geschäft nicht wieder läuft. Und wie ich sagte, das Geschäft wird nur dann wieder laufen, wenn ich meinen Namen reingewaschen habe; und ihr und eure Schwester könnt dies für mich bewerkstelligen, indem ihr vor Gericht eure Anklagen widerruft.»

Joey zündete sich eine Zigarette an. Schweigen.

«Gebt mir eure Antwort nicht jetzt», sagte Joe. «Bitte denkt einfach mal darüber nach und laßt mich dann eure Antwort wissen. Einverstanden?»

«Einverstanden. Wir werden darüber nachdenken und dir die Antwort mitteilen», sagte Joey.

Der zwölfjährige Joey und sein elfjähriger Bruder Mike besprachen die Angelegenheit in ihrem Schlafzimmer. Joey wünschte sich, daß das Geschäft seines Vaters wieder besser ginge, denn, und darin war Mike mit ihm einig, ein Leben ohne Geld, ein Abendessen ohne Steak und ein Wochenende ohne Ausflug machten keinen Spaß. Mike mochte Joey nicht besonders, weil er zotige Reden führte und widerborstig war, aber er erklärte sich mit Joey einverstanden, genauso wie er mit Joey und Mary Jo zur Polizei gegangen war, um seinen Vater wegen Kindsmißhandlung zu verklagen.

Doch für Joey gab es einen noch sehr viel wichtigeren Grund, wie seine Lehrerin Carol Dwyer mir mitteilte: Er war stolz darauf, daß sein Vater ein Geschäftsinhaber war und die Kallingers somit zum Mittelstand gehörten. Damit fühlte sich Joey den Kindern, deren Väter für andere Leute arbeiteten, überlegen.

Mrs. Dwyer erzählte mir, wie Joey seine Klassenkameraden danach fragte, was für einen Beruf ihr Vater habe. Lautete die Antwort, daß der Vater in einem Eisenwarenladen oder in einer Hutfabrik arbeitete, prahlte Joey damit, daß *sein* Vater der Besitzer einer Schuhreparaturwerkstatt sei, daß er viel Geld verdiene und weit und breit als der beste Schuster gelte.

Gemäß Mrs. Dwyer zeigte Joey seine Verachtung über den niedrigeren Rang seiner Klassenkameraden ganz unverhohlen. Dies führte oft zu Raufereien, doch ob Joey nun als Sieger oder als Verlierer aus dem Kampf hervorging, er war auf jeden Fall stolz darauf, der Sohn eines Geschäftsmannes zu sein, der sich nicht herumkommandieren lassen mußte und der in seinem eigenen Laden seine eigenen Regeln aufstellen konnte.

Die zwei Brüder waren ebenfalls der Meinung, daß ein Widerruf vor Gericht großen Spaß machen würde. Daß sie sich damit des Meineids schuldig machen würden, kam ihnen nicht in den Sinn. Und auch wenn sie daran gedacht hätten, so hätte es sie nicht beunruhigt, denn Lügen gehörten zu ihrem Leben. Die ganze Sache würde deshalb soviel Spaß bereiten, weil die Kinder Erwachsene, die sie haßten und denen sie mißtrauten, belügen und weil sie mit ihrem Widerruf wahrscheinlich einen herrlichen Klamauk beim Gericht und in der Gemeinde von Kensington und vielleicht sogar in ganz Philadelphia auslösen würden. Zudem freuten sie sich sehr darauf, daß ihre Namen und Fotos wieder in den Zeitungen und im Fernsehen erscheinen würden. Geld und Spaß waren herrlich, aber Berühmtheit nicht minder.

Sie riefen ihre dreizehnjährige Schwester Mary Jo an und sagten ihr, was Daddy von ihnen wollte und was dabei für sie herausschaute. Mary Jo war sofort einverstanden, denn auch sie hatte nichts gegen ein sorgloses Leben einzuwenden. Und ein bißchen Spaß auf Kosten der Behörden, die Kindern das Leben immer so schwer machten, war jeden Widerruf wert.

Eine Stunde, nachdem Joey und Mike Joes Laden verlassen hatten, kehrten sie zurück und teilten ihm mit, daß sie und ihre Schwester Mary Jo beschlossen hatten, die Klagen wegen Kindsmißhandlung zu widerrufen.

Joe hatte den ersten Schritt zu diesem Widerruf eingeleitet, indem er seine Kinder manipuliert hatte. Der Widerruf erfolgte jedoch erst am 17. Januar 1973, etwas mehr als ein Jahr nach Joes Verurteilung zu vier Jahren mit Bewährung.

Während seines Gerichtsverfahrens und seiner Untersuchungshaft hatte Joe etwas über die von Anwälten so genannten «nachträglich gesicherten Beweismittel» in Erfahrung gebracht, Beweismittel, die nach Abschluß des Verfahrens noch nicht bekannt sind und das Urteil umstoßen können. Joe wußte, daß er zusätzlich zum Widerruf durch seine Kinder keine weiteren Beweise benötigte. In der Tat stützte sich Joes Anwalt, Arthur L. Gutkin, auf nachträglich gesicherte Beweismittel ab, als er am 31. November 1973 den Antrag auf ein neues Verfahren im Fall der Kindsmißhandlung einreichte.

Joe jedoch wußte, daß in seinem Fall keine solchen Beweise existierten. Deshalb bat er Joey, ihm dabei behilflich zu sein, die nötigen Beweismittel zu erbringen. Vor seiner Verhaftung hatte Joe die Bestrafungsinstrumente im Keller aufbewahrt. Einen Tag nach seiner Rückkehr nach Hause entfernte er sie. Nach Ladenschluß und Abendessen begaben sich Joe und Joey nun jeweils in diesen Keller, um die nachträglich gesicherten Beweismittel mittels rückwirkender Eintragungen in vier Tagebüchern zusammenzustellen: ein braunes, ein schwarzes und ein blaues Tagebuch sowie ein weiteres Tagebuch, das dem Gericht später als das Ben-Franklin-Buch bekannt war.

Für Joey war der Vater, mit dem er diese Tagebuchspiele betrieb, wieder der «Spiel-und-Spaß-Dad». Es war derselbe

Vater, der in einer grotesken Hochstimmung (die rein intrapsychisch induziert worden war) den Vorschlag gemacht hatte, gemeinsam die Fassaden des Schulhauses mit Farbe zu besprühen, und ihn eines Tages in der ersten Morgendämmerung bei diesem Vorhaben begleitet hatte.

Joe und Joey arbeiteten während vierzehn Monaten in verschwörerischer Eintracht im Keller an den Tagebüchern: vom September 1972 bis zum November 1973. Mit Ausnahme einiger weniger selbständiger Vorschläge schrieb Joey im wesentlichen das nieder, was Joe ihm diktierte.

Unter den Tagebucheintragungen war unter anderem folgendes zu lesen:

«Meine Schwester Mary Jo Kallinger hat mich, Joe K., am vergangenen 30. Januar 1972 gebeten, sie aufs Polizeikommissariat zu begleiten, um meinen Vater ins Gefängnis zu bringen, weil er sie nicht mit Jungens ausgehen lassen wollte. Ich sagte, daß ich nicht mitkommen wolle. Sie bat mich jedoch inständig, mitzukommen, und sagte mir auch, was ich bei der Polizei sagen sollte. Ich wollte nicht lügen, aber Mary Jo Kallinger meinte, das würde nichts ausmachen, wenn Dad einmal fort sei. Mary sagte, daß wir dann tun könnten, was wir wollten. Sie sagte, ich könne mit allen Mädchen, mit denen ich möchte, vögeln, und sie könne mit den Strongs ausgehen, die Schule schwänzen, und niemand könne sie mehr daran hindern, und wir könnten viel Geld damit verdienen, indem wir Dads Wagen aus seinem Lager verkaufen und das Geld für uns behalten würden. Mein Dad, du warst ein netter Dad.»

«Mary Jo brachte Vater aus dem Haus, und ich mußte ihr dabei helfen. Sie zwang mich zu sagen, daß sie geschrien habe, damit die Bullen ihr glaubten, daß Dad sie mit einer heißen Bratschaufel geschlagen habe, aber ich wußte, daß das nicht stimmte. Ich hätte nicht sagen sollen, daß mein Dad mich mit dem Stiel eines Hammers geschlagen hat, denn das hat er nicht getan. Ich glaube, er ist ein feiner Kerl; er versucht mir immer zu helfen, wenn ich ein Problem habe, und ich liebe ihn. Ich glaube, meine Schwester ist eine Lügnerin.»

«. . . Wir gehen zur Polizei und lassen unsern Dad einsperren. Ich werde der Polizei lauter Lügen über meinen Vater erzählen und sagen, daß er mich am Kühlschrank angebunden und mich geschlagen hat. Dann werden sie ihn einsperren, und ich kann Spaß haben. Ich kann kaum noch bis morgen warten.» (Diese Eintragung war mit dem 29. Januar 1972 datiert.)

«Während Dad fort war, freute ich mich, daß ich gelogen hatte, damit er im Knast blieb und ich tun konnte, was ich wollte. Es war ganz leicht, die Richter dazu zu bringen, daß sie meine Lügen über meinen Vater glaubten. Sie glaubten alles, was ich sagte.»

Am 2. Mai 1973 fand Joe, daß er nun genügend Beweismittel zusammengetragen habe, um sich einen Rechtsanwalt zu verschaffen, der einen Antrag auf Wiederaufnahme des Verfahrens stellen würde. Er verfaßte einen Brief, von dem er dreitausend Kopien an Rechtsanwälte nicht nur in Pennsylvania, sondern auch in New Jersey und New York schickte. Er erhielt fünfzig Antwortschreiben, wählte jedoch Anwälte aus, die er aus einer andern Quelle kannte.

John Fareira, administrativer Assistent des Schulvorstehers des 5. Distrikts, war einer der Menschen gewesen, die trotz der Verurteilung von Joes Unschuld überzeugt gewesen waren. Viele Lehrer der Kinder glaubten an Joes Unschuld. Wie Carol Dwyer, Joes Lehrerin an der Douglas-Schule, sagte: «Mr. Kallinger gehörte zu unseren hilfsbereitesten und besorgtesten Eltern. Jedesmal, wenn ich ihn zu mir bestellte, kam er sofort. Er ist intelligent, redet klar und deutlich, ist gut gekleidet, geschäftstüchtig und kennt wichtige Leute. Er ist überhaupt nicht der Mann, den man einer Kindsmißhandlung verdächtigen könnte.»

Fareira bestellte Joe zu sich und vermittelte ihm die Telefonnummer von Kenneth F. Hoffmaster, dem Vorsitzenden der Elternorganisation von Philadelphia, der Ermittlungen im Fall von falschen Anschuldigungen bei Vernachlässigung und Mißhandlung von Kindern anstellt. Joe rief Hoffmaster an, der ihm Hilfe versprach. Im Juli 1973 widerriefen Joey, Mike und Mary Jo ihre Aussagen vor Mr. Hoffmaster. Als Joe Hoffmaster die Briefe an die Anwälte vom 2. Mai zeigte, meinte Hoffmaster, daß seine eigenen Anwälte, Malcolm W. Berkowitz und Arthur L. Gutkin, vielleicht an Joes Fall interessiert wären. Am 31. November 1973 reichte Gutkin den Antrag auf Wiedereröffnung des Verfahrens mit der Begründung von nachträglich gesichertem Beweismaterial ein, nachdem er sich mit allen Kindern Joes unterhalten und Joeys Tagebücher gelesen hatte.

Obwohl Joes Geschäft zu jenem Zeitpunkt weitaus besser lief, als er es sich bei seiner Rückkehr aus Holmesburg vorgestellt hatte, hielt er an der Wiederaufnahme des Verfahrens fest. Allerdings war es für Joe nun nicht mehr so wichtig, daß er seinen Namen aus geschäftlichen Gründen vom Makel befreite. Er hatte zwölf Stunden am Tag gearbeitet, und die Familie war bereits zwei Monate nach seiner Entlassung nicht mehr von der Fürsorge abhängig. Sein Leben war auch sonst besser geworden. Einen Monat nach der Entlassung in Holmesburg war er der *Kensington Assembly of God*, einer fundamentalistischen protestantischen Kirche beigetreten; das verschaffte ihm großen Trost. Er hatte seit seiner Exkommunikation von der katholischen Kirche vor dreizehn Jahren keiner Kirche mehr angehört.

Es tröstete ihn ebenfa'ls zu wissen, daß Betty drei Monate nach seiner Entlassung schwanger geworden war und er im August 1973 Vater ihres siebten Kindes werden würde.

Nun wollten sowohl Joe als auch die «absoluten Götter» seinen Namen reinwaschen, obwohl die geschäftlichen Interessen nicht mehr ausschlaggebend dafür waren. Die Kinder fanden Gefallen an dem ganzen Spiel. Joe fand, daß er - Geschäft hin oder her - nicht mehr mit dem Stigma des Verbrechers leben könne. Während er also vor seinen Anwälten, vor Mr. Hoffmaster und seinen Freunden aus politischen und pädagogischen Kreisen die Maske der Unschuld trug, hoffte Joe, daß das Gericht ihn bald freisprechen werde. Gleichzeitig war er jedoch in dem Wahn befangen, daß er seine Kinder nicht mißhandelt, sondern vielmehr zu «erziehen» versucht habe. Das war auch der Grund, weshalb er es für richtig hielt, daß man ihn vom Stigma des Verbrechers befreie.

Im Juli 1973 kam den Tagebüchern, die als «nachträglich gesichertes Beweismaterial» dienen sollten, noch eine weitere Funktion zu: Durch sie delegierte Joe einige seiner eigenen

Wünsche und Phantasien an Joey. Wenn Joey sich in die Straßen begab, die Joe als Kind nicht hatte kennenlernen dürfen, gab ihm Joe ein verstecktes Mikrophon und ein kleines Tonbandgerät mit, damit Joey seine Erlebnisse aufzeichnen konnte. Wenn Joe die Aufzeichnungen abhörte, konnte er, ohne das Haus oder den Laden verlassen zu müssen, seine Abenteuerlust befriedigen.

Einige der von Joey erlebten oder imaginierten und von Joe phantasierten Abenteuer waren in den Tagebüchern erwähnt.

Daraus geht hervor, daß Joey sechsmal einen Eisenbahnbrand legte sowie einmal einen Kreis aus Feuer um einen seiner Liebhaber herum. Es gibt auch zahlreiche Hinweise auf sexuell-sadistische Absichten und Erfahrungen, die genau dem Inhalt von Joes eigenen sexuell-sadistischen Phantasien entsprachen. «Die Feuer, das war Joey», erklärte mir Joe am 14. Juli 1977, «aber die Eintragungen über Sex stammten von mir. Ein normaler Vater hätte die Brandlegungen nicht zugelassen und hätte sicherlich seinem Sohn nicht diktiert, einem Mädchen die Brustwarzen abzuschneiden. Doch ich war nur selten ein normaler Vater.»

Im November 1973, in demselben Monat, in dem der Antrag auf ein neues Gerichtsverfahren eingereicht wurde, geriet Joey in Schwierigkeiten, die nichts mit den Wünschen seines Vaters zu tun hatten. Joey wurde 56 Stunden lang vermißt, weil er eine Affäre mit Thomas Black, einem 34jährigen Homosexuellen hatte. Auf Drängen Joes wurde Joey zum jugendlichen Beschwerdeführer und verklagte Thomas Black wegen Unzucht mit Minderjährigen. Joe und Betty nahmen Joey deswegen mit zu Harold Balger, einem Jugendbeistand vom Sittenpolizeidezernat. Am folgenden Tag, dem 17. November 1973, ging Joey allein in Balgers Büro.

Als Joey das Büro betrat, trug er zwei große Tüten mit Süßigkeiten bei sich. Er benahm sich abwechslungsweise trotzig und kindisch und verlangte, daß Balger ihn verhafte und einsperre. Joey erklärte, daß er aus zwei Gründen nicht länger zu Hause bleiben wolle: Erstens erinnere sein Vater ihn immer wieder daran, daß er ein Ausreißer sei, und erlaube ihm nicht, das Haus zu verlassen, und er müsse immer auf der Treppe zum oberen Stockwerk sitzen. Zweitens sage ihm sein Vater immer wieder, er solle sich nicht über diese Art der Bestrafung aufregen und auch nicht wegen der Schulprobleme und der Schwierigkeiten, die er auf der Straße habe. Joey teilte Balger ebenfalls mit, daß er seinem Vater einen Faustschlag versetzt und sich dann hierher ins Büro begeben habe, um sich einsperren zu lassen.

Balger weigerte sich.

Doch bevor Joey das Büro verließ, fragte Balger ihn, ob die Klagen wegen Kindmißhandlung, die er vor anderthalb Jahren gegen seinen Vater erhoben habe, stimmten.

«Nein, sie stimmen nicht», erwiderte Joey. Er war zwar wütend auf seinen Vater, wollte aber sein Versprechen, die Klagen zu widerrufen, einhalten.

«Weshalb hast du diese unwahre Klage erhoben?» fragte Balger.

«Ich weiß es nicht», entgegnete Joey.

«Bereust du es?»

«Nein», antwortete Joey, «ich bereue es nicht.»

Joey widerrief auf inoffiziellem Weg auch die Kindsmißhandlungsklage, die er bei Anthony Medaglia, einem Bewährungshelfer, vorgebracht hatte. Joe hatte eine Klage gegen Joey wegen Schwererziehbarkeit eingereicht. Als der Bewährungshelfer sich mit Joey über die Klage seines Vaters unterhalten hatte, hatte er ihn gefragt, wie er sich mit seinem Vater verstehe.

«Fein», hatte Joey gesagt.

«Stimmt es nicht, daß dein Vater dich mißhandelt hat?» hatte ihn Medaglia gefragt.

«Nein», hatte Joey erwidert. «Meine Schwester und ich, wir haben die Geschichte erfunden.»

Joe, nach außen ein normaler Vater auf der Seite von Gesetz und Moral, wartete im Polizeiwagen, als Balger und andere Polizisten des Sittendezernats Thomas Black verhafteten. Sowohl Joe als auch Joey wohnten Blacks Voruntersuchung beim Gericht für familienrechtliche Angelegenheiten bei. Später wurde Thomas Black der Prozeß gemacht, und er wurde ins Gefängnis geschickt.

Im Lauf des Gerichtsverfahrens gegen Thomas Black geriet Joey mit einem Polizisten in Streit und versetzte ihm einen Schlag in die Hoden. Joey wurde festgenommen.

Die Angelegenheit war ernst, und zwar nicht nur, weil Joey den Polizisten tätlich angegriffen hatte, sondern auch, weil er in den zwei vorangegangenen Jahren bereits in drei ähnliche Fälle verwickelt worden war. Am 3. Juli 1971 war der damals elfjährige Joey verhaftet worden, weil er einen Polizisten, der ihn aufgefordert hatte, keinen Abfall mehr auf die Straße zu werfen, mit Zoten bedacht hatte. Am 11. Mai 1972, als Joe in Holmesburg war, war der zwölfjährige Joey wegen Diebstahls in einem Eisenbahnwagen, Hehlerei, Mittäterschaft und Vandalismus verhaftet worden. Am 4. April 1973 war Joey wegen Vandalismus gegen das Eigentum der Eisenbahn und weiteren rechtswidrigen Handlungen verhaftet worden.

Joey wurde wegen Ausreißen und Schwererziehbarkeit in Haft behalten und vom Gericht zuerst an das Youth Study Center von Philadelphia, dann in eine psychiatrische Behandlungsstätte und anschließend an die Eastern State School and Hospital in Trevose, Pennsylvania überstellt. Das Eastern State ist cin Krankenhaus für psychisch gestörte Kinder, von denen die meisten wegen schwerer Vergehen bereits vor Gericht standen.

Dr. Robert J. Donovan, Neuropsychiater am Youth Study Center, vermutete, daß Joeys «Feindseligkeit möglicherweise auf eine sadistische Behandlung zurückzuführen ist», und er hielt fest, daß er «mit der Welt auf Kriegsfuß zu stehen scheint.» Dr. Donovans Diagnose lautete: «Jugendliche Ausreißerreaktion» und «passiv-aggressive Persönlichkeit». Seine Prognose: «Mit zunehmendem Alter könnten diese Tendenzen sowohl für andere als auch für ihn selbst gefährlich werden.»

Der Psychologe Robert H. Falkenstein vom Eastern State Hospital hielt in seinem Bericht folgendes fest: «Joseph jr. scheint nicht am Seelenleben anderer Menschen interessiert zu sein, steht jedoch in einer übermäßig engen, feindselig-abhängigen Haß-Liebe-Beziehung zu seinem Vater.» Als Joey sich in dieser feindseligen Haßphase befand, schrieb er in sein Tagebuch: «Ich würde meinen Vater gern ertränken – oder in einem großen Feuer verbrennen.» Joe war bei dieser Tagebucheintragung seines Sohnes nicht dabei gewesen. Doch als er diese Zeilen las, war er keineswegs überrascht. «Flora, Joey und ich liebten einander, und dann liebten wir einander wieder nicht. Es war, als ob unsere Emotionen durch eine Drehtür hindurch gingen.»

Joey fühlte sich im Eastern State ruhelos und unglücklich; er wurde von andern Patienten geschlagen und terrorisierte seinerseits sowohl das Pflegepersonal als auch die Patienten. Man diagnostizierte «latente Schizophrenie (pseudopsychopathisch) mit soziopathischen und sadistischen Tendenzen und einer Neigung, sie auszuleben». Joe erfuhr nie etwas von dieser Diagnose.

Joey freute sich jeweils auf die Wochenenden zu Hause. Als er zum zweiten Wochenende nach Hause kam, wollte er mit einigen Freunden aus Spaß im Zug schwarzfahren, wie sie es bereits öfters getan hatten. Sie kletterten aufs Dach eines dreistöckigen Hauses, das sich an der Harold Street befand; das Dach lief parallel zur Hochbahnstation Ecke Kensington Avenue und Harold Street.

Um auf den Bahnsteig der Hochbahnstation zu gelangen, mußten die Jungen vom Dach auf den Bahnsteig hinunterspringen. Joey sprang als erster, aber er landete nicht auf dem Bahnsteig, sondern fiel die drei Stockwerke hinunter. Die Polizei brachte ihn in das Episcopal Hospital. Die Ärzte stellten einen Bruch des rechten Fußes fest, dort, wo die beiden Unterschenkelknochen im Knöchel zusammenlaufen. Es handelte sich um einen komplizierten Bruch, und die Heilungschancen standen schlecht. Joey wurde von den Zehenspitzen bis zur rechten Hüfte eingegipst. Joe ließ Joey aus dem Episcopal ins St. Mary's Krankenhaus bringen. Als Joey schließlich ins Eastern State zurückkehrte, ging er auf Krücken, und sein rechtes Bein war eingegipst.

Am Freitag, dem 15. März 1974 brachte Joe Joey, der einen Tag Urlaub bekommen hatte, zu einem Arzt in Philadelphia. Joey flehte seinen Vater an, ihn nicht wieder ins Eastern State zurückzuschicken, doch Joe wies darauf hin, daß Joey in der Obhut des Gerichts stand und zurückgehen mußte. Es gelang Joey auszureißen und in ein nahes Wäldchen zu humpeln.

Joey kehrte mit dem Bus nach Philadelphia zurück. Er verbrachte den Freitag und den größten Teil des Samstags mit Eisenbahnfahrten. Um 10.15 Uhr am Samstagmorgen ging er zu Lew King, dem Redakteur der Nachtausgabe des «Philadelphia

Bulletin». Ein weiterer Redakteur rief Joe an, um ihm mitzuteilen, daß Joey sich dem «Bulletin» gestellt hatte und sich in Sicherheit befand. Joe kam, um Joey abzuholen. Sie umarmten einander und klammerten sich aneinander. Tom Gibbon, ein Reporter des «Bulletin», fuhr die beiden nach Hause. Am nächsten Morgen kehrte Joey in die Anstalt zurück. Sein Wochenendurlaub wurde eingeschränkt, weil es, wie ein Sozialarbeiter formulierte, wesentlich war, «Mr. Kallinger zur Einsicht zu verhelfen, daß Joey mit seinen Manipulationen sowohl sich selbst als auch seinen Vater verletzte.»

Joe kämpfte weiterhin heftig für seinen Sohn. Ende Februar 1974 ging es dabei um Joeys Gips. Nachdem Joey sich über Schmerzen im rechten Bein beklagt hatte, war er vom Eastern State zu Ärzten geschickt worden, die den Gips entfernten, doch als er an einem Wochenende zu Hause war, fing das Bein wieder an zu schmerzen. Joe brachte seinen Sohn zu andern Ärzten, die ihm das Bein wieder eingipsten und sagten, daß er den Gips weitere sechs Wochen lang behalten müsse. Das Bein blieb also eingegipst, obwohl man im Eastern State der Ansicht war, es sei richtig gewesen, den Gips zu entfernen. Joe beklagte sich auch darüber, daß Joey in einem «lamentablen Zustand» nach Hause gekommen war und daß er, obwohl es in Strömen regnete, weder einen Mantel noch Socken trug. Joe wendete jetzt all seine Energien dafür auf, Joeys Entlassung aus dem Eastern State zu erwirken. Joey wurde schließlich aufgrund eines Gerichtsverfahrens vom 6. Mai 1974 tatsächlich nach Hause entlassen.

Als ich Joe über Eastern State und Joey befragte, schrieb er einen umfassenden Brief zu diesem Thema; der Brief trägt wesentlich zum Verständnis der tragischen Haß-Liebe-Beziehung zwischen Joey und Joe bei.

«Ich will die Gedanken niederschreiben, die mir seit Ihrer letzten Frage am Telefon durch den Kopf gehen», schrieb Joe in seinem Thanksgiving-Brief vom 25. November 1976, « über die Gründe meines Kampfs gegen Eastern State. Nun ja, ich war ein liebevoller Vater, so liebevoll, daß weder Himmel noch Hölle den Kräften in diesem Mann hätten Einhalt gebieten können. Der Hilfeschrei von meinem Sohn Joey war der Auftakt zum Kampf, zu einem Kampf, der später in eine Schlacht ausarten sollte, wo ein einzelner Mann sich gegen die Mächte der modernen Zeit stemmte; mit andern Worten gegen öffentlich-rechtliche Institutionen, Ärzte, Soziologen, Sozialarbeiter, Aufseher und das Gericht, das meinen Sohn in die Eastern State-Anstalt gesteckt hatte, das Sittendezernat, das das Ganze ins Rollen gebracht hatte, und gegen die ganze staatliche Jugendpolitik. Dieser Mann – Joe Kallinger – nahm gegen sie alle den Kampf auf, und nichts konnte ihn von seinem Vorhaben abbringen. Meine Liebe war so stark, daß ich am Ende den Kampf gewann, ein Sieg, der Narben hinterließ und viele Menschen in Erstaunen versetzte. Doch mein Sohn war meine Liebe. Was er auch tat, um mich zu mißbrauchen, zählte nicht, und ihm machten meine Mißhandlungen auch nichts aus. Er glaubte an mich, und ich ließ ihn nicht im Stich. Wir standen einander nahe. Ich liebte, und diese Liebe war wie ein Ritter in glänzender Rüstung oder ein Prinz in irgendeiner Geschichte, und ich wußte, daß ich genau das war. Unter der Bedingung, daß Joey im Philadelphia St. Christoper's Kinderkrankenhaus ambulant behandelt werden würde, wurde er nach dem Gerichtsverfahren vom 6. Mai 1974 wieder in meine Obhut gestellt.

Sie fragen mich, Flora, was genau aus meiner Kindheit mit meinen Gefühlen und meiner Haltung Joey gegenüber verknüpft war. Ich glaube, ich weiß die Antwort. Niemand war mein Prinz. Niemand rettete mich. Ich konnte niemandem vertrauen, sonst wäre ich nicht, was ich heute bin.»

Gegen Ende Februar 1974 machten die «absoluten Götter» in einer Gerichtsverhandlung bei Richter Bradley im Gerichtssaal 443 des Gerichts für Zivil- und Strafsachen ihre Aussagen bezüglich des Antrags auf ein neues Verfahren. Sie sagten, daß ihre Zeugenaussage beim Prozeß nicht wahr gewesen sei und daß sie sich darüber schämten, daß sie ihren Vater hatten verhaften lassen.

Am 19. und 20. Februar kam Joey direkt vom Eastern State in den Gerichtssaal. Er ging auf Krücken und war in der Begleitung von Hilfspolizisten. Anwälte der Verteidigung und der Staatsanwaltschaft verlasen Auszüge aus seinen Tagebüchern. Joey stand fest zu den darin geäußerten Meinungen.

Am 20. Februar wurde Joey vierzehn Jahre alt. Joe brachte ihm ein Dutzend Törtchen, doch Joey durfte sie wegen der Anstaltsregeln nicht annehmen. Als die Gerichtsverhandlung jedoch zu Ende war und Joey auf die Hilfspolizisten wartete, die ihn nach Eastern State zurückbringen sollten, lehnte Joe über den Stuhl, küßte Joey auf die Stirn und sagte: «Happy birthday.»

Nach seiner Rückkehr aus Holmesburg im August 1972 hatte sich Joe mehr als zu irgendeiner andern Zeit, seit er voll in seiner Psychose lebte, für die Realität interessiert. Doch gleichzeitig unterstand er der schwersten Wahnidee, die ihn je befallen hatte. Nachdem er Mary Joes Oberschenkel verbrannt hatte, war ihm klar geworden, daß seine orthopädischen Experimente zur Selbstkorrektur und zur Heilung der Menschheit ein Mißerfolg gewesen waren. In seinen Halluzinationen erteilte Gott ihm nun den Befehl, die Welt, die Joe nicht hatte heilen und retten können, zu zerstören.

Joe hatte noch in Holmesburg die Präsenz und die Stimme Gottes, die ihm den Auftrag zur Zerstörung erteilte, halluziniert. Die Befehle waren daraufhin anderthalb Jahre ausgeblieben. Doch im Winter 1973/74, zur selben Zeit, als Joes Anwalt den Antrag auf eine Wiederaufnahme des Gerichtsverfahrens aufgrund der nachträglich gesicherten Beweismittel stellte, und zur selben Zeit, als Joe Joey dazu ermutigte, Klage gegen Thomas Black zu erheben und sich für Joey und gegen Eastern State einsetzte, begann Joe, seine groteske und entsetzliche Wahnidee des Gottesbefehls in die Tat umzusetzen.

In jenem Winter 1973/74 faßte Joe den Entschluß, die Menschheit zu töten, jeden Mann, jede Frau und jedes Kind auf der Erde mit einem Fleischermesser umzubringen. Zu diesem Zweck gründete er eine Partnerschaft des Verbrechens mit seinem Sohn Michael, einem der drei «absoluten Götter». Joey war Joes Delegierter in Kensington gewesen und hatte die unerfüllten Wünsche seines Vaters ausgelebt. Joe stellte sich Michael als seinen Delegierten für dieselbe Aufgabe in den Vororten vor. Joey war allein ausgegangen, aber Joe begleitete Michael.

Mit Michael hatte Joe eine «Kameradschaftsdelegation», wie er es nannte. Jedesmal, wenn er in seinen Halluzinationen einen

Befehl von Gott erhielt, nahmen Joe und Michael einen Bus nach irgendeiner Gegend in Pennsylvania oder New Jersey, wo sie rein zufällig in irgendeiner Stadt, die sie nicht kannten, ausstiegen. Dies ereignete sich etwa zweimal pro Woche. Michael brach dann in Häuser ein, und Joe wartete bei der Bushaltestelle auf ihn, ging ein wenig voraus oder setzte sich auf eine Bank. Vom Winter 1973 bis im Juni 1974 beging Michael, während Joe auf ihn wartete, zwei Dutzend Diebstähle.

An einem herrlichen Tag im Juni 1974 marschierten Joe und Mike auf einer alten Landstraße in New Jersey. Während Joe sich auf einen Felsen bei einem Fluß setzte, ging Mike die Straße hinunter und brach in ein Haus ein. Joes Blick wanderte von der funkelnden Wasseroberfläche des Flusses über die staubige Landstraße. Sie war leer.

Der Strom erinnerte Joe an das Flüßchen in der Nähe des alten Bungalows von Neshaminy, wo er als Kind glückliche Träume über die Schmetterlinge gehabt hatte. Der Bungalow gehörte ihm nun, aber die glücklichen Phantasien, die er damals gesponnen hatte, waren verflogen. Hier, neben dem funkelnden Fluß in New Jersey, erinnerte er sich an den Jungen, den er in der Nähe des Flüßchens von Neshaminy hatte kastrieren wollen. Jetzt, als er infolge seiner halluzinierten Gottesbefehle diese Erkundungsraubzüge in die Vororte unternahm, kreisten seine Gedanken ebenfalls um Kastration und Zerstörung. Er hatte Michael nichts über den «Befehl Gottes» oder das Massaker der Welt erzählt, aber er wußte, daß die Zeit kommen würde, da er selber die Dinge in die Hand nehmen müßte; nur war er jetzt noch nicht bereit dazu.

Joe blickte auf und sah Michael die Straße entlanggehen. Unter dem rechten Arm trug er eine Schmuckschatulle. Michael sprang mit Leichtigkeit und Schwung über den Zaun und kam mit herausforderndem Blick, ohne zu lächeln, auf das Ufer des Flusses zu, an dem Joe saß. Dann stand er neben ihm, die Schmuckschatulle fest unter den Arm geklemmt.

«Von nun an, Dad», sagte Michael, «mußt du mit mir mitkommen!»

«Weshalb?» wollte Joe wissen.

«So wird es von nun an sein», antwortete Mike.

«Mike, willst du mich in Gefahr bringen?»

«Nun», antwortete Mike provokativ, «entweder du kommst mit, oder ich gehe nicht mehr.»

«Einverstanden, Mike», antwortete Joe ängstlich.

«Flora», erzählte mir Joe später, «als Mike mich provozierte, hatte ich das Gefühl, mein Herz müsse stillstehen. Ich hatte noch nie ein Haus illegal betreten. Mike lebte in einer Welt aus dreikarätigen Diamanten. Ich wußte, daß Raub nur ein Weg war, sich auf das Weltmassaker vorzubereiten. Ich hatte Angst, mit ihm in Häuser einzubrechen. Doch Mike hatte gesagt, daß ich *von nun an* mit ihm gehen müsse. Er hatte nicht gesagt, daß ich *am selben Tag* mitkommen müsse. Ich hoffte, daß es keinen weiteren Befehl geben werde, daß Gott mich nicht mehr dazu aufforderte, die Menschheit zu zerstören.»

Joes erster Einbruch fand in einer Stadt in Pennsylvania statt. Er fand, er müsse das lernen, was Mike bereits beherrschte. Mike gab Joe Kraft und Mut. Sie wanderten über Ackerland, gingen dann in ein Bauernhaus hinein, und Mike fing an, die Zimmer zu durchplündern. Joe folgte ihm; dabei fühlte er sich in den Traum seiner Kindheit zurückversetzt, mit den mondförmigen Gittern, den Dächern, die sich zusammenschlossen, und den Leuten auf den Dächern, die seine Freunde geworden waren. Im Traum hatte Joe versucht, einen Weg ins Haus zurückzufinden, und hatte sich wie ein Eindringling gefühlt.

Joe folgte Mike und fing an, ihm zu helfen. Sie stahlen eine große Münzsammlung und machten sich davon. Als er mit Mike über die staubige Straße ging, wurde Joe von Schwindel erfaßt; er hatte Kopfschmerzen und sah Lichter vor sich. Als er zu Hause ankam, begab er sich an seine Werkbank. Doch das Werkzeug landete nicht dort, wo er es haben wollte: Er konnte seine Bewegungen nicht mehr koordinieren.

Nachdem Joe zum ersten Mal ein Haus auf illegale Weise betreten hatte, begab er sich mit Mike in viele Städte von New Jersey, deren Namen er später vergaß. Er konnte sich aber an Einbrüche in über einem Dutzend Städten von Pennsylvania erinnern.

Jedesmal wenn Joe von einem Raubzug aus den Vororten zurückkehrte, hoffte er, daß es der letzte gewesen sein möge;

doch wenn Gott ihm in seinen Halluzinationen erneut den Befehl erteilte, Mike zu begleiten, sagte Joe zu seinem Sohn: «Gehen wir.»

Wenn der Befehl, den Joe erhielt, ein sehr starker Befehl war, verließen er und Mike manchmal das Haus vor sechs Uhr morgens. War der Befehl weniger dringend, so ging Michael erst zur Schule und traf Joe anschließend an einem vorher vereinbarten Ort. Dann rief Joe in der Schule an und sagte: «Michael wird gebraucht.»

Es gab Zeiten, in denen Michael Joe anrief und fragte: «Gehen wir?» War der Befehl nicht erteilt worden, so antwortete Joe: «Heute nicht.» Hatte er einen Befehl bekommen, so sagte er: «Warte auf mich bei Bridge und Pratt.» Dort nahmen sie die Hochbahn zur Busstation.

Als ich mit Joe im Krankensaal des Camden County Gefängnisses saß, sagte er reuevoll: «Michael hätte nicht mit mir gehen müssen. Er hätte zur Polizei gehen können, er war ja diesen Weg schon einmal gegangen. Wenn er Angst gehabt hätte, allein hinzugehen, so hätte er Joey, einen Freund oder einen Lehrer mitnehmen können. Oder er hätte meinen Bewährungshelfer anrufen können. Ich sage damit nicht, daß Michael mit dem Ganzen angefangen hat, aber hätte er nein gesagt, wäre die Sache damit erledigt gewesen. Mike gab mir Mut und Kraft; er war der Herzschlag des ganzen Unterfangens.

«Flora, Flora», sagte Joe in einem Singsang, «warum, *warum* brachte Michael mich in Gefahr?»

12

Die Kraftprobe

Sonntag, 7. Juli 1974, 16 Uhr. Der Laden war geschlossen, die Fensterläden zu, doch Joe stand an seiner Werkbank und Michael daneben. Joe hielt eine Handschneidemaschine in der linken Hand, ein neu patentiertes Gerät zum Schneiden von zähem Material. Er preßte die beiden Griffe zusammen, und die dünne Klinge fuhr durch den Absatz eines Frauenschuhs. Wie ein Kopf von der Guillotine fiel der Absatz auf den winzigen «Tisch» aus Metall, der am Schneidegerät befestigt war. Das erregte Michael, und er sagte zu seinem Vater: «Komm, wir gehen.»

Joe steckte das Schneidegerät und eine Rolle schwarzes Klebband in eine kleine Plastiktüte und dann das Ganze in seine Tasche. Vater und Sohn verließen den Laden.

Es war ein sonniger, warmer Tag. Während neun Monaten waren Joe und Michael ziellos und kilometerweit durch die Vororte gegangen, doch heute blieben sie in der Stadt. Diesmal sollte es anders kommen: Am Ende ihres Spaziergangs würde ihr erstes Opfer tot auf einem verlassenen Fabrikareal liegen.

Als ich Joe am 17. Juni 1977 im leeren Krankensaal des Camden County Gefängnisses besuchte, erzählte er mir folgendes:

«Mike sagte: ‹Komm, gehen wir›, weil wir dieselbe Wellenlänge hatten. Mike war ein Magnet für meine Gedanken, Flora, er packte sie und hielt sie fest wie ein Magnet die Feilspäne. Das gab mir ein Gefühl der Sicherheit, denn es war eine verrückte Welt, in die ich hineinfiel – sie war noch verrückter als diejenige, in der ich vor Holmesburg lebte.

In jenem Sommer 1974 wußte ich, daß ich die Welt zerstören mußte, daß ich jeden Mann, jede Frau und jedes Kind auf der Welt töten mußte – so lautete Gottes Befehl an mich. Fast jeden Tag hörte ich Seine Stimme: ‹Du mußt zerstören, was du mit deinen orthopädischen Experimenten nicht retten konntest.› Manchmal erinnerte Gott mich an die Hamster und an Mary Jo. Dann sagte er: ‹Die Zerstörung der Hamster war der Anfang. Du machtest weiter, als du Mary Jos Oberschenkel gebrannt hast; du warst zwar im Begriff, den heißen Spachtel in ihre Vagina und ihren Bauch hineinzustoßen, doch du bekamst es mit der Angst zu tun und hast lediglich das Fleisch in der Nähe der Vagina verbrannt. Nun ist die Zeit für dich gekommen, in der du mit Michaels Hilfe drei Milliarden Menschen umbringen wirst.› Im Sommer 1974 redete der Herr oft in derselben Weise mit mir.

Töte drei Milliarden Menschen! Ein starker Befehl von Gott, Flora, ein starker Befehl. Und er mußte ausgeführt werden. Aber wie sollte ich anfangen? Seit ich zwölf bin, habe ich immer Bilder in meinem Kopf gehabt über das Abschneiden von Geschlechtsorganen, sowohl männlichen als auch weiblichen. Im Lauf der Jahre verwendete ich diese Bilder meistens dazu, potent zu sein, erst mit Hilda, dann mit Betty. Doch nun sehe ich, daß sie noch einen andern Zweck erfüllten: Ohne diese Bilder, dank deren ich Erektionen hatte, konnte ich Gottes Befehl nicht ausführen, mit ihnen war es mir möglich.

Aber ich wußte nicht, wie man tötet, ich wußte es nicht! Mit Ausnahme der Hamster, hatte ich noch nie ein Lebewesen oder einen Menschen getötet. Dies war Krieg, der Krieg Gottes. Ich war sein General, Michael war mein Oberbefehlshaber, beide waren wir gegen die Welt und für Gott!

Flora, ich bin nie im Krieg gewesen! Während des Zweiten Weltkriegs war ich noch ein kleiner Junge. Später waren der Korea- und Vietnamkrieg für mich nur Bilder in den Zeitungen.

Als Kind war ich ängstlich gewesen. Jetzt war ich ein ängstlicher Erwachsener. Doch Michael hatte vor nichts und niemandem Angst, er hatte keine der Ängste, die ich in seinem Alter durchgestanden hatte. Im Sommer 1974 war er zwölfeinhalb Jahre alt. Ich brauchte die Hilfe von jemandem, der kalt und angstfrei war, um drei Milliarden Menschen töten zu können.

Und ich brauchte jemanden, den ich liebte und dem ich vertrauen konnte. Das war Michael. Er schien Nerven aus Stahl zu haben, und er war mein geliebter Sohn. Ich wußte auch, daß mein Penis kleiner war als seiner und daß er also die Macht hatte, die ich nicht besaß. Michael war meine Kraft und mein Mut. Ich konnte es nicht ohne ihn tun, also startete ich am 26. Juni einen direkten Appell: ‹Mike, ich habe den starken Wunsch, Menschen zu töten, und du bist derjenige, der mir dabei helfen kann.› Michael zögerte keine Sekunde. Klar und laut antwortete er: ‹Ich freue mich, daß ich dir helfen kann, Dad!› Wir hatten eine enge, herzliche Vater-Sohn-Beziehung.

Ich habe ihm nichts von den Befehlen Gottes gesagt. Vielleicht hätte er mir nicht geglaubt, vielleicht hätte er gedacht, ich sei verrückt, und hätte seine Hilfe verweigert.

Eineinhalb Wochen vergingen. Wir hatten nicht mehr über das Thema gesprochen, doch am Sonntag, dem 7. Juli, um fünfzehn Uhr sagte ich ihm, daß ich heute jemanden finden wolle, den ich töten könne. ‹Gut, Dad›, sagte er, ‹ich werde dir helfen.› Ich fuhr mit meiner Arbeit fort, obwohl der Laden geschlossen war. Michael sah mir zu, wie ich mit dem Handschneidegerät hantierte, und gerade als ich einen Absatz abgeschnitten hatte – es war etwa sechzehn Uhr –, sagte er: ‹Komm, gehen wir!›

Wir gingen umher, ohne zu wissen, wohin unsere Schritte uns führen würden. Michael sagte: ‹Ich werde jemanden auswählen!› Ich sagte: ‹Wir werden sehen.› Etwas in mir scheute vor dem, was ich tun zu müssen glaubte, zurück. Aber ich war ganz in Mikes Bann. Ich wußte, daß ich alles tun würde, was Mike tun würde. Ich würde tun, was *er* wollte.

Und wer kann es glauben? Hier bin ich, der Vater, aber Mike ist der Sohn und die Macht. Und mit Ausnahme von meinem Penis bin ich größer als Mike. Mike war nur knapp einsfünfzig groß, mager, mit langem, braunblondem Haar, das ihm in Wellen auf die Schultern fiel, so daß er fast wie ein Mädchen aussah, so zerbrechlich, als könnte ihn ein Windstoß wegfegen. Er war im Gegensatz zu mir ein guter Sportler. Ich habe ihn immer zum Sport ermutigt, weil das zu den Dingen gehörte, die ich nicht hatte tun dürfen. Aber Mike war wirklich etwas kränklich mit seinem asthmatischen Husten.

Nun, es war gegen 18.30 Uhr, als wir von Mann's Freizeit-Zentrum in der Fifth Street und Allegheny Avenue stehenblieben. Vor dem Gebäude befindet sich ein Schwimmbecken, und obwohl es bereits spät war, waren noch eine Menge Leute, hauptsächlich Kinder, draußen im Freien.

Wir erspähten einen kleinen, mageren Jungen mit dunkler Haut, der etwa neun oder zehn Jahre alt sein mochte. Er trug Turnschuhe. Sein Hemd und seine Shorts waren zerrissen. Er stand ganz allein da und spielte mit einem Feuerzeug, das er dauernd an- und ausknipste, an, aus, an, aus. Etwas in der Art, in der er das tat, wirkte seltsam.

Mike und ich beobachteten ihn einige Minuten, um sicherzugehen, daß er allein war. Er spielte fortwährend mit diesem Feuerzeug, machte ein paar Schritte, blieb stehen, spielte weiter. Es war merkwürdig. Niemand kümmerte sich um ihn, also ging Mike auf ihn zu. Seinem Akzent nach zu schließen, nahm ich an, daß er Puertoricaner war. Als Mike ihn fragte, wo er wohne, sagte er, daß er nur ein paar Blocks weiter wohne. Als er Mike die Adresse nannte, wußte ich, daß es sich um ein Gebiet in der Nachbarschaft handelte, wo sowohl Weiße als auch Puertoricaner wohnten. Mike fragte ihn nach seinem Namen und blickte mich an; er blinzelte mir zu und nickte ganz leicht, als wolle er sagen: ‹Nehmen wir den›. Das Kind sagte, sein Name sei José Collazo.

‹Wir brauchen Hilfe mit einigen Kisten mit Bändern›, hörte ich mich zu José sagen. ‹Willst du uns helfen?›

Wieso ich auf Bänder kam, war mir nicht klar. Wieso ich einen Grund erfand, um ihn mitzunehmen, war mir klar: Wenn der Junge mitten in der Öffentlichkeit zu schreien und sich zu wehren angefangen hätte, hätten wir unser erstes Opfer für das Weltmassaker verloren.

José zögerte. ‹Ich muß bis um neun zu Hause sein›, sagte er.

‹Dann wirst du zu Hause sein›, sagte ich.

‹Wir müssen uns um diese Kisten mit den Bändern kümmern, verstehst du›, sagte Mike in einem sehr freundlichen Tonfall. ‹Wir bezahlen dich für deine Hilfe, einverstanden?›

‹Einverstanden›, willigte José ein. ‹Aber ich muß um neun zu Hause sein.›

Bulletin». Ein weiterer Redakteur rief Joe an, um ihm mitzuteilen, daß Joey sich dem «Bulletin» gestellt hatte und sich in Sicherheit befand. Joe kam, um Joey abzuholen. Sie umarmten einander und klammerten sich aneinander. Tom Gibbon, ein Reporter des «Bulletin», fuhr die beiden nach Hause. Am nächsten Morgen kehrte Joey in die Anstalt zurück. Sein Wochenendurlaub wurde eingeschränkt, weil es, wie ein Sozialarbeiter formulierte, wesentlich war, «Mr. Kallinger zur Einsicht zu verhelfen, daß Joey mit seinen Manipulationen sowohl sich selbst als auch seinen Vater verletzte.»

Joe kämpfte weiterhin heftig für seinen Sohn. Ende Februar 1974 ging es dabei um Joeys Gips. Nachdem Joey sich über Schmerzen im rechten Bein beklagt hatte, war er vom Eastern State zu Ärzten geschickt worden, die den Gips entfernten, doch als er an einem Wochenende zu Hause war, fing das Bein wieder an zu schmerzen. Joe brachte seinen Sohn zu andern Ärzten, die ihm das Bein wieder eingipsten und sagten, daß er den Gips weitere sechs Wochen lang behalten müsse. Das Bein blieb also eingegipst, obwohl man im Eastern State der Ansicht war, es sei richtig gewesen, den Gips zu entfernen. Joe beklagte sich auch darüber, daß Joey in einem «lamentablen Zustand» nach Hause gekommen war und daß er, obwohl es in Strömen regnete, weder einen Mantel noch Socken trug. Joe wendete jetzt all seine Energien dafür auf, Joeys Entlassung aus dem Eastern State zu erwirken. Joey wurde schließlich aufgrund eines Gerichtsverfahrens vom 6. Mai 1974 tatsächlich nach Hause entlassen.

Als ich Joe über Eastern State und Joey befragte, schrieb er einen umfassenden Brief zu diesem Thema; der Brief trägt wesentlich zum Verständnis der tragischen Haß-Liebe-Beziehung zwischen Joey und Joe bei.

«Ich will die Gedanken niederschreiben, die mir seit Ihrer letzten Frage am Telefon durch den Kopf gehen», schrieb Joe in seinem Thanksgiving-Brief vom 25. November 1976, « über die Gründe meines Kampfs gegen Eastern State. Nun ja, ich war ein liebevoller Vater, so liebevoll, daß weder Himmel noch Hölle den Kräften in diesem Mann hätten Einhalt gebieten können. Der Hilfeschrei von meinem Sohn Joey war der Auftakt zum Kampf, zu einem Kampf, der später in eine Schlacht ausarten sollte, wo jedoch nicht ernsthaft, auszureißen. Er wiederholte nur immer wieder mit zunehmend ängstlicher Stimme: ‹Ich muß nach Hause.› Er schrie nicht.

Wir erreichten den Treppenabsatz. Er war sehr schmal, eine Art kleiner Balkon. Offensichtlich spielten des öfteren Kinder hier; es lagen leere Mineralwasser- und Bierflaschen herum. Wir stießen mit den Füßen daran, als wir in der Dunkelheit herumtappten. Es war überall ziemlich eng. Vom Treppenabsatz aus schien man nirgends hinzukommen, und wir hatten den Eindruck, im leeren Raum zu hängen. Mit Hilfe des Feuerzeugs inspizierte ich das Gelände. Ich schnitt mit meinem Taschenmesser den Draht von einem alten Ventilator ab, den ich gefunden hatte. Weil es so dunkel war, konnte José nicht sehen, was ich tat.

Ich war nervös. Ich hatte das Feuerzeug in die Tasche gesteckt, während ich den Draht durchschnitt. Dann zog ich das Feuerzeug wieder hervor, aber es fiel mir aus der Hand und glitt die Treppe hinunter. Ich versuchte nicht, es wiederzufinden.

Den Draht hatte ich in weniger als einer Minute abgeschnitten. Während ich damit beschäftigt war, begann Michael, José auszuziehen. Es kam zu keinerlei Gewalt, und es ging alles sehr freundlich und ruhig vonstatten. Schließlich saß der Junge nackt auf dem stählernen Boden, und Michael hielt ihn an den Schultern fest. Michael hatte Josés Kleider zu einem ordentlichen Häufchen zusammengestapelt. Wir legten José flach auf den Rücken und banden ihm mit einem Stück Draht Hände und Fußknöchel zusammen.

Als ich seinen Körper berührte, war alles, was ich fühlen konnte, meine eigene Angst. José wehrte sich ein bißchen, war jedoch zu verängstigt, um sich zu widersetzen. Der Raum war finster und geruchlos. Es hing nicht einmal ein dünner Staubgeruch in der Luft, wie man es bei einem solch verlassenen Ort hätte erwarten können, und es roch auch nicht nach dem Schweiß eines Kindes, das lange an dem heißen Abend herumgegangen war und nun völlig schockiert darüber war, was wir ihm antaten. Aber ich schwitzte. Ich fühlte, wie mir Schweißtropfen von der Stirn, den Händen und der Nase rannen.

Michael nahm einen von Josés Socken vom Kleiderstapel,

knebelte ihn damit und verklebte den Mund mit einem Stück von dem schwarzen Klebband, das ich aus dem Laden mitgenommen und Michael zugesteckt hatte, gerade bevor ich den Draht abgeschnitten hatte. Der Knebel saß.

Ich nahm das Handschneidegerät aus der Plastiktüte und überreichte es Michael. Das Gerät ist auf der einen Seite schwerer, dort wo die beiden Griffe durch die scharfe Klinge miteinander verbunden sind.

Michael kniete auf dem Fußboden. Er beugte sich über José und versuchte, das eine, schwerere Ende des Geräts in das Rektum des Jungen einzuführen. Es paßte nicht. Wir brauchten etwas, das dünner war. Daraufhin rammte Michael den unteren Teil des Geräts in das Rektum des Jungen. Er wand sich und versuchte durch den Knebel hindurch zu schreien. Sein ganzer Körper krümmte sich, aber er bekam fast keinen Laut heraus. Ich hielt ihn.

Nachdem er das Gerät aus Josés Rektum herausgezogen hatte, drehte Michael den Jungen herum. Er war leicht. Es gab ein dumpfes Geräusch, als sein dünner Körper herumgerollt wurde und auf dem Stahlboden aufschlug. Der Junge lag jetzt flach auf dem Rücken. Ich konnte nicht sehen, ob er atmete. Michael beugte sich vor und legte Josés Penis auf den winzigen Tisch aus Metall, der am Gerät befestigt war. Michael preßte die beiden Griffe zusammen, und die stählerne Klinge sauste auf den Penis nieder wie das Messer einer Guillotine. Michael überreichte mir die Schneidemaschine wieder. Es war zu dunkel, um irgend etwas zu sehen. Ich konnte fühlen, daß ein vielleicht fingerbreites Stück Penis auf dem Tischchen lag. Ich entfernte das Stück Fleisch, steckte es in die Plastiktüte und versorgte das Gerät in meiner Hosentasche. Michael erfuhr nie, daß ich das Stück Fleisch aufbewahrt hatte.

Michael und ich lösten die Fesseln des Jungen. Ich war ziemlich sicher, daß er tot war. Wir hatten ihn nicht keuchen gehört; vielleicht war er erstickt. Oder vielleicht war er gestorben, weil das Gerät ihm das Rektum zerschnitten hatte? Was immer ihn getötet haben mochte, der Knebel, das Schneidegerät, die Angst – Mike und ich hatten getan, was wir hatten tun wollen. Wir hatten die Probe bestanden. Der Rest würde nun einfach sein. Gottes Wille geschehe, Amen, Flora!

José hatte nicht einmal geweint. Wir hoben seine Kleider auf, Shorts, Turnschuhe, Unterwäsche, Hemd und verließen die Fabrik; Michael trug das Kleiderbündel unter dem linken Arm.

Ich war etwas enttäuscht, weil es in der Fabrik zu finster gewesen war und ich kein Blut hatte sehen können. Ich wollte Blut sehen. Meine Gedanken waren blutdurchtränkt: Blut, das aus Menschenleibern hervorsprudelte, Blut, das Städte überschwemmte, Flüsse und Meere rot färbte, Blut, das in einem riesigen Kessel kochte, in dem Teile von Geschlechtsorganen herumschwammen, Blasen an die Oberfläche stiegen und zerplatzten.

Aber ich wußte, daß es zum Schluß des Weltmassakers viel Blut geben würde, also tröstete ich mich und legte Michael den Arm um die Schultern; Michael, mein Oberbefehlshaber, mein Mut, mein Sohn. Ohne ihn hätte ich die Probe nicht bestanden.

Michael und ich waren uns am Anfang nur in einer Hinsicht nicht einig: Ich wollte die Geschlechtsorgane der Opfer zerstören. Ich hatte beinahe einen Jungen am Fluß in Neshaminy kastriert, als ich zwölfeinhalb Jahre alt gewesen war, und noch dreimal hatte ich versucht, Geschlechtsorgane zu zerstören. Der Drang war abgestorben und hatte sich erst, als ich Vater geworden war, wieder eingestellt. Nun wollte ich das an Mike delegieren, worin ich versagt hatte, als ich in seinem Alter gewesen war. Ich wollte, daß er das tat, was ich nicht hatte tun können.

Doch Mike wollte das Opfer lediglich erstechen, ihm die Klinge ins Herz hineinstoßen. Ich weiß nicht, weshalb, Flora, aber Mike war schließlich damit einverstanden, es auf meine Art zu tun. Und so verlief alles wie geplant: Mike schnitt dem Jungen den Penis mit derselben Leichtigkeit ab, mit der er ein Stück Holz gespalten hätte.

Wir gingen in der Dunkelheit durch die Hancock Street bis zur Eisenbahn. Mit einer heftigen Bewegung warf ich Josés Turnschuhe dort weg. Den Rest seiner Kleider stopften wir in einen offenen Güterwagen auf dem Verschrottungsgelände der Eisenbahn. Das schwere Klebband warf ich bei der Second Street in einen Gully. Das Handschneidegerät behielten wir.

Wir gingen in Richtung Lehigh Avenue, machten jedoch einen Umweg, um nicht direkt in die Front Street zu gelangen. Wir redeten nicht viel; auch in der Fabrik hatten wir nicht viel miteinander geredet.

Gegen 21.00 Uhr waren wir wieder im Laden, fünf Stunden, nachdem wir ihn verlassen hatten. Michael ging auf sein Zimmer. ‹Gute Nacht, Dad.› ‹Gute Nacht, Michael.› Es klang sehr herzlich. Die Probe hatte uns einander nähergebracht. Mike und ich kämpften jetzt den Krieg Gottes gegen die Welt. Es würde einfach sein, so, wie man Enten auf einem Teich niederschießt.

Als ich allein im Laden war, nahm ich das Schneidegerät aus der Tasche. Es roch nach Kot. Ich wischte es ab und stellte es auf die Werkbank zurück, wo es hingehörte. Ich nahm das Stück Fleisch aus der Plastiktüte. Ich steckte es in die Tüte zurück, die ich in einer Schublade der Werkbank verstaute.

Am nächsten Tag fing das Stückchen Penis zu riechen an, also versiegelte ich es in einem Stück gebranntem Gips, etwa 3 mm dick. Obwohl die Trophäe klein war, konnte ich mir *vorstellen*, daß ein ganzer Penis amputiert und die Hoden abgeschnitten worden waren. Michael hatte in der Fabrik meine Kastrationsphantasie ausgelebt, so daß ich dasselbe Gefühl der Erleichterung verspürte, als wenn ich es selbst getan hätte.

Eine Woche lang bewahrte ich die Trophäe in meiner Werkbank im Laden auf. Dann stopfte ich sie in der East Hagert Street 1808 unter die Fußbodenplanken des großen Raums, in dem ich das Loch gegraben hatte. Doch nach zwei Wochen konnte ich den Gestank riechen, der unter dem Fußboden hervorströmte. Ich warf die Trophäe vier Blocks vom Haus an der Hagert Street in einen Abzugskanal.

Weshalb hatten Mike und ich dieses Kind getötet? Weshalb José? Weshalb ein Kind? Nun, Mike hatte die Wahl getroffen, und ich war damit einverstanden gewesen. Daß die Wahl für unser erstes Opfer auf José gefallen war, erschien mir damals genau so richtig wie die Tatsache, daß man am Sonntag zur Kirche geht. Einige Tage oder eine Woche, nachdem wir José getötet hatten, erinnerte ich mich an das Ereignis nur noch wie an Bruchstücke eines Traums, obwohl ich fast jeden Tag vom Himmel einen Befehl von Gott erhielt.

Flora, erst in den vergangenen Tagen, an denen ich mich hier im Camden County Gefängnis mit Ihnen unterhalten habe, habe ich mich plötzlich wieder daran erinnern können, daß Michael und ich José Collazo getötet haben. Während Jahren habe ich es vergessen gehabt. Es war für mich nur eine der vielen Horrorgeschichten, die in den Zeitungen stehen. Ich kann mich erinnern, daß ich mich mit Harry Comer über die Sache unterhielt; wir waren beide der Ansicht, daß es grausam und schockierend war. Ein Mann wurde wegen des Verbrechens verhaftet, und Comer und ich unterhielten uns über ihn, wie wir uns über alles andere unterhielten. Ich war nur einer von vielen empörten Bürgern, Flora. Der Mann wurde wieder auf freien Fuß gesetzt, und die Geschichte verebbte.»

«Aber weshalb haben Sie denn diese dissoziative Bewußtseinsspaltung?» fragte ich ihn. «Sie fühlten sich doch gar nicht schuldig, weil Sie ja Gottes Befehl ausführten und das Gefühl hatten, das Richtige zu tun?»

«Ja», antwortete Joe. «Das ist das Merkwürdige, das Unfaßbare an der ganzen Sache. Ganze Perioden meines Lebens, ganze Episoden sind wie ausgelöscht. Es gibt noch soviel, von dem ich Ihnen noch nichts erzählt habe. Ich weiß es. Aber ich weiß nicht, *was* ich Ihnen noch nicht erzählt habe. Vielleicht glauben Sie mir nicht, aber so ist es.»

«Joe», antwortete ich, «ich würde Ihnen nicht glauben, wenn ich nicht ein Buch über eine Frau geschrieben hätte – Sybil –, die sich an ganze Zeitabschnitte ihres Lebens von dreieinhalb bis zweiundvierzig nicht mehr erinnern konnte. Sie litt unter hysterischen Dissoziationen. Ich glaube, bei Ihnen sind es schizophrene Dissoziationen, die an ihren Gedächtnislücken schuld sind.»

«Nennen Sie es, wie Sie wollen», sagte er. «Aber es ist eine Tatsache, daß ich mich an eine ganze Menge nicht mehr erinnern kann. Bis vor wenigen Tagen noch war der Mord an José Collazo eine jener Episoden. Nun, da ich mich erinnere, wünschte ich, ich könnte es wieder vergessen. Das Kind hat niemandem etwas zuleide getan, und wir haben es getötet. Der Junge schrie nicht. Er tobte nicht. Er machte keine Szene. Ein nettes Kind.» (An dieser Stelle fing Joe an zu kichern, und dann weinte er.)

«Flora», fuhr er fort, nachdem er sich beruhigt hatte, «ich habe mir Michael zum Partner ausgesucht - zu meinem Oberbefehlshaber -, weil er so kaltblütig war und nie Emotionen zeigte. Doch nachdem wir José Collazo umgebracht hatten, hatte ich Angst, weil ich wußte, daß Michael es wirklich tun konnte, daß er wirklich kaltblütig Menschen umbringen konnte. Sogar die Befehle Gottes konnten mir die Angst nicht nehmen. Mike freute sich über jenen Sonntag. Er kam sich ziemlich wichtig vor, und seine Stimme verriet Erregung. Ich wußte, daß wir beide die Welt terrorisieren würden. Aber ich hatte Angst, Flora, echt Angst. Als Mike und ich von der verlassenen Fabrik nach Hause gingen, wo wir eben José Collazo getötet hatten, sagte ich zu Mike, als wir auf unser Haus zugingen: ‹Wir werden andere Menschen töten.› Und Mike antwortete: ‹Schön.›»

Die Außentür des Gefängnisses auf dem sechsten Stockwerk des vierzehnstöckigen Gebäudes aus weißem Granit schloß sich hinter mir - bis morgen abend, wenn ich wiederkehren würde.

«Spät heute nacht», sagte der Liftboy zu mir.

Spät, dachte ich; ich hatte einen Logenplatz in einem privaten und wahrhaft exklusiven Horrorstück gehabt. Es war die Geschichte eines kaltblütigen, sinnlosen, völlig unmotivierten Mordes - zumindest wenn man das Ganze vom Standpunkt der Beziehung der Mörder zu ihrem Opfer betrachtete. Aber es war auch die erste eindeutig tragische Handlung gewesen, die auf Joes Psychose zurückzuführen war.

Als ich mich in dieser heißen Juninacht hinter das Steuer meines Wagens setzte, wurde ich von einem kalten Schauer gepackt.

13

Das letzte Lied

Am Sonntag früh, dem 21. Juli 1974 – genau zwei Wochen, nachdem Joe und Michael José Collazo getötet hatten – sah Joe wie in einem Film, wie ein Junge einen Berg hinuntergestoßen wurde und in den Tod fiel.

Im selben Augenblick, als der zerbrechliche Körper des Jungen auf dem Boden aufschlug und zerschmettert wurde, hatte Joe, der auf der Schlafcouch im Wohnzimmer lag, eine Erektion.

Er glaubte, daß der Herr ihm erneut den Befehl zu töten erteilte, diesmal in Bildern statt in Worten. Joe fing lustlos an zu masturbieren. Im vergangenen Monat war er nicht mehr potent gewesen, auch nicht unter Zuhilfenahme der alten Phantasien, und so war er aus dem gemeinsamen Schlafzimmer ins Wohnzimmer umgezogen. Betty glaubte, die Maßnahme sei nur vorübergehender Natur, und hatte sich stillschweigend gefügt.

Nun dachte Joe an Betty, doch ohne sexuelle Erregung. Es war nicht sexuelles Verlangen, sondern der Befehl zu töten und die damit verbundenen blutrünstigen Gedanken, die Joes Penis steif werden ließen. Er knöpfte seine Pyjamahose zu und setzte sich auf den Rand der Schlafcouch.

«Du mußt *ihn* da hinaufbringen», befahl die Stimme des Herrn. «Da hinauf in die Höhe. Stürz ihn vom Felsen! Vergewissere dich, daß der Ort, den du für seinen Tod aussuchst, so hoch gelegen ist, daß ein Sturz den sicheren Tod bedeutet!» Der Herr erteilte seinen Befehl jetzt in Worten.

Da hinauf? Wo war das, fragte sich Joe. Wer war *er*?

Joe sah den Jungen an den Rand des Felsens humpeln. Seine Augen glitzerten böswillig. Der Junge schaute Joe an und sagte:

«Hör auf, auf mir herumzuhacken, du Arsch, sonst laß' ich dich wieder einsperren.» Joey! Er bedrohte seinen eigenen Vater! Als einer der drei «absoluten Götter» versuchte er, mit niederträchtigem Blick und teuflischen Worten, Joseph Kallinger wieder in den Knast zu schicken!

Um ihn zu zerstören! Joey hatte die Tagebücher aufbewahrt und in einem der Tagebücher geschrieben: «Ich möchte meinen Dad ertränken - ihn in einem Riesenfeuer verbrennen.» Joeys Botschaft war eindeutig, und der Todeswunsch, den der Sohn für den Vater hegte, löste beim Vater die Halluzination seines Todeswunsches für den Sohn aus.

«Du wirst den Namen eines hochgelegenen Ortes aus einem Prospekt erfahren, der auf dem kleinen Tisch neben der Schlafcouch liegt», wies ihn die Stimme des Herrn an.

Joe, der immer noch auf dem Rand des Sofas saß, langte nach den Reiseprospekten, die er vor einigen Tagen im Verkehrsbüro der Stadt geholt hatte, weil er mit Mike, Jimmy und Joey einen Tagesausflug geplant hatte. Nachdem er die Prospekte durchgesehen hatte, entschied er sich für einen und legte die andern auf den Tisch zurück.

Joe las den Prospekt langsam und sorgfältig, wobei er sich besonders für einen hochgelegenen Ort interessierte, wie die Stimme es ihm befohlen hatte. Der Ort befand sich sechzehn Kilometer von Wellsboro, Pennsylvania und hieß Grand Canyon. Joe las: «Im wunderschönen Norden von Mittel-Pennsylvania gelegen, hat sich der Grand Canyon von Pennsylvania rasant zu einem Touristenmekka des Ostens entwickelt. Jedes Jahr bestaunen Tausende ehrfürchtig die majestätische, achtzig Kilometer lange Schlucht. Im Leonard Harrison Park, einem Aussichtspunkt, fließt der Pine Creek in dreihundert Meter Tiefe durch den Canyon. Doch ein Besuch im Canyon County bietet mehr als nur die Schönheit des Canyon ...»

Joe faltete den Prospekt zusammen und legte ihn wieder auf den Tisch. In dreihundert Meter Tiefe, sinnierte er ... Ein Körper, der von da oben in die Schlucht fiel, würde zerstört sein.

Diese Augen! Der häßliche Mund, dachte Joe. So sieht der Teufel aus! Das ist Joey ... Aber ich liebe Joey. Ich mache mir dauernd Sorgen um ihn. Wie kann ich ihn da töten?

«Du mußt zerstören, was du liebst», befahl die Stimme Gottes.

«Aber ich habe nie daran gedacht, Joey zu töten!» entgegnete Joe. Die ganze Welt, drei Milliarden Menschen, einverstanden, aber Joey ...»

«Joey ist ein Dorn in deinem Herzen, Joseph. Und er ist homosexuell.»

«Aber er ist mein Sohn», winselte Joe.

«Zerstör diesen Sohn! Auch wenn du ihn liebst, mußt du ihn töten, denn er ist vom Teufel besessen; ein Keim Satans ist durch deinen in Bettys Körper eingedrungen, als du sie geschwängert hast. Töte Joey! Ich, der Herr der Heerscharen, befehle es dir, Joseph Kallinger!»

«Alle meine Kämpfe hab ich für Joey gekämpft! Ich habe ihm geholfen, so wie nie jemand mir geholfen hat, als ich ein Kind war. Ich bin Joeys Ritter in der glänzenden Rüstung. Als er Schwierigkeiten hatte, war ich für ihn da. Ich habe meine Arme um ihn gelegt und ihm einen Kuß gegeben. Nie hab ich ihn im Stich gelassen. Als er ausriß, habe ich ihn zurückgeholt.»

«Zurück?» fragte die Stimme höhnisch. «Hast du gesagt zurück? Das ist ein Witz! Joey kann dich zurückschicken! Zurück ins Gefängnis, Joe, zurück ins Gefängnis wegen Mißbrauch deiner Bewährungsfrist. Erinnert dich das an etwas, mein Kind, ja?»

«Klar! Als ich ein Kind war, haben meine Adoptiveltern mir immer wieder gedroht, mich ins Waisenhaus zurückzuschicken. Ständig. Aber Joey liebt seinen Daddy. Wir sind nun seit Mai zusammen gewesen. Und auch wenn er mich nicht lieben würde, ich bin der Boß, denn ich habe eine Waffe gegen ihn in der Hand: ich kann ihn nach Eastern State zurückschicken. Er wurde meiner Obhut unterstellt, und ich kann ihn zurückschicken.»

«Joey hat dazu beigetragen, daß aus deinen orthopädischen Experimenten nichts geworden ist», fuhr die Stimme unbeirrt fort. «Du mußtest deine Versuche unterbrechen, weil Joey dauernd in Schwierigkeiten geriet oder ausriß. Wenn du mehr Zeit für die Experimente und weniger für diese Satansbrut aufgewendet hättest, wäre das Ganze kein Mißerfolg geworden, du hättest Mary Jo nicht brennen müssen und wärest nicht nach Holmesburg geschickt worden. Und du wärst der Retter der Welt gewesen. Aber jetzt mußt du sie zerstören.»

«Ich war erschüttert über das, was mir zu tun befohlen worden war», sagte Joe am 4. Juli 1977 zu mir, in unserer vertrauten Ecke des Krankenzimmers im Camden County Gefängnis. «Ich bat Michael, kurz zu mir in den Laden zu kommen. Er hatte mir bereits gesagt, daß er seinen Bruder töten wolle. Michael haßte Joey. ‹Ich kann Joey nicht ausstehen!› sagte Michael oft. Es gab Zeiten, da ich Joey auch nicht ausstehen konnte. Er machte alle rasend. Aber ich liebte ihn so sehr. Ich schloß die Tür und sagte: ‹Mike, heute gehen wir in den Grand Canyon.›

‹Da bin ich noch nie gewesen›, entgegnete Mike.

‹Das weiß ich›, sagte ich. ‹Aber heute geh'n wir hin - du, Jimmy, Joey und ich.›

‹Warum sagst du gerade mir das?› fragte Mike.

‹Weil . . .› ich zögerte. Dann redete die Stimme für mich: ‹Als ich heute morgen aufwachte, wußte ich, daß ich Joey töten muß.›

Michael schien nicht zu merken, daß eine andere Stimme gesprochen hattc. Er sah mich bloß an, runzelte die Stirn und saugte an seinen vorstehenden Zähnen. Angst blickte aus seinen Augen, Flora, echte Angst. Michael, der kühle Michael, hatte tatsächlich Angst vor etwas. Obwohl Michael oft gesagt hatte: ‹Schaffen wir uns Joey vom Hals!› Ich ahnte, was er dachte. ‹Jetzt geht es um die Familie. Wenn Dad das mit meinem Bruder machen kann, dann könnte er es auch mit mir tun.›

Während ich Mike betrachtete, wußte ich, daß das überhaupt nicht stimmte. Er war der Herzschlag des ganzen Unterfangens, aller meiner Tötungspläne. Ohne Michael war ich nichts. Von der Zeit an, da wir im Winter 1973/74 unsere Partnerschaft gegründet hatten, war Mike für mich das geworden, was der Hund für den Blinden ist. Jedes andere Mitglied der Familie hätte getötet werden können, jedermann, aber nicht Michael. Ohne ihn hätte ich keine Macht mehr gehabt. Wenn ihm etwas passierte, wäre es, als ob mein Herz zu schlagen aufhörte. Ich brauchte Michaels Hilfe für die Zerstörung des Planeten Erde.

Ich sagte: ‹Mike, es ist in Ordnung.›

Als ich das sagte, schien eine Veränderung in ihm vorzugehen. Die Angst wich aus seinen Augen, und die alte Gelassenheit kehrte zurück. Seine Augen blickten kalt, als er fragte: ‹Wie werden wir es tun, Dad?›

Ich erklärte ihm, daß der Grand Canyon sehr hoch sei. Mike war sofort alles klar. ‹Wir werden ihn von einem Felsen stürzen›, sagte Mike. Seine Augen, die schon immer einen starren Blick aufwiesen, wirkten starrer denn je.

‹Vielleicht, Mike›, entgegnete ich.

‹Wieso vielleicht? Schaffen wir ihn uns heute vom Hals!›

Ich stellte mir vor, wie es wäre, wenn ich das von meinem eigenen Bruder sagen würde. Es ist so unnatürlich. Ich stellte mir nichts vor beim Gedanken, meinen eigenen Sohn zu töten. Das wäre zu grausam gewesen. Das denke ich jetzt, aber damals dachte ich das nicht.

‹Wieso vielleicht?› fragte Mike erneut.

Flora, ich weiß nicht, weshalb ich ‹vielleicht› sagte. Vielleicht deshalb, weil ich ursprünglich meinen Sohn eher sexuell verstümmeln als ihn von einem Felsen hatte stürzen wollen. Erinnern Sie sich, so hatte ich ja geplant, drei Milliarden Menschen zu töten - durch die Zerstörung ihrer Geschlechtsorgane. Oder vielleicht, weil ich Joey liebte und das, was die Stimme mir befohlen hatte, nicht tun wollte. ‹Nun›, sagte ich zu Mike, ‹wir werden sehen. Wer weiß, was der Tag uns bringt?›»

Nach dem Frühstück begab sich Joe in den Laden, wo Michael, Jimmy und Joey warteten. Joe nahm die Kamera vom gläsernen Regal und dann das Geld aus der Registrierkasse. Er händigte jedem der Jungen zwei Dollar aus und steckte den Rest in die Tasche.

«Seid ihr startbereit, Kinder?» fragte er.

«Verdammt, ja!» entgegnete Joey und zündete sich eine Zigarette an. «Wenn wir jetzt nicht endlich gehen, werden die Berge unterdessen flach wie Pfannkuchen sein. Mann, hast du lange gebraucht, um dich anzuziehen!»

Joe bemerkte wie Joey sich anmaßend an die Ladentür lehnte. Die Zigarette hing in seinem Mundwinkel. Wieder sah Joe Joey von einem Felsen hinunterfallen; dann hörte er Joeys Knochen knirschen, seine Haut aufplatzen, als sein Körper einmal, zweimal aufprallte, bevor er mit zerschlagenen Gliedern und blutig zerfetztem Gesicht liegenblieb. Das Bild wechselte: Er sah Joeys geschundenen und verrenkten Körper unter den Körpern auf dem großen Hügel der Verdammten liegen; der Hügel ragte weit über den Horizont. Die unsichtbaren Dämonen, die in ewiger Patrouille um den Hügel herumflogen, schnitten Joeys Penis und Hoden mit ihren flammenden Messern ab.

«Was stehst du so 'rum, Daddy? Was schaust du denn? Gehen wir!» kreischte Joey.

«Hör mal, Joey ...» wollte Joe sagen.

«Nun komm schon, Daddy», sagte Michael. «Hör nicht auf ihn – wenigstens jetzt nicht. Komm, gehen wir!»

Joe sah, wie Joey behend vor Jimmy und Mike herhumpelte, die im Kreise herumrannten und sich einbildeten, sie seien Flugzeuge und Vögel. «Ich bin ein großer Vogel, der über einen Berg fliegt», sagte Mike, der mit ausgebreiteten Armen kreiste und sie dabei auf und nieder bewegte.

«Gut», sagte Joe, «bleiben wir zusammen, und rennt nicht davon und verliert euch! Wir werden mehr Spaß am Ganzen haben, wenn wir zusammenbleiben, nicht wahr?»

Joey humpelte immer noch munter voraus und sang leise ein Lied: *«We had joy, we had fun, we had seasons in the sun / But the hills that we climb are just seasons out of time.»* Joey dachte an seinen guten Vater – den «Spiel-und-Spaß-Dad». Bei der Frankford-Hochbahn wartete er auf seinen Vater und seine Brüder.

«Wie lange dauert die Fahrt mit dem Bus?» fragte Jimmy, als sie die Treppe zur Kensington und A Street hinaufgingen.

«Zwei oder drei Stunden, schätze ich», sagte Joe.

Obwohl Jimmy in bezug auf das Klettern Vorbehalte hatte, waren alle drei Jungs im Gedanken an das bevorstehende Abenteuer höchst aufgeregt.

Ein pausbäckiger Junge mit dichtem, blondem Haar, der eben die Hochbahnplattform betreten hatte, kam auf sie zu.

«Wohin gehst du, Marty?» fragte Mike.

«Sonntagessen mit meiner Großmama», antwortete Martin Slocum. Er war einer der Jungen, mit denen sich Mike herumtrieb.

«Scheiße, das ist nichts», sagte Joey. «Wir werden auf einen hohen Berg klettern. Ich wette, es ist der höchste Berg in ganz Pennsylvania.»

«Wo ist er?» fragte Martin Slocum ehrfürchtig.

«Im Grand Canyon», entgegnete Joey. «Sechzehn Kilometer von einem Ort namens Wellsboro. Wir nehmen einen Bus.»

«Du hast Glück, Joey! Ich wünschte, mein Dad würde mit mir in den Grand Canyon gehen oder so, aber er nimmt mich nirgendwohin mit.»

«He, der Zug fährt ein», schrie Mike.

Mit finsterer Miene trat Joe an den Fahrkartenschalter des Bus-Terminals der Thirteenth und Arch Streets. Er wollte umkehren; er wurde von Panik erfaßt, sein Magen zog sich zusammen, und er konnte kaum noch atmen. Es war, als hätte sich ihm ein Eisenring um den Brustkorb gelegt. Doch jetzt gab es kein Zurück mehr.

«Viermal Wellsboro hin und zurück», sagte Joe zu dem Mann hinter dem Schalter. «Wann fährt der Bus?»

«In acht Minuten», antwortete der Mann.

Langsam entfernte Joe sich vom Schalter. Die Jungen wollten unbedingt in den Wartesaal, also begleitete sie Joe. Sie verpaßten den Bus. Da Joe wußte, daß er Joey erst im Grand Canyon töten könnte, spürte er Erleichterung; aber er spürte auch einen starken Drang, seinen Sohn zu töten, so wie Gott es ihm in der Halluzination befohlen hatte. Deshalb kehrte er zum Fahrkartenschalter zurück und erfuhr, daß er entweder den 13 Uhr-Bus nach Wellsboro nehmen oder nach Hazleton gehen könne, wo er für den Grand Canyon umsteigen müsse. Nach einer kurzen Debatte mit den Jungen erstand Joe vier Fahrkarten nach Hazleton.

In Hazleton angekommen, erkundigte sich Joe nach der Verbindung zum Grand Canyon, doch der Fahrkartenverkäufer teilte ihm mit, daß es an Sonntagen keine solche Busverbindung gab.

Die Jungen waren enttäuscht. Joe sagte: «Nun, wie wär's, wenn wir das Bergwerk besuchen würden?» Er wußte, daß er Joey ebenso leicht töten könnte, indem er ihn in einen Schacht hineinstoßen würde. Joe sagte: «Wir gehen aber nächste Woche in den Grand Canyon.»

«Großartig!» sagte Joey in einem sarkastischen Tonfall. «Aber ich hätte den Grand Canyon gern heute gesehen! Quatsch, Daddy. Mußtest du das vermasseln? Wer ist denn an einem alten

Bergwerk interessiert, wenn wir hoch oben auf dem Grand Canyon sein könnten?»

Joey drehte eine Zigarette und befeuchtete das Papier mit der Zungenspitze von links nach rechts. Er inhalierte den Rauch und blies ihn Mike ins Gesicht.

«Hör doch mal eine Minute auf zu rauchen, ja! Das Kraut bringt mich um mit meinem Husten. Du bist ein Nervtöter, Joey, weißt du das?»

«Und du bist ein Tugendbold. Du bist keinen Furz wert.» Joey ballte die rechte Hand zur Faust und hielt Mike den Mittelfinger unter die Nase.

«Joey, sei still», befahl Joe. «Jimmy möchte etwas sagen.»

«Ich wette, daß das Bergwerk Spaß macht», sagte Jimmy. «Auf jeden Fall ist es besser, als auf dieser scheußlichen Busstation herumzuhängen und sich zu langweilen.»

Joe ging nochmals zum Schalter und erkundigte sich nach dem Weg zum Bergwerk. Nachdem er aufmerksam zugehört hatte, sammelte er seine Söhne an verschiedenen Stellen des Bahnhofs ein.

Joe war wütend auf sich selbst, weil er beschlossen hatte, ins Bergwerk zu gehen. Trotz des Befehls der Stimme hatte er Angst vor dem, was geschehen könnte, wenn er und Joey am Rand eines Schachts stünden. Als er die Tür der Busstation öffnete und die Straße von Hazleton betrat, hörte Joe den verebbenden Schrei von Joey und sah, wie sein Körper immer schneller durch den Bergwerkschacht zur Erdmitte hin fiel.

Die Kohlen- und Schiefergruben rund um Hazleton herum wurden von den Touristen nur an Sonntagen besucht. Das Land, das einmal ebenso fruchtbar gewesen war wie das mit Föhren, Birken und Espen bewachsene umliegende Berggebiet, war nun durch Bergwerke mit Tagebau verunstaltet und durch tiefe Löcher in der Erde ausgehöhlt. Zwischen den Schächten erhoben sich überall flache Schiefer- und Tonkegel. Löffelbagger, Drillbohrer, Loren und Kräne standen still herum. Die Sonne brannte am wolkenlosen Nachmittagshimmel, und das Schweigen wirkte in dieser Öde noch bedrohlicher.

Joe marschierte mit seinen Söhnen einen Pfad entlang, der

sich zwischen den Löchern und Kegeln hindurchschlängelte. Joe blieb bei einem der höchsten Kegel stehen und blickte hinauf. Der Hügel sah sanft aus und leicht erklimmbar.

«Okay!» sagte Joe, als er am Fuß des Kegels entlangging, «wir gehen da hinauf und sehen, wie es oben aussieht.» Er war nicht mehr an tiefen Löchern interessiert.

Joe entdeckte einen steinigen Fußweg, der auf der Flanke des Kegels hinaufführte. Da zahlreiche flache Steine herumlagen und der Weg sanft anstieg, bereitete das Hochklettern keinerlei Schwierigkeiten.

Doch auf knapp halbem Weg blieb Joey plötzlich stehen. Er war mit Jimmy hinter Joe und Mike her gegangen.

«He, Dad!» rief Joey.

Joe blieb stehen und wandte sich um.

Joey setzte sich auf einen Felsen und sagte: «Ich bin kaputt, ich mache keinen Schritt mehr. Basta.»

«Hast du Probleme mit deinem Knöchel?» erkundigte sich Joe.

«Nee, ich bin bloß müde.»

«Wie kommt es, daß deine Brüder nicht müde sind?» fragte Joe.

«Das ist mir doch egal.»

«Na gut», sagte Joe, «dann gehn wir ohne dich weiter.»

«Leck mich am Arsch, Daddy!»

«Na komm, Jimmy», sagte Joe, «lassen wir ihn in Ruhe.»

«Arschloch», knurrte Joey. Er blieb auf dem Fels sitzen und sah wütend zu, wie sein Vater und seine Brüder weiterkletterten.

Einige Minuten später hörte Joe Joey schreien: «He Daddy, wart auf mich!»

Joe sah, wie Joey auf ihn zu kletterte. Der Klang seiner Stimme und das Geräusch seiner Schuhe auf den Felsen waren beunruhigend. Gleichzeitig wurde Joe klar, daß der Nachmittag schnell verstrich und daß er sich beeilen mußte, wenn er Joey noch heute töten wollte.

Joey zündete sich eine Zigarette an und blies einige Rauchringe in die Luft. Dann spuckte er auf den Boden, lächelte und sagte: «Ich hab' mich entschlossen, mit dir mitzukommen, weil ich den Spaß dort oben nicht verpassen möchte. Aber ich marschiere, wenn ich will, klar?» Er setzte eine finstere Miene auf und fuhr mit ernster Stimme fort: «Niemand soll mir sagen, was ich zu tun habe. Ich stelle die Regeln auf.»

Joe betrachtete seinen Sohn, und dabei fiel ihm eine Zeile aus Joeys «Lieber-Vater-Tagebüchern» ein: «Ich möchte meinen Dad ertränken – ihn in einem Riesenfeuer verbrennen.»

Plötzlich halluzinierte Joe. Er sah sich als Erwachsener auf dem Boden im Häuschen in Neshaminy liegen. Er lag mit ausgebreiteten Armen auf dem Rücken, nackt. Joey schmiß trockene Äste und welkes Laub auf seinen Körper und zündete sie mit einem Streichholz an. Die Zweige und das Laub knisterten, und Joes Haut schrumpfte und verbrannte. Der Gestank von verbranntem Fleisch und verbrannten Muskeln erfüllte das Häuschen. Joe hob den Kopf. Seine untere Gesichtshälfte war verbrannt: verkohlte Hautfetzen hingen von Kiefer- und Wangenknochen. Nur seine Augen lebten noch und verrieten den Schmerz – darunter grinste scin Schädel. Joey beobachtete ihn von einem alten Liegestuhl aus, in dem er es sich bequem gemacht hatte. Sein Blick war fröhlich; eine Zigarette hing in seinem Mundwinkel. Sanft summte er eine Melodie vor sich hin: «We had joy ... we had fun ... we had seasons in the sun ...»

Die Halluzination verschwand.

Joe fröstelte trotz der heißen Sonne. Sein Körper zitterte, und Schweiß lief ihm in die Augen. Er hatte Durst, seine Lippen fühlten sich wie Pergament an, der Speichel war bitter. Hätte er doch Feldflaschen mit Wasser mitgenommen!

«Was ist, Daddy?» fragte Joey. «Jetzt bist du es, der müde ist, nicht?»

Joe schüttelte ihn sanft an den Schultern und antwortete ruhig: «Nein, ich bin nicht müde, Joey.»

Er sah Mike und Jimmy an. Es wäre wohl besser gewesen, Jimmy zu Hause zu lassen. Dann blickte Joe in den Himmel. Die Stimme Gottes dröhnte in seinen Ohren: Oben auf dem Hügel würde er die richtige Stelle finden, um Joey zu töten.

Oben auf dem Hügel befand sich ein weites Plateau mit einigen emporragenden Felsbrocken. Grosse Steine lagen vereinzelt herum; feinkörniger, durch die Kompression von Ton und

Schieferton geformter, blaugrauer Schiefer. Die Sonne brannte heiß, und das baumlose Plateau war ohne Schatten.

Joe und seine Söhne setzten sich auf den Boden, um sich auszuruhen; sie blinzelten in das grelle Sonnenlicht. Joe nahm einige kleinere Steine in die Hand und ließ sie wieder fallen; wieder wünschte er sich, er hätte Wasser dabei. Hemd und Hose waren schweißdurchtränkt.

«Ich muß pinkeln», sagte Jimmy.

«Geh und pinkle auf der andern Seite und sieh mal, wie es dort aussieht», schlug Mike vor.

«Gut.» Jimmy ging zur andern Seite des Plateaus. «Donnerwetter!» rief er. «Sieht tatsächlich ganz anders aus, als die Seite, auf der wir heraufgekommen sind. Hier ist es ganz steil.» Er hob einen kleinen Stein auf, schmiß ihn in hohem Bogen fort und schaute zu, wie er dann in die Tiefe sauste.

Joe ging zu Jimmy hinüber und blickte hinunter. Der Hügel fiel senkrecht ab. Dies war die richtige Stelle, um Joey zu töten; nichts würde seinen Fall aufhalten. Joey stand in einiger Entfernung von Mike, der ihn sorgfältig beobachtete. Joey bildete mit den Händen einen Trichter um den Mund: «Joeeeeee Kaaaaaallinger, Joeeeeee Kaaaaaallinger!» Er ließ die Hände fallen und wartete auf das Echo, runzelte die Stirn, schrie wieder: «Joeeeeee Kaaaaaallinger!» Kein Echo.

«Scheiße!» schrie er. «Kein Echo, kein Ton. Als ob dieser Ort echt tot wäre!»

«Ich traute Daddy nicht, als er mich und Joey fotografierte», sagte Jimmy Kallinger am 19. März 1978 zu mir. «Daddy preßte die Lippen zusammen, wie immer, wenn er wegtrat. Ich und Joey befanden uns am Rand des Felsens. Joey stand hinter mir, dicht am Rand, beinahe im leeren Raum. Daddy sagte:

‹Tretet etwas zurück. Ich möchte euch fotografieren.›

‹Etwas weiter›, sagte Daddy.

‹So ist es gut.›

Dann fing Daddy an, uns zu knipsen. Joey mußte verschiedene Stellungen einnehmen. Er wollte auch, daß ich das tue, aber nicht so oft. Ich und Joey standen am Rand des Felsens. Michael befand sich bei Daddy, aber nur Daddy machte die Aufnahmen.

Mann, hatte ich Angst! Aber Joey auch, glaube ich. Doch er war mutig. Ich bewunderte Joey wegen seines Muts und auch dafür, wie er Daddy gegenübertrat. Aber dort, am Rand des Felsens, tat Joey fast alles, was Daddy ihm vorschlug.»

«Ich traute mir selbst nicht», sagte Joe am 9. August 1977 zu mir. «Ich machte Fotos von Joey und Jimmy, oben auf diesem hohen Schieferberg - am Rand des Plateaus. Ich sagte ihnen, sie sollten näher an den Abgrund herangehen - Joey näher als Jimmy. Ich traute mir selbst nicht, weil die Art und Weise, wie ich hinuntergeschaut hatte, mir nicht gefiel. Und ich hatte den ganzen Tag immer wieder daran gedacht, Joey zu töten.

Mike stand neben mir, als ich die Fotos machte. Ich hatte keine Ahnung, was in seinem Kopf vor sich ging. Wir hatten uns am Vormittag im Laden über Joeys Tod unterhalten, doch anschließend hatten wir kein Wort mehr darüber verloren.

Während ich knipste, berührte Mike mich am Arm, um meine Aufmerksamkeit zu erlangen. Er sagte: ‹Dad, laß mich einen Stein auf Joey werfen.›

‹Tu es›, antwortete ich.

Joey stand dicht am Abgrund. Ich wußte, er würde das Gleichgewicht verlieren, wenn er von einem Stein getroffen würde. Wenn der Stein ihn nicht verfehlte, mußte Joey hinunterfallen, und trotzdem sagte ich zu Mike: ‹Tu es.›

Das erschreckte mich. Etwas hielt mich davon ab, Joey zu töten, Flora, aber ich versuchte auch, Gottes Befehl auszuführen. Es war ein Kampf, ein richtiger Kampf.

Eins war mir klar: Ich wollte nicht, daß Jimmy sah, wie Mike den Stein schmiß. Ich wollte keinen Zeugen. Und ich wollte nicht, daß Jimmy sah, wie sein Bruder seinen Bruder tötete. Also sagte ich: ‹Jimmy, komm hier 'rüber. Ich möchte hier ein Bild von dir knipsen.› Ich führte ihn auf die andere Seite des Plateaus und vergewisserte mich, daß er Mike und Joey den Rücken zuwandte. Mike wartete unterdessen.

Ich stand sowohl Mike als auch Joey gegenüber. Ich sah, wie Mike einen kantigen Stein mit einem Durchmesser von etwa zwanzig Zentimetern aufhob. Mike zielte auf seinen Bruder. Der Stein segelte durch die Luft auf Joey zu. Er verfehlte Joey und fiel über den Rand des Felsens in den Abgrund.

Ich machte eine weitere Aufnahme von Joey und tat, als ob nichts geschehen wäre. Dann sah ich Mike auf Joey zugehen. Was mochte Mike im Schild führen? Wollte er Joey hinunterstoßen? Ich wußte es nicht. Aber ich wußte, daß ich Joey nicht mehr töten wollte. Das Verlangen war verschwunden, völlig weg. Wie wenn ein volles Gefäß plötzlich leer und trocken ist. Ich wollte nicht mehr, daß mein Sohn getötet würde.

Also ging ich zu Joey und Mike hinüber. Den Blick auf den Boden gerichtet, sagte Mike: ‹Ich habe keine Angst zu springen.›

Es erweckte den Eindruck, als ob Mike Joey eben dazu herausfordern wolle. Also sagte ich: ‹Komm, Joey. Komm weg vom Abgrund. Übrigens, es ist Zeit, daß wir gehen.›

Joey tat, was ich ihm sagte. Dann stiegen wir den Berg hinunter. Unterwegs hörte ich Joey zu Mike sagen: ‹Was hattest du vor? Wolltest du mich umbringen?›

Das gefiel mir nicht. Es kam der Wahrheit, die sich beinah ereignet hätte, zu nahe. Und ich war froh, daß Joey das zu Mike und nicht zu mir gesagt hatte.

An jenem Morgen, als ich das Haus verließ, wollte ich Joey töten. Der Herr hatte mir gesagt, daß ich zu Beginn des Weltmassakers ein Mitglied meiner Familie als Opfer töten müsse. Ich mußte beweisen, daß meine Familie nicht besser war als irgendeine Familie auf der Welt. Als ich an jenem Morgen die Bilder sah, in denen Joey in die Tiefe stürzte, wußte ich, daß er derjenige war, der geopfert werden mußte. Mein Gefäß war randvoll mit dem Verlangen, Joey zu töten; es war voll mit Blut.

Im Bus-Terminal wurde ich wankelmütig; Joey war mein eigen Fleisch und Blut, mein Kind. Ich wollte ihn retten. Immer wieder schaltete sich dieses Gefühl zwischen mich selbst und mein Verlangen, den Befehl des Herrn auszuführen. Doch der Befehl – und, ja, mein eigener Wunsch, das Gebot des Herrn zu erfüllen – erweckte in mir das Verlangen, meinen Sohn zu töten.

Auf dem Schieferberg war mein Gefäß ziemlich voll gewesen. Doch dann empfand ich wieder die Gefühle eines normalen Vaters, und das Blut verschwand aus dem Gefäß. Dasselbe hatte sich ereignet, als ich mit zwölfeinhalb Jahren den Penis eines andern Jungen hatte abschneiden wollen. Ich konnte es nicht tun, obwohl der Junge direkt vor mir stand und von der Taille an abwärts nackt war. Ich rannte davon. Doch damals stand ich nicht unter einem Befehl des Herrn.

Ich wußte nicht, ob der Herr wußte, daß ich einen Rückzieher gemacht hatte. Wahrscheinlich wußte Er es. Der Herr weiß alles. Ich befürchtete, daß Er mich als einen Verräter betrachten und bestrafen würde. Ich hatte Angst. Doch ich dachte nicht mehr daran, Joey zu töten, als wir in Hazleton den Hügel hinuntergingen und uns auf den Heimweg machten. Das Verlangen war wie ein häßlicher Fleck weggewaschen worden. Das Gefäß war leer!»

Am Donnerstag, dem 25. Juli 1974 um 05.45 Uhr hörte Joe eine Explosion. Er stieg aus dem Bett, zündete das Licht an und ging auf den beiden Stockwerken des Hauses von Zimmer zu Zimmer und auch in den Laden. Er konnte keine Anzeichen einer Explosion und auch keinen Schaden feststellen. Die ersten Strahlen der Morgensonne fielen durch das Fenster. Auf der Straße fuhr langsam und leise ein Polizeiwagen vorbei; sonst nichts.

Die Stimme des Herrn kam zu Joe, und er wandte sich voller Entsetzen vom Fenster ab. Seit er in Hazleton gewesen war, hatte sich der Allmächtige nicht mehr durch die Stimme manifestiert. Angst vor dem Zorn Gottes, vor einer Bestrafung durch Gott fuhr Joe durch die Glieder.

Obwohl er Angst hatte, konnte er die Worte des Herrn deutlich vernehmen: «Du bist in Hazleton davongerannt», sagte der Herr. «Jetzt wirst du nicht wegrennen. Die Explosion, die du gehört hast, fand in deinem Innern statt. Es war ein Zeichen dafür, daß du nun langsam bereit bist, etwas in die Luft zu jagen.» Darauf schwieg die Stimme.

Joe wußte nicht, was mit «etwas» gemeint war. Aber er dachte an das Parkhaus Niehaus, wo große Anhänger und Container Seite an Seite standen. Immer wieder mußte er an die Anhänger denken, an ihren dunklen Innenraum, ihre Geräumigkeit! Wie leicht konnten sie durch Feuer oder eine Explosion zerstört werden! Die Flamme eines Streichholzes, das in eine leicht entflammbare Flüssigkeit gehalten wurde, vermochte einen solchen Anhänger oder Container in Brand zu setzen. Dies könnte geschehen, noch bevor irgend jemand seine Arbeit im Parkhaus antrat.

Barfuß und nur mit dem Pyjama bekleidet, ging Joe nach oben, in Michaels Zimmer, und sagte: «Gehen wir!»

Zehn Minuten später stand Joe im Laden, auf der Seite, auf der sich sonst die Kunden aufhielten. Mike stand ihm gegenüber und blickte ihn aufmerksam an.

«Das, was wir auf dem Schieferberg versuchten, gelang nicht recht, nicht wahr?» sagte Joe.

«Stimmt, Dad.»

«Zum Schluß, auf diesem Hügel in Hazleton», erklärte Joe, «wollte ich nicht, daß Joey irgend etwas passierte. Gestern sagtest du mir, du hättest ihn gern auf jenem Hügel getötet. Ich versprach dir eine zweite Chance. Nun, heute will ich mein Versprechen einlösen.»

«Dufte, Dad!»

«Also hör zu, Mike», fuhr Joe fort. «Wir geben Joey etwas Benzin und schicken ihn in einen der Anhänger im Niehaus-Parkhaus in der Mascher und West Lehigh Street. Er wird das Benzin verschütten und sicher dabei eine Zigarette rauchen. Joey ist in solchen Sachen ja ziemlich blöd. Das Benzin wird Feuer fangen, der Anhänger wird in Flammen aufgehen und Joey ebenfalls. Wie findest du das?»

«Großartig», sagte Mike.

Mike ging nach oben, um Joey zu wecken.

Joe halluzinierte: Joeys Gliedmaßen in verrenkter Haltung, seine inneren Organe durch die Hitze eingeschrumpft, seine Haut in Flammen, sein Kopf ein brennender Ball aus Fleisch, Haar und Knochen, aus dem Todesschreie kamen...

Joes Lippen öffneten sich zu einem Grinsen des Wahnsinns. Aus seinem Bauch stieg dröhnendes Lachen auf, das Bauchlachen, das mit fünfzehn zum ersten Mal aus ihm hervorgebrochen war. Heute wie damals hatte dieses Lachen einen eigenen Willen. Schallendes Gelächter quoll aus Joes Mund, wie eine riesige, glänzende Schlange, die sich rasch, Windung um Windung, aus ihrem Loch aufrollt.

Plötzlich brach das Lachen ab. Joe riß sich zusammen und suchte die Requisiten für das Anhänger-Unterfangen zusammen: Einen Kanister mit fünf Gallonen Benzin, den er für den

Rasenmäher in Neshaminy gekauft hatte, eine Taschenlampe, Streichhölzer, drei leere Wasserflaschen aus Glas und zwei extragroße Einkaufstüten aus dem Supermarkt. Er füllte das Benzin in die Flaschen ab, ohne sie zu verschließen. Zwei Benzinflaschen stellte er in die eine Einkaufstüte, in die andere kamen die dritte Flasche, die Taschenlampe, die Zigaretten und die Streichhölzer. Als Mike und Joey den Laden betraten, standen die beiden Einkaufstüten auf dem Ladentisch.

«Mann, ist das ein Spaß!» rief Joey und trat zu Joe an den Ladentisch. «Dad, du hast einfach eine Prachtsidee gehabt! Gehen wir jetzt sofort 'rüber?»

«Ja», antwortete Joe und händigte Joey die Tüte mit den beiden Benzinflaschen aus. «Du und Mike, ihr geht jetzt 'rüber. Ich warte hier. Mike wird mich hier abholen.» Joey zündete eine Zigarette an.

«Drück die Zigarette aus, Joey. Es ist besser, wenn du nicht rauchst mit dem Benzin.»

Joey drückte die Zigarette in einem Aschenbecher aus, der auf dem Ladentisch stand. Er fing an, die Tüte hin und her zu schwenken.

«Laß das!» befahl Joe. «Die Flaschen sind nicht verschlossen. Willst du das Benzin überall 'rumspritzen?»

«Na, bis später», sagte Joey zu Joe und ging hinaus.

«Ich hol dich ein, Joey», rief Mike.

Joe gab Mike die Tüte mit den Streichhölzern, der Taschenlampe, den Zigaretten und der dritten Benzinflasche.

«Ich möchte nicht, daß Joey unterwegs ein Streichholz anzündet», erklärte Joe. «Wir wollen nicht, daß etwas auf der Straße passiert.»

Joe ging nach oben und stellte sich ans Fenster des mittleren Schlafzimmers. Es war dasselbe Zimmer, in dem er als Junge das Loch in die Wand geritzt und seine ersten Zerstörungsphantasien gehabt hatte.

Joey wird nicht mehr zurückkehren, dachte Joe, als er Mike und Joey beobachtete, wie sie in Richtung Parkhaus gingen. «Die Aussicht, daß Joey bei dem Feuer im Anhänger umkommen würde», erzählte mir Joe am 9. August 1977 bei einer unserer letzten Sitzungen im Camden County Gefängnis, «vermittelte mir ein aufregendes Gefühl, eine Erregung, eine Erektion. Dasselbe erregende Gefühl stellte sich später bei mir ein, als ich ein Messer zur Folter verwendete. Aber ich hatte nicht den Wunsch zu masturbieren, als ich zusah, wie Joey in den Tod spazierte. Als die Erektion zurückging, trat ich vom Fenster weg, kleidete mich an und ging in den Laden hinunter, um auf Mike zu warten.»

Für Joe hatte eine Erektion nichts mehr mit erotischem Vergnügen zu tun – Erektionen waren zum Ausdruck von Mordlust geworden.

Später erzählte Mike Joe, was im Anhänger passiert war.

«Joey und Mike wählten einen Anhänger aus, der nahe an der Wand stand. Auf dem Anhänger stand ein Container. Falls Sie dies nicht wissen sollten, Flora: Die Fracht wird in den Container geladen, und der Container wird auf den Docks am Kai umgeladen.

Joey kletterte durch die Hintertür in den Container. Sobald er drin war, nahm er die Benzinflaschen aus der Tüte und stellte sie in den vorderen Teil des Containers. Als er wieder zur Hintertür kam, händigte Mike ihm die zweite Tüte mit den Zigaretten und den Streichhölzern aus. Mike sagte zu Joey, daß er mich abholen und ihm anschliessend helfen würde. Mike schloß die Tür, konnte sie jedoch nicht verriegeln, da er nicht groß genug war. Deshalb klemmte er eine leere Milchkiste zwischen den Anhänger und die Wand. Er hatte die Kiste im Parkhaus gefunden. Egal, als Mike mir das erzählte, sagte ich: ‹Okay. Was immer du getan hast, war richtig.›

Wir gingen in das mittlere Schlafzimmer und sahen zum Fenster hinaus. Mike deutete auf den Anhänger. Wir beobachteten schweigend, wartend.

Nach einer Weile sahen wir Rauch. Der Rauch war tiefschwarz und stieg aus Joeys Anhänger auf.

‹Gut›, sagte Mike, ‹er ist tot.›

‹Ich glaube ja›, sagte ich.

Es sah danach aus, Flora, aber ich spürte keine Erregung, hatte keine Erektion. Jetzt wollte ich plötzlich nicht mehr, daß Joey tot sei. Es war wie in Hazleton. Wie auf dem Schieferberg. Das Gefäß war jetzt leer.

Doch in Hazleton war es mir gelungen, Joey vor mir zu retten.

Jetzt konnte ich nichts mehr tun, falls Joey tot war. Ich hatte Joey beauftragt, sich selbst zu töten. Und als ich den Rauch sah, wußte ich, daß dies mein letzter Auftrag an Joey gewesen war.

Mike und ich gingen in den Laden hinunter, um Weiteres abzuwarten.»

Nervös saßen Joe und Mike auf den Hockern in der Schuhreparaturwerkstatt. Sie hörten die Sirenen der Feuerwehr, denn um 06.38 war die Brandwache telefonisch über das Feuer im Niehaus-Parkhaus informiert worden. Zwei Minuten später traf sie im Parkhaus ein.

In der Stille, die nach dem Heulen der Sirenen eingetreten war, hörte Joe Schritte; unregelmäßig und vertraut kamen sie auf den Laden zu. Verwirrt stand Joe auf und wartete darauf, daß die Ladenglocke klingelte. Statt dessen wurde die Tür aufgerissen.

«Ich schätze, daß sich das Feuer etwas zu früh entflammte», sagte Joey, als er in der Tür stand. «Ich habe auf euch gewartet.»

Joey humpelte an seinem Vater vorbei in den Laden. Vor Mike blieb er stehen.

«Bist du in Ordnung?» fragte Joe.

Ohne zu antworten hievte sich Joey auf den Ladentisch und setzte sich. «Dad, setz dich neben Mike, und ich erzähl dir alles.»

Joey erzählte, was geschehen war, nachdem Mike ihn im Anhänger zurückgelassen hatte. Er rauchte unablässig und warf brennende Zigaretten auf die Benzinflaschen. Dann goß er Benzin auf den Boden und warf Zigaretten hinein. Als die Flammen um seine Hosenbeine züngelten, warf er sich mit voller Wucht gegen die Tür. Die Tür ging auf, und die Milchkiste, die Mike davor gestellt hatte, flog beiseite. Joey wälzte sich draußen auf dem Boden, um das Feuer an seiner Hose zu ersticken. Dann ging er in Sam's Luncheonette, von wo aus er die Feuerwehr anrief und den Brand meldete. Dann kam er nach Hause.

Am Sonntag, dem 28. Juli 1974 wurde Joe um 15 Uhr von der Stimme aus einem tiefen Schlaf gerissen. Er hatte sich am Vormittag mit Mike und Joey auf den Weg zum Grand Canyon gemacht, doch auf der Fahrt zum Bus-Terminal hatte er seine Meinung geändert. Die Stimme des Herrn hatte ihn zu einem Bauplatz geführt, wo er Joey töten sollte.

Unter dem Vorwand, sie würden Fotos knipsen, brachten Joe und Mike Joey dazu, sich bäuchlings auf ein Baugerüst dreißig Zentimeter über ihren Köpfen zu legen. Sie schoben Joey zwischen eine Leiter und Bretter - genau in der richtigen Position, um seinen Penis abschneiden zu können. Doch Joe konnte es nicht tun; das Gefäß war wieder leer.

Joe steckte das Taschenmesser in die Tasche zurück. Zusammen mit Michael nahm er die Bretter von Joeys Rücken und bat ihn, vom Gerüst herunterzusteigen.

Joe ging mit seinen Söhnen zum Bus-Terminal, um Plätze für den Nachmittagsbus nach Wellsboro im Grand Canyon zu reservieren. Nachdem sie die Fahrkarten gekauft hatten, gingen sie nochmals nach Hause. Dort schlief Joe auf der Couch ein und verpaßte dadurch den Bus. Immer noch mit Hose und Hemd vom Vormittag bekleidet, setzte er sich auf den Rand der Couch und lauschte der Stimme, die ihn geweckt hatte.

«Es ist richtig, Joey zu töten», sagte der Herr. «Heute morgen hast du versagt, weil du geglaubt hast, es sei falsch. Du hättest seinen Penis abschneiden sollen, als er auf dem Gerüst lag. Also denk wieder nach, Joe, denk wieder nach, und gürte deine Lenden wie ein Mann.»

Joe ließ den Kopf sinken. Er antwortete nicht. Am Morgen, auf dem Gerüst, hatte er gegen die Stimme gekämpft, und auch am Nachmittag hatte er sich gegen sie gewehrt, indem er einschlief; obwohl die Plätze im Bus reserviert waren, war Joe nicht mit Joey und Mike in den Grand Canyon gefahren.

«Suche ein Loch. Töte Joey darin. Joey ist ein Dämon. Er steckt voller Übel. Und er ist schwul: Sein Körper ist schmutzig, weil er dauernd Arme und Beine um die Körper anderer Jungen legt, ihre tropfenden Penisse in seinen Mund nimmt, ihre harten Knochen in seinen Arsch. Brrr!»

«Es wird heute nachmittag geschehen», erwiderte Joe.

«Heute Joey, morgen die Welt», fuhr die Stimme fort. «Du und Michael, dein Oberbefehlshaber, ihr werdet das Weltmassaker vollziehen. Ihr werdet jedes Mitglied dieser dreckigen menschlichen Rasse töten. Dann werdet ihr eure Familie auslöschen, das, was von der verruchten Bande noch übrig ist. Schließlich wirst du Michael und dann dich selbst töten.»

«Ich möchte sterben», winselte Joe.

«Du wirst sterben, Joe, du wirst sterben. Du wirst einen herrlichen Selbstmord verüben. Aber erst mußt du noch einiges über den mysteriösen Kerl, den Tod, lernen. Du und Mike habt mit José Collazo einen guten Anfang gemacht.»

«Mit wem?»

«Dem Kind beim Swimmingpool, Joe. Erinnerst du dich nicht mehr?»

«Nein.»

«Nun, das macht nichts. Es gibt soviele, die getötet werden müssen. Aber du und Mike, ihr habt José getötet. Das ist es, was zählt. Du hast damit bewiesen, daß etwas Gutes in dir steckt, Joe. Nutze es!»

«Kyriastorah Kyrieh maria kreh», sang Joe.

Immer wenn er diese Laute aussprach, fühlte er sich voller Energie. Es war ein ozeanisches Gefühl, das ihn auf seine übermenschlichen Fähigkeiten - wie er es nannte - hinwies.

Plötzlich befand er sich auf dem Gipfel des höchsten Berges der Welt. Er blickte von Horizont zu Horizont. Ein kräftiger Wind blies ihm um die Nase. Joe ging bis zum Rand des Gipfels und schaute in die Tiefe. Schwärme winziger Menschen rannten in Städten, auf Feldern und auf Schiffen herum. Sie waren seine Feinde.

Er zeigte mit dem Finger auf eine der Städte. Sofort wurde sie von einem Hurrikan zerstört. Er schüttelte die Faust über der zerstörten Stadt - die Überlebenden kamen elendiglich durch Hunger und Krankheit um. Er machte eine leichte Drehung und deutete mit dem Finger auf die Felder. Riesige schwarze Tornados tanzten über Weizen- und Kornfelder. Landwirte, Ehefrauen, Pferde, Kühe, Schweine, Kinder auf dem Schulweg, Busse, Autos, Traktoren, ganze Bauernhöfe verschwanden im Schlund des Sturms.

Joe vollführte wieder eine leichte Drehung und spitzte die Lippen über dem Meer. Riesige Wellen und schwere Regenfälle ließen Schiffe kentern, überschwemmten einsame Inseln, rafften die Fundamente von Hafenanlagen weg. Joe blickte auf. Schwarze Wolken wurden vom Wind gejagt, der vom Verwesungsgeruch faulender Leiber geschwängert war.

Vielleicht bin ich nun der Dämon geworden, den Dr. Daly nicht aus meinem «Vogel» herausschneiden konnte, dachte Joe. Der Dämon ist gewachsen; er ist nicht mehr bloß in meinem Penis, sondern ich krache beinahe aus den Fugen, weil der Dämon meinen ganzen Körper in Beschlag genommen hat. Jetzt bin *ich* der Dämon.

Ein Blitz spaltete den Gipfel wie ein Messer genau in der Mitte. Staub und Schutt flogen in die Luft. Der Gestank von verwesendem Fleisch löste sich auf. Joe schüttelte Schutt- und Staubteilchen von sich ab.

Als der Donner über den dunklen Himmel bis zum Horizont rollte, tauchte eine Gestalt mit dem Gesicht und dem Körper von Joe Kallinger gerade über der Stelle auf, wo der Blitz eingeschlagen hatte. Die Gestalt war von einem reinen Licht umhüllt. Es war eine edle Gestalt: Ihr Hemd und ihre Hose waren aus Feuer, in dem Teilchen aus Opal und Türkis herumschwirrten. Die Füße steckten in leichten Pantoffeln aus Perlmutt mit rubinbesetzten, goldenen Spangen. Auf der Rückseite des brennenden Hemds stand in Lettern aus ewigem Eis: Kallingers Schnell-Abhol- und Reparatur-Schuhdienst.

Der Doppelgänger von Joe Kallinger blickte verächtlich auf die Trümmer und fächelte mit der Hand Staubpartikel vom Gesicht.

«Ich stehe vor dir», sagte die Figur, «in der himmlischen Gestalt, die du nach deinem Selbstmord annehmen wirst. Du bist kein Dämon. *Jetzt* sind deine Kräfte übermenschlich, aber sie sind in diesem kranken und erdigen Körper, den du mit dir herumschleppst, verborgen. Nach deinem Tod wirst du ihn abwerfen und Gott sein. Du wirst über das Universum herrschen.»

Mit der Anmut eines Tänzers glitt Joes Doppelgänger über die Trümmer ein kleines Stück auf Joe zu. Der strahlende Glanz der Gestalt hüllte nun den ganzen Gipfel in einen Lichtkokon. Dahinter waren Dunkelheit und tiefjagende Wolken.

«Doch die Zeit wird knapp», sagte die Gestalt. «Du mußt Michael in den Laden holen und mit ihm reden. Zeige ihm die Macht deines Beschlusses, Joey heute zu töten. Auf diese Todesreise mußt du vier Ketten, vier Schlösser und vier Schlüssel mitnehmen. Und vergiß nicht: *Sei* die Gestalt, die du vor dir siehst – der Gott, den du nach deinem Selbstmord, nachdem du die Welt zerstört hast, sein wirst.»

Die Halluzination war zu Ende.

Joe saß immer noch auf dem Rand der Schlafcouch und sinnierte über seine «Vision», als Michael ins Wohnzimmer trat, den Fernseher einschaltete und sich hinsetzte, um das Programm anzuschauen.

Mike hatte Joe auf dem Baugerüst einen Feigling genannt. Es ekelte ihn vor seinem Dad, weil dieser kalte Füße bekommen hatte. Er wollte nichts mehr mit seinem charakterlosen und haltlosen Vater zu tun haben. Doch Joe wußte, daß sein Sohn bald seine Meinung ändern würde.

«Mike, ich möchte gern mit dir reden.»

Widerwillig schaltete Mike den Fernseher aus und kam zu seinem Vater herüber. Höhnisch und verächtlich lächelnd stand er schweigend vor Joe.

Joe sagte: «Laß uns in den Laden gehen.»

«Wo ist Joey?» fragte Joe in die sonntägliche Stille hinein.

Mike schwang sich mit einem kurzen Satz auf den Ladentisch bei der Registrierkasse und saß eine Weile schweigend da. Dann sagte er: «Er saß draußen, aber dann ist er weggegangen. Er sagte, er sei um sechs wieder zurück; du würdest mit uns essen und ins Kino gehen. Als Ausgleich dafür, daß wir nicht im Grand Canyon gewesen sind. Ich nehme an, irgendwo wird er schon sein.»

Joe setzte sich auf einen der Hocker, auf denen die Kunden gewöhnlich auf ihre Schuhreparatur warteten. Er beugte sich mit gefalteten Händen, ernster und entschlossener Miene vor. «Mike, ich muß dir etwas sagen.»

«Also Dad, wenn du mich hierher geschleppt hast, um dich mit mir über heute morgen zu unterhalten, dann kannst du's vergessen; daran hab ich kein Interesse. Also hör auf damit, Mann!»

Joe zog den Atem tief ein. Er wußte, daß er ohne Mike Joey nicht töten konnte, wie eindringlich die Stimme auch immer sein mochte.

«Mike, heute nachmittag», sagte Joe langsam mit leiser, zitternder Stimme, «verläßt Joey die Welt – aus!»

Mike zog die Augenbrauen hoch und gab ein kurzes, spöttisches Lachen von sich.

«Es ist mir ernst, Sohn», sagte Joe. «Aber du mußt mir helfen. Ich kann es nicht ohne dich tun.»

«Daddy, ich wollte Joeys Schwanz auf dem Gerüst abschneiden, aber du hast dich ja geweigert, mir das Messer zu geben. Du sagtest, es sei nicht richtig.» Wieder gab Mike ein höhnisches Lachen von sich.

Plötzlich verloren Joes Lippen ihre sinnlichen Konturen und zogen sich zusammen, wie immer, wenn Joe zu sadistischen Handlungen bereit war. Als Mike dies bemerkte, sagte er: «Okay, Daddy, ich werd dir heute nachmittag helfen. Aber wenn du es diesmal wieder vermasselst, ist es aus mit unserer Partnerschaft.»

«Ich werde es nicht vermasseln, Mike.»

«Wo werden wir ihn töten?» fragte Mike.

«Du suchst mir Joey erst einmal», sagte Joe. «Ich werde im OK-Restaurant in der York Street auf euch beide warten. Dann werden wir einen Ort suchen.»

Joe wusch sich Hände und Gesicht und strich das Haar mit Brillantine glatt; dann zog er ein Paar saubere, schwarze Hosen und ein frisches weißes Hemd an. Darauf ging er in den Keller. In einer Ecke auf dem Boden lagen die Ketten, mit denen er seinen ältesten Sohn Stephen ans Bett gefesselt hatte. Vier von diesen Ketten nahm er mit in den Laden.

Dann steckte Joe die Ketten, vier Schlösser und Schlüssel in Tüten. Er nahm einen Photoapparat und drei Taschenlampen und verließ das Haus durch die Ladentür.

Betty, die auf den Stufen zur Front Street saß, glaubte, Joe schlafe.

Joe traf Mike und Joey in der York Street vor dem OK-Restaurant. Sie gingen hinein und setzten sich in eine Nische hinten beim Fenster. Joe und Mike saßen auf der einen Seite des Tisches, Joey auf der anderen. Zwischen Hamburgern und Colas erinnerte Joey seinen Vater daran, daß er versprochen hatte, am nächsten Sonntag mit ihnen in den Grand Canyon zu gehen, aber ahnungsvoll meinte er:

«Du wirst es wieder vermasseln; ich kenne dich.» Joe wiederholte sein Versprechen, die ganze Familie am Abend zum Essen auszuführen, und fügte hinzu, daß er mit ihnen beiden heute nachmittag Fotos machen wolle.

«Deswegen hab ich die Ketten mitgebracht», sagte Joe.

«Toll!» rief Joey.

Joey liebte es, vor einer Kamera zu posieren. Eines Tages hatte er Handschellen angelegt für eine Aufnahme, die von ihm mit seinen Freunden gemacht worden war.

Joey zündete eine Zigarette an und sagte: «Dad, gib mir Geld für die Jukebox.»

Joe zögerte.

«Gib es ihm», sagte Mike. Dann flüsterte er Joe ins Ohr: «Na komm schon, schließlich ist es das letzte Mal für ihn.»

Joey sah sich die Liederliste auf dem Automaten an. «He, Dad, die haben meine Lieblingsplatte!»

«Hier», sagte Joe.

Joey steckte die Münze in den Schlitz, lehnte sich dann zurück und hörte seinem Lieblings-Pop-Rock-Song zu: Seasons in the Sun. Terry Jacks sang: «We had joy, we had fun, we had seasons in the sun; but the hills that we climb are just seasons out of time.»

Joey sang mit. Auch Joe, der sonst kaum je sang. Er sang sehr sanft; die Worte kamen ihm kaum über die Lippen. Mike hörte bloß zu.

Als der Text «Good-bye Papa, please pray for me, I was the black sheep of the family» kam, sagte Joey mit ruhiger Stimme: «Das bin ich, das schwarze Schaf.»

28. Juli 1974. Die Nordseite der Market Street, die von der Eighth Street zur Tenth Street lief, war ein Abbruchgelände. Gebäude und Läden waren teilweise oder ganz niedergerissen worden.

Eine halbe Stunde nachdem sie das OK-Restaurant verlassen hatten, wandten sich Joe, Mike und Joey von den gepflasterten Straßen von Philadelphia ab, um diesen unebenen Weg einzuschlagen, der an vielen Stellen schlammig geworden war, weil man die Häuser bis auf die Höhe des Wasserspiegels abgebrochen hatte. Über das ganze Gelände waren kaputte Ziegel, Zementblöcke, Stahlstücke, Glasscherben, Rohrleitungen, Flaschen, Kanister und leere Zigarettenpackungen verstreut. Da und dort hatte sich Wasser in Pfützen gesammelt und spiegelte den klaren Sommerhimmel. Joe kamen die Ziegel und Stahlstücke wie zerbrochene Träume vor. Er hatte das Gefühl zu schweben, aber angestachelt von der Stimme, die sich seit dem Verlassen des Hauses in gewissen Abständen immer wieder bemerkbar gemacht hatte, wußte er, wo er war und weshalb er sich dort befand.

Joey war vor Joe und Mike auf das Abbruchgelände gerannt. Er erkundete das Gelände und begann, seine Tasche mit Schätzen zu füllen. In einer der Wasserlachen fand er einen zerdrückten Strauß von Wachsblumen. Er schüttelte das Wasser ab, stand auf und wedelte mit dem Strauß in der Luft herum.

«He, ihr da, schaut euch das mal an! Mann, wenn ich einen ganzen Haufen von denen neu haben könnte, könnte ich sie an den Haustüren verkaufen und eine Menge Geld verdienen, mh?» Er sah Joe und Mike an.

«Ja, schön, Joey, schön», sagte Joe. Er ging weiter mit Mike im Schlepptau. Vor langer Zeit hatte Joe seiner Adoptivmutter echte Blumen zum Muttertag geschenkt. Sie hatte auf ihn hinuntergesehen und gesagt: «Ach Joseph, dieser Unsinn! Sie werden kaputt gehen. Und dafür gibst du Geld aus!» Anna hatte die Blumen weggeworfen.

Joe sah Joey durch den Schutt humpeln, darin herumwühlen, sich nach etwas bücken, es prüfend betrachten, wegwerfen oder in die Tasche stecken wie ein Straßenkehrer. Joey hielt seinen schlanken Oberkörper leicht in den Hüften gebeugt, als er krabbenartig im Abfall herumspazierte; er hielt das Gesicht dicht an ein altes elektrisches Kabel, beschnüffelte es wie ein Tier. Ein Blumen-Tier, dachte Joe, das heute nachmittag irgendwo zu den Trümmern geworfen werden wird.

Joe wußte, daß sich unter den Trümmern noch intakte Fundamente befanden. Er war sicher, daß sich auf diesem Gelände ein Eingang finden ließe zu einer Unterwelt aus Kellern, Gängen, Lagerräumen und Geheimtüren. Die Luft da unten würde modrig und muffig sein wie im Loch an der East Hagert Street.

«He, Dad», schrie Joey, «weshalb machen wir die Fotos mit den Ketten nicht hier?»

«Nein, Joey», antwortete Joe, «wir werden die Ketten für das letzte Bild aufbewahren, für das beste. Aber wir können hier ein paar andere Aufnahmen machen.»

Joe fühlte sich auf dem Abbruchgelände wie zu Hause. Er erinnerte sich plötzlich an den kleinen, roten Handwagen, den die Kinder und er immer mitgenommen hatten, wenn sie die Mülltonnen und die Abfallhalden durchstöberten. Joe wünschte sich, er hätte ihn jetzt dabei, damit einige der unerwünschten Gegenstände, die auf dem Gelände verstreut lagen, in seinem Keller ein Zuhause finden könnten.

Joe hörte Joey erneut rufen. «He, Dad, komm hierher. Du auch, Mike.»

Joey stand vor einem Riesenloch, einem großen Raum mit einem langen Ladentisch, einem ehemaligen Raritätenladen namens Goldman's.

«Was ist hier drin?» fragte Mike.

«Ich weiß es noch nicht. Sehen wir uns mal um», antwortete Joey.

Joey war enttäuscht. Der Raum war bis auf den Ladentisch ausgeräumt worden, die Waren und das Zubehör entfernt, und die Außenwand hatte man niedergerissen. Sogar der Fußboden war kahl, ohne jeglichen Schutt. Das Vorderzimmer war leer, doch Joey entdeckte hinten im Raum eine große, schwere Eisentür, die halb offen stand. Dahinter herrschte geheimnisvolle Dunkelheit. Joey stieß die Tür auf, und in der Düsternis und dem Staub konnte Joe den Treppenabsatz einer Wendeltreppe aus Stahl erkennen.

«Ich geh' hinunter», sagte Joey.

«Willst du auch hinuntergehen, Mike?» fragte Joe.

«Na gut.»

«Einverstanden, Joey», sagte Joe, «gehen wir hinunter und schauen wir uns um.»

Oben auf dem Treppenabsatz knipsten sie ihre Taschenlampen an. Joey, der seinen wächsernen Blumenstrauß umklammerte, stieg als erster in die Tiefe. Langsam gingen sie die Wendeltreppe hinunter, Mike hinter Joey.

«Das sieht nicht schlecht aus», sagte Mike.

«Vielleicht, wir werden sehen», sagte Joe. Joe wußte, daß er und Mike denselben Gedanken hatten: Dies könnte der Ort sein, den sie gesucht hatten, um Joey zu töten.

Während sie die Treppe hinunterstiegen, bemerkten sie, daß die Stufen feuchter wurden, je tiefer sie stiegen. Schließlich standen die Stufen unter Wasser und schienen spiralförmig weiter in die Tiefe zu führen, dorthin, wo das Licht ihrer Taschenlampe nicht mehr ausreichte, um etwas zu erkennen. Sie standen da und betrachteten den großen Teich mit dem abgestandenen Wasser, in das die Treppe hineinführte. Es war ihnen klar, daß der nächste Treppenabsatz nicht mehr zugänglich war.

«Toll!» sagte Joey. «Ich wate hinein.»

Joey setzte sich auf eine Stufe, rollte die Hosenbeine bis zu den Knien hoch, entledigte sich seiner Turnschuhe und Socken und ließ die Füße ins Wasser baumeln. Es war warm und schleimig. Joe und Mike standen einige Stufen höher als Joey. Sie ließen die Lichtkegel ihrer Taschenlampen über die Wände, die Treppe und das Wasser gleiten. Es gab nichts an der Treppe, an das man Joey mit Ketten hätte anbinden können, und die modrigen Wände rundherum waren kahl und glatt und naß. Dann entdeckten Joe und Mike eine breite Plattform aus Stahl, die von einer Wand bis zur Treppe reichte. In der Wand befand sich ein leerer Fensterrahmen. Gegen die Wand am Rand der Plattform war eine etwa ein Meter zwanzig hohe Leiter mit sechs Sprossen gelehnt. Die Plattform aus Stahl befand sich in etwa ein Meter fünfzig Höhe über dem Wasserspiegel.

Joe und Mike betrachteten die Leiter. Joe versetzte Mike einen leichten Stoß mit der Tüte, in der die Schlösser und Schlüssel waren. Mike schüttelte die Tüte mit den Ketten. Sie rasselten.

«Das ist es genau», sagte Mike.

«Ja, ja», sagte Joe mit ehrfürchtiger Stimme.

Etwas weiter unten plantschte Joey mit den Füßen im Wasser herum und sang leise vor sich hin: «We had joy, we had fun, we had seasons in the sun.»

«Bring ihn hier herauf», befahl Joe.

«Komm 'rauf, Joey!» rief Mike, «wir machen Fotos.»

Joey trocknete seine Füße mit dem Taschentuch und zog Socken und Turnschuhe wieder an. Die Hosenbeine ließ er hochgekrempelt. Der Strauß mit den Wachsblumen steckte immer noch in seinem Hosengürtel. Im Licht von Mikes Taschenlampe kletterte er die Treppe hoch.

Joey sah sich um. «Scheiße, es ist nicht hell genug für die Fotos!»

«Ach, wir haben genug Licht mit den Taschenlampen», sagte Joe.

«Na schön. Aber ich will hinterher auf dem Film nicht aussehen, als wäre ich in ein Tintenfaß gefallen.»

«Mach dir keine Sorgen, Joey, kein Problem», sagte Mike.

Dann sagte Joe: «Joey, komm hier ’rüber zum Rand der Plattform. Siehst du die Leiter dort an der Wand? Also, klettere auf die zweite Sprosse, dreh dich dann um und lehne dich mit dem Rücken gegen die Sprossen.»

Mit dem Rücken gegen die Leiter, Arme und Beine an die Längsseiten der Leiter gepreßt, mußte Joey kichern, als er sah, wie Mike die Ketten aus der Tüte nahm. Joe hatte befürchtet, die Blumen von Joeys Gürtel könnten sich in den Ketten verfangen, und hatte sie deshalb in den Raum auf der andern Seite des leeren Fensterrahmens geworfen.

«He!» schrie Joey. «Warum schmeißt du meine Blumen fort?»

«Ich werd’ dir später andere besorgen, Joey», sagte Joe.

Mike gab Joe die Ketten, der Joey mit den Knöcheln und Handgelenken an die Leiter band. Dann befestigte Mike ein Schloß an jeder Kette und ließ es zuschnappen.

Wiederum kicherte Joey. «Daddy, das erinnert mich an die Zeit, als ich einmal Handschellen trug und jemand mich fotografierte. Wir haben das Bild noch zu Hause, nicht wahr?»

«Stimmt, Joey», antwortete Joe.

Joe nickte Mike zu. Sie standen nun jeder auf einer Seite der Leiter, der Teich zu ihrer Rechten. Joe ließ seine Taschenlampe ein letztes Mal über die Ketten und Schlösser wandern und vergewisserte sich, daß Joey fest an die Leiter gebunden war.

«Wer von euch beiden macht denn das Foto?» erkundigte sich Joey.

Mike, der nun die Kamera hielt, hob den Blick zu Joey und lächelte. «Ich werde dich knipsen.»

Joe und Mike drehten die Leiter etwas herum, sodaß Joey nun geradewegs aufs Wasser blickte. Dann zogen sie die Leiter von der Wand weg; Joe legte die Hand oben auf die Leiter, und Mike langte so hoch, wie sein Arm eben reichte. Sie hielten beide die Taschenlampen in ihrer freien Hand; die Lichtkegel hüpften über das Wasser.

«Moment mal!» rief Joey. «Wollt ihr mich woanders hinstellen? Ihr könntet ein wirklich gutes Bild schießen, wenn . . .»

Joe und Mike schoben die Leiter über den Rand der Plattform hinaus.

Im selben Augenblick, als die Leiter sich aus Joes Hand löste, hatte er eine Erektion. Energie strömte durch seinen Körper; er fühlte sich unbesiegbar und den Sternen und dem Universum nahe. Er sah, wie die Leiter mit Joey anderthalb Meter unter der Plattform auf dem Wasser aufschlug. Ein plätscherndes Geräusch, und dann verschwand Joey unter Wasser. Die Leiter mit dem angeketteten Joey tauchte blitzartig wieder auf und blieb auf der schleimigen Wasseroberfläche liegen. Sie schaukelte sanft auf der gekräuselten Oberfläche.

Joe fühlte in seinem Penis und im ganzen Körper die Ekstase eines mörderischen Orgasmus, ein göttliches Feuer, strahlend und rein.

Joey wand sich unter der Leiter. Er drehte das Gesicht zwischen den Sprossen herum. Das durchnäßte Haar hing ihm in die Stirn und in die Augen. Um Nase und Mund herum hingen nasse Brocken schwarzen Drecks und Schleims.

«Daddy, hilf mir!» rief er mit erstickender Stimme.

Dann drehte Joey das Gesicht wieder zur Wasseroberfläche und war still.

Joeys Hilferuf weckte Joe aus seiner Ekstase.

«Mike, ich geh zu Joey hinunter.»

«Quatsch! Ich bleibe hier», sagte Mike. «Ich steige nicht in dieses Dreckwasser.»

Die Leiter trieb ein Stück weit ab bis zum Rand des Teichs, prallte sanft ab und driftete zur gegenüberliegenden Seite.

Joe verließ die Plattform und stieg die Treppe hinunter, bis ihm das Wasser ans Kinn reichte. Mikes Taschenlampe beleuchtete die Oberfläche. Joe versuchte, die Leiter hochzuziehen. Mike sah, was Joe tat, und rannte die Treppe hinunter.

«Ich halte dich, aber ich geh' nicht ins Wasser.»

Mike stieg hinunter und hielt Joe an der rechten Schulter, während Joe die Leiter heranzog. Als Joe den unteren Teil der Leiter auf eine Stufe der Treppe gelegt hatte, lockerte Mike seinen Griff. Die Stufe stand unter Wasser.

«Ich helfe dir mit den Schlössern, aber ich rühre Joey nicht an», sagte Mike.

Ich spüre, daß Arme und Beine kalt sind, dachte Joe, als er die Ketten entfernte. Und auch die Füße sind kalt, wie diejenigen meines Vaters auf dem Sterbebett. Joe erinnerte sich daran, wie er versucht hatte, seinen Vater ins Leben zurückzurufen, indem er ihm die Füße massiert hatte. Es war ihm nicht gelungen, und er machte sich Vorwürfe, weil er seine orthopädischen Experimente nicht zu Ende geführt hatte.

Joe reichte Mike die Ketten und berührte dann Joeys Hände und Gesicht. Er atmete nicht. Joe tastete nach seinem Puls und hob ihm die Augenlider hoch.

«Er ist tot», sagte Joe.

«Nimm ihn jetzt von der Leiter herunter und gib mir die Leiter», antwortete Mike.

Joe hob Joey von der Leiter. Mit dem einen Arm hielt er seinen toten Sohn, mit dem andern hielt er Mike die Leiter hin. Mike ging mit der Leiter, den Schlössern und Ketten auf die Plattform.

Joe drückte Joey einen Augenblick lang an seine Brust und legte ihn dann sanft auf die nächstbeste Stufe.

«Jetzt aber raus hier!» rief Mike von der Plattform.

«Ich hab's nicht eilig», sagte Joe.

Mike rannte von der Plattform zu seinem Vater hinüber. «Komm schon raus aus dem Wasser», befahl Mike. «Es reicht dir bis ans Kinn.»

«Ich sagte, daß ich es nicht eilig habe, Mike.»

«Jetzt haben wir doch, was wir wollten, nicht?» Panik ließ Mikes Stimme höher klingen. «Du kannst nichts mehr für ihn tun. Er ist tot. Tot! Also komm jetzt!»

Joe rührte sich nicht. Unverwandt starrte er Joeys Gesicht an. Er hoffte, Joey würde die Augen öffnen und mit ihm reden. Sein Gesicht sah so lebendig aus. Joeys Tod war richtig, sagte Joe zu sich selbst; ein Opfer, das hatte sein müssen. Mike kehrte zur

Plattform zurück und warf die Leiter in das Wasser hinaus. Er hob die Tüte mit den Schlössern und Ketten hoch.

Dann rief Mike von der Plattform hinunter: «Wir müssen hier weg. Man wird uns erwischen.»

Joe wandte sich langsam um. Bevor er die Wendeltreppe hochstieg, warf er nochmals einen Blick auf seinen Sohn.

Joe wußte, daß er sich nun endlich auf dem Weg zur Göttlichkeit befand.

14

Fall Nummer 4003-74

Joes Kleider waren vom Dreckwasser durchnäßt, aber das wußte er nicht. Als er das Abbruchgelände mit Mike verließ, die Tüten mit den Ketten und Schlössern in den Händen, vergaß er, daß er die Wendeltreppe hinuntergestiegen war, in das abgestandene Wasser hinein, daß sie Joey getötet hatten und daß er selbst im schleimigen Wasser gestanden hatte. Und obwohl es Joe auffiel, daß Joey nicht mehr bei ihnen war, war er deswegen weder traurig, noch fragte er sich, wo Joey sich befinden könnte.

Durch den bei manchen Schizophrenen charakteristischen Dissoziierungsprozeß schützte Joes Psyche ihn vor Schmerz und Schuldgefühlen; derselbe Mechanismus hatte ihn auch den Mord an José Collazo vergessen lassen.

Joe und Mike gingen geradewegs nach Hause. Ihre Anstrengungen in dem dunklen Loch und die Hitze des Sommers hatten sie schläfrig gemacht, und deshalb schwiegen sie während der Fahrt mit der Hochbahn, bis sie in Kensington ankamen. Mike blieb draußen, um zu spielen. Betty saß immer noch draußen vor der Tür, die von der Front Street ins Wohnzimmer führte, und sah deshalb Joe nicht durch die Ladentür das Haus betreten. Er ging nach oben, zog die Kleider aus, die seiner verzerrten Wahrnehmung nach trocken und sauber zu sein schienen, duschte und zog sich wieder an.

Betty rief von unten her die Treppe hoch:

«Joe, du hast gesagt, daß du uns zum Abendessen einladen würdest.»

«Aber Joey ist nicht hier», antwortete Joe, «wir sollten warten, bis er zurück ist.»

Betty seufzte. «Joey sagte mir, er sei um sechs wieder zu Hause. Jetzt ist es beinah sieben.»

«Dann werden wir eben hier essen», sagte Joe. «Pizza. Ich schicke Mike sie holen.»

Joe ging hinunter und rief Mike, er solle Pizza holen. Während des Abendessens und später wiederholte Betty, die glaubte, ihr Mann habe den ganzen Nachmittag zu Hause verbracht, immer wieder: «Joey sagte mir, er wolle um sechs zu Hause sein, weil Vater uns zum Abendessen ausführe. Ich weiß, daß er diesmal nicht ausgerissen ist – er sagt nicht, daß er zurückkommt, wenn er davonläuft.»

Um 23 Uhr rief Joe die Polizei an und meldete, daß Joey vermißt wurde.

Joe konzentrierte sich auf die Einzelheiten einer privaten Suche. Auf seiner Werkbank im Laden stand ein Tonbandgerät, auf dem er Anhaltspunkte über Joeys Verbleib aufnahm, die ihm von Kunden, Hausfrauen und Kindern aus der Nachbarschaft mitgeteilt wurden. Auf einem Stuhl neben der Werkbank stand das Geschäftstelefon, das er als heißen Draht benutzte, um Hinweisen nachzugehen. Leute aus der ganzen Stadt reagierten auf den Aufruf der Kallingers.

Joe arbeitete mit dem Sittendezernat der Polizei zusammen, das den Fall untersuchte, aber er verließ auch seinen Laden, um Straßen, leerstehende Gebäude und Gelände zu durchkämmen, und zwar nicht nur in Kensington, sondern auch in Richmond und Fishtown.

In der ersten Nacht nach Joeys Tod hatte Joe einen Traum. Er träumte, daß er, Mike und Joey über ein Abbruchgelände gingen. Dann war Joey plötzlich verschwunden. Als Joe aufwachte, glaubte er, der Herr habe ihm den Traum geschickt, um ihn aufzufordern, Joey auf dem Abbruchgelände der Ninth und Market Streets zu suchen. Joe erinnerte sich nicht daran, daß der Herr ihm befohlen hatte, Joey zu töten.

Am nächsten Morgen, bevor er den Laden öffnete, begab Joe sich zusammen mit Mike auf das Abbruchgelände. Joe hatte seinen Fotoapparat mitgenommen und machte Aufnahmen. Die Ninth und Market Streets kamen ihm auf eine unheimliche Art vertraut vor, wie ein *déjà vu*. Doch darüber hinaus erinnerte er sich an nichts.

In Ausführung des göttlichen Befehls, der ihm seiner Meinung nach im Traum erteilt worden war, kehrte Joe vom 29. Juli bis zum 9. August jeden Morgen mit Mike zum Abbruchgelände zurück, bevor er den Laden öffnete. Mike machte keinerlei Anspielung auf den Mord an Joey. Er handelte offensichtlich nach dem Muster, das sich bereits zwischen Vater und Sohn eingespielt hatte und wonach die beiden sich nie nachträglich über ein Verbrechen unterhielten.

Eines Morgens, als Mike vom Abbruchgelände zu einer Straßenecke spazierte, beobachtete Joe die Lastwagen der Hawthorne-Transport-Gesellschaft, welche Teile der Trümmer wegbeförderten. Je länger Joe ihnen zusah, desto mehr verstärkte sich sein Eindruck, daß er Joey am Sonntag, an dem er «verschwunden» war, hier gesehen hatte.

Jedesmal, wenn Joey von zu Hause ausgerissen war, hatte er Joe angerufen. Diesmal nicht. Joe hatte ernsthaft die Möglichkeit erwogen – und er hatte auch Betty davon erzählt –, daß Joey tot war.

«Ich möchte wissen», sagte Joe zu einem Mann, der den Lastwagenverkehr regelte, «ob hier eine Leiche gefunden worden ist?»

«Nein, ich habe niemanden gefunden», war die Antwort.

«Sind Sie sicher?»

«Nein, sicher bin ich nicht, aber ich werde es überprüfen.»

Der Mann wies jemanden an, ihn abzulösen, und rief die amtliche Totenschau an. Nein, es sei keine Leiche gefunden worden. Auch die Polizei wußte von nichts. Joe gesellte sich wieder zu Mike. Die Möglichkeit, daß Joey tot war, schien ihm keine der Panik entsprungene Spekulation mehr zu sein.

Die Leiche, männlich, von weißer Hautfarbe, die auf der Steinplatte lag, war etwa 1,67 m groß. Sie steckte in blauweiß gemusterten Socken, blaurotweiß karierten Hosen mit einem braunen Gürtel, schwarzweißen Turnschuhen der Marke «Dug» der Nummer «74» sowie einer Anzahl unleserlicher Buchstaben, und in einem kurzärmeligen braunen Hemd.

Die Leiche war von einem Angestellten des Gerichtsmedizinischen Instituts, OME, am 9. August 1974 um 06.15 Uhr aus dem Untergeschoß eines Gebäudes auf dem Abbruchgelände der Ninth und Market Streets geholt worden. Sie wurde ins Leichenschauhaus gebracht und vom Angestellten E. Woerle vom OME mit der Fallnummer 4003-74 gekennzeichnet.

Das OME hegte keinen Verdacht auf Mord. Die Polizei hingegen schon, denn um 10.30 Uhr traf der Kriminalbeamte Paris von der Mordkommission im Leichenschauhaus ein, um sich über den Toten zu informieren. Um 11.30 Uhr stellte der stellvertretende Gerichtsarzt H.E. Fillinger M.D. den Totenschein aus. Er hielt fest, daß die Todesursache ungewiß und die Todesart unbekannt seien. Gleichzeitig wurde eine Autopsie eingeleitet, die ergab, daß der Körper sich bereits teilweise im Zustand der Verwesung befand.

Sowohl die Identität des Toten als auch Todesursache und Todesart waren unbekannt. Die Presse arbeitete mit der Polizei und dem OME zusammen, um festzustellen, wer sich hinter der Fallnummer 4003-74 verbarg.

Am 12. August wies ein Kriminalbeamter der Mordkommission, Ed Funk, darauf hin, daß es sich bei der Leiche möglicherweise um den vierzehnjährigen Joey Kallinger, 2723 North Front Street, handeln könnte, der am 28. Juli als vermißt gemeldet worden war. Um 17.45 Uhr wurde Kallinger vom Ermittlungsbeamten des OME, James A. McGovern, befragt. Der Kriminalbeamte Daniel Rosenstein von der Mordkommission hatte Joe in einem Wagen der Polizei, der nicht als solcher gekennzeichnet war, vom Laden ins Leichenschauhaus gefahren.

Wie aus der Identifikationsurkunde des OME hervorgeht, gab Joe Fakten zu den Todesumständen an. Aus der Urkunde geht ebenfalls hervor, daß «der Befragte persönlich Informationen gab» und daß er die Leiche nicht in Augenschein nahm. Er sah sich jedoch Fotos des Toten an.

Joes Aussagen, die von ihm unterzeichnet und von James McGovern bestätigt wurden, lauten auf der Identifikationsurkunde wie folgt:

> Am 28. Juli 1974 etwa gegen 23 Uhr gaben wir beim 25. Polizeidistrikt eine Vermißtmeldung auf. Er wurde an

jenem Tag zum letzten Mal von seiner Mutter gegen 14 Uhr gesehen.

Bevor er vermißt wurde, war er während etwa sechs Wochen regelmäßig in der Psychiatrieabteilung des St. Christopher's Hospital zur Behandlung. Er besuchte die Eastern State School in Trevose, Pa. Er war auch wegen schwierigen Verhaltens in der Schule ins Mills Building gekommen.

Ich habe noch sechs andere Kinder. Er war unser viertes Kind.

Ich kann die Hosen als diejenigen meines Sohnes identifizieren. Auf der linken Seite waren sie etwas versengt. Er hatte auch dieselbe Art Turnschuhe (wie diejenigen, die bei der Leiche gefunden wurden), und auch das Hemd sieht gleich aus.

«Im Leichenschauhaus wird die Tür hinter einem abgeschlossen», sagte Joe mir drei Jahre später im Camden County Gefängnis. «Man fühlt sich wie in einer Falle - viel mehr als im Gefängnis. Ich hatte den Eindruck, daß sie mich in etwas hineinmanövrierten.

Ich identifizierte Joey durch die Hosen, die im Anhänger versengt worden waren. Ich sah Fotos von Joeys Leiche, aber nicht die Leiche selbst. Die Polizei fragte mich: ‹Ging ihr Sohn mit bis zu den Knien hochgekrempelten Hosen herum?› Ich konnte mich nicht daran erinnern, ihn je so gesehen zu haben.

Flora, als die Polizei mich ins Leichenschauhaus brachte, konnte ich mich an nichts im Zusammenhang mit Joeys Tod erinnern. Ich habe vor drei Tagen mit Ihnen darüber gesprochen, aber bis zu jenem Zeitpunkt erinnerte ich mich an nichts, Flora, an nichts!»

Sogar in amtlichen Kreisen war man sich nie über Joeys genaue Todesursache einig geworden. Als Joe mir den Hergang der Sache erzählte, tat er dies nicht in Beantwortung von irgendwelchen Fragen meinerseits, sondern spontan. Er nahm eine Leiter, die im Krankenzimmer herumstand, und zeigte mir in allen Einzelheiten, wie er und Michael Joey an die Leiter gekettet und ihn dann mitsamt der Leiter in das abgestandene Wasser geworfen hatten.

Ich glaubte Joe nicht, als er sagte, daß er sich nicht an den Mord erinnern könne; ich glaubte ihm erst, als er mir die Geschichte vor drei Tagen erzählte. Weil ich so skeptisch war, erinnerte ich Joe daran, daß er mir vor etwa einem Jahr im Bergen County Gefängnis gesagt hatte: «Joey ist wahrscheinlich ertrunken.» Ich fragte ihn, was er damals gemeint hatte. Er antwortete: «Tod durch Ertrinken erschien mir wahrscheinlich aufgrund der Fakten, die mir von der Polizei und dem OME mitgeteilt wurden.»

Doch jetzt glaubte ich Joe. Mein Glauben, oder vielmehr, meine Überzeugung, gründet auf psychiatrischen Erkenntnissen auf dem Gebiet der Schizophrenie: Joe leidet an paranoider Schizophrenie, und seine Dissoziierung bezüglich des Mordes an Joey wie auch desjenigen an José Collazo gehört ebenso zu seiner Psychose wie die Morde selbst. Dr. Arieti und ich kamen überein, daß Joe die Wahrheit sagte, als er uns erzählte, daß er sich nicht an die Morde erinnere. Wir waren uns ebenfalls darüber einig, daß die langen Gespräche mit mir die Erinnerung wachgerufen hatten, so daß sie aus seinem Unterbewußtsein ins Bewußtsein aufsteigen konnte.

Joe konnte nicht begreifen, weshalb er, als Vater des Verstorbenen, vom Leichenschauhaus ins Polizeiverwaltungsgebäude, das sogenannte Roundhouse, gebracht wurde.

Ebensowenig konnte er begreifen, weshalb er seine Frau nicht anrufen durfte, nachdem er die Kleider seines Sohnes identifiziert hatte, und weshalb der Kriminalbeamte O'Brien ihm im Roundhouse dieselben Fragen stellte, die er dem Ermittlungsbeamten bereits vollständig beantwortet hatte.

An jenem Abend sagte Joe bei einem Telefongespräch mit Thomas J. Gibbons, einem Mitglied des Redaktionsausschusses des «Philadelphia Bulletin»: «Ich bin jetzt eben vom Leichenschauhaus zurückgekommen und habe Joes (Joeys) Kleider identifiziert. Die Hose, die man mir zeigte, gehörte ihm, sie hatte eine versengte Stelle» (vom Abenteuer im Anhänger). Joe erzählte Gibbons ebenfalls, daß die Beamten des Leichenschauhauses am Fuß einen Knochenbruch entdeckt hatten. «Joey hatte einen gebrochenen Knochen», erklärte Joe. «Er war im Januar von einem Dach gesprungen und hinkte immer noch.»

Am 13. August erschien ein von Gibbons und Nädele verfaßter und unterzeichneter Artikel auf der Titelseite des «Bulletin», aus dem hervorging, daß Joe Kallinger über die Gründe, weshalb Joey am 28. Juli von zu Hause ausgerissen war, nichts gesagt hatte.

«Es ist eine unserer glücklichsten Wochen gewesen»; mit diesen Worten hatte Joe William Storm vom «Bulletin» die letzte Woche in Joeys Leben beschrieben. «Ich ging mit Joey und mit Michael, einem anderen Sohn von mir, auf eine Wanderung durch das Berggebiet von Pennsylvania. Wir nahmen den Bus nach Hazleton und sind dann von dort aus herumgewandert. Wir haben uns Steinbrüche und Kohlenminen angesehen und freuten uns am Zusammensein.»

Joe hatte nicht nur den Mord vergessen, sondern auch die ihm vorausgegangenen Mordversuche.

In Kensington glaubte man, daß Joey von einem Homosexuellen umgebracht worden sei. Gerüchten zufolge sollte er mit einem Mann in einem roten Pinto weggefahren sein. Einem andern Gerücht zufolge war er mit einem Mann, der ihm in einer Wagenwaschstraße einen Job versprochen hatte, in einer neueren grünen Limousine davongefahren. Einige sagten, daß Joey von einem 33jährigen Mann umgebracht worden sei; andere meinten, daß Bobby Vane – ein Freund von Joey, der einst an der East Hagert Street gewohnt hatte – der mutmaßliche Mörder sei.

Joey hatte sich in der Tat, kurz bevor er Joe im OK-Restaurant getroffen hatte, mit Bobby Vane unterhalten. Bobby Vane war der einzige, der nicht nur von den Einwohnern Kensingtons, sondern auch von der Polizei verdächtigt wurde. Die Polizei nahm ihn fest, aber er wurde einem Lügendetektortest unterzogen und für unschuldig befunden.

Einzig die Polizei von Philadelphia hatte Joseph Kallinger im Verdacht. Das war auch der Grund dafür gewesen, weshalb man ihn am 12. August nach dem Leichenschauhaus ins Roundhouse geführt hatte. Aber die Polizei hatte Joe nicht informiert, daß er im Zusammenhang mit Joeys Verschwinden und seinem Tod als Verdachtsperson galt.

Weder die Polizei noch sonst jemand verdächtigte Michael Kallinger.

★

Freitag, 16. August 1974. Unbeweglich und mit versteinerter Miene saß Joe in der ersten Reihe in einem großen Saal des Beerdigungsunternehmens C. J. O'Neill. Zu seiner Rechten saßen Anna Kallinger, Mary Jo, Stevie, Jimmy und Michael. Michael hatte zu Hause bleiben wollen, aber Joe hatte darauf bestanden, daß er am Begräbnis seines Bruders teilnahm.

Bettys Platz auf Joes linker Seite war leer. Sie stand vor dem Sarg ihres Sohnes und starrte auf die Stelle, wo man Joeys Kopf hätte sehen können, wäre der Sarg offen gewesen. Ungläubig schaute sie auf die Blumen zu beiden Seiten des Sargs und auf den Kranz, der in der Mitte lag. Sie murmelte vor sich hin: «Wie kann ich wissen, ob es Joey ist? Ich weiß nicht, was sie da drin haben.»

Joe verließ seinen Platz und stellte sich neben sie.

«Ich kann es nicht glauben, bis ich ihn sehe. Es könnte irgend jemand da drin liegen, Joe, irgend jemand!»

«Ich weiß, daß es Joey ist. Ich bin im Leichenschauhaus gewesen.»

«Das heißt überhaupt nichts», sagte Betty. «Vielleicht versucht ihr alle, mich an der Nase herumzuführen, und Joey kommt heute abend nach Hause zurück.»

«Betty, ich hab seine Kleider gesehen, sein Zeug, Betty. Sie haben mir Fotos gezeigt.»

«Aber weshalb haben wir ihn denn nicht sehen dürfen? Weshalb haben sie den Sarg verschlossen?»

Joe konnte es ihr nicht sagen. Er hatte auf den Fotos die geschrumpfte Kopfhaut und einen Teil des Schädels gesehen. Die leblosen Augen sahen wie die leeren Ovale im Gesicht einer Statue aus. Sanft führte Joe Betty an ihren Platz zurück.

Reverend Anthony A. Marinacci, der Pastor der Kensington Assembly of God Church, trat hinter das Lesepult.

«Nachdem wir so viel über das Leben von Joseph Michael Kallinger jr. wissen», sagte er zu den fünfundzwanzig anwesenden Trauergästen, die zu Joeys Begräbnis gekommen waren, «wollen wir nicht von ihm sprechen, sondern wir wollen versuchen, der Familie unsere Unterstützung und Kraft zukommen zu lassen.»

Nach der Predigt und den Bibellesungen begab sich die Trauergemeinde zum sechsplätzigen Familiengrab der alten Kallingers im Whitemarsh Memorial Park. Als das Läuten vom imposanten Glockenturm über Gräber, Bäume und Grabmäler hinwegstrich, blieben Joe und Betty vor Stephen Kallingers Grab stehen. Als ich ein Kind war, dachte Joe, geschahen Dinge, die ich nicht verzeihen kann. Aber wenn ich das Leben von Dad hätte verlängern können, ich hätte es getan. Für Joey empfinde ich dasselbe. Aber für ihn konnte ich nichts tun. Ich weiß nicht einmal, wie er gestorben ist.

Joeys Sarg stand auf dem Boden neben dem offenen Grab. Reverend Marinacci wollte eben mit dem Ritual beginnen, als Anna Kallinger an das Grab herantrat. «Steef», schrie sie, «ich möchte neben dir liegen, aber dieser Joey hat mir mein Grab weggenommen.» Sie ballte die Faust in Richtung des Sargs.

Nach dem Begräbnis sagte Anthony Marinacci Betty und Joe tröstende Worte. Als er sie allein ließ, nahm Joe Betty am Arm und sagte: «Es ist Zeit zu gehen, Betty.»

«Es ist nicht Joey», flüsterte sie mit heiserer Stimme.

«Joey geht es jetzt besser, Betty, und für uns ist es auch besser so», sagte Joe und führte Betty vom offenen Grab weg.

«Red nicht so», sagte sie mit tränenüberströmtem Gesicht.

Sie gingen zu den Wagen am Straßenrand. Betty sagte: «Du hast nicht einmal geweint, Joe. Du hast nicht einmal geweint. Du bist der einzige, der nicht geweint hat, und das werde ich dir nie verzeihen.»

Sie ging vor ihm her.

15

Sackgasse

Am 26. September 1974, an einem Donnerstag morgen – etwas mehr als einen Monat nach Joeys Begräbnis – wurde Joe durch hartnäckiges Klingeln an der Tür zwischen halb vier und vier Uhr morgens aus dem Schlaf gerissen. Er warf sich einen Morgenmantel über, ging in den Laden hinunter, knipste das Licht an und öffnete die Tür. Dann stand er zwei Kriminalbeamten und zwei uniformierten Polizeibeamten gegenüber.

«Was ist los?» Schläfrig blinzelnd sah Joe die Männer, die vor ihm standen, an.

«Sie sollen ins Roundhouse kommen, um Fragen im Zusammenhang mit dem Verschwinden und dem Tod ihres Sohns, Joseph Kallinger jr., zu beantworten», sagte der eine der Kriminalbeamten.

«Schon wieder?»

«Ja.»

«Aber das hab ich doch bereits letzten Monat getan. Ich hab alle Fragen beantwortet.»

«Lieutnant O'Neill möchte mit Ihnen reden», sagte der andere Beamte. «Also ziehen Sie sich jetzt an.»

«Ich komme nicht, basta.»

«Sie werden kommen», sagte der erste Beamte, «ob Sie wollen oder nicht.»

«Ich werde nicht kommen.»

Die Polizei hatte Joe im August nicht gesagt, daß er auf der Liste der Verdächtigen stand, und jetzt sagte man ihm nicht, daß er mittlerweile zum Hauptverdächtigen avanciert war. Joe zweifelte nicht daran, daß die Polizei ihn einfach quälen wollte, und er war sicher, daß sie es tat, weil Malcolm W. Berkowitz und Arthur L. Gutkin, die Anwälte, die Joe bei seinem Antrag auf ein neues Verfahren im Kindsmißhandlungsfall vertreten hatten, eine Klage wegen Vergehen wider die persönliche Freiheit eingereicht hatten. In der Klageschrift wurden Joes Festnahme und Inhaftierung im Jahre 1972 als ungerechtfertigt bezeichnet. Die drei Anklagepunkte richteten sich gegen das Law Department von Philadelphia, die Polizistin Caristo, geborene Baker, von der Jugendabteilung und gegen Kommissar Joseph O'Neill. Als Streitgegenstand wurde angeführt, daß Joe 1972 im Kindsmißhandlungsprozeß wegen der falschen Zeugenaussagen seiner Kinder *auf Antrag der Polizei* verurteilt worden war. Die Polizistin Baker war für die Verhaftung verantwortlich gewesen und hatte damals die Klageschriften verfaßt, die dann von den Kindern unterzeichnet worden waren. Die Kinder behaupteten, daß sie in den Schriften ihre Aussagen übertrieben habe.

Joe ließ die Polizei in den Laden eintreten und rief dann Arthur Gutkin an.

«Das Klingeln des Telefons weckte mich», erzählte Gutkin mir vier Jahre später. «Joe sagte: ‹Die Polizei will, daß ich mitkomme. Sie haben zwar keinen Haftbefehl, aber ich muß trotzdem mit.›

Dann kam ein Kriminalbeamter ans Telefon.

‹Ist Joe verhaftet?› fragte ich ihn.

‹Nein›, antwortete der Beamte.

‹Dann werdet ihr ihn also nicht mitnehmen?› fragte ich.

‹Lieutnant O'Neill hat mir den Befehl erteilt, ihn mitzunehmen, und ich werde ihn auch mitnehmen.›

Wieder kam Joe ans Telefon und fragte: ‹Muß ich mitgehen?›

‹Nein›, sagte ich. ‹Aber ich kann Ihnen versichern, Joe, daß Sie, wenn Sie nicht mitgehen, mitgenommen werden. Das Vorgehen ist zwar ungesetzlich, aber man wird Sie trotzdem mitnehmen. Sie tun besser daran, mitzugehen. Tun Sie nichts. Sagen Sie gar nichts, bis ich da bin.›»

Gutkin, der Jude war, hatte sich gerade auf einen Tag Fasten und Gebet gefreut, doch die Polizei war am Jom Kippur, dem Versöhnungstag, in Joes Haus gekommen, dem heiligsten Tag der Juden im Jahr. Die drängende Stimme Joes am Telefon zwang Gutkin, sich ins Roundhouse zu begeben. Er war ziemlich sicher, daß die Polizei damit gerechnet hatte, daß Joes Anwalt wegen des jüdischen Feiertags nicht auftauchen würde.

Von oben her gesehen, sieht das Roundhouse wie ein Paar riesige Handschellen aus. Es besteht in der Tat aus zwei runden, dreistöckigen, durch einen Korridor untereinander verbundenen Gebäuden. Als Joe die Halle betrat, gingen die beiden Kriminalbeamten voraus und die Polizisten hinter ihm her.

Joe, der nicht unter Arrest stand und keine Handschellen trug, war sicher, daß er sich nicht wegen irgendeines Verbrechens im Roundhouse befand, sondern weil die Polizei sich an ihm rächen wollte, weil er sie verklagt hatte. In seinem gequälten Hirn glaubte Joe, daß die Polizei sein Feind war. Dieser Feind ersetzte in seiner Phantasie die «absoluten Götter», die ihn hatten zerstören wollen.

Als er durch die Eingangshalle auf einen der zylinderförmigen Aufzüge des Roundhouses zuging, wußte Joe nicht, daß er in einem der Verhörräume der Mordabteilung von Leutnant James F. O'Neill verhört werden sollte. O'Neill war davon überzeugt – obwohl er nicht über die notwendigen Beweise verfügte –, daß Joseph Kallinger seinen Sohn Joseph jr. getötet hatte. O'Neill verließ sich einfach auf seine Spürnase und auf seine Intuition, die er im Lauf seiner fünfzehnjährigen Tätigkeit bei der Polizei entwickelt hatte. Der gewiegte, scharfsinnige Kriminalbeamte war stolz auf seine Laufbahn bei der Polizei von Philadelphia.

Am frühen Morgen des 26. Septembers 1974 stand O'Neill im Zimmer 104 hinter seinem Schreibtisch. Er war ein starker Raucher; eine Zigarette hing zwischen seinen dünnen Lippen. Sein Regenmantel war offen. Er trug einen leicht zerknitterten, marineblauen Anzug und eine gestreifte Paisley-Krawatte. Wie immer hing sein Revolver an seiner rechten Seite. Er öffnete die obersten Knöpfe des Hemdkragens und zog den Krawattenknopf etwa zwei Zentimter tiefer – eine für ihn typische Geste.

Als er darauf wartete, daß seine Männer den Hauptverdächtigen im Mordfall Joseph Kallinger jr. zu ihm hereinführen sollten, sann O'Neill darüber nach, daß ein Vater, der seine Kinder mißhandelte, auch fähig war, sie zu töten. Er glaubte nicht, daß die Kallinger-Kinder die Wahrheit gesagt hatten, als sie ihre Zeugenaussagen am 19. Februar 1974 widerriefen. O'Neill fand, daß das Ganze nach Lüge stank. Schließlich hatte er nicht all die Jahre bei der Polizei damit zugebracht, Rosen zu ziehen.

Die Tatsache, daß Kallinger wenige Wochen vor der Vermißtmeldung eine Lebensversicherung auf den Namen Joseph jr. abgeschlossen hatte, kam O'Neill höchst anrüchig vor. Was er nicht wußte, war, daß die Metropolitan-Lebensversicherungsgesellschaft mit ihrer Unfallzusatzversicherungspolice bei Joeys Tod durch einen Unfall die Summe von $ 24000 an Kallinger bezahlen würde. Er war hingegen über die John Hancock-Lebensversicherung informiert, die im Fall von Joeys Tod durch Unfall Kallinger $ 45000 bezahlen würde.

★

Ein Beamter teilte O'Neill mit, daß man Kallinger in einen Verhörraum gebracht habe. Energisch und streitlustig schob der magere O'Neill den Riegel der schweren Holztür zu, die in die Wand von Zimmer 103 eingelassen war. Er öffnete die Tür und betrat einen kleinen, fensterlosen Raum. Ein Beamter schloß die Tür hinter ihm und verriegelte sie von außen. O'Neill und Kallinger waren allein.

Joe, der auf dem harten hölzernen Stuhl vor dem kahlen Holztisch saß, hörte, wie die Tür zugeschlagen wurde. Er zwang sich dazu, den Kopf zu wenden und O'Neill anzusehen. Er wäre am liebsten davongerannt, so wie er sich als Kind unter dem Bett verkrochen hatte, wenn sein Stiefvater mit der Peitsche hinter ihm her gewesen war. Aber es gab keinen Ausweg. Sackgasse. Damals und heute. Joes Magen verkrampfte sich, als er O'Neill beobachtete, wie dieser um den Tisch herumging. Er hatte gehört, daß O'Neill ein harter Bursche war, der nie müde wurde. Joe fragte sich, ob andere Polizisten ihn durch den Spiegel in der Wand sehen konnten.

«Ich bin Leutnant O'Neill.» Der Polizist zog einen Stuhl heran und setzte sich Joe gegenüber. Er beugte sich über den Tisch und deutete mit dem Zeigefinger auf Joe. Der Fingernagel war kurz geschnitten und sauber; der Finger zitterte nicht.

«Hören Sie zu, Kallinger. Sie haben Ihren Sohn Joseph umgebracht. Sie haben eine Versicherung für ihn im Wert von $ 45 000 abgeschlossen. Solange ich Polizist bin, werden Sie dieses Geld nie bekommen. Und Sie werden hier auch nie mehr herauskommen. Verstanden?»

Bestürzt lehnte Joe sich auf dem Stuhl zurück.

«Mein Gott», sagte er, «haben Sie mich deshalb hierher holen lassen?»

«Lassen Sie den Quatsch, Kallinger. Sie wissen, daß Sie ihn getötet haben, und wir wissen es.»

«Hören Sie mal, ich bin Schuhmacher, ich hab nie jemanden getötet.»

O'Neill zündete sich eine Zigarette an. «So werden Sie nicht davonkommen», sagte er mit rauher Stimme.

«Ich habe schon gehört, daß unschuldige Menschen des Mordes angeklagt wurden, aber dies ist das erste Mal, daß ich sowas erlebe. Wo sind die Beweise?»

«Danke, ich weiß Bescheid über meinen Job, und ich brauche Ihre Tips nicht. Ich möchte wissen, wo und wann genau Sie Ihren Sohn getötet haben?»

«Wie könnte ich sowas tun?»

«Erzählen Sie es mir.» O'Neill preßte die Lippen zusammen, seine Kiefermuskeln bewegten sich nicht. Joe hatte das Gefühl, daß O'Neill ihn beißen wolle, ihm das Gehirn mit Strahlen aus seinen grausamen Augen herausbrennen oder ihn zwischen seinen mageren, muskulösen Händen zermalmen würde. Unter Joes Stuhl tat sich ein bodenloses Loch auf, das ihn in ewige Folter herunterzusaugen begann.

«Kallinger, und wenn ich den Rest meines Lebens damit verbringen muß, ich werde dafür sorgen, daß Sie dafür zahlen, daß Sie Ihren Sohn umgebracht haben, kapiert?»

«Ich möchte mit meinem Anwalt reden», sagte Joe. Er zitterte.

«Nein!» entgegnete O'Neill und schlug mit der flachen Hand auf den Tisch. «Sie haben sich zu Hause mit Ihrem Anwalt unterhalten.»

«Das war vor meiner Festnahme. Ich möchte jetzt mit ihm reden.»

O'Neill stand auf und zerdrückte die Zigarette mit der Schuhsohle. Mit einer knappen, wütenden Bewegung des Beines kickte er den Stummel gegen die Wand. Seine Augen waren nur noch Schlitze.

«Werden Sie ein Geständnis unterschreiben, Kallinger?»

Joe schüttelte den Kopf.

O'Neill zog langsam die Hand aus der Tasche seines Regenmantels.

Jetzt wird er mich schlagen, dachte Joe.

Dann sagte O'Neill: «Scheiße!» Er ging zur Tür und klopfte. Draußen schob jemand den Riegel zurück, und O'Neill verließ das Zimmer.

Die Tür wurde wiederum von draußen verriegelt.

Arthur Gutkin glaubte an Joes Unschuld. Er wußte, daß sein Klient illegalerweise von Leutnant O'Neill im Roundhouse festgehalten wurde. Gutkin betrat Zimmer 102 der Mordkommission. Er war äußerst verärgert über die Polizei, weil sie Joes Rechte verletzt hatte. Gutkin wies sich als Anwalt von Joseph Kallinger aus. Er war entschlossen und selbstsicher, aber höflich.

Die Tür zum Verhörzimmer wurde hinter Gutkin verriegelt. Er bemerkte den in der Wand versenkten Spiegel und vermutete, daß es sich um einen Doppelspiegel handle, durch den man ihn und Joe beobachtete. Obwohl er keinerlei Geräte sah, war er davon überzeugt, daß in dem Zimmer Wanzen angebracht waren. Gutkin und Joe würden also den Mund halten. Es hätte keinen Sinn, irgend etwas zu sagen, das das Ganze nur noch verschlimmerte. Gutkin ging zum Holztisch, auf dessen anderer Seite ein stämmiger Kriminalbeamter saß, der auf Joe aufzupassen hatte.

«Hallo, Art», sagte Joe.

«Hallo, Joe», erwiderte Gutkin.

Gutkin begrüßte den Kriminalbeamten und sagte mit frostigem Lächeln: «Ihr habt mich gezwungen, zwischen Gott und meinem Klienten zu wählen!»

«Wir hatten gehofft, daß Sie sich für Gott entscheiden würden», antwortete der Beamte und warf Gutkin einen kalten Blick zu.

Jetzt wußte Gutkin, daß er mit seiner Vermutung recht gehabt und die Polizei diesen Tag ausgewählt hatte, damit Joe ohne seinen Anwalt verhört werden konnte.

Joe und sein Anwalt saßen während fast vier Stunden hinter der verriegelten Tür. Die meiste Zeit über schwiegen sie. Jeder war der Meinung, daß man einen unschuldigen Mann zu Unrecht festhielt.

Im Lauf dieser vier Stunden betrat O'Neill zweimal das Zimmer: einmal, um Joe erneut des Mordes an Joseph jr. zu beschuldigen, und ein zweites Mal, um ihm zwei Fragen zu stellen. «Wollen Sie eine Aussage machen?» und «Werden Sie sich einem Lügendetektortest unterziehen?» Joe blickte auf Gutkin, der den Kopf schüttelte und zweimal die Antwort ‹Nein› flüsterte. Joe hatte das erwartet. Er wußte, daß sein Anwalt nicht an den Lügendetektor glaubte. Und Gutkin wollte nicht, daß Joe noch irgendeine Aussage machte. Im August 1974 hatte er zu Joe gesagt: «Sie haben der Polizei bereits alles mitgeteilt, was Sie über Joeys Verschwinden und seinen Tod wissen. Mehr brauchen Sie nicht zu tun.»

Zwischen 9.50 Uhr kehrte der stämmige Kriminalbeamte ins Verhörzimmer zurück. «Sie können jetzt gehen», sagte er zu Joe und Gutkin.

O'Neill lümmelte sich in seinem Stuhl am Schreibtisch. Zwischen seinen Lippen hing eine kalte Zigarette. Er war frustriert und angewidert, aber er konnte Kallinger nicht einfach packen und in eine Zelle schmeißen. O'Neill wußte, daß er keine Beweise besass, war aber davon überzeugt, den Mörder von Joey vor Augen zu haben.

Es war ihm auch klar, daß die Presse ihn zur Minna machen würde, wenn Reporter herausfänden, wie er Kallinger morgens um vier ins Roundhouse hatte schleppen lassen. Eines Tages würde O'Neill Kallingers habhaft werden, doch nicht heute, am 26. September 1974; das Ziel war so nah und so weit weg.

Joe und Gutkin saßen in der Horn- und Hardart-Cafeteria in der Market und Fifth Street an einem Tisch, nur wenige Blöcke vom Roundhouse entfernt. Joe erzählte Gutkin alles, was O'Neill zu ihm gesagt hatte, bevor der Anwalt das Verhörzimmer betreten hatte. Da O'Neill über keinerlei Beweismaterial verfügte, fragte sich Gutkin, wieso der Kriminalbeamte so sicher hatte sein können, daß Joe Joeys Mörder sein mußte. Die Lebensversicherung, die Joe für Joey abgeschlossen hatte? Aber viele Menschen schließen eine Lebensversicherung für ihre Kinder ab, ohne daß sie sie umbringen. Joe hatte auch eine Versicherung für Mike, Jimmy, Bonnie und eben für Joey abgeschlossen.

«Joe, ich glaube, Sie haben es hier wieder einmal mit einem Prozeß zu tun», sagte Gutkin. «Die Polizei hat Ihre Rechte verletzt, weil sie Sie ohne Haftbefehl ins Roundhouse gebracht und gegen Ihren Willen im Verhörraum festgehalten hat.»

«Dieser Fall hat aber nichts mit dem eingeklagten Vergehen wider die persönliche Freiheit zu tun, oder?» fragte Joe. «Ich meine die Klage gegen die Stadt und die Polizei, weil diese Polizistin an dem Abend, als ich verhaftet wurde, es meinen Kindern nicht erlaubte, ihre Klagen wegen Kindsmißhandlung zurückzuziehen.»

«Nein, Joe.»

«Na gut, Art, ich möchte, daß Sie den Prozeß sobald als möglich einleiten. Ich will mich nicht länger von diesen Leuten quälen lassen.»

Der Verkehr bewegte sich nur langsam, als Joe sich auf den Heimweg machte. Hinten auf einem Anhänger, der an ihm vorbeifuhr, befand sich ein kleines Karussell. Hinter der Mähne eines der Holzpferdchen schwankte der Kopf eines Jungen auf und ab. Die rechte Gesichts- und Kopfhälfte war mit Haar bedeckt; der Kopf war im Profil zu sehen, so daß Joe die linke Seite nicht sehen konnte. Obwohl es windstill war, hob sich das Haar leicht und senkte sich wieder, als ob Geisterhände es leicht anheben und wieder glattstreichen würden. Joe fragte sich, was der Junge wohl auf dem Karussell tun mochte.

Am Ende des Blocks floß der Verkehr etwas schneller dahin. Joe blickte den Kopf des Jungen unverwandt an und holte etwas schneller aus, damit er mit dem Lastwagen Schritt halten konnte. Das Haar war hellbraun, seidig und lang wie Joeys Haar. Joe fühlte sich unbehaglich und hustete. Er versuchte, nicht an Joey zu denken.

Als er auf den Laden zuging, hatte Joe das Gefühl, er sei schon sehr lange von zu Hause fort gewesen. Er konnte es kaum erwarten, den olivgrünen Arbeitskittel anzuziehen und Leder und Werkzeug wieder in den Händen zu halten. Er freute sich darauf, die elektrischen Schalter anknipsen zu können und seine Maschinen in Gang zu setzen. Dann würde er sich wieder stark und kreativ fühlen. Er wußte, daß einige Leute ihn als den besten Schuster von Philadelphia betrachteten, den König der Schuhmacher. Joes Heim war sein Königreich, sein Laden war der Thronsaal.

Als er die Stufen zum Laden hinaufging, sah Joe den Jungen, den er vor einer halben Stunde auf dem Anhänger in der Market Street gesehen hatte. Der Kopf zeigte sich immer noch im Profil und schwankte auf Augenhöhe zwischen Joe und der Ladentür auf und ab. Joe fragte sich, wie das Kind wohl hierher gekommen sein mochte. Der Junge wandte den Kopf, und nun sah Joe das Gesicht frontal, eine Kaskade von dichtem, seidigem, braunem Haar. In der Mitte bildete sich ein Scheitel, das Haar trennte sich und hing auf beiden Seiten dicht vom Kopf. Das leere Weiß der Augen glitzerte vor Feuchtigkeit. Über der brauenlosen Stirn und den dünnen Wangenknochen spannte sich eiterweiße Haut. In der Mitte des Gesichts war die Haut flach und weich; es gab weder Nase noch Nasenlöcher oder einen Mund. Die Unterkieferknochen schlossen sich zu einem runden, fleischigen Kinn zusammen.

Joe rannte von Panik erfaßt davon. Auf halbem Weg hielt er an und schaute zurück, um zu sehen, ob der Junge immer noch da war. Der Junge folgte ihm. Die Augäpfel tauchten zwischen den Lidern auf, kleine Scheiben aus braunem Kork, die von winzigen Venen, wie von roten Würmern in einer weißen Flüssigkeit, umgeben war. Die Augen starrten Joe haßerfüllt an. Er war eben im Begriff, den Schlüsselbund gegen dieses Gesicht zu werfen, als er bemerkte, daß unterhalb des Kopfes nichts mehr war: kein Hals, keine Glieder, kein Rumpf. Der Kopf bewegte sich von ganz allein.

Joe warf die Schlüssel, und der Kopf verschwand.

Betty, die während der ganzen Zeit auf den Laden aufgepaßt hatte, trat auf die Treppe.

«Wer schmeißt da Dinge gegen die Tür? Guter Gott, Joe, bin ich froh, daß du zurück bist. Ich habe zwar nichts dagegen, hinter der Ladentheke zu stehen, das ist mein Job, und du sagst ja, daß ich eine gute Verkäuferin bin, aber wenn ich all diese Stunden ohne dich im Laden verbringen muß, so ist das etwas anderes. Weshalb schmeißt du übrigens deine Schlüssel in der Gegend herum? Die Leute werden denken, daß wir verrückt sind!»

Zitternd hob Joe die Schlüssel von der Treppe auf und ging in den Laden. Er schloß die Tür ab und legte die Kette davor. Dann hastete er zur Werkbank, nahm einen schweren Hammer in die Hand, stand da und blickte zur Tür. Nach einigen Minuten ging er in die Küche und bat Betty, ihm eine Tasse Tee zu bereiten.

«Himmel, Joe, du siehst schrecklich aus! Was haben sie mit dir angestellt?» fragte Betty.

«Gequält haben sie mich. O'Neill ist der Meinung, daß ich Joey getötet habe. Er wollte, daß ich ein Geständnis unterschreibe.»

«Oh!» schrie Betty. «Das ist furchtbar Joe, furchtbar! Mein Gott, O'Neill und seine Leute sind wirklich des Teufels. Wie kommen sie dazu, dich des Mordes an Joey zu beschuldigen, wenn er gar nicht tot ist!»

«Joey ist tot, Betty - tot. Du würdest dich besser fühlen, wenn du die Tatsache akzeptieren könntest.»

Wieder zurück an der Werkbank, trank Joe den Tee in kleinen Schlucken und war dankbar für die Wärme und die Süße des Zuckers.

Er war sehr müde. Er war zwar jeden Tag müde, aber heute war es noch schlimmer. Er war, seit die Polizei ihn am frühen Morgen abgeholt hatte, auf den Beinen gewesen. Doch er konnte jetzt nicht zu Bett gehen. Egal, wie schlimm die Umstände auch immer sein mochten, er mußte den Laden in Schwung halten.

Seit dem Winter 1973/74 und noch mehr seit dem vergangenen Frühling hatten Joes Wahnvorstellungen, Halluzinationen und die sie begleitenden Gefühle der Erschöpfung ihn oft daran gehindert, mit der gewohnten Energie und Hingabe zu arbeiten. Dies traf auch dann zu, wenn er nicht mit Michael die Vororte besuchte.

Joe nahm ein Paar alter Schuhe, die er schon oft geflickt hatte, vom Regal. Er kannte den Besitzer dieser Schuhe; sie fühlten sich wie alte Freunde an. Immer noch innerlich zitternd, versuchte Joe zu arbeiten. Als er eben die abgetragene Sohle und den Absatz des linken Schuhs herunterreißen wollte, hörte er eine Stimme; sie klang hell und hoch wie eine Knabenstimme.

«Mein Name ist Charlie.»

Unter einem mit Sohlen und Leder vollgestopften Regal wippte der Kopf, dessen Gesicht mit Haar bedeckt war, sanft vor Joe auf und ab.

Joe hatte das Gefühl, in einem riesigen, bodenlosen Loch zu versinken. Sein Herz klopfte rasend, und er konnte sich nicht bewegen. Er war machtlos.

Er versuchte die Arme zu heben, um den Kopf vielleicht zu berühren, aber der Kopf hüpfte von allein zur Tür. Die Haarspitzen hoben und senkten sich mit der Bewegung des Kopfes, der einfach in der Luft hing.

«Du hast ja gar keinen Mund, wie kannst du dann reden?» fragte Joe. Er glaubte, Fieber zu haben, und war verzweifelt.

Das Haar fiel auseinander. «Ich kann reden. Schau.» Die Stimme hörte sich an, als käme sie aus einem Lautsprecher. Die braunen Augen starrten Joe an.

«Woher kommst du? Was willst du von mir?»

Charlie gab keine Antwort und starrte Joe unverwandt an.

«Weshalb antwortest du nicht?»

Langsam fiel das Haar über das Gesicht, wie der Vorhang auf einer Bühne.

«Sehr komisch!» schrie Joe.

Aus der Küche ertönte Bettys Stimme: «Joe, mit wem redest du?»

«Hör zu», sagte Joe zu Charlie, «das ist meine Frau. Sie wird dich sehen. Geh weg, um Himmels Willen!»

«Mach dir keine Sorgen, Joe. Betty wird mich nie zu Gesicht bekommen. Auch sonst wird mich keiner sehen. Nur du.»

«Woher weißt du, wie meine Frau heißt?»

«Weil ich zu dir gehöre und du zu mir gehörst», entgegnete Charlie.

Das Haar teilte sich wieder in der Mitte. Wieder blickte Charlie Joe aus seinen braunen Augen an, doch diesmal haßerfüllt.

Voller Entsetzen sagte Joe: «Ich hab dir nie etwas getan. Weshalb belästigst du mich? So kann ich nicht leben. Ich kann nicht.»

Joe bedeckte sein Gesicht mit den Händen und schluchzte. Als er aufsah, war Charlie verschwunden.

In den nächsten zwei Jahren erschien Charlie noch häufig. Die erste Erscheinung am 26. September 1974 war meiner Meinung nach nicht zufällig. Am Morgen jenes Tages hatte Leutnant O'Neill Joe des Mordes an Joey beschuldigt. Obwohl Joe sich nicht an den Mord erinnern konnte, reagierte sein Unterbewußtsein wahrscheinlich auf O'Neills Anklagen, indem es Charlie, eine Gestalt symbolischer Vergeltung, hervorbrachte.

Ich vermute, daß Charlie ein verzerrtes Bild von Joeys Kopf war, der aus dem dreckigen, abgestandenen Wasser aufgetaucht war und zwischen den Sprossen der Leiter, an die Joe und Michael ihn gekettet hatten, hervorgerufen hatte: «Daddy, hilf mir!»

Joe hatte unter der Macht einer starken Halluzination und einer starken Wahnidee getötet, so daß er schließlich Unrecht für Recht ansah. Die Ermordung seines Sohnes hatte nichts mit der Versicherung oder mit andern unmittelbar weltlichen Angelegenheiten zu tun. Joey war ein Opfer von Joes paranoider Vorstellung auf dem Weg seiner eigenen Göttlichkeit.

16

Vergeltung

Joe glaubte, die Polizei stelle ihm nach. Er glaubte, daß sie seine Familie belästige und eine Hetzkampagne gegen ihn durchführe. Er war vom starken Wunsch besessen, sich zu rächen.

In den zwei Monaten nach dem Auffinden von Joeys Leiche war Joe der Meinung, er sei das Opfer einer Haßkampagne von seiten der Polizei von Philadelphia. O'Neill ahnte instinktiv, daß Kallinger seinen eigenen Sohn ermordet hatte. Die Polizei wollte die Gesellschaft vor Joe schützen, der nicht wußte, daß er Joey getötet hatte, und nicht glaubte, daß die Polizei irgendeinen Grund haben könne, ihn als gefährlich zu betrachten. Er hatte entsetzliche Angst vor der unkalkulierbaren Taktik, mit der sie gegen ihn vorgingen, vor der Terrorisierung seiner Familie, und er betrachtete die Polizei als seine Feinde. Bis in die letzten Fasern seines Wesens war er vom Gedanken an Rache erfüllt; er war entschlossen, zurückzuschlagen.

Joes Bedürfnis nach Rache war das Gefühl eines Mannes, der sich von der Polizei unmenschlich behandelt fühlte, aber er war auch Ausdruck von Joes «innerem Kind von früher».* In jedem von uns lebt das Kind, das wir einmal waren, und es beeinflußt unser Denken und Verhalten. Menschen, die einem übertriebenen elterlichen Bestrafungszwang ausgesetzt waren, neigen dazu, sich an der Welt zu rächen, es der Welt heimzuzahlen.

Vom 4. bis zum 13. Oktober 1974 inszenierte Joe sechs Episoden, mit denen er die Polizei als «schlecht» hinstellen wollte. Er

* Dieses Konzept wird im Buch von W. Hugh Missildine erklärt: «In mir lebt das Kind, das du warst», Stuttgart 1982.

beabsichtigte ebenfalls, die Art und Weise, wie er von der Polizei behandelt worden war, im Lauf dieser Episoden als weiteren Beweis im Zusammenhang mit seiner bereits gegen die Stadt Philadelphia und die Polizei von Philadelphia eingereichten Klage wegen Rechtsverletzung anzuführen.

Die erste dieser Episoden fand am Freitag, dem 4. Oktober 1974 statt, neun Tage, nach Joes Verhör durch Leutnant O'Neill und dem ersten Erscheinen von Charlie. An jenem Freitag forderte Joe Mike auf, im Laden «Kinderland» an der East Erie Avenue einen Sturz zu simulieren und zu behaupten, die Beule, die er bereits aufgrund einer Straßenbalgerei vom Nachmittag auf der Stirn hatte, sei durch diesen Sturz verursacht worden.

Nachdem er Mike bis zum Laden begleitet hatte, wartete Joe draußen auf einer Bank, bis er einen Krankenwagen vor dem Haupteingang zum «Kinderland» anhalten sah. Dann begab er sich nach Hause und erhielt einen Anruf aus dem Frankford Hospital, in das man Mike eingeliefert hatte.

Joe war davon überzeugt, die Polizei würde nicht glauben, daß sich Mike die Beule im Kinderland geholt habe, und ihn erneut der Kindsmißhandlung anklagen. Joe wollte, daß die Polizei ihn verhörte, um am Schluß als die unschuldige Partei dazustehen, der man ein Unrecht angetan hatte.

Joe begab sich ins Krankenhaus. Ein Arzt sagte Joe, er könne Mike mit nach Hause nehmen, und er solle ihn mitten in der Nacht aufwecken, um festzustellen, ob seine Augen richtig funktionierten.

Mit Mikes Augen war alles in Ordnung, doch am Sonntag, dem 6. Oktober mußte er um 4.30 Uhr dreimal erbrechen. Dies war offensichtlich entweder auf einen Spannungszustand oder auf die Verletzungen zurückzuführen, die er sich am Freitag bei der Rauferei auf der Straße zugezogen hatte.

Joe brachte Michael ins St. Christopher's Kinderkrankenhaus, das nicht so weit vom Haus der Kallingers entfernt war wie das Frankford Hospital. Dr. Deborah Price, die nichts über Michaels Rauferei oder über den angeblichen Sturz wußte, erinnerte sich jedoch, daß man 1972 Kallinger der Kindsmißhandlung für schuldig befunden hatte. Sie vermutete also, daß Michaels Erschütterung auf eine weitere Mißhandlung zurückzuführen sei, und erstattete einen dementsprechenden Bericht an das Wohlfahrtsamt.

Joe gestattete es dem Wohlfahrtsamt nicht, Nachforschungen durchzuführen, und das Amt stellte den Antrag, daß «das Gericht dringendst Ermittlungen in bezug auf die Lebenssituation von Michael Kallinger anstellen solle.»

Eine Sitzung wurde in der Jugendabteilung der Gerichtsabteilung für ehe- und familienrechtliche Angelegenheiten des Court of Common Pleas, dem erstinstanzlichen Gericht für Zivil- und Strafsachen, anberaumt. Joe besuchte die Verhandlung, doch der Fall wurde nicht weiterverfolgt, weil aus dem Bericht des Frankford Hospital eindeutig hervorging, daß Michaels Erschütterung auf den Sturz im «Kinderland» zurückzuführen war. Die Polizei wurde also gar nicht eingeschaltet.

Am Sonntag, dem 6. Oktober, als Dr. Price Michael im St. Christopher's besuchte, schritt Joe zum zweiten Vergeltungsschlag gegen die Polizei. «Ich habe Mike ins Krankenhaus gebracht», erzählte er mir am 15. Juli 1979, «weil er erbrochen hatte, aber auch, um eine Grundlage für die Amnesie zu schaffen, die wir für unsere zweite Vergeltungsrunde vorgesehen hatten.»

Die «zweite Runde» fing mit einem Familienausflug an: Mary Jo und Mike ritten auf Pferd und Pony durch den Juniata-Park. Anschließend begaben sich Joe und Mike in den Wald. Joe hatte Mike aufgefordert, den Wald wieder zu verlassen, nach Camden, New Jersey zu gehen, wo er, unter Vortäuschung einer Amnesie, sich in ein Krankenhaus begeben solle. Joe würde eine Vermißtmeldung erstatten und eine Suchaktion beantragen. Doch Mike machte den Vorschlag, daß er sich statt dessen in Anna Kallingers Keller verstecken könne.

Nachdem Mike sich auf den Weg in die East Sterner Street gemacht hatte, ging Joe zu den Ställen, um auf Mary Jo zu warten und die Polizei anzurufen. Er meldete seinen Sohn Michael, der aus dem Juniata-Park verschwunden war, als vermißt.

Während Mike sich in Anna Kallingers Keller aufhielt, suchte ihn die Polizei mit Spürhunden im Park. Eigentlich suchten sie nach Michaels Leiche. Sie waren der Meinung, daß Kallinger wieder einen seiner Söhne umgebracht habe.

Am Montag, dem 7. Oktober befand Mike sich immer noch in seinem Versteck, während seine Eltern und Geschwister festgehalten und verhört wurden - Joe bei den East Detectives, dem 24. und 25. Polizeidistrikt von Front und Westmoreland, der Rest der Familie im Roundhouse.

Als man Joe bei den East Detectives einem Verhör unterzog, schwebte Charlie durch die gegenüberliegende Wand unmittelbar hinter dem Stuhl des Hauptmanns. Charlie tauchte über dem Kopf des Hauptmanns auf und blieb auf Augenhöhe dicht vor Joe hängen. Sein Haar fiel zu beiden Seiten des Kopfs herunter; die braunen Augen glitzerten spitzbübisch.

«Jeder einzelne Polizist in diesem Saal», sagte Charlie zu Joe, «würde sich darüber freuen, dich im Sarg zu sehen!» Joe legte die Hand über die Augen und seufzte. Ein Beamter tadelte ihn wegen Unaufmerksamkeit.

Nun befand sich Charlie zwischen Joe und dem Hauptmann. Damit Joe den Hauptmann noch sehen konnte, mußte er den Kopf bewegen, doch Charlie bewegte sich jedesmal mit und versperrte Joe die Sicht. Joe mußte sich nach links, nach rechts hinüberlehnen, um überhaupt noch etwas zu sehen.

Schließlich fragte der Hauptmann Joe, was er die ganze Zeit über zu sehen versuche - zum Teufel, wenn Kallinger ungeduldig sei; die Beamten und der Hauptmann würden ihn solange in diesem Raum festhalten, bis die Angelegenheit geklärt sei.

Charlie warf dem Hauptmann einen mordlustigen Blick zu und glitt dann wieder auf Joe zu. «Schick diesen Kerl zum Teufel, Joe!» sagte Charlie. Ohne zu überlegen, zischte Joe: «Halt den Mund, Charlie!» Ein Beamter am andern Ende des Tisches hörte ihn und fragte mit dröhnender Stimme: «Was haben Sie gesagt, Mr. Kallinger?»

«Das Schwein glaubt, du hättest *ihm* gesagt, er solle den Mund halten», meinte Charlie hämisch.

Charlie wippte einige Male auf und ab und glitt dann auf die Fensterscheibe zu. Dabei sang er: «We had joy, we had fun, we had seasons in the sun...» und verschwand dann im hellen Sonnenlicht auf der andern Seite des geschlossenen Fensters.

Nachdem Joe während fünf Stunden verhört worden war, sagte man ihm, er könne gehen. Charlie wartete auf ihn und wippte etwa anderthalb Meter über dem Gehweg. Die eiterweiße Haut, der verächtliche Blick aus seinen braunen Augen, das Haar in Strähnen auf beiden Seiten des Kopfs, all das ließ in Joe die Frage aufsteigen, ob Charlie vom Teufel oder von Gott geschickt worden war.

«Du möchtest, daß ich verschwinde, nicht wahr, Joe?» fragte Charlie ironisch. «Aber ich werde dich nie verlassen. Eines Tages tauche ich einfach wieder auf, und dann geh' ich nie wieder fort. Wäre das nicht toll?»

Joe sah Charlie angewidert an, sagte jedoch nichts.

«Nun, mach dir heute darüber noch keine Sorgen. Ich habe keine Lust, mit dir in die stinkende Schuhreparaturwerkstatt zurückzugehen. Aber ich werde wiederkommen, wenn du aufregendere Dinge tust, als auf alte Latschen einzuhämmern. Und du wirst noch viel tun, Joe, vieles!»

Betty wurde im Roundhouse von einem Kriminalbeamten gewarnt, «ihre Schlafzimmertür nachts zu verriegeln, denn sonst wachen Sie am Morgen vielleicht nicht mehr auf. Sie scheinen dieses Kind sehr gern zu haben», fügte er hinzu und deutete auf die vierzehn Monate alte Bonnie, die jüngste Tochter der Kallingers. «Was würden Sie tun, wenn Sie vom Einkaufen nach Hause kämen und die Kleine ertränkt in der Badewanne vorfänden, und ihr Mann hätte es getan?» Betty antwortete ihm, sie hätte nicht während siebzehn Jahren mit ihrem Mann zusammengelebt, wenn sie Angst vor ihm hätte oder wenn er sie oder die Kinder schlüge.

Ein anderer Beamter wandte sich an Mary Jo und sagte: «Dein Vater hat drei Dornen im Auge: einer davon, Joseph jr., ist nun verschwunden. Jetzt müssen die beiden andern auch noch verschwinden.» Natürlich meinte er damit Michael und Mary Jo, die zusammen mit Joseph die Klage wegen Kindsmißhandlung eingereicht hatten.

Ein weiterer Beamter sagte zum zehnjährigen Jimmy: «Dein Vater ist ein Verrückter, der seine eigenen Kinder umbringt. Und du, James, wirst als Nächster drankommen!»

Die Polizisten bemerkten, daß Bonnie rote Flecken an Händen und Armen hatte und verlangten, daß sie von einem Arzt untersucht werde. Sie waren davon überzeugt, daß die Flecken auf Schläge von Joe zurückzuführen seien. Doch Bonnie hatte von Geburt an ein seltenes Leiden, das diese roten Flecken verursachte, weswegen sie immer noch in ärztlicher Behandlung war.*

Die Polizei hatte Betty, Mary Jo und Jimmy, die in verschiedenen Zimmern einzeln verhört worden waren, davor gewarnt, daß Joe sie töten würde. Damit verfolgten die Kriminalbeamten eine Strategie zur Verminderung des Widerstands der Verhörpersonen, denn die Polizei war der Auffassung, daß die Familie mehr über das Verschwinden Michaels und über Joeys Tod wußte, als sie zugeben wollte.

Obwohl die Polizei intuitiv in bezug auf den Mord an Joey war und klar erkannte, daß Joe eine Gefahr für die Gesellschaft darstellte, ist die brutale Taktik, mit der sie gegen Joe und seine Familie vorging, nicht zu rechtfertigen. Sie war ebenfalls der Meinung, daß Joe Joey auf brutale Weise getötet hatte, um das Geld von der Lebensversicherung einstreichen zu können; aber sie ahnte überhaupt nichts von Joes tiefer liegenden psychotischen Motiven - und sie konnte auch nichts davon wissen.

Als die Familie an jenem Abend sich vom erschöpfenden Verhör zu erholen versuchte, sagte Joe zu Michael, daß es nun an der Zeit sei, sich nach Camden, New Jersey, zu begeben und sich finden zu lassen. Mike machte sich also auf den Weg, wobei er dieselben Kleider trug wie am Vortag, als er aus dem Juniata-Park «verschwunden» war. Wie Joe ursprünglich geplant hatte, sollte Mike eine Amnesie vortäuschen und sich in ein Krankenhaus einliefern lassen.

Nachdem Joe um 21.45 Uhr telefonisch mitgeteilt worden war, daß Mike sich auf der Notfallstation des Cooper-Krankenhauses in Camden befinde, machte Joe sich auf den Weg, um ihn abzuholen. Von Camden aus rief er die Polizei vom East District an, um mitzuteilen, daß er seinen Sohn gefunden habe und ihn nach Hause bringe.

* Der medizinische Terminus für Bonnies Zustand lautet: *Curtis marmorata telangiectatica congenita.* Es handelt sich um ein pränatal entstandenes Leiden, bei dem die Haut des Patienten aufgrund einer chronischen Dilatation der Kapillaren und anderer kleiner Gefäße marmoriert *(marmorata)* aussieht.

Um 23 Uhr trafen Joe und Mike zu Hause ein. Fünf Minuten später kamen zwei Kriminalbeamte, die schon einmal da gewesen waren. Sie bestanden darauf, Mike zu sehen, damit sie melden könnten, daß er am Leben sei. Eine halbe Stunde nach Mitternacht mußte Joe ihn aufwecken, weil zwei uniformierte Polizisten gekommen waren, um zu bestätigen, was die Kriminalbeamten gesehen hatten. In seinem Pyjama und schlaftrunken stand Mike vor den zwei Polizisten. Sie verabschiedeten sich und ermahnten Joe, sich in Zukunft darum zu kümmern, wo sich seine Kinder aufhielten.

Die dritte Runde von Joes Vergeltungsplan startete am Sonntagnachmittag, dem 13. Oktober 1974. Joe hatte Mike und Jimmy in das Haus an der East Hagert Street gebracht, um die Polizei dazu zu überlisten, Hausfriedensbruch zu begehen und Joe fälschlicherweise zu verhaften.

Joe nahm eine Rolle gelbgraues Klebeband, etwas Holz und ein kleines Tonbandgerät Marke Sony, in das er eine Sechzig-Minuten-Kassette eingelegt hatte. Er stellte das Gerät auf Aufnahme ein und befestigte es mit dem Klebeband sorgfältig an einer der Eingangstüren. Dann forderte er Mike auf, hinauszugehen und von einer öffentlichen Fernsprechzelle aus der Polizei des 24. Distrikts mitzuteilen, daß jemand ins Haus an der East Hagert Street 1808 eingebrochen sei.

Nachdem Mike wieder zurück war, ging Joe hinaus, wies Mike jedoch vorher noch an, ein langes, schmales, dünnes Stück Holz über beide Türen zu kleben. Joe wollte, daß die Polizei die Tür gewaltsam öffnete und dabei gegen das Gesetz verstieß. Das Tonbandgerät würde alles registrieren.

Um 12.30 Uhr hörten Mike und Jimmy, die das Büro an der East Hagert Street fegten, wie die Polizei an die Tür klopfte. Die Polizisten warnten: «Öffnen Sie die Tür, oder wir werden sie einbrechen.» Mike und Jimmy gingen zur Tür und sagten, die Polizei könne nicht hereinkommen. Einer der Polizisten versetzte der Tür einen Stoß, und vier uniformierte Beamte traten in den Korridor und kreisten Mike und Jimmy ein. Drei Beamte durchsuchten das Haus, aber der Polizist, der bei der Tür geblieben war, sagte zu Mike und Jimmy, sie sollten «abhauen», da man sie sonst verhaften würde.

Mike und Jimmy hauten also ab. Sie sahen ihren Vater an der Ecke East Hagert und Emerald Street. Jimmy ging nach Hause, aber Mike und Joe gingen ins Haus an der East Hagert Street zurück. Der Polizist beim Eingang wollte sie nicht hineinlassen. Er erinnerte Mike daran, daß er ihm geraten hatte, abzuhauen. Dann wollte er wissen, wer Joe war.

«Ich bin sein Vater, und dies ist *mein* Haus», sagte Joe. «Was tun Sie hier?»

«Man hat uns angerufen», erklärte einer der Beamten, der gerade die Treppe herunter gekommen war.

«Großartig!» tobte Joe. «Da ruft irgendein Verrückter an, und schon kommen Sie angerannt! Sieht so aus, als ob Sie hier eingebrochen seien. Ich werde meinen Anwalt benachrichtigen.»

«Wir könnten Sie wegen Einmischung in die Arbeit der Polizei verhaften lassen», sagte ein anderer Beamter. «Wie ist Ihr Name?»

«Joseph Kallinger.»

«*Der* Joseph Kallinger?» fragte der zweite Beamte mit vor Erstaunen weit aufgerissenen Augen.

«Ja, es kann nur einen von der Sorte geben», sagte der erste. Er machte sich Notizen.

«Sehr lustig!» sagte Joe.

«Na klar», erwiderte der erste Beamte. Er machte sich immer noch Notizen. Dann blickte er auf.

«Wie heißt Ihr Kind?»

«Michael», antwortete Joe.

«Michael», wiederholte der Beamte. «Dich kennen wir auch. Verloren und wieder gefunden, nicht wahr?»

Der Polizist hinderte Joe und Michael weiterhin daran, das Haus zu betreten, bis der zweite Beamte, der unterdessen bei einem Nachbarn Erkundigungen eingezogen hatte, zurückkehrte und bestätigte: «Dieses Haus gehört wirklich Kallinger.»

An jenem Abend nach dem Essen ging Joe mit Mike und Jimmy in die Innenstadt, in der Hoffnung, den Schluß des Jahrmarkts und der Paraden des in Philadelphia so genannten Super Sundays noch mitzukriegen. Joe hatte ebenfalls einen Plan, der, falls er richtig ausgeführt wurde, zu einer irrtümlichen Verhaftung seiner Söhne und seiner selbst führen würde. Joe hatte deswegen eine große Papiertüte mitgenommen, in die er ein Bündel Menschenknochen gesteckt hatte, die er mit einem Draht zusammengebunden hatte. Er verwendete diese Knochen normalerweise im Laden, um Kunden vorzuführen, wie eine Wölbung funktioniert (ein Standarderzeugnis, das von Schuhmachern verwendet wurde), doch er wußte, daß die Polizei Verdacht schöpfen würde, weil die Knochen von einem Menschen stammten.

Super Sunday war vorüber und die Straßen verlassen, als Joe, Mike und Jimmy um 19.15 Uhr im Zentrum eintrafen. Mike und Jimmy stöberten zwischen Zuckerwatte und zerfetzten Luftballons herum. Dann ging Mike in eine öffentliche Fernsprechzelle und tätigte einen anonymen Anruf bei der Polizei des 6. Distrikts. Er meldete, daß ein Mann mit einer Tüte mit Drogen und zwei Kindern in der Independence Mall herumschlendere.

Um 19.30 Uhr hielten sieben Polizeiwagen am Randstein. Fünfzehn Polizisten stiegen aus. «Vergeßt nicht, was ich euch gesagt habe», ermahnte Joe seine Kinder. «Wenn man euch verhaftet, sagt kein Wort, nicht einmal euren Namen.» Dann ging Joe seinen Kindern voraus. Er wollte, daß die Tüte mit den Knochen möglichst auffiel.

Ein Polizist entriß Joe die Tüte, öffnete sie und suchte nach den Drogen. Stattdessen fand er Knochen. Er nahm sie heraus, jonglierte damit herum und hielt sie schließlich wie eine Traube zwischen Daumen und Zeigefinger. Sämtliche Polizisten nahmen die baumelnden Knochen unter die Lupe. Nachdem der Polizist sie wieder in die Tüte zurückgesteckt hatte, sah er erst Jimmy, dann Mike an und fragte: «Wo ist eure Mutter?»

Die Jungen gaben keine Antwort. Der Polizist setzte eine strenge Miene auf, aber Joe hatte insgeheim seinen Spaß. Er lachte immer noch in sich hinein, als man ihn in eine der «Grünen Minnas» steckte und seine Söhne in eine andere. Man brachte sie auf den Posten des 6. Polizeidistrikts.

Als Joe Gutkin zu erreichen versuchte, schleppte ihn ein Polizist vom Telefon weg und legte ihm Handschellen an. Beim zweiten Versuch unterzog man Joe einer Leibesvisitation, und dann steckte man ihn in eine Zelle. Obwohl Joe beweisen würde, daß er irrtümlicherweise verhaftet worden war, war seine Verhaftung nun ebenso real wie das kalte, harte Lager in seiner Zelle und die Handschellen, durch die seine Hände anschwollen. Er haßte sich selbst dafür, daß er Mike und Jimmy dieses Leid zugefügt hatte.

Eine Reihe unerwarteter Ereignisse folgte.

Joe und seine Söhne wurden vom 6. Distrikt ins Hauptquartier verlegt. Diese Überführung wurde durchgeführt, damit man Joe erneut in bezug auf Joeys Tod verhören konnte. Er weigerte sich, irgendeine Frage zu beantworten.

Um 21.20 Uhr traf Arthur Gutkin, den Joe nicht hatte anrufen dürfen, auf der Hauptwache ein. Betty hatte ihn angerufen, nachdem der Jugendbewährungshelfer des 6. Distrikts sie über die Verhaftung ihrer Söhne informiert hatte. Gutkin konnte durchsetzen, daß Joe, Mike und Jimmy ihre Zellen verlassen durften und daß man Joe von den Handschellen befreite. Während der Anwalt sich mit seinem Klienten in einem Zimmer der Kriminalbeamten unterhielt, fragte man Joe, ob er und seine Kinder sich einem Stimmentest unterziehen würden. Die Antwort lautete nein.

Um 22.20 Uhr betrat ein Leutnant das Zimmer. Er hatte die Papiertüte mit den Knochen bei sich. Die Polizei hatte die Knochen in ein Krankenhaus zur Analyse geschickt, und das Krankenhaus hatte bestätigt, daß es sich um alte Knochen handle. Jetzt glaubte die Polizei, daß Joe nicht log, als er sagte, er verwende diese Knochen bei seiner Arbeit. Der Leutnant händigte Joe die Tüte mit den Knochen aus.

Als sie wieder draußen waren, sagte Gutkin Joe, daß die irrtümliche Verhaftung mit dem Fall über die Verletzung der Persönlichkeitsrechte behandelt würde. Ebenso die Gewaltanwendungen und Demütigungen. Gutkin wußte nicht, daß die Verhaftung von Joe selbst herbeigeführt worden war.

Joe hatte das Gefühl, daß die Welt um ihn herum sich verfinstere. Dies traf auf die Außenwelt zu, in der die Polizei seine Familie und ihn belästigte. Es traf auch auf Joes Innenwelt zu. Als die Halluzinationen und Wahnvorstellungen stärker wurden, rückte Joe immer näher an den Tag heran, an dem er seinen Plan des Weltmassakers in die Tat umsetzen würde.

Viertes Buch

Das Massaker der Menschheit

17

Ein Geschenk für Bonnie

Etwa einen Monat nach den sechs Episoden im Zusammenhang mit dem Vergeltungsplan träumte Joe, der auf der Schlafcouch eingeschlafen war, daß er durch einen langen Korridor ging und in der linken Hand einen Zauberstab aus Kristall hielt. Am Ende des Korridors befand sich ein geschlossenes Eisentor, dessen Eisenstäbe die Form eines Halbmonds aufwiesen. Joe machte eine Handbewegung, und das Tor öffnete sich.

Vor ihm erstreckte sich eine gerade Straße, die durch ein Tal von emaillierten Feldern führte. In Reihen von süß duftenden Blumen tollten bunte Schmetterlinge herum; Singvögel kreisten und tauchten im Flug in das Tal hinunter. Auf beiden Seiten des Tals befanden sich schneebedeckte Berge. Die Sonne schien, der Himmel war blau. In der Ferne befand sich ein einstöckiges Haus mit einem Zaun rundherum. Joe wußte, daß dies sein Ziel am 22. November 1974 sein sollte.

Er war noch nicht weit auf der Straße gegangen, als ein Schauer von goldenen Schnürsenkeln von den Berggipfeln fiel. Singende Engel glitten vom Himmel herab. Sie sangen:

«Joe Kallinger, Meister-Schuster und Gott des Universums. O Heiler und Zerstörer, dein Lob singen wir, halleluja!»

Joe blickte auf. Hoch über den Blumen glitten die Engel in weiten Bögen auf und nieder, wiegten sich im Sonnenschein, der ihre Flügelspitzen zum Glitzern brachte. Wenn sie niederschwebten, brachten sie die Luft über den Feldern zum Erzittern. Dann verschwanden sie in spiralförmigen Windungen im weißen Licht des Schnees.

Ekstatisch bewegte Joe seinen Zauberstab. Er breitete die

Arme aus. Eine mächtige Explosion erschütterte den Boden und zerstörte die Blumen. Nebel verhüllte das Tal. Auf der Mitte der Straße stand eine Frau, nackt und ohne Kopf. Nebelschwaden zogen an ihr vorbei. Wo ihr Kopf hätte sein sollen, kauerte ein Dämon mit einem riesigen, anschwellenden Penis.

Die Frau hatte riesige Brüste. An den Warzen hielt sich ein puppengroßer Mann mit Fledermausflügeln und einem Froschkopf mit den Händen fest. Er versuchte, seinen Penis in eine große Höhle im Körper der Frau hineinzuschieben; die Höhle entblößte die inneren Organe von den Hüften bis zum unteren Ende des Brustkorbs. Zwischen den Windungen der Eingeweide saß Bonnie, Joes fünfzehn Monate alte Tochter. Ihr Körper glänzte vor Feuchtigkeit, sie schlug auf die Beine des Mannes ein und blickte Joe forschend an.

Bonnie glitt aus der Höhle heraus und sprang behend auf den Boden. Auch sie war nackt. Arme, Beine und Rücken waren mit purpurroten wunden Stellen übersät. Sie strich sanft mit der Hand über die entzündeten Flecken und blickte dann Joe sorgenvoll an. Dann machte sie eine Pirouette auf ihrem rechten Fußballen, drehte sich schneller und schneller, bis Joe nur noch einen kreisenden Schatten erkennen konnte.

Er sagte: «Bonnie, Bonnie, wenn du erwachsen bist, wirst du wegen dieser Wunden im Kreis herumgehen müssen, wie jetzt. Du wirst keine Freunde haben. Du wirst schließlich Selbstgespräche führen. Aber ich werde dich heilen.»

Im selben Augenblick, als Joe diese Entscheidung traf, fand er sich vor dem Zaun des Hauses wieder, das sein Ziel war. Er suchte nach einem Gartentor. Es gab keins. Joe versuchte, über den Zaun zu klettern, der sich plötzlich in eine Mauer aus sich windenden und zischenden Schlangen verwandelte.

Joe machte eine Handbewegung. Die Schlangen verschwanden. Er ging einen Korridor entlang. An den Wänden befanden sich Algen, die ihn anblickten und ihm zublinzelten. Der Korridor teilte sich in drei Arme: hinunter, hinauf und geradeaus. Joe wußte nicht, welchen Weg er einschlagen sollte. Wieder bewegte er seinen Zauberstab, aber diesmal schrumpfte er zu einem kleinen, ausgetrockneten Penis zusammen, der an der Spitze eine rote Rose an einem Stiel aufwies. Er warf ihn weg.

Plötzlich hörte er Feuer knistern und spähte in den Korridorarm, der geradeaus lief. Er führte in eine große Ebene. Durch die düstere Luft hindurch sah Joe Menschen mit Armen, die wie Äste von Bäumen aussahen. Die Äste bewegten sich und brannten, aber das Feuer verzehrte sie nicht. Die Menschen trugen Eisenbande um die Knöchel, die an Ketten befestigt waren, die tief in die Erde hinabreichten. Joe hörte lautes Stöhnen und Klagen, Fluchen und Schreien aus verzerrten Mündern:

«Ich bin gefesselt, und ich sterbe.»

«Das kümmert niemanden!»

«Etwas Hilfe gefällig, hm?»

«Ich verbrenne.»

«Verbrenne! Verbrenne! Verbrenne!»

Die Flammen züngelten um die Köpfe der Menschen. Auf dem Boden tanzten leere Schuhe zu den Klage- und Stöhnlauten, drehten sich und rammelten zu der infernalischen Musik. Ab und zu versetzte ein Schuh einem Bein einen Stoß. Die brennenden Arme aus Ästen schwangen funkensprühend vor Zorn nieder, aber der Schuh entwischte jedesmal.

Joe besah sich den Gang, der nach oben führte. Er sah den Kopf von Jesus auf der Spitze eines Fleischermessers aufgespießt. Blut tropfte vom Hals. Kein Laut kam von den sich bewegenden Lippen von Jesus. Hinter dem Messer und dem Kopf von Jesus blitzten überall im Gang psychedelische Farben auf, bis sie in der Ferne zu einem pulsierenden Lichtfleck verschmolzen.

Dann blickte Joe hinunter. Von der Decke des in die Tiefe führenden Gangs hing ein Radfenster mit dem Gesicht von Luzifer, dem König der Hölle. Langsam verwandelte sich das Gesicht in einen Venusberg mit kurzem, gelocktem, dunklem Haar. Eine wollüstige Stimme sagte:

«Ich weiß, was Bonnie helfen wird.»

«Sag es mir», sagte Joe.

«Nimm meine Flüssigkeit, mische sie mit deinem Samen und mit Parfüm. Streiche die Flüssigkeit auf Bonnies Wunden.»

Joe wachte auf, als der Venusberg diese Anweisungen wiederholte.

Der Weiler Lindenwold im County von Camden, New Jersey, ist 24 Kilometer von Philadelphia entfernt. 1974 belief sich die Bevölkerung von Lindenwold auf etwa 19000 Einwohner. Kinder spielten, und Erwachsene gingen in schattigen Wäldern und auf offenen Feldern spazieren. Lindenwold war eine Vorortsgemeinde der mittleren Einkommensklasse. 1974 litt dort niemand unter Armut. Jedermann war überzeugt, daß sein Heim vor Einbruch sicher sei.

Am frühen Morgen des 22. Novembers 1974 trafen Mike und Joe mit dem Expreß in Lindenwold ein. Sie wanderten durch die Straßen, bis sie zu einem vielversprechenden Haus an der Carver Avenue 4 gelangten. Es gehörte Wallace Peter Miller, einem Staatspolizisten aus New Jersey, und seiner Frau Karen.

Mike zerbrach die kleine Fensterscheibe beim Türknauf und öffnete die Tür. Nur der Hund der Millers war zu Hause. Joe war enttäuscht: Der Hund war ein Rüde, aber auch wenn es ein Weibchen gewesen wäre, so hätte doch die Vaginalflüssigkeit eines Hundes nicht die magischen medizinischen Eigenschaften, die Joes Meinung nach der menschlichen Vaginalflüssigkeit zukamen, und konnte deshalb nicht für Bonnies Wunden verwendet werden.

Um das Tier stillzuhalten, fütterten Joe und Mike es mit Tierfutter, das sie im Kühlschrank gefunden hatten. Im Schlafzimmer entdeckten sie einen großen, blauen Koffer. Sie füllten ihn mit einer Kamera, mit Schmuck und Münzen, die sie einem gläsernen Wasserbehälter entnommen hatten. Dann verließen sie das Haus.

Sie liefen durch die Straßen, bis sie das Richtige fanden: ein Haus mit einer Frau. Joe wollte eine gesunde Frau im heiratsfähigen Alter, die über eine Menge Vaginalflüssigkeit verfügte und deren Geschlechtsorgane nach der Verstümmelung im eigenen Blut schön aussahen.

Joe, der auf dem Weg zur Gottwerdung war, wußte, daß er die Macht besaß, alle Menschen auf dem Planeten Erde zu ermorden, indem er ihre Geschlechtsorgane zerstörte. Er war der Meinung, daß der beste Weg zur Auslöschung der Menschheit darin bestand, daß man sie dort traf, wo ihr Leben saß, in jenen Organen der Seligkeit und der Ekstase. Er hatte vor, mit dem

Fleischermesser, das er in einer großen, braunen Papiertüte bei sich trug, allen Männern Penis und Hoden, allen Frauen die Brüste abzuschneiden und die Frauen anschließend aufzuschlitzen, indem er einen Schnitt vom weichen Fleisch oberhalb ihres behaarten Schambergs bis zum Ende ihrer Vagina machen würde. Wäre im Haus, das sie eben verlassen hatten, eine Frau gewesen, so wäre sie jetzt tot, dachte Joe.

Ein Haus mit einer Frau, schutzlos, allein: Das, so beschloß Joe, wäre ein guter Anfang, um drei Milliarden Menschen zu töten. Joe würde sie nicht nur töten, sondern er müßte sie vorher zwingen, die Beine zu spreizen, damit er mit einem Kleenex ihre Geschlechtsteile reiben könnte, um etwas Vaginalflüssigkeit zu erhalten. Dann würde er das vollgesogene weiche Papier in einen der Gummihandschuhe stecken, die er in seiner Hosentasche trug. Die Flüssigkeit, die mit Joes Samen und mit Parfum vermischt werden würde, hätte die magische Heilkraft, um Bonnie von ihren entsetzlichen, dunkelroten Wunden zu befreien. Er erinnerte sich an den geheimnisvollen Venusberg, der ihn angewiesen hatte, sich Vaginalflüssigkeit zu verschaffen.

Der blaue Koffer war schwer und Joe müde. Er hätte sich gern am Straßenrand niedergelegt und lange, lange, lange, etwa zwei Millionen Jahre, geschlafen. Joe wußte, daß er eines Tages Gott sein würde, aber sogar Gott brauchte Ruhe. Die Schöpfung war keine einfache Arbeit gewesen.

Mike sah sich nach dem gewünschten Haus um. Joe erinnerte sich an die Engelschar, die ihn Heiler und Zerstörer genannt hatte. Er wußte nicht mehr, wo er gewesen war, als die Engel sein Lob gesungen hatten, oder wo er den Venusberg gesehen hatte. Er wußte nicht einmal, ob er das alles am selben Tag oder gestern oder vor einer Woche oder vielleicht letztes Jahr oder in einem früheren Leben gesehen hatte.

Halleluja! hatten die Engel gesungen. Halleluja! hatte die Menge gejubelt, nachdem er ihr zu essen gegeben hatte. Er war auf einem kahlen Hügel in einem öden Land gesessen. Eine große Menge bewegte sich den Hügel hinauf auf ihn zu. Die Leute hielten Teller in den Händen. Ihre vor Hunger eingefallenen Münder öffneten und schlossen sich wie diejenigen von Fischen auf dem Trockenen. Ihre Köpfe und zerlumpten Kleider waren von grauem Staub bedeckt. Neben Joe saß ein kleiner Junge mit einem Korb. Der Junge hatte nur fünf Laib Brot und zwei Fische in seinem Korb. Damit hatte Joe die zerlumpte Menge gespeist. Und es war noch etwas übrig geblieben. Halleluja!

Joe konnte sich nicht daran erinnern, wann er dieses Wunder vollbracht hatte oder wo sich das öde Land befunden hatte. Er kannte auch den kleinen Jungen mit dem Korb nicht. Er war verschwunden. Er war tot. Herr erbarme dich uns Sündern. In jenem Wüstenland war es für den kleinen Jungen besser, tot zu sein als lebendig. Halleluja!

Mike war hinter einem Baum verschwunden, um zu pinkeln.

Joe wartete. Er wechselte den Koffer in die linke Hand hinüber, die Hand der Macht, mit der er die Menschheit auslöschen würde, die Hand, die Joe in seinen Kämpfen mit Luzifer verteidigte. Joe mußte immerhin zugeben, daß Luzifer mit der Hilfe Joeys Joes orthopädische Experimente zerstört hatte; der alte Luzifer, der König der Hölle, der die phantasievollen Lichter des Bösen vor den Augen der Menschen tanzen ließ, hatte die erste Schlacht der Schuhe gewonnen. Aber es würde noch mehr Schlachten geben, wie Joe wußte, und er, Joe, würde sie gewinnen.

Mike zog den Reißverschluß hoch und kam hinter dem Baum hervor. «Gehen wir!»

Joe hatte die braune Papiertüte mit dem Fleischermesser fest unter die linke Armbeuge geklemmt. Er hätte es nicht gewagt, sie in der rechten Armbeuge zu tragen, denn der rechte Arm war nicht der Arm der Macht. Joe dachte an den Kopf von Jesus, der auf der Messerspitze aufgespießt gewesen war, und das Blut, das von seinem Hals tropfte. Es war ihm klar, daß wenn er, Joe, auf dem Weg zur Gottwerdung war, Jesus dann Sein Sohn würde. Hatte er jenen Kopf abgeschlagen, der von Millionen verehrt und um Erbarmen angefleht wurde? Falls dies zutraf, dann hatte Joe Kallinger, der Meister-Schuster und zukünftige Gott des Universums, Seinen eigenen Sohn getötet. Völlig entsetzt blieb Joe stehen.

«Was ist, Daddy?» fragte Mike.

«Nichts. Ich denke; das ist alles.»

Mike sagte: «Laß es uns mit jenem Haus dort drüben auf der andern Straßenseite versuchen. Es steht ganz für sich an der Ecke. Siehst du, dort drüben?»

«Einverstanden, Mike», entgegnete Joe. «Geh an die Tür und finde heraus, was drinnen los ist. Aber wenn keine Frau allein im Haus ist, gehen wir nicht hinein.»

Joe wußte, daß er heute zwei gottähnliche Taten vollbringen mußte: Er mußte Flüssigkeit aus der Vagina einer Frau entnehmen und mußte seinen Plan zur Ermordung jedes Individuums auf dem Planeten Erde vorantreiben. Er überprüfte seine Ausrüstung. In der braunen Papiertüte steckte das Fleischermesser, und er hatte ebenfalls Ledersenkel, wie sie für Stiefel verwendet wurden, hineingesteckt. In der rechten Manteltasche steckten die Gummihandschuhe, in der linken eine Injektionsspritze mit Nadel, die er eingewickelt hatte, um nicht sich selbst zu stechen.

Er hatte vor, die Nadel in eine Arterie seines Opfers einzuführen und ihm mit der Spritze alles Blut abzusaugen. Dann würde er dem Opfer die Brüste abschneiden und einen Schnitt in den Schamberg machen. Aber zuerst mußte er natürlich die Vaginalflüssigkeit für Bonnie besorgen.

Mike redete undeutlich mit jemandem an der Tür des Hauses an der Ecke.

«Hab dich lange nicht mehr gesehen, Joe. Nicht mehr seit unserm Gespräch mit den Polizistenschweinen, erinnerst du dich?»

In einem Winkel von 45 Grad über Joes rechter Schulter schwankte Charlies Kopf in der Luft auf und ab.

«Ich hab jetzt keine Zeit für deine Belästigungen, Charlie. Ich hab zu tun. Ich muß Mike beobachten.»

«Joe, du altes Arschloch! Du Idiot! Du Mistkerl! Du bist wirklich ein Witz, weißt du das? Wenn du wirklich Gott wirst, dann werde ich der Heilige Geist sein, und ich werde die Jungfrau Maria vögeln! Toll!»

Joe wußte, daß es keinen Zweck hatte. Charlie ging nur weg, wenn er wollte, und es gab keine Beleidigung, mit der Joe ihn zum Verschwinden hätte bringen können.

«Hier winkt deine Chance, Joe: Geh in das Haus dort hinein und töte sie!»

Charlies Augäpfel verschwanden, und zurück blieb bloß das rotgeäderte Weiß der Augen. Lachend löste Charlie sich langsam auf wie der letzte Funke eines abgebrannten Feuers. Nur sein Lachen hing noch einige Sekunden in der Luft.

Mike kam zurück und sagte: «Daddy, es ist eine Frau drin. Ich glaube, sie ist allein. Sie ist klein, glaube ich, trägt einen weißen Pullover und Trainingshosen. Ziemlich dünn. Du könntest sie einfach umpusten; wir werden also ohne Schwierigkeiten hineinkommen. Willst du jetzt hineingehen?»

«Geh zurück, Mike. Versuch mal herauszufinden, ob sie Geld im Haus hat. Vergewissere dich, daß sie wirklich allein ist. Bitte sie, dir einen Dollar zu wechseln.»

Mike rannte über die Carlton Avenue; die Troddel seiner Mütze hüpfte auf und ab.

Joan Carty schloß die Windfangtür, die auf die Carlton Avenue hinausging. Die innere Tür war offen und mit der Klinke an der Wand des Wohnzimmers angehängt. Es war ein milder und sonniger Winter.

Joan hatte die Windfangtür einen Spaltbreit für den Jungen im karierten Mantel und mit der Troddelmütze geöffnet. Er hatte langes, sandfarbenes Haar. Er hatte eine kleine Schachtel mit offenem Deckel vor sie hingehalten und gefragt: «Möchten Sie Krawattennadeln kaufen?» Und ob jemand zu Hause sei, dem er sie zeigen könne? Nein, hatte Joan geantwortet. Der Junge mit dem dünnen, blassen Gesicht war gegangen.

Joan ging in die Küche, um etwas aufzuräumen. Dann schaltete sie den Fernseher im Wohnzimmer ein. «The Price is Right» lief gerade, aber sie wartete gespannt auf eine Seifenoper, die sie sich regelmäßig ansah: «Another World».

Sie stellte den Ton etwas leiser und telefonierte dann mit einer Freundin, wobei sie den Bildschirm nicht aus den Augen ließ. Sie hörte ein Klopfen an der Tür, redete jedoch weiter. Wieder klopfte es. Sie bat die Freundin, nicht einzuhängen. Der Junge, der ihr Krawattennadeln hatte verkaufen wollen, hielt ihr eine Dollarnote an das Fenster der Windfangtür.

«Haben Sie etwas Kleingeld?» fragte er.

«Nein.»

«Haben Sie gar kein Kleingeld? Einige Pennies?»

«Nein, ich habe nur Zehner- und Zwanzigernoten.»

Joan schloß die Tür. Sie sagte ihrer Freundin, daß sie später nochmal anrufen würde, und hängte ein. Da es immer noch zu früh für die Seifenoper war, erledigte sie noch einige Dinge um das Haus herum, ging dann in den Keller und trug das Katzenklo für ihre Siamesenkatzen Tascha und Banjy hinauf. Da sie keine Hand frei hatte, stieß sie die Windfangtür mit dem Fuß auf.

Auf der andern Seite der Carlton Avenue stand Michael mit seinem Vater auf dem Gehweg und beobachtete das Haus. Joe war unschlüssig und wußte nicht, was er tun sollte.

Er hatte Angst und fragte sich, ob er einbrechen sollte oder solange durch das Städtchen Lindenwold spazieren, bis er wieder genug Mut gefaßt hatte.

Am frühen Morgen, als er aus seinem Traum mit dem Tal und der gegabelten Straße aufgewacht war, war er voller Mordlust gewesen. Wach lag er auf der Schlafcouch und hatte eine Phantasie über einen Planeten voller Leichen gehabt, wo überall der Geruch des Todes in der Luft hing:

Durch die blutbefleckten Fenster seines Ladens hindurch blickt Joe noch einmal auf die East Sterner Street, die jetzt still und mit Leichen übersät ist, deren Geschlechtsorgane verstümmelt sind.

Joe sieht in seiner Phantasie, daß überall in den Städten und auf den Feldern in der ganzen Welt die Toten verwesen und Ratten ein Festmahl halten. In den blutroten Meeren werden Leichen von Haien verschlungen. Über den Wüsten kreisen Aasgeier, stoßen Schreie aus und gleiten durch die glühende Luft auf ihren Schwingen hinunter, die zu dunkel sind, als daß sie die Sonne reflektieren könnten. Joe, der das Fleischermesser mit seinem Arm der Macht schwang, hatte mit Michaels Hilfe alle Menschen auf der Welt getötet, indem er ihre Geschlechtsorgane zerstört hat. Nur er und Michael sind noch am Leben. Halleluja!

In seiner Phantasie öffnet Joe zum letzten Mal die Tür, die «nach hinten» führt. Blaß und leblos liegen seine ermordeten Kinder auf dem Wohnzimmerboden. Nur Joey fehlt. Er liegt unter dem grünen Gras im Whitemarsh-Friedhof. Joe stellt sich vor, wie er die Leiche von Joey ausgräbt und nach Hause trägt, damit alle seine Kinder im Tode vereint sind. Dann entscheidet er sich jedoch dagegen, weil Joey nicht durch die Verstümmelung seiner Geschlechtsorgane gestorben ist, sondern auf geheimnisvolle Art und Weise unter der Oberfläche der Ninth und Market Street. Joey gehört einer vergangenen Aera an: V.M.M., vor dem Massaker der Menschheit. Er gehört nicht zu den drei Milliarden Toten, die Joe mit seinem göttlichen Fleischermesser getötet hat.

Mitten unter ihren Kindern liegt Betty, Joes Frau, auf dem Rücken. Ihre kleinen Brüste sind vom Körper getrennt worden. Von ihrem Nabel zieht sich eine lange, tiefe Wunde bis zu ihrem behaarten Schamberg. Auf dem vom Blut karminrot gefärbten Teppich des Wohnzimmers glänzen ihre inneren Organe.

Dann blickt Joe liebevoll auf die toten, verzerrten Körper seiner Kinder. Bonnie hat den einen Oberschenkel verschämt über den andern gelegt, wodurch der vertikale Schnitt teilweise verdeckt wird; ihre Wunden bedecken wie fette, purpurrote Sehnen Arme und Beine. James und Stephen haben ihre Hände auf ihre blutigen Geschlechtsteile gelegt. Mary Jos langes, feines Haar und ihr hübsches Madonnengesicht ist mit Blut besudelt; sie hält die Lider für immer über den dunklen, erotischen Augen geschlossen; ihre kleinen, wohlgeformten Brüste sind nur noch durch Hautfetzen mit ihrem Brustkorb verbunden; Blut tropft auf den Boden.

Joe erinnert sich an die euphorischen drei Wochen, die er mit Mary Jo verbracht hatte, als sie zwölf war. Er hat eine Erektion. Doch es ist schon spät geworden, denn Joe will Michael und sich selbst noch vor Einbruch der Nacht töten.

Er ruft Michael zu sich ins Wohnzimmer. Er öffnet den Reißverschluß seiner Hose. Mit dem alten Fleischermesser in der linken Hand hackt Joe Michaels Penis und Hoden ab. Michael stirbt.

Joe läßt das Fleischermesser auf den Fußboden fallen. Stumpf und mit dem Blut der Menschheit befleckt und besudelt, wird es jetzt nicht mehr beansprucht werden. Zärtlich und ehrfürchtig betrachtet Joe das Messer, und gleichzeitig wird ihm bewußt, daß er sich nun ganz allein auf einem Planeten menschlicher Leichen befindet.

Joe gießt Benzin aus einem Kanister, der in der Ecke des Wohnzimmers steht, über sich und zündet seine Kleider an. Die Einäscherung seines Körpers befreit seine Seele. Sie steigt mit dem Rauch in den Himmel empor und bringt Joe Kallinger zu seiner Apotheose.

Von seinem Thron im Himmel aus sieht Joe alle Menschen, die er getötet hat, wieder ganz; ihre Seelen - die himmlischen Abbilder ihrer irdischen Körper- sind erhöht worden und vollkommen. Zu Joes Rechten sitzt Joey, zu seiner Linken Michael. Bonnie spielt mit Kometen, ihre Haut ist hell wie Mondlicht; mit Juwelen behängt und in kostbare Kleider gehüllt, mit glitzernden neuen Zähnen tanzt Betty, die Königin des Himmels, vor den in Anbetung versunkenen Engeln. Mary Jo, Stephen und James rasen zwischen den funkelnden Sternen herum und erkunden Daddys Himmel; sie tragen Mondblumen auf ihren Flügeln.

In Lindenwold sah Joe nun die Frau, die Michael ihm beschrieben hatte, das Haus verlassen; sie hielt ein Kistchen in den Händen. Sie trug einen weißen Rollkragenpullover, braune Samthosen und alte Pantoffeln. Mit raschen, zierlichen Schritten überquerte sie eine kleine Seitenstraße, bei der sich ein Gebüsch befand. Dort leerte sie das Kistchen und kehrte ins Haus zurück, wobei sie die Windfangtür hinter sich schloß.

Sie war genau das, was er heute brauchte, dachte Joe. In seinem halluzinatorischen Zustand sah Joe Joan Cartys Brüste wie riesige Pendel unter ihrem Pullover. In Tat und Wahrheit hatte sie einen kleinen und wohlgeformten Busen. Joe ärgerte sich über ihr kurzgeschnittenes Haar und das erotische Schwingen der Hüften unter den enganliegenden Hosen. Er wußte, daß er ihr mit brutalem Sex Entsetzen einjagen würde, ihr Vaginalflüssigkeit entnehmen würde, das Blut aus ihrem Körper ablassen, diese hin und her pendelnden Brüste abschneiden und sie dann aufschlitzen würde. Er würde Bonnies Heiler sein. Aber für diese schlechte Blonde wäre er der Zerstörer. Halleluja!

Er und Michael überquerten die Carlton Avenue und ließen den Koffer, den sie am Morgen gestohlen hatten, im Gebüsch zurück. Dann überquerten sie die kleine Seitenstraße und gingen auf die Stufen zu, die zum Haus der Cartys führten.

Joan Carty nahm das Kistchen wieder mit in den Keller, wusch es und füllte es mit Katzenstreu. Dann ging sie in die Wohnung hinauf und blickte auf die Küchenuhr. Es war Zeit für den Mittagsschlaf ihrer beiden Töchter. Erst ging sie in das Schlafzimmer der Einjährigen. Das kleine Kind war im Laufgitter eingeschlafen. Ohne sie aufzuwecken, legte Joan sie ins Bettchen. Im andern Schlafzimmer spielte die Zweijährige. Joan legte sie ebenfalls ins Bett.

Da Joan seit dem Frühstück noch nichts gegessen hatte, ging sie in die Küche, nahm etwas kaltes Fleisch und Brot aus dem Kühlschrank und stellte alles auf die Frühstücksbar. Es war immer noch zu früh für die Seifenoper. Als sie die Brotpackung aufriß, klopfte Joe an die Tür.

Joe betrachtete sein Spiegelbild. Er bemerkte die skurrile Schnörkelverzierung am Türfenster. Sein Spiegelbild wurde dadurch in getrennte Teile aufgelöst, aber Joe fand, daß er sicher einen respektablen Eindruck mache. Sein dunkler Überzieher und sein Anzug waren vor kurzem gebügelt worden. Er rückte die silbergraue Krawatte zurecht und rieb schnell die Schuhe an den Hosenbeinen ab, damit sie etwas glänzten.

Vielleicht würde die Frau denken, er sei ein Schulinspektor oder ein Bewährungshelfer mit einem Kind, das ein Delikt begangen hatte. Er hielt Mike, der vorgab, Angst zu haben, am Ärmel fest. Sie würde sich fragen, warum er den Jungen festhielt, und die Tür öffnen, um zu hören, was der Mann im dunklen Überzieher zu sagen hatte. Dann könnten Joe und Mike in das Haus hineinstürzen. Er klopfte wieder; diesmal viel lauter.

Joe sah sie durch das schattige Wohnzimmer gehen. Sie öffnete die Windfangtür nicht, sondern blickte Joe und Mike durch das Fenster an. Er lächelte ihr zu. Er warf einen fragenden Blick auf Mike und sah sie dann wieder an.

«Hat dieser Junge versucht, Ihnen irgend etwas zu verkaufen?» fragte er mit leiser Stimme. Er wußte, daß die Frau ihn nicht hören würde, wenn sie die Tür nicht öffnete. Sie öffnete sie etwa zwei Zentimeter.

«Hat dieser Junge versucht, Ihnen irgend etwas zu verkaufen?» wiederholte Joe die Frage jetzt mit normaler Lautstärke.

«Ja, Krawattennadeln», gab sie zur Antwort.

Joan dachte, daß der Junge mit der Troddelmütze nun unter Arrest stand und daß der Mann im dunklen Überzieher wahrscheinlich ein Kriminalbeamter war. Sie hatte ein ungutes Gefühl – der Junge erweckte den Eindruck, als ob seine Angst gespielt sei. Das Lächeln des Mannes wirkte unecht, seine Augen waren glanzlos wie die Augen einer Leiche. Seine ganze Art war irgendwie falsch; hinter seiner Frage schien etwas anderes zu stecken, etwas, das ihr Angst machte und die ruhige, sichere Atmosphäre des Tages zerstören könnte.

Sie bemerkte die braune Papiertüte. Die linke Hand des Mannes umklammerte sie, als wäre es eine Klaue; sie hatte Angst. Wenn doch ihr Mann Harry nur zu Hause wäre! Sie wollte die Tür schließen, aber Joe langte nach der Klinke und zog die Tür gegen sich. Joe und Mike stürzten in das Haus. Joan verlor das Gleichgewicht und fiel gegen die Wand und dann gegen die Innentür. Joe warf sie auf den Teppich im Wohnzimmer. Mike zog die Windfangtür zu. Er schloß sie ab, dann schloß er die Innentür und verriegelte sie ebenfalls.

Joan Carty lag nackt auf dem Bett. Ihre Beine waren gespreizt, ihre Hand- und Fußgelenke mit Schnürsenkeln an das Bett gebunden. Joe hatte sie entkleidet und ihr einen Knebel in den Mund gesteckt. Dann legte er ein Kissen über ihren Kopf.

Mike kam mit einem Koffer ins Schlafzimmer, den er im Keller der Cartys gefunden hatte. Joe gab ihm das Fleischermesser. Er wies ihn an, die Spitze des Messers gegen den Leib der Frau zu halten.

«Benütze es, wenn sie Schwierigkeiten macht», sagte Joe.

«Jawohl!» entgegnete Mike. Er setzte sich auf den Bettrand und preßte die Spitze des Messers, ohne die Haut zu verletzen, gegen Joan Cartys Oberschenkel.

Joe öffnete den Koffer und füllte ihn mit Geld und Schmuck aus den Schreibtisch- und Nachttischschubladen. Er warf einen Blick auf ihre Brieftasche und erfuhr so ihren Namen. Dann machte er Mike ein Zeichen, das Schlafzimmer mit ihm zu verlassen. Er schloß die Tür, so daß Joan Carty sie nicht hören konnte. Im Wohnzimmer sagte er zu Mike: «Durchstöbere das Haus wie vorhin, aber geh nicht ins Schlafzimmer. Ich möchte eine Weile mit ihr allein sein, kapiert?»

«Daddy, kann ich sie vögeln?»

«Nein.»

«He, ich dachte, wir seien Partner?»

«Ich muß das hier allein tun.»

«Weshalb kann ich nicht, wenn du fertig bist?»

«Es ist so, wie ich sage, Mike.»

«Das ist nicht fair, Mommy gegenüber!» sagte Mike mit hoher Stimme. «Ich werde das nicht vergessen, Daddy.»

Joe ging auf das Schlafzimmer zu.

«Aber wir werden sie wenigstens zusammen *töten*, wie du gesagt hast, nicht wahr, Daddy?» fragte Mike.

«Ja, ja», erwiderte Joe.

Mike ging hinter seinem Vater her, als Joe in Richtung Schlafzimmer marschierte.

«Ich hab gesagt, du sollst draußen bleiben», knurrte Joe. «Benimm dich!»

Joe schloß die Tür zum Schlafzimmer und verriegelte sie.

Nachdem Joe Joan Carty ans Bett gefesselt hatte, sah er in einer Ecke des Zimmers die Gestalt eines Mannes, die halbwegs der Wand zugewandt war. Joe konnte nur einen Teil der linken Gesichtshälfte erkennen, aber er wußte, daß er seinen Doppelgänger sah. Die Gestalt war ebenso groß wie Joe, Haarfarbe und -schnitt waren genau wie bei Joe, und der dunkle Überzieher der Gestalt war genau das Gegenstück zu demjenigen, den Joe trug.

Dem Mann gegenüber war die Gestalt einer nackten Frau. Sie war nicht genau zu erkennen, ihr Gesicht war völlig undeutlich. Sie hielt den Mund wie in einem lautlosen Schrei geöffnet. Ein großes Messer, das der Mann in der linken Hand hielt, wurde in ihren Magen hineingestoßen und wieder herausgezerrt. Der Mann hielt den Arm gebeugt und bewegte ihn vor und zurück. Die beiden Gestalten gaben keinen Laut von sich; Blut floß aus der Wunde und lief über die Beine der Frau auf den Teppich. Ihr langes, schwarzes Haar verschwand im Tageslicht, als ob die Haarenden in einer unsichtbaren Welt aufhörten.

Joe wußte, daß die beiden Gestalten sowohl ein Zeichen als auch eine heilige Vision darstellten. Er bezog Macht von ihnen und von den Messerstößen in den Magen der Frau. Joe hatte eine Erektion, ein weiteres heiliges Zeichen. Solange er die Vision und die Erektion hatte, war er sicher, daß er in diesem Schlafzimmer den ersten Mord vollführen würde, der zu seinem Plan gehörte, die Welt auszulöschen. Er erinnerte sich nicht an José Collazo und an Joey.

Joe stand am Fußende von Joan Cartys Bett. Sein Penis war immer noch angeschwollen, als er zusah, wie der linke Arm seines Doppelgängers immer wieder vor- und zurückschnellte, vor und zurück, vor und zurück, wie der Arm eines Roboters. Blut, das aus der Phantomwunde der Frau rann, breitete sich langsam auf dem Boden aus.

Joan Carty hatte keinen Laut von sich gegeben. Wegen des Kissens, das über ihrem Kopf lag, war es ihr unmöglich, Joe zu beobachten. Ihre Arme und Beine waren mit Schnürsenkeln am Bett festgebunden. Ab und zu bebten ihre wohlgeformten Beine. Alle paar Minuten veränderte sie die Lage ihres Kopfes, bewegte ihn nach rechts oder nach links, hob ihn hoch und ließ ihn dann wieder fallen, als ob jegliche Bewegung überhaupt sinnlos wäre. Joes Illusion, Joan Cartys Brüste seien sehr groß und hängend, obwohl sie in Tat und Wahrheit wohlgeformt und fest waren, veranlaßte ihn zur Vorstellung, daß sie weiße, flache Beutel waren, mit kleinen rosa Knöpfen an der Spitze, die sich mit den Atembewegungen hoben und senkten.

Joe legte seine Spritze mit der Injektionsnadel auf den Schreibtisch. Er zog den Mantel aus und legte ihn rasch zusammengefaltet über die Lehne eines kleinen Stuhls, der neben einem der Nachttische stand. Er schnallte den Gürtel los und ließ die Hose bis zu den Knöcheln herunterrutschen.

Dann stieg er aufs Bett, das Fleischermesser in der linken Hand. Mit seinem erigierten Penis bewegte er sich auf sein Opfer zu wie ein Pilger, der in ekstatischer Erwartungshaltung auf den Knien auf einen heiligen Schrein zurutscht. Joe behielt die beiden Gestalten in der Zimmerecke scharf im Auge.

Als er eben im Begriff war, den erigierten Penis in die Vagina des Opfers zu schieben, lösten die Gestalten sich auf. Sofort erschlaffte sein Glied. Verzweifelt und innerlich jammernd blickte Joe auf seinen «Vogel» hinunter: Er war zusammengeschrumpft und versteckte sich nun in seinem Schamhaar. Nur der runzlige Kopf, häßlich und klein, war sichtbar.

Joe kauerte sich aufs Bett. Er legte das Messer über seine nackten Oberschenkel. Die beiden Gestalten waren verschwunden, weil der Dämon, der in seinem «Vogel» wohnte, ihn in diesem Augenblick verlassen zu haben schien.

Joe zitterte und schwitzte. Er warf einen Blick auf die Stelle, wo die Vision aufgetaucht war. Leer. Nichts. Er blickte über den Bettrand auf den Teppich: Auch das Blut war verschwunden.

Joe führte das Messer auf Joans Brust zu, aber als er zustechen wollte, wußte er, daß er ohne die Vision, die ihm die Macht dazu verleihen würde, weder diese Frau noch sonst ein menschliches Wesen töten konnte. Sein linker Arm war kraftlos und konnte das Messer nicht in ihren Körper rammen.

Abgesehen davon, daß die Stelle zwischen den Brüsten nicht die richtige war. Joes Auftrag lautete ja, mittels Zerstörung der Geschlechtsorgane zu töten. Würde er das Messer in die Knochensubstanz zwischen den illusionierten Pendelbrüsten stoßen, so wäre das Betrug. Mit der Messerspitze zeichnete er kleine Kreise und Vierecke, ohne die Haut zu verletzen.

Er sah sich wieder nach der Vision um. Die Stelle war immer noch leer. Er ließ das Messer auf den Boden fallen.

Obwohl er unfähig war, sein Opfer zu töten, wußte Joe, daß er dessen Vaginalflüssigkeit haben mußte. Er rieb das Kopfende seines Glieds gegen ihre Schamhaare. Der «Vogel» streckte sich ein bißchen und spritzte schließlich einige Tropfen Samenflüssigkeit auf Joan Cartys Schamhaar. Unmittelbar danach schrumpfte der «Vogel» wieder in seinem Nest zusammen.

Dann lehnte sich Joe zurück, damit er mit der Hand in die Hosentasche fahren konnte, wo er den Gummihandschuh hingetan hatte. Er zog den Handschuh über die linke Hand, steckte den linken Zeigefinger in die Vagina seines Opfers und entnahm ihr eine kleine Menge Flüssigkeit. Dann wendete er den Handschuh und steckte ihn wieder in die Gesäßtasche. Das Parfum würde er einer Flasche entnehmen, die Mike auf dem Schreibtisch der Cartys gefunden hatte.

Joe stieg vom Bett und steckte das Fleischermesser wieder in die braune Tüte. Dann zog er sich an und kämmte sich. Er zog den Mantel über und befahl Mike, den Koffer der Cartys ins Wohnzimmer zu bringen. Die immer noch eingewickelte Injektionsspritze steckte er in die Tasche des Überziehers zurück.

Von der Tür des Schlafzimmers aus blickte er Joan Carty an. Er hatte sie nicht losgebunden und hatte sie mit nichts anderem als dem Kopfkissen bedeckt. Sie gab keinen Laut von sich. Joe hatte das Gefühl, daß sie auf jede seiner Bewegungen lauschte.

Sex um des Sexes willen war nicht die Absicht hinter dem Überfall auf Joan Cartys Haus und Person gewesen, aber obwohl er seine Erektion nicht hatte aufrechterhalten können, wollte Joe nicht, daß sie ihn unmännlich fand. Als er gerade die Schlafzimmertür hinter sich schließen wollte, sagte er: «Du bist eben nicht mein Typ, Joan, das ist alles. Tschüs.»

Mike wartete im Wohnzimmer.

«Nimm den Koffer und komm, Sohn.»

Die Windfangtür fiel krachend ins Schloß. Joan Carty lag ruhig da und lauschte.

Mike wollte den Koffer aus dem Gebüsch holen, aber Joe verschob das auf den nächsten Tag. Am folgenden Morgen um sieben kehrten sie zurück und holten sich ungehindert den Koffer, obwohl die Polizei von Lindenwold nach ihnen fahndete. Joes Bereitschaft, zum Ort des Verbrechens zurückzukehren, zeigt, daß er nicht erwartete, verhaftet zu werden. Er war zu diesem Zeitpunkt der Ansicht, daß er über allen Dingen stand, unantastbar war, weil er im Auftrag Gottes handelte.

Joe und Mike kehrten gegen 17.45 Uhr von Lindenwold zurück. Nach dem Abendessen begab sich Joe ins Badezimmer im ersten Stock und entnahm dem Arzneischränkchen eine Schachtel mit Gazetupfern. Dann besorgte er sich in der Küche eine flache Pfanne mit Wasser. Beides brachte er in den Laden. Er nahm Bonnie aus dem Laufställchen im Wohnzimmer hoch und trug sie ebenfalls in den Laden. Er setzte sie in den großen Ohrensessel, der neben seiner Werkbank stand und in dem sie oft, während er arbeitete, spielte.

Bonnie war Joes Freude und Stolz, aber ihre Haut sah aus, als wäre sie von einem verrückten Tätowierkünstler mit unauslöschlichem purpurroten Farbstoff bemalt worden. Dunkelrote Flekken breiteten sich nicht nur über Arme und Hände, sondern auch über Rücken und Beine aus. Joe liebte Bonnie sehr, und ihr Anblick brach ihm beinahe das Herz.

Bei ihrer Geburt hatten die Ärzte gesagt, daß sie aus diesem Zustand «herauswachsen» würde, aber das war nicht der Fall. Joe war zusammen mit Betty im Krankenzimmer gewesen, als man ihr die Neugeborene zum ersten Mal brachte. Es war für beide Elternteile ein Augenblick des Entsetzens gewesen – «der schlimmste Augenblick meines Lebens», wie Joe oft sagte. Er beschloß, gegen das Krankenhaus eine Klage einzureichen, weil es ihm ein purpurrotes Baby vermacht hatte. Sie gaben dem Kind den Namen Sue als zweiten Vornamen, da Joe sich bereits für Bonnie als Rufnamen entschieden hatte.

Joe brachte Bonnie zu verschiedenen Dermatologen. Sie alle sagten, daß sie ihr nicht helfen könnten. Er verschickte dutzendweise Briefe mit eigenartiger Orthographie an Spezialisten in ganz Amerika und in Übersee. In der seltsam gewundenen Schrift von Joe baten die Briefe um Heilung.

Ein Dermatologe einer sehr berühmten Universitätsklinik empfahl Joe, er solle Bonnie im Ortskrankenhaus bestrahlen lassen. Joe hatte dies bereits getan. Die meisten Spezialisten beantworteten Joes Brief nicht.

Daraufhin begab sich Joe in Bibliotheken, wo er viele Stunden mit dem Lesen von medizinischen Fachzeitschriften und Lehrbüchern über Dermatologie und Hämatologie zubrachte. Von den vielen aus dem Griechischen und dem Lateinischen abgeleiteten Fachausdrücken verstand Joe lediglich, daß die Ursache von Bonnies Zustand unbekannt und der Zustand selbst unheilbar sei.

Schließlich war Joe davon überzeugt, daß die Ärzte in der Hölle ausgebildet und vom Satan in die Welt geschickt wurden, um die Kranken zu terrorisieren und die Gesunden zu tyrannisieren. Er beschloß, daß er beim Weltmassaker, das er mit Mikes Hilfe durchführen wollte, alle Ärzte auf eine abgelegene Insel im Ozean schicken würde. Dann würden er und Mike die Ärzte und

Ärztinnen an Kreuze binden, ihre Geschlechtsorgane verstümmeln, ihnen die Haut vom Körper ziehen und dann eimerweise in heißem Essig aufgelöstes Salz über ihre bloße Muskeln und Nerven ausleeren. Joe lachte laut bei dieser Vorstellung.

Bonnie, die mit den Füßen immer wieder gegen den Rücken des Ohrensessels schlug, jauchzte vor Vergnügen. Sie war glücklich, weil Daddy lachte.

Er nahm den Gummihandschuh aus seiner Gesäßtasche und legte ihn auf die Werkbank neben die Pfanne mit dem warmen Wasser und die Schachtel mit den Gazetupfern. Der Koffer der Cartys befand sich unter dem Ladentisch. Er öffnete ihn und nahm die Parfumflasche heraus, die Mike vom Schreibtisch der Cartys genommen hatte. Er schüttelte einige Tropfen Parfum aus dem Flakon in den Handschuh, den er in der linken Hand hielt. Dann entnahm er der Schachtel einige Gazetupfer und durchtränkte sie mit Wasser. Mit den Tupfern holte Joe dann etwas von der Mischung aus Samen- und Vaginalflüssigkeit aus dem Handschuh. Die Mischung war zwar eingetrocknet, aber Joe glaubte, sie mit Hilfe des warmen Wassers wieder wirkungsvoll machen zu können. Der Duft des Parfums brachte einen exotischen Hauch in den für den Laden typischen Geruch von Leim und Leder.

«Daddy wird seinen kleinen Schatz wieder heilen», sagte Joe zu Bonnie. Fasziniert sah sie zu, wie Joe ihr mit der Gaze Beine, Hände und Arme einrieb. Als er fertig war, knöpfte er Bonnies Kleid zu. Dann sang er, vor der Werkbank stehend, leise vor sich hin:

«Kyrieh kyriah maria kreh kriastorah kyrieh kyriah maria kreh.»

Bonnie, die diese Laute zum ersten Mal hörte, lachte und warf den Gummiabsatz, mit dem sie gespielt hatte, auf den Boden. Joe hob ihn auf. Sie spielten so lange, bis Bonnie müde wurde und im Sessel einschlief. Sie hielt den Gummiabsatz in den Händen. Joe trug sie ins Schlafzimmer und legte sie sanft in ihr Bettchen.

Joe rieb Bonnies Haut mit der merkwürdigen Mischung aus Samen- und Vaginalflüssigkeit sowie aus Parfum und warmem Wasser zum ersten Mal am 22. November 1974 ein. Am Dienstag, den 26. November untersuchte er Bonnie auf eine eventuelle Besserung hin, konnte jedoch keine Veränderung feststellen. Wieder trug er die Mixtur auf, und dann jeden Abend bis zum letzten Mal am Montag, den 2. Dezember. Die Flecken auf Bonnies Haut waren noch immer so entstellend wie am ersten Abend vor dem Auftragen der Mixtur.

Joe nahm das gekrümmte Messer von der Werkbank und fuhr damit in den Gummihandschuh hinein, stocherte wild darin herum und warf den Handschuh schließlich gegen das Fenster. Bonnie beobachtete mit weit aufgerissenen Augen ihren rasenden Vater vom Sessel aus. Das war nicht der Daddy, der sie liebte und zum Lachen brachte. Sein Gesicht hatte sich verändert. Sie fing an zu weinen. Joe hob sie hoch und rief die fünfzehnjährige Mary Jo. Mary Jo nahm Bonnie aus Joes Armen und ging rasch mit ihr ins Haus zurück und schloß die Tür; sie hatte den finsteren Gesichtsausdruck und die zusammengepreßten Lippen nicht mehr an ihrem Vater gesehen, seit jenem Abend, an dem er ihr den Oberschenkel verbrannt hatte.

Der Herr hatte ihn verlassen, dachte Joe, hatte ihn in der Kälte stehenlassen mit einem Baby, das zwar ein wunderschönes Gesicht hatte, dessen Glieder und Rücken jedoch durch purpurrote Flecken entstellt waren. Er kam sich wie Hiob in der Bibel vor: verachtet und betrübt.

«He, du Idiot, ich dachte, du hättest gesagt, *du* seist Gott - oder demnächst? Ich schätze, du kannst dich nicht entscheiden, stimmt's?»

Charlies Kopf war auf dem Sitz des Ohrensessels aufgetaucht. Das Haar war wieder in der Mitte gescheitelt, und die Haarspitzen wehten sanft, wie von einer leichten Brise erfaßt. Die grimmigen, braunen Augen blickten Joe spöttisch an.

Joe richtete nun die Wut auf Bonnies Krankheit gegen sich selbst. Er hatte erwartet, daß die Ärzte Bonnie von der sie entstellenden Plage befreien würden. Er glaubte, daß sie, statt Bonnie zu behandeln, ihm und seiner Tochter mit Verachtung begegnet waren, als sie sagten, sie könnten für Bonnie nichts tun.

«Pöbel», murmelte Joe vor sich hin, ohne Charlie zu beachten, «alle Ärzte sind Pöbel, Pack. Ich werde sie auf jene Insel im

Ozean bringen, und dann werden sie mal sehen, dann werden sie es erfahren. Wenn ich einmal Gott bin, wird es kein Leiden mehr geben. Weil alle, einschließlich mir, tot sein werden.» Joe lächelte sanft vor sich hin.

«Hör auf, mit dir selbst zu reden, es klingt idiotisch!» sagte Charlie vom Ohrensessel aus. «Morgen werden Mike und du wieder auf die Straße gehen, hin und her wandern, auf und ab spazieren und ein Haus finden. Brecht dort ein, und diesmal wirst du tun, was du in Lindenwold nicht getan hast. Töte sie! Sieh mal dort, auf den Hockern vor dem Ladentisch!»

Die Gestalten, die in Joan Cartys Schlafzimmer aufgetaucht und wieder verschwunden waren, waren zurückgekehrt. Der linke Arm des Mannes bewegte sich vor und zurück, vor und zurück; das Messer in seiner Hand bewegte sich im blutenden Bauch der Frau vor und zurück. Joe fühlte langsam Macht durch seinen Körper rieseln.

Nun wußte Joe, daß er sich selbst erlösen würde, indem er alle Menschen der Welt tötete; zum Schluß würde er seine eigene Familie umbringen. Er würde sogar seine geliebte Bonnie töten, auch sie ... nur im Himmel würde sie rein und strahlend sein, würde ihre Haut von den entsetzlichen Wunden befreit sein.

Er rief Michael zu sich in den Laden. Mike war gerade von einem Basketball-Match zurückgekehrt; seine Mannschaft hatte gewonnen. Er schwitzte und war ganz aufgeregt. Joe legte Mike die Hand auf die Schulter und sagte mit sanfter, ruhiger Stimme: «Wir werden morgen hinausgehen, mein Sohn. Früh. Und wir werden etwas weiter gehen als bis Lindenwold.»

«Ja? Und?»

«Morgen stirbt unser Opfer.»

«Ja, Lindenwold war ein Reinfall.»

Joes Doppelgänger war immer noch anwesend und stach mit dem Messer auf die nackte Frau ein. Blut floß in Sturzbächen über die Oberschenkel und Beine der Frau und breitete sich auf dem Boden des Ladens aus. Mit ihrer Pantomime stachelten der Doppelgänger und die Frau Joe zum Mord auf.

«Einverstanden, Daddy», sagte Mike, «gehen wir also morgen. Aber wenn wir wieder niemanden töten, komme ich nicht mehr mit.»

«Gehen wir ins Haus, mein Sohn. Es ist schon spät.»

Als sie «nach hinten» gingen, hörte Joe Charlie sagen: «Mach ihnen morgen die Hölle heiß, Joe!»

Joe wandte sich kurz um. Der Boden war von einer Wand zur andern mit Blut überströmt. Morgen, der 3. Dezember 1974, sollte ein guter Tag werden.

18

Parties

Sie lauschten, ob sich etwas rührte. Aber alles war ruhig. Wie eine kleine Katze, die sich anschleicht und keine Gefahr vermutet, stahl sich Mike durch das lange, elegante Wohnzimmer in die Halle und die Treppe hinauf.

Joe trat ans breite Aussichtsfenster im Wohnzimmer, um nach der blonden Frau, die er das Haus hatte verlassen und davonfahren sehen, Ausschau zu halten. Er hatte das Gefühl, daß sie demnächst zurückkehren würde. Nach einigen Minuten wanderte er von Zimmer zu Zimmer. Als er sah, daß der Frühstückstisch für vier Personen gedeckt war, mit grünen Tischsets und weißem Geschirr, wußte er, daß sein Gefühl ihn nicht getrogen hatte. Wieder trat er ans Aussichtsfenster.

Joe wußte, daß die Hauptarbeit des heutigen Tages darin bestand, mit dem Weltmassaker zu beginnen, indem er in diesem Haus jemanden tötete; die zweitwichtigste Aufgabe bestand darin, Augen zu verstümmeln. Es war nun 11.25 Uhr vormittags. Den ganzen Morgen über - zu Hause, während der Busfahrt und seit der Ankunft in Susquehanna Township, Pennsylvania um 10.00 Uhr - hatte Joe seinen Doppelgänger gesehen, wie er mit den Daumen Augen herausdrückte oder wie er aus einem Kanister Feuerzeugbenzin in die Augen goß. Die Augen gehörten zu denjenigen, die Joe mit ihren Blicken angeklagt hatten: von denen der Lehrerin, die ihn beschuldigt hatte, das Missale gestohlen zu haben, bis zu den Augen von Leutnant O'Neill, der ihn beschuldigt hatte, Joey getötet zu haben. Die Halluzination war so stark gewesen, daß Joe Watte und Feuerzeugbenzin in seiner braunen Papiertüte mitgenommen hatte.

Joe war in gehobener, siegessicherer Stimmung und fühlte sich sehr wohl. Als Kind war er sich sowohl als Eindringling als auch als Gefangener vorgekommen. Vom rechtlichen Standpunkt aus war er jetzt ein Eindringling, aber statt ins Gefängnis zu wandern, würde er seine Kindheit rächen, indem er die blonde Frau und die drei andern Menschen, für die der Frühstückstisch gedeckt war, zu seinen Gefangenen machen würde.

«Die wunderschönen Häuser, die ich in den Vorstädten sah», erzählte mir Joe am 30. Juni 1977, «waren etwas, das ich mir selber wünschte. Sie erinnern sich doch, daß ich ein eigenes Haus in einem Vorort bauen wollte, nachdem ich meine Ladenkette organisiert haben würde, Flora? Nun, ich hatte immer noch das Gefühl, daß ich eigentlich außerhalb der Stadt wohnen sollte. Ich war neidisch auf die Menschen, die dort wohnten.»

Indem Joe auf das reagierte, was er für Gottes Befehl hielt und was sich in der Halluzination seines Doppelgängers äußerte, machte er seinem Groll über die Niederlagen, die er erlitten hatte, Luft.

Um 11.30 Uhr sah Joe die blonde Frau aus ihrem Wagen steigen, Pakete und Bücher zusammenkramen und die Wagentür schließen. Als sie auf die rote Eingangstür des zweistöckigen Ziegelhauses an der Green Street von Susquehanna Township zuging, begab Joe sich in die Halle. Er wollte dort sein, wenn sie die Tür öffnete.

Sie kam herein. Sofort packte Joe seine Gefangene und warf sie auf den Fußboden.

«Ein Schrei, und Sie sind tot!» sagte er mit ruhiger Stimme und hielt das Fleischermesser gegen ihre linke Wange. In der andern Hand hielt er eine Pistole, die zwar nicht in seinen Phantasien und Halluzinationen vorkam, aber verwendet wurde, um Gehorsam zu erzwingen.

Helen Bogin schrie nicht. Sie fragte: «Weshalb müssen Sie das tun?»

Joe nahm das Messer von ihrem Gesicht und drückte ihre Stirn gegen das Fußende der Treppe. Michael, der neben Joe stand, hielt ihre Hände auf dem Rücken fest.

«Nehmen Sie sich, was Sie haben wollen, und verschwinden Sie», sagte sie. «Ich erwarte Gäste.»

«Nur ruhig», befahl Joe. Dann fragte er: «Wieviele Leute erwarten Sie?»

«Drei.» Dies bestätigte, was er im Frühstückszimmer gesehen hatte.

«Stehen Sie auf», sagte Joe. «Gehen Sie die Treppe hinauf.»

Sie stand auf und fragte. «Weshalb verrichten Sie keine ehrliche Arbeit? Weshalb ist das Kind nicht in der Schule?»

«Meine Dame», entgegnete Joe, «wir brauchen einen Schuß.»

Joe wollte, daß sein Opfer dachte, er sei zum Stehlen hierher gekommen, um sich einen Schuß setzen zu können. Er brauchte natürlich keinen - die von seiner Psychose verursachten Trips reichten.

Joe hielt die Hände von Mrs. Bogin hinter ihrem Rücken fest und stieß sie die Treppe hoch. Mike folgte, nachdem er die Bücher, Pakete und die große Schultertasche aufgehoben hatte. Oben angekommen, überließ Joe Mike, der nun die Pistole trug, Mrs. Bogin und begab sich allein in das Schlafzimmer ihres Sohnes.

Das Zimmer war geräumig und enthielt zwei nebeneinander stehende Betten. Joe ging an dem Bett, das bei der Tür stand, vorbei und blieb vor dem zweiten Bett stehen, wo er den Bettüberwurf und die Leintücher wegnahm. Dann warf er die Matratze, den Rost und das Bettgestell auf den Boden, so daß der Metallrahmen mit den Beinen nach oben gerichtet da lag. Joe wußte, daß er wie sein Doppelgänger, der ihn nicht verlassen hatte, das besondere Vergnügen haben würde, Augen auszubrennen. Er würde die Arbeit am Bettrahmen erledigen, damit nicht Matratze und Bettücher Feuer fingen. Joe ging wieder in die Halle zurück, um sich Helen Bogin zu holen.

Wenige Minuten später lag sie auf dem umgekehrten Bettrahmen. Ihr Nasenrücken, ihr Kopf, ihr Haar und ihre Augen waren mit verschiedenen Schichten von fünf Zentimeter breitem Klebband verklebt. Zwischen dem Verband und den Augen lag Watte, dieselbe Art, die der Doppelgänger verwendet hatte und jetzt ebenfalls verwendete. Die mit Benzin getränkte Watte brannte die Augen der Opfer des Doppelgängers aus, und die emporschießende Flamme setzte deren Haar in Brand.

Joe entnahm seiner braunen Papiertüte den Benzinkanister und wollte ihn eben öffnen, als der Doppelgänger verschwand. Joe steckte den Kanister wieder in die Tüte.*

«Ich hatte alles vorbereitet», erzählte mir Joe am 6. September 1980. «Die Watte, das Benzin, alles. Und ich tat es nicht. Das Gefäß war plötzlich leer.»

Ich sah Joe schweigend an und dachte an die andern Male, als sein Gefäß plötzlich leer gewesen war. Zum Beispiel im Haus der Cartys in Lindenwold vor nur elf Tagen. Und so war es auch mit Joey in Hazleton geschehen, auf dem Baugerüst und sogar, als Joe den Rauch aus dem Container aufsteigen sah. Aber ich wußte, daß sowohl im Haus der Bogins als auch in demjenigen der Cartys das Gefäß plötzlich leer gewesen war, weil die Halluzination, aus der Joe seine Energie zum Morden bezog, verschwunden war. Joe konnte die durch die Halluzination bewirkte Erektion nicht aufrechterhalten. Die psychosexuelle Grundlage seiner Verbrechen war evident.

Ich sagte zu Joe: «Wenn Sie sagen, ‹Das Gefäß war plötzlich leer›, meinen Sie dann damit, daß Ihr Wunsch zu töten oder etwas zu zerstören Sie plötzlich verläßt?»

«Ja, Flora, so ist es.»

«Brauchen Sie eine Halluzination, um diese Dinge zu tun?»

«Nun», sagte er, «ich wußte damals überhaupt nichts von Halluzinationen. Aber jetzt, da ich es weiß, ist mir klar, daß es so ist, wie Sie sagen.»

«Waren Sie traurig, wenn das Gefäß jeweils leer war?»

«Nein, denn dann war der Wunsch weg. Ich fühlte mich jedoch ziemlich blöd, weil ich alle Vorbereitungen getroffen hatte und nichts geschehen war.»

Nachdem Joe das Benzin wieder beiseite gelegt hatte, kniete er neben den umgekehrten Bettrahmen, an den Helen Bogin gefesselt war. Sie hatte zuerst auf dem Bauch gelegen; er drehte

* Das Gefäß war übrigens bereits vor dem ersten Erscheinen des Doppelgängers leer.

sie auf den Rücken. Dann band er ihr die Beine gespreizt an den Bettrahmen. Er steckte ein Herrentaschentuch in ihren Mund und verklebte ihr die Lippen. Nachdem er die Fesseln um ihre Knöchel enger gezogen hatte, sagte er: «Keine Angst, ich werde Ihnen nicht wehtun, aber ich werde Ihnen zeigen, was geschehen könnte, wenn Sie nicht parieren.»

Er zog ihren Pullover und ihre Unterwäsche hoch. Der weiße Büstenhalter, dessen Verschluß sich zwar auf dem Rücken befand, wurde von Joe von vorne heruntergezogen.

Er ließ die rechte Brust bedeckt und legte nur die linke frei. Er tat dies aus einem bestimmten Grund: Er würde die linke Brust amputieren und als Trophäe mit nach Hause nehmen. Mit dieser Vorstellung führte er das Messer zur Warze der linken Brust. Dabei sagte er: «Dies ist nur ein Vorgeschmack dessen, was mit Ihnen geschehen könnte, wenn Sie nicht parieren!» Doch statt wie geplant weiterzuschneiden, zog er den Büstenhalter wieder hoch, Pullover und Unterwäsche wieder hinunter und ordnete die Kleider sorgfältig. «Ich möchte nicht, daß Ihre Freunde Sie in diesem Zustand sehen», sagte er.

Mrs. Bogin erzählte mir von der Brustverletzung und machte bei den Vorverhandlungen zum Harrisburg-Prozeß eine entsprechende Zeugenaussage. Beide Male erwähnte sie Kallingers Worte, was geschehen würde, wenn sie nicht parierte. Sie erzählte mir, daß sie Angst vor einer Infektion gehabt habe, und als man sie bei der Gerichtsverhandlung fragte, womit der Angeklagte sie geschnitten habe, antwortete sie: «Es war ein Messer. Ich hab es zwar nicht gesehen, aber ich nehme an, daß es sich um dasselbe Messer handelte, das ich in der Halle gesehen hatte, und es beunruhigte mich, weil es so rostig und schmutzig war.»

«Ich konnte die Brust nicht abschneiden», sagte mir Joe. «Aber nachdem ich Mrs. Bogin wieder angezogen hatte, entschloß ich mich, sie umzubringen. Das war der Grund, weshalb ich dort war. Ich wollte ihre Eingeweide herausschneiden und wandte mich ihrem Unterleib zu. Ich brauchte einen Befehl vom Doppelgänger. Er war ins Zimmer gekommen, während ich mit ihrer Brust beschäftigt gewesen war, und tat das, was er bereits im Haus der Cartys getan hatte. Doch plötzlich war er verschwunden, und da ich nicht mehr töten konnte, verließ ich das Zimmer. Es kam mir vor, als wäre heute beim Doppelgänger etwas anders als sonst. Er glich mir immer noch aufs Haar, und obwohl ich wußte, daß ich noch nicht Gott war, kam mir der Doppelgänger wie die Höchste Macht vor.»

Eine halbe Stunde, nachdem Joe Helen Bogin in den Flur gestoßen hatte, öffnete er Ethel Cohen, die als erste zur Bridgerunde kam, die Haustür. Er drehte sie herum, stieß sie gegen die Wand und hielt ihr mit der einen Hand den Arm hinter dem Rücken fest. Mit der andern Hand, die er auf ihre Schulter legte, setzte er ihr das Messer an die rechte Seite der Kehle.

«Sind Sie allein gekommen?»

«Ja, Sir», antwortete sie.

«Sie lügen», sagte er. «Wo sind Ihre Freunde?»

«Sehen Sie im Wagen nach.»

Er befahl Mike nachzusehen. Mike berichtete, daß sich niemand im Wagen befand.

«Haben Sie meinen blauen Wagen gesehen?» fragte Joe. «Haben Sie gesehen, wo ich ihn geparkt habe?»

Er wollte sie testen, aber gleichzeitig phantasierte er vom Auto, das er nie besessen hatte.

«Wo ist Helen?» fragte Ethel Cohen. «Ich habe ihre Schlüssel an der Tür gesehen.»

«Oben», antwortete Joe. «Ich will, daß Sie zu Ihrer Freundin gehen. Halten Sie den Kopf gesenkt. Gehen Sie zur Treppe.»

«Ja, Sir.»

Thelma Suden war der zweite Gast. Die Tür wurde geöffnet. Sie trat in den Flur. Eine Hand packte sie am Nacken und zog sie zur Seite. Joe warnte sie: «Wenn Sie schreien, bringe ich Sie um.»

«Ich werde nicht schreien, Sir», antwortete sie.

«Wenn Sie aufblicken, bringe ich Sie um.»

«Ich werde nicht aufblicken, Sir.»

Während er sie immer noch am Nacken festhielt, brachte er sie nach oben.

Annapearl Frankston war die dritte, die das Haus betrat. Joe packte sie und hielt ihr die Waffe an den Kopf. Sie schrie.

«Wenn Sie noch einmal schreien», warnte er sie, «bringe ich Sie um!»

Michael stieg die Treppe hoch. Joe, der die Hände über Annapearl Frankstons Augen hielt, folgte. Als sie den obersten Treppenabsatz erreicht hatten, stand Mike vor der Badezimmertür. Joe nahm die Hände von Mrs. Frankstons Augen und sagte zu Mike: «Zeig ihr das Messer, mit dem ich sie umbringen werde.»

Mike zeigte das Fleischermesser, mit dem Joe die Menschheit zerstören wollte.

Alle drei Frauen waren wie Helen Bogin elegant gekleidet, befanden sich in den mittleren Jahren, gehörten der oberen Mittelschicht an und waren angesehene Mitglieder der jüdischen Gemeinde von Susquehanna Township. In dieser Gemeinde, die sich wenig nördlich von Harrisburg, der Hauptstadt von Pennsylvania, befindet, leben unter anderem bedeutende Geschäftsleute, Rechtsanwälte, Staatsanwälte und Staatsbeamte.

Joe nahm Ethel Cohen mit und zeigte ihr «Ihre Freundin Helen.» Der Teil von Helens Gesicht, der trotz der Augenbinde sichtbar war, war weiß. Ihr Körper lag reglos.

«Sehen Sie», sagte Joe, «es geht ihr gut.»

Er beugte sich über Helen Bogin und befahl: «Bewegen Sie den Kopf!»

Sie bewegte ihn.

Er führte Mrs. Cohen durch den Flur zum Schlafzimmer, das Mrs. Bogins Tochter gehörte. Dort befahl er Mrs. Cohen, sich mit dem Gesicht auf den Boden zu legen und die Hände hinter den Rücken zu halten. Mike nahm einen schwarzen Kleiderbügel aus Draht aus dem Wandschrank und bog ihn zu einem langen Drahtstück zurecht, mit dem Joe Ethels Handgelenke fesselte. Als er ihr sagte, daß er ihr einen Knebel in den Mund stecken würde, erwiderte sie ihm, daß sie nicht durch die Nase atmen könne. Er erklärte sich damit einverstanden, keinen Knebel zu verwenden, doch warnte er sie, daß er ihr etwas antäte, falls sie schreien sollte. Dann warf er ihr ihren Mantel über den Kopf.

Als er Thelma Suden in den zweiten Stock brachte, zeigte er ihr erst ihre Freundin Helen und dann ihre Freundin Ethel. Er legte einen schwarzen Schal über den Hut von Mrs. Suden und befahl ihr, sich neben Ethel Cohen auf den Boden zu legen. Er zerrte ihr die Hände auf den Rücken und fesselte ihr mit dem zurechtgebogenen Draht eines weiteren Kleiderbügels Hände und Füße. Da sie sehr schlecht sah, bat sie Joe, ihr die Sonnenbrille nicht abzunehmen und ihr die Augen nicht zu verbinden. Er legte das Klebeband zur Seite. Er half ihr aufzustehen, führte sie zu einem kleinen Schrank und befahl ihr, hineinzugehen. Sie bat ihn, ihr die Sonnenbrille abzunehmen und die Schranktür offen zu lassen. Er erfüllte ihr beide Bitten.

Nachdem Joe das Zimmer verlassen hatte, kam Michael herein und drohte: «Wenn Sie die Tür noch einmal öffnen, passiert was!»

Er schlug die Tür zu und verbarrikadierte sie mit einer schweren Kommode. Joe kam zurück und sagte zu Mike: «Tu das nicht. Es sind intelligente Frauen. Du mußt ihnen das nicht antun.»

Joe schob die Kommode zur Seite und öffnete die Schranktür.

Er zeigte Annapearl Frankston ihre Freundinnen Helen, Ethel und Thelma. Dann führte er Mrs. Frankston zu einer kleinen Nische, die sich zwischen den Treppen befand, und warf sie zu Boden. Er fesselte ihre Hände und Füße, verklebte ihr Augen und Mund und sagte: «Ich werde Sie nicht vergewaltigen.»

Die Halluzination, die sich nach der Begegnung mit Helen Bogin aufgelöst hatte, war wiedergekommen, als Joe die Treppe hinunterging, um Anna Frankston die Tür zu öffnen. Er hatte ihr eine Pistole an den Kopf gesetzt, weil der Doppelgänger, die Höchste Macht, wie Joe ihn nun nannte, mit einer Pistole in der Hand die Treppe heraufkam, als Joe hinunterging. Als er dies bemerkte, hatte Joe seine Waffe gegen die von Mike ausgetauscht. Joe hatte Mike befohlen, Mrs. Frankston das Messer zu zeigen, denn gerade als Joe und Mrs. Frankston am oberen Ende der Treppe angelangt waren, hatte sich der Wille, ein Blutbad anzurichten, wieder eingestellt.

Nachdem er Mrs. Frankston in der Nische zurückgelassen hatte, ging er ins Elternschlafzimmer, um sich die nächsten Schritte zu überlegen. Doch bevor er dies tat, schaute er sich den Schmuck an, den Mike in einer Segeltuchtasche von Mrs. Bogin verstaut hatte. Dort lagen nun die Juwelen, die Mike aus den Schubladen in diesem Zimmer genommen hatte, zusammen mit den diamantenen Verlobungsringen von Helen Suden und Annapearl Frankston, die Joe von ihren Fingern genommen hatte.

Joe wußte, daß der Schmuck sehr wertvoll war. Aber er wußte ebenfalls, daß er die Steine aus ihren Fassungen herausreißen, sie in der Ausputzmaschine in seinem Laden aufbewahren und die Fassungen in den Delaware River schmeißen würde, so wie er das mit dem Schmuck, den er bei den Cartys, den Millers und mit demjenigen, den er und Mike seit dem Winter 1973/74 gestohlen hatte, getan hatte. In seiner Ausputzmaschine befanden sich Steine und Bargeld, die sich bis zum Schluß seiner «Verbrechensreise» auf $ 600 000 beliefen.

In diesem Haus hatte er $ 700 aus der Brieftasche von Mrs. Cohen genommen, und dies war erst der Anfang. Er mußte zugeben, daß er zwar wie ein Dieb wirkte, aber er betrachtete sich selbst nicht als einen Dieb. Ein Dieb, so sagte er sich, hätte einen Hehler und einen Wagen, um die Beute leichter fortzuschaffen, und auf jeden Fall würde er nicht eine beträchtliche Menge des gestohlenen Guts einfach wegschmeißen. Vor allem aber würde ein Dieb die kostbaren Steine und die Mehrheit des Bargelds nicht aufbewahren, um das Weltmassaker damit finanzieren zu können. Ein Dieb hatte auch keinen Doppelgänger, der ihn unterstützte. Ein Dieb handelte nicht unter dem Befehl des Herrn.

Joe dachte an die Münzrollen, die er als Kind aus dem Schrank seiner Adoptiveltern gestohlen hatte, um andere Kinder zu bestechen, damit sie mit ihm ins Kino gingen und seine Freunde wurden. Die Kinder waren zwar mit ins Kino gegangen, aber seine Freunde waren sie nicht geworden. Seit der Zeit der gestohlenen Münzrollen bis zum Zeitpunkt, da Joe Diamanten in der Tasche hatte, hatte er einen weiten Weg zurückgelegt. Joe stellte sich die vier weiblichen Gefangenen als «Freunde» vor.

Am 17. November 1978 schrieb Joe in einem Gedicht mit dem Titel «Macht», daß er sich als Kind wie als Erwachsener nach einem Freund gesehnt, aber nie einen Freund gehabt hatte. Darauf folgten diese Zeilen:

> Meine Liebe verwandelte sich in Haß,
> Mein Haß in Folter:
> Mein Leben wurde kalt
> Denn ich haßte jene,

die hatten, was ich mein ganzes Leben wollte:
Liebe, Zärtlichkeit, Verständnis.

Dann beschrieb er den Tag, an dem er «voller Macht wurde» und als Rache an der Welt, für die Verluste, die er erlitten hatte, Häuser ausräumte, die

Aussahen, wie jene,
wo ich hingehörte.

Er schloß mit den Worten:

... denn Macht war
mein Freund geworden, so entgegengesetzt
zu dem, was ein Freund sein sollte.

Er konzentrierte sich nun auf die Methode, mit der er die vier Frauen umzubringen gedachte. Erst mußte er sie an vier verschiedene Orte bringen. Thelma Suden ließ er, wo sie sich befand. Ethel Cohen steckte er in einen Wandschrank, und Annapearl Frankston verlagerte er von der Nische ins Badezimmer. Dann kehrte er zu Helen Bogin zurück und bat sie erneut um den Wandschrankschlüssel, den sie ihm nicht ausgehändigt hatte. Sie weigerte sich immer noch, und er sagte ihr, er werde in den Keller hinuntergehen und sich einige Werkzeuge beschaffen, vielleicht eine Axt, um die Schranktür aufzubrechen.

Die Frauen blieben gefesselt und allein und hörten, wie ihre Peiniger die Treppe hinuntergingen. Sie wußten, wie Ethel Cohen später sagte, «daß Joe sich in der Position eines Herrschers befand; er hatte unumschränkte Macht. Wir taten, was er von uns verlangte, und er konnte mit uns tun, was ihm beliebte.»

Unten angekommen, warf Joe einen Blick auf die grünen Tischsets und das weiße Geschirr auf dem Frühstückstisch. Es war beinahe zwei Stunden her, seit er in diesem Raum gewesen war, aber er hatte einen starken Drang verspürt, hierher zurückzukehren. Sogar als er Mrs. Bogin und Mike gesagt hatte, er gehe in den Keller, war ihm klar gewesen, daß er unbedingt noch einmal ins Frühstückszimmer zurückkehren mußte.

Er war kaum einige Minuten im Raum, als er seinen Doppelgänger - die Höchste Macht - auf sich zukommen sah. Joe war versucht, ihn zu grüßen, hielt sich jedoch zurück. Sie hatten noch nie miteinander geredet. Joe trat zur Seite, als der Doppelgänger an ihm vorbeiging, und setzte sich dann an den Tisch.

Der Tisch und die Gegenstände darauf waren wirklich, aber der Doppelgänger und die vier Phantome von Mrs. Bogin, Mrs. Cohen, Mrs. Suden und Mrs. Frankston waren für Joe ebenso real. Entrückt sah Joe zu, wie der Doppelgänger die vier Frauen entkleidete. Joe wunderte sich nicht im geringsten darüber, wie es den vier Frauen gelungen war, sich zu befreien und ins Frühstückszimmer herunterzukommen. Auch fragte er sich nicht, warum der Doppelgänger an ihnen ausführte, was Joe eigentlich zu tun geplant hatte. Aber da er nicht wußte, daß sowohl der Doppelgänger wie auch die Frauen Phantomgestalten waren, akzeptierte Joe die Wege Gottes, die nicht die Wege der Menschen waren. Wenn der Herr wollte, daß anstelle von Joe der Doppelgänger die vier Frauen töten sollte, so war Joe es zufrieden. Er wußte nicht, daß er Halluzinationen hatte.

Als die Phantomgestalten der Frauen nackt auf dem Fußboden lagen, kniete der Doppelgänger nieder und schnitt ihnen mit dem Messer die Brüste ab. Er steckte die acht Brüste sorgfältig in eine Plastiktüte und setzte dann das Messer, das genau wie Joes Fleischermesser aussah, unter der Stelle an, wo sich die Brüste befunden hatten; er vollführte einen Schnitt bis zur Vagina, zum behaarten Schamberg hinunter, der Joe im Traum erschienen war, bevor er sich nach Lindenwold begeben hatte, und riß die Eingeweide heraus.

Immer noch kniend, schnitt der Doppelgänger dann Augen und Zungen heraus und die Ohren ab. Einen nach dem andern trennte er schließlich die vier Köpfe von den Rümpfen und wickelte das Haar um die Stirnen. Der Doppelgänger legte die Eingeweide in Bratpfannen. Augen, Ohren und Zungen kamen in Auflaufformen.

Der Doppelgänger trug eine Schürze aus feinem Leinen über dem Anzug und trat eben vom Herd zurück. Er trug zwei goldbraun gebackene Speisen und stellte sie auf den Tisch. Joe fand, daß ein saftig riechender Duft vom Ofen herüberströmte.

Schließlich brachte der Doppelgänger eine Silberplatte, auf der er die vier Köpfe in den vier Himmelsrichtungen anrichtete. In jeden Mund steckte er einen glänzenden, rotwangigen Apfel. In der Mitte der vier Köpfe lag das konturlose Gesicht, das zu Charlies Kopf gehörte! Der Doppelgänger stellte die Platte mit den Köpfen auf den Tisch.

Joe blickte Charlie gespannt an. Langsam fiel das Haar auseinander, und die Pupillen fielen in das schleimige, rotgeäderte Weiß der Augen zurück. Charlie warf Joe einen spöttischen Blick zu und blinzelte. Joe verzog keine Miene. Er freute sich maßlos über das Schauspiel, das ihm geboten wurde und das einer Phantasievorstellung entsprach, die er seit dem Beschluß, die ganze Menschheit umzubringen, immer wieder gehabt hatte.

Joe ignorierte Charlie und blickte mit Entzücken auf das Fleischragout aus Organen, das auf den silbernen Platten angerichtet war. Die Speisen sahen appetitlich aus, aber Joe verspürte keinen Wunsch zu essen. Er wußte von seiner Phantasievorstellung her, daß die Mahlzeit für einen anderen bereitet worden war. Da die Szene, die sich vor Joe abspielte, eine Halluzination war, wurden Zeit und Raum verschoben, verzerrt und komprimiert, so daß Gegenstände, die in der Realität nicht nebeneinander waren, zusammengerückt wurden. Die rote Eingangstür des Hauses der Bogins stand nun neben der Wand des Frühstückszimmers.

Ein Schlüssel wurde im Schloß der roten Tür umgedreht. Joe sah, wie sein Doppelgänger einen großen Mann, der durch die Tür hereinkam, packte. Er trug einen teuer aussehenden Tweed-Anzug und hatte einen ledernen Aktenkoffer bei sich. Joe stellte ihn sich als wohlhabenden Beamten vor und wußte, daß es Helen Bogins Ehemann war, da er ja einen Schlüssel zur Eingangstür besessen hatte. Joe hatte Mr. Bogin noch nie in seinem Leben gesehen und auch keine Fotografie von ihm im Haus entdeckt, deshalb waren seine Züge nicht sehr deutlich, sondern ziemlich verschwommen. Joe sah, wie der Doppelgänger den Mann auszog, ihm eine Augenbinde umlegte und ihn dann an den herrlich gedeckten Tisch führte.

Er band den Mann am Stuhl fest, ließ jedoch Armen und Händen Bewegungsfreiheit; auch den Mund des Opfers verklebte er nicht. Jetzt sollte Mrs. Bogins Ehemann das Festmahl genießen, das ihm der Doppelgänger - jetzt ein vollendeter Kellner - auftragen würde.

Mit Genuß aß Mr. Bogin die schmackhaft zubereiteten Speisen, die der perfekte Kellner ihm vorsetzte: Aber er hatte keine Ahnung, welches Tier er da verspeiste, ob Kalb- oder Schweinefleisch, Rind- oder Lammfleisch. Als er genug gegessen hatte, wischte er den Mund mit einer Serviette ab, die ihm der perfekte Kellner in den Schoß gelegt hatte. Gleichzeitig nahm er Mr. Bogin die Augenbinde ab. Mit Entzücken blickte der Mann auf die silbernen Platten, wurde jedoch starr vor Entsetzen, als er die vier auf der Silberplatte angerichteten Köpfe mit Charlies Kopf im Zentrum sah.

Der perfekte Kellner, der sich mit einer Mischung aus Unterwürfigkeit und echter Autorität wie ein klassischer Maître d'hôtel ausnahm, beobachtete Mr. Bogin und zog ihn schließlich ins Vertrauen. Die Augen des Ehemannes nahmen einen glasigen Blick an, sein Gesicht wurde leichenblaß. Der perfekte Kellner nahm einen Apfel aus dem Mund, der zum ehemaligen Gesicht von Mrs. Bogin gehört hatte, und reichte ihn anmutig Mr. Bogin, der ihn mit einem Blick voller Pein ansah, schrie und in Ohnmacht fiel. Da sein Körper am Stuhl festgebunden war, kippte er zur Seite. Die Serviette fiel auf den Boden.

Der perfekte Kellner versetzte der Serviette einen Stoß mit dem Fuß und zog das Fleischermesser hervor. Jetzt hatte er sich wieder in Joes Doppelgänger verwandelt. Erst fielen die Hoden, dann der Penis und schließlich der Kopf. Als das Messer den Kopf abtrennte, brach der Schrei von Mr. Bogin plötzlich ab. Der Doppelgänger steckte den Penis in eine Plastiktüte, die sich neben der Tür befand, wo er die acht Brüste aufbewahrt hatte. Der Kopf und die Hoden kamen auf den bereits übervollen Tisch. Mit geschickten Bewegungen plazierte er die Köpfe der beiden Eheleute nebeneinander. Dann steckte er die Hoden in den Mund des Mannes und schloß ihm die Augen.

Dieses Schlußbild in Joes Halluzination war in jener Szene seiner Kindheit fest verankert, die zur Matrix seiner Psychose geworden war. Als seine Adoptiveltern ihm damals klar gemacht hatten, daß sein Penis niemals wachsen oder steif werden würde, hatten sie den Keim zu seiner symbolischen Kastration gelegt. Später war Joe von Feindseligkeit, Wut und Rachsucht erfüllt gewesen wegen der Dinge, die man seinem Penis angeblich angetan hatte. Die Feindseligkeit führte schließlich zu den Abwehrmechanismen, durch die er sich berechtigt fühlte, beim Weltmassaker den Penis jedes einzelnen Mannes zu verstümmeln. Messer ersetzten Joe als Erwachsenem die Macht, deren er – wie er glaubte – als Kind durch das Chirurgenmesser beraubt worden war.

Als Joe das Schlußbild betrachtete, hatte er eine Erektion. Da er nicht wollte, daß der Doppelgänger ihn so sah, rannte Joe zur Küchentür, öffnete sie und sang: «Kristorah kyrieh maria kreh kyrieh kyriah maria kreh.»

Dann kehrte Joe zum Tisch im Frühstückszimmer zurück. Er blickte erneut auf die Hoden im Mund des Ehemannes und dachte, wie er mir am 6. September 1980 erzählte, «daß mein Adoptivvater ein Schlappschwanz war; nie setzte er sich für den kleinen Joe ein. Ich hatte das Gefühl, daß die Hoden im Kopf auf dem Frühstückstisch die Rache war, die der erwachsene Joe an seinem Vater nahm.

Ich hätte meinem Vater gern gesagt: ‹Hier sind deine Eier! Friß sie!› Aber er war nicht da, also sagte ich es zum Kopf des toten Ehemanns. Ich fügte noch hinzu: ‹Jetzt, da Sie tot sind, nützen Sie Ihnen nichts mehr!›»

Joe warf einen letzten kurzen Blick auf die fünf Leichen ohne Köpfe und dann auf die sechs enthaupteten Köpfe auf dem Tisch. Halleluja! dachte Joe. Keine Fehlstarts mehr. Mein Weltmassaker hat begonnen. Fünf Tote, das ist ein guter Anfang.

Mike stand am oberen Ende der Treppe. Er trug die große Segeltuchtasche mit dem Schmuck. In seiner Tasche hatte Mike ungefähr die Hälfte des Bargelds, das sie den vier Frauen abgenommen hatten. Joe hatte in seinen Taschen ungefähr die andere Hälfte der Summe. Gemäß Mrs. Bogin belief sich der Gesamtverlust sowohl an Schmuck als auch an Geld auf $ 20000, wovon $ 10000 ihr und $ 10000 ihren drei Gästen gehörten.

Joe deutete Mike an hinunterzukommen.

«Gehen wir», sagte Joe, als Mike die Treppe herunterkam. «Wenn wir uns nicht beeilen, kommst du zu spät.»

Mike warf einen Blick auf die Schlafzimmer und fragte zögernd: «Wollen wir nicht...?»

Joe öffnete die Eingangstür und schloß sie dann. Draußen schwebte Charlie. Als die Tür geschlossen war, befand sich Charlie unmittelbar vor Joe im Flur.

«Du verdammter Versager!» kreischte Charlie schrill. «Du glaubst wohl, es reicht, fünf Menschen an einem Tag zu töten, wenn du drei Milliarden umbringen mußt? Bei dieser Geschwindigkeit brauchst du sechshundert Millionen Tage, um die Welt zu zerstören. Also mach dich auf die Socken, Mann! Los, zum nächsten Haus. Arbeite weiter, oder du bist selbst ein toter Mann, bevor du alle umgebracht hast!»

Bis fünfzehn Tage vor Weihnachten war das Gefäß leer. Gott erteilte keine Befehle, und Charlie erschien nicht.

Am Dienstag, dem 10. Dezember 1974 war das Gefäß wieder voll. Kurz nach drei Uhr nachmittags brachen Joe und Mike in ein Haus in Homeland, einem wohlhabenden Wohngebiet am nördlichen Stadtrand von Baltimore, Maryland, ein.

«Ich dachte nur an etwas», sagte mir Joe am 9. August 1979. «An die Freude an den weichen Stellen. Ich wußte, ich könnte das Messer nicht zurückhalten, das sich in weiche Stellen gräbt, denn die Anziehungskraft ist magisch, und sie muß andauern, bis kein Leben mehr existiert. Ich wollte zustechen, um Charlie und meinen Doppelgänger zu befriedigen: Sie würden mächtig in Erregung geraten, wenn ich das Messer in die weichen Stellen bohrte. Aber ich selbst hatte keine Macht.»

In diesem Haus in Homeland machte Joe sein Opfer – Pamela Jaske – zum Blutbad bereit. Dann entfernte er jedoch plötzlich Handfesseln und Augenbinde: Die Mordlust hatte sich mit dem Verschwinden des Doppelgängers aufgelöst.

Nun wollte Joe sie nicht mehr töten, sondern mit ihr schlafen. Er setzte ihr eine Pistole an den Kopf und befahl ihr, ihn durch Fellatio zu befriedigen. Genau das hatten die Knaben mit ihm im Tank gemacht, als er acht Jahre alt gewesen war.

Joe hatte einen Orgasmus und fühlte sich sehr männlich und normal. Die Erektion war durch die Mordgedanken bewirkt worden, doch der Orgasmus war durch sein sexuelles Verlangen hervorgerufen worden, das er, seit er vor fünf Monaten Bettys Bett verlassen hatte, zum ersten Mal wieder spürte. Und als der Doppelgänger verschwunden war, war das Gefäß leer.

An jenem Abend – dem Vorabend von Joes 38. Geburtstag – inszenierte er zu Hause seine gewohnte «Happy birthday»-Feier. In den folgenden Tagen, als der Weltmassakerwahn stärker wurde, machte Joe Pläne, um das Verfahren schneller zu gestalten. Er und Mike würden in so weit entfernte Städte wie Miami und Peking, Los Angeles und Moskau fliegen. Er begab sich auch häufig in seine «dunkle Zufluchtsstätte», das Loch, das er und seine Kinder vor langer Zeit in die Erde gegraben hatten.

Er ging am Montag, dem 6. Januar 1975, kurz nach Tagesanbruch zum Loch. Der Doppelgänger und Charlie drängten ihn, an jenem Morgen hinauszugehen und mit dem Massaker fortzufahren. Aber der Hilfsarbeiter kam am Montag in den Laden, und Joe wollte dort sein. Im lähmenden Konflikt zwischen dem Diktat des Wahns und der praktischen Notwendigkeit befangen, ging Joe zum Loch, wo er bleiben wollte, bis es Zeit war, den Laden zu öffnen. Das Singen, die Kerze und das Masturbieren vermochten ihn jedoch nicht zu beruhigen. Er ging nach Hause, zog sich um und weckte Michael.

Es war kurz vor neun Uhr morgens, als Joe und Mike mit dem Bus in Dumont, New Jersey, eintrafen. Wieder fanden sie ein Haus, verschafften sich Zutritt und fesselten ihr Opfer, Mary Rudolph, ans Bett. Dies war das einzige Mal, daß Joe Mike erlaubte, mit einem Opfer Sex zu haben, was er schon in Lindenwold und Homeland gewollt hatte. Joe sagte dem Opfer, daß er seinen Sohn hineinschicken würde und sie alles tun müsse, was der Knabe haben wolle. Mike entledigte sich einiger seiner Kleider und bestieg dann das Opfer. Anscheinend wollte er sie vergewaltigen, doch war er nicht fähig dazu. Nach zehn Minuten verließ er das Zimmer.

Dies war im Anschluß an Joes eigene Erfahrung mit Mrs. Rudolph geschehen. Joe hatte eine durch Mordgedanken induzierte Erektion gehabt, von der er sich jedoch durch oralen Verkehr befreite. Nach dem Orgasmus fühlte er sich ruhig und gelassen.

Während der Fellatio in Dumont warnte Joe sein Opfer, sie

solle seinen Penis nicht mit den Zähnen berühren. Seine Kastrationsangst war wieder voll am Werk; er fürchtete, sein Opfer würde ihn kastrieren, wie sein Doppelgänger den Ehemann im Schlußbild der Halluzination kastriert hatte. Joe, der zwar auf seiner Vergeltungsmission mittels Zerstörung der Sexualorgane morden mußte, hatte das Gefühl, seinem eigenen Geschlechtsorgan dürfe nichts geschehen.

In seinem gequälten Geist betrachtete Joe Fellatio als etwas, mit dem er seine Opfer demütigen konnte. Er hatte das Gefühl, daß er dadurch das Maß seiner eigenen vergangenen Demütigungen ausglich. Die Fellatios in Homeland und Dumont und auch das dämonische, kannibalistische Bankett in Susquehanna Township waren überdies ein Rückzug vom Morden, eine Milderung des Konflikts, der sich hinter Joes Taten verbarg, seit das Gefäß zum ersten Mal leer geworden war. Das Messer, das Joe mit der linken Hand gegen die Kehle des Opfers hielt, war auch seine Waffe der Macht.

Was an diesen Orten, einschließlich dem Kensington von Joes Kindheit, geschah, war nur ein Vorspiel zur Tragödie, die am 8. Januar 1975 in der kleinen Stadt Leonia in New Jersey stattfand.

19

Das Jagdmesser

Leonia, New Jersey. Mittwoch, 8. Januar 1975, 14.20 Uhr. Auf dem Schlafzimmerfußboden eines zweistöckigen, lohfarbenen Stuckhauses lagen zwei nackte Frauen auf dem Rücken, die Knie fest gegen die Brüste gebunden. Sie trugen Augenbinden und waren geknebelt. Auf dem Boden lag neben jeder Frau ein blutiger Tampon. Das Zimmer war mit dem unangenehmen Geruch der Menstruation angefüllt.

Die zwei Frauen waren Mutter und Tante eines kleinen Jungen, der ebenfalls nackt war und auf dem Boden neben ihnen lag. Ein Mann mit toten Augen, die wie schwarze Murmeln aussahen, hatte ihn entkleidet und gefesselt. Als der Junge schrie, sagte Joe, der Mann: «Dreh dich zur Seite und stell dich schlafend.»

Mit gespreizten Beinen und einer Hand in die Hüfte gestemmt zielte Mike mit einer Pistole auf den Knaben und die Frauen.

14.35 Uhr. Auf der ersten Etage des zweistöckigen Hauses lag ein Mann mit dem Gesicht nach unten vor einem Kamin. Er hatte alle Kleider an. Seine Füße waren mit grünen Kordeln, die von einer Rolljalousie abgeschnitten worden waren, und die Handgelenke mit seinem eigenen Gürtel gefesselt. Über seinem Kopf lag ein Damenmantel.

Parallel zum Mann und mehr in der Mitte des Wohnzimmers lagen zwei Frauen, auch sie mit dem Gesicht gegen den Boden. Seite an Seite waren die Frauen an Händen und Füßen mit Kordeln von Rolljalousien aneinandergebunden. Wie der Mann waren auch sie bekleidet und hatten Mäntel über den Köpfen.

Die jüngere Frau spähte durch den schmalen Spalt zwischen dem Teppich und dem Rand des Mantels. Sie beobachtete, wie die Turnschuhe eines Burschen und die Schlüpfschuhe eines Mannes sich flink hin und her bewegten, wie sie auftauchten, verschwanden und behend wieder ins Wohnzimmer zurückkamen. Die ältere Dame atmete schwer. Als Joe dies hörte, sagte er: «Es ist alles in Ordnung, Mom. Alles wird gut werden.»

14.45 Uhr. Ein schwarzer Volkswagen parkte vor dem lohfarbenen Stuckhaus. Eine schlanke Dame, Maria Fasching, stellte den Motor ab, steckte den Schlüssel in die Tasche ihres unechten Pelzmantels und stieg anmutig aus dem Wagen. Sie war knapp einen Meter sechzig groß, hatte braunes, schulterlanges Haar, braune Augen und ein rundes Gesicht mit vollen Lippen. Sie war verlobt und würde bald heiraten, und als praktisch ausgebildete Krankenschwester freute sie sich auf den Tag, da sie staatlich geprüfte Krankenschwester sein würde.

Als militante Frauenrechtlerin war sie bei ihren Freunden wegen ihres Kampfes für die Schwachen und Unterdrückten bekannt. Sie versuchte immer, den zu Unrecht Angegriffenen zu helfen, und sie duldete keine Art von Rassismus.

Maria betrachtete sich selbst als eine höchst liberal denkende Person. Sie widerstand allem, was eine Einschränkung ihrer Freiheit bedeutet hätte. Sie kümmerte sich liebevoll um angefahrene Katzen und Vögel mit gebrochenen Flügeln.

Heute hatte sie im Hackensack-Krankenhaus von vier Uhr nachmittags bis Mitternacht Schicht und trug die Krankenschwesterntracht unter dem Mantel. Am Morgen hatte ihre Freundin, Randi Romaine, die im Stuckhaus wohnte, sie angerufen und gebeten, zum Kaffee zu kommen. Die zwei Frauen hatten einander lange nicht gesehen, denn Maria verfügte neben der Arbeit im Krankenhaus und den Hochzeitsvorbereitungen nicht mehr über viel Freizeit.

Zuerst hatte Maria gesagt, sie habe keine Zeit für einen Besuch, denn sie müsse eine Totenmesse besuchen. Die Totenmesse war jedoch nur für eine Bekannte. Randi und ihre Zwillingsschwester Retta waren schon seit der ersten Klasse Marias Freundinnen gewesen. Überdies war Maria neugierig, von Randi das Neueste über einen Drogensüchtigen zu erfahren, den sie beide kannten und der zur Zeit im Gefängnis saß. Schließlich änderte Maria ihre Pläne. Sie ging nicht zur Totenmesse, sondern fuhr in ihrem Volkswagen zum zweistöckigen Stuckhaus an der Glenwood Avenue 124, dem Haus von Mr. und Mrs. Dewitt Romaine.

★

Erst vor zwei Tagen, am 6. Januar 1975, war Joes Mordlust in Dumont in eine Fellatio umgelenkt worden. Seither hatten der Doppelgänger und Charlie lärmend ein Blutbad verlangt und Joe verhöhnt, weil er nicht nur in Dumont, sondern auch in Homeland, in Susquehanna Township und in Lindenwold zum Morden nicht fähig gewesen war. An diesem Morgen hatte er sich auf den Weg nach Dumont gemacht, war dann jedoch in diese nahegelegene Stadt gegangen.

Als Joe und Mike auf die Glasveranda des Hauses der Romaines traten, war Joes Mordhalluzination voll am Werk.

Joe und Mike sahen eine junge Frau mit einem kleinen Jungen im Flur stehen, zu dem die Verandatür führte.

«Sie muß mich und Mike durch ein Fenster gesehen haben», sagte mir Joe am 17. Juli 1977 im Camden County Gefängnis. «Wir mußten nicht einmal klingeln. Mike stand genau hinter mir, und ich wollte ins Haus stürmen, aber sie packte mich am Handgelenk und begann zu kämpfen. Sie war nicht sehr kooperativ. Das Kind begann zu schreien; ich drohte ihm mit der Pistole, es schrie noch lauter. Dann ließ mich die Frau los. Beide schauten zu Tode verängstigt aus, was gut war. Ich wollte sie in dieser Verfassung haben. Ich legte ihr eine Hand an den Hinterkopf, packte sie richtig hart am Haar und drehte sie herum.

‹Nach oben, und schließen Sie die Augen›, befahl ich.

‹Meine Großmutter ist behindert und liegt oben im Bett›, antwortete sie. ‹Lassen Sie sie in Ruhe. Sie kann Ihnen nichts anhaben.›

Dann sagte sie, daß sie das Kind mit sich nehmen würde. Ich hatte nichts einzuwenden. Sie nahm es auf die Arme. Wir gingen die Treppe hoch, und ich befahl ihr, in eines der Schlafzimmer zu gehen. Mir paßte das Schlafzimmer, für das sie sich entschieden hatte nicht, und deshalb stieß ich sie mit dem Kind in den Armen durch den Flur in ein anderes Schlafzimmer. Sie sagte, daß es das Zimmer ihrer Schwester sei. Sie legte das Kind aufs Bett. Ich ließ ihr Haar los, und sie drehte sich um.

‹Schließen Sie die Augen›, sagte ich.

Dann befahl ich ihr, sich zu entkleiden. Als sie dies nicht tun wollte, zog ich sie aus und befahl ihr dann, sich auf den Boden zu legen. Ich sagte dem Kind, es solle auf dem Bett bleiben und sich ruhig verhalten.

In der Zwischenzeit sah sich Mike nach der Großmutter im kleinen Schlafzimmer um. Er kam zurück und sagte, daß sie im Bett liege, ohne auch nur einen Finger zu bewegen. Es wäre einfach, sie zu töten. Er half mir, zuerst die Frau und dann den Knaben zu fesseln. Das Kind war so verängstigt, daß es jeden Augenblick auseinanderzufallen drohte.

Ich wollte eben in das kleine Schlafzimmer gehen und die Großmutter umbringen, als es an der Tür klingelte. Mike blieb bei der Frau und dem Kind - ich sah, daß es Mutter und Sohn waren -, um auf sie aufzupassen. Ich ging nach unten und öffnete die Haustür. Draußen stand eine junge Frau. Ich zog sie schnell herein, befahl ihr, die Augen zu schließen, und stieß sie eilends nach oben. Als wir in das rote Schlafzimmer kamen, öffnete sie die Augen und fragte hysterisch: ‹Leben sie noch?› Die Mutter des Kindes brummte, und sie konnte sehen, daß das Kind noch am Leben war, da es sich bewegte. Auf meinen Befehl hin entkleidete sie sich; dann fesselten Mike und ich sie auf dem Boden in der Nähe der andern Frau - ihrer Schwester. Wir steckten ihr einen Knebel in den Mund und verbanden ihr die Augen.

Die Knie der Frauen waren gegen die Brüste gebunden und ihre behaarten Schamberge entblößt. Ich konnte einen kleinen Faden sehen, der beiden Frauen aus der Vagina hing und ganz rot vor Blut war. Ich würde sie aufschlitzen, wie es der Doppelgänger im Haus der Bogins getan hatte. Aber ich wußte, daß ich nie gute, saubere Arbeit verrichten könnte, solange diese Dinger drinstaken, denn sie würden der Klinge meines Jagdmessers in den Weg kommen.

So packte ich die kleinen Fäden und zog daran. Das ist, was man Logistik nennt: Alles muß zur rechten Zeit am rechten Ort sein. Und das war die falsche Zeit für die zwei Frauen, Tampons zu haben. Ich wollte diesen Frauen nichts Unzüchtiges antun, aber ich mußte ein großes Hindernis, das mich am Töten hinderte, aus dem Weg schaffen. Die Tampons konnten meinen Weltmassakerplan vereiteln.»

Joe beschloß, daß die Großmutter als erste drankommen sollte, dann das Kind, die Mutter des Kindes und zuletzt die Tante.

Mit dem Messer in der Hand war Joe in der Mitte des Flurs unterwegs, als es wieder klingelte. Eine Stimme rief stürmisch nach jemandem. Joe konnte den Namen nicht verstehen. Mike raste aus dem roten Schlafzimmer zum Treppengeländer und lehnte sich darüber, um zu sehen, was vor sich ging.

«Mike», erinnerte sich Joe, «zielte mit der Pistole in Richtung der Haustür. Ich dachte, daß wir vielleicht in ein Familientreffen hineingeplatzt seien. Aber das traf sich gut, denn je mehr Lebewesen wir unter einem Dach zusammenbringen konnten, desto mehr konnten wir gleichzeitig umbringen und so den Plan schneller ausführen - wie diese Konzentrationslager der Nazis, in denen all diese Kreaturen eine nach der andern umgebracht wurden. Bevor mir Gott befohlen hatte, die Menschheit zu zerstören, dachte ich immer, daß diese Konzentrationslager grauenhaft seien. Aber nachdem ich Befehle von Gott erhalten hatte, dachte ich anders. Diese Lager! *Das* war durchorganisiert!

Ich nahm die Pistole von Mike und sagte ihm, er solle das Messer halten. Er folgte mir bis fast ganz hinunter und blieb auf dem untersten Treppenabsatz stehen. Mike hielt das Messer, als wäre er zum Zustechen bereit.

Ich öffnete die Tür und hielt die Pistole nach draußen gerichtet. Zwei Frauen standen dort, eine alt, die andere jung, sowie ein über ein Meter achtzig großer, dicker Mann. Puh, dachte ich, mit diesem Typen wird's Schwierigkeiten geben. Ich hielt dem Mann die Pistole an den Kopf und befahl ihnen, hereinzukommen. Ich sagte ihnen, sie sollten sich ruhig und vernünftig benehmen.

Mike schloß die Tür und verriegelte sie. Die drei Geschöpfe standen in der Mitte des Wohnzimmers. Die ältere Frau sagte etwas über die alte Dame im kleinen Schlafzimmer, doch schenkte ich ihr nicht allzu viel Aufmerksamkeit. Die junge Frau sagte überhaupt nichts. Die zwei Frauen schauten verängstigt und verwirrt aus, und der große Typ hatte solche Angst, daß er die Hosen voll hatte. Ich hatte zwar andere Pläne, doch sagte ich ihnen, daß es sich nur um einen gewöhnlichen Raubüberfall handle und daß ihnen nichts geschehen würde, wenn sie sich zusammennähmen und das täten, was ich ihnen sagte.

Nun, Mike steckte das Messer in seinen Gürtel und half mir, die Leute zu fesseln, nachdem sie sich alle mit dem Gesicht auf den Boden gelegt hatten. Sie leisteten keinen Widerstand. Wir verbanden ihnen auch die Augen, doch entkleideten wir sie nicht.

Ich wußte, daß ich meinen Plan, zuerst die Leute oben umzubringen, ändern und den großen Mann als ersten töten mußte. Obwohl er sich nicht zur Wehr setzte und nicht einmal etwas sagte, wollte ich keinerlei Risiko mit ihm eingehen. Ich war besser dran, wenn er so schnell wie möglich tot war.

Ich nahm das Messer von Mike und ging auf den Mann zu. Gerade, als ich ihn auf den Rücken drehen und seinen Gürtel öffnen wollte, damit ich ihm die Hose runterziehen und seinen Penis und die Eier abschneiden konnte, klingelte es erneut! Hastig zog ich ihm den Gürtel ab und fesselte damit seine Handgelenke. Für die Hose war keine Zeit. Ich konnte sehen, daß die Kordeln nicht straff genug saßen, und den Gürtel zu verwenden, schien mir der schnellste Weg, ihn außer Gefecht zu setzen. Ich lief zum Fenster bei der Haustür. Eine junge Frau stand allein auf der Verandatreppe.

Ich steckte das Messer ein, ging hinaus und öffnete die Verandatür. Die Frau lächelte und hatte einen warmen Blick. Ich vermutete, daß sie ungefähr gleich alt war wie die zwei weiblichen Geschöpfe, die ich drinnen gefesselt hatte, eine im Wohnzimmer, die andere oben, neben der Mutter des Kindes.

Sie hieß Maria Fasching, aber das wußte ich damals noch nicht. Ich lächelte zurück, damit sie sich, bevor ich sie im Haus hatte, nicht beunruhige. Sie muß gedacht haben, daß ich ein Bekannter, ein Freund der Familie sei. Maria Fasching sagte:

‹Hallo!›

‹Hallo!› antwortete ich betont freundlich.

Ich ging vor ihr ins Wohnzimmer. Dort trat ich hinter sie und schloß schnell die Tür. Ich wollte nicht, daß sie hinausrannte und Schwierigkeiten machte, die meinen Weltmassakerplan verpfuschten.

Ich sagte: ‹Tun Sie nur das, was Ihnen gesagt wird, und es geschieht Ihnen nichts.›

Nun, Maria Fasching stand einige Sekunden lang dort und blickte auf die drei Menschen, die gefesselt auf dem Fußboden lagen. Dann wandte sie sich zu mir um und war sich darüber im klaren, daß ich kein Freund der Familie war. Ihr warmes Lächeln war wie ausgelöscht, und sie schaute mich wutentbrannt an.

Ich setzte einen harten Gesichtsausdruck auf, um ihrem gemeinen Blick etwas entgegenzuhalten. Sie sagte, indem sie mir die Worte förmlich ins Gesicht spuckte:

‹Sie gehören nicht hierher. Sie haben hier nichts zu suchen. Verschwinden Sie!›

‹Seien Sie still›, antwortete ich und zeigte auf den Mann auf dem Boden. ‹Legen Sie sich über seine Beine. Aber sofort, verstanden!›

Aber sie tat nicht, was ich ihr befohlen hatte.

‹Wissen Sie nicht, wer immer Sie auch sind, daß Mr. Romaine mit einem Herzinfarkt im Krankenhaus liegt? Mrs. Romaines Mutter ist bettlägerig. Mein Gott! Haben diese Leute nicht schon genug Schwierigkeiten ohne *das* hier?›

Flora, ich wußte nichts vom Herzinfarkt dieses Mannes oder von den Schwierigkeiten dieser Menschen. Und sie waren mir auch egal. Für mich waren sie nicht einmal Menschen. Es waren lediglich einige wenige Kreaturen, die bei meiner Mission des Massakers der Menschheit zerstört werden mußten. Das war alles, was für mich von Bedeutung war. Ich wollte nichts über die Gefühle oder Schwierigkeiten dieser Kreaturen hören oder über irgendwelche Sachen, die mich davon abhalten würden, jeden einzelnen auf diesem Planeten zu töten.

Maria Fasching begann auf die drei auf dem Boden liegenden Geschöpfe zuzugehen, wohl in der Absicht, ihnen die Fesseln zu lösen. Ich versperrte ihr den Weg. Mike machte einige Schritte auf Maria zu, wobei er – den Finger am Abzug – die Pistole herunterbaumeln ließ; ich hielt das Jagdmesser in der Hand, die Klinge auf Maria gerichtet. Sie denken vielleicht, daß sie sich nun anständig benommen hätte und kooperativ gewesen wäre, aber sie starrte mich und Mike nur an und sagte:

‹Verschwindet! Aber sofort! Beide!›

Niemand rührte sich.

Ich sagte:

‹Legen Sie sich quer über die Beine des Mannes.›

‹Verschwinden Sie!› wiederholte sie mit tiefer, harter Stimme.

Mike ließ die Pistole um den Finger wirbeln, wie sie es in den Westernfilmen tun, packte dann den Griff mit der Hand und legte die Finger um das Metall, den Zeigefinger am Abzug. Er streckte den rechten Arm aus und zielte auf Maria Faschings Kopf. Mike hatte seinen Killer-Ausdruck und wollte sie auf der Stelle vernichten. Er sah mich an, damit ich die Einwilligung zum Schießen gäbe.

Maria Fasching stand mucksmäuschenstill und schaute Mike an. Sie zitterte. Ich konnte sehen, wie sich die Haare ihres Pelzmantels und ein loser Knopf bewegten. Schweißperlen traten auf ihre Oberlippe, und ihre Stirn glänzte. Sie legte die Hand auf den Mund, und ein Schluchzen entwich; dann knickte ihr Körper zusammen, als ob ihr ganzer Lebenssaft sie plötzlich verlassen hätte. Gleich danach ging sie in die Knie – ich dachte, sie würde anfangen zu beten – und legte sich genauso über die Beine des dicken Mannes, wie ich es ihr befohlen hatte; sie lag nun also in einem rechten Winkel zu dieser männlichen Kreatur.

Jetzt endlich benahm sich Maria Fasching anständig, Flora; es wäre wesentlich einfacher gewesen, wenn sie schon von Anfang an mit mir zusammengearbeitet hätte, nicht wahr?

Während Mike und ich sie fesselten, sagte sie sanft, beinahe bittend:

‹Bitte ziehen Sie sie nicht zu fest an.›

Sie fragte den Mann:

‹Tu ich dir weh, Jeffrey?›

‹Nein, es ist alles in Ordnung›, antwortete er. Seine Stimme klang wegen des Mantels über seinem Kopf merkwürdig gedämpft.

Nachdem wir Maria Fasching an Fuß- und Handgelenken

gefesselt hatten, legte ich ihr den Mantel und die blaue Wolljacke über den Kopf, damit sie wie die andern eingehüllt war.

Gerade als ich die Jacke über sie warf, schaute ich auf und sah, wie sich etwas zwischen mir und dem Fenster neben der Haustür bewegte. Ein Jagdmesser, genau wie meines, schwebte mitten in der Luft. Der Griff war braun, wie der meinige. Die Klinge war etwas mehr als zehn Zentimeter lang, genau wie die meinige. Sie war gegen die Decke gerichtet und an ihrer Spitze war der winzige Kopf eines ganz kleinen Penis aufgespießt. Ich wußte, daß es mein Penis war. Blut rann zu beiden Seiten des winzigen Glieds hinunter und tropfte auf den Teppich. Es waren keine Hoden vorhanden, nur mein Penis.

Neben dem Messer war Charlie - dieser entsetzliche Typ. Er schwebte auf mich zu und hielt ungefähr einen Fuß von mir entfernt auf Augenhöhe inne. Das Haar fiel über sein Gesicht und bewegte sich leicht wie von einer sanften Brise. Dann teilte sich das Haar in der Mitte und das Gesicht wurde sichtbar, ohne Nase oder Mund; nur seine grimmigen Augen starrten mich an.

‹Siehst du ihn dort an der Spitze der Klinge?› fragte Charlie.

Ich nickte zustimmend.

‹Hast du die Botschaft verstanden?›

Ich hatte sie verstanden, aber ich wußte nichts damit anzufangen. Es sah tatsächlich wie mein Penis aus, was dort hing.

‹Du mußt ihn abschneiden, Joe!› befahl Charlie.

‹Meinen eigenen Schwanz?› fragte ich und fühlte Panik in mir hochsteigen.

Das hätte ich nie tun können! Das Weltmassaker war eine Sache, doch dies war etwas anderes.

Ich stand ganz still und schaute wieder auf den blutigen Penis, der von der Spitze des Jagdmessers hing, das mitten in der Luft zwischen dem Fenster und mir schwebte.

Dann hörte ich Stimmen zu meiner Linken. Viele Stimmen, wie von vielen Göttern. Sie lachten. Ich drehte mich um - und sieh da! Ich sah Menschengestalten, wie gerahmte Bilder, ein Bild neben dem andern in einer Linie, die sich von einem Ende des Wohnzimmers bis beinahe zum Fenster an der Vorderfront wand, Seite an Seite und nicht eins hinter dem andern.

Das Lachen hörte plötzlich auf. Im ersten Rahmen, der am

weitesten vom Fenster entfernt war, schaute mich Betty spöttisch an und sagte:

‹Joe, erinnerst du dich, wie wir uns eines Nachts liebten und du dein Ding in mich stecktest, es etwas bewegtest und dann hast du geschrien und es rausgezogen? Du bist ins Krankenhaus gerast, weil du der Ansicht warst, dein Penis sei in mir drin gebrochen. Du hast ihn aber nicht in mir gebrochen, Joe. Du hast ihn abgeschnitten!› Rasendes Gelächter erscholl von allen Gestalten in den Rahmen.»

Ich wußte, daß sich dieser Vorfall wirklich zugetragen hatte, natürlich mit Ausnahme des Abschneidens des Glieds, das ein Bestandteil von Joes permanentem Wahn war.

Joe fuhr fort: «Betty deutete auf den blutigen Penis am Messer. Sie sagte: ‹Du hast einen kleinen Penis gehabt, Joe. Das war der Grund, weshalb du mich immer im Haus eingesperrt hast. Du hattest Angst, ich könnte davonrennen und einen größeren finden. Was meinst du dazu, Mom?› fragte Betty ihre Mutter, die im nächsten Rahmen stand.

Meine Schwiegermutter schaute mich vorwurfsvoll an.

‹Joe›, sagte sie, ‹ich habe dir dein Ding abgeschnitten. Ich habe dir gesagt, daß ich es tun würde, weil du meine Tochter immer wieder schwanger gemacht hast!›»

Ich wußte, daß sie diese Drohung einmal spaßeshalber ausgestoßen hatte, aber Joe hatte sie ernst genommen und sich in seinem Zimmer versteckt und eingeschlossen.

«Im dritten Rahmen», fuhr Joe fort, «befand sich Joey, mein toter Sohn. Er zeigte auf den Penis am Messer und triumphierte:

‹Mein Schwanz ist größer als deiner! Ja, und der von Stevie ist auch größer! Und auch der von Mike und von Jimmy! Wir haben alle größere Schwänze als du!›

Hilda, meine erste Frau, war die nächste. Sie lächelte süßlich über den winzigen Penis am Messer. Sie sagte:

‹Puh! Der ist echt klein. Ich hatte nie Spaß mit deinem Pint in mir. Was für ein schäbiger Liebhaber du gewesen bist! Weshalb glaubst du wohl, daß ich dir davongerannt bin, hm? Ich brauche Sex von einem richtigen Bock.›

Im fünften Rahmen befand sich meine Tochter Mary Jo. Sie blickte auf den Penis am Messer und lächelte mich dann süß an.

‹Daddy, erinnerst du dich an die Zeit, als ich zwölf war? Wir hatten im Sommer in den drei Wochen eine schöne Zeit zusammen. Nur du und ich, wir zwei allein, wie wir uns amüsiert haben. Es war wunderbar, Daddy, ich werde dich immer lieben. Immer!

Im sechsten Rahmen befanden sich meine Adoptiveltern mit mir, als ich mit sechsdreiviertel Jahren in meinem Kinderstuhl saß. Ich war nackt. Sie blickten auf meinen Penis. Sie waren sehr ernst und sangen:

‹Klein, klein, klein. Er wird nie steif werden. Immer weich bleiben, weil der Dämon herausgeschnitten wurde. Du wirst immer ein guter Junge und ein guter Mann sein und nie in Schwierigkeiten geraten. Du wirst der neue Adam im neuen Garten Eden sein und es wird keine krumme Sachen mehr mit dem Apfelbaum geben, ja?›

Das kleine nackte Ich stand vom Kinderstuhl auf, schaute in einen Spiegel und dort war mein kleiner Penis auf einem riesigen Krummesser.

Im nächsten Rahmen war wieder ich, aber da war ich achtjährig, im Tank mit drei älteren Burschen. Einer von ihnen hielt mir ein Messer gegen die Kehle, ein anderer blies mir einen und der dritte holte sich einen runter. Ich hatte Angst. Es war meine erste Sexerfahrung, und ich hätte ihnen die Schwänze abschneiden sollen. Vielleicht hätte ich es dann später nicht mehr gewollt.

Im achten Rahmen sah ich mich als Zwölfjährigen. Ich kniete auf meinem Bett im Schlafzimmer und masturbierte ins Loch, das ich in die Wand gebohrt hatte. Auf dem Bett neben meinen Knien lagen Bilder von nackten Männern und Frauen. Mit einer Hand masturbierte ich, mit dem Messer in der andern Hand zerfetzte ich die Brüste und Penisse auf den Bildern. Dies gab mir ein Gefühl der Macht. Im Loch waren Zähne, die in meinen Penis bissen. Ich wußte, daß das damals, als ich zwölf war, nicht geschehen war. Es war neu.

Im letzten Rahmen sah ich mich mit dreizehneinhalb. Ich sprang von einem Bus und lockte ein etwa gleichaltriges Kind zu einem Flüßchen. Ich – Joe Kallinger, im Alter von dreizehneinhalb Jahren – hatte ein Krummesser bei mir und entkleidete das Kind am Flußufer. Klein-Joe wollte dem Jungen den

Schwanz abschneiden, aber er tat es nicht. Klein-Joe rannte fort; er wollte das Kind nicht auf dieselbe Art kastrieren, wie seine Eltern ihn kastriert hatten.

Nach dem letzten Rahmen legte ich die Hand auf mein Geschlecht. Ich war zu Tode erschrocken. Gleichzeitig verschwanden all die Rahmen und Bilder zusammen mit dem Penis und dem Messer. Nur Charlie schwebte noch in der Luft. Ich schaute in seine grimmigen Augen; wir sahen einander unverwandt an, Flora. Er provozierte mich.

‹Meinen eigenen Schwanz abschneiden?› frage ich.

‹Nicht deinen, Dummkopf. Den vom dicken Kerl auf dem Fußboden. *Seinen* Schwanz. Solltest du nicht durch das Abschneiden von Schwänzen und Titten und das Aufschlitzen von Schambergen töten? Oder hat dir dieses kleine Schauspiel von vorhin einen solchen Bammel eingejagt, daß du kalte Füße bekommen hast, wie?›

‹Nee›, antwortete ich.

‹Du verdrückst dich nicht, ja, wie in Lindenwold und an den andern Orten?›

‹Zum Teufel, nein! Ich wollte eben meine Arbeit bei diesem Fettwanst anfangen, als die letzte Frau an der Tür klingelte. Sie werden alle sterben. Bevor ich hier fortgehe, wird in diesem Haus Blut von Wand zu Wand sein. Das Weltmassaker ist meine Sache. Das weißt du, Charlie.›

Nun, Flora, ich war seit jeher ein «Mann der Unterwelt»: der Keller, wo ich ab und zu meine Kinder quälte, das Loch im Haus an der East Hagert Street, waren meine dunklen Zufluchtsorte. Ich dachte, daß ich im Keller dieses Hauses würde töten können, aber ich mußte zuerst nachsehen, wie er aussah. So ging ich hinunter.»

Als Joe vom großen Keller in den Heizungsraum ging, dachte er einen Augenblick daran, das ganze Öl auslaufen zu lassen und seine acht Opfer zu verbrennen. Er verwarf den Gedanken jedoch wieder, denn sein besonderer Auftrag als Abgesandter von Gott dem Zerstörer bestand darin, durch die Zerstörung der Geschlechtsorgane zu töten. Er ging in den Keller zurück, wo die Zerstörung stattfinden würde.

Die Kellerfenster störten ihn. Obwohl er glaubte, daß es richtig war, auf Gottes Befehl hin zu töten, fürchtete er – wie auch schon in den andern Häusern –, daß das, was richtig für ihn war, von denjenigen, die seinen Auftrag nicht verstanden, als falsch betrachtet würde. Er beschloß, die Fenster zu verhängen, und ging nach oben, um Leintücher und Wolldecken zu holen.

Fünfzehn Minuten später war er wieder im Keller; die Fenster waren nun verhängt, und es war stockfinster. Mit einem Gefühl der Sicherheit ging Joe nach oben, um sich sein erstes Opfer zu holen. Auf der Treppe kam ihm seine eigene Gestalt im Alter von zwölfeinhalb, die er zuvor im Rahmen gesehen hatte, entgegen. Sein zwölfjähriges Ich verfolgte einen Jungen an einem Fluß, um ihn zu kastrieren. Im Wohnzimmer ging Joe unmittelbar zum Kamin, wo er den «dicken Kerl», wie er ihn nannte, gelassen hatte.

«Ich steckte ihm ein Taschentuch in den Mund», erzählte mir Joe, «verklebte ihm Ohren und Nase und ließ den Mantel über seinem Kopf. Ich rollte Maria Fasching (damals kannte ich ihren Namen noch nicht) von ihm weg und brachte ihn über die knarrende Treppe in den Heizungsraum.

Ich setzte ihn hin und band ihn an eine Wasserleitung. Ich sicherte die Fesseln an seinen Hand- und Fußgelenken mit Draht, legte ihm die Hände auf den Rücken und band sie mit einer starken Kordel an den Beinen fest. Dann zog ich ihm die Hose bis zu den Knöcheln runter, das Unterhemd zum Hals hoch und die Unterhose bis zu den Knien.

Da saß er nun: beinahe einsneunzig groß, breitschultrig, schwergewichtig und gefesselt, mit einem Mantel über dem Kopf und runtergelassenen Hosen. Ich hatte ihn so, wie ich ihn haben wollte, mit entblößtem Penis und Hoden.

Ich versetzte seinen Hoden einen Stoß mit dem Jagdmesser und sagte: ‹Wenn du dich rührst, rühr ich deine Eier an.›

‹Versuch nicht, mich reinzulegen›, warnte ich ihn, als ich auf die Tür zuging. ‹Ich werde dich beobachten.›

Sein Penis ist zwar klein, aber größer als meiner, dachte ich, als ich die Tür des Heizungsraums hinter mir schloß. Dann sagten die Stimmen, die ich bereits zuvor gehört hatte: ‹Klein, klein, für immer klein!›

‹Klein, klein, so ganz allein, ach was für 'ne Pein, klein, allein, Pein›, spukte es in meinem Kopf. ‹Der dicke Kerl weiß es nicht, aber er wird sterben, in Scherben, das ist sein Verderben, sterben, Scherben, Verderben!›» (Joe, wie auch andere Schizophrene, bildete beim Sprechen oft Reime.)

«Ich ließ den dicken Kerl im Heizungsraum», sagte Joe, «und ging nach oben, um meinen ersten Abgesandten zu holen. Charlie schwebte mir entgegen.

‹Hosenscheißer!› höhnte er durch sein mundloses Gesicht. ‹Was ist los? Ist dein Gefäß wieder leer?›

‹Falsch›, antwortete ich. ‹Das Gefäß ist randvoll. Der dicke Kerl hat die Hose runter. Sein Penis ist entblößt und zum Abschneiden bereit.›

‹Und?›

‹Nun›, erklärte ich, ‹mein Abgesandter wird ihn kastrieren und töten.›

Flora, ich glaube nicht, daß ich Charlie überzeugt hatte. Aber ich wußte, daß es so und nicht anders gemacht werden mußte. Ich war der Abgesandte von Gott, und hier, in diesem Haus, würde ich *meinen* Abgesandten auswählen. Mein Auftrag bestand darin, durch die Zerstörung der Geschlechtsorgane zu töten, und das würde mein Abgesandter für mich tun.

Ich war nicht an einem sofortigen Tod meiner Opfer interessiert. Wäre ich das gewesen, so hätte ich die Pistole, die ich bei mir hatte, verwenden können. Aber ich gebrauchte sie nur, um meine Opfer gefügig zu machen. Ich hatte nie die Absicht, mit der Pistole zu töten. Mike, der nicht verstand, daß ich vorhatte, *nur* durch Zerstören der Sexualorgane zu töten, hatte mich oben gefragt, ob er jemanden erschießen solle. Natürlich hatte ich nein gesagt.

Sie mußten sexuell umkommen, alle in diesem Haus. Nein, nein, ich meine nicht vergewaltigen. Ich machte mich im Haus in Leonia an keine der Frauen heran. Mike hatte mich oben ebenfalls gefragt, ob wir Sex haben würden. Ich sagte nein. Er hatte mich in Lindenwold und Homeland, Baltimore gefragt, ob er Sex mit den Frauen haben dürfe. Ich hatte es ihm verboten. In Dumont hatte ich das Gefühl, daß ich ihm ein Zugeständnis machen sollte, und ließ ihn die Frau dort besteigen. Aber in diesem Haus würde es keinen Sex geben. Hätte ich diese Frauen vergewaltigen wollen, hätte ich es dort tun können, wo sie sich befanden; ich hätte sie nicht in den Keller nehmen müssen.» (Joe *mußte* mit einem Messer töten, denn, wie bereits gesagt, bildete ein Messer die Waffe in seinen Wiederherstellungsphantasien und Halluzinationen. Das Messer vermittelte dem erwachsenen Joe die Macht, derer er als Kind durch das Messer des Chirurgen symbolisch beraubt worden war. Es ist eine psychologische Binsenwahrheit, daß Kastrationsangst zu Aggressionen führt, und dies trifft bei Joe in besonderem Maße zu).

Dann war Joe still. Seine dunklen, ausdruckslosen Augen schienen durch mich hindurch auf ein infernalisches Phantasiebild zu blicken, das Hieronymus Bosch mit großer Wahrscheinlichkeit fasziniert hätte. Was für ein Bosch-Gemälde das gegeben hätte, dachte ich: Joe und Mike, in den Kleidern von holländischen Bauern des 15. Jahrhunderts, die zwischen ihren verstümmelten Opfern umhergingen. Um Joe und Mike herum tanzte ein Kreis von Teufeln mit flammenden Messern in den Klauen, das berühmte Bosch-Messer mit der Kerbe in der Klinge in Joes linker Hand, Blut, das von der Spitze tropfte.

Joe zog sanft den Atem ein, schaute mich dann an und lächelte. Er fuhr fort: «Als ich ins Wohnzimmer zurückkam, mußte ich meinen ersten Abgesandten auswählen. Die Frauen im oberen Stockwerk? Nein. Sie waren gefesselt. Hier unten? Ja, ihre Fesseln waren locker. Ich blickte auf die drei Frauen auf dem Fußboden des Wohnzimmers. Zwei von ihnen waren aneinandergebunden. Maria Fasching war allein.

Meine Wahl fiel auf Maria Fasching. Es geschah ohne jegliches persönliches Motiv, wie wenn man von drei Taxis eins anhält, und jedes könnte einen dorthin bringen, wo man hin möchte. Ich wählte Maria Fasching nicht, weil sie jung oder schön war, sondern weil es einfacher war, sie vom Boden wegzubringen. Wiederum eine Frage der Logistik, Flora.

‹Nun›, sagte ich zu ihr, ‹werde ich Sie nach unten bringen›.

Sie ließ sich von mir auf die Beine helfen.

‹Sie haben die Kordeln an meinen Fußknöcheln zu fest angezogen›, sagte sie.

‹Nein, es ist schon gut so›, antwortete ich.

Gut, gut, sei auf der Hut, hab nur Mut, gut, Hut, Mut! Die Reime drehten sich in meinem Kopf wie ein Kreisel. Ich konnte sie nicht aufhalten. Gut, Hut, Mut!

Charlie schwebte um mich herum. Er wiederholte die Laute, die ich nur leise dachte. Ich hatte Angst, daß man ihn hören könnte.

Ich führte Maria Fasching zur Kellertür und die Treppe hinunter. Ich ging hinter ihr, die Hände auf ihren Schultern.

‹Die Kordeln unterbinden mir den Blutkreislauf in den Beinen›, beklagte sie sich. ‹Können Sie sie nicht ein wenig lockern? Ich kann nicht gehen. Die Fesseln sind zu eng.›

Ich wußte, daß ich die Fesseln wirklich nicht straff angezogen hatte, und deshalb schenkte ich ihren Klagen keine Beachtung. Nach ein paar weiteren Schritten waren wir im Keller. Wir gingen ein kleines Stück weit. Sie beklagte sich:

‹Meine Beine bringen mich um! Sie haben gesagt, daß Sie uns nichts antun würden!›

Die Reime drehten sich immer noch in meinem Kopf: Mut! Ich drehte meine Abgesandte herum, so daß sie mit dem Gesicht zum Heizungsraum stand, wo ich den dicken Kerl für sie zurechtgemacht hatte. Ich nahm die Hände von ihren Schultern und zog ihren Mantel und ihre Jacke weg. Ich stand vor ihr, ohne ihr die Sicht auf den Heizungsraum zu versperren. Ich hatte gehört, wie sie den großen Kerl beim Namen genannt hatte: Jeffrey.

‹Sie stehen vor dem Heizungsraum›, sagte ich zu ihr. ‹Dort drinnen ist Jeffrey. Entweder Sie beißen ihm den Penis ab, oder ich bring Sie um!›

‹Bringen Sie mich um›, antwortete sie. ‹Ich mach mir nichts aus dem Leben.›

Meine linke Hand zuckte hoch und stieß das Jagdmesser in die rechte Seite ihres Halses – in eine weiche Stelle. Ich hatte eine Erektion. Sie schrie. Die Hand stieß das Messer noch ein zweites und drittes Mal in die rechte Seite ihres Halses.

‹Mehr, mehr!› schrie Charlie. ‹Stich nochmals zu!›

Die Hand bohrte das Messer in die linke Seite ihres Halses , einmal, zweimal, dreimal. Ich hatte einen Orgasmus, die Energie des Herrn.

‹Ich ersticke›, schrie sie stehend. ‹Sie ertränken mich.›

Das Messer fuhr hinunter bis unter die Brustwarze ihrer rechten Brust, unter die Achselhöhle bis in die Mitte des Rückens und dann wieder zum Nacken. Die Hand wußte, wo sie zustechen mußte. Sie kannte die toten Organe.*

Doch gerade als die Hand in der Mitte ihres Rückens war, stand Mike plötzlich auf der Kellertreppe und schrie:

‹Jemand hat sich befreit!›

Mike packte mich am Arm und zog mich zur Treppe.

‹Eine Frau ist entwichen›, sagte er. ‹Sie ist draußen und schreit. Hörst du sie nicht? Hol deinen Mantel!›

Ich war nicht in Eile, Flora. Ich hatte mit dieser Abgesandten getan, was mein Doppelgänger mir früher mit allen weiblichen Opfern zu tun befohlen hatte. Und ich mußte ihr noch die Brüste und die Ohren abschneiden, ihr die Augen ausstechen und die Zunge abschneiden, wie dies der Doppelgänger im Haus der Bogins getan hatte. Dann würde ich nach oben gehen und eine andere Abgesandte holen, damit diese dem dicken Kerl den Penis abbeißen würde. Ich *mußte* sie alle töten.

Mike war der Anführer. Er brachte mich dazu, den Keller zu verlassen. Mit der einen Hand hob er meinen Mantel auf, der bei der Eingangstür lag, und mit der andern führte er mich. Er war für mich, was der Blindenhund für den Blinden ist, ein Held in Leonia, der das Leben seines Vaters rettet. Die Polizei war auf dem Weg hierher. Sie hätte auf uns geschossen, um uns zu töten.

Als wir den Keller verließen, stand Maria Fasching in ihrem eigenen Blut da. Sie drehte sich von links nach rechts, und es sah aus, als würde sie tanzen.»

Joe und Mike rannten durch die kleine Stadt Leonia in New Jersey. Sie wären beinahe überfahren worden, aber sie rannten immer weiter.

Da Maria Fasching, als Joe sie zuletzt gesehen hatte, aufrecht gestanden hatte, fühlte er, daß er in Leonia beim Töten versagt hatte und daß sein Weltmassaker keine Fortschritte machte. Er wollte die geladene Pistole und vor allem das Jagdmesser loswer-

* «Tote Organe» war Joes Neologismus für lebenswichtige Organe.

den. Er hatte halluziniert, daß sein Penis an einem Jagdmesser hing, und wollte dieses Messer nicht bei sich tragen. Das Messer symbolisierte auch, was er als Versagen beim Töten in Leonia betrachtete.

Mike warnte Joe, daß weggeworfene Gegenstände die Polizei auf ihre Spur führen könnten. Aus diesem Grund hatte Mike das Haus der Romaines ohne den gefüllten Koffer verlassen. Aber Joe warf in ein und derselben Straße die Ringe, Halsketten und Uhren, die er in seinen Taschen hatte, sowie die Pistole und das Jagdmesser fort. Als Pistole und Jagdmesser in ein Gebüsch flogen, fühlte er sich für einen kurzen Augenblick frei.

Seit seiner Kindheit war er von blutrünstigen Gedanken verfolgt worden. Nun quälten ihn das Blut auf seinem Hemd, die wenigen Tropfen auf den Schuhen und die blutverklebten Hände. Immer wieder sah er Maria Fasching vor sich, die blutüberströmt von einer Seite auf die andere wankte. Er sah, wie das Jagdmesser in seiner Hand auf die «toten Organe» einstach. Aber dennoch glaubte er, daß es ihm nicht gelungen war, sie zu töten.

Joe und Mike kamen zu einem Park am Fuß eines Hügels, rannten in den Park hinein und auf ein Baseballfeld, auf dem sich eine Wasserlache befand.

«Ich zog den Mantel und die Jacke und dann die Krawatte und das Hemd aus», sagte Joe zu mir. «Ich kniete mich neben die Pfütze und tauchte den unteren Teil des Hemds hinein. Die Blutflecken gingen nicht weg. Ich nahm das Hemd wieder heraus und wusch meine blutigen Hände. Mike spähte umher und wartete auf mich. Er war rot im Gesicht, außer Atem und keuchte. Ganz in der Nähe bellte ein großer Hund.

Ich stand wieder auf, trocknete mir die Hände am Hemd, das ich in der Hand behielt, und rannte mit Mike weiter. Wir hielten bei einem Basketballfeld an. Ein Junge in Mikes Alter spielte mit einem Ball. Wir gingen an ihm vorbei, rannten eine kurze Strecke und blieben wieder stehen. Ich gab Mike meinen Mantel und die Jacke. Mit dem Hemd wischte ich einige Bluttropfen von den Schuhen. Mike half mir, Jacke und Mantel wieder anzuziehen. Ich hielt das naße und blutverschmierte Hemd immer noch in der Hand. Ohne Hemd fühlte ich mich besser. Mike und ich rannten und rannten. Er hielt mich an der einen Hand, und in der andern Hand trug ich das Hemd. Ich wollte es nicht mehr, genausowenig wie ich das Jagdmesser noch gewollt hatte.

Wir kamen zu einem Geräteschuppen, der unmittelbar neben einer Straße, nur wenige Schritte von der Auffahrt entfernt stand. Wir standen eine Minute dort herum, dann warf ich Hemd und Krawatte ins Gebüsch.

‹Mach das nicht!› warnte mich Mike. ‹Du wirst uns noch ins Kittchen bringen!›

Er wollte das Hemd wieder aufheben, doch ich hinderte ihn daran und packte ihn an der Hand. Wir rannten weiter. Mike wollte zurückkehren und das Hemd holen, aber ich ließ ihn nicht. Ich wußte, daß sich im Kragen eine Etikette mit dem Namen Kallinger befand, aber ich ließ das Hemd liegen, Flora, und ich weiß nicht, warum ich das getan habe.

Als wir einen Hügel hinaufrannten, hörten wir Polizeisirenen. Wieder auf der Straße, warfen wir uns jedesmal, wenn ein Polizeiwagen vorbeifuhr, ins Gebüsch. War der Streifenwagen vorbei, kehrten wir auf die Straße zurück. Einmal traten wir hinter einer hohen Hecke hervor und winkten einem rotgelben Bus. Es war jedoch keine Haltestelle, und der Bus hielt nicht. Ich begann mich zu fragen, ob die Leute bemerken würden, daß ich unter dem Zweireiher weder Hemd noch Krawatte trug.

Gerade nach dem Bus fuhr ein Streifenwagen auf uns zu. Mike zog mich in einen Friseursalon hinein. Als der Friseur uns nach unsern Wünschen fragte, sagte ich, daß ich einen Bekannten treffen sollte. Nachdem ich mich umgeschaut hatte, sagte ich, daß ich die gesuchte Person nicht gefunden hätte und vielleicht nicht am richtigen Ort sei. Ein Kunde warf mir einen befremdeten Blick zu. Mike und ich gingen hinaus.

Wir nahmen einen Bus nach New York. Ich saß dort wie ein Trottel - mein Kopf war vollkommen leer. Bei der Endstation in New York ging ich in die Herrentoilette und Mike in einen Laden, um mir ein Hemd zu kaufen. Er kam mit einem schwarzen Hemd zurück.

Wir verließen die Busstation, aßen eine Pizza an einem Stand, gingen zur Penn-Station, nahmen einen Zug zur Thirtieth Street-Station in Philadelphia und von dort die Hochbahn zur Huntington Street. Dann gingen wir nach Hause.

Betty bemerkte, daß ich ein anderes Hemd trug als dasjenige, das ich getragen hatte, als ich vor vier Uhr in der Früh das Haus verlassen hatte. Ich machte keinen Versuch, dies zu erklären. Mike ging weg, um Sport zu treiben. Ich legte mich auf die Schlafcouch.

In einem Augenblick sah ich die Frau im Keller (ich wußte immer noch nicht, daß sie Maria Fasching hieß) sich tanzend von einer Seite zur andern bewegen - aber sie lebte noch. Im nächsten Augenblick sah ich sie tot.

Ich dachte an die Hamster: Winko, Jellyroll, Popsicle und Humpty-Dumpty. Obwohl ich gewollt hatte, daß sie lebten, war ich an ihrem Tod schuld. Das war lange bevor der Doppelgänger und Charlie, Abgesandte von Gott dem Zerstörer, mir befohlen hatten, die Menschheit auszulöschen. Ich wollte den Befehl ausführen. Aber ich hatte nur eine Person getötet, die Frau im Keller, und ich war nicht einmal sicher, ob sie wirklich tot war. Ich konnte ihre tanzenden Bewegungen nicht aus dem Gedächtnis wegwischen. Ich glaubte, ich würde sie für immer und ewig tanzen sehen; Blut strömte aus ihren Wunden, ihr blutiger Mund schrie meinen Namen.

Ich döste ein und träumte, daß ich auf einem Friedhof am Rand eines Grabes saß und in der linken Hand einen Schädel hielt. Ich blickte in sein grinsendes Gesicht und sprach mit ihm, sprach mit dem Tod, meiner Braut.

Als ich aufwachte, wußte ich, daß mein göttlicher Auftrag eben erst begonnen hatte. Die Verantwortung lastete schwer auf mir, denn ich würde Gott werden, wenn ich drei Milliarden Menschen umgebracht haben würde - aber auch der größte Mörder aller Zeiten.»*

Die verdunkelten Fenster im Keller des Hauses der Romaines ließen gerade genug Tageslicht durch, damit Sergeant Robert MacDougall von der Leonia-Polizei noch etwas sehen konnte. Er lauschte auf ein Geräusch: Hier schien niemand zu sein. Doch

* Am 8. Januar 1975 hatte sich Joe noch nicht an die Morde an seinem Sohn Joey und an José Collazo erinnert. Als er mir am 27. Juni 1977 von José und am 4. Juli 1977 von Joey erzählte, sagte er, daß ihm die Erinnerung eben erst in den Sinn gekommen sei.

dann wurde seine Aufmerksamkeit auf den Vinylfußboden gelenkt. Eine Frau lag auf dem Rücken, den Kopf gegen die Treppe, die Füße gegen die Wand. Neben der Frau lag eine blaue Wolljacke. Das Gesicht der Frau war entsetzlich entstellt von frischem und geronnenem Blut. Sergeant MacCougall beugte sich über das Gesicht und tastete dann nach dem Puls der Frau: nichts. «Ich war seit fünf Jahren bei der Polizei», sagte er mir, «aber ich hätte nie gedacht, daß ich jemanden derart zugerichtet sehen würde.»

Als Sergeant MacDougall ein dumpfes Stöhnen vom Heizungsraum her hörte, ging er hinein. Er löste das Klebeband von Frank Jeffrey Welbys Gesicht und durchschnitt seine Fesseln. Welby sagte, er hätte schreckliche Schreie vom Keller gehört.

«Ist sie tot, oder lebt sie noch?» fragte Welby. «Haben sie sie getötet?»

MacDougall sagte, sie sei tot, aber so entstellt, daß er nicht wisse, wer sie sei.

«Maria Fasching», sagte Welby.

Sergeant MacDougall arbeitete mit Al Fasching, Maria Faschings Vater, bei der Polizei von Leonia zusammen. MacDougall hatte Maria von Geburt an gekannt. «Ein wirklich liebes, hübsches Kind», sagte er. «Als sie klein war, sah ich sie oft auf der Schaukel im Wood Park neben dem Polizeihauptgebäude. Sie war beliebt und hatte keine Feinde.»

Sergeant MacDougall ging nach oben ins Wohnzimmer, um Polizeichef Manfred Ayers Meldung zu erstatten. Leutnant Paul Dittmar, der kurz nach MacDougall in den Keller gegangen war, hatte dem Polizeichef bereits mitgeteilt, daß Maria ermordet worden war. Ayers befahl Detektiv Hashinski, bei der Leiche zu bleiben. Leutnant Dittmar hatte Maria seit ihrer Geburt gekannt; Detektiv Mashinski war oft auf Schulfesten mit ihr gewesen.

Retta Romaine, die nicht wußte, daß Maria tot war, und glaubte, sie sei immer noch im Keller gefangen, hatte die Fasching-Familie angerufen. (Retta war eine der drei Frauen, die im Wohnzimmer locker gefesselt worden waren.)

Al Fasching stürmte ins Zimmer, wo sich die Beamten berieten.

«Ich will meine Tochter sehen!» schrie er.

«Nicht so, wie sie aussieht», antwortete Sergeant MacDougall sanft, als er die Hand auf Mr. Faschings Schulter legte. «Später, Al.»

Al Fasching stieß MacDougall zur Seite und sagte: «Es ist meine Tochter!»

Die Polizei mußte Mr. Fasching zurückhalten.

Polizeichef Ayers beauftragte Sergeant MacDougall, die nähere Umgebung des Hauses der Romaines abzusichern. Dies war eine polizeiliche Routinearbeit, doch schien sie zu diesem Zeitpunkt besonders wichtig, da die Polizei glaubte, die bewaffneten Männer befänden sich immer noch im Haus, und Passanten und Neugierige waren beim Anblick der Polizeiwagen zusammengelaufen. In der kleinen Stadt begann man Schlimmes zu ahnen. Die Polizeiwagen, die von den umliegenden Gemeinden herbeifuhren, und die Berichte, die die Polizei von Leonia zum Hauptquartier gesandt hatten, verhießen nichts Gutes. Zudem hatte Retta Romaine nach ihrer Befreiung die Familien von Jeffrey Welby und Maria Fasching angerufen und gesagt, daß Jeffrey und Maria gefesselt im Keller seien.

Die Spur zu Joe und Mike begann bei Eva Rumi, einer Nachbarin von Sergeant MacDougall. Als er nach Hause ging, um seinen Füllfederhalter aufzufüllen, redete seine Frau eben mit Mrs. Rumi am Telefon. Mrs. Rumi hatte etwas beobachtet, als sie am Nachmittag den Hund im Sylvan Park spazierenführte. Sie hatte sowohl das Polizeihauptquartier wie auch Sergeant MacDougall benachrichtigt. Wenige Minuten später holte sie der Sergeant in einem Streifenwagen ab. Sie fuhren zum Sylvan Park.

Während der Fahrt erzählte Mrs. Rumi, daß sie einen Mann und einen Jungen Hand in Hand einen Hügel hatte hinunterlaufen sehen. Noch nie habe sie jemanden so schnell rennen sehen. Dann hatte sie bemerkt, wie der Mann sich bückte; es sah aus, als wasche er sich die Hände oder pflanze irgend etwas. Er hatte ihr den Rücken zugedreht, deshalb war sie nicht sicher. Ihr Hund hatte den Mann und den Jungen angebellt. Sie sah, wie der Mann den Mantel und etwas, das wie ein Hemd aussah, auszog. Aber auch da war sie nicht sicher. Auf dem Weg aus dem Park ging sie mit dem Hund eine Teersplittauffahrt hinauf, die zur Straße führte. Plötzlich wurde der Hund sehr wild. Er rannte zur Südseite der Auffahrt. Sie wandte sich nach links, um ihm zu folgen, und fand ihn bei einem Gebüsch. Sie rief ihn zu sich. Als er ankam, schleifte er das Hemd eines Mannes hinter sich her.

Der Hund rollte sich mit dem Hemd in der Schnauze auf den Rücken. Er beschnupperte es, knurrte, beschnupperte es erneut. Mrs. Rumi nahm ihn an die Leine, um nach Hause zu gehen. Er zerrte und bellte. Das Hemd war weiß und grau bedruckt. Und es war blutbefleckt! Mrs. Rumi warf das Hemd ins Gebüsch zurück. Als sie zu Hause ankam, hatte sie es vergessen.

Als Mrs. Rumi später hörte, daß in Leonia etwas vorgefallen war, erinnerte sie sich wieder an das blutbefleckte Hemd. Zum ersten Mal fragte sie sich, ob ein Zusammenhang bestand zwischen dem Hemd und dem Mann, den sie auf dem Baseballfeld gesehen hatte.

Als Mrs. Rumi und Sergeant MacDougall das südliche Ende der Auffahrt erreicht hatten, lag das blutbefleckte Hemd immer noch im Gebüsch. Sie zeigte ihm auch den Ort, wo sie den Mann und den Jungen den Hügel hinunterlaufen gesehen hatte. Sie nahm den Sergeanten zur Wasserlache auf dem Baseballfeld mit, wo der vornüber gebeugte Mann sich entweder die Hände gewaschen oder etwas gepflanzt hatte.

Sergeant MacDougall ließ Mrs. Rumis Ausführungen schriftlich festhalten; sie unterschrieb, und er informierte Polizeichef Ayers über die Ereignisse. Neben dem Hemd hatte der Sergeant eine breite, blaugraue Krawatte gefunden. Er hatte auch Fußabdrücke im Schlamm bemerkt. Die Fußspuren befanden sich auf dem Baseballfeld und auch in der Nähe des Hemds und der Krawatte.

Die Polizei und die Presse beschrieben den Mörder von Maria Fasching als «Lustmörder». Aber gemäß Autopsie und Laborbefund war dem Mord weder eine Vergewaltigung noch eine Fellatio vorausgegangen.

Dr. Thomas J. Lynch des Gerichtsmedizinischen Instituts von Bergen County führte die Autopsie am 9. Januar 1975 durch. Er bezeugte am Prozeß das, was er schon in seinem Bericht geschrieben hatte: «Es sind keine Spuren einer Vergewaltigung vorhanden. Es gibt keinen Nachweis für einen Versuch, den wir als irgendeine Art der sexuellen Nötigung betrachten könnten.»

In einem vom Ermittlungsbeamten E. Denning von der Staatsanwaltschaft des Bergen County angeforderten Laborberichts vom 11. März 1975 stand: «Weder bei den Abstrichen an Mund, Vagina, Rektum noch auf der Strumpfhose oder weißen Unterhose wurden durch Samen verursachte Flecken entdeckt.»

Joe sagte mir, daß er Maria Fasching erstochen hatte, weil sie sich weigerte, den Penis von Jeffrey Welby abzubeißen. Es ist nicht wahr, daß er sie umbrachte, weil sie- wie man allgemein annahm - sich weigerte, Verkehr mit ihm zu haben. Maria Fasching war die erste Person, der Joe in seinem mißlungenen Feldzug zur Zerstörung der Menschheit befohlen hatte, die Geschlechtsorgane einer andern Person «abzubeißen» oder zu «essen». Hätte sie getan, was er von ihr verlangt hatte, hätte er sie nicht so schnell umgebracht, und sie wäre auch nicht auf die gleiche Weise gestorben. Aber sie wäre zusammen mit den andern Opfern im Haus der Romaines getötet worden. Alle Menschen der Welt mußten, gemäß Joes Wahn, unter seinen Messerstichen fallen.

Maria Fasching wurde das Opfer einer grotesken Verzerrung in Joes Hirn. Ich werde mein Entsetzen und meinen Schrecken nie vergessen, als er mir sagte:

«Flora, Maria Fasching forderte ihren eigenen Tod. Sie sagte: ‹Bringen Sie mich um. Ich mach mir nichts aus dem Leben.› Sie sagte dies mit großer Bestimmtheit. Ich hatte deswegen höchst merkwürdige Gefühle. Sie hatte Probleme - irgendeine tiefgreifende Störung. Ihr Leben war nicht ausgefüllt, Flora. Sie wollte nicht leben. Wenn Sie es überprüfen, werden Sie feststellen, daß ich recht habe.»

Schockiert antwortete ich:«Joe, ist Ihnen nicht klar, daß sie vielleicht meinte, sie würde lieber sterben, als einen Penis abbeißen?»

«Nein, nein», insistierte Joe. «Sie wollte nicht leben. Sie forderte ihren eigenen Tod. Hätte sie etwas anderes gesagt, irgend etwas, hätte sie gefleht, es wäre nicht auf diese Weise geschehen. Es wäre nicht *dann* geschehen. Aber ihre Aufforderung war der Auslöser dafür, daß ich die Messerstecherei im Keller begann.»

Joe machte eine Pause; dann sagte er: «Sie hatte mir nicht gehorcht und meinen Plan, jedermann in diesem Haus zu töten, völlig auf den Kopf gestellt. Hätte sie getan, was ich ihr befohlen hatte, wäre sie auf dieselbe Art getötet worden wie die andern. Sie hätten alle sterben müssen.»

Beim Prozeß bemerkte Larry McClure, der Staatsanwalt: «Was immer er (Joseph Kallinger) von ihr (Maria Fasching) verlangt hatte, kostete sie ihr Leben.»

Was Joe von Maria Fasching verlangt hatte, war so schrecklich, wahnsinnig und geistesgestört, so völlig anders als alle Verbrechen, die je in die Annalen eingegangen sind, daß es den Spekulationen der Anwälte, der Presse und der Öffentlichkeit letztlich unzugänglich war.

Fünftes Buch

Für immer aus der Welt

20

«Sie sind ein böser Mensch»

Am Freitag, dem 17. Januar 1975, neun Tage nachdem er Maria Fasching umgebracht hatte, schloß Joe seinen Laden wie gewöhnlich um neunzehn Uhr. Nach dem Abendessen begaben sich Betty, Jimmy und die achtzehn Monate alte Bonnie zu Anna Kallingers Haus an der East Sterner Street 102. Anna lag mit einem Schlaganfall und einem gefährlichen Wundbrand im Bein in der Privatabteilung des Episcopal Krankenhauses. Joe hatte sie am Nachmittag besucht und die Einwilligung zur Amputation des Beines gegeben.

Bonnie spielte auf dem Fußboden des Wohnzimmers, Betty und Jimmy sahen fern. Joe und Mike saßen im angrenzenden Zimmer am Eßtisch und prüften Münzen. Seit mehreren Jahren sammelte Joe Münzen; er las Bücher über Münzen und sortierte oft Ein-, Fünf- und Zehncentmünzen, die er im Lauf des Tages von den Kunden bekam. Er und Mike hatten Münzen gestohlen, seit ihre Zusammenarbeit im Winter 1973/1974 begonnen hatte.

Es klopfte an der Tür; es klopfte ein zweites Mal. Betty stellte den Fernsehapparat leiser und rief: «Wer ist da?»

«Polizei. Öffnen Sie!»

Joe und Mike stürmten vom Eßtisch weg und rasten die Treppe hoch. Sie liefen durch die Verbindungstür, die das Haus von Anna an der East Sterner Street 102 mit dem von Joe an der East Sterner Street 100, auch als North Front Street 2723 bekannt, verband. Die Hand auf der Klinke fragte Betty, ob die Polizei einen Durchsuchungsbefehl habe. Bevor sie die Tür öffnete, hatte die Polizei sie bereits eingetreten.

Kriminalbeamte vom FBI und den drei Staaten Pennsylvania, New Jersey und Maryland stürmten ins Wohnzimmmer. Es waren sechs Beamte der Mordabteilung der Polizei von Philadelphia, fünf Staatspolizisten von Pennsylvania, zwei Beamte von Dumont, New Jersey und einer von Baltimore, Maryland. Überdies waren zwei Ermittlungsbeamte der Staatsanwaltschaft des Bergen County, New Jersey, dabei, von denen einer den Besitzer des blutbefleckten Hemds aus dem Sylvan Park ermittelt hatte. Auch zwei Kriminalbeamte von Dumont und einer von Baltimore waren anwesend.

«Wo ist ihr Mann?» fragte ein Beamter.

«Mein Mann?» antwortete Betty. «Was wollen Sie von Joe? Er hat nichts getan.» Zuerst hatte Betty vermutet, die Polizei sei gekommen, weil eines der Kinder etwas angestellt hatte.

Die Beamten durchsuchten das Haus. Drei rannten die Treppe hoch. Ein Beamter, der bei Betty blieb, sagte: «Ihr Mann wird wegen Vergewaltigung, Raub und Mord gesucht.»

«Oh Gott!» seufzte Betty.

Joe hatte Betty gesagt, daß er und Mike Einbrüche verübten. Wenn sie am Morgen, hin und wieder schon vor Tagesanbruch, das Haus verließen, stand sie auf und machte ihnen Frühstück. Joe erzählte mir auch, daß Mike und er, wenn sie einander verloren, Betty anriefen und ihren Aufenthaltsort übermittelten. Aber Betty konnte sich nicht vorstellen, daß Joe töten könnte. Sie hatte auch Mühe mit der Vorstellung, daß Joe jemanden vergewaltigt haben sollte, denn bei ihr war er schon während Monaten impotent gewesen. Sie war zum größten Teil aus dem gräßlichen Reich seiner Psychose ausgeschlossen und hatte nicht gewußt, daß der Tod, Joes Braut, ihre Nachfolgerin geworden war.

Betty ging zum Fernseher zurück und starrte wie hypnotisiert einige Minuten auf den Bildschirm. Dann sprang sie auf und warf dem Polizisten Obszönitäten an den Kopf: «Sie verdammter Hurensohn, Sie, Sie haben kein Recht, das zu tun!»

Sie kehrte zum Fernseher zurück, verfolgte kurz den Film und sprang dann wieder auf, um noch mehr Zoten von sich zu geben. Der Polizist beachtete sie nicht.

In der Zwischenzeit nahm Joe im Wohnzimmer seines eigenen Hauses den Telefonhörer in die Hand und stellte die Nummer von Arthur Gutkin ein. Michael stand neben Joe. Über ihnen donnerten schwere Schritte durch den Flur des zweiten Stockwerks. Dann raste ein Polizist die Treppe hinunter, das Gewehr auf sie gerichtet. Hinter ihm ertönte eine bekannte Stimme, angespannt und heiser:

«Das ist der Mann!» sagte Leutnant O'Neill, der harte Polizist, der vor nicht ganz vier Monaten im Roundhouse geschworen hatte, er würde Joe Kallinger erwischen.

«Keine Bewegung!» schrie der Polizist mit dem Gewehr.

O'Neill packte das Telefon, bevor Joe die Verbindung hergestellt hatte, und warf es auf den Boden. Der Polizist mit dem Gewehr stellte sich neben das Treppengeländer. Mit gespreizten Beinen, erhobenen Armen, eine Hand auf dem Geländer, in der anderen das Gewehr, bedrohte er Joe und Mike mit der Waffe.

«Zeigen Sie mir Ihren Haftbefehl», sagte Joe zu O'Neill.

Ein dritter Beamter, der hinter O'Neill die Treppe hinuntergekommen war, packte Michael am Hemd und schleppte ihn nach oben. O'Neill legte Joe seine dünnen Hände auf die Schultern und kommandierte: «Los!»

O'Neill stieß Joe die Treppe hoch und knurrte: «Kallinger, Sie haben Ihren Sohn Joseph getötet. Ich *wußte*, daß Sie wieder töten würden. Sie haben diese Krankenschwester in Leonia umgebracht! Mein Gott, wenn wir Sie nur früher hätten packen können, dann wäre sie noch am Leben!»

O'Neill stieß Joe durch den Flur und den Eingang, der die beiden Häuser miteinander verband, und dann die Treppe hinunter ins Wohnzimmer von Anna Kallingers Haus.

O'Neill ging zur andern Seite des Zimmers, um mit einem andern Beamten zu sprechen. Joe, der sich nicht zu rühren wagte, beobachtete die Polizisten, wie sie Schränke und Schubladen durchsuchten. Einige Staatspolizisten wollten nach nebenan gehen, um Joes Haus und die Schusterwerkstatt zu durchsuchen. Joe dachte an den Schmuck in der Staubröhre der Ausputzmaschine, an die wertvollen Steine von den in den Delaware-Fluß geworfenen Uhren und Ringen.

O'Neill kam zurück.

«Sehen Sie sich das hier an», sagte er, als er Joe den Haftbefehl reichte.

Sie nehmen mich im falschen Haus fest, dachte Joe, als er O'Neill den Haftbefehl zurückgab. Ein falscher Haftbefehl. Damit können wir sie packen.

Um elf Uhr nachts führten FBI-Agenten und Kriminalbeamte von Philadelphia Joe aus dem Haus, das während seiner Kindheit sein Gefängnis gewesen war und das er vor seiner Einkerkerung in Holmesburg zu einem Gefängnis für seine Frau, seine Kinder und sich selbst gemacht hatte.

Sowohl Joe als auch Mike, der getrennt abgeführt wurde, waren aufgrund eines staatsübergreifenden Haftbefehls festgenommen worden, und die Anklage lautete auf vier Entführungen, vier Raubüberfälle und einen Einbruchdiebstahl im Zusammenhang mit ihrem mutmaßlichen Angriff auf vier Frauen in der Gemeinde Susquehanna, einem Vorort von Harrisburg, Pennsylvania. Sowohl Joe als auch Mike ergaben sich widerstandslos und wurden in Haft genommen.

Joe wurde streng bewacht und mit Handschellen gefesselt ins Roundhouse gebracht, wo die höchsten Rechtsvollstreckungsbeamten der Gemeinde Susquehanna und Harrisburg im Dauphin County, Pennsylvania, sowie diejenigen von Dumont und Leonia im Bergen County, New Jersey, Lindenwold im Camden County, New Jersey und der Stadt Baltimore versammelt waren.

Das blutbefleckte Hemd und die Krawatte hatten zur Festnahme geführt. Joseph C. Woodcock, der Staatsanwalt des Bergen County, sagte zur Presse: «Hätten wir dieses wichtige Beweisstück nicht, wir wären immer noch am Suchen.»

Die Kleider wurden zuerst dem Kriminallaboratorium von New Jersey übergeben und dann jenen Detektiven, die auf Wäschereietiketts spezialisiert waren; die Spur führte nun einerseits zu den Berg Brothers, dem Laden in Philadelphia, wo das Hemd gekauft worden war, und andererseits zu Bright Sun Cleaners in Philadelphia, wo das Hemd gewaschen und mit dem Namen des Kunden versehen worden war.

Wäre nur von New Jersey Anklage gegen Joe und Mike erhoben worden, wäre es schwierig gewesen, sie in Pennsylvania festzunehmen. Doch einer der am 3. Dezember 1974 festgestellten Fingerabdrücke beim Raubüberfall in Susquehanna Township stimmte mit denjenigen auf Joseph Kallingers Karteiblatt überein. Dies war der Grund dafür, weshalb er und Mike aufgrund einer Anklage von Pennsylvania festgenommen wurden.

Nachdem sie aufgrund der Anklage der Susquehanna Township verhaftet worden waren, wurden sie mit Handschellen in einem neutralen Fahrzeug ins Dauphin County Gefängnis in Harrisburg, Pennsylvania, gebracht. Etwa auf halbem Weg wurde Mike aus dem Wagen genommen, und Joe sah, wie seine «Stärke und sein Mut» in der Dunkelheit verschwand.

Kurz vor Tagesanbruch am 18. Januar 1975 traf Joe im Gefängnis ein. Als er vor einem Jahr und fünf Monaten Holmesburg verlassen hatte, hatte er gewußt, daß dort etwas «Tiefgreifendes» mit ihm geschehen war. Zu jenem Zeitpunkt wußte er nicht, «wie weit es gehen würde». Es war so weit gegangen, daß Kallinger nun von der Polizei gejagt und von drei Staaten unter Anklage gestellt wurde.

Am 20. Januar 1975 - zwei Tage nachdem Joe im Dauphin County Gefängnis eingetroffen war - wurde er von New Jersey zweier bewaffneter Raubüberfälle (Dumont und Leonia) und des Mordes an Maria Fasching angeklagt.

Am 27. Januar 1975 wurde eine Vorverhandlung wegen der Anklagen des Susquehanna County durchgeführt. Ein Richter verfügte, daß genügend Beweismaterial vorhanden sei, um gegen Kallinger Anklage vor einem Geschworenengericht zu erheben. Diese Verfügung stützte sich auf die Zeugenaussagen von dreien der vier Opfer von Susquehanna Township, die Kallinger als ihren Angreifer identifiziert hatten. An diesem Tag fand auch eine Konfrontation von Joseph und Mike mit achtzehn Zeugen aus den Staaten statt, in denen die mutmaßlichen Verbrechen begangen worden waren.

Am 28. Januar 1975 wurde von einem großen Geschworenengericht des Camden County gegen Joe Anklage erhoben wegen Raubüberfalls und Vergewaltigung in Lindenwold. Zu den siebzehn verschiedenen Klagegründen der zwei Anklagen gehörten: Vereinigung von zwei oder mehreren Personen zu rechtswidrigem Handeln, Einbruch, bewaffneter Raubüberfall, Vergewaltigung, tätliche Drohung, das Tragen einer Pistole und eines Messers, Mitwirkung bei Jugendkriminalität, Verderben der Moral eines Jugendlichen und Morddrohung.

Am 28. Januar 1975 klagte die Polizei von Baltimore Joe wegen Raub an.

Dieses «Tiefgreifende», das mit Joe während seiner ersten Inhaftierung geschehen war, hatte bewirkt, daß er drei Morde verübte. Von den dreien war der Mord an Maria Fasching der einzige, dessen er angeklagt wurde, und auch der einzige, an den er sich erinnerte. Zumindest erinnerte er sich, wie er auf sie eingestochen hatte. Da Maria Fasching noch am Leben gewesen war, als er den Keller verlassen hatte, wollte er immer noch nicht glauben, daß sie tot war. In seinem Wahnzustand, seinem voll ausgereiften Verfolgungswahn und seinem Vergeltungsbedürfnis, glaubte er, daß die Mordanklage – wie auch alle andern Anklagen – gegen ihn erhoben worden war, weil die Polizei von Philadelphia ihn verfolgte, da er im Oktober 1974 zwei Zivilklagen gegen sie eingereicht hatte.

Er konnte die Anklage wegen Vergewaltigung von Camden nicht begreifen, denn er wußte, daß er in Lindenwold niemanden vergewaltigt hatte. Wieso Baltimore ihn nur wegen Raub und Dumont nur wegen bewaffnetem Raubüberfall anklagten, verstand er ebenso wenig. An beiden Orten war es zur Fellatio gekommen. Doch am meisten verwirrte ihn die Angelegenheit im Zusammenhang mit dem Fall von Susquehanna. Drei der vier Frauen, die er den Doppelgänger hatte umbringen sehen, hatten ihn bei der Gegenüberstellung identifiziert. Was Joe betraf, so hatte sein Doppelgänger diese Frauen umgebracht. Joes Halluzination war so intensiv gewesen, daß er nicht am Mord der Frauen und des einen Gatten durch den Doppelgänger zweifelte.

In Dauphin versteckte Joe seine Psychose und seine Qual hinter einer Maske von Überaktivität. Er erteilte seinen Anwälten, Malcolm W. Berkowitz und Arthur L. Gutkin, den Auftrag, öffentlich bekanntzugeben, daß ihr Klient es kategorisch verneine, irgendein Verbrechen, dessen er angeklagt sei, begangen zu haben, und daß die Anklagen nur erhoben worden seien, weil die Polizei von Philadelphia Joseph Kallinger belästigen wolle.

Im Dauphin County Gefängnis wurde Joe als Musterhäftling betrachtet, und er war «beim Volk» untergebracht; «Volk» bedeutet in der Gefangenensprache die Unterkünfte für die Gefangenen, die keine Schwierigkeiten machen. Dennoch ereigneten sich einige wenige vom normalen Verhalten abweichende Zwischenfälle, die jedoch nicht auffielen.

Am Tag der Vorverhandlung und der Gegenüberstellung entdeckte Joe, daß die Frauen der Gemeinde Susquehanna noch am Leben waren. Mrs. Bogin bezeugte bei der Verhandlung, daß er sie mit einem Messer in die linke Brust geschnitten hatte. Die Wunde hatte geblutet, war jedoch nicht so schlimm gewesen, daß sie hätte genäht werden müssen.

In dieser Nacht, als Joe allein in der Zelle war, hörte er sein altes Lachen aus den Tiefen des Bauchs aufsteigen und dann um ihn herum dröhnen. Es war seit jenem Tag nicht mehr aufgetreten, als er Joey zu den Lastwagen geschickt hatte.

Charlie war zwar abwesend, nicht aber der Doppelgänger. Die Stimme des Doppelgängers sagte zu Joe, er solle nicht mehr töten, sondern geduldig warten, bis Gott der Zerstörer ihm den Auftrag wieder erteile. Joe machte keine Schwierigkeiten, denn er war ziemlich sicher, daß er und Mike nach Hause zurückkehren würden, um mit dem Weltmassaker fortzufahren. Er hatte sich widersetzt, den Mord an Maria Fasching einzugestehen, obwohl Töten, als Bestandteil des Weltmassakers, nichts Unrechtes war.

Während der Zeit im Dauphin County Gefängnis mußte er sich auch mit dem Tod seiner Adoptivmutter abfinden. Am Tag seiner Festnahme hatte er gewußt, daß ihr Ende nahe war, aber jetzt, da sie gestorben war, war er traurig und bestürzt. Er befand sich zu dieser Zeit in einer religiösen Stimmung, und es war natürlich für ihn, daß er ihr vergab. Er wünschte, er hätte an ihrem Begräbnis teilnehmen können. Aber bevor er über ihren Tod informiert wurde, war sie schon auf dem Whitemarsh Friedhof begraben worden, wo auch ihr Gatte und Joey bestattet waren.

Man teilte Joe mit, daß Mike sich in der Jugendabteilung des Gefängnisses befand; er sah ihn zweimal kurz aus großer Entfernung im Flur. «Keine sehr langen Begegnungen», lautete Joes Beschreibung für diese flüchtigen Blicke.

Nach einigen Tagen wurde Michael jedoch in die Besserungsanstalt von Lancaster überführt, und am 6. März 1975, am Tag, da Richter William W. Lipsitt ihn zum Verbrecher erklärte, wurde er ins Youth Development Center in Cornwell Heights gebracht. Drei Wochen später wurde er ins Youth Development Center in Warrendale überführt, einer Anstalt zur Wiedereingliederung von jugendlichen Delinquenten. Richter Lipsitt war der Ansicht, daß Michael noch zu «retten» sei.

Ein Psychologe, der sich mit Michael befaßte, berichtete, daß er rebellisch, feindselig und immer in der Defensive sei; daß man nur mit einer langfristigen Analyse und einer Langzeit-Psychotherapie an ihn herankommen könne, daß er jedoch, solange alles nach seinem Willen ging, keine Bedrohung darstelle. Ein anderer Psychologe prophezeite, daß er seine Feindseligkeit und seine Aggressionen durch Schlägereien und unangepaßtes Verhalten abreagieren, zuerst aber versuchen würde, Ereignisse und Menschen anderweitig zu beeinflußen. Ein dritter Psychologe empfahl nachdrücklich, man solle Michael aus seinem familiären Milieu herausnehmen.

In Warrendale, wo Michael während anderthalb Jahren blieb, legte er gemäß eines amtlichen Berichts «eine bemerkenswerte Geschichte eines kontinuierlichen Erfolgsverhaltens» an den Tag.

Im September 1976 kam Michael, der sich immer noch unter der Obhut des Staates Pennsylvania befand, zu Pflegeeltern. Die Pflegemutter, eine Verwandte von Betty Kallinger, hatte sich um die ganze Kallinger-Familie, besonders um Michael gekümmert.

Während Michael in Warrendale und später bei den Pflegeeltern war, beanspruchte New Jersey von Pennsylvania das Recht, Michael in Gewahrsam zu haben. Nach einem langen Kampf zwischen den beiden Staaten entschied der Oberste Gerichtshof von Pennsylvania, daß die Auslieferung von Michael Kallinger an New Jersey zwingend sei. New Jersey hatte wegen dreier Verbrechen Anklage erhoben: zwei bewaffnete Raubüberfälle und der Mord an Maria Fasching.

Bei einer geschlossenen Verhandlung, die am 26. Januar 1979 stattfand, bekannte sich Michael vor Richter Arthur Minuskin vom Jugendgericht des Bergen County, New Jersey, in bezug auf die zwei Anklagepunkte der bewaffneten Raubüberfälle (Leonia und Dumont) für schuldig. Obwohl er eines sexuellen Angriffs in Dumont verdächtigt wurde, wurde in dieser Hinsicht nichts unternommen.

Staatsanwalt Roger W. Breslin empfahl, die Mordanklage fallenzulassen, da Michael nicht tatsächlich am Mord teilgenommen hatte. Er schlug auch vor, das Urteil in bezug auf die Raubüberfälle auszusetzen, «da der Jugendliche rehabilitiert worden ist und bei Pflegeeltern in Pennsylvania lebt.» Er fügte hinzu: «Würde man ihn noch länger in einer Anstalt behalten, würde dies all das Gute, das für ihn getan worden ist, wieder zunichte machen.»

Michael kam nach der Gerichtsbarkeit von Pennsylvania bis zum 25. Dezember 1982, seinem 21. Geburtstag, unter Bewährung. Zwei Bedingungen der auf Bewährung ausgesetzten Strafe bestanden darin, daß er die High School beenden müsse und nichts über den Fall veröffentlichen dürfe. Er wurde rechtsgültig seinen Pflegeeltern zurückgegeben.

Gegen Joe wurden aufgrund der Anklagen von Susquehanna Township zwei Prozesse geführt: vier Klagepunkte wegen Raubüberfalls, vier wegen Freiheitsberaubung und ein Klagepunkt wegen Einbruchs. Der erste Prozeß, der am 19. Juni 1975 begann, wurde wegen fehlerhaften Verfahrens abgebrochen, da die Frau eines Gerichtsbeamten, die die Geschworenen überwachte, sich mit einigen von ihnen über den Fall unterhielt. Sie sagte, Kallinger sei in bezug auf diese Klagepunkte schuldig, da er auch in New Jersey ein hängiges Verfahren habe, und jedermann wisse, daß er seinen Sohn, Joseph, umgebracht habe. Ein zweiter Prozeß begann am 8. September 1975.

Bei beiden Prozessen behaupteten die Anwälte der Verteidigung – Malcolm W. Berkowitz und Arthur L. Gutkin –, daß dem Staat Pennsylvania der Beweis von Kallingers Schuld mißlungen sei. Des weiteren vertraten sie die Ansicht, daß Kallinger für seine jüngst begangenen Handlungen nicht verantwortlich sei, weil er wiederholt Giftstoffe eingeatmet habe, und daß Kallinger zum Zeitpunkt der Verbrechen den Unterschied zwischen Recht und Unrecht nicht gekannt habe, weshalb er für diese Verbrechen nicht zur Verantwortung gezogen werden könne, auch wenn er sie begangen habe.

Elizabeth (Betty) Kallinger bezeugte, daß ihr Gatte oft Stimmen gehört und Gegenstände gesehen habe, die nicht wirklich da waren, und sie führte an, daß er gesagt hatte, er erhalte direkt von Gott Handlungsanweisungen.

Frederick Rieders, ein Chemiker und ehemaliger Cheftoxikologe, bezeugte, daß Toluindämpfe, eine der von Kallinger verwendeten Chemikalien, Vergiftungen, Hirnschädigungen und abnormes Verhalten verursachen könnten.

Dr. Robert Sadoff, Psychiater der University of Pennsylvania, bezeugte, daß verschiedene Diagnosen Kallingers Schizophrenie und Paranoia nachgewiesen hätten, daß er aber ein Grenzfall zu sein scheine. «In Zeiten von emotionaler Überbeanspruchung und zusätzlich zu den Auswirkungen des Leims», sagte Dr. Sadoff, «hat es Augenblicke gegeben, in denen er in eine Psychose hineingerutscht ist, wie dies die von seiner Frau beschriebenen Halluzinationen bestätigen.» Der Psychiater fügte hinzu, daß komplizierte psychologische Untersuchungen notwendig wären, um festzustellen, ob Kallinger zwischen Recht und Unrecht unterscheiden könne. Dr. John Hume, der Psychiater der Staatsanwaltschaft, der Joe nicht nur untersuchte, sondern ihn auch während des Prozesses beobachtete, bezeugte, daß er *nicht* psychotisch sei.

Die einzige Zeugenaussage, die beim zweiten und nicht beim ersten Prozeß abgegeben worden war, kam von Joe. Er bezeugte, daß er direkt mit Gott sprach, daß er tausend Jahre alt war und daß er einmal ein Schmetterling gewesen war.

Die Geschworenen, die sich während einer Stunde berieten, befanden Joe in allen neun Punkten der Anklage für schuldig. Da sie zu diesem Urteil gelangten, hielten sie Joe natürlich für geistig normal.

Nach dem Prozeß wurde Joe vom Dauphin County Gefängnis ins Zuchthaus überführt, ins State Correctional Institution in Huntingdon (SCIH). In Huntingdon, das im südlichen Allegheny-Gebirge in Mittel-Pennsylvania liegt, war er vom 7. Oktober 1975 bis am 16. Dezember 1975 in Untersuchungshaft, bis man ihn wieder ins Dauphin-Gefängnis zur Abbüßung seiner Strafe zurückbrachte.

Richter John C. Dowling des Dauphin County Court of Common Pleas, dem erstinstanzlichen Gericht für Zivil- und Strafsachen, der beide Prozesse präsidiert hatte und den ersten Prozeß hatte abbrechen lassen, war nun für die Verurteilung von Joe verantwortlich. Der Richter war im Lauf der Prozesse sehr kritisch gewesen und hatte keine persönlichen Kommentare zum Angeklagten abgegeben. Bei der Urteilsverkündung drückte der Richter jedoch seine eigenen Gefühle aus und sagte: «Sie sind ein böser Mensch, Mr. Kallinger, völlig entartet und abscheulich.»

Er verurteilte Joe zu einer Gefängnisstrafe von mindestens dreißig und höchstens achtzig Jahren.

Joe hatte zwei bis vier oder fünf bis zehn Jahre erwartet. «Das Leben wich aus mir», sagte er mir am 28. März 1982. «Ich wußte, daß ich nie mehr rauskommen würde.»

Joe war nicht wegen Mordes unter Anklage gestanden. Er wurde wegen Einbruchs, Raubüberfalls und Freiheitsberaubung verhört, und doch war die Mindeststrafe von dreißig Jahren länger, als sie üblicherweise für Mord ist. Im Durchschnitt bedeutet eine lebenslängliche Strafe für Mord bedingte Strafaussetzung nach vierzehn Jahren.

Beim Mittagessen im Bar Club in Harrisburg sagte mir Richter Dowling am 27. Mai 1977: «Ich hätte eine ganz leichte Strafe geben können. Ich hätte ihn auf Bewährung freilassen können. Ich hätte ihn nach Hause schicken und ihm sagen können, er solle diese Sachen in Zukunft unterlassen. Natürlich hätte die Öffentlichkeit dies nicht geduldet. Aber theoretisch hätte ich es tun können. Was mein Anstandsgefühl wirklich und wahrhaftig verletzte, war die Tatsache, daß er seinen Sohn mit hineingezogen hatte.»

Richter Dowling lehnte über den Tisch und sagte: «Ich prüfte, wie alt er war, und entschied mich für dreißig bis achtzig Jahre. *Ich wollte sichergehen, daß er nie mehr an die Öffentlichkeit kommt.*»

Als Joe am 22. Dezember 1975 ins SCIH-Zuchthaus zurückkehrte, war er der Gefangene Nummer K-2719 und kein Untersuchungshäftling mehr. Er war immer noch im B-Block, der von den Gefangenen als «das Loch» bezeichnet wird. Er durfte nicht in die Bibliothek gehen, konnte jedoch die Bücher, die er lesen wollte, beim Wärter verlangen. Mit derselben Intensität, mit der er im Zusammenhang mit Bonnies Krankheit medizinische Bücher gelesen hatte, verschlang er nun juristische Bücher. Wenn er etwas von Recht verstehen würde, glaubte er, könnte er Mittel und Wege finden, um freizukommen.

Kurz nach seiner Verhaftung machte er eine religiöse Phase durch. Er belegte einen Fernkurs und wurde Geistlicher der Universal Life Church. Bei beiden Prozessen hatte er seine Bibel bei sich und las während der Gerichtsverfahren darin. «Ich war nun von der Religion besessen», sagte mir Joe am 29. März 1982. «Wie es früher das Kegeln und die Pferderennen gewesen waren. Es ist lächerlich, wie diese Besessenheiten kamen und gingen, wie stark sie waren, und ich schäme mich, auf sie zurückzublikken.» (Als er von der Religion als Besessenheit sprach, bezog er sich nicht auf seine Visionen von Gott und auf die «göttlichen Befehle», die er erhalten hatte.)

Joe schämte sich auch, daß er beim zweiten Prozeß ausgesagt hatte, tausend Jahre alt und früher einmal ein Schmetterling gewesen zu sein. Er hatte dies während einer Natrium-Amytal-Sitzung gesagt, die von Dr. Robert Sadoff, dem Psychiater der Verteidigung geleitet wurde. Die Anwälte der Verteidigung baten Joe, diese Aussage vor Gericht zu wiederholen, denn die Amytal-Sitzung konnte nicht als Beweis verwendet werden. Joe hatte sich als Kind bewußt ein Zuhause bei den Schmetterlingen schaffen wollen. Vielleicht wünschte er sich das damals, weil er als Kind im Unterbewußtsein glaubte, er *sei* ein Schmetterling, denn das war es, was das Natrium-Amytal, das als Wahrheitsserum bekannt ist, hervorgebracht hatte. Als Erwachsener hatte sich Joe während des Prozesses geschämt, als Staatsanwalt LeRoy Zimmermann verschiedene Schmetterlingsarten aufgezählt und Joe gefragt hatte, zu welcher Art er denn nun gehöre.

«Sie machen sich über mich lustig», sagte Joe zum Staatsanwalt.

Zuhause und im Dauphin County Gefängnis war Joe peinlich genau auf seine Erscheinung bedacht gewesen. Im SCIH-Zuchthaus rasierte er sich sowohl vor als auch nach den Prozessen äußerst selten, hielt seine Zelle nicht sauber, ließ seine Toilette überlaufen und warf Essen in der Zelle herum und durch die Gitterstäbe auf den Flur.

Er brach wegen seines Gesundheitszustandes in Panik aus und beklagte sich, er hätte Blut im Urin festgestellt. Gefängnisärzte behaupteten, das sogenannte Blut sei von ihm selbst beigemischter Pflaumensaft. Aber er bestand und besteht immer noch darauf, daß es sich um echtes Blut handelte und der Pflaumensaft eine Verschleierungstaktik des Gefängnisses war.

Hin und wieder brach er in den Kristorah-Gesang aus. Als ein Wärter ihn hörte, schrieb er auf ein Beobachtungsblatt: «Kallinger murmelt griechisch.»

Der Doppelgänger erschien nicht, doch Charlie kam. Joe mußte verschiedene Male auf dem Fußboden übernachten, da Charlie nicht von der Pritsche zu bewegen war.

Eines Nachmittags hatte Joe starke Kopfschmerzen, weil Charlie in der Zelle herumschwebte. Joe beklagte sich bei einem Aufseher über Charlie. Der Aufseher meinte, Charlie würde verschwinden, wenn Joe die Wolldecke ausschüttelte. Joe tat, was ihm der Wärter empfohlen hatte, doch Charlie blieb in der Zelle, bewegte sich knapp über Joes Pritsche auf und ab und blickte Joe mit einem hämischen Zwinkern an. Dann fiel sein Haar langsam über sein konturloses Gesicht. Joe sagte dem Wärter, daß Charlie immer noch da sei; der Wärter trennte die beiden schließlich, indem er Joe in eine noch schlechtere Zelle steckte.

Joe streckte sich in der neuen Zelle auf der Pritsche zum Schlafen aus und träumte vom Teufel. In jener Zeit tauchte in seinen Träumen immer wieder der Teufel auf, oder die Träume kamen vom Teufel, wie Joe glaubte. Joe hatte nun ein anderes Bild vom Teufel als in seiner Kindheit und zu Beginn seiner zweiten Ehe, als ihm der Teufel befohlen hatte, Feuer zu legen.

«Augen erschienen im Kopf des Teufels», sagte mir Joe, «die Augen wurden weiß. Ich stand unter der Macht des Teufels und kam in eine Welt, die böse war. Ich sah den Teufel in Form von bösen Dingen. Zum ersten Mal dachte ich, daß Charlie aus der Welt des Teufels stamme. Seine Augen erschienen wie diejenigen des Teufels und sahen auch gleich aus.»

Charlie kam immer wieder zurück. «Er sagte mir», erinnerte sich Joe, «ich sollte die Toilette zum Überlaufen bringen und Fäkalien an die Wände schmeißen. Er befahl mir, mein Essen in der Zelle herumzuwerfen und auf den Flur hinauszuschleudern. Ich tat es. Ich war völlig übergeschnappt. Ich tat es, wenn Charlie es mir befahl. Ich tat es von mir aus. Oft wußte ich nicht, ob ich diese Dinge von mir aus tat oder weil Charlie sie mir befohlen hatte. Ich sagte dem Wärter immer wieder: ‹Charlie hat es getan.› Die Wärter lachten mich aus. Dr. Wawrose, der Gefängnispsychiater, glaubte nicht, daß es Charlie wirklich gab. ‹Sie haben nie gesagt: ‹Hier ist Charlie›, meinte Dr. Wawrose. Was hätte ich tun sollen, Flora? Hätte ich sagen sollen: ‹Nun, Charlie, warte, bis Dr. Wawrose hierher kommt.› Auf seine Art hat sich Dr. Wawrose auch über mich lustig gemacht.»

Joe wußte, daß er Charlie loswerden mußte. «Diese Augen», erinnerte er sich, «die mich immer anstarrten, diese Lautsprecherstimme, die mich herumkommandierte. Charlie hat mir mal gesagt, er fürchte sich vor Wasser. So füllte ich denn dreißig Becher mit Wasser und stellte sie vor meine Zelle. Ich tat dies immer und immer wieder. Gitterstäbe konnten Charlie nicht abhalten. Wasser war das einzige, das ihn fernhalten konnte.»

Joe hatte nun mehr Angst vor Charlie als früher. «Mit all der Zeit, die ich im Zuchthaus hatte, ihn zu sehen und über ihn nachzudenken», berichtete Joe, «wurde mir klar, daß er mit seinem Kopf, der einfach in der Luft schwebte, seiner Körperlosigkeit unter dem gesichtslosen Gesicht, das Symbol des Todes, *meines* Todes war.»

Als Joe in der Mitte der Zelle stand, spürte er sein Blut vom Kopf in die Füße stürzen. Er hatte ein feuchtes, kaltes Gefühl von Kopf bis Fuß. Joe war sicher, daß der Tod ihm ins Auge blickte.

Er fiel auf den Boden und schrie. Er dachte, sein Herz habe zu schlagen aufgehört. Dann spürte er die Herzschläge wieder. Er wußte, daß er durch das Tal der Finsternis gegangen war und daß sich hinter den Bergen, die er zu beiden Seiten gesehen hatte, der Himmel befand.

Am Mittelfinger der rechten Hand trug er einen massiven Goldring mit einem roten Stein. Zuerst glaubte er, der Ring sei, wie Charlie, ein Symbol für den Tod. Später wurde der Ring zu einem Symbol für das Leben. Er kündigte eine Zukunft an, in der Joe wohlhabend und elegant gekleidet sein würde. Sein Traum vom Leben in einer vornehmen Stadtrandsiedlung war noch nicht begraben.

Joe war davon überzeugt, daß er gestorben war, aus seinem Körper getreten und wieder ins Leben zurückgekehrt. Als er vom Fußboden aufstand, erinnerte er sich, daß es der 17. Januar 1976, der erste Jahrestag seiner Festnahme war. Er entsann sich der Geister des Januars und fragte sich, wo sie wohl seien. Er fragte sich auch, was der Januar Besonderes an sich hatte, daß er jedesmal zu einem Wendepunkt in seinem Leben führte. Seine erste Festnahme fand im Januar 1972 statt. Die zweite und endgültige im Januar 1975. Nun, am Jahrestag seiner zweiten Verhaftung, war er, wie er glaubte, gestorben und wieder ins Leben zurückgekehrt.

Am 26. Februar 1976 wurde Joe vom SCIH ins Bergen County-Gefängnis in Hackensack, New Jersey überführt, um auf den Mordprozeß Fasching zu warten. Im SCIH war Joe immer in Einzelhaft gewesen. Er war sogar in den Glaskäfig, die schlimmste Zelle des Zuchthauses, gesteckt worden. Das SCIH warnte das Bergen County-Gefängnis, daß Joe ein schwieriger und aufrührerischer Gefangener sei. Als er das SCIH verließ, schrien die Wärter hinter ihm her: «Aber daß du uns ja Charlie mitnimmst!»

21

Nicht frei zu sterben

Am 19. Juli 1976 war Joe seit beinahe fünf Monaten im Bergen County Gefängnis in Hackensack, New Jersey. Er wartete auf den Mordprozeß.

Es waren schlimme Monate gewesen. Er hatte sich geweigert, mit seinem Anwalt, Paul J. Giblin, zusammenzuarbeiten. Sogar gegenüber den Psychiatern der Verteidigung, Dr. Irwin N. Perr und Dr. Jonas R. Rappeport, war er meist sehr schweigsam. Manchmal war sein Benehmen so unbeherrscht, daß er zu seiner eigenen Sicherheit und derjenigen der Wärter an die Pritsche gebunden werden mußte.

Joe lag nackt auf dem Fußboden des Grünen Raums*, einer Isolationszelle für aufrührerische und suizidgefährdete Gefangene, schrie «Mama» und spielte mit Papierflugzeugen. Er hatte die Flugzeuge aus einem Bogen Papier gefertigt, den er im Versorgungslager gekauft hatte, bevor er isoliert worden war. Ein Wärter beugte sich über Joe, nahm ihm die Flugzeuge weg und versetzte ihm einen Stoß in die Nieren.

Auch an diesem 19. Juli war Joe wieder im Grünen Raum. Ein Wärter befahl ihm, sich für sein Interview mit einer Autorin anzuziehen. Als er sich anzog, phantasierte Joe, daß die Autorin, Flora Schreiber, eine CIA-Agentin sei, die versuchen würde,

* Gemäß den vom ‹*State Office of Inmate Advocacy*›, dem Staatlichen Büro für die Verteidigung von Gefangenen, eingegangenen Klagen, die im April 1977 veröffentlicht wurden, wurden Gefangene in dieser Isolationszelle geschlagen und andern grausamen und ungewöhnlichen Strafmethoden unterzogen. Die Klagen konnten nicht überprüft werden, da es außer den Gefangenen selbst keine Zeugen gab. Auf Betreiben des *Inmate Advocacy Office* wurde der Grüne Raum jedoch abgeschafft.

ihn über seine intimsten Geheimnisse auszuhorchen. Was für einen besseren Weg gibt es für eine Spionin, mich zu erwischen, dachte er sich, als mir zu sagen, daß sie ein Buch über mich schreibe?

Das Bergen County-Gefängnis weist fünf Etagen auf und ist auf beiden Seiten von einer hohen, domförmigen Rotunde flankiert. Ich saß in einer Nische auf der zweiten Etage und sah einen Wärter in einer braunen Uniform mit einem Gefangenen im vorschriftsmäßig grüngrauen Anzug auf mich zukommen.

Der Gefangene hatte dichtes, pechschwarzes Haar. Sein schwarzer Bart, der einige graue Stellen aufwies, war sauber gestutzt. Der Gefangene sah zerbrechlich und dünn aus. Er wirkte kleiner als einsfünfundsiebzig, denn er schien in sich zusammengefallen, als er leicht gebeugt neben dem Wärter herschlurfte. Sein wachsgelbes Gesicht zeigte die Spuren der Haft.

Der Wärter ließ uns allein; er würde vor der Nische warten. Anthony Pistilli vom Anwaltsbüro Giblin, der bei mir war, wandte sich an den Gefangenen und sagte: «Mr. Kallinger, das ist Professor Schreiber.»

«Guten Tag, Mrs. Schreiber.» (Im Grunde genommen hätte er «Professor oder Miss Schreiber» sagen sollen.)

«Guten Tag, Mr. Kallinger.»

Kallinger nahm mir gegenüber am Tisch Platz. Seine Mundwinkel verzogen sich etwas. Er versuchte zu lächeln. In fünf Monaten würde er vierzig werden, aber er sah jünger aus – mit Ausnahme der Augen. Obwohl er gut sehen konnte, sahen die starren, braunen Augen wie diejenigen eines Blinden aus. Sie wirkten tot. Er wartete auf seinen Mordprozeß, und obwohl er unter strengen Sicherheitsmaßnahmen stand und keine Waffe trug, überkam mich eine irrationale Angst, er könnte mich umbringen.

Obwohl Joe und ich beide voreinander Angst hatten, verlief das Interview an jenem Tag sowie dasjenige zwei Tage später gut. Meine Angst vor dem Mann verwandelte sich in Mitleid für das Kind, denn die Augen, die wie tot ausgesehen hatten, waren nun mit Traurigkeit und Schmerz gefüllt. Joes Angst vor mir war auch verschwunden. Als Joe auf eine Bitte von Giblin einging, die im Zusammenhang mit einigen Tonbändern stand, die Joe in einem

Banktresor aufbewahrte, schrieb er: «Ich kann mich nicht an das erinnern, was auf irgendeinem dieser Tonbänder ist, und deshalb kann ich nicht mit ihnen zusammenarbeiten. Ich hatte die Tonbänder in Tat und Wahrheit vollkommen vergessen. Ich kann mich jetzt bloß wegen dieser netten Frau, Mrs. Schreiber, erinnern.»

Aber für eine gewisse Zeit sah es so aus, als würden Joe und ich einander nie mehr begegnen. Die Gerichtskanzlei teilte mir mit, daß ich für weitere Interviews eine Genehmigung des Gerichts benötige. Das Gericht weigerte sich, die Bewilligung zu erteilen, und Giblin legte bei der Appellationsinstanz des Obersten Gerichtshofs Berufung ein. Er argumentierte, daß ich «für die vollständige Vorbereitung der Verteidigung» nötig sei, weil ich nicht nur «wesentliche Informationen über die Vergangenheit des Angeklagten zusammengetragen, sondern auch sein Vertrauen und Zutrauen gewonnen hatte.»

Wir hatten mit der Berufung Erfolg; das Appellationsgericht erlaubte mir weiterhin das Zusammentreffen mit Kallinger. Larry McClure, der oberste Staatsanwalt des bevorstehenden Mordprozesses, legte gegen die Entscheidung beim Obersten Gerichtshof des Staates New Jersey Berufung ein. Der Oberste Gerichtshof bestätigte jedoch die Entscheidung des Appellationsgerichts, und am 25. August 1976 konnte ich meine Interviews mit Joe wiederaufnehmen. Ich sah ihn auch am 26., 27., 30. und 31. August sowie am 1. und 2. September.

Joe, der sich nun in einer Normalzelle befand, von der er den Parkplatz überblicken konnte, schaute jeden Abend zum Fenster hinaus, um mein Eintreffen nicht zu verpassen. Eines Abends zeigte er mir einen Ort auf dem Parkplatz, wo sich Betty mit der dreijährigen Bonnie hinstellen könnte, was auch stattfand. Er wollte Bonnie sehen, aber er wollte auch, daß Bonnie ihn sah. «Was erzählt man Bonnie über mich?» fragte er mich. «Man sollte ihr erklären, daß ich nicht freiwillig weggegangen bin.» Er hatte Angst, Bonnie könnte glauben, er habe sie verlassen.

Ich hatte Joes Vertrauen gewonnen, aber am Abend des 2. September wußten wir beide, daß dies vielleicht mein letzter Besuch sein würde. Ich mußte am nächsten Tag vor drei Geschworenen in Brielle, New Jersey, erscheinen, denn McClure hatte das Appellationsgericht angerufen, mich wegen Missachtung des Gerichts vorzuladen. Er behauptete, daß ich mich am Tag, da ich die Interviews mit Kallinger wieder aufgenommen hatte, einem Befehl des Gerichts, bis nach dem Prozeß weder schriftlich noch mündlich etwas zu veröffentlichen, vorsätzlich widersetzt hätte.

Das Schiedsgericht, unter dem Vorsitz von Robert A. Matthews, lehnte die Klage ab. Richter Matthews sagte, daß die Berichterstattung nach meiner Unterhaltung im Presseraum nicht umfassend gewesen sei und daß er in Brielle nichts davon gehört habe. Er teilte mit, daß das Gericht mich wegen Missachtung des Gerichts vorladen würde und daß ich Joseph Kallinger weiterhin interviewen dürfe.

Einige Tage vor Beginn des Mordprozesses war ich bei Joe, als sich seine Arme plötzlich vor- und rückwärts über den Tisch bewegten. Sein Blick war verwirrt. Ich versuchte, mit ihm zu reden. Er schien mich nicht zu hören. Während ungefähr zehn Minuten bewegte er die Arme. Er hielt die Augen offen, nahm jedoch nichts wahr.

Er kam wieder zu sich und fragte: «Wo sind wir stehen geblieben?» Ich stellte ihm weitere Fragen, als ob nichts geschehen wäre.

Am nächsten Abend kam er mit unsicheren Schritten auf mich zu; er grüßte mich nicht mit Namen, sondern schnitt bloß eine Grimasse. Er setzte sich mir gegenüber. Ich versuchte, mit ihm zu sprechen. Die einzige Antwort war ein zwitscherndes Geräusch, das von noch intensiveren Armbewegungen als am Vorabend begleitet wurde. Dann schien er zu singen. Ich glaubte etwas wie «Kristorah» zu hören.

Er glitt vom Stuhl auf den Boden. Hände und Körper wanden sich. Die Bewegungen waren anmutig wie diejenigen eines Tänzers. Das Zwitschern und Singen hielt an. Ich beugte mich über ihn und fragte, ob ich ihm helfen könne. Keine Antwort. Ich versuchte, ihn vom Boden hochzuziehen, was mir aber nicht gelang. Da ich wollte, daß er sich auf ein Bett lege, rief ich einen Wärter. Als er den Gefangenen vom Boden hochzog, sagte er: «Na komm schon, Joe, die Show ist vorbei.»

Ich spürte, daß Joes Verhalten Ausdruck einer tiefliegenden

inneren Störung war. Als ich mehr über seine Vergangenheit erfuhr, wurde mir klar, daß dieses Verhalten eine verstärkte Form der schlangenähnlichen Bewegungen war, die sein Adoptivvater bemerkt hatte, als Joe fünfzehn gewesen war, und die auch während der Augenblicke der Spannung in der ersten und zweiten Ehe hin und wieder aufgetreten waren.

Auch beim Mordprozeß wand sich Joes Körper, Hände und Arme bewegten sich hin und her. Er tanzte. Er seufzte und stöhnte, gab schlürfende und keuchende Geräusche von sich. Er hatte Schaum vor dem Mund, fiel von Stühlen hinunter und streckte dem Richter die Zunge heraus. Er zwitscherte wie ein Vogel und gab unverständliche Laute, wie zum Beispiel «Kristorah» von sich.

Dieses unberechenbare Verhalten nahm seinen Anfang während der Auswahl der Geschworenen, und Richter Thomas F. Dalton entließ die ausgewählten Geschworenen, damit sie keine Vorurteile dem Angeklagten gegenüber haben würden. Der Richter warf Kallinger aus dem Sitzungssaal hinaus und sagte, er könne zurückkommen, wenn er sich anständig benehme. Als die abgesetzten Geschworenen hinausgingen, starrte eine Geschworene Kallinger mit glasigem Blick an und sagte zu ihrer Begleiterin: «Gott sei dank können wir gehen. Bring mich so schnell wie möglich fort von hier.»

Als Kallinger dreizehn Tage später zurückkam, war ein neu ausgewähltes Geschworenenkollegium an der Arbeit. Das aus zehn Männern und sechs Frauen bestehende Kollegium, das vier Stellvertreter einschloß und einen Querschnitt des Bergen County darstellte, das sich aus wohlhabenden Vororten und Arbeiterstädten zusammensetzt, sah den Angeklagten zum ersten Mal. Sein Kopf bewegte sich immer noch ruckartig auf und ab, als er am Tisch der Verteidigung saß, aber er war ruhiger als vor den rechtlichen Ausführungen, die vor dem Eintreten der Geschworenen stattgefunden hatten.

Die Geschworenen setzten sich aus Sekretärinnen, Angestellten aus dem Dienstleistungssektor, gelernten Arbeitern, Geschäftsleuten und einer Hausfrau zusammen. Das Kollegium, das sich während des Prozesses zurückziehen mußte, war schließlich ausgewählt worden, nachdem man während fünfeinhalb Tagen mehr als 150 mögliche Geschworene interviewt hatte. Die meisten der befragten Geschworenen sagten, sie hätten wegen des dem Prozeß vorausgegangenen Aufsehens zu große Vorurteile Kallinger gegenüber, um unbefangen zu sein. Einer sagte: «Wenn er in bezug auf die Vergewaltigung oder den Raubüberfall auf Unzurechnungsfähigkeit plädiert, so finde ich das in Ordnung, aber beim Mord nicht mehr.»

Die Anti-Kallinger-Gefühle waren so stark, daß besondere Sicherheitsmaßnahmen getroffen werden mußten. Jedermann, der den Sitzungssaal betrat, wurde mit einem Gerät durchleuchtet, wie es auf Flughäfen verwendet wird, um Bomben aufzuspüren.

In dieser Atmosphäre wurden während dreier Wochen zweiundvierzig Zeugen vernommen. Unter den Zeugen der Verteidigung befanden sich Betty, Stephen und Mary Jo. Auch Richard Kimmel, Joes ehemaliger Arbeitgeber, bezeugte Joes Geistesgestörtheit.

Kimmel sagte aus, daß Kallinger «einer der besten Schuster» in Philadelphia sei, beschrieb jedoch auch seine unberechenbaren Ausbrüche, weswegen ihn einige Leute den «verrückten Joe» nannten.

Betty, Stephen und Mary Jo beschrieben Joes Folterkammer im Keller. Mary Jo erzählte, wie ihr Vater sie mit einem glühenden Spachtel gebrannt hatte und widerrief damit ihren Widerruf der Kindsmißhandlung von 1972. Die Zeugenaussagen der Familie bestürzten die Zuschauer (und vielleicht auch die Geschworenen), überzeugten sie aber nicht von Kallingers Geistesgestörtheit.

Während des Prozesses hielt Joe einmal ein spitzes Stück eines Brillenglases in der Hand. Er wollte sich die Schlagader aufschneiden, doch ein Anwalt der Verteidigung und ein Gerichtsdiener konnten es ihm entwenden.

Kallingers zweiter Selbstmordversuch drei Tage später konnte ebenfalls verhütet werden. Das zweite Mal hatte er sich in seiner Zelle die Schlagader mit einem Reißverschluß aufzuschneiden versucht.

Für die Zuschauer wirkten die Selbstmordversuche ebenso

unecht wie die Bewegungen und Verrenkungen und deuteten ihrer Meinung nach genauso wenig auf Geistesgestörtheit hin wie die Zeugenaussagen der Familienmitglieder.

Fünf Zeugen der Staatsanwaltschaft identifizierten Kallinger als denjenigen Mann, der in das Haus eingebrochen war, wo am 8. Januar 1975 der Mord geschah. Für die Zuschauer wurde Kallinger aufgrund dieser Zeugenaussagen hundertprozentig für schuldig befunden.

Bei seiner einleitenden Erklärung zum Prozeß eröffnete Giblin, Kallinger sei «völlig verrückt» und Psychiater würden bezeugen, daß er am 8. Januar 1975 nicht zwischen Recht und Unrecht hätte unterscheiden können.

McClure sagte bei seiner Eröffnungsrede, daß die Anklage Psychiater in den Zeugenstand holen würde, «die (Kallingers) Machenschaften beobachtet hatten und bezeugen würden, daß sie nur vorgetäuscht seien, um seine Verfassung schlechter erscheinen zu lassen, als sie in Tat und Wahrheit sei. Er möchte gern für geistesgestört erklärt werden.» Der Staatsanwalt sagte weiter, das Beweismaterial ergebe «klar und eindeutig, daß Joseph Kallinger Maria Fasching ermordet habe und daß er für seine Handlungen durchaus als zurechnungsfähig betrachtet werden könne.» McClure sagte: «Jede Person, die so etwas tut, ist bis zu einem gewissen Grad abnormal», aber er fügte hinzu, daß die Zeugenaussagen belegten, daß der Angeklagte «die Art und Bedeutung seiner Handlungen» kannte und deshalb zum Zeitpunkt des Mordes, gesetzlich gesehen, geistig gesund gewesen sei.

Die Psychiater der Verteidigung, Dr. Irwin N. Perr und Dr. Jonas R. Rappeport, bezeugten, daß Kallinger psychotisch war. Dr. Perr beurteilte ihn als «Grenzfall-Schizophrenen mit einer Energiemischung aus Grausamkeit und Sexualität.» Dr. Rappeport sagte aus, Kallinger leide an paranoider Schizophrenie.

Die Psychiater der Staatsanwaltschaft, Dr. Norman C. Jablon, Dr. Frederick Wawrose, Dr. John Hume und Dr. Joseph F. Zigarelli, behaupteten, Kallinger sei nicht psychotisch, sondern leide an einer Persönlichkeitsstörung und sei eine asoziale Persönlichkeit - ein Psychopath oder Soziopath.

Dasselbe hatte Dr. Jablon bereits 1972 in Holmesburg gesagt, und die Diagnose blieb mit etwas verschiedenen Interpretationen dieselbe. Von den vier Psychiatern der Staatsanwaltschaft war Dr. Zigarelli der einzige, der mit dem Angeklagten vor dem Prozeß keinen Kontakt gehabt hatte. Dr. Wawrose kannte Kallinger von Huntingdon her, Dr. Hume vom Harrisburg-Prozeß und vom Dauphin County Gefängnis.

Was Dr. Jablon bereits 1972 gesagt hatte, wiederholte er nun, nachdem er Kallinger im Bergen County Gefängnis 1976 untersucht hatte. Er fügte hinzu, daß nun die Persönlichkeitsstörung nicht nur aus einer unangepaßten Persönlichkeit bestehe, sondern Anzeichen von sexuell abweichendem Verhalten, paranoide, obsessiv-zwanghafte und schizoide Merkmale aufweise.

Kallinger sei deprimiert, sagte Dr. Jablon, aber «es ist nicht ungewöhnlich, daß Gefangene deprimiert sind.» Trotz Kallingers Depression bemerkte der Arzt: «In seiner gegenwärtigen Lage freut er sich auf die Gespräche mit der Frau, die ein Buch über ihn schreibt.»

Weiter sagte Dr. Jablon, daß Kallinger simuliere.* Bei der Untersuchung hatte der Häftling tierische Laute ausgestoßen und dem Arzt seine Verachtung unmißverständlich kundgetan.

Dr. Wawrose berichtete von Charlie und den Wasserbechern, mit denen Kallinger Charlie von der Zelle hatte fernhalten wollen. Doch der Arzt meinte, daß Charlie ein imaginärer Begleiter und keine Halluzination sei, daß Kallinger in Huntingdon keinerlei Anzeichen «eines organisierten Wahnsystems» an den Tag gelegt habe.

Dr. Wawrose bezeugte, er habe zuerst geglaubt, der Angeklagte leide an einem Ganser-Syndrom.** Später sei auch er zur Ansicht gelangt, der Angeklagte simuliere. Dies schien sich zu bestätigen, als Kallinger in einer Sprache gesungen habe, die wie lateinisch oder griechisch geklungen habe. «Ich hatte nicht das Gefühl», bezeugte der Arzt, «daß dieses Verhalten echt war und mit Geistesgestörtheit in Verbindung gebracht werden könne.»

Erst als Kallinger Dr. Wawrose erzählte, daß Gott ihn be-

* «Simulation» ist die bewußte Vortäuschung einer Krankheit, um eine unangenehme Situation zu umgehen oder um einen persönlichen Gewinn zu erzielen.
** «Ganser-Syndrom» ist eine weit verbreitete Diagnose, die das Verhalten von Gefangenen charakterisiert, die andere in bezug auf ihre geistigen Symptome irreführen wollen.

suchen und daß er vielleicht ein Zeichen von ihm erhalten würde, glaubte der Arzt, daß es sich möglicherweise um eine Wahnidee handeln könnte. Er verwarf diese Idee jedoch wieder, weil er das Gefühl hatte, «Mr. Kallinger schmücke seine Symptome aus, er versuche sozusagen, uns glauben zu machen, daß er psychotisch sei.»

Dr. Wawrose bezeugte, daß Kallinger in Huntingdon an einer emotionalen Störung, nicht aber an einer bedeutenderen Geisteskrankheit gelitten habe. Er hatte geplant, Kallinger in eine Heilanstalt einzuweisen, nicht weil Kallinger psychotisch war, sondern weil er nach einem Aufenthalt dort ein besser angepaßter Gefangener sein würde. Er bezeugte auch, daß er nach seiner Untersuchung des Angeklagten im Zusammenhang mit dem laufenden Prozeß zur Ansicht gekommen sei, daß «Mr. Kallinger den Unterschied zwischen Recht und Unrecht in einem sehr konkreten und wörtlichen Sinn bekannt sei. Ich hatte zwar den Eindruck, daß Mr. Kallinger emotionale Probleme hatte, daß er jedoch im juristischen Sinn nicht geistesgestört war.»

Dr. Hume bezeugte, daß Kallinger «im allgemeinen kooperativ war und in keiner Weise in einer eigenen Welt zu leben oder in sich zurückgezogen schien. Ich bemerkte keinerlei Anzeichen eines anormalen oder merkwürdigen Verhaltens bei Mr. Kallinger.» Dr. Hume hatte Kallinger in Harrisburg neurologischen Tests unterzogen, und aufgrund der Ergebnisse zog er die Schlußfolgerung, daß Kallinger simuliere. Als Dr. Hume ihn für den Mordprozeß untersuchte, stellte er fest, daß Kallinger «fähig ist, Ziele zu erreichen, im Gegensatz zu Schizophrenen, die keine Ziele erreichen können. Ihre Gedanken weichen auf Gebiete ab, die mit der betreffenden Angelegenheit überhaupt nichts zu tun haben. Kallinger war fähig, angemessen auf Fragen zu antworten.»

Dr. Zigarelli bezeugte, daß der Angeklagte den Unterschied zwischen Recht und Unrecht kannte, als er in Leonia angeblich sieben Personen als Geiseln festhielt und eine Frau ermordete. «Meiner Ansicht nach», sagte Dr. Zigarelli, «war er sich der Art und Eigenschaft seiner Handlungen bewußt.»

Kallingers Bewegungen, sagte Dr. Zigarelli, zeigten, daß er die Symptome von Choreoathetose (auch Huntingdon chorea genannt) vortäusche. Der Arzt sagte ferner aus, daß Kallinger während der Untersuchung leicht deprimiert wirkte, und «zwar mit adäquaten Affekten reagierte, die jedoch leicht verflacht schienen.»

Dr. Zigarellis Diagnose lautete auf «gestörte Persönlichkeit mit nachweisbar schizoiden und leicht paranoiden Zügen», sagte aber, daß der Angeklagte ganz sicher *nicht* schizophren wäre. Der Arzt teilte den Geschworenen auch mit, daß Kallinger wisse, daß er etwas Unrechtes getan habe, da er anscheinend vom Ort des Verbrechens geflohen sei und ein blutiges Hemd, dank dem die Polizei ihn später aufspüren konnte, fortgeworfen habe. «Wenn man etwas Unrechtes tut, versucht man, fortzurennen», sagte Dr. Zigarelli.

Dr. Perr und Dr. Rappeport, die Psychiater der Verteidigung, hielten dem entgegen, daß Kallinger geistesgestört sei und zum Zeitpunkt des Mords nicht zwischen Recht und Unrecht habe unterscheiden können. Dr. Rappeport sagte, Kallinger leide unter den Auswirkungen einer paranoiden Schizophrenie des chronischen und heftigen Typus und sein Verhalten sei zur Mordzeit von der Krankheit beherrscht worden.

Dr. Perr, der siebzehn Stunden mit dem Angeklagten verbracht und ihn in Rutgers getestet hatte, bezeugte, daß sein Geisteszustand sich seit einigen Jahren verschlimmert habe.

«Er war sich zwar irgendwie bewußt, daß seine Handlungen gegen das Gesetz verstießen und ihn in Schwierigkeiten bringen würden», sagte Dr. Perr, «aber Recht von Unrecht unterscheiden zu können bedeutet, daß der Angeklagte fähig war, rationale Urteile zu fällen.

Er konnte sein eigenes Verhalten nicht eigentlich einschätzen, obwohl er sich einiger Aspekte bewußt war.»

Dr. Perr bezog sich auf die Hoffmann-von-Schlichten-Levitt-Diagnose und auf ihre Prognose vom Jahr 1972. «Diese Prognose hat sich bestätigt», sagte Dr. Perr aus.

Der Psychiater sagte außerdem, daß der Angeklagte «an einer Psychose litt, die einen äußeren Anschein von Rationalität aufweise.»

Als Larry McClure Dr. Perr ins Kreuzverhör nahm, fragte er, ob der Angeklagte nicht Rationalität bezeugte, als er eine Pistole, ein Messer und Klebband mitgenommen und andere «wichtige Schritte für einen erfolgreichen Raubüberfall» unternommen hatte?

«Nein», entgegnete Dr. Perr. «Seine Urteilskraft war klar eingeschränkt. Er war nicht erfolgreich. Es war unvermeidlich, daß er gefaßt werden würde, und er wurde gefaßt.»

«Seine Flucht am Tag des Verbrechens war aber erfolgreich», entgegnete McClure.

«Er hinterließ jedoch Visitenkarten», erwiderte Dr. Perr.

«Welche Visitenkarten?» fragte McClure.

«Ein Hemd mit seinem Namen», sagte Dr. Perr.

Aber wieso hätten die Geschworenen Perr und Rappeport Glauben schenken sollen, wenn sie der Mehrheit, die sich aus Zigarelli, Hume, Jablon und Wawrose zusammensetzte, glauben konnten?

Ein tragischer und brutaler Mord: Eine 22jährige Frau war durch das Messer eines Irren getötet worden. Natürlich brachte man der Frau und nicht dem Mörder alle Sympathien entgegen. Die Geschworenen interessierten sich nicht dafür, daß er krank war. Das Geschworenenkollegium der fünf Frauen und sieben Männer mußte sechsmal abstimmen - einmal für jeden der fünf Anklagepunkte Mord, Raubüberfall, bewaffneter Raubüberfall, Tragen einer gefährlichen Waffe und Beihilfe zur Delinquenz eines Minderjährigen und schließlich eine Abstimmung über die Frage der Geistesgestörtheit. Nach einer nur eine Stunde und vierzig Minuten dauernden Beratung kamen die Geschworenen bei jedem Klagepunkt mit nur einer Abstimmung zu einer einstimmigen Entscheidung.

Einige Geschworene sagten vor der Presse, sie glaubten nicht, daß Kallinger geistesgestört gewesen sei, als er sich zu seiner verbrecherischen Abenteuerreise aufgemacht hatte. Ein Geschworener ließ verlauten, daß der psychiatrische Beweis der Geistesgestörtheit von seiten der Verteidigung «niemanden beeinflußt hatte, mit dem ich gesprochen habe. Wir stüzten uns ausschließlich auf die Zeugenaussagen ab.» Die Zeugenaussage, wonach Kallinger 1972 geistesgestört gewesen sei, habe man nicht berücksichtigt, «weil wir uns nicht darum kümmerten, wie es ihm 1972 ging. Uns interessierte nur das, was er 1975 getan hatte.» Die tränenreichen Zeugenaussagen der Personen, die sich zur Zeit des Mordes im Haus befunden hatten, seien «lebhaft und überzeugend gewesen» und «diese Tatsachenberichte» hätten die Geschworenen am meisten beeinflußt.

Ein anderer Geschworener sagte: «Ich betrachte Kallinger als verrückt, aber nicht als geistesgestört. Es (d.h. sein Verhalten) brachte mich zum Lachen. Es war nur Theater.» Für diesen Geschworenen war Kallingers Verhalten während des Prozesses und nicht die Zeugenaussage der Psychiater ausschlaggebend.

Eine Geschworene, die Paul Giblin nach dem Prozeß traf, erzählte ihm, sie glaube Perr und Rappeport, habe jedoch Angst gehabt, daß Kallinger bei Freispruch nach einem kurzen Aufenthalt in einer Irrenanstalt wieder frei auf den Straßen herumlaufen würde.

Selbstverständlich gehörte Joe nicht auf die Straße, denn seine Wahnideen und Halluzinationen machten ihn gefährlich, da sie ihn zum Töten trieben. Aber der bloße Freiheitsentzug beseitigte nicht auf magische Weise seine Wahnideen und Halluzinationen. Letztere würden nur in der äußerst strukturierten Umgebung einer Irrenanstalt unter Kontrolle gebracht werden können, wo man Joe, nebst andern Therapien, auch psychotrope Medikamente verabreichen würde. Da er aber ins Gefängnis geschickt wurde, wo man ihn keiner Behandlung unterzog, setzten diese Geschworenen und der Richter, wie auch bereits diejenigen von Harrisburg, Joes Leben und das Leben seiner Mitgefangenen aufs Spiel, denn ohne Therapien und Arzneien würden Joes Wahnideen und Halluzinationen innerhalb der Gefängnismauern hervorbrechen und, wie wir sehen werden, ihn erneut zum Morden drängen.

Die in diesem Buch beschriebenen Tatsachen über Joes Kindheit waren mir zum Zeitpunkt des Prozesses noch nicht bekannt. Dr. Arieti und Dr. Robbins verfügten jedoch über diese Fakten, als sie Joe untersuchten und paranoide Schizophrenie diagnostizierten. Aber diese Fakten waren zum Zeitpunkt dieses Prozesses (und auch zum Zeitpunkt der andern zwei) völlig unbekannt. Dr. Perr und Dr. Rappeport waren allerdings über Joes orthopädische Experimente orientiert, was für sie ein eindeutiger Hinweis auf sein Wahnsystem und seine Psychose war.

Beim Prozeß im Bergen County wußte niemand, was Joe von Maria Fasching verlangt hatte; sicher wußte auch niemand, daß das, was er verlangt hatte, dem zentralen Trauma entsprang, um das sich seine Psychose drehte. Niemand wußte etwas über den Doppelgänger, über die «Rahmen», die Joe gesehen hatte, oder über Charlie, der vor dem Gericht als imaginärer Begleiter und nicht als Halluzination beschrieben worden war und Kallinger im Keller zum Mord anspornte.

Niemand wußte etwas von Joes Plan für das Weltmassaker oder über die Ursache seiner Psychose, die darin wurzelte, daß er als Kind mißhandelt worden war, und trotz der Zeugenaussagen von Perr und Rappeport glaubte kaum jemand, daß Kallinger psychotisch war.

Kallingers Bewegungen und Verrenkungen während des Prozesses wurden als absichtliche Vortäuschung von Wahnsinn betrachtet, die er vollführte, um als unzurechnungsfähig erklärt zu werden. Die Bewegungen waren jedoch, wie ich nun weiß und wie ich schon spürte, als ich sie zum ersten Mal im Gefängnis erlebte, nicht zu diesem Zweck erfunden worden. Sie waren zum ersten Mal aufgetreten, als Joe fünfzehn Jahre alt gewesen war.

Kallingers Geisteszustand und seine Absichten am Tag des Mordes waren dem Gericht nicht bekannt. Im allgemeinen ging man davon aus, daß er nur zum Stehlen ins Haus in Leonia gekommen war und der Mord – so tragisch er auch war – sich nur als ein Zufallsprodukt zum Raubüberfall ereignet hatte. Es wurde angenommen, daß der Mord geschah, weil Kallinger Maria Fasching vergewaltigen oder sie zur Fellatio zwingen wollte und sie sich widersetzt hatte. Der Autopsiebericht erbrachte keine Beweise für Vergewaltigung oder Fellatio, doch schenkte niemand diesem Umstand Beachtung.

Ein Antrag auf Geistesgestörtheit wird üblicherweise als «Rückzieher» betrachtet. Die Geschworenen bemerkten nicht, oder wollten nicht bemerken, daß es sich in diesem Fall tatsächlich um Geistesgestörtheit handelte. Joes Psychose war bereits existent gewesen, bevor er auch nur ein einziges Verbrechen begangen hatte, und seine Verbrechen entsprangen unmittelbar der Psychose, die vielleicht nie offensichtlicher war als bei dem, was er von Maria Fasching im Keller verlangt hatte. Nur ein hochgradig kranker Mensch kann den Befehl erteilen, einem Mann den Penis abzubeißen. Aber Kallinger wurde nicht als krank, sondern als böse betrachtet, genau wie in jener Zeit, als die Kallingers ihre Schlafzimmertür verriegelten und Anna den Antrag auf Schwererziehbarkeit stellte.

Richter Dalton, der den Geschworenen Richtlinien gab, hatte ihnen mitgeteilt, daß «gewisse kriminelle Handlungen von Bosheit, andere von einer Krankheit herrühren.» Als das Urteil der Geschworenen am 12. Oktober 1976 gefällt wurde, hatten sie selbstverständlich beschlossen, daß Kallinger nicht krank, sondern böse war. Es war ein Echo auf Richter Dowlings Aussage: «Sie sind ein böser Mensch.»

Am 15. Oktober 1976 verurteilte Richter Dalton Joe zu einer lebenslänglichen Haftstrafe im New Jersey Staatsgefängnis. Die Strafe würde auf die dreißig bis achtzig Jahre folgen, die ihm Richter Dowling in Pennsylvania auferlegt hatte.*

«Ich hatte es erwartet», sagte mir Joe. «Ich wußte auch, daß in Harrisburg bereits das Schlimmste geschehen war und ich die Strafe von New Jersey nie würde verbüßen müssen.»

Doch der Mann, der den Plan für das Weltmassaker entworfen hatte, konnte die Schande, ein verurteilter Mörder zu sein, nicht ertragen. Er ergriff die Flucht, indem er sich hauptsächlich mit der Krankheit befaßte, die er zu haben glaubte. Nachdem er Dr. Zigarelli, der sowohl Neurologe als auch Psychiater war, sagen gehört hatte, daß er die Symptome von Choreoathetose vortäusche, war Joe davon überzeugt, an dieser Krankheit zu leiden.

In diesem Geisteszustand wurde Joe nach dem Urteil von Hackensack in ein Gefängnis im Camden County, New Jersey, gebracht, um auf seinen Prozeß im Zusammenhang mit den Verbrechen in Lindenwold zu warten.

* Bei lebenslänglich wegen Mordes ist bedingter Straferlaß nach vierzehn Jahren und einigen Monaten möglich. Beim Urteil von Harrisburg, das nicht wegen Mordes ausgesprochen worden war, war bedingter Straferlaß erst nach dreißig Jahren möglich.

22

Anwalt in Handschellen

Am Tag seiner Verurteilung in Hackensack wurde Joe ins Camden County-Gefängnis überführt. Da man dort bereits über die Unterlagen verfügte, die sein schlechtes Verhalten in Gefängnissen und Zuchthäusern bekundeten, wurde er nach wenigen Stunden in die Lakeland-Außenstation in Blackwood, New Jersey, gebracht, wo man ihn in einc Zelle für aufrührerische Häftlinge steckte.

Er wurde in das von den Gefängnisinsassen sogenannte «Loch» gesperrt. Hinter einer Stahltür isoliert, hatte er keine privaten Gegenstände bei sich und durfte die Zelle nicht verlassen. In seinem ersten Brief an mich, den er von Lakeland abschickte, schrieb er wortschöpferisch: «Ich war nicht lange genug in ihrem Gefängnis, um irgendein schlechtes Verhalten zu tun. Sie verfrachteten mich aufgrund ihrer eigenen Selektiv-Gefühle hierher. Ich habe nie etwas getan, mit dem ich diese Behandlung verdient hätte.»

Obwohl er sterben wollte, hatte er Angst, die andern Gefangenen könnten ihn umbringen. Er glaubte, die merkwürdigen Körperverrenkungen könnten sie feindlich stimmen.

Am 15. März 1977 versuchte er Selbstmord zu begehen, indem er seine Zelle in Brand setzte. Er wurde in das Vroom-Gebäude des staatlichen psychiatrischen Krankenhauses in Trenton, New Jersey, überwiesen, wo er vom 15. März bis zum 5. April blieb.

Im Vroom-Gebäude verübte Joe einen weiteren Selbstmordversuch: Er versuchte, sich mit dem Plastiküberzug seiner Matratze zu erdrosseln. Daraufhin wurden Bett und Zubehör entfernt, und er wurde nackt in der Zelle gehalten, wo er von den Patienten und dem Pflegepersonal gesehen werden konnte.

Er verklagte Vroom für diese und andere Mißhandlungen. Der Fall wurde außergerichtlich am 20. Dezember 1979 zwischen dem Bundesgeneralanwalt von New Jersey und Joes Anwalt in dieser Angelegenheit, David A. Ruhnke, geregelt. Der Staat entschädigte Joe mit $ 1000.

Eine außergerichtliche Schlichtung war nötig, da Joe 1979 als nicht prozeßfähig beurteilt worden war. In Harrisburg, Hackensack und Camden hatte man ihn als prozeßfähig betrachtet. Aber 1979 war er seit dem 18. Mai 1978 Patient des Farview State Hospital in Waymart, Pennsylvania, gewesen, und Psychiater von Farview hatten ihn als prozeßunfähig erklärt.

Von Vroom aus schrieb Joe mir viele Briefe auf langen Streifen von Klopapier, da er nichts anderes zum Schreiben erhielt. Ein Brief handelte von einem Experiment, das Joe im Bann einer Wahnvorstellung in seiner Zelle durchführte. «An diesem Morgen», schrieb er, «befanden sich meine Handgelenke auf einem wilden Ausflug.» Seine Finger waren rot und roh, denn er hatte die Haut abgenagt. Die Bewegungen der Handgelenke ließen nach, aber der Schmerz in den Fingern war äußerst stark. Von den Fingerspitzen tropfte eine gelbliche Flüssigkeit.

Joe lag auf dem Boden und starrte die Wand an. Er beobachtete voller Faszination eine Schabe, die die Wand hinunter und dann über den Boden auf ihn zu krabbelte. «Wir schienen uns miteinander zu verständigen», schrieb Joe.

Er hob den Käfer auf ein kleines Stück Toilettenpapier. «Das Papier war so klein», schrieb er, «daß es den winzigen Körper wie eine Decke bedeckte.»

Er hielt den Käfer in der Hand, drehte und wendete ihn und zerquetschte ihn schließlich. Er tröpfelte sich die Säfte auf das rote, rohe Fleisch seiner Finger. Die Flüssigkeit lief von seinen Fingerspitzen. Über dem Fleisch begann sich eine gelbliche Schicht zu formen. Die Schmerzen ließen nach, und die Finger schienen zu heilen.

«All dies», schrieb er, «war der Beweis dafür, daß die mystischen Kräfte des Käfers wirksam waren, daß diese Kräfte wirkten, um alles Böse auszutreiben und zu heilen. Diese mystische

Kraft funktioniert auf dieselbe Art und Weise wie die Vaginalflüssigkeit einer Frau, die Hautkrankheiten an Armen und Beinen zu heilen vermag, indem sie die böse Kraft des Geistes entfernt. Schaben und Säfte können die bösen Geister heilen, die unter der Hautoberfläche am Werk sind.»

Am 12. April 1977, eine Woche nachdem Joe ins Camden Gefängnis zurückgekehrt war, kippte er ein Glas Milch über einen Häftling aus. Er wurde damit bestraft, daß er mir nicht telefonieren durfte. Er bat immer wieder darum, mich anrufen zu dürfen, was ihm jedoch verweigert wurde. Er warf ein brennendes Streichholzbriefchen in den Abfall, der sich in einer Ecke seiner Zelle angesammelt hatte.

Zelle 1 des E-Blocks ging in Flammen auf. Der ganze Block wurde evakuiert. Die Telefondrähte des Zuchthauses waren verbrannt, die Leitungen unterbrochen worden. Kallinger wurde nach Vroom zurückgeschickt.

«Es war wie der Wutausbruch eines Kindes», erzählte Joe mir später. «Mir war's egal. Ich wollte, daß die ganze Welt in Flammen aufging.»

Nach zwei Tagen in Vroom wurde Joe nach Camden zurückgebracht. Die Grüne Minna hielt vor dem Hauptgebäude des Camden County-Gefängnisses. Ein anderer Häftling stieg aus. Joe wurde mitgeteilt, daß er in die Lakeland-Außenstation in Blackwood zurückbefördert werde. Während der Fahrt riß er sich den leuchtend orangen Overall, die Anstaltskleidung der Insassen von Camden, vom Leib. Er wickelte sich das Kleidungsstück um den Hals. Ein Wärter vereitelte den Selbstmordversuch.

An diesem 14. April 1977 wurde Joe in der Lakeland-Außenstation mit Handschellen an einen Gitterstab seiner Zelle gekettet. Ein Wärter namens Carroll, früher Diensthabender im Haupttrakt des Gefängnisses und einer der Beamten, den Joe verklagt hatte, befahl, die Handschellen zu entfernen. Drei Stunden später befand sich Joe wieder in der Zelle 1 im E-Block.

Die Zelle sah wegen des Feuers wie ein Schlachtfeld aus. Das Waschbecken und die Toilette funktionierten nicht. Joe war über die Bedingungen, unter denen er leben mußte, wütend und ignorierte die Tatsache, daß er selbst der Verursacher dieser

Zerstörung gewesen war. Er wurde noch wütender, als ihm das Privileg des Telefonierens gestrichen wurde. Doch vereinzelt ließen es großzügige Wärter zu, daß er mich doch anrief. Im Gefängnis kursierte der Witz: «Wenn du Kallinger nicht mit Flora Schreiber telefonieren läßt, dann brennt er das ganze Gebäude nieder.»

Am 17. April 1977 schrieb mir Joe den im Vorwort zitierten Brief, in dem er folgende Bitte aussprach:

«Bitte kommen Sie, um mir hier, im Camden County-Gefängnis, zu helfen. Ich brauche Hilfe, um mein Selbst zu finden, und ich fühle mich nur wohl, wenn ich mit Ihnen von Angesicht zu Angesicht reden kann, wie wir dies so lange im Bergen County-Gefängnis getan haben. Ich vertraue Ihnen, und nach unsern Gesprächen ging es mir jedesmal besser.

Wenn wir meine Gedanken klären können, so daß ich in der Lage bin, zwischen Visionen und Wirklichkeit zu unterscheiden, wäre dies nicht nur für mich wichtig, sondern es wäre auch von größter Bedeutung, daß ich es dem Gericht hier mitteilen kann.

Das Vertrauen ist wichtig für mich. Und ich muß die Wahrheit kennen, sonst ist das Leben für mich nicht mehr lebenswert. Und ich traue nur Ihnen.»

Am 20. April 1977 schickte Eugene Salerno, stellvertretender Gefängnisdirektor und leitender Beamter des Camden County Gefängnisses, Joe ins Salem County-Gefängnis in Salem, New Jersey. Der Wechsel sollte nur eine Übergangslösung sein. In Salem traten Joes automatische Bewegungen dermaßen stark auf, daß der Gefängnisarzt Veitstanz (Chorea minor) diagnostizierte.

Als Joe am 31. Mai 1977 ins Camden Gefängnis zurückkehrte, fühlte er sich besser. Zwölf Tage später wurde er einem Vorverhör unterzogen, das er selbst beantragt hatte. Seine Wahnideen traten in den Hintergrund. Er drückte sich vernünftig, zusammenhängend und zielbewußt aus, als er Richter I. V. Di Martino erklärte, daß er keine Verteidigung mehr wolle, sondern von nun an sein eigener Anwalt sei. Seine Verteidigung würde sich auf die automatischen Bewegungen abstützen, sagte er.

Der Richter bemerkte, daß die Verteidigung in Tat und Wahrheit darauf hinauslaufe, daß Kallinger «wegen seines Geisteszustandes unfähig war, die zur Begehung dieser Verbrechen (der Lindenwold-Verbrechen) notwendige *Absicht* auszudrücken.» In Wirklichkeit war es Kallingers «Geisteszustand», die Wahnidee des Weltmassakers, gewesen, der die Absicht *erzeugt* hatte. Aber dies war nicht bekannt.

Joe versicherte dem Richter, daß er Ärzte als sachverständige Zeugen beibringen könne. Er sagte auch, er sei fähig, die Ärzte zur Beweiserhebung zu befragen und sie ins Kreuzverhör zu nehmen. Der für den Prozeß zuständige Staatsanwalt Arnold Golden sagte, Kallinger sei nicht in der Lage, sein eigener Anwalt zu sein, und führte als Beispiel Joes «Possen» beim Mordprozeß im Bergen County an. Dieses Verhalten, erwiderte Joe, sei der Grund, weshalb «die Art der Verteidigung, die ich fordere, gewährleistet sein muß.» Er führte als weiteres Argument an, daß die Ärzte, die er als Zeugen beim Prozeß auftreten lassen würde, es als neurologische Störungen diagnostizierten.

Richter Di Martino meinte, er sei «überhaupt nicht daran interessiert», was Kallinger anderswo getan habe, und er habe das Recht, sich selbst zu verteidigen. Joe verließ die Vorverhandlung als sein eigener Anwalt, und nun würde sogar der Staatsanwalt seine Briefe an ihn mit Joseph Kallinger, Esquire, adressieren.

Um sachverständige Zeugen für die Huntingdon-chorea zu finden, schrieb Joe an hundert Ärzte in verschiedenen Ländern der Welt. Er wandte sich auch an verschiedene Organisationen, die sich mit dieser Krankheit befaßten. Sein Eifer wurde jedoch durch die Tatsache gehemmt, daß er ein Häftling war. Er hatte keinen Zugang zu juristischer Fachliteratur. Da er seine Zelle in Brand gesteckt hatte, verfügte er nicht einmal mehr über seine eigenen Prozessunterlagen. Außerdem erhielt er von Bruce Robboy, den der Richter als seinen juristischen Berater ernannt hatte, abgesehen von Weisungen, wie ein Antrag vorzubereiten und einzureichen sei, keinerlei Unterstützung.

In seiner Verzweiflung begann Joe zahlreiche lange Briefe an den Richter zu schreiben. Und da er die Kontrolle über sich selbst verlor, die er seit der Rückkehr aus Salem hatte aufrecht erhalten können, legte Joe das dritte Feuer im Camden Gefängnis.

Am 23. Juli wurde eine Verhandlung durchgeführt, um erneut

zu beurteilen, ob Kallinger in der Lage sei, sich selbst zu verteidigen. Grund war nicht nur das von Joe gelegte Feuer, sondern auch die psychiatrischen Berichte des Bergen County, die Richter Di Martino nachträglich gelesen hatte. Der Richter hatte von den Psychiatern der Staatsanwaltschaft erfahren, daß Kallinger ein Soziopath sei und daß es sich bei seinen automatischen Bewegungen tatsächlich um «Possen» handle. Von den Psychiatern der Verteidigung hatte der Richter erfahren, daß Kallinger an paranoider Schizophrenie leide. Dieser Begriff erzeugt im Gerichtssaal dieselbe Wirkung wie der Begriff «Atheist», wenn er vom Papst ausgesprochen wird.

Ein weiterer Grund für die Neubeurteilung war ein Brief von Joe an das Gericht, in dem er die Krankengeschichte seiner leiblichen Eltern von St. Vincent's und verschiedene andere Dokumente aus seinem eigenen Banksafe anforderte. Für diese Handlung gab es einen triftigen Grund: Dr. Edward Bird, einer der Ärzte, denen Joe geschrieben hatte, hatte ihn um Informationen über seine Herkunft gebeten. Aber der Richter glaubte, daß Kallinger diese Dokumente lediglich anfordere, um den Prozeß hinauszuzögern.

Ein amtlich und schriftlich festgehaltener Meinungsaustausch zwischen Richter Di Martino und Kallinger über dessen Briefe zeigt, wie groß die Kluft war zwischen der juristischen, dogmatischen, peinlich genauen Welt des Gerichts und der Welt eines Mannes, der verzweifelt versuchte, aus der Geistesgestörtheit und dem Gefangenendasein zu entfliehen:

«Anwälte schreiben nicht jedesmal, wenn sie ein Problem haben, an das Gericht, Mr. Kallinger. Viele, sehr viele der Angelegenheiten, auf die Sie sich in Ihren Briefen beziehen, sind völlig irrelevant und oberflächlich.»

«Aber», erklärte Joe, «grausame und ungewöhnliche Strafmethoden sind . . .»

«Das hat nichts mit dem Prozeß in dieser Sache zu tun», unterbrach ihn der Richter.

«Wenn man angekettet und geschlagen wird», sagte Joe, «so wirkt sich das ungünstig auf die Dinge aus, die getan werden müssen.»

«Sie haben mich in meiner Eigenschaft als Richter gebeten,

Ihnen Gesetze, Urteile und Anmerkungen zukommen zu lassen. Glauben Sie, daß es Aufgabe des Richters ist, für Sie zu recherchieren?»

«Nein», antwortete Joe. «Ich wußte nicht, ob Richter es tun können oder nicht. Ich dachte, es würde an Ihnen liegen, eine Entscheidung über das Vorgehen zu fällen. Das Gefängnis ist nicht in der Lage, es zu tun.»

«Jeden Morgen, wenn ich in mein Büro komme», sagte der Richter, «finde ich einen Brief von Ihnen vor.»

«Ich dachte, ich würde mich dem Gericht gegenüber kooperativ verhalten.»

«Wenn ich mein Büro am Nachmittag betrete, finde ich wieder einen Brief von Ihnen vor.»

«Wollen Sie damit sagen, daß ich Ihnen überhaupt nicht schreiben sollte?»

«Mr. Kallinger, ich habe Ihnen das letzte Mal, als Sie hier waren, gesagt, daß das Einzige, was ich von Ihnen hören will, vorschriftsmäßige Anträge sind.»

Der zornige Vater hatte den kleinen Jungen zurückgestoßen, der fragte: «Wollen Sie damit sagen, daß ich Ihnen überhaupt nicht schreiben sollte?»

Nach der Verhandlung kehrte Joe, jetzt nicht mehr sein eigener Anwalt, ins überbelegte Gefängnis mit den engen Gängen zurück. Im Gefängnis gab es nicht nur Joe, der Feuer legte, sondern auch den Joe, der sich um einen epileptischen Gefangenen kümmerte, der auf dem Flur vor Joes Zelle hauste. Hier gab es auch den Joe, der eine Taube fütterte, die in seine Zelle geflogen war. Joe wurde rund um die Uhr bewacht, und einer der Wachhabenden verhöhnte ihn: «Ich finde diese Bewachung völlig überflüssig. Wenn du dich aufhängst oder verbrennst und stirbst, denk mal an all das Geld, das die Steuerzahler sparen würden.» Es gab aber auch einen Wärter, der mir sagte: «Kallinger gehört nicht hierher. Er sollte in einem Krankenhaus sein.»

Für die andern war Joe ein Mann, der als Mörder verurteilt worden war und vor dem man Angst hatte. Wenn ich mich von ihm verabschiedete, sagte er oft: «Gehen Sie so weit wie möglich von den Zellen entfernt den Flur entlang. Es gibt alle möglichen Gestalten hier. Sie wissen nicht, was Sie Ihnen antun könnten.»

Er sah sich immer noch anders als die andern Gefangenen, wie er dies auch vor langer Zeit in Holmesburg getan hatte.

Der zweiwöchige Lindenwold-Prozeß begann am 11. Juli 1977 mit Robboy und nicht mit Kallinger als Verteidiger. Während des Prozesses logierte ich im Cherry Hill Inn in Cherry Hill, New Jersey, in der Nähe von Camden. Tagsüber wohnte ich den Gerichtsverhandlungen bei, und wenn sie vertagt wurden, begab ich mich nach Cherry Hill, um zu schwimmen und etwas zu essen. Dann fuhr ich ins Camden County Gefängnis, um drei bis fünf Stunden mit Joe zu verbringen. Wir trafen uns so oft wie möglich, seitdem eine gerichtliche Verfügung mir die Erlaubnis erteilt hatte, ihn im Gefängnis zu besuchen. Wir trafen uns nun im leeren Krankensaal, der schon in den vorangegangenen Kapiteln erwähnt wurde. Die Qual der Gegenwart bildete den Hintergrund, auf dem Joe die schrecklichen Erinnerungen der Vergangenheit wieder ans Licht brachte.

Obwohl die Klagepunkte beim jetzigen Prozeß (Einbruch, bewaffneter Raubüberfall, Tätlichkeiten mit Vergewaltigungsabsicht und das Tragen einer Waffe etc.) anders als beim Mordprozeß lauteten, waren die Lindenwold-Verhandlungen praktisch eine Kopie des Prozesses im Bergen County, denn sowohl die Verteidigung als auch die Staatsanwaltschaft verfügten über dieselben Psychiater wie beim früher durchgeführten Prozeß: Dr. Perr und Dr. Rappeport für die Verteidigung, Dr. Zigarelli, Dr. Wawrose, Dr. Jablon und Dr. Hume für die Staatsanwaltschaft.

Joe hatte darum gebeten, auf die Huntingdon-chorea hin untersucht zu werden, aber der Richter hatte verfügt, daß der Fall ohne weitere Verschiebung vor Gericht gebracht werden solle; die Folge war, daß die Ärzte, die Joe auf die genannte Krankheit hin untersuchten, keine Zeugenaussagen machen konnten. Dr. Howard Hurtig, Neurologe der University of Pennsylvania, untersuchte Joe am 15. Juli 1977, während der Prozeß bereits lief. Dr. Edward Bird vom Addenbrokes-Krankenhaus in Cambridge, England, ein Spezialist in bezug auf Huntingdon-chorea, untersuchte Joe am 9. August 1977, nachdem der Prozeß vorbei war. Beide Ärzte untersuchten Joe als Privatpatienten und schickten mir ihre Berichte. Sie schrieben, daß er *nicht* an Huntingdonchorea litt, daß sie jedoch seine Bewegungen ernst nähmen und nicht als «Possen» betrachteten.

Wie ich dem Gericht am 21. Juli 1977 mitteilte, stellte Dr. Hurtig fest, daß die automatischen Bewegungen auf psychotische Geistesvorgänge, auf eine tiefgreifende Störung zurückzuführen seien, welche die «eigenartige motorische Aktivität auf einer unbewußten Ebene hervorrufen könne.» Der Arzt sagte, daß ein mit Hypnosetechnik vertrauter Psychiater an die Psychogenese der spezifischen Bewegungen herankäme.

Am 22. Juli 1977 befanden die Geschworenen Joe im Fall des Carty-Hauses für schuldig des Einbruchs oder einfachen Eindringens mit der Absicht des Diebstahls; des Einbruchs oder einfachen Eindringens mit der Absicht des bewaffneten Diebstahls; des Raubüberfalls und bewaffneten Raubüberfalls; Tätlichkeiten mit Vergewaltigungsabsicht und des Tragens einer Waffe; und schließlich wurde er für schuldig befunden, in all diesen Klagepunkten das Opfer mit dem Tod bedroht zu haben. Im Fall des Miller-Hauses wurde Joe ebenfalls des Einbruchs mit der Absicht des Diebstahls und des schweren Diebstahls für schuldig befunden.

Dies war das dritte Geschworenenkollegium, das Joes Antrag auf Geistesgestörtheit ablehnte und ihn somit implizit für gesund erklärte. Der Urteilsspruch wurde auf den 11. August angesetzt. Joe blieb im Camden County-Zuchthaus. Dank der Großzügigkeit von Richter Di Martino und von Salerno, dem stellvertretenden Gefängnisdirektor, konnte ich meine Interviews mit Joe fortsetzen.

Er verbrachte einen Tag in einem Diagnose- und Therapiezentrum in Avenel, New Jersey. Man schickte ihn am 4. August 1977 mit der Absicht dorthin, eine Überprüfung vorzunehmen, um festzustellen, ob er unter das in New Jersey geltende Gesetz über Sexualverbrechen falle. Sollte dies zutreffen, so würde er in ein Krankenhaus zur Behandlung als Sexualverbrecher überführt werden; wenn nicht, würde er ins Gefängnis gesteckt. Die Untersuchung war jedoch nutzlos, denn Joe war bereits zweimal zu Gefängnisstrafen verurteilt worden. Er würde ohnehin den Rest seines Lebens im Gefängnis verbringen.

In Avenel diagnostizierten Dr. Charles P. Gnassi und Dr. Basil Campean aufgrund ihrer Untersuchung und Joes Krankengeschichte «einen schizophrenen Prozeß, der schon in frühester Kindheit eingesetzt hatte.» In ihrem Bericht schrieben die Psychiater zudem, daß «der Inhalt seiner Wahnideen und Zwangsgedanken größtenteils eine Verschmelzung von Aggressionen mit Sexualität ist.»

«Bei der Untersuchung wurde streng darauf geachtet», erklärten die Ärzte, «daß Mr. Kallinger nicht simulierte, indem er sich selbst als pathologischen Fall darstellte. Es kann mit einiger Gewißheit gesagt werden, daß die beschriebene Dynamik eine echte Wiedergabe des Funktionierens seiner Persönlichkeit ist. Der Beweis für diese Aussage ist nicht im Inhalt seiner Psychose zu finden, was leicht verfälscht werden kann, sondern gründet auf der Abfolge, mit der sich seine Pathologie aufgrund des nicht-strukturierten Rorschach-Tests manifestierte. Die Untersuchungsperson mußte den widerwilligen Mr. Kallinger ständig dazu anspornen, seine verwirrten Denkweisen zu enthüllen.»

Abschließend schrieben die Ärzte: «In Anbetracht der Krankengeschichte der Schizophrenie und der laufenden Untersuchung entsteht der Eindruck, daß das Verhalten dieser Person (Vergewaltigungsversuch in Lindenwold) eher von einer Denkstörung als vom Zwangstypus einer psychosexuellen Pathologie stammt. Die Untersuchungspersonen sind zum gegenwärtigen Zeitpunkt der Meinung, daß diese Person im Sinne des Gesetzes von New Jersey kein Sexualverbrecher ist.»

Die Ärzte von Avenel hatten ins Schwarze getroffen. Obwohl sie weder Joes Biographie noch seine Psychodynamik kannten, erkannten sie die Verschmelzung von Aggressivität mit Sexualität, die Joes Verhalten seit seiner Jugend geprägt hatte. Obwohl sie über die Ereignisse in Lindenwold nicht genau Bescheid wußten, erkannten sie ebenfalls, daß Joe den Vergewaltigungsversuch nicht aufgrund einer psychosexuellen Pathologie, sondern aufgrund von Halluzinationen und Wahnvorstellungen unternommen hatte.

Das Urteil wurde am 11. August 1977 gefällt.

«Ich glaube, daß jedermann der Tatsache zustimmt», sagte

Bruce Robboy, der wieder als Anwalt der Verteidigung amtierte, «daß Mr. Kallinger ein kranker Mann ist und behandelt werden muß. Ich möchte das Gericht bitten, diesen Tatbestand zu berücksichtigen, wenn es das Strafmaß bestimmen wird. Zudem möchte ich im Namen von Mr. Kallinger darum bitten, daß er die ihm von diesem Gericht auferlegte Strafe gleichzeitig mit den andern Strafen verbüßen kann, und dies aufgrund der Dauer und Art der Strafen, die Mr. Kallinger gegenwärtig absitzt sowie auch aufgrund der Tatsache, daß diese Ereignisse innerhalb einer recht kurzen Zeit stattgefunden haben und Mr. Kallinger vor dem sogenannten ‹Verbrechens-Abenteuer› Ende 1974 und Anfang 1975 keine anderen Straftaten begangen hat.»

Joe hatte in Harrisburg und Hackensack bei der Urteilsverkündung nichts gesagt. Diesmal las er eine Erklärung vor, die wir zusammen im Camden County Gefängnis ausgearbeitet hatten. In der Erklärung legte ich meine Überzeugung dar, zu der ich gelangt war: Ich war sicher, daß die 1974 und Anfang 1975 verübten Verbrechen nicht geschehen wären, wenn Joe 1972 hospitalisiert worden wäre, wie dies Dr. Hoffmann und Dr. von Schlichten empfohlen hatten.

Es ist unmöglich zu sagen, wie wirksam die Behandlung im Krankenhaus gewesen wäre, aber nur schon aufgrund der Tatsache, daß Joe nicht frei in den Straßen herumgelaufen wäre, hätte er die Verbrechen nicht begehen können. Richter Bradley, der Joe nach Hause schickte, folgte dem Rat von Dr. Jablon, der Joe, im Gegensatz zu den Ergebnissen der ersten und zweiten von den Ärzten Hoffmann und von Schlichten durchgeführten Untersuchungen, als nicht psychotisch diagnostizierte.

Richter Bradley setzte die Strafe aus psychiatrischen Gründen auf Bewährung aus, aber der Therapeut, den Joe konsultierte, sagte, daß er keine Therapie benötige. Es war dies eine tragische Fehleinschätzung seitens vieler Leute. Joe stand immer noch unter Bewährung, aber ohne Therapie, und Richter Bradley wägte immer noch ab, ob er einen neuen Prozeß wegen Kindsmißhandlung gegen Joe anstrengen sollte, als sich die Nachricht von seinem neuen Verbrechen verbreitete.

«Ich stehe hier vor Ihnen und bin von einem Geschworenenkollegium verurteilt worden», sagte Joe zu Richter Di Martino.

«Doch ich glaube immer noch, daß das Wort *schuldig* durch das Wort *krank* ersetzt werden sollte.

Das, was ich getan habe, geschah, weil ich geistig und emotional verwirrt war. Ich kannte nicht nur den Unterschied zwischen Recht und Unrecht nicht, sondern ich hielt Unrecht auch noch für Recht.

Ich brauche eine Therapie. Ich brauche sie jetzt, so wie ich sie schon 1972 gebraucht hätte, als zwei Psychiater, Dr. Hoffmann und Dr. von Schlichten, dies dem Gericht empfahlen. Aber das Gericht schickte mich stattdessen nach Hause.

Wäre ich 1972 einer Behandlung unterzogen worden, so würde ich jetzt nicht hier vor Ihnen stehen, denn die Ereignisse vom November 1974, deretwegen ich hier unter Anklage stand, wären nicht geschehen.

Ich stelle immer noch den Antrag auf Krankheit, und die Antwort auf Krankheit ist Therapie.

Diese Therapie, die zu lange hinausgezögert wurde, sollte mir nun gestattet werden.

Ich danke Ihnen fürs Zuhören.»

«Tod, und nicht Therapie, ist das, was er verdient», sagte Arnold Golden. «Wahrscheinlich», sagte der Staatsanwalt zum Richter, «ist er ein erstklassiges Beispiel dafür, weshalb wir hin und wieder die Unabänderlichkeit der Todesstrafe benötigen. Da wir unglücklicherweise die Todesstrafe abgeschafft haben, ist das Beste, was wir tun können, ihn so lange wie nur menschenmöglich einzusperren.

Ich bin der Ansicht, daß es die Pflicht dieses Gerichts ist, sich nicht auf vergangene Urteile zu verlassen und nicht das Risiko einzugehen, daß sich dieser Mann jemals wieder frei auf der Straße bewegt.

Deshalb stelle ich dem Gericht den Antrag, die erlaubten Höchststrafen zu verhängen und sie auf die bereits erteilten Strafen folgen zu lassen.»

Das Diagnose- und Therapiezentrum erklärte, daß Joe nicht unter das Gesetz für Sexualverbrechen falle. Demzufolge mußte Richter Di Martino ihn wie einen gewöhnlichen Verbrecher aburteilen.

«Ich glaube nicht, daß Mr. Kallinger jemals in einem solchen

Ausmaß rehabilitiert werden kann, daß er ein nützlicher Bürger wird. Bei dieser Aussage stütze ich mich auf alles, was ich gelesen habe, und auf Berichte über die Zeugenaussagen der Ärzte, die ihn als asoziale und unangepaßte Persönlichkeit beschrieben haben.» (Bei dieser Aussage wurden die Untersuchungsergebnisse der Ärzte in Avenel, der Ärzte der Verteidigung und von Dr. Hurtig außer acht gelassen.)

«Diese Strafe, so hoffe ich, wird die Gewähr dafür bieten, daß ihm der Zugang zu unserer Gesellschaft so lange verwehrt wird, bis unsere heutige Generation ihn oder seine potentiellen kriminellen Handlungen nicht mehr zu fürchten braucht.»

Richter Di Martino verurteilte Joe zu nicht weniger als zweiundvierzig und nicht mehr als einundfünfzig Jahren im New Jersey State-Gefängnis. Diese Strafen müssen nachfolgend auf all die andern Strafen, die bereits von den Gerichten in Pennsylvania und New Jersey verhängt wurden, abgebüßt werden.

An Joes letztem Abend im Camden County-Gefängnis sprachen wir über seine Rückkehr ins SCIH-Gefängnis in Huntingdon, Pennsylvania, wo er die von Richter Dowling verhängten dreißig bis achtzig Jahre verbüßen mußte. Wir redeten auch über die Dinge, die mir Joe in Camden enthüllt hatte.

«Als es herauskam», sagte er, «tönte ich wie Dracula. Aber bis zu dem Augenblick, da ich sie Ihnen erzählt habe (die Morde an Joey und José Collazo), handelte es sich um verdrängte Erinnerungen, etwas, das außer Reichweite des Gedächtnisses unterdrückt worden war.»

Er verfiel in Schweigen und sagte dann: «Drei Menschen sind tot, meinetwegen. Dieses kleine Kind (José Collazo) hat nur mit einem Feuerzeug gespielt. Es hat nichts Böses getan. Verloren. Sinnlos.»

Wieder ein langes Schweigen. Dann murmelte er: «Ich strebte nicht diese Art von Leben an. Ich wollte Schuhmacher sein. Ich lebte in zwei Welten. Obwohl ich glaubte, daß ich Gott würde, fand ständig ein Kampf zwischen mir und einem Dämon statt.

Ich glaube, daß dieser Körper von einem Dämon bewohnt wurde, ja. Ich glaube, der Dämon zerstört mich. Der Teufel selbst und all seine Geister, die hier am Werk sind.»

Er beugte sich vor und vertraute mir mit ruhiger Stimme an: «Aber wenn ich durchdrehe, will ich die Welt immer noch zerstören. Im Gefängnis werden dann Wasserschäden, Selbstmordversuche und Brandstiftung daraus. Es geht immer noch weiter. Ich kann es nicht aufhalten. Aber wer ist *Ich*?»

Damit meinte er, daß er sich voll und ganz in der Gewalt eines Halluzinationsprozesses befand, wenn er seine Verbrechen beging (obwohl zu diesem Zeitpunkt weder er noch sonst jemand diesen Prozeß als halluzinatorisch bezeichnet hatte). Er meinte damit auch, daß in einem solchen Fall das «Ich», als das er sich im «normalen» Leben betrachtete, nicht existierte.

«Ich werde Ihnen schreiben», sagte er, als ich den Krankensaal zum letzten Mal verließ.

Am folgenden Tag, dem 12. August 1977, teilte mir der stellvertretende Gefängnisdirektor Salerno bei einem Telefongespräch mit, daß Kallinger nicht mehr da sei.

Ich wußte, daß Joe sich auf dem Weg ins Gefängnis befand. Ich bin der Ansicht, daß die Gesellschaft das Recht hatte, sich vor Joe zu schützen, indem sie ihn ausschloß. Aber ich bin nicht der Ansicht, daß das Gefängnis der Ort ist, wo er hingehörte. Ausgehend von den meisten gegenwärtigen Ergebnissen und Ansichten in der Verhaltensforschung, lehne ich die traditionelle moralistische Tendenz der Strafgesetzgebung ab, die alle Verbrecher für ihre Handlungen als voll verantwortlich betrachtet. Aus denselben Gründen glaube ich nicht an einen «Killer»-Instinkt und auch nicht daran, daß Leute mit diesem Instinkt zur Welt kommen, so wie sie mit blauen Augen geboren werden. Ich glaube nicht daran, daß die destruktive Aggression ein in jedem Menschen tief verwurzelter Trieb ist. In Joes Fall war diese Aggression bestimmt nicht angeboren, sondern anerzogen worden.

23

Häftling K-2719

In Harrisburg wurde über Joe eine Haftstrafe von dreißig bis achtzig Jahren verhängt, die er im SCIH in Huntingdon, Pennsylvania, abbüßen mußte. Da seine Opfer von Dumont, New Jersey, und Baltimore, Maryland, beschlossen hatten, nicht auf einer Anklage zu bestehen, würde er nicht in ein County-Gefängnis zurückgeschickt werden, sondern in der SCIH-Strafanstalt bleiben.

Joes Zelle befand sich in der BAU, der «Behavioral Adjustment Unit», der Abteilung für Verhaltensanpassung. Diese Abteilung ist im B-Block untergebracht, der von den Häftlingen «das Loch» genannt wird. Joe war schon während der ganzen Zeit, die er das erste Mal im SCIH verbracht hatte, im B-Block gewesen. Es erschütterte ihn, daß während der Fahrt von Camden aus «niemand auch nur ein Wort mit mir gewechselt hat.» Er spürte, daß er hier im B-Block «keine Chance hatte. Als ich ankam, stand auf einer Karte über der Zellentür mein Name.»

Die ersten achtzehn Tage im Gefängnis waren ziemlich schlimm; Joe erlebte mehrere Anfälle von automatischen Bewegungen, die er jetzt «mein geistiges und körperliches Problem» nannte. Dazu schrieb er mir: «Mein Kopf war wie ein Karussell von bösen Gedanken, die einander jagten, wenn ich die Augen schloß; ich warf mich von einer Seite auf die andere und wollte mich umbringen.»

An andern Tagen war er jedoch in der Lage zu schreiben: «Es geht mir wieder gut, und ich gebe mir Mühe. Ich will ein Dichter werden. In der Beilage sende ich Ihnen die Gedichte: *Liebe*, *Gewohnheit*, *Stil* und *Lebenskraft*.» Am Freitagnachmittag des

26. August 1977 blickte er von seiner Pritsche auf. Auf der andern Seite des Zellengitters stand Dr. Wawrose. Joe kannte ihn von den Bergen- und Camden-Prozessen her. Dr. Wawrose, der als Zeuge für die Staatsanwaltschaft ausgesagt hatte, war einer der vier Psychiater, die ihn als asoziale Persönlichkeit und nicht als Psychotiker bezeichnet hatten. Joe erinnerte sich auch daran, daß Dr. Wawrose, in seiner Eigenschaft als Psychiater des SCIH-Gefängnisses, an Charlie gezweifelt hatte. Charlie hat Huntingdon gern, dachte Joe. Es ist sein Ruheplatz. Armer Charlie! Er ist die am meisten mißverstandene Person der Welt.

«Haben Sie nach mir gefragt, oder hat man Ihren Namen auf meine Liste gesetzt?» fragte Dr. Wawrose.

«Sie wollen, daß Sie mich sehen, weil sie mich aus der Isolationshaft nehmen wollen.»

Joe redete von seinen «geistigen und körperlichen Problemen». Er las Dr. Birds Bericht vor und wollte dann den von Dr. Hurtig vorlesen. (Dr. Bird und Dr. Hurtig hatten Joe im Camden County-Gefängnis als Privatpatient untersucht.) Dr. Wawrose sagte, er habe keine Zeit für den zweiten Bericht.

«Sind Sie einverstanden», fragte Joe, «wenn ich Ihnen diese Berichte schicke?»

«Ja.»

«Wegen dieser Probleme», sagte Joe, «glaube ich nicht, daß ich ohne psychiatrische Hilfe mit andern Häftlingen zusammen sein kann.» Er befürchtete, die andern könnten sich über seine automatischen Bewegungen lustig machen. Und da er, seitdem er das Dauphin County-Gefängnis 1975 verlassen hatte, von den andern Häftlingen isoliert gewesen war, hatte er auch Angst, er könne sich nicht an ihre Arbeits- und Lebensgewohnheiten anpassen.

«Da ist nichts zu machen», antwortete Dr. Wawrose. «Entweder Isolationshaft oder die offene Abteilung. Ich werde nicht empfehlen, daß Sie in Einzelhaft im B-Block bleiben. *Sie* werden sagen, daß Sie die Einzelhaft wollen. Es gibt Leute, die das jahrelang tun. Sie können also gleich hier bleiben.»

Joe spürte, daß er psychiatrische Hilfe brauchte. Er war zornig, weil Dr. Wawrose ihn nicht mehr besuchen wollte. Er hatte Angst, weil er sich zwischen dem B-Block und der offenen

Abteilung entscheiden mußte. Er spürte, wie er mir schrieb, daß «eine weitere Isolationshaft das Zugrundegehen bedeutete. Die Frage war, was tun? Ich beschloß, es mit der offenen Abteilung zu versuchen.»

Es geschah viel in kurzer Zeit. Joe kam vor einen Untersuchungsausschuß. Im Bericht von Dr. Wawrose an diesen Ausschuß stand: «Entwicklung verläuft normal.» Am 30. August 1977 wurde er in die offene Abteilung überführt, für die er sich selbst entschieden hatte. Seitdem er das Dauphin County-Gefängnis im Oktober 1975 verlassen hatte, war es das erste Mal, daß er nicht vierundzwanzig Stunden lang beobachtet wurde. Am 2. September 1977 hatte Joe auch Arbeit. Begeistert schrieb er mir an jenem Abend: «Heute war mein erster Arbeitstag seit dem 17. Januar 1975. Nach zwei Jahren und acht Monaten bin ich nun in der Schusterwerkstatt im Huntingdon-Gefängnis tätig!»

Joe arbeitete mit drei andern Häftlingen unter der Aufsicht von Mr. Wakefield, einem Angestellten des SCIH, in der Schusterwerkstatt. Von den fünf Männern war Joe der einzige gelernte Schuhmacher. Er wußte, daß die andern erfahren hatten, daß er sein eigenes Geschäft in Philadelphia gehabt hatte. Er wußte auch, daß es deswegen zu Unannehmlichkeiten kommen könnte. Er beschloß, sich nicht hervorzutun. Aber am ersten Morgen half er einem Arbeiter, der sich mit einem in der Doppelmaschine hängengebliebenen Schuh abmühte, und als er sah, daß Mr. Wakefield den Rand einer Sohle abschmirgelte, ohne ein Ausputzwerkzeug zu verwenden, zeigte er ihm, wie dieses Werkzeug gehandhabt wird. Als Joe bemerkte, in welch schlechtem Zustand sich die Werkstatt befand, suchte er Mittel und Wege, sie so zu verbessern, daß «die Angestellten des Hauptbüros kommen würden.»

Die letzten vier Monate des Jahres 1977 und die ersten Monate des Jahres 1978 waren für Joe eine gute Zeit. Nachdem er nun wieder in einer Schusterwerkstatt arbeiten konnte, «war es», wie er mir schrieb, «als ob die Welt stillgestanden und keine Zeit zwischen dem 17. Januar 1975 und diesem Tag im Jahr 1977 verstrichen wäre. Alles war sofort wieder da. Es gab kein Zögern der geschickten Hände, die sanft einen Schuh auf der Reise zur Wiedergeburt begleiteten. Jeder Griff an der Maschine, jede

Berührung mit den Werkzeugen auf dem Leisten, jeder Arbeitsgang an den Schuhen war so geschickt wie am 17. Januar 1975, und keine Zeit war dazwischen vergangen.»

Joe sonnte sich im Lob der Angestellten. Sie brachten ihm ihre Schuhe und bestanden darauf, daß nur er sie reparierte. Joe begann mit der Abfassung eines Selbsthilfe-Handbuchs für Schuhreparaturen und schrieb zahlreiche Gedichte. Anläßlich eines im Gefängnis abgehaltenen Dichter-Seminars las er sein Gedicht «Meine Geschworenen» vor. Das Gedicht ist eine eindrückliche Beschreibung seiner Agonie und Entfremdung; er schreibt von «Kannibalen, die sich stolz von meinem Verfall ernähren.»

Er ging oft zum Lesen in die Gefängnisbibliothek, nahm Kunstunterricht in einem Fernkurs, begann sich für Ernährung und Isometrik zu interessieren und mühte sich in der Turnhalle des Gefängnisses ab. Er belegte einen Schreibmaschinenkurs sowie Grundkurse in Englisch und Mathematik, für die er Diplome erhielt. Nach den Anfängerkursen wollte er mit College-Kursen weiterfahren.

In seinen Briefen an mich stellte er viele Fragen über das, was er lernte, wie zum Beispiel: «Stimmt es, wie mein Englischlehrer sagt, daß bei Geschäftsbriefen nach der Anrede ein Doppelpunkt steht und bei Briefen an Freunde ein Komma?» Er bat sowohl meinen Assistenten, John Shapiro, als auch mich, ihm Bücher über Prosodie zu schicken. Er bat ebenfalls um ein Buch «mit erweiterten Begriffserläuterungen über Dinge wie Berufe, Schlaf, Wahrheit, Geist, Hoffnung, Augen - irgendetwas, das mehr aussagt als ein Wörterbuch, und etwas über Dinge aussagt, die man im Leben braucht.»

Joe schickte uns seinen Kommentar zu Poes «Annabel Lee», begann sich für T.S. Eliots «Burnt Norton» und «The Hollow Men» zu interessieren und verblüffte seinen Lehrer, weil er in der Englischklasse aus «Finnegans Wake» von Joyce vorlas.

Joe schuf sich sein «Lernzentrum», wie er es nannte. An der Stirnwand seiner Zelle hängte er neben dem Vorhang ein Stück Pappe auf. Darauf befestigte er seine Hausaufgaben, seine Gedichte und Zettel für Übungen. Auf einer Karte standen «97 Wörter von Alltagsgegenständen, die ich nicht richtig buchstabieren kann.» Auf andern Zetteln waren seine Additions- und Multiplikationsübungen. «Andere Häftlinge», schrieb er uns, «haben Pornofotos an der Wand. Ich habe ein Lernzentrum!»

Am letzten Tag des Jahres 1977 schrieb Joe seinen 108. Brief. Darin stand:

«Heute sehe ich diese Wände nicht einmal. Ich sehe es (das Gefängnis) als *ein* großes Lernzentrum - eine Chance, im Leben zu leben. Ich meine, wirklich leben. Mich zu sein, keine Kohlenpapierkopie, sondern ein Original. Ich sehe mich von der Hand des Lebens aus der Höhle gezogen, in der ich war, und daß mir eine zweite Chance zu leben geboten wird, mich zu sein, neu zu beginnen, denn dort, wo ich herkam, lag ich wirklich im Sterben.

Ich war dort nicht einmal mich selbst. In meinem Kopf befand sich ein Gehirn, nie gebraucht, nie angeknipst, brandneu. Nun ist es angeknipst, und alles beginnt. Denken Sie nur an die großen Dinge im Universum, über die ich noch etwas lernen kann, an den Charakter, den ich selbst gestalten kann.

In ein paar Stunden wird das Neue Jahr beginnen. Sicher habe ich den Geist des Neuen Jahres in mir. Sicher will ich, daß das alte Jahr nicht vergessen wird, denn ich habe vieles gelernt. *Vielleicht mehr, als in allen andern Jahren meines Lebens, denn es war der Anfang, mich selbst zu finden.*

Die bloße Tatsache, daß ich mir Zeit genommen habe, um Scheuerlappen, Eimer, Besen und Bürste zu holen! Ich habe meine Zelle auseinandergenommen und schwitzend gearbeitet, um das alte Jahr herauszuputzen, und so bin ich nun für das Neue Jahr bereit, für große Dinge, die geschehen werden, für neue Anfänge.

Ich habe diesen Abend tagträumend wie ein Schulkind verbracht. Nun, ich bin ja tatsächlich in meiner zweiten Kindheit. Ich träumte von meinen Diplomen der Anfängerklasse, vom College und dachte über all die Dinge nach, die ich gern sein möchte.

Flora, ich habe vor, ein Schöpfer von Schuhen und vor allem von Dichtung zu werden, und nicht ein Zerstörer!»

Am 9. Januar 1978 wurde Joe zum Ausbildungsleiter in der Schusterwerkstatt befördert. Er wurde auch zur Vertrauensperson ernannt, die den andern Häftlingen die neu eintreffenden

Schuhe verteilte. Sofort hatte er große Pläne: Er würde die Anzahl der in der Werkstatt arbeitenden Männer auf zehn, dann auf zwanzig erhöhen und die anfallende Arbeit steigern, indem er Arbeit von andern Gefängnisabteilungen holte. Er stellte fest, daß neue Einrichtungsgegenstände notwendig waren, gedachte diese jedoch billig von der Armee (und andern Absatzmärkten) zu kaufen.

Er teilte Lowell D. Hewitt, dem Gefängnisdirektor des SCIH, diese Pläne schriftlich mit und unterbreitete ihm noch weitere Vorschläge. Als ich am 13. Juni 1977 mit dem Gefängnisdirektor zu Mittag aß, hatte er mir den Joe des ersten Gefängnisaufenthalts als «einen sicher unterdurchschnittlichen Häftling betreffend sein kooperatives Verhalten» beschrieben. Aber der Kallinger der zweiten Inhaftierung war ein Star.

Ich erinnerte mich an die Unterhaltung mit dem Direktor und war von Joes 119. Brief vom 9. Januar 1978 völlig überrascht:

«Ich habe Direktor Hewitt eine kühne Bitte für neue Gefängnisregeln unterbreitet. Ich sagte dem Direktor: Schauen Sie sich mein Ausbildungsprogramm für die Männer in Huntingdon an. Nun, da Sie mich in eine offizielle Position befördert haben, lassen Sie uns den Männern etwas geben, worauf sie stolz sein können, etwas, das sie nach Hause in die Welt mitnehmen können. Lassen wir die Schusterwerkstatt nicht nur auf dem Papier existieren, sondern lassen Sie uns etwas daraus machen, worauf man stolz sein kann.»

Am nächsten Tag kamen vier Inspektoren vom Hauptbüro in die Schusterwerkstatt, lobten Joes Arbeit und ließen ihre Schuhe zurück, damit sie unter Joes Aufsicht repariert wurden. Joe hatte den Verdacht, daß er wegen der «kühnen Bitte» getestet wurde.

Joe schien ein gut angepaßter Häftling zu sein. Aber dennoch waren hin und wieder Grimassen und leichte Bewegungen in der rechten Hand aufgetreten. In einigen Nächten war der «Kristorah»-Gesang aus seiner Zelle zu hören. Ab und zu drehte sich das Karussell der destruktiven Gedanken. Schon am 14. September 1977 hatte er mir in seinem 25. Brief geschrieben, daß «in der Wirklichkeit alles gutgeht, aber es wird ein großer Zusammenbruch kommen. Ich versuche angestrengt, die Gedanken zu ändern und sie der äußeren Realität anzupassen. Ich werde weiterkämpfen, bis ich nicht mehr kann.

Ich kann die kranken Gedanken nicht verscheuchen, und ich bekomme keine Medikamente. Seit sie mir in Vroom Stelazin gegeben haben, ist nichts passiert, und ich bekam es auch in Salem und in Camden. Gott, ich will mich von diesen Gedanken befreien. Ich wünschte, ich könnte sagen, daß alles in Ordnung ist. Das wäre das Paradies. Aber es scheint wirklich, daß ich zu meiner eigenen Hölle verdammt bin, und es zeigen sich dieselben Muster wie in der Welt. Da lief alles bei mir: ein gutes Geschäft; ich war der einzige Erbe für Mutters Grundstück – und dann landete ich in der Hölle. Nun geschieht das gleiche. Es gibt kein Ende für meine Zerstörung.»

Nur wenige Tage, nachdem Joe Ausbildungsleiter geworden war, trat der Doppelgänger in der Werkstatt auf. Das Bild eines Arbeiters (nicht der Arbeiter selbst) ging auf den Doppelgänger zu, öffnete ihm den Hosenschlitz und schnitt ihm mit einem Krummesser den Penis ab. Die Szene wiederholte sich mit dem Doppelgänger und einem andern Phantom-Arbeiter.

Joe war sicher, daß die zwei Männer, die bis anhin seine Freunde gewesen waren, seinen Penis abschneiden und ihn verbluten lassen würden. Sie würden das mit ihm machen, dachte er, was er mit zwölfeinhalb beinahe dem kleinen Jungen angetan hätte, den er zum Flüßchen gelockt hatte! Damals war es ein Krummesser; jetzt war es wieder eines!

Als Joe wieder zurück in seiner Zelle war, schrieb er dem Gefängnisdirektor, dem stellvertretenden Gefängnisdirektor und Dennis R. Erhard, dem stellvertretenden Verantwortlichen für ärztliche Behandlung, daß zwei Männer (Joe gab die Namen an) in der Schusterwerkstatt ihn umzubringen planten. Halluzination und Realität waren eins geworden.

Wieder einmal gingen «die Geister vom Januar»* um. So

* «Die Geister im Januar» waren keine Geister, sondern Joe teilte auf diese Art und Weise mit, daß sich oft im Januar Dinge ereignet hatten, die sein Leben auf einschneidende Weise geprägt hatten: Im Januar 1972 war er wegen Kindesmißhandlung verhaftet worden; im Januar 1975 folgte die Verhaftung, die zu seiner gegenwärtigen Strafe geführt hatte. Im Januar 1976 hatte er im SCIH eine außerkörperliche Erfahrung gemacht.

wurde Joe denn auch am 16. Januar 1978, im Anschluß an ein Verhör, aus der Schusterwerkstatt entlassen. Er hatte insgesamt vier Monate und zwei Wochen hier verbracht. Er wurde, wie er mir schrieb, «gerade einen Tag vor der Vollendung des dritten Jahrs seit dem Weltende» entlassen. Damit meinte er den 17. Januar 1975, den Tag seiner Verhaftung.

Am Samstag, dem 28. Januar arbeitete Joe zum ersten Mal in der Nachmittagsschicht in der Küche und half bei der Zubereitung der Abendmahlzeiten. Eine halbe Stunde lang schnitt er die dunklen Stellen aus den Kartoffeln heraus. Dann befahl man ihm, den Boden aufzuwischen. Der Boden war bereits naß. Joe betrachtete den Boden und sagte zum Aufseher: «Ich hab die Pantoffeln an, und sie haben große Löcher in den Sohlen. Kann ich in die Zelle zurück und die Schuhe wechseln?»

«Na schön», entgegnete der Aufseher, «lassen wir das Aufwischen für heute. Es dauert zu lange, bis Sie die Schuhe geholt haben.»

Etwas später, am selben Tag, wurde Joe in eine andere Gemeinschaftszelle versetzt. Als er eben eine Schachtel mit juristischen Dokumenten in die neue Zelle schleppen wollte, rutschte er aus und verletzte sich an Kopf und Hals. Man schickte ihn ins Krankenzimmer, wo man ihm Salbe und ein schmerzstillendes Mittel verabreichte und ihm mitteilte, daß er am Montag zum Arzt kommen könne. Man sagte ihm ebenfalls, daß er bis dahin nicht in die Küche zurückkehren müsse.

Am Dienstag, dem 31. Januar kehrte Joe in die Küche zurück. Er wurde zu täglichem Dienst und Bodenaufwischen von 12.25 Uhr bis 18.25 Uhr abgeordert.

«Kartoffeln schälen und alles mögliche!» schrieb mir Joe. «Ich bin ziemlich verärgert. Das werde ich nicht tun. Ich bin aufgebracht.» In einem Schreiben an den Küchenaufseher (mit Kopien an verschiedene Angestellte) schrieb er: «Von heute an (31. 1. 78) kann ich nicht mehr in der Küche arbeiten.»

Er wurde in den B-Block geschickt – ins «Loch». Ein Staatsbeamter, der das Gefängnis besichtigte, erinnerte sich an Joe.

«Kallinger», sagte der Beamte, «wer repariert denn jetzt meine Schuhe? Zurück in die Schusterwerkstatt mit Ihnen.»

Der Untersuchungsausschuß, vor dem Joe erschien, gestand

ein, daß es keine gute Idee war, Kallinger in die Küche zu stekken.

Eine Woche später war Joe wieder in der Gemeinschaftszelle. Er nahm seinen Unterricht wieder auf und schickte mir in seinem 149. Brief zwei neue Gedichte. Im Brief stand unter anderem: «Es wird in der nächsten Zeit nicht einfach sein, die verlorene Woche einzuholen. Jetzt renn' ich wie ein junger Hase.»

Am 10. Februar nahm Joe einen Job in der Schneiderwerkstatt des SCIH auf. Er hatte immer noch mächtigen Spaß an seinem Unterricht, seinen Gedichten, am Briefeschreiben und an den Turnübungen. Aber zwölf Tage später schrieb er mir, daß die Welt sich zum Schlechten verändere, und zwar häufiger, als dies jemals während seiner zweiten Inhaftierung im SCIH der Fall gewesen war. Er beendete den Brief mit Worten, die mich befürchten ließen, daß er erneut in der Gottesvorstellung, die er draußen bei der Planung des Weltmassakers gehabt hatte, befangen war. Er schrieb: «Ich bin kein Gefangener. Ich bin Gott. Wenn nicht Gott, dann ein Abgesandter von Gott.»

Diese übernatürliche Rolle, in der er sich sah, diese Grandiosität, vermochte die tödlichen Ängste nicht zu beschwichtigen. Joe hatte nämlich mehr und mehr Angst, daß der Tod vor der Tür stand, daß in diesem riesigen Bienenstock von Zellen, Gängen und Wänden jemand ihn umbringen würde. Im Bann dieser Wahnvorstellung verfertigte er einen von ihm so benannten «Knopf-Würger», um sich zu schützen.

Er nahm eine Schicht Stoff vom Matratzenüberzug und eine Schicht Stoff von Anstaltshosen. Darum herum nähte er von einem Ende zum andern zehn Streifen von braunem Tuch. An den beiden Enden befestigte er je einen Griff aus diesem braunen Tuch. Innerhalb der Griffe brachte er je einen Schlitz an, um den «Würger» fest in die Hände nehmen zu können, wenn er ihn um den Hals seines potentiellen Mörders wickelte.

Der «Würger» war insgesamt sechzig Zentimeter lang, gut drei Zentimeter breit und gut einen halben Zentimeter dick. Auf beiden Seiten einer Längsseite befestigte er mit der Nähmaschine der Schneiderei sechzehn Metallknöpfe. Jeder Knopf wies in der Mitte eine kleine Erhöhung auf, die etwa einen halben Zentimeter über die Knopffläche hinausragte. Bei fünfzehn der sechzehn Knöpfe pro Längsseite befestigte er eine zweischneidige Rasierklinge, so daß er nun dreißig Schneideelemente zur Verfügung hatte. Der «Würger» konnte somit sowohl als Messer als auch als Strangulierinstrument verwendet werden.

Anschließend fertigte Joe auf einem Stück Papier mit Tinte eine maßstabgetreue Zeichnung des «Würgers» an mit dem Titel: «Der Knopf-Würger (mit dem jede Halsgröße stranguliert werden kann)».

Er hängte den «Würger» auf das Stück Pappe, das sein «Lernzentrum» darstellte. Der «Würger», der nun neben seinen Hausaufgaben und Gedichten hing, symbolisierte auf seltsame Art Joes Verfolgungswahn und seinen Sadismus. Die Bezeichnung – «Der Knopf-Würger (mit dem jede Halsgröße stranguliert werden kann)» – widerspiegelte auf zynische Weise seinen Sinn für Werbung und Öffentlichkeitsarbeit. Sowohl das Instrument als auch die Zeichnung mit dem Titel waren tragische Perversionen seiner reichen Phantasie und erfinderischen Neigung.

Da sich seine Verfolgungsangst steigerte, trug er den Knopf-Würger, sobald er die Zelle verließ, immer auf sich. Er hatte ihn ums Kreuz gewickelt, die Knöpfe nach außen, und die Griffe auf beiden Seiten in die Hose gesteckt.

Am 13. März 1978 schrieb er mir: «Ich bin im B-Block, ich bin in großen Schwierigkeiten. Muß hier raus. Mordanklagen werden hier gegen mich erhoben – wegen hier. (unterzeichnet) Joseph Kallinger.» (Ganzer Brief *sic.*)

Genau wie im Haus der Bogins, wo in seinen Halluzinationen der Doppelgänger vier Frauen und einen Mann getötet hatte, glaubte Joe, daß der Doppelgänger am frühen Morgen des 13. März den Phantomhäftling wirklich umgebracht hatte. Joe war so sehr davon überzeugt, daß er glaubte, man habe ihn des Mordes angeklagt und er werde demnächst ins «Loch» gesteckt. In Tat und Wahrheit war jedoch kein Mord geschehen, und Joe wurde weder angeklagt noch in den B-Block gesteckt. Als ich am 15. März, morgens, nach Empfang seines Briefs im Gefängnis anrief, erfuhr ich, daß nichts dergleichen geschehen war.

Am folgenden Tag, dem 14. März, schrieb mir Joe einen zweiten Brief. Er erklärte mir, daß er den Brief vom 13. März unmittelbar nachdem er den Doppelgänger den Phantomhäftling hatte umbringen sehen, geschrieben hatte. Doch die Halluzination war verflogen, wie er schrieb, er war in die Wirklichkeit zurückgekehrt und wollte mir das in diesem Brief mitteilen.

Als der Brief vom 14. März bei mir eintraf, war Joe jedoch unterdessen in den B-Block gesteckt worden, und jetzt befand er sich wirklich «in großen Schwierigkeiten».

Am 15. März 1978, einen Tag, nachdem er den zweiten Brief geschrieben hatte, und am selben Tag, als ich im Gefängnis anrief, setzte sich Joe um 8 Uhr morgens hinter die Nähmaschine in der Schneiderwerkstatt. Er schaltete die Maschine ein und nahm die Arbeit an einer Männerunterhose auf, einer der Artikel, der von der Schneiderei für die Insassen des Pennsylvania Gefängnisses hergestellt wurde.

Um 10.15 Uhr war er mit dieser Arbeit fertig und stellte die Nähmaschine ab. Das beigefarbene Tuch fühlte sich rauh in seinen Händen an. Es funkelte wie Schneekristalle in der Sonne. Alles schien unwirklich.

Plötzlich konnte Joe nicht mehr atmen. Er hatte das Gefühl, als ob sein Brustkorb zermalmt würde. Er blickte an seiner Kleidung hinunter, um festzustellen, was die Atmung behinderte. Seine Gefängnisjacke war völlig glatt. Es fiel ihm nichts auf.

Wie ein Fisch auf dem Trockenen schnappte Joe nach Luft. Er konnte weder atmen noch schlucken. Vielleicht, dachte er, ist mein Hals verstopft, wie ein Abflußrohr.

Er blickte auf die Häftlinge, die links und rechts von ihm arbeiteten und spähte dann verstohlen auf die Gefängnisinsassen, die reihenweise in dem Saal hinter ihren Maschinen saßen. Er fragte sich, welcher Häftling ihn wohl töten würde.

Ein Häftling in seiner Nähe sagte Joe, daß er krank aussehe; ein anderer meinte, er solle zum Arzt. Sie halfen ihm aus dem Stuhl, und er ging auf schwachen Beinen zu einem halbgeöffneten Fenster im hintern Teil des Saals. Durch das Fenster sah er den Gefängnishof und den Himmel und wurde daran erinnert, daß er für immer in einer Festung eingesperrt war, abgeschnitten von der Welt durch hohe Steinmauern mit Türmen und bewaffneten Wachen. Seine Erstickungsgefühle verstärkten sich.

Voller Entsetzen wandte er sich vom Fenster ab in der Befürchtung, jemand aus dem Saal könne ihn töten. Seine Entschlossenheit zu leben war ebenso stark, wie damals im Hazleton-Krankenhaus, in den Gefängnissen von Philadelphia, Bergen und Camden County und im Vroom-Gebäude von Trenton seine Entschlossenheit zu sterben gewesen war.

Er stand mit dem Rücken zum Fenster und dachte an den «Knopf-Würger» unter seiner Jacke und an die große Schere, die er zum Arbeiten verwendete und in seiner Hosentasche trug. Diese Waffen verliehen ihm ein Gefühl der Sicherheit.

Er bemerkte, wie jemand durch die Nähmaschinen hindurch auf ihn zukam. Die Gestalt trug denselben «Knopf-Würger» wie Joe auf sich. Es war der Doppelgänger. Einen Augenblick lang glaubte Joe, der Doppelgänger würde ihn töten, doch dann wurde ihm klar, daß der Doppelgänger, wie in den Tagen des Weltmassakers und wie oft in letzter Zeit, ihm den Befehl zu töten erteilte. Der Doppelgänger war nämlich gerade dabei, einem Phantomhäftling den «Knopf-Würger» über den Kopf zu streifen.

Joe hatte eine Erektion. Dann machte er einen Schritt vom Fenster aus auf den Mann zu, der an der nächsten Nähmaschine saß. Joe hatte Earl Dean Eller, einen 23jährigen Mann aus Maryland, der wegen Einbruchs eine Gefängnisstrafe von einem bis zu drei Jahren verbüßte, ebenso gleichgültig ausgewählt wie vor drei Jahren und zwei Monaten Maria Fasching.

Joe fragte Eller, was er tue. Eller blickte auf und erwiderte, er nähe Taschen.

Eller kannte Kallinger nur vom Hörensagen; er hatte noch nicht unmittelbar mit ihm zusammengearbeitet. Einmal hatten sie zusammen in einer Gruppe von Häftlingen ferngesehen. Eller senkte den Blick und nahm seine Arbeit wieder auf, in der Annahme, Kallinger sei weggegangen.

Joe, der unmittelbar hinter Eller stand, legte ihm mit einer raschen Bewegung den «Knopf-Würger» um den Hals. Eller, der den «Würger» entfernen wollte, verletzte sich an den Rasierklingen; Blut tropfte von seinen Händen.

Joe hielt die Griffe des «Knopf-Würgers» mit der rechten Hand. Mit der Schere in der linken Hand stach er mehrmals rasch auf Eller ein, erst auf dessen Hals, dann in dessen Rücken. Als Eller zu Boden sank, beugte sich Joe über ihn; er hielt immer noch die Griffe des «Knopf-Würgers» fest. Eller versuchte davonzukriechen, konnte jedoch die Hände nicht gebrauchen. Er hielt die Hände hoch und rutschte ein Stück auf den Knien weiter. Mit seiner blutverschmierten Hand versuchte er, Joe die Schere zu entreißen. Doch Joe umklammerte die Schere und die Griffe des «Knopf-Würgers» um so fester. Dann stach er Eller erneut in den Rücken. Zum zwanzigsten Mal. Diesmal schrie Eller.

Charles T. White, der Vorarbeiter der Schneiderwerkstatt, befand sich vorn im Saal. Er hatte nichts von allem bemerkt. Als er jedoch den Schrei hörte, wandte er sich um und sah, wie Eller und Kallinger miteinander kämpften. Er rannte auf sie zu.

Eller war immer noch auf den Knien. Er hielt den Kopf nach links geneigt und die Hände in die Luft. Joe, über sein Opfer, gebeugt, wollte eben auf Ellers Hals und rechte Schulter einstechen.

«Hör auf!» schrie White.

«Der Schrei», erzählte mir Joe später, «weckte mich irgendwie auf. Die Schere fiel mir aus der Hand, und ich ließ den «Knopf-Würger» zu Boden gleiten.»

White versetzte Joe einen Schlag auf die Brust. Er packte Joe an der Jacke und befahl ihm: «Stell dich in die Ecke!»

Joe leistete dem Befehl Folge. White stieß ihn gegen die Wand.

«Bitte holen Sie mir meinen Gürtel», bat Joe White. «Er liegt dort auf dem Boden.»

White hob den «Gürtel» auf, wie Joe seinen «Knopf-Würger» euphemistisch bezeichnete. Am Würger waren frisches Blut und Haare zu sehen.

White brachte den «Knopf-Würger» und die Schere ins Büro von Kelly, dem stellvertretenden Direktor, als Beweis für die Tat. Joe wurde von Wärtern in den B-Block, ins «Loch», geführt.

Eller wurde mit dem Krankenwagen der Feuerwehr von Huntingdon eilends ins städtische Krankenhaus eingeliefert, wo man seine Stichwunden an Rücken, Hals, Nacken und beiden Händen behandelte. Die linke Hand war schwer verletzt. Laut Angaben des Krankenhauses wies Eller zahlreiche Schnittwunden auf, die genäht werden mußten; sein Zustand war jedoch nicht besorgniserregend. Er wurde am folgenden Tag in die Krankenabteilung des SCIH überwiesen, wo er sich erholte.

Die Polizei konnte keinerlei Motiv für Kallingers Angriff auf Eller finden. Es hatte weder einen Streit noch irgendeine Provokation gegeben. Niemand wußte, daß die Provokation nicht von außen, sondern von innen gekommen war.

Joe hatte die Gefängnisleitung warnend auf seine innere Verfassung hingewiesen, indem er Ende Februar und Anfang März sieben Anträge gestellt hatte, den Psychiater sehen zu dürfen.

In seinem Antrag vom 1. März stand: «Beantrage, den Arzt zu sehen, weil ich Mord- und Verstümmelungsgedanken habe.»

In seinem Antrag vom 8. März stand: «Beantrage, den Arzt zu sehen, weil ich mich gezwungen fühle, mit meinem ‹Knopf-Würger› zu töten. Ich brauche ärztliche Hilfe.»

Am 9. März hatte Joe ein Schreiben eingereicht, in dem stand, daß man ihm psychiatrische Hilfe verweigere, indem man ihm das Recht auf einen Arztbesuch verwehre.

Ein Gefängnisangestellter warnte ihn: «Hören Sie mit diesen Anträgen, den Arzt sehen zu wollen, auf. Ich leite das nicht mehr weiter. Ich bin seit zehn Jahren bei keinem Arzt mehr gewesen.»

Der Angestellte hatte die Alarmsignale nicht verstanden. Joe hatte mitgeteilt, daß er sich in einer derart akuten emotionalen Krise befinde, daß er sich zu töten gezwungen fühle. Der Angestellte reagierte jedoch so, als ob Joe nur ein böser Junge wäre, der mit seinen Anträgen auf ärztliche Hilfe zur Aufblähung des Verwaltungskrams und zur Überlastung der bereits überbeschäftigten Psychiater und Psychologen des Gefängnisses beitrage. Er konnte den Unterschied zwischen seinen eigenen Besuchen bei einem Allgemeinpraktiker und Joes Notlage nicht sehen. Hier wurde wieder einmal, wie leider oft, der Tatbestand der Geisteskrankheit völlig mißachtet, weil sie nicht als Faktum anerkannt wird.

Bei einer Vorverhandlung beschloß Richter James H. Kyper vom Distriktsgericht Huntingdon, daß «genügend Beweismaterial von der Anklage unterbreitet worden ist (beim Angriff auf Eller), damit ich Mr. Kallinger für die nächste Sitzung des Gerichts vorladen kann.»

Joes Doppelgänger war nun häufiger anwesend, als dies jemals in der Vergangenheit der Fall gewesen war. Mit einem imaginierten «Knopf-Würger» tötete der Doppelgänger imaginierte Männer und Frauen, deren Gesichter nicht deutlich zu erkennen waren. Joe, der sich nicht in der Lage fühlte, die Mordbefehle des Doppelgängers auszuführen, wünschte ihn loszuwerden. Doch er glaubte, daß er sich nur vom Doppelgänger befreien könnte, indem er sich selbst umbrachte.

Am 30. April 1978 saß ich mit Joe im Besuchszimmer des SCIH. Diesmal wollte er die kalten Getränke, Kartoffelchips und Süßigkeiten nicht, die wir sonst aus den Automaten holten. Er erklärte, daß dies der erste Tag seines Hungerstreiks sei.

Ich versuchte, ihn von dieser Idee abzubringen, er blieb jedoch unerschütterlich. Zu meinem Befremden bat er mich um eine Zigarette. Er hatte nicht mehr geraucht, seitdem er 1959 in Hazleton, siebzehn Jahre, bevor ich ihn kennenlernte, einen Gedächtnisverlust erlitten hatte. Jetzt wurde er zum Kettenraucher.

Bevor ich ging, händigte er mir ein Blatt gelbes Papier aus mit der Bitte, die darauf geschriebene Mitteilung als Brieftelegramm aufzugeben.

Das Brieftelegramm war an Richter Malcolm Murray, U.S. District Court, Williamsport, Pennsylvania, gerichtet. Der Richter sollte sich mit der Zivilrechtsklage, die Joe gegen das SCIH-Gefängnis eingereicht hatte, befassen. Unter den Anklagepunkten hatte Joe unter anderem die Verweigerung der ärztlichen Hilfe sowie den erbärmlichen Zustand seiner von Ratten und Käfern verseuchten Zelle aufgeführt. Er hatte dem Richter den Schwanz und drei Beine einer Ratte, den Schwanz und vier Beine einer andern und den Kot einer dritten per Post zukommen lassen. Er hatte ihm ebenfalls sechsunddreißig Käfer geschickt.

Das Brieftelegramm lautete wie folgt:

> Hiermit möchte ich dem Gericht mitteilen, daß ich am 30. April 1978 einen Hungerstreik begonnen habe, um die verschiedenen Rechte, die ich Ihnen in der Anklageschrift

habe zukommen lassen, zu erwirken.* Dies bezieht sich auch auf mein Bedürfnis nach einer ärztlichen Behandlung und die 5 zivilrechtlichen Anklagepunkte, die ich beim Protokollführer des United States District Court, Middle District, Scranton, Pennsylvania, eingereicht habe.

Hochachtungsvoll
Joseph Kallinger, K-2719
State Correctional
Institution, Huntingdon,
Pa. 16652

Mir hatte Joe jedoch gesagt, daß er einen Hungerstreik durchführe, um sich vom Doppelgänger zu befreien. Er wollte davon loskommen, und das konnte er nur, indem er starb, und die einzige Waffe, die zu seiner Verfügung stand, war der Hungertod.

Nachdem er seit seinem Angriff auf Eller in den B-Block versetzt worden war, hatte man ihm das Recht des persönlichen Briefwechsels mit mir abgesprochen. Es gelang ihm jedoch in den folgenden Tagen, mir einige kurze Mitteilungen über den Hungerstreik zukommen zu lassen:

«2. Mai 1978. Heute abend geht es schlecht. In der Beilage zwei Gedichte.»

«4. Mai 1978. Mir geht es natürlich schlecht. Kämpfe immer noch für die Sache. Ein anderer Häftling hat ebenfalls am 3. 5. 78 einen Streik begonnen. Am 3. Mai 1978 wurde ich wegen zwei schwerer Vergehen vorgeladen. In beiden Punkten für schuldig befunden. Sämtliche Zivilrechte wurden verletzt. Es wird etwas unternommen werden.»

«10. Mai 1978. 10. Tag des Hungerstreiks. Ich bin immer noch wild entschlossen; neuestes Motto: *bis daß der Tod uns scheidet.* Ich bin in einer neuen Zelle, 427 B-Block. Gewicht 6. 5.: 84,4 kg; 7. 5.: 82,1 kg; 8. 5.: 80,7 kg.* Am 7., 8. und 9. 5. ging es mir schlecht. Aber ich gebe nicht auf. Es geht weiter, bitte Platz nehmen!»

* Der Fall wurde außergerichtlich bereinigt. Das SCIH erklärte sich damit einverstanden, Joseph Kallinger nicht mehr so zu behandeln. Vor dem Hungerstreik, doch nach seinem Angriff auf Eller, hatte Joe in meiner Anwesenheit im SCIH Gutkin Weisung gegeben, sämtliche Kallinger-Klagen gegen die Stadt Philadelphia und die Polizei von Philadelphia zurückzuziehen.

Ich hoffte, daß die Gefängnisleitung eingreifen und ihn vom Sterben abhalten würde. Ich war immer noch davon überzeugt, daß er trotz der Taten, die er begangen und für die er schuldig befunden worden war, nicht in ein Gefängnis gehörte. Er brauchte die Hilfe, die ihm vom SCIH verweigert worden war: einen Psychiater und Psychopharmaka. Seitdem er Camden verlassen hatte, war er keiner solchen Behandlung mehr unterzogen worden.

Vor dem Hungerstreik und neun Tage nach Joes Angriff auf Eller teilte ich dem Gefängnisdirektor Hewitt mit, daß ich aufgrund meiner persönlichen Beobachtungen der Meinung war, daß das SCIH «die Möglichkeit einer Einweisung von Joseph Kallinger in eine Nervenheilanstalt, wo er eine Therapie bekommen könnte, in Betracht ziehen solle.»

Am gleichen Tag schrieb ich auch einen Brief an den Vorsitzenden der Bewährungsabteilung von Harrisburg, Mr. Fred W. Jacobs. Nachdem ich eingangs erklärt hatte, daß es sich in diesem Fall nicht um eine Frage der Bewährung handle, schrieb ich folgendes:

«Ich bin davon überzeugt, daß Mr. Kallinger ärztliche Hilfe benötigt; sollte ihm diese Hilfe nicht erteilt werden, so wird es zwangsläufig im Lauf seiner Inhaftierung zu einer heftigen Reaktion kommen (Beispiel: der Angriff auf Eller), wie dies vor kurzem der Fall gewesen ist.

Zeitweise ist das Verhalten von Mr. Kallinger zwar normal, doch dann kommt es aufgrund seiner Psychose zu heftigen Ausbrüchen. Im Gefängnis des Camden County wurden ihm täglich Medikamente (Stelazin und Cogentin) verabreicht.

Ideal wäre es natürlich, wenn Mr. Kallinger in einer Nervenheilanstalt untergebracht werden könnte. Es wäre ganz sicher falsch, ihn nach Hause zu schicken, aber ein Gefängnis, wo man ihm keine ärztliche Hilfe gewährt, ist sicher nicht der richtige Ort für ihn. Wie aus beiliegenden ärztlichen Berichten (Hoffmann/von Schlichten; Bird; Hurtig) hervorgeht, ist er auf ärztliche Hilfe angewiesen, und zwar nicht nur zu seinem eigenen Wohl, son-

* Im Bergen County Gefängnis war Joe noch schlank gewesen, in Camden hatte er zugenommen und im SCIH war er übergewichtig geworden.

dern auch zum Schutz der andern Häftlinge, wie zum Beispiel Earl Dean Eller, die zu Opfern psychotisch destruktiver Ideen werden.»

Meine Briefe wurden zwar beantwortet, aber nichts geschah.

Durch den Angriff auf Eller und den Hungerstreik kam Joe mit Verspätung in den Genuß der psychiatrischen und psychologischen Aufmerksamkeit, um die er gebeten hatte. Am 14. und 21. April, sowie am 5. und 10. Mai 1978 erhielt er eine Konsultation bei Dr. Wawrose. Am 10. Mai wurde er auch von Dr. Don Brian, dem Chefpsychologen des SCIH, untersucht. Seit August 1977, seit seinem Eintreffen im SCIH, hatte Joe wiederholt eine Konsultation bei Dr. Brian beantragt.

«Tut mir leid», bemerkte Dr. Brian, «es scheint, als sei das Unglück schon passiert.»

«Ja, man macht den Stall zu, nachdem das Pferd auf und davon ist», entgegnete Joe.

Joe erzählte, wie er aufwachte und die Dinge eine andere Dimension für ihn hatten. Er beschrieb seine blutrünstigen Vorstellungen, Menschen zu zerstückeln und aufzuschlitzen. Dr. Brian, der offensichtlich schockiert war, faßte den Horror, dem Joe durch die Halluzinationen ausgesetzt war, in diesem einen Satz zusammen: «Sie leiden *wirklich*!»

Joe glaubte, daß Dr. Wawrose und Dr. Brian ihn untersucht hatten, weil die Polizei seine Klagen an sie weitergeleitet hatte. Der wahre Grund war jedoch der Hungerstreik, und Dr. Wawrose hatte deswegen einen Antrag aufgrund der gesetzlichen Bestimmungen für geistige Gesundheit eingereicht, in dem er einen dreimonatigen Zwangsaufenthalt in einer Nervenheilanstalt für Joe forderte.

Am 17. Mai dauerte der Hungerstreik immer noch an. An diesem Tag wurde eine Verhandlung über Joes geistigen Zustand im Besuchszimmer des SCIH in Anwesenheit von Morris Terrizzi, dem Richter des Huntingdon County, durchgeführt. Joe wurde durch seinen Pflichtverteidiger, Charles Swigart, Esquire, vertreten.

Bei dieser Verhandlung sagte Dr. Brian aus, daß zwischen dem «abnormen Inhalt» von Joes «Denkmuster» und der Überzeugungskraft, der «Art und Weise, dem Stil und der Ordnung», mit der Joe diese Denkmuster verbalisierte, ein Widerspruch bestehe. Dr. Brians Diagnose lautete aus diesem Grund: «Eindeutig psychopathisch.» Es wurde, wie bereits früher von den Psychiatern der Staatsanwaltschaft und ursprünglich von Dr. Jablon in Holmesburg, wiederum eine asoziale Persönlichkeit und soziopathologisches Verhalten diagnostiziert.

Dr. Wawrose bezeugte bei der Verhandlung, daß Joe zum gegenwärtigen Zeitpunkt «eher manisch-depressiv» sei. Er führte die Depression auf juristische Probleme zurück, die Joe «an einen Punkt gebracht hatten, wo er sich gehen ließ und seinen Lebenswillen aufgegeben hatte.»

Der Psychiater fügte hinzu, daß Joe «gemäß den gesetzlichen Bestimmungen für geistige Gesundheit schwer geistesgestört» sei. «Er benötigt eine Behandlung in einer freieren Umgebung», fuhr der Psychiater fort. «Wahrscheinlich sollten ihm auch Medikamente verabreicht werden. Auf jeden Fall braucht er Hilfe, damit er wieder zu essen anfängt, und die können wir ihm hier nicht geben.»

Dr. Wawrose empfahl ebenfalls Wiedereingliederungs- und Reaktivierungsmaßnahmen. Auch sollten Joe, wie der Psychiater meinte, «gegen seinen Willen oder mit seinem Einverständnis Antidepressiva» verabreicht werden. Und sollte Joe mit seinem Hungerstreik fortfahren, so würde sich «eine Zwangsernährung vielleicht als notwendig erweisen.»

Der Richter fragte, ob Joe für sich selbst oder für andere eine Gefahr darstelle. Dr. Wawrose erwiderte: «Nun, was die andern betrifft, ist dies schwer zu sagen. Er hat zwar jüngst andere Menschen angegriffen, aber ich kann zum gegenwärtigen Zeitpunkt unmöglich sagen, ob dies absichtlich oder aufgrund seiner Geisteskrankheit geschehen ist. Ich glaube, daß er sich eindeutig selbst gefährdet, seitdem er diesen Hungerstreik durchführt.»

Dr. Wawrose zeigte sich nun flexibler als bei den Gerichtsverhandlungen vom Bergen County und Camden County. Damals war der Psychiater der Auffassung gewesen, daß Joe für seine Handlungen eindeutig zur Verantwortung gezogen werden könne; jetzt war er nicht mehr so sicher.

Der Richter erkundigte sich, ob Joe bereits einmal an einer

Geisteskrankheit gelitten habe. Dr. Wawrose antwortete: «Dies ist eine äußerst verzwickte und umstrittene Angelegenheit, über die man lange diskutieren könnte. (Daß) Mr. Kallinger emotionale Probleme hat, ist offensichtlich. Inwieweit er für seine Handlungen verantwortlich ist oder nicht, ist meiner Meinung nach noch nicht geklärt.»

Nach der elf Minuten dauernden Verhandlung beschloß Richter Terrizzi auf Dr. Wawroses Empfehlung hin, Joe für die Dauer von höchstens drei Monaten ins Farview State Hospital einweisen zu lassen.

Jetzt endlich, am 17. Mai 1978, sechs Jahre, nachdem Richter Bradley sich gegen eine solche Einweisung ausgesprochen hatte, wurde Joe aufgrund einer gerichtlichen Verfügung in eine Nervenheilanstalt eingewiesen. Die Hospitalisierung wurde jedoch wie 1977 in Vroom mit dem Tatbestand des Notfalls begründet. Joe wurde zwecks Diagnose und Wiedereingliederung ins Farview Krankenhaus geschickt, doch der Hauptgrund war, daß man ihn wieder zum Essen bringen wollte.

24

Die endlosen Hügel

Am 18. Mai 1978, dem 19. Tag des Hungerstreiks, traf Joe im Farview State Hospital für geistesgestörte Verbrecher in Pennsylvania ein. Farview ist ein Männer-Krankenhaus mit den allerstrengsten Sicherheitsmaßnahmen. Bei einem Drittel der Patienten liegen Verstöße gegen das Zivilrecht, bei den andern zwei Dritteln Verstöße gegen das Strafrecht vor. Die letztgenannte Gruppe umfaßt diejenigen, die eine Gefängnisstrafe verbüßen, und die, welche von einem Richter nach Abschluß eines Prozesses oder einer Gerichtsverhandlung unmittelbar in Farview eingewiesen wurden.

In seiner Anstaltskleidung ging Joe mit einem P.S.A. (einem Sicherheitsbeamten der Psychiatrie) in die Abteilung CC2. Die Patienten bleiben hier für kurze Zeit in geschlossenen Räumen, bis sie nach einer körperlichen oder psychologischen Untersuchung auf eine Abteilung mit Schlafsälen gebracht werden oder in eines der wenigen Privatzimmer der offenen Abteilung.

Der abgeriegelte Raum, in dem sich Joe befand, wies eine Holztür und ein vergittertes Fenster auf. Durch das Fenster konnte er eine Wiese und ein anderes Gebäude sehen. Joe war beeindruckt, wie sauber das Zimmer war.

Der P.S.A. teilte ihm mit, daß es einen Aufenthaltsraum gab, wo Joe zweimal am Tag eine Stunde lang fernsehen und R-Gespräche tätigen könne. Wenn er einmal auf der Schlafsaal-Abteilung sei, dürfe er auch zwei bis drei Ferngespräche pro Woche machen. Das Krankenhaus wünschte, daß die Patienten mit ihrer Familie und ihren Freunden in Kontakt blieben.

Joe fühlte sich schwach, aber er war immer noch zum Sterben entschlossen. Er würde mit seinem Hungerstreik fortfahren, denn er war sicher, daß er mit zunehmender Entkräftung nicht mehr lang am Leben bliebe. Es wäre wesentlich sinnvoller gewesen, dachte Joe, als er den Himmel durch das Fenster betrachtete, wenn Richter Terrizzi ihn mit einer Rakete auf den Mond geschossen hätte. Als Bräutigam des Todes freute sich Joe unbändig, seine Braut umarmen zu können.

Eine halbe Stunde nach seinem Eintreffen in Farview wurde Joe in ein Konferenzzimmer der CC2-Abteilung geführt, wo er sich einem sechsköpfigen therapeutischen Team gegenübersah. Als man ihm mitteilte, daß man ihm ein Tablett mit Speisen anbieten würde, entgegnete er: «Ich werde nicht essen. *Ich* habe die Situation unter *meiner* Kontrolle.»

«Wir sind sechs, Sie sind allein», erwiderte Dr. Ralph E. Davis, klinischer Psychologe, in bestimmtem Ton. «Je entschlossener *Sie* sind, sich umzubringen, desto entschlossener sind *wir*, Ihr Leben zu retten.

Mr. Kallinger, Sie scheinen mir doch ein intelligenter Mensch zu sein. Sie können es sich leicht machen, indem Sie essen, oder Sie können es sich schwer machen. Wir verfügen hier über Methoden, um Sie zwangsweise zu ernähren. Intravenös, mit einer Sonde, alles mögliche. Wenn Sie die Absicht haben, Selbstmord zu begehen, so müssen Sie sich darüber im klaren sein, daß Sie der Verlierer sind. *Wir* werden schließlich die Gewinner sein.»

Dr. Davis schwieg kurz, dann fragte er: «Was gedenken Sie zu tun, Mr. Kallinger?»

Joe zögerte einen Augenblick, doch dann wurde ihm klar, daß er die Situation nicht unter Kontrolle hatte, daß seine Lage hoffnungslos war, und er sagte: «Ich werde essen.»

Dr. Davis war der Ansicht, daß er einen therapeutischen Erfolg errungen hatte. Ein P.S.A. führte Joe auf sein Zimmer und brachte etwas zu essen. Die Mahlzeit bestand zur Hauptsache aus Geflügelfleisch, das Joe verabscheute, aber er aß es. Es schmeckte gut. Kurz danach mußte er erbrechen.

Joe wanderte im Zimmer auf und ab. Es gibt andere Möglichkeiten, sich umzubringen, sagte er sich. Sie hatten zwar die erste

Schlacht gewonnen, doch wenn er sich umbringen würde, so wäre er schließlich der Sieger.

Nachdem Joe drei Tage in Farview verbracht hatte, machte ein P. S. A. folgende Eintragung auf Joes Krankenblatt: «Patient fing an, in rätselhafter Sprache zu beten. Er stand in der Mitte des Zimmers, schwenkte die Arme über dem Kopf hin und her und wiederholte immer wieder dieselben Sätze. Er tat dies während einer Dreiviertelstunde.»

Die «rätselhafte Sprache» war natürlich der «Kristorah»-Gesang.

An jenem Abend ging Joe früh zu Bett. Um 3.45 Uhr stand er auf und ging auf und ab. Etwa eine halbe Stunde später tauchte der Doppelgänger auf. Mit einem Krummesser schnitt er einer Gestalt, die wie ein Knabe aussah, den Penis ab.

Joe hatte eine durch Mordgedanken hervorgerufene Erektion. Ohne Waffen konnte er niemanden töten, nicht einmal sich selbst. In dieser Hinsicht waren die Sicherheitsmaßnahmen strenger als im Gefängnis.

Er beschloß, durch Ersticken mittels Rauch Selbstmord zu begehen. Das Fenster war geschlossen. Gut! Er lehnte die Kunststoffmatratze gegen die hölzerne Tür und rollte dann eine Rolle Klopapier auf. Er entzündete zwei Streichholzbriefchen, steckte das Klopapier in Brand und dann das Papier unter die Bettücher und die Decke.

Bettücher, Decke und Kunststoffmatratze fingen an zu brennen. Der Raum füllte sich mit Rauch. Es stank. Joe setzte sich auf den Fußboden. Er hoffte, daß er durch das Einatmen des Rauchs sterben würde.

Die Tür wurde geöffnet, die brennende Matratze fiel zu Boden. Ein P. S. A. schleppte Joe in den Korridor. Auf der Spitze des kleinen Fingers der rechten Hand und auf vier Fingern der linken Hand traten braune Blasen auf. Sonst war Joe nicht verletzt.

Um 04.30 Uhr wurde Joe auf die Abteilung CC1 gebracht. Dies ist der Hochsicherheitstrakt dieses strengstens überwachten Krankenhauses. Er durfte das abgeschlossene Zimmer nicht verlassen und wurde wegen Selbstmordgefahr streng beobachtet.

Die psychologischen Tests, die ursprünglich auf der CC2-

Abteilung hätten durchgeführt werden sollen, wurden nun auf der CC1-Abteilung vorgenommen. Und zum ersten Mal in seinem Leben wurde Joes Geisteskrankheit wirklich ernst genommen, und er bekam eine entsprechende Therapie. Sein Therapeut, ein Psychologe, hieß Thomas Brennan.

Joe wurde verschiedenen klinischen Tests unterzogen: WAIS, Figuren zeichnen, Ergänzungs-Aufgaben, Rorschach.* Die Testergebnisse bestätigten den ersten diagnostischen Eindruck von Dr. Eun Sook Yoo, Psychiaterin und gegenwärtige klinische Direktorin des Krankenhauses. Am 1. Juni, knapp zwei Wochen nachdem Joe in Farview eingetroffen war, hatte sie mir mitgeteilt, daß er «sehr krank» sei. Am 31. Juli sagte sie mir, daß aufgrund der Testergebnisse «Joseph primär paranoid sei. Doch bei der Durchführung der Tests und der psychiatrischen Untersuchungen traten so viele andere Hinweise auf Schizophrenie auf, daß wir bei der Diagnose auf die umfassendere Klassifizierung von Schizophrenie zurückgriffen, nämlich auf den chronischen, undifferenzierten Typus.»

Dr. Davis schrieb, daß «die Tests einen langfristigen schizophrenen Verlauf ergaben. Wie aus Mr. Kallingers Krankengeschichte hervorgeht, hatte er schon früh unter emotionalen Entbehrungen zu leiden. Seine Krankheit ist dauernd aktiv und kommt periodisch zum Durchbruch. Dem Wesen nach ist seine Psychose destruktiver Art und richtet sich sowohl nach außen als auch gegen das Selbst. In diesem Fall hat er überhaupt keinen Kontakt mehr zur Wirklichkeit und ist unfähig, die Kontrolle über die Realität oder über sich selbst auszuüben. Mr. Kallinger ist schwerstens krank und muß intensiv behandelt werden.»

Dr. Yoo und Dr. Davis besprachen Joes Zustand aus verschiedenen Gründen mit mir: Er hatte meinen Namen unter «nächste Verwandte» aufgeführt, ich hatte ein Formular des Sozialdienstes des Krankenhauses, das man mir zugestellt hatte, in allen Einzelheiten beantwortet, und die Ärzte wünschten, daß ich eng mit ihnen zusammenarbeite. Sie wußten, daß ich mich seit Juli 1976 mit Joe befaßt hatte, und sie wollten meine Nachforschun-

* 1977 waren die Ärzte in Avenel hauptsächlich auf der Grundlage des Rorschach-Tests zur Schlußfolgerung gelangt, daß Joe schizophren sei; dies wurde bereits in Kapitel 22 beschrieben.

gen verwenden. Robert J. Hammel*, der Krankenhausdirektor, hatte auf den 1. Juni 1978 ein Mittagessen angesetzt, bei dem ich Mitarbeiter des Teams traf, das mit Joe arbeitete. Wir tauschten Berichte und Beobachtungen aus.

Joe blieb während fünf Wochen auf der CC1-Abteilung, während deren er die Kontrolle abwechslungsweise fand und wieder verlor. Einmal schnitt er seine Matratze in Streifen, um sich ein Seil anzufertigen und sich zu erhängen. Doch bevor er das Seil basteln konnte, entdeckte ein P.S.A. Federn und Schaumgummistücke, die auf Joes Fußboden verstreut herumlagen. Wiederum wurde Joe wegen Selbstmordgefahr streng beobachtet. Die Dosierung des ihm verabreichten Stelazins, eines psychotropen Medikaments, wurde erhöht. Während mehrerer Tage durfte er keine Matratze benutzen. Als er jedoch wieder «einen guten Kontakt zur Wirklichkeit» hatte, wie dies auf dem Krankenblatt stand, kam er wieder in die CC2-Abteilung. Einen Monat später beschlossen Dr. Yoo und Joes Behandlungsteam, daß er nun in die allgemeine Abteilung zugelassen werden könne. Sie entschieden sich dafür, ihn in die BB1-Abteilung zu versetzen, die beste Abteilung im ganzen Krankenhaus. Sie befand sich auf zwei Stockwerken. Im oberen Stockwerk waren die Schlafsäle und einige wenige Privatzimmer, im unteren drei Aufenthaltsräume und eine Küche.

Joe hatte entsetzliche Angst. Seitdem er, nach seinem Angriff auf Eller, die Schneiderwerkstatt des SCIH verlassen hatte, war er nicht mehr mit Gruppen von Männern in Kontakt gekommen. Seit 1972, als er im Gefängnis von Philadelphia gesessen war, hatte er mit niemandem mehr ein Badezimmer geteilt. Er teilte dem Team mit, daß er auf der CC2-Abteilung bleiben wolle, wo es sicher war, daß er niemandem etwas antun würde. «Wir sind der Ansicht, daß er durchaus auf die BB1-Abteilung gehen kann», sagte Dr. Yoo zu mir. «Diese Maßnahme ist therapeutisch wichtig für ihn, und wir müssen das Risiko eingehen.»

Zwei Tage, nachdem Joe auf die neue Abteilung gekommen war, schickte ihn Dr. Norman Wenger, der Chef von Joes BB1-

* Nachdem Mr. Hammel am 5. März 1980 zurücktrat, folgten ihm Joel H. Hersh, Dale E. Newhart und David W. Jay (in dieser Reihenfolge).

Team, zurück auf die Abteilung CC2. Joe hatte einen diesbezüglichen Antrag gestellt, und der Arzt hatte sich damit einverstanden erklärt, daß Joe noch etwas Zeit auf der CC2-Abteilung brauche, bevor er sein Verhalten an «permanente interpersonelle Kontakte» anpassen könne.

Am folgenden Tag bat Joe darum, wieder auf der BB1-Abteilung aufgenommen zu werden. Man kam seiner Bitte nach. Aber er machte ebenfalls darauf aufmerksam, daß er, da sein dreimonatiger Zwangsaufenthalt in Farview demnächst zu Ende sein würde, ins SCIH-Gefängnis zurückkehren wolle. Sein Zwangsaufenthalt wurde jedoch um weitere drei Monate verlängert, und Joe blieb auf der BB1-Abteilung. Er bat jedoch immer wieder darum, ins Gefängnis zurückkehren zu dürfen. Er hatte nämlich herausgefunden, daß ein Selbstmord sich leichter im Gefängnis als in Farview durchführen ließe.

Joe mischte sich kaum unter die vierzig Männer auf der Abteilung. Die meiste Zeit lag er im Aufenthaltsraum auf einer Bank, oder er marschierte hin und her, rauchte und führte Telefongespräche mit mir. Als man das Stelazin absetzte und ihm Prolixin, eine andere psychotrope Arznei, verabreichte, wendete er dagegen ein, daß «beide Mittel in der gleichen Arzneiklasse» seien und er ganz gut ohne Stelazin auskommen könne. Er weigerte sich, Thorazin und Elavil zu nehmen, weil ihm davon übel wurde. Er schluckte jedoch Haldol, obwohl es, wie er sagte, «mich verwirrt und meine ganze Persönlichkeit wegnimmt. Ich fühle mich wie ein wandelnder Zombie.»

Einem Patienten fielen Joes «schlurfende Schrittbewegungen beim Stillstehen» auf, und Dr. Davis, der nun Joes Therapeut war, beobachtete sein «betäubtes, langsames und roboterhaftes Verhalten». Dr. Davis fiel ebenfalls auf, daß Joe manchmal «seinem Gesicht, seinen Schultern und seinem Rücken Schläge mit der Hand versetzte, wobei die langsamen choreaformen Bewegungen regelmäßig mit einem kräftigen Schlag aufhörten. Es sah so aus, als ob er sich selbst bestrafen würde.»

Wie Dr. Hurtig in Camden angedeutet hatte, schienen die Bewegungen in einem direkten Zusammenhang mit spezifischen Ereignissen in Joes Leben zu stehen, und ich fragte mich, ob er die Schläge, die er als Kind bekommen hatte, wieder inszenierte.* Ich dachte ebenfalls darüber nach, ob Joe sich wie ein Roboter bewegte, weil die Kallingers ihn nicht adoptiert hatten, um ein eigenes Kind zu haben, sondern zu einem ganz bestimmten Zweck, nämlich um aus ihm einen Schuster zu machen.

Als sich Dr. Davis mit mir darüber unterhielt, sagte er: «Joe wurde als Nichtperson behandelt. Dies war der Ursprung seiner Schizophrenie. Er wurde als Objekt behandelt und darauf abgerichtet, die Wünsche seiner Adoptiveltern auszuführen, damit er von ihnen wenigstens die Grundbedürfnisse erfüllt bekam. Diese Behandlung sowie der Aufenthalt im Waisenhaus, bevor er zu den Kallingers kam, hatten es ihm nicht gestattet, ein Selbstgefühl zu entwickeln. Als er schließlich erwachsen war, mußte er um seine Identität kämpfen.»

Auf der Suche nach einer Identität hatte Joe als Kind wie auch als Heranwachsender viele Träume und Phantasien von seiner leiblichen Mutter gehabt; er konnte sich nicht daran erinnern, sie jemals gesehen zu haben. Er hatte sich sogar nach ihr auf die Suche gemacht, obwohl er wußte, daß er sie nicht erkannt hätte, wenn er ihr begegnet wäre, weil er nicht wußte, wie sie aussah. Er war zu einem brutalen Mörder geworden, der in seinen Halluzinationen olympische Botschaften von Gott erhielt, aber er war auch ein extrem sensibler kleiner Junge, dessen Mutter all die Jahre hindurch in ihrer abwesenden Anwesenheit für ihn lebenswichtig geblieben war.

Ich versuchte sie zu finden. Aus den Unterlagen über die Kallingers wußte ich ihren Namen: Judith Renner. Ein von mir engagierter Privatdetektiv konnte nichts herausfinden. Doch nachdem Arthur Gutkin in Gerichtsakten, Krankengeschichten, Maklerverträgen und andern Unterlagen herumgewühlt hatte, eruierte er Joes Stiefschwester, die dieser nicht kannte. Sie hieß Muriel Gotshalk und lebte in einem Vorort von Philadelphia, ähnlich denjenigen, wo Joe und Michael ihre Raubzüge durchgeführt hatten.

Kurz nach dem Thanksgiving Day 1978 klopften Gutkin und ich an die Tür von Mrs. Gotshalk. Sie war nicht zu Hause. Am

* Joe hatte mir nichts von diesen Mißhandlungen erzählt, bis ich ihn mit dem konfrontierte, was ich von Nachbarn erfahren hatte. Dies geschah in seinen ersten Tagen in Farview.

5. Dezember versuchten wir es erneut. Ein Hund bellte. Wir warteten. Eine Frau öffnete die Tür einen Spalt breit. Nervös blickte sie uns an. Sie war klein. Das über die Schultern fallende Haar war schwarz, wie dasjenige von Joe.

«Wer sind Sie?» fragte sie. «Was wollen Sie?»

«Ich bin Rechtsanwalt», entgegnete Gutkin und überreichte ihr seine Visitenkarte.

«In welcher Angelegenheit kommen Sie zu mir?» Sie wirkte angespannt.

«Eine Familienangelegenheit», erwiderte er. «Wir möchten mit Ihrer Mutter reden.» (In Tat und Wahrheit wußten wir nicht, ob Judith Renner noch am Leben war.)

«Um welches Familienmitglied handelt es sich?» fragte sie.

Ich stand etwas abseits, trat ein paar Schritte vor und sagte: «Um Ihren Bruder.»

Ich war nicht sicher, ob sie Joes Schwester war. Falls ja, hatte ich keine Ahnung, ob sie überhaupt wußte, daß sie einen Bruder hatte. Doch als sie das Wort «Bruder» hörte, änderte sich ihre Haltung.

«Kommen Sie herein», sagte sie.

Wir betraten ein schön eingerichtetes Wohnzimmer. Gutkin setzte sich in einen Sessel neben der Tür. Ich nahm auf einem Stuhl auf der andern Seite des Zimmers Platz.

Die Frau wandte sich immer noch stehend mir zu.

«Wie ist Ihr Name?» fragte sie. «Flora», entgegnete Gutkin.

«Flora Schreiber», sagte sie. «Sie haben ‹Sybil› geschrieben, und jetzt schreiben Sie ein Buch über meinen Bruder. Ich wußte, daß Sie kommen würden. Ich fragte mich bloß, wann. Ich rufe meine Mutter an.»

«Mom», sagte Muriel, nachdem sie auf dem Wohnzimmerapparat die Nummer eingestellt hatte, «komm bitte sofort rüber. Es ist wichtig.» Ihre Stimme klang angespannt und ängstlich, als sie hinzufügte: «Ich erkläre dir alles, wenn du hier bist.»

Nach einer knappen Viertelstunde hörten wir, wie draußen ein Wagen geparkt wurde. Muriel öffnete die Tür. Judith Renner,* 63

* Es handelte sich um Judith Renner-Weiß. Sie war verwitwet. Während zehn Jahren hatten sie und ihr Gatte ein Kleinhandelsgeschäft geführt, und sie hatte sich jetzt zurückgezogen.

Jahre alt, sah bestürzt und beunruhigt aus. Sie kam langsam durch den Korridor auf ihre Tochter zu. Fröstelnd betrat Judith das Wohnzimmer, schlang ihren schwarzen Samtmantel eng um sich und starrte Gutkin und mich ängstlich an.

«Komm herauf, Mutter», sagte Muriel sanft. «Komm herauf.»

«Ich kann die Füße nicht bewegen, ich kann die Füße nicht bewegen», murmelte Judith fortwährend.

Mutter und Tochter gingen die Treppe hinauf. Gutkin und ich konnten sie flüstern hören. Als sie wieder herunterkamen, sagte Judith zu mir: «Ich werde mich mit Ihnen unterhalten, aber nicht hier. Ich möchte nicht, daß irgend jemand dies hört.»

«Es ist *beschert*», sagte Judith, als wir nebeneinander in ihrem reizenden Appartement saßen. «Sie sind hierher gekommen, und es war *beschert.*» Sie hatte einen jiddischen Ausdruck für «vom Schicksal vorbestimmt» verwendet.

Ich hatte Joes und Bettys Familien-Fotoalbum bei mir und zeigte Judith ein Foto von Joe im Alter von neun Jahren. Anna Kallinger stand neben ihm.

«So steif, so gefühllos», bemerkte Judith, als sie Joes Adoptivmutter auf dem Foto sah.

Ich erzählte Judith von einigen Mißhandlungen, denen Joe als Kind ausgesetzt gewesen war – der «Vogel»-Szene, dem Knien mit nackten Beinen auf rauhem Schmirgelpapier, dem «ich werd dir zeigen, was Zoo ist» und dem «wir bringen dich zurück».

«Das wußte ich nicht», sagte Judith. «Das wußte ich nicht. Sie (die katholische Kindervermittlungsstelle) sagten mir, daß er ein gutes Zuhause habe. Das wußte ich nicht. Ich hatte geglaubt, die Kallingers würden mehr für Joe tun können als ich. Sie hatten mehr Geld. Sie sagten mir, daß sie genug Geld hätten, um ihn aufs College zu schicken. Ich versprach ihnen, daß ich mich nicht einmischen würde.»

Judith erkundigte sich nach Betty, ihrer Schwiegertochter, und nach den Enkelkindern. Ich zeigte Judith und Muriel, die inzwischen zu uns gestoßen war, Fotos.

«Wir wußten, daß Joe in Schwierigkeiten steckt», sagte Muriel. «Wir verfolgten seine Geschichte vom Kindesmißhandlungsprozeß an. Als er im Bergen County Gefängnis saß, wollten wir ihn besuchen. Aber dann gingen wir doch nicht.»

Judith blickte Muriel in böser Vorahnung an und sagte: «Was werden wir Dave erzählen?» Dave ist Muriels Ehemann.

«Die Wahrheit», flüsterte Muriel heiser.

«Was wird er von mir denken?» fragte Judith.

«Er muß es wissen!» sagte Muriel.

«Er ist ein guter Mann, ja, das ist Dave wirklich», entgegnete Judith. «Ja, wir werden es ihm erzählen.»

Ich teilte ihnen mit, daß sich Joe in Farview befand, wo man ihn als schizophren diagnostiziert hatte. Ich sagte ihnen, daß ich mich seit Juli 1976 intensiv mit ihm befaßt hatte und überzeugt war, daß die Verbrechen die Folge seiner Krankheit waren. Ich sagte ihnen ebenfalls, daß er ein charmanter und intelligenter Mensch sei.

Ich erkundigte mich, ob Judith Joe sehen wolle. Sie überlegte angestrengt und sagte dann nach einer Weile zu. Dann schlug sie vor, daß wir ihn am 11. Dezember, seinem Geburtstag, besuchen könnten. Dann kamen wir jedoch überein, Joe am 16. Dezember 1978, an Judiths Geburtstag, zu besuchen. Mit 42 Jahren würde Joe nun zum ersten Mal wieder seiner Mutter begegnen.

Der bevorstehende Besuch freute Joe, aber er verwirrte ihn auch. Er notierte sich einige Fragen, die er seiner Mutter stellen wollte, und las sie mir übers Telefon vor. Sie lauteten:

> Warum hast du mich verlassen?
> Hast du all die Jahre an mich gedacht?
> Was hättest du dir für mich gewünscht?
> Hast du mich vermißt?
> Warum hast du mich so selten besucht, als ich im Waisenhaus war?
> Warum warst du so sehr darauf aus, daß man mich adoptierte?
> Hast du meinen Vater geheiratet?
> Wer von euch beiden wollte mich am ehesten weggeben, du oder er?
> Warst du traurig, nachdem du mich weggegeben hattest?

Wir betraten das Besuchszimmer von Farview, wo Joe auf uns wartete. Er trug eine Trainingshose und ein rosa Hemd. Er stand neben einem niedrigen, runden Tisch, hielt den Kopf gesenkt und starrte auf die Tischplatte. Er zitterte etwas.

Judith hatte ein kleines Ritual geplant, das wir einhielten. Sie wollte, daß Muriel ihr Joe vorstellte.

«Joe», sagte ich wie geplant, «darf ich Ihnen Ihre Schwester vorstellen.»

Sie umarmten und küßten einander. Muriel nickte Judith zu. Judith trat näher heran. Muriel sagte: «Joe, das ist unsere Mutter!»

Joe und Judith umarmten und küßten einander. Ihre Augen füllten sich mit Tränen. Joe erinnerte sich, daß er als Kind oft gedacht hatte: «Jeder Mensch hat doch eine Familie, nicht wahr? Die Schmetterlinge sind meine Familie.»

Arthur Gutkin und ich hatten uns zurückgezogen. Doch dann war die Begrüßung vorüber, und wir setzten uns. Joe und Judith auf ein Zweiersofa, wir auf Stühle.

Niemand sprach von der Trennung. Joe stellte seiner Mutter die Fragen, die er vorbereitet hatte, nicht. Das Gespräch war oberflächlich. Als Joe schließlich eine Frage nach seinem Vater stellte, war Judith wie versteinert. Er erklärte ihr, daß die Ärzte (er dachte insbesondere an Dr. Bird von Camden) sich über seine Herkunft informieren wollten. Ich fügte außerdem hinzu, daß sie auch wissen wollten, ob in der Familie jemals ein Fall von Geisteskrankheit oder Kriminalität aufgetreten sei.

Judith entgegnete, daß sowohl in ihrer eigenen als auch in der Familie von Joes Vater Ärzte, Anwälte und Künstler vertreten gewesen waren. Ich sagte, daß auch bei diesen Berufen Geisteskrankheit und Verbrechen vorkommen können. Sie entgegnete, daß dies aber nicht der Fall sei.

Nach vier Stunden begleitete uns Joe zur Tür des Besuchszimmers. Weiter durfte er nicht. Judith und Muriel küßten ihn zum Abschied. Er lächelte gequält, als wir ihn zurückließen.

«Ich hatte erwartet, daß er wütend auf mich sein würde, aber er war äußerst höflich», sagte Judith mit Erleichterung. «Ich kann etwas zugunsten der Kallingers sagen: Sie haben einen wohlerzogenen Mann aus Joe gemacht.»

Wir gingen durch den Korridor auf die Eingangstür zu. Als wir uns umdrehten, sahen wir, daß Joe uns nachwinkte.

«Er sieht wie ein kleiner Junge aus», sagte Judith beim Weitergehen.

«Er ist ein kleiner Junge», entgegnete ich, «ein verlassener kleiner Junge.»

Judith und Muriel hatten sich zwar auf die Begegnung mit Joe gefreut, aber sie hatten dermaßen Angst vor den Folgen, die dieser Besuch für sie haben könnte, daß sie sich am Empfangsschalter von Farview unter falschem Namen eingetragen hatten.

Diese Angst vor den Folgen kam bei einem Telefongespräch zum Ausdruck, das ich mit Muriels Ehemann, einem Ingenieur, führte. «Ich hatte geglaubt, ich hätte ein Einzelkind geheiratet», sagte Dave Gotshalk zu mir. «Und nun höre ich von dieser Person, die sie ihren Bruder nennt. Ich habe seither nicht zu trinken aufgehört. Wir müssen Pennsylvania verlassen, wenn jemand erfährt, daß wir mit Kallinger verwandt sind. Und ich habe auch Angst wegen der Vererbung. Haben meine Frau, meine Kinder und meine Schwiegermutter eine Veranlagung zur Kriminalität oder sogar zur Geistesgestörtheit?»

Dr. Silvano Arieti, eine der Kapazitäten, wenn nicht sogar *die* Kapazität auf dem Gebiet der Schizophrenie, war jedoch der Ansicht, daß Joe weder eine Veranlagung zur Kriminalität noch zum Wahnsinn habe. Er vertrat die Meinung, daß Joes Krankheit nicht erblich bedingt sei, sondern eine Folge dessen, was man ihm als Kind angetan hatte.

Ich veranlaßte, daß Dr. Arieti Joe am 22. Februar 1980 als Privatpatienten untersuchte. Während der ganzen dreieinhalb Stunden dauernden Untersuchung in einem Konferenzzimmer von Farview war ich anwesend. Auch Dr. Davis war die meiste Zeit über da.

Die Diagnose von Dr. Arieti lautete auf paranoide Schizophrenie. Nebst den Halluzinationen und Wahnvorstellungen führte der Psychiater unter anderem folgende Symptome auf: Neologismen, merkwürdige, stereotype oder rhythmische Bewegungen und eine selbsterfundene Sprache sowie ein selbsterfundener Gesang. Nach Aussage des Arztes war es so, daß die Halluzinationen und Wahnvorstellungen die Ursache dafür waren, daß «der Patient zum Phantasieren und manchmal zur Ausführung von höchst brutalen, sadistischen Handlungen gezwungen war.»

«Meiner Meinung nach», schrieb Dr. Arieti in seinem Bericht, «muß der Patient aufgrund des M'Naghten- und des Durham-Gesetzes* nicht nur als psychotisch, sondern auch als unzurechnungsfähig betrachtet werden, weil er zwar Art und Eigenschaft seiner Verbrechen kannte, aber nicht wußte, daß sie ein Unrecht darstellten; es handelte sich in der Tat um Befehle von Gott, die wahrscheinlich als gut betrachtet wurden. Der Patient war nicht in der Lage, die Unrechtmäßigkeit seines Verhaltens einzusehen oder sein Verhalten den gesetzlichen Bestimmungen anzupassen. Weil die Halluzinationen und Phantasien immer noch auftreten, muß Mr. Kallinger als ein immer noch äußerst gefährdetes Individuum betrachtet werden. Würde er einen Partner finden, der seinem Sohn in irgendeiner Weise ähnlich wäre (Dr. Arieti wußte nicht, daß der Sohn Michael hieß), so würde der Patient mit größter Wahrscheinlichkeit diese Verbrechen wiederholen.»

Dr. Arieti sagte, daß Joes schizophrene Symptome die unmittelbaren Auslöser seiner kriminellen Handlungen gewesen seien und «ein ganz bestimmtes Kindheitserlebnis, das wir aufspüren konnten,** der Ursprung sowohl der zur Schizophrenie führenden geringen Selbstachtung als auch des Wesens seiner Handlungen gewesen ist.

Der Patient», fuhr Dr. Arieti fort, «war voller Feindseligkeit,

* Gemäß dem M'Naghten-Gesetz ist der Angeklagte für das Verbrechen nicht verantwortlich, wenn er «an einer Geisteskrankheit leidet und folglich in seiner Denkfähigkeit derart beeinträchtigt ist, daß er sich über Art und Eigenschaft seiner Handlung nicht im klaren ist, oder, falls er sich darüber im klaren ist, wenn er nicht weiß, daß seine Handlung ein Unrecht ist.» Aufgrund des Durham-Gesetzes ist der Angeklagte für seine Tat nicht verantwortlich, wenn seine Handlung wider das Gesetz die Folge einer Geisteskrankheit oder eines geistigen Defekts ist. Bei der Beurteilung geht man von der Annahme aus, daß die Entscheidung so gefällt wird, daß, falls die kriminelle Handlung des Angeklagten die Folge seiner Geisteskrankheit ist, der Angeklagte zwecks Behandlung und möglicher Wiedereingliederung hospitalisiert werden sollte.

** Siehe auch S. Arieti und F. Schreiber: Multiple Murders of a Schizophrenic Patient: A Psychodynamic Interpretation, «Journal of the American Academy of Psychoanalysis», Vol. 9, No. 4 (1981), pp. 501–524.

Wut und Rachegefühle dem gegenüber, was, wie seine Adoptiveltern behaupteten, angeblich mit seinem Geschlechtsorgan (dem «Vogel») gemacht worden war.»

Laut Dr. Arieti war Joes Wunsch, die Menschheit auszulöschen, ein Abwehrmechanismus, der sich aus seinen Feindseligkeitsgefühlen entwickelt hatte. Dr. Arieti fand, daß die Verwirklichung des Plans logischerweise mit der Ermordung von zwei Kindern eingesetzt hatte. Joe selbst war noch ein Kind gewesen, als er symbolisch kastriert wurde. Die Freude an sadistischen Handlungen, betonte Dr. Arieti, war für Joe ein Ersatz für die Fähigkeit zur sexuellen Erregung, die er verloren zu haben glaubte.

Dr. Arieti war der Meinung, daß Joe in ein Krankenhaus und nicht ins Gefängnis gehöre. Es sei höchst tragisch, daß Joe aufgrund dessen, was man ihm als Kind angetan hatte, in diese gefährliche Schizophrenie geraten sei.

Dr. Arieti war davon überzeugt, daß Joe nicht aufgrund eines genetischen Defekts, sondern aufgrund der Mißhandlungen, die ihm die Kallingers zugefügt hatten, schizophren geworden war.

«Und auch wenn Mr. Kallinger eine Neigung zur Schizophrenie hätte», sagte Dr. Arieti zu mir, «so hätte die Krankheit, wenn er nicht als Kind mißhandelt worden wäre, einen milden Verlauf genommen. Die Tatsache, daß seine Mutter ihn verließ, machte ihn nicht zum schizophrenen Menschen, aber die Mißhandlungen der Kallingers verletzten ihn um so mehr.»

Dr. Arieti empfahl, daß man das Haldol absetzen und Navan verabreichen solle. Das Krankenhaus leistete dieser Empfehlung Folge.

Am 8. März 1981 wurde Joe zum zweiten Mal von Dr. Arieti in Farview untersucht; ich war wiederum anwesend. Sämtliche Ergebnisse der ersten Untersuchung bestätigten sich. Diesmal schrieb Dr. Arieti Joes immer wiederkehrende Doppelgänger-Wahnvorstellungen dem sogenannten autoskopischen Syndrom zu, das auch unter dem Namen Lukianowicz-Syndrom bekannt ist.

Dr. Arieti hatte in der Zeit zwischen den beiden Untersuchungen einige von Joes Gedichten gelesen. Als wir das Krankenhaus verließen, sagte er mit einem Achselzucken: «Es ist ein Jammer.

Wirklich ein Jammer. Er hätte ein wirklich guter Dichter werden können.» Wir waren uns einig, daß das Schreiben nur eines von vielen Talenten war, die Joe nicht hatte entfalten können.

Der Medikamentenwechsel brachte die ursprüngliche Aufgewecktheit von Joe wieder teilweise zum Vorschein. Sein Verhalten in der BB1-Abteilung verbesserte sich auch in anderer Hinsicht: War er bis jetzt ein Einzelgänger gewesen, so hatte er nun Beziehungen mit den andern Patienten angeknüpft. Mit Jerry Fox entwickelte er eine echte Freundschaft, die sogar, nachdem Jerry Farview verlassen hatte, mit einem regen Briefwechsel fortgesetzt wurde.

Bis zum Zusammenbruch seiner ersten Ehe war Joe Katholik gewesen. Im Verlauf seiner zweiten Ehe war er zum Protestantismus übergetreten. Und nun, nachdem er entdeckt hatte, daß seine Mutter dem jüdischen Glauben angehörte, konnte er noch genügend Energie aufbieten, um sich auf einen erneuten Glaubenswechsel vorzubereiten. Überdies machte er sich mit Elan an das Aufsetzen eines Buchs mit dem Titel «Ten Murderers», das sich auf Gespräche abstützt, die Joe mit Männern in Farview führte und zu dem Dr. Davis einen psychologischen Kommentar schreiben wird. Er entwickelte auch Spaß an der Knüpfkunst.

Joe gewann immer mehr Kontrolle über sich. Während einer halluzinatorischen Episode bat er, in die CC1-Abteilung versetzt zu werden, damit er niemanden umbringe. Innerhalb weniger Tage konnte er wieder normal denken und auf die BB1-Abteilung zurückkehren. Zudem räumte man ihm das Recht ein, zusätzliche Arzneimittel anzufordern, falls er das Gefühl habe, sie zu brauchen. Jedesmal, wenn er eine Halluzination hat, bittet er also um Medikamente, die es verhindern, daß er die Halluzination abreagiert.

Obwohl Joe Fortschritte machte, tauchte Charlie, der seit den ersten Tagen im Bergen County Jail nicht mehr erschienen war, in der Nacht des 20. Mai 1980 in Farview wieder auf. Er schwebte in der Dunkelheit am Fußende von Joes Bett im Schlafsaal. Zum ersten Mal brachte Joe Charlie mit Joey in Zusammenhang.

Joe erinnerte sich daran, daß Charlie ihm bei seiner ersten Inhaftierung im SCIH gesagt hatte, daß er vierzehn Jahre alt sei.

Joey war vierzehn Jahre und fünf Monate alt gewesen, als Joe und Michael ihn getötet hatten, an jenem Tag, als sie ihn im abgestandenen Wasser unter der Ninth und Market Street von Philadelphia ertränkt hatten. Joe erinnerte sich wieder, daß Joey, der an die Leiter gekettet auf dem Wasser trieb, kurz vor seinem Tod den Kopf zwischen den Sprossen gewendet und gerufen hatte: «Daddy, hilf mir!»

Als Joe in jener Mainacht in Farview Charlie über dem Fußende seines Bettes schweben sah, erinnerte er sich daran, daß nur noch Joeys Kopf aus dem Wasser herausgeragt war und das nasse Haar sein Gesicht teilweise bedeckt hatte, als Joey seinen Vater zum letzten Mal angeschaut hatte. Einen Augenblick lang hatte Joe das Weiße von Joeys Augen gesehen, die bittende, braune Iris war schon unter dem Augenlid verschwunden; dann hatte sein Sohn das Gesicht dem Wasser zugewendet, dem Tod.

Wie Joey damals im abgestandenen Wasser, hing Charlie das Haar ins Gesicht, und wenn es sich teilte, konnte Joe das Weiße von Charlies Augen sehen. In seinem Bett in Farview, wo Joe nur die nächtlichen Atemgeräusche und Bewegungen der andern Patienten hörte, wurde Joe plötzlich klar, daß Charlie eigentlich Joey war, durch den Mord in einen Teufel verwandelt; Charlie war Joey mit einem neuen Namen und mit durch den Tod zerstörtem Körper und zerstörten Gesichtszügen.

Charlie, der im Schlafsaal der BB1-Abteilung mit den Augen rollte, erinnerte Joe auch an die Art und Weise, wie Joey die Augen gerollt hatte. Joe betrachtete das gesichtslose Gesicht und überlegte: Könnte dies so sein, weil der Leichenschauer es mir nicht gestattete, den verwesenden Körper meines Sohnes zu sehen?

Charlie war der in einen Teufel verwandelte Joey; Joe war in der Gewalt dieses Teufels. Seit seiner Kindheit hatte Joe «die Formen der Dinge, die böse sind» – wie er es ausdrückte – gesehen. Da Joe vermeiden wollte, daß jemand glaubte, er führe Selbstgespräche, hatte er Angst, Charlie aufzufordern, er solle verschwinden. Elend und von Schuldgefühlen übermannt drehte sich Joe auf die andere Seite, schlief wieder ein und hatte Alpträume. Als er aufwachte, bemerkte er, daß Charlie immer noch da war. Es war zwei Uhr morgens.

«Bring dich um!» befahl ihm Charlie mit seiner herrischen Lautsprecherstimme.

Joe war davon überzeugt, daß Charlie tatsächlich existierte und daß andere Menschen ihn sehen und hören konnten, obwohl Charlie vor langer Zeit in der Schusterwerkstatt gesagt hatte, er sei für alle andern unsichtbar und niemand außer Joe könne ihn hören. Verstohlen sah sich Joe um, ob Charlies Stimme jemanden geweckt haben könne, und beschloß dann, daß er Charlie loswerden mußte, und zwar für immer.

Vor zwei Tagen hatte Joe noch Selbstmordgedanken gehegt, doch nun, da Charlie ihm befohlen hatte, sich umzubringen, wollte Joe leben. Er haßte Charlie und wußte, daß Charlie ihn ebenfalls haßte. Auf dem Boden neben Joes Bett lag ein Reserveleintuch. Joe langte nach dem Leintuch, entzündete eine Streichholzschachtel, setzte das Leintuch in Brand und schleuderte das brennende Leintuch gegen Charlie. Zornentbrannt mußte Joe zusehen, wie das Leintuch zu Boden fiel und Charlie, offensichtlich unverletzt, einfach davonschwebte. Ein Wärter bemerkte die Flammen, eilte herbei und löschte den Brand. Er sah nicht den geringsten Zusammenhang mit Joe Kallinger.

Joe erwartete, daß Charlie zurückkehren würde, denn er ging davon aus, daß Charlie tatsächlich existierte und getötet werden konnte. Am 29. April 1982 sagte Joe zu mir: «Vielleicht kommt Charlie nicht zurück, weil er davor Angst hat, daß ich ihn nächstes Mal wirklich umbringe.»

Am 11. Dezember 1981, an Joes 45. Geburtstag, wurde ein Privatzimmer frei. Er bekam es. Allein in seinem Zimmer hörte er am Radio «Seasons in the Sun», das Lied, das er «Joeys Lied» nannte. Dies deprimierte ihn zutiefst. Es war erst zehn Tage her, seitdem er das neue Zimmer bezogen hatte. Unter dem Einfluß des Doppelgängers inszenierte er einen grandiosen Selbstmordversuch. Er holte die Erlaubnis ein, sich im sogenannten Ruhezimmer aufzuhalten. Er würde die Stahltür mit einem Brett verbarrikadieren und dann den Glasteil der Tür mit einem Billardball einschlagen. Durch diese Öffnung in der Tür könnte man ihm das Essen reichen. Er hatte nämlich vor, einige Tage in dem Zimmer zu verbringen, bevor er sich umbrachte.

«Alle werden draußen stehen und mich dazu überreden wollen, es nicht zu tun», sagte er mir am Telefon. «Die Presse muß informiert werden. Ich will mit Stil abtreten.»

Er sagte ebenfalls, daß er nach seinem Tod neben Joey auf dem Whitemarsh-Friedhof liegen wolle, «so ironisch das auch klingt». Joe erzählte mir auch aufgeregt und in typisch schizophrener Art, daß Joey im Himmel sein eigenes Kindermädchen habe: Maria Fasching, weil «sie etwas gemeinsam haben. Sie wurden vom selben Mann umgebracht.»

Joe entwendete einen Ball vom Billardtisch der BB1-Abteilung. Ein Wärter nahm ihm den Ball wieder weg. Daraufhin nahm er die Vorhängeschlösser von seinem Schließfach und seinem Koffer ab.

Anstelle des Billardballs würde er nun Schlösser verwenden. Es war Essenszeit. Joe ging mit der Gruppe in den Eßsaal. Als das Essen fertig war, wollte er alles für den Selbstmord im Ruhezimmer vorbereiten. Doch der Doppelgänger wollte Joe nun auch dazu bringen, einen Patienten oder ein Mitglied des Pflegepersonals zu töten.

Joes Gesicht war verzerrt. Er bewegte sich seltsam, ruckartig. Anthony Falvo, der Nachtschicht-Pfleger, wußte, daß etwas nicht in Ordnung war. Während Joe zu Abend aß, forderte er einen Wärter auf, Joes Zimmer zu durchsuchen. Die Vorhängeschlösser wurden gefunden, der Wärter nahm sie weg.

Joe wurde auf die CC1-Abteilung gebracht. Seine übliche Medikamentendosis wurde erhöht. Nach wenigen Tagen war er bereits in einem besseren Zustand. Er kam wieder auf die BB1-Abteilung, mußte jedoch sein Einzelzimmer aufgeben. Am 3. April 1982 wurde ihm erneut ein Privatzimmer zugewiesen. Sein Verhalten hatte sich wieder gebessert.

An Weihnachten 1981, kurz nach dem Zwischenfall im Ruhezimmer, hatten Joe und Michael zum ersten Mal seit ihrer Verhaftung Kontakt miteinander. Sie unterhielten sich telefonisch und schickten einander Weihnachtskarten. Seither haben sie auch noch weitere Telefongespräche miteinander geführt, und Michael versprach, seinen Vater in Farview zu besuchen.

Abgesehen von Joe und Michael weiß kein Mitglied der Kallinger-Familie etwas über den Mord an José Collazo. Aber sie wissen über den Mord an Joey Bescheid. Betty machte einmal folgende Bemerkung: «Joey konnte einen zum Wahnsinn treiben. Ihn aber deswegen umzubringen ...?» Ich erklärte ihr, daß Joe getötet hatte, nicht weil er böse, sondern weil er krank war. «Auch Joe ist ein Mensch», sagte ich. Betty entgegnete: «Mein Sohn war auch ein Mensch.» Mittlerweile hat sie begriffen, daß Joe geisteskrank ist, und deshalb kann sie ihm auch verzeihen. Sie sagte: «Der Richter hätte Joe damals, 1972, in ein Krankenhaus schicken sollen. Hätte er das getan, so wäre mein Sohn noch am Leben. Und die Krankenschwester auch. Ich habe tagelang geweint, als ich von ihrem Tod hörte.»

Judith und Muriel wissen nicht, daß Joe Joey getötet hat. Hingegen wissen sie, daß Joe geisteskrank ist. Wie um die Vergangenheit auszuwischen, behandelt Judith Joe wie ein Baby. Bei ihren wöchentlichen Ferngesprächen schickt sie ihm Küsse durch den Draht und nennt ihn «mein Bärchen». Bei ihren zwei Besuchen pro Jahr in Farview sitzt sie immer ganz nah neben ihm, streichelt und liebkost ihn und fleht ihn an, abzunehmen.

Joe war dreieinhalb Jahre auf der BB1-Abteilung und hatte für fünf Monate ein Einzelzimmer; doch am 16. März 1982 wurde die Abteilung wegen langwieriger Renovierungsarbeiten und eines Wiederaufbauprogramms geschlossen. Kurz bevor Joe die Abteilung verließ, sagte er mir am Telefon: «Wir werden das Murmeltier nicht mehr sehen.» Er hatte mit der Zeit Spaß daran gehabt, die Murmeltiere durch ein Fenster zu beobachten.

Joe, der nun auf die P-Abteilung gekommen war, mußte noch mit weiteren Verlusten fertigwerden. Die Abteilung war überfüllt, es gab keine Einzelzimmer, und die strengen Regeln erzeugten eine Art Gefängnisatmosphäre. Joe paßte sich jedoch bemerkenswert gut an.

Am 25. Juni 1982 kam Joe auf die S-1-Abteilung; sie umfaßt dreißig Betten, von denen achtzehn fürs Krankenzimmer gebraucht werden und zwölf für die Dauerpatienten. Joe belegt eins der zwölf Betten.

Farview ist die erste Anstalt, in der Joe wegen seiner Psychose behandelt wird, und die Psychiater von Farview sind die ersten, die ihn für prozeßunfähig befunden haben. Deshalb wurden die Klagen wegen seines Angriffs auf Eller im August 1979 fallengelassen, und somit wurde Joes Geisteskrankheit schließlich *von Gerichts wegen* anerkannt!

Der Schweregrad seiner Krankheit wurde von Dr. J.E. Olivier erkannt. Als er Joe am 23. Juli 1982, vier Jahre, nachdem Joe nach Farview gekommen war, untersuchte, stellte Dr. Olivier fest, daß Joes «Psychose immer noch in voller Blüte stand». Dr. Olivier kam zum Schluß, daß Joe, «falls er wieder ins Gefängnis überwiesen würde, wo man sich leicht Waffen beschaffen kann, äußerst gefährlich wäre, auch wenn er weiter psychotrope Medikamente einnähme. Ich bin der Ansicht, daß er den Rest seines Lebens hier wird verbringen müssen.»

Dr. Davis* von Farview legte den Akzent in Joes Therapie darauf, sich selbst zu verstehen, damit er zu einem späteren Zeitpunkt seine Halluzinationen in den Griff bekommen würde. Wenn Joe in der Lage ist, seine Halluzinationen unter Kontrolle zu halten, dann hat er auch seine Tötungswünsche unter Kontrolle. Dr. Davis ist nämlich der Ansicht, daß ich der einzige Mensch bin, den Joe unter dem Einfluß einer Halluzination nicht töten würde, und zwar deshalb, wie Dr. Davis sagt, weil ich der einzige Mensch bin, dem Joe vertraut.

Joe hat mich zur Mutterfigur gemacht und mir den Zugang zu seinen geheimsten Gedanken gestattet. Manchmal, wenn er unter schweren Reuegefühlen litt, erinnerte ich ihn daran, daß der Mißbrauch seiner Person sowie die Mißhandlungen, die man ihm als Kind zugefügt hatte, der Ursprung seiner Psychose und folglich seiner Verbrechen waren. Ich sagte ihm, daß ich nach den besten Grundregeln der Pädagogik bei liebevollen und aufgeklärten Eltern aufgewachsen war und daß ich, hätte ich als Kind dieselben Mißhandlungen wie er erlitten, nur durch Gottes Gnade davor bewahrt worden wäre, den gleichen Weg wie er zu gehen.

Als Joe in die S-1-Abteilung übersiedelte, hatte er bereits vier Jahre in Farview verbracht; ich hoffe, daß er Farview in absehbarer Zukunft nicht verlassen wird. Denn daß er dort bleiben sollte, war ja auch von Dr. Arieti und von Dr. Lewis L. Robbins befürwortet worden.

* Nachdem Dr. Davis Farview verlassen hatte, wurden Dr. Marcella Shields und später Dr. Ronald Refice Joes Therapeuten.

Am 11. Dezember 1981 untersuchte Dr. Robbins*, eine Kapazität auf dem Gebiet der Psychiatrie, Joe während vier Stunden als Privatpatienten in einem Konferenzzimmer von Farview. Ich war bei der Untersuchung anwesend, und Dr. Shields war eine Zeit lang ebenfalls dabei.

In seinem Bericht über Joe schrieb Dr. Robbins folgendes: «Ich kann mich der von Dr. Arieti und den Ärzten von Farview gestellten Diagnose nur anschließen, wonach Joseph Kallinger an einer chronischen Form von paranoider Schizophrenie leidet und sein kriminelles Verhalten eine Ausdrucksform seiner Krankheit ist.»

Dr. Robbins schrieb unter anderem auch: «Rückblickend scheint es offensichtlich zu sein, daß die Ereignisse unter Umständen einen weniger pathologischen Verlauf genommen hätten, wäre seine Krankheit zu einem früheren Zeitpunkt entdeckt worden und hätte man ihn, als er wegen Kindsmißhandlung verhaftet wurde und bevor er irgendwelche Verbrechen beging, einer Behandlung unterzogen und in der Folge hospitalisiert, anstatt ihn für gesund zu erklären und in ein Gefängnis zu stecken.»

Dr. Robbins hielt in seinem Bericht ebenfalls fest, daß im Gefängnis «eine weitaus größere Chance (als in Farview) bestünde, daß er aus einem sehr halluzinatorischen Impulse heraus handeln könnte und handeln würde», und daß «das Farview State Hospital Mr. Kallinger genau die Sicherheit vermittelt, deren er bedarf.»

Als Joe in der BB1-Abteilung auf Dr. Robbins und mich wartete, schrieb er mir den folgenden Brief. Aus dem Brief geht eindeutig hervor, daß Joe nun wesentlich besser mit der Sprache umzugehen versteht. Seine Syntax habe ich übernommen; ich habe jedoch einige Orthographiefehler korrigiert, wobei ihm jedoch weniger Fehler unterlaufen sind als in seinen früheren Briefen:

* Während vieler Jahre hatte Dr. Robbins führende Positionen im berühmten Menniger-Sanatorium und der Menninger-Stiftung inne. Anschließend war er medizinischer Vorsteher des Hillside Hospital, New York.

Dies ist mein Herz, das zu mir spricht, während ich im Flur in Farview auf und ab gehe und an meinem fünfundvierzigsten Geburtstag auf Ihren Besuch warte. Hier sind die Stunden lang und langweilig, obwohl die Tage und Wochen und Monate schnell vergehen. Jede einzelne dieser Stunden ist vom Gefühl der Liebe für Sie erfüllt. Ich denke an viele Dinge und empfinde Ihnen gegenüber viele Gefühle, die nicht durch Worte ausgedrückt werden können.

Sie haben den kleinen Jungen in mir gefunden. Sie haben den kleinen Joe gefunden und ihm das Gefühl gegeben, daß er bejaht und geliebt wird. Ich lebe fern von der Welt. Sie haben mir ein Stück dieser Welt zurückgegeben. Sie haben sich eines verurteilten Mörders angenommen und ihn zu Ihrem Freund gemacht.

Ich frage mich oft, wie es gewesen wäre, wenn *Sie* mich aufgezogen hätten. Wäre dies der Fall gewesen, so hätte ich meiner Meinung nach wahrscheinlich keine psychiatrische Hilfe gebraucht. Und hätte ich sie doch gebraucht, so hätte ich sie beim *ersten* Anzeichen der Geisteskrankheit bekommen.

Sie wären mein lebendes Gewissen gewesen, so wie Sie es heute sind, wenn wir jeden Tag zweieinhalb Stunden am Telefon miteinander reden. Weil Sie ein so liebender und verständnisvoller Mensch sind, fällt es mir leicht, Ihnen meine intimsten Gedanken und Gefühle mitzuteilen. Sie merken es sofort, wenn ich deprimiert bin und wenn ich Verständnis brauche. Ich kann Ihnen ungeniert sagen, wenn ich masturbiere, wenn ich Bilder sehe, wenn der Doppelgänger auftaucht, oder Charlie. Sie sind jemand, dem ich die geheimsten, die dunkelsten und die furchtbarsten Gedanken anvertrauen kann.

Wenn Sie meine Mutter gewesen wären, Flora, wäre alles, was mit meinen Opfern und mit mir geschehen ist, nicht gewesen. Ich weiß es. Ich weiß es.

Vor langer Zeit habe ich Sie gebeten, den Auslöser für das zu suchen, was aus mir gemacht hat, was ich bin. Nun, Sie haben ihn gefunden. Die Macht, die mich in einen

Mörder verwandelt hat, war eine Krankheit. Das ist mir jetzt klar. Aber der Doppelgänger und Charlie sind reale Gestalten. Sie sind ein Bestandteil meines Lebens, jetzt und für immer und ewig. Sie haben mich angetrieben. Heißt das, daß ich immer ein Getriebener sein werde? Daß ein Medikament in einem winzigen Glas mit Orangensaft das einzige ist, das mich bremsen kann? Das, Flora, und die Gespräche mit ihnen. Vielleicht wissen Sie es nicht, aber Sie haben mich unter Kontrolle, Sie halten meine Hand zurück, so daß ich mich von meinen Halluzinationen nicht mehr beherrschen lassen muß.

Eine Krankheit? Ja. Aber drei Menschen sind meinetwegen tot. Sie waren alle jung und unschuldig. Ich wünsche mir jeden Tag, ich könnte sie zurückholen. Ich bin froh, daß ich meine übrigen Opfer verschont habe. In Anbetracht dessen, was ich im Sinn hatte, haben sie Glück, noch am Leben zu sein. Und die Menschheit? Ich hatte geglaubt, ich würde Gott werden, indem ich sie auslöschen, sie restlos beseitigen würde. Aber ich weiß, ich werde nicht Gott. Ich will nicht mehr, daß alle Menschen sterben. Doch jedesmal, wenn ich sage «Ich will keine Medikamente» und sie mich nicht zwingen, sie zu nehmen, ist das Weltmassaker wieder da.

In Huntingdon war es das Gegenteil des Weltmassakers. Es war anders als das, was mit mir in der Welt geschah. Vielleicht glaubte ich in Huntingdon, daß jeder mich töten wolle, aus Rache für die drei Menschen, die ich umgebracht hatte. Ich wollte töten, um mich davor zu schützen, selbst getötet zu werden. Ich bekam dort überhaupt keine Medikamente, die mich beruhigt hätten.

Dr. Wawrose schickte mich wegen des Hungerstreiks nach Farview. Aber in Farview schenkten sie mir mehr Beachtung, weil ich Eller angegriffen hatte. Wenn es nur um den Hungerstreik gegangen wäre, hätten sie mich nach den ersten drei Monaten wieder zurückgeschickt. Zurückgeschickt? Kommt Ihnen das bekannt vor, Flora? Meine Adoptiveltern haben oft zu mir gesagt, sie würden mich zurückschicken.

Daß sie streng waren, wußte ich. Aber klar wurde mir erst nach vielen Gesprächen mit Ihnen, als ich bereits in Farview war, wie tiefgehend mich die Kallingers zerstört hatten.

Ich habe mir Sie als meine Mutter vorgestellt. Sie haben mir meine leibliche Mutter zurückgebracht. Dies erfüllte mich mit großer Freude - der Freude, meine Wurzeln gefunden zu haben. Aber es bleibt immer noch ein Stück Frustration zurück. Sie erzählt mir nichts von meinem Vater. Wenn ich ihr Fragen über die Vergangenheit stelle, lenkt sie ab. Sie hält sie vor mir geheim. Sie hält mich vor allen ihren Freunden geheim und erlaubt mir nicht, Briefe an ihre Adresse zu schicken (ich muß c/o Muriel schreiben). Sie hat Angst, daß der Postbote den Absender erkennt oder daß der Brief zufällig in die Hände eines Nachbarn geraten könnte. Für meine Mutter bin ich jemand, der in einen dunklen Schrank gehört, und nur sie allein besitzt den Schlüssel.

Doch zurück zur Welt. Wenn Michael mich nicht begleitet hätte, wären meine Strafen nicht so hart ausgefallen. Aber wenn er mich nicht begleitet hätte, wäre es gar nicht zu den Verbrechen gekommen. Ich will damit nicht sagen, daß er den Plan vorgeschlagen hat. Er war meine Kraft und mein Mut. Ohne ihn hätte ich meine Halluzinationen nicht mit einem Aktionsplan ausleben können.

Ich liebe Michael sehr. Ich freue mich auf seinen Besuch. Mary Jos Besuche sind herrlich. Sie liebt ihren Daddy, und ihr Daddy liebt sie. Meine sonntäglichen Telefongespräche mit ihr bilden den Höhepunkt meiner Woche. Sie nimmt ihre Kinder mit, damit sie ihren Großvater kennenlernen, und ich habe eine gute Beziehung zu ihnen. Wenn ich Bonnie sehe, was leider nur selten der Fall ist, aber wenn ich sie sehe, empfinde ich große Freude. Und Jimmy. Ich bin sehr stolz auf ihn und daß er einen guten Job in New York hat. Ich bin sicher, er wird es schaffen. Aber er findet trotzdem noch Zeit, mich zu besuchen und sich mehrere Male in der Woche mit mir zu unterhalten. Betty? Sie ist ein braves Mädchen, sie ist treu zu mir gestanden, auch wenn ich es ihr sehr schwer gemacht habe. Ich wünschte, ich hätte ihr ein anderes Leben geben können.

Ich hoffe, ich mache mir keine Illusionen darüber, was Ihr Buch über mich der Menschheit bringen kann. Vielleicht werden die Menschen daraus lernen, was eine Geisteskrankheit aus einem Menschen machen kann. Wenn man mir rechtzeitig geholfen hätte, wäre es jetzt nicht so um mich bestellt. *Ganz sicher nicht*! Die Menschen draußen schämen sich, wenn es um Geisteskrankheit geht. Und sie haben Angst davor, oder sie machen sich darüber lustig. Sie wollen es einfach nicht wahrhaben, auch wenn sämtliche Anzeichen einer Geisteskrankheit ihnen förmlich in die Augen springen. Oder dann halten sie den Geisteskranken für einen Verbrecher, obwohl die kranke Person in ihrem ganzen Leben nie ein Unrecht getan hat. Oder dann wenden sie sich einfach von diesem Menschen ab und sagen, er ist *schlecht*. Aber die Geisteskranken sollten von der Gesellschaft besser behandelt werden und die richtige Therapie bekommen. *Jeder Mensch* kann geisteskrank werden. Wir sind alle Brüder und Schwestern, wir sind alle aus demselben Stoff gemacht. Was also einem Menschen geschehen kann, kann *allen* Menschen geschehen! Wie Sie mir gesagt haben, Flora, «nur Gottes Gnade hat mich davor bewahrt, denselben Weg zu gehen.»

Vielleicht fallen Herr X und Frau Y in die dämonische Welt des Wahnsinns hinein, wo immer finstere und nebelverhangene Nacht herrscht. Wenn *diese* Welt unter der Sonne anders wäre, würden wir ihnen alle zu Hilfe eilen. Aber nein! Das tun wir nicht. Wir stehen daneben und sehen zu, wie sie leiden. Und wir verstärken ihr Leiden noch mit unserer dummen Einstellung. Es ist wirklich ein Rätsel: Wenn ein Mensch sich ein Bein bricht oder krank wird, so wird er behandelt. Also wieso nicht Geisteskrankheit? Wenn meine Krankheit rechtzeitig erkannt worden wäre, wäre ich nicht hier in diesen endlosen Hügeln. So nennen die Leute hier den Moosic Mountain.

Ich wäre gern ein großer Dichter. Ich greife hier und

dort Bruchstücke meiner Traumerinnerungen auf und forme sie zu Gedichten. Alle meine Träume enden im Chaos, aber mit meinen Gedichten versuche ich, dem Chaos eine Struktur zu geben.

Ich möchte Gefühle mit Bildern ausdrücken - vor allem die Gefühle, wie es ist, geisteskrank zu sein. Ich möchte für mich selbst schreiben, und für all die andern verrückten Menschen auf dieser Welt: für die, die voller Schmerz durch die Straßen gehen, für die, die von ihren Familien wie zweitklassige Bürger behandelt werden, für die, die es im Leben nicht geschafft haben.

Man hat mir eben gesagt, daß Sie und Dr. Robbins auf mich warten. Ich muß gehen.

Ihr Sohn
Joe

Anhang 1
Gedichte
von Joseph Kallinger

Ein neuer Tag

In der Dunkelheit der Nacht
steh ich auf, weil der Tag für mich beginnt.
Erinnerungen strömen durch das Schweigen
vergangener und zukünftiger Tage,
die welkende Blumen sind:
Flieder und Königsrosen
Zweige der Trauer
um das, was hätte sein können
und das,
was nie sein wird.

Der Alte Adler sagte:
Alle Zeit ist ewig gegenwärtig
alle Zeit ist unwiederbringlich. Also
ist die Vergangenheit unveränderlich
und ich
kann nicht erlöst werden.

Im Gefängnis schreite ich auf und ab
und spüre im kühlen Schweigen
die Erinnerung heiß aufwallen:
Schritte widerhallen in meinem Gedächtnis.
Auf und ab schritt ich im Flur zu Hause.
Als Schuster wollte ich
daß alle Menschen schnellfüßig seien
denn mit schnellen Füßen
hätten sie auch einen schnellfüßigen Geist.

Die Morgendämmerung bricht herein mit dem Geräusch
von Tabletts und Servierwagen
von brutzelndem Speck für die, die nicht erlöst werden können.
Ich schlürfe meinen Kaffee und dazwischen
rede ich am Telefon
mit dem Engel Flora
der heiligen Frau meiner Seele.
Ich höre Deine Stimme und spüre
um mich herum
das Paradies Deiner Gegenwart
die mich rettet
und
wenn ich Dir zuhöre
bin ich erlöst.
Nicht in der Zeit
sondern außerhalb der Zeit.

Ich höre Dich
höre das Glück endloser Augenblicke
außerhalb der unwiederbringlichen Zeit
unabhängig von der Zeit
im Gold Deiner Stimme
die von endlosen Augenblicken spricht.

Farview
11. Oktober 1982

Leben nach dem Tod

Es gibt keine Hölle, nur einen Himmel
nach dem Tod. Halleluja!
Im Himmel gibt es keine Belohnung:
Alle werden gleich behandelt
(Einige jedoch gleicher als andere)
Sogar im Paradies muß man ab und zu hart im Nehmen sein
Ich komme vom Himmel
und in den Himmel werde ich wieder zurückkehren
wenn ich sterbe
und vom Himmel
werde ich wieder auf diese Erde zurückkehren
als neuer Geist
in einem neugeborenen Kind
Halleluja!
Andere Menschen denken anders
über Himmel, Hölle

und Wiedergeburt
Wie weiß ich
ob das, was ich denke
richtig ist?
Es ist keine Frage der Logik
oder gar der religiösen Überzeugung.
Es sind Gedanken
die durch mich hindurch rasen
in meinem Blut fließen
mit meinem Herz klopfen
Es ist ein Gedanke gewesen
der mir in düsteren Stunden, in verrückten Zeiten
Trost gespendet hat
und der mir in meinen fünfundvierzig Jahren
treu geblieben ist.
Ich glaubte, ich würde in den Himmel gehen
nachdem mein von Gott erteilter Auftrag
vollendet sei
und daß ich meinen Thron
als Gott besteigen würde.

Farview
10. Oktober 1982

Mein Doppelgänger

durch ein Fenster der Abteilung
fällt ein Sonnenstrahl
mein Doppelgänger und die Frau
die Tänzer des Todes
gleiten
durch die Staubteilchen
die auf den Schultern seines dunklen Mantels
schimmern
und auf dem Blut
das von ihrem Leib rinnt.

vom Fenster bis zur Wand
gleiten sie langsam
durch den Sonnenstrahl
im Takt
zur imaginären Musik des Messers
in der Hand meines Doppelgängers
das er immer wieder
in den Leib der Frau sticht und herauszieht

ihre Schreie, ein stiller Kontrapunkt
zur stillen Stimme des Messers
teuflische Musik für einen, der nicht erlöst werden kann
mein Doppelgänger sieht aus wie ich
ich sehe aus wie er
aber der eine ist nicht der andere
er ist meine Angst und mein Meister:

in der imaginären Musik höre ich
seinen Befehl zu töten
Augen auszureißen, Brüste abzuschneiden
Bäuche, Hoden, Penisse aufzuschlitzen, Vaginas aufzureißen.

er ist der Abgesandte von Gott
der den Tag des Zorns
den Tag der Verdammnis
für die Menschheit bringt
durch mich
(Abgesandter des Abgesandten)
wenn ich der Gott der Herrlichkeit sein werde.

Farview
11. September 1982

Charlie

er ist hinter mir her
auf Luftströmen reitend
wie ein wütender Ballon

er schwebt und sein langes Haar
ist vorn gescheitelt
auf der Seite gelockt
seine gemeinen braunen Augen
starren mich feindselig an
drängen mich gegen die Wand
wo ich mich unruhig winde

(ich kann mich nicht von Charlie befreien)

er hat keinen Körper
und das gesichtlose Gesicht unter den Augenbrauen
ist nur ein straffes Gewebe aus Haut
das über die Kinnbacken gespannt ist
die sich zu einem fleischigen Kinn runden

(ich kann mich nicht von Charlie befreien)

als körperloser Reiter reitet er wie der Blitz in der Hölle
während der Teufel böse Lieder singt
sein mundloses Gesicht
erteilt mir grausame Anweisungen

(sein Lieblingswort ist *töten*)

aber Charlie ist genauso real wie du und ich
eines Tages werde ich ihn zerstören
eines Tages werde ich ihn töten
eines Tages werde ich ihn mit einem Messer
durchbohren
und er wird wie ein luftleerer Ballon
schrumpfen
aber vielleicht wird Charlie mich zuerst töten
nachts behalte ich ein Auge offen

(ich kann mich nicht von Charlie befreien)

Farview
10. September 1982

Das Einhorn im Garten

Als ich ein kleiner Junge war
töteten meine Adoptiveltern
Anna und Stephen
das Einhorn in meinem Garten.
Die Nachtigall starb auch
und der Flieder und die Rosen.
Ich wollte Schauspieler werden
und spielte mit dem Einhorn in meinem Garten
Aber sie sagten: «Du wirst
Schuster werden, wie dein Vater,
Dummkopf! Wenn du nicht Schuster wirst
bist du ein Nichtsnutz!»
So wuchs ich im Laden meines Adoptivvaters auf
mit dem Geräusch des Lederschneidens
mit dem Geruch des Leims
meine Musik war das Rattern der Maschinen
die Freuden des Idioten.
Fern von der Straße
von andern Kindern isoliert

lebte ich zwischen Schuhen und Messern und Hämmern
unbekannt, ungewollt, ungeliebt
lernte ich, wie man Schuhe sohlt, Absätze ersetzt, Nägel einschlägt
Meine eigene Seele blieb mir verborgen
hinter der toten Welt des Ladens
Als Roboter ihnen zu Willen
Starb ich mit dem Einhorn in meinem Garten.

Farview
3. September 1982

Bergab

Als ich in der Welt war
hatte ich sieben Kinder
eine Frau und ein Geschäft
das mir gehörte.
Wir waren eine zufriedene Familie
Bis –
man weiß nicht, wann genau
ich meinen Verstand verlor;
Es war nicht an einem bestimmten Tag
in einer bestimmten Woche oder in einem bestimmten Jahr
Flammen schlugen hoch
brandeten
dann kamen Beschwörungen
die Befehle vom Teufel und schließlich
von Gott!
Ich war immer fester entschlossen
die Menschheit zu zerstören und somit
Gottes Willen zu erfüllen
meine Apotheose zu erreichen
und Gott selbst zu werden!
Der Weg war mit Leichen bestückt
die meisten der Phantasie entsprungen, einige wenige echt.
Die erste echte Leiche
war einer meiner eigenen Söhne
danach ging es stetig mit mir
bergab
und aus war es
mit der zufriedenen Familie
der Familie, die heil und ganz gewesen war.

Farview
31. August 1982

Das Schattengerüst

Ich bin ein Mann dessen ganzer Schatten
nur so groß ist wie sein Kopf:
er liegt zu meinen Füßen
und dient als Gerüst
um mich aufrecht zu halten.

Farview
28. August 1978

Das böse Flüstern

Die frostige Stimme aus dem Nichts
ertönte flüsternd in der Luft
ich höre sie, öffne die Tür
und stürze ins Wohnzimmer
denn alles andere war besser
als im düstern Flur stehen
und das böse Flüstern hören
denn ich war in großer Angst
und Wortlosigkeit
sogar die Musik hielt den Atem an

Farview
20. August 1978

Geheimes Leben

Ich entdeckte
ein Geheimnis
des Lebens
in einer einzigen
Gedichtzeile.
Heute feiere ich
eine neue Woche
aber ich habe vergessen
was das Geheimnis war.
Oh, das Leben geht weiter
und ich werde das Geheimnis
in andern Gedichtzeilen
wieder finden
das heißt
sofern es ein Geheimnis gibt.

Farview
20. Juli 1978

Letzter Regent – Regen

Als ich König war
machte ich meinen Regen
– doch jetzt wird mein Regen
von jenen gemacht
die Schlüssel haben
für Wände und Türen
aus Stein und Stahl
– und für Erinnerungen

Farview
12. Juli 1978

Mein Verstand und sie

Mein Verstand ist zügellos
nur Du kannst ihn zügeln.
durch mein offenes Fenster
strömt der Geruch von Freiheit.
der Wärter geht im Flur
vor meiner Zelle
auf und ab.
Mein Körper ist gefesselt.
Die Luft ist klar
an diesem Herbsttag.
Mein Verstand ist zügellos
nur Du kannst ihn zügeln.

Farview
8. Juni 1978

Ein neuer Atem

Wenn ein Kind geboren wird
ist es ein neuer Atem
in einer alten Welt
der Herzschlag von Jung und Alt:
aber er wird nie sterben,
denn jeder neue Tag ist herrlich
wenn ein Kind geboren wird.

Farview
5. Juni 1978

Rauher Wind

Es wehte ein rauher Wind als ich meinen Weg
entlang des Pfades ging. Mein Hut flog davon
und über das Gras bis
er auf eine Schildkröte fiel, die schwor, sie sei
von einem Menschen gefangen worden und dann,
als sie im Dunkeln tappte, umgeben vom Geruch eines Menschen,
in einem Zug hinuntergewürgt worden.
Ein Kind sah den Hut
und, nachdem es ihn aufgehoben hatte, die Schildkröte
und sagte, indem es den Zeigefinger hob:
du böser Junge du, du hast ihn ganz aufgefressen.

Huntingdon
3. März 1978

Vergangenheit und Zukunft

Weihnachten, die Zeit des Jahres,
die die Wirkung
einer Geschichte aus der Kindheit
und die Träume von der Zukunft hat
eingewickelt in das Geschenk
das wir unsern Lieben geben.

Huntingdon
3. März 1978

Gefangener vor Gericht

unfähig zu reden
gab es nichts;
all die Symptome
des Wahnsinns waren vorhanden
wie der Richter sie beschrieb
und die Presse
die da war
und da stand ich
mit meinen fließenden Bewegungen
wie eine Puppe, die in einem Meer
von Verdruß und Haß schwimmt
(in meiner Zelle
hatten mich die Wärter wie immer geschlagen)

alles beobachtete mich und spottete und lachte
denn mein Kopf hing hinunter
meine Augen funktionierten nicht richtig
und ich konnte nicht reden
ich konnte nicht reden

Huntingdon
3. März 1978

Sonderbarer Mann

sonderbarer Mann beim Prozeß
sonderbarer Mann überhaupt
welcher Journalist
könnte mein ängstliches Entsetzen beschreiben?

Camden
6. Februar 1977

Anhang 2
Bemerkungen der Autorin

Die amerikanische Originalausgabe dieses Buches ging beinahe acht Jahre, nachdem mit der Verhaftung von Joseph Kallinger im Januar 1975 eine schreckenerregende Serie von Morden und Gewalttätigkeiten beendet wurde, in Druck. Mit meinen ersten Nachforschungen begann ich in Leonia, wo der einzig bekannte Mord geschehen war, und führte sie dann in Philadelphia und andern Städten fort; ich las Tausende von Dokumenten und jede Zeile, die über diese Angelegenheit geschrieben wurde. Ich lernte Joe erst im Juli 1976 kennen, und danach liefen die Nachforschungen auf zwei Ebenen ab: Die eine war die Innenwelt von Joe, die andere seine Außenwelt.

Ich entwickelte eine tiefe persönliche Beziehung zu Joes Frau und seinen Kindern, zu seiner leiblichen Mutter und seiner Schwester. Seine Frau und einige seiner Kinder verbrachten mehrere Wochenende bei mir, und zusammen besuchten wir Joe in Huntingdon und Farview. Ich sprach mit seinen Richtern und Gefängniswärtern, seinen Verteidigern, Staatsanwälten und mit anderen Beamten. Richter Bradley weigerte sich, mir ein Interview zu geben.

Mit einigen der Opfer baute ich eine enge Beziehung auf. Joan Carty und ihr Ehemann besuchten mich in meinem Büro im John Jay College of Criminal Justice und in meiner Wohnung. Helen Bogin lud mich zum Mittagessen ein, und ich aß am selben Tisch, wo Joes unheimlicher Doppelgänger sein teuflisches Festmahl aufgetischt hatte. Bei Kaffee und Kuchen in Mrs. Bogins Haus unterhielt ich mich später mit Annapearl Frankston und Ethel Fisher Cohen, zwei der Damen, die an jenem Tag, als Joe und Michael im Haus der Bogins waren, nicht mehr zu ihrer Bridgepartie kamen.

Joes erste Frau traf ich nicht, unterhielt mich jedoch mit ihr am Telefon, aber James McLain, einer meiner Mitarbeiter, besuchte sie. Sie ist heute ein ganz anderer Mensch als damals, als sie mit Joe verheiratet war. Damals war sie sehr jung, «konfus», wie sie es nannte, und ihr Verhalten war das Ergebnis ihrer Unreife und ihrer Verwirrung. Heute ist sie eine normale Hausfrau des Mittelstands, ohne jene Züge der Liederlichkeit, die sie als Jugendliche aufgewiesen hatte. Auch Joes Tochter

Annie ist eine gute Hausfrau geworden, die in gesicherten Verhältnissen lebt.

Ich befragte Nachbarn von Joe und seiner ersten Frau. Sie vermittelten mir einige der Informationen, die ich im Kapitel über die erste Ehe verwertete. Ich interviewte auch Nachbarn, die Joe als Kind gekannt hatten. Sie betrachteten die Kallingers als hochangesehene Bürger der Gemeinde. Sie mochten Stephen, fanden Anna jedoch altmodisch, geltungssüchtig, rücksichtslos und überspannt. Mehrere Nachbarn wiesen auf die Tatsache hin, daß der kleine Joe nicht mit andern Kindern draußen spielen durfte, und eine der Nachbarinnen erzählte mir, daß Anna Joe einmal mit dem Hammer auf den Kopf schlug, weil er gefragt hatte, ob er in den Zoo gehen dürfe. Die Nachbarin, die sich während des Zoo-Vorfalls im Laden befand, spielte regelmäßig Bingo mit Anna. Sie gab mir den ersten Hinweis über das Leben, das Joe in seiner Kindheit bei den Kallingers geführt hatte. Als sie einmal mit Anna zum Bingospielen ging, sah sie den kleinen Joe im Haus der Kallingers. Er blickte traurig durch ein Fenster und klopfte gegen die Scheibe. Sie winkte zurück, aber Anna nicht. Als die Nachbarin Anna fragte, warum Joe nicht spielen durfte, antwortete Anna: «Er ist nicht zum Spielen hier. Er ist zum Arbeiten hier. Wir haben ihm ein Zuhause gegeben, und das muß er uns zurückzahlen. Wir haben ihn adoptiert, damit er Schuhmacher wird, und er wird das Geschäft erben und sich um uns kümmern, wenn wir alt sind. Er muß das Handwerk lernen. Er kann seine Zeit nicht mit Spielen vergeuden.»

Die Kallingers hatten keine Verwandten in den Vereinigten Staaten. Henry Kallinger, der Stephen in dieses Land geholt hatte, war gestorben. Aber Anna hatte einen Bruder und einen Neffen in Kanada. Die Nachbarn sagten mir, daß Anna und Stephen schwer arbeiteten und eine lebensverneinende Einstellung hatten.

Es waren Drittpersonen, von denen ich zum ersten Mal etwas über Joes Mißhandlungen während seiner Kindheit erfuhr, bevor Joe es mir selbst erzählte. Ich kannte ihn schon seit mehr als drei Jahren, bevor er, in Beantwortung meiner Fragen, die ich ihm aufgrund jener Informationen durch außenstehende Personen stellte, widerwillig und zögernd die Mißhandlungen, denen er ausgesetzt gewesen war, enthüllte. Nach und nach wurde mir bewußt, daß ich mich mit der Ätiologie einer Psychose befaßte, die Joe zu sadistischen Handlungen und zum Morden trieb.

Meine Forschungsmethode war induktiver Art. Ich sammelte Hinweise von andern Leuten. Ich beschaffte mir die Beweisunterlagen der vier Kallinger-Prozesse und auch die Berichte der Sozialämter und der Polizei – kurzum: jede geschriebene Zeile über Joe und seine Familie. Aufgrund dieser Informationen befragte ich Joe und interviewte immer wieder die Personen, die in irgendeine Handlung verwickelt waren.

Nachdem ich einiges über Joes qualvolle Kindheit erfahren hatte, über die sexuellen Mißhandlungen, denen er ausgesetzt gewesen war – den Mißhandlungen psychischer Art in der «Vogel»-Szene wie auch denjenigen physischer Art im Tank – begann ich den Zusammenhang zwischen seinen Verbrechen und seiner Kindheit zu sehen. Mir wurde klar, daß gerade jene Erfahrungen ihn in die Psychose getrieben hatten, noch bevor er ein einziges Verbrechen begangen hatte. Ich stellte auch fest, daß die Verbrechen eine unmittelbare Folge der Psychose waren und daß das Wahnsystem und die Halluzinationen aus ihr resultierten. Ich zog Ärzte heran, die Joe als Privatpatienten untersuchen sollten, denn ich wollte eine von der Verteidigung, der Staatsanwaltschaft und den Gerichten unabhängig gestellte Diagnose. Zu diesen Ärzten gehörten Dr. Hurtig und Dr. Bird in Camden, sowie Dr. Arieti und Dr. Robbins in Farview.

Meine intensive Auseinandersetzung mit Joe Kallinger, meine täglichen Kontakte mit ihm über einen Zeitraum von mehr als sechs Jahren haben dringende und dringliche Fragen zum amerikanischen Rechtssystem aufgeworfen. Joe ist eindeutig psychotisch, und doch haben drei Geschworenengerichte seinen Antrag auf Geistesgestörtheit abgelehnt und ihn somit für geistig gesund befunden. Er wurde ins Gefängnis geschickt, wo er unter dem Einfluß von Halluzinationen einen andern Insassen umzubringen versuchte. Im Gefängnis, wo man ihn als nicht psychotisch betrachtete, wurden ihm keine psychotropen Medikamente verabreicht. Und doch ist das Gefängnis der Ort, an den er jederzeit wieder zurückgeschickt werden kann, weil er nicht in eine Heilanstalt eingewiesen, sondern zu einer Gefängnisstrafe verurteilt wurde.

Damit werden ganze Konzepte in Frage gestellt, Konzepte der Aussonderung von Verbrechern aus der Gesellschaft. Wir müssen zwischen Verbrechen unterscheiden lernen, die von Soziopathen begangen werden und zu Gefängnisstrafen führen, und Verbrechen, die von Psychopathen begangen werden und die die Folge einer Geisteskrankheit sind. Die geistig Kranken gehören nicht in ein Gefängnis, sondern in eine psychiatrische Klinik: Anerkennt das Gericht ihre Krankheit nicht, so werden sie praktisch dazu gezwungen, einen Weg einzuschlagen, der ihre Krankheit verschlimmert und folglich die daraus resultierende Kriminalität verstärkt. Die Urteilssprechung wird dann menschlich sein, wenn verstanden wird, *warum* ein Verbrechen begangen wurde. Erst dann wird eine klare Trennung zwischen einer echten Geisteskrankheit und einem bloßen Antrag der Verteidigung auf Geistesgestörtheit möglich sein.

Michael Kallinger weigerte sich wiederholt, von mir interviewt zu werden, und ich war außerstande, seine Darstellung der Morde an José Collazo und Joseph Kallinger jr. zu erfahren. In meinen Briefen an Michael Kallinger, in denen ich ihn um ein Interview ersuchte, schrieb ich: «Ihre Stimme muß in diesem Buch gehört werden. Es ist wichtig, daß Sie mir sagen, wie Sie die Dinge erlebt haben. Ich will Ihnen die Möglichkeit einräumen, diese Aufzeichnungen in bezug auf Ihre Rolle in der Geschichte richtigzustellen.»

Joseph Kallinger, Michaels Vater, schrieb Michael und drängte ihn, mit mir zu reden, und Michaels Bruder James Kallinger versuchte, eine Zusammenkunft zwischen Michael und mir im Haus ihres Vetters zu organisieren. Michael beantwortete den Brief seines Vaters nie, und die Zusammenkunft im Haus des Vetters kam nie zustande.

Michaels Pflegeeltern versicherten mir, daß ich Michael schließlich doch noch interviewen könnte, und suchten mit mir die Anwaltspraxis von Arthur F. Abelman auf, um die Bedingungen des vorgesehenen Interviews zu besprechen. Mr. Abelman bat die Pflegeeltern, ihr Rechtsanwalt solle ihn anrufen, um die Bedingungen zu besprechen, und sie erklärten sich damit einverstanden. Ich erinnerte Michaels Pflegemutter wiederholt an diese Übereinkunft, doch Mr. Abelman erhielt nie einen Anruf von ihrem Anwalt.

Meine Versuche, ein Interview mit Michael zustande zu bringen, wurden schließlich von einem Brief von Malcolm Waldron jr., Esquire, vereitelt. Im vom 7. Juni 1978 datierten Brief stand folgendes:

«Nehmen Sie bitte zur Kenntnis, daß ich Michael Kallinger, dem Sie am 25. Mai 1978 einen Brief geschrieben haben, vertrete. Michael Kallinger wird in absehbarer Zukunft unter keinen Umständen von Ihnen interviewt werden.»

Als John Shapiro, mein Assistent, Mr. Waldron einige Wochen später in einer andern Angelegenheit anrief, teilte der mit, daß «es um meine Aussichten, Michael Kallinger zu sehen, noch schlechter bestellt sei als um diejenigen eines Schneeballs in der Hölle». Gemäß Mr. Shapiro fügte der Anwalt hinzu: «Ich weiß nicht, was Mr. Kallinger und Mrs. (sic) Schreiber Michael anzutun versuchen, aber das spielt keine Rolle, denn es *gibt* keinen Michael Kallinger – *Michael Kallinger existiert nicht mehr.*» Michael hatte seinen Namen geändert.

Am 31. Mai 1977 hatten mir Michaels Pflegeeltern Michaels Version einiger Geschehnisse im Zusammenhang mit dem Tod von Joseph Kallinger jr. mitgeteilt. Das erste Gespräch über Joeys Tod fand zwischen Michael und seinem Pflegevater statt, als sie in einem Schneemobil saßen. Später sprach Michael mit beiden Pflegeeltern über Joeys Tod.

Nach Angaben der Pflegeeltern gab Michael in seiner Version zu, daß er am 28. Juli 1974, am Tag, an dem der Mord stattfand, mit seinem Vater, Joseph Kallinger, in der Ninth und Market Street in Philadelphia gewesen war. Michael sagte, daß Joseph Kallinger an diesem Tag Joey vorgeschlagen hatte, einen Bauplatz in der Ninth und Market Street zu fotografieren. Michael erzählte seinen Pflegeeltern, daß sein Vater auch *ihn* gebeten hatte, mitzukommen, und gesagt hatte, er würde Holzplanken und Ketten zum Bauplatz mitnehmen. Irgendwo auf dem Bauplatz, in der Nähe eines Schachts oder eines tiefen Lochs, befahl Joseph Kallinger seinem Sohn Joey, sich auf die Planke zu legen, um ein Foto machen zu können, wie Joey auf der Planke lag und mit Ketten bedeckt war. Nachdem Joey sich hingelegt und sein Vater die Ketten lose über ihn gehängt hatte, sagte Joseph Kallinger zu Michael: «Stoß Joey in das Loch.» Michael sagte seinen Pflegeeltern, daß er sich geweigert habe. Sein Vater habe gedroht, *ihn* ins Loch zu stoßen, aber Michael hätte sich immer noch geweigert, die Planke über den Rand zu stoßen. Dann habe sein Vater die Ketten weggenommen und die Planke mit Joey in das Wasser im Loch gestoßen. Gemäß Michael hatte Joey geschrien: «Daddy, was tust du denn? Mommy!»

Einige von Michaels Angaben stimmen also mit dem überein, was sein Vater, Joseph Kallinger, aussagte: Der Ort, die Ketten, das Loch, das Ertrinken und Joeys Hilfeschrei, obwohl Michael seinem Pflegevater den Schrei leicht anders beschrieb als Joe mir gegenüber. Es ist eine Tatsache, daß Michael beim Mord an seinem Bruder anwesend war, und es ist laut Michael ebenfalls eine Tatsache, daß er an Joeys Mord nicht beteiligt war.

Nachdem Michael mit seinen Pflegeeltern über Joeys Tod gesprochen hatte, rief seine Pflegemutter im Büro des Staatsanwalts von Philadelphia an und bat um einen Termin für Michael. Dies geschah im März 1977. Michael bestand einen Test des Lügendetektors nicht. Als der Untersuchungsbeamte Michael fragte, ob er bloß rachsüchtig sei, antwortete Michael, er sei nicht rachsüchtig, und alles, was er gesagt habe, sei wahr. Das Büro der Staatsanwaltschaft leitete keine Maßnahmen ein.

Während des Gesprächs vom 31. März 1977 teilten mir Michaels Pflegeeltern auch Michaels Version des Versuchs mit, Joey mit Benzin zu töten. Michael sagte, daß Joe Kallinger drei Wochen vor dem Mord an Joey einen Lastwagen gemietet hatte, ihn mit Benzin füllte und Joey hineinstieß. Michael erzählte seinen Pflegeeltern, Joe habe ihm gesagt, er solle den Lastwagen verriegeln, was er aber nicht getan habe, und so sei Joey wieder herausgekommen.

Nach Angaben von Joseph Kallinger ereignete sich der Vorfall mit dem Benzin in einem C.T.I.-Container, der auf dem Niehaus-Parkplatz auf einem Tiefladeanhänger stand. Meine Unterlagen von der Feuerwehr sowie die Angaben von Jack Griffin, eines Niehaus-Angestellten, auf den sich Edward P. Aleszczyk bezogen hatte, ein Feuerwehrhauptmann im Ruhestand, den ich beauftragt habe, Nachforschungen für mich anzustellen, weisen darauf hin, daß Joseph Kallinger jr. am 25. Juli 1974, drei Tage vor seinem Tod, um 06.38 Uhr auf dem Niehaus-Parkplatz, wo sich ein Feuer in einem Container ereignete, anwesend war.

Jack Griffin erzählte Mr. Aleszczyk, daß er sich an ein Feuer in einem Lastwagen erinnere, welches auf außergewöhnliche Umstände zurückzuführen gewesen sei und am fraglichen Tag stattgefunden habe. Mr. Griffin gab weiter bekannt, daß ein Junge, der Bursche namens Kallinger, der später tot aufgefunden wurde, in die an den Lastwagenparkplatz angrenzende Imbißhalle Sam's gekommen sei und von dort aus die Feuerwehr alarmiert habe. Griffin sagte weiter, daß er den Knaben dort gesehen habe, nicht aber den Vater. Griffin war während einiger Jahre Kunde des Kallinger-Schusterladens gewesen und kannte beide vom Sehen her.

Aus dem Bericht der Feuerwehr geht hervor, daß am 25. Juli 1974 um 06.38 Uhr die Löschabteilungen Nr. 25 und Nr. 31 zum Lastwagen geschickt wurden, «um das Feuer im Innern des Lastwagens zu löschen und drei Flaschen Benzin und Ausrüstungsgegenstände zu entfernen. Die oben genannten Arbeiten dauerten vierzehn Minuten.»

Die Pflegeeltern erwähnten jedoch weder den geplanten Mordversuch an Joey in Hazleton noch den Mord an José Collazo. Michaels Bruder James Kallinger erzählte mir, Michael habe ihm gesagt, daß, abgesehen vom Mord an Joey und an Maria Fasching, noch ein dritter Mord verübt worden sei. Das war alles, was Michael sagte, und folglich wissen wir, daß Michael Kenntnis von einem dritten Mord (vermutlich demjenigen an José Collazo) hatte. Daraus könnte man schließen, daß Michael anwesend war, aber seine Beteiligung wird damit weder bestätigt noch verneint.

Da Michael Kallinger sich weigerte, sich von mir interviewen zu lassen, stellen die Kapitel, die von den Morden an Joseph Kallinger jr. beziehungsweise an José Collazo handeln («Das letzte Lied» und «Die Kraftprobe»), das aufgrund der zugänglichen Quellen einzig mögliche Bild dar.

★

Die Erpressung durch Judith Renner (Kapitel 2) wurde Joe von den Kallingers erzählt, als er noch ein Kind war. Judith selbst verneint dieses Geschehnis jedoch.

Psychiater haben mich über Joes Drogenerfahrungen befragt. Die Antwort lautet: Er hat keine solchen Erfahrungen. Joe hat nie Drogen genommen, und nur während seiner ersten Ehe trank er öfters mal einen Whiskey. Seine «Trips» wurden ausschließlich durch die innere Dynamik seiner Psychose verursacht.

Namensänderungen

Ich habe in diesem Buch die richtigen Namen verwendet, sofern diese Namen in den Medien – Zeitungen, Zeitschriften, Radio oder Fernsehen – oder während eines Prozesses und den darauffolgenden Aufzeichnungen von Zeugenaussagen erwähnt wurden. Diesem Prinzip folgend sind jedoch die folgenden Namen abgeändert: Judith Renner Scurti, James Scurti, Muriel Gotshalk, Dave Gotshalk, Tony Patelli, Lillian Rogers, Hilda Bishop Kallinger, Hilda Bishop Sen., Hans Ibler, Freddy Prince, Thomas Black, Bobby Vane, Johnny, Willie und Susan Strong, Martin Slocum, David, Irving und Sarah Renner und Willie (der Junge am Fluß). Unter Berücksichtigung der Wahrung der Privatsphäre habe ich auch die Namen gewisser Orte anders benannt: So wohnten denn Joe Kallinger und seine erste Frau nicht an der Masher Street, und auch Hilda hatte vor ihrer Heirat mit Joe nicht an der Palethorpe Street gewohnt.